霍 香 结 作 品

CORONA

日晷

霍 香 结

作家出版社

周虽旧邦，其命维新。

——《诗经·大雅》

卷 一

　　你的祖父，莫家围的最后一代嗣子师祐公莫元良弥留之际，在他母亲的记忆体中又看到小时候他的父亲在神垕世居的牛圈和马厩旁的科学实验室里跟他们讲解水漂石原理时峋嵘山渐底下的河洞静如一枚银器。一千五百年前，莫家围的先人逃难到这里成为化外之地少数族裔中的外来户。他们一直往东逃窜，辗转好几个省，随后又继续南遁，避开险要的关隘和经过异常逼仄的峡谷之后逆着河流一不留神跨出了帝国的边陲。当追捕之声日渐熄绝，当越发奇特的丛林与河流展现在他们面前和人们的语言也越发古怪陌生而难以理解时方才收住脚步，他们反身三天三夜才又回到国境以内，前后经过六年零八个月十天。这时，他们发现置身于一条宽阔而充满浓厚原始腐殖气息的河洞当中，河流中移动着冰凉的琉璃和沉重的金属，月光下的它是一条汪洋而不能行走的银色之路。他们循着嘤鸣的叫声在河洞中捕捉到出没于传说与谣言的猪婆龙，翻开石块便用脚踩住乌龟迷宫图案的脊背，用绳索套到梅花鹿摇椅般的角枝。所有人饱餐数日，撩开衣襟，敞露肚皮，摊尸于河滩上。

　　"终于结束了。"

这个时候他们才清点人数和物品，五个家庭三十六人，一部家训和五部经典。凡是自己认为要活下来的都已经活了下来。河风习习，站在河洞高处紫色乱石上瞭望风和水，选脉取地的先人们重新修订了谱牒，新增五十代字辈，原来的姓氏也一并改掉，规划了新姓氏绵延一千五百年的血脉宏图。他们在这块陌生的土地上开始播散新的语言的种子，以人类远古祖先智人般的毅力烧山开荒，带来了有别于吃生番，占山洞和散居在树巢上蛮人的生活景象。嗐，搁到今天，就不会这么大惊小怪，人类的手都摸到太阳系的边界啦。大约到了十九世纪中后期，倒数第三代嗣子文机公这一代方才在地图上找到这个地方的确切位置，被一位贬谪到理苗州署的江苏籍官员程撄宁紫垣氏在修地方志时纳入版图。

"它叫神垕。"

他发现这里无异于他在《海国图志》类书籍上看到过的澳洲蚁巢，道路悬挂在峭壁之上，高大的围屋掩藏在箣竹，梧桐树和有如巨塔般壮硕遒劲的有着凸突如蛇群般向上奔涌的黑色条状皮肤的枫杨背后，阿鹏儿用树枝在上面搭建了巨巢，猫头鹰以它因年事过高而朽掉的局部为穴。河谷清澈，人畜同饮。夫夷水对面则是一条本地建筑风格的街道，依附着河谷地带绵延数里。就是这样一条静如银器的河洞，在离河流的源头不远的地方他们生存了下来。五代之后，建起了从北方带过来的建筑样式，并且加以发挥变得像不能被侵略的城堡。他们让一座座房屋衔接起来围成一圈，内围或为方形，外围或为圆圈。高大的围墙中以暗道贯通，在进口的地方安上横向栅栏，再安上打着铜钉的便门，最后再装上一道军事化的重若大象的防御门。水井打在围屋里面，家庙和书院也一并建在里面，口前看不到里面，而里面的人却能在二楼以上的地方通过小孔用火枪轰击乱匪流寇和入侵者。他们在这里耕读传家，不事科举，对口前世界漠不关心，却世世代代研究变化哲学，精通先天性命学说，还能根据树枝的摆动与鸟儿的鸣叫辨别吉凶，乃至江水暴涨的时候对河流上浮现的大小怪物和火器也能预言，再艰深的事物先人们也可以在经典中找到依据，世界就是按照经典上所说的那样创造出来的。正因为在河流的源头，一些嗣子认为，照河流的方向往下游去，一定可以到达出海口，他们的簰却冲进了一个一望无际的湖泊当中。湖泊四周全是和他们一样的人种，除了少量的介音相似声母和韵母依稀相通之外，其他没有任何不同，他们退出了中央大陆的腹地。于是，在返回的过程中他们打算避开河流，穿过雨林和山脉，往另一个方向出走，抵达这片大陆的最南端却远在三年开外的路程。他们碰到了岩石一般大小的就在眼前的现实中最大的动物，森林中老虎的吼叫令他们偏移了突围路线，高耸入云的大树缠绕的藤蔓掉下的荚果堪比公牛的睾丸，他们猎取蟒蛇胆汁治疗瘴毒和刮伤，用砍刀劈开满是热带植物臭味的榴莲和菠萝蜜果腹，一年数月之后正在怒吼的大海呈现在他们眼前，以及那背脊之上喷射数十丈高的水莲长达五里的大鱼，渐渐下滑远去的海面上行驶着射炮步甲般的船只，他们终于抵达了陆地停止之处，伫立在泡沫和雪堆样的惊涛面前，海岸线无边无际向他们的身体两侧延伸开去，眼门前的海面山坡一样下滑，刚刚还在的大帆船犁行入海令人绝望地消失了。他们花费两倍的时间原路返回并将这一切告诉嗣子。最终探索者们献给嗣子一个头盔般大小的海螺。

"听，大海的呼吸。"

正如经典上一幅古代插图上所描述的，嗣子一边听一边端详着手中的海螺说道，任何大陆都是海螺一样的岛屿，我们仅仅是生活在其中一枚海螺之上而已。他们终于意识到注定只能一辈子做山里人的时候绝望从心底化作一股黑泉汩汩流出。经过几个世纪，嗣子又派出探险队，得到的结论并无二致，谁说不是呢，我们就生活在这枚海螺一样的球上。然后做了新的推论，每个人都是他自己的中心。直到晚近，他们的父亲，也就是上一代嗣子临终时留下遗言，告诉他们昨夜的梦，所有死去的嗣子告诫他一个惊人的预示：世界已经变了。

从父亲过世的悲痛中醒来之后的新嗣子才睁开眼睛打量这个世界，一些未曾见过的事物正在源源不断地涌进神垕。一位胡子烧锅样的印度人拄着拐杖裸露着一只肩膀和胳膊出现在神垕的街道上，向卖鳌干的主人和洞丁传播心灵寂静的哲学，令他们抛妻弃子，跑到山里吃松花野果，手指头一个一个烧掉，不再回家。来自遥远北方的俄罗斯人带着马，猴子，老虎和皮肤皙白风一吹就破与牲口般气息的金发女人以及巨大帐篷出现在河滩上，敲敲打打招引大家前去观望。洞丁们带着黄鼬皮，鸭毛，谷物，一捆子蔬菜就能撩开帐篷入口的花布一饱眼福。神垕洞的猎户则带着枪将要猎杀那只金黄的老虎用来泡甾。他们所期望看到的他们祖先在书上记载的那种动物却一直没有到来。从交趾高棉暹罗真腊安南以及苏门答腊那边登陆的马来亚波斯人从更遥远的大洋上带着烟土，火器，以及墨西哥银元来交换香料。不管是扬帆而来的佛郎机人，还是卡斯蒂利亚人，意大利人，摩尔人，或者不列颠人，法兰西人，匈牙利人，他们出现在国境以南的这块土地，说着这片土地上的智者也难以听懂的话。岭西省城的官员们在礼簿上稀稀拉拉地记下他们带来的各种神奇的令人眼花缭乱的作为礼物的植物，动物，书籍，地图和仪器。

最后来的才是蓝眼睛传教士。他向嗣子莫温宪大恒公阐述上帝如何创造天地和人，他们的远祖父叫亚当，远祖母叫夏娃，以及先人们劈开大海到达上帝应许之地所经历的苦难。最后讲到新的救赎来临，但他年纪轻轻却被钉死在两根横竖交叉的木头上。莫大恒无动于衷。在故事的重要节点换了两三回金丝烟锅。他在聆听中对比了自己祖先的哲学，他们的神灵使他们在古罗马时期告别了巫术，走上了对上帝的信仰，而我们的祖先在他们之前摆脱了对一切巫术的干扰走上了经典的道路。对一枚柿子是否要进入天堂或坠入地狱这样的问题嗣子根本不感兴趣。女人们听完讲述后对被钉死的男子充满怜悯之情，一个不被家乡所容和对世界满怀爱意的人死得如此惨烈，她们不无愤慨地一边抹着眼泪一边痛哭流涕诅咒施刑者，"那些人太坏了。"

不过，从此嗣子喜欢上了教士身上其余的部分——算术和几何，并加以演算。他认为同为人类这是他们之间唯一可以沟通的语言。世界就是由这些图形和数字组成的，这与自己祖先的观点不谋而合，而教士要嗣子理解这些图形背后那更加神秘而且具有决定意义的力量。嗣子说，那样，我们又没有区别了。于是，第二天清早，江面上的雾露尚未完全散去，教士便上船离开了河洞。他的黑色背影渐渐融化为江面上白色雾气中的洞窟久久没有散去。不久之后，教士的哲学便变为一种武器，在山脉的另一侧一个从来没有人听说过的村子里起义。首领振臂一呼带领烧炭的，种地的，放牛的去建立上帝应允的国。在他们要建立的人间天堂里没有压迫，没有租佃，没有庄园主和土豪劣绅，人人都有自己的土地可以耕种。这场贩卖天堂经验的运动在这块大陆上的四大河流之中的两大河流的居民都响应了他们的号召。嗣子感叹，世间哲学的魅惑无外乎如此，能建立国家的学说才是真正的学说。嗣子回屋检验自己的祖宗多个世纪以来所研究和阐释的著作，发现其中的道理也是如此，这些尚未发掘出来的著作的思想流淌在他们子孙的每一个人身上。从此之后，他开始整理这些著作并开办私塾义学，将这些著作的精义发挥出来。让莫氏家族中有天赋的子弟抄录，将卷帙浩繁的手稿整理成册。十三经句解一遍，又提要，演以大义一过方才罢手。其间只是将著作中建立国家的企图稍加隐匿改换成性命之说以免招来杀身之祸。凡是参学莫氏学说的弟子们都以神垕学派自居，因传闻而理解了神垕学派学理的学子则说私淑渐下学派。莫家学派的出现是对即时各种公羊学说的反叛，也是对二百多年来天朝学术的挑战，对于建立新国家哲学的观点各执一端，而莫氏嗣子根本不听他们说什么，他心里很清楚，关键在于行动。

"你们没有觑见过海，"嗣子说，"不晓儿在浩瀚的大海上如何征服。"

于是，他以莫家围全部家产作为保障请来荷兰语老师，以及西班牙语，德意志语，大不列颠语老师。请他们教授格物之学，如何使用尺规和图纸制造蒸汽机，如何将石头变成铁，然后再将它们变成战船。他目睹了蒸汽机的神奇，末了他想将蒸汽机安装在一个以南部大陆一种坚硬似铁的木头为骨骼的架子上让它像鸟一样腾空而起翱翔蓝天时他的妻子王氏提出为了岳父大人的寿辰要捐修一座嘉礼庄园以给姊妹们出嫁作陪嫁，而莫家的财产也几乎全部搭进去用以购买土地。但他并不是一个轻易气馁的人。嗣子号召大家先修习大不列颠，德意志，意大利诸国方言，再学习算术，物理，天文，海洋，机械，无线电和船体制造的学说。说实话，他有些许懊丧自己当初轻浮地打发了传教士，他可以帮自己了解大陆以外的更多事情。他迷醉在欧几里得学说的旖旎之中，凡有所得一律补注到神垕学派的著作当中去，他几乎发现了一个新世界。没过多久，这些著作就被他推翻了一遍又重新结集在一起，鸟儿霎时间换上了新的羽毛。他哀叹自己的先人一直陷在狂妄之中不知悔改，一直只用直觉探索宇宙的奥秘，结果连一台浅显易懂的蒸汽机也发明不了。他和孩子们在河唇头削水，石子一吊麻钱样扑棱扑棱往前扑去，最后如灯焰熄灭落入水中。他说假如我们的力气足够大会怎么样，我们在大海上打水漂会怎么样，孩子们说假如我们的力气足够大，这枚石子就会飞出大海，飞向天空，射向宇宙深处。

"不对，"嗣子抚摸着孩子的头皮说，"假如我们的力气足够大，这枚石子就会同月亮一样围绕我们旋转。"

因为无法证实，孩子们打死不相信他的话。嗣子开始引用复杂的公式证明自己的想法，最后谁也搞不明白。他只好双手一摊，"好吧，事实就是这样。"于是他在地上画了两个同心圆，一条弧线从内圆的表面飞到外圆上，就好像我们抛出的石子总会落在前方的某一个地方。因此，地球是有一股向心力在作怪，而且作用于地球表面的任何一物。假如没有这股向心力，我们的石子就会飞走。只有它的存在，我们才没有因为奔跑而飞出地球。神垕学派的学说因为水漂石运动轨迹的阐释从此得以发展到前所未有的新水准。神垕洞的人们仍然莫名其妙，而嗣子探索的步伐并未停止，阐释的意愿也从未止步。由水漂石原理进一步拓展的全宇宙星系的运转在他看来是那么地显而易见，月亮虽然离我们十分遥远，但仍然是受着地球的那股神秘力量的约束才不厌其烦地围绕着我们东升西落，西落东升。由此可证，太阳也一样，也就是说假使力气再大一点就会飞出更大的旋转轨道，宇宙中的其他天体也一样。一幅由繁多的星体旋转的宇宙图景在他的脑海中拓展开来，小到一粒尘土，一个浪花，每一次潮汐，心跳，念头，大到太白金星，火星，木星，土星，乃至天王星海王星都在他的阐释范畴，彗星也在。他的内心携带着这幅宇宙景象与人对话或喃喃自语，在平常话语当中掺杂着高深的水漂石宇宙学说。他，一只经常漏水的水桶样将多余的水滴经常溅到无辜者身上。他苦于没有知音而异常懊恼，甚至垂头丧气。

　　一日清晨，衣襟尚带雾露的蓝眼睛传教士约翰·托马斯先生穿过黑夜而来，重新出现在嗣子面前。在那场举世震惊的运动失败之后约翰·托马斯神甫又来到了神垕，嗣子向他阐释了自己的新学说。您和牛顿爵士的研究达到了惊人的一致，教士带着南部大陆调值极为复杂的口音补充道，不过，我认为那都是上帝的意志。嗣子庆幸自己远在地球的另一端竟然还有同道者。听完约翰·托马斯的讲述之后他说，我们也有不同之处，我们的学说认为一切都是运动的，彼此消息，这是我们祖先的智慧。当他们的谈话切换到各自祖先的智慧领域，谈话也就戛然而止，为了打破这种尴尬，托马斯先生只好问他是怎么发现这足以改变人们对宇宙的认识从而变成风暴的学说的。

　　"坐在秋千上。"

　　他简捷而清逸地告诉约翰·托马斯传教士。他在秋千树下由小到大用石灰抿了很多圈圈，他的秋千就在这些圈圈中慢慢地趋于停止状态。就在那一刻上天砸中了他的灵感，让他顿时领悟到宇宙和万物的奥妙。哪怕是一条河流，也是一边高一边低，沿着秋千摆动的样子前行或者倒退的。嗣子并非那种热衷于空说和故弄玄虚的人，他开始在围屋的炮楼上架设望远镜观测夏日夜空的流星，彗星和天体运行。在老围的牛圈和马厩旁边开辟几处杂物间作为实验室。他开始绘制火炮和飞行器的图纸，改进四大发明。是时候了，金木水火土这五样东西到了即将统一的关键时刻。庭院中悠闲散步的孔雀也向他徐徐展开羽毛，孩子们骑着笤帚从眼门前飞驰而过。就在他的实验遇到无法克服的困难寸步难行的时候传教士给神屋洞带来了一样东西：电话。面对如此神奇之物，嗣子第一时间说，物质的灵性无所不在。他矢志寻觅的东西在有生之年终于得见。它将改变一切，蒸汽机之后掀起另一场革命。于是嗣子在他的学说中又加进了关于物质与听觉艺术改进的方式，并对视觉，触觉，嗅觉方面作了进一步的发挥。他不无感慨，先人们没有亲睹这等神奇之物的福气，更别说两个相距遥远的人彼此问候如在眼前，有如冥冥中的幽会，甚至不敢肯定那一头说话的就一定是一个活物。照相术跟着进入神屋洞，人们因此开始变得思维混乱。大家生活在电流嗡嗡声的迷宫之中找不到笔直却变得弯曲的回家的小路，只能互赠照片，记住对方，而死去的人和活着的人混在一起都在照片上一起活着。对于莫家围的嗣子而言，宇宙在他的心中却是如此井井有条，不容其有丝毫的紊乱。他拒绝将宇宙当作混沌旋涡，拒绝一切关于神话色彩的解释，他甚至将黄老学说和炼丹术也一一加以勘验，是否符合自己的新学说。

随后不久，嗣子又投入到光学和解剖学的研究。前者同样是一种常见却令人难以理解的事物。它的最小部分是什么，是否可以切割成我们可以想象得到的原子大小。我们伸手挡住一条光线的去路，而它并没有像水样淤积，当我们松开手，它还继续通过去。没有光，我们看不见东西。我们能够看见遥远的星辰，是它们引导我们看见也即它们给我们投来了光。地球本身和我们并不能发光照射到它们，而相距如此遥远的距离，可以想见，它们是多么炙热的燃烧然后才能照射到我们。而在照射到我们之前，它们在宇宙中走了很远的路。具体有多远，谁也不知道。如果是超乎寻常的遥远，那么会给我们带来巨大的伤害。因为，一万年对我们星球上的任何事物都极具攻击性和毁灭性的打击。研究光的另一个显要目的是利用它既不增加也不减少以及遥远照射的特性制造更加优秀的望远镜，或者放大和缩小观看事物的光学仪器。所有这一切都令他着迷。关于后者即解剖学的观察来自于猎户们用箭毒射伤动物使它们丧失奔跑能力的原因尚不明朗，是因为箭毒阻碍神经系统还是麻痹肌肉他有些搞不清楚，而且更加搞不清楚动物内在结构与人类基本相同它们运行的规律却一直是个谜。尽管如此，最后他还是将先人的性命学说进一步发挥到一种流派学术所需要的简洁陈述，宇宙是一个伟大的建筑者的作品。它的秩序来自宇宙本身的神性。我们自身之外的存在是大宇宙，而人是宇宙的复制品，是一个个小宇宙。因此，我们才能理解宇宙本身的意志。我们身上持续苏醒的宇宙性最终会使我们与宇宙合为一体，并在我们内在建立起宇宙一般的意志。我们与宇宙沟通，互动，并且服从，从那里得到我们所需要的一切来建立自我的圣殿，这就是慎独。《学》《庸》的奥秘全部在此。如果没有先知的学说，人类早就被虚无击中和被孤独撕得粉碎而死掉了，因为我们只看到了我们的渺小。约翰·托马斯十分惊恐嗣子的学说，而嗣子说这是老祖宗的东西，无须大惊小怪。他只不过用神垕洞的话再说了一遍。你们的上帝进入你们的身体和灵魂，难道不也是因为这个吗？

　　起义被镇压，叛军首领全部剿灭，而托马斯跑掉了，他说他只不过是一个传播福音的教士。他依然想试探教士再次来到神垕的真实目的。嗣子说，我们的哲学是为国家圣殿服务的。可是，托马斯神甫说，东方的这座神圣殿堂已经染上了别的成色。哦？嗣子用一只眼睛看着他，一只眼睛继续追问，你的学说会导致我的人起义吗？如果可以，托马斯毫不负责任地说，那不正好是这种学说的魅力吗？那样的话，嗣子两只眼睛聚到一起放射光芒说，我就会被灭九族。他仿佛又看到了先人们的逃亡，史书中的博物学家因好奇或流放到岭表的著述者将这片土地上的人一律称作蛮子。然而，嗣子还是许以约翰·托马斯食物，让他住进老围二楼一套宽敞的屋邸，除了教授语言，记忆术，严禁他向任何人宣讲自己的学说，嗣子意味深长地告诉他。

　　秋天的一个午后，年轻的神垕知洞高孝荣带着一俪随从骑着马出现在桥上。此刻，他正从历史深处走来，在离朝门很远的地方一跃下马，步行到莫家围。这时的你尚未来到这个世界，你也不晓儿他会在时间的裂变中成为血脉迷宫构成谱系中的最有效部分之一即你的外曾祖父。此刻，你的曾祖父莫大恒只怕也没有意识到，他是那么高傲。莫家围的知宾通知嗣子。嗣子来到会客厅，高知洞唱揖行礼完了说，宪公，我听说莫家围来了一位神甫。嗣子说知洞大人明鉴，本围只有各种洋人教书先生，枉驾知洞大人一一看去。高知洞温和而谦卑地微笑着说，我也是奉命巡察。嗣子顺了他，那就请随便看吧。然后用他那亮闪闪的黄铜烟枪击打着地砖，将残余的烟灰敲出来。这声音的余响和动机是那么明显，高知洞心里阵阵发紧。这里是莫家围啊。高知洞自然不敢发势去查验。就在这个秋日的午后他走出会客房，站在一只孔雀身边撅了撅孔雀背部的羽毛，对羽毛上编织成整齐的鬼眼多打了几眼。这是他第一次走进这个城堡式的圆形建筑，目光扫一遍下来都会回到己身，好似回旋镖。他最后决意去嗣子的实验室探个究竟。一束通过窗户上的玻璃发出黏糊而多彩的阳光折射到屋子中央的工作台上，使这间马厩一般的实验室充满神奇色彩。屋子里膻气熏人，一个蓝眼睛外国人正在解剖兔子。高知洞在鼻孔前扇手，问，杀兔子做莫子？嗣子说，我的美利坚国科学助理想搞清楚为什么吃肉野兔的尿液和猪马牛羊的尿液一样是清的，以及血管运动神经对血液供应的调控作用。高知洞一时不知如何搭话。嗣子进一步把话说透，因为兔子胰腺分泌的消化液能把脂肪分解成脂肪酸和甘油。高知洞从那间充满幻彩光芒的屋子里退了出来连连作揖告辞而去。嗣子很满意，就在由语言构成的知识的墙面前，知洞大人知难而退了。这哪是知识，明明是一种心智，一种理解和解释新事物的命名方式。我们将不曾觉察到的部分重新命名了，从而构成一个新的知识体系。就在嗣子于解剖学领域沦陷多年之后，妻子王孺人去世前的一句话才使他猛然警醒。

"你就是个废物。"

这个时候，他才突然意识到自己已经八十岁了。耽于科学实验的他一度疏远亲人，荒废家族事务。他的妻子王孺人怀着悲痛和绝望至死不肯原谅他，乃至妻子气体样蒸发了他一点都不记得她的样子。只有那句话深深地让他意识到语言是毒药的一种。他决心重整家族血脉，并将自己从宇宙中获得的能量一一灌输到坤道之身，让她们开花结果。孺人王氏过世后的第二年开春在八十岁来临之际，他决定再娶一房继室。我还没有子嗣。这使他备感惆怅。教士问他那老种子还能不能发，嗣子说老鱼子儿千年不发，一发不可收拾。他清退了说着各种方言的洋人教师和格物致知的伟大工程师，那些地球上的漂亮语种和智慧也随着他们的离去从孩子们的脑海中一一退潮。莫家围又恢复到以前的生活节奏，务实而绝不虚掷光阴。他打发监事去河那边将媒人请来。媒人长着一副硬喙突出的雀嘴，以为是嗣子想为莫家围子女说媒，上来开腔就说，马肠响的郎火家有一个崽，门当户对，我心里早有算盘。嗣子脸上微微泛红使他乌律律的发须下的脸面显得愈加窘迫。是我要纳一房继室。媒婆的眼睛子翻白当场掉了出来，牙骱脱臼久久没能合上。嗣子把桌上覆盖一盘银锞子的红绸揭开，媒婆才反应过来，将手掌托住下巴迅疾往上一托一顶变形的笑容立即荡漾开来。

"十八岁以内，奶大屄圆。"

嗣子说完就走了。莫家围后来七个活蹦乱跳的儿子就是十六岁的身材魁梧奶大屄圆的逢白生下的。她长得一座塔样，在塔一般的身躯之下隐藏着一颗羞涩而灵敏的心，侧看也不失妩媚。嗣子欢喜至极。没过多久儿女们瓜蓏儿样令人瞠目结舌地一个个从逢氏的胯下滚出来。

"我娶了一头牸牛婆回来咾。"

在繁忙而璀璨的记忆长河中永不褪色的是莫家围的长房莫元良将继承嗣子之嗣，老二莫旦良，老三莫佐良，老四莫佑良，老五莫铺良，老六莫幼良和老七莫羽良，后面两个年纪还小，跟嗣子以及老大莫元良住在老围，而其余四子将住进经过重新规划的区域。老二为青龙房，老三为白虎房，老四为朱雀房，老五为玄武房，一切井井有条。莫家围有八九百间房，住着数不清的人。有谁去统计过蚁巢的蚂蚁数量呢？约翰·托马斯先生一直好奇，白天的围子是一个巨大的蜂巢，里面闪耀着流动的玻璃和透明的嗡嗡声，几只刚刚蜕化的蝴蝶样飞过。规模如此巨大的一个家它是凭借什么维持正常运转的呢？

莫元良，莫旦良已经到了发蒙年纪。他们和莫家围其他年届入学的孩子在鞭炮声中一起跪在供奉着系有红绸的猪头和其他祭品的祖先牌位前正告先祖，领取经书和笔墨纸砚。本围家塾先生将给他们的人生予以启蒙，正式步入读圣贤书的行列。仪式庄严，肃穆，尽管他们不知道发生了什么，但那种严肃的气氛和震耳欲聋的鞭炮声已经渗透到他们的意识当中，还在祖宗的牌位面前许下了类似诺言的东西。莫元良和莫旦良被圈进神垕书院，他们怀着崇敬的心情终于可以一探究竟这个被同龄人视为神圣的地方。老通掌作为主持带着启蒙入学胸佩红绸花的学童跟在十位家塾先生身后走到一个空旷的房间，正北悬挂着圣人像，有对联一副：天不生仲尼，万古如长夜。行礼跪拜之后一位先生喊了一声入泮登宫。楼上天花板起开，一个一米见方的洞漏下来朗朗的诵读声。学管随即推来梯脚带轮的硬木梯子与洞口对接。莫元良和莫旦良跟着家塾先生几乎垂直攀援登梯上去进入教室，其他人都留在了下面。

"大学之道在明明德，在亲民，在止于至善……"

嗣子站在圣像前，不一会儿便听到那些漏下来的声流中汇入了自己子嗣的声音。此刻的他没有任何由头地冒出想饱餐一顿的想法，随即听到楼板被放下关闭，声流如切芹菜秆子一样嘣嘣脆切断。往后，进入学堂的莫元良莫旦良兄弟须日日背诵经文以及拿着掏空的纸板蒙在大字格子上挨个记字，白天禁止下楼，半日饭有人用箩筐吊上去，放学后才能回家。在莫元良和莫旦良的教室里，家塾先生戴着一副玳瑁花镜，坐在屋子前面的方桌背后看书，以余光扫视着每一个人，桌子上摆放着一根长长的竹竿。日课背诵不通者和在课堂上捣乱的，家塾先生的目光越过眼镜上方，就会用这根长长的竹竿敲击他们的头腔。家塾先生种了一园子瓜果蔬菜，成熟期各不相同，有的将将开蒙，有的对经文业已熟透进入开笔阶段，还有的已经可以开讲了。家塾先生们都给予分别调教，制定学业进程，那些启蒙过后的莫家子弟开始对这个世界发表自己的看法并在这个庞大的组织里面寻找属于自己的生存空间，而对于这种教学方式嗣子早有自己坚定而成熟的想法。

"第一口奶决定着他们的将来。"

他操持着自己人生经验的总结，掸下手上的科学实验和著述工作将两个孩子乃至可以行走和坐稳的其他几个孩子拉进自己的实验室，给他们讲授天体物理，生物，电磁，数学，以及广博的历史地理知识。他让这一切像一粒整体的种子播撒在这片希望的土地上。至于他们是否听得懂听不懂他全然不顾，他知道，懂与不懂根本不重要，重要的是他播下去的种子在这些幼小的心灵当中什么时候生根发芽，使他们对未知领域产生好奇和想象，最后像一棵树样自己成长。尽管要等到树木结出果实还遥遥无期，但他已经将自身蘖裂与好奇和想象结晶为那个称之为意志的东西，就好比他以水漂石原理厘清了所有知识上的障碍，他不是要教给他们知识，而是要他们自己去寻找到属于自己的唯一的水漂石。他们年轻的母亲逄孺人也坐在里面，一边奶着刚刚出生的小儿子，一边听讲这些她从所未闻的见识，终究因为过于陌生而感到坚硬无比，因为坚硬无比而困倦不已。那些小崽们也东倒西歪瞌睡连天。他还是坚持了十二个月，最后情况并没有得到好转，他只得接二连三将他们送回家塾先生的课堂里去。

现在只剩下我了，逄孺人含情脉脉地眽着丈夫，继续讲下去。嗣子对妻子表现出来的好奇心异常惊讶，这正是他想要的。然而，她已经长大了，不需要这些了，重要的是孩子们。他看着妻子日渐敦厚而宽广的胯骨和骨盆，因奶水肿胀而湿透的胸脯而感到欣慰，也有前所未有的落寞袭来。散了吧，到房邑去。逄孺人却说，肚子里的宝宝要听。

正在这时，他仿佛听到了隆隆的炮声。他感到一股酸意涌到了眼眶。这令他离现实又近了一步，他明显感觉到子嗣作为一种力量倒灌入身与他连接为一体，跟更遥远的一切连接为一体。莫家围青龙房的莫旦良后来回想起在渐底下度过的那些清晨和下午，其余的东西忘得一干二净，唯有在拥挤不堪散发着各种蛙鸣般的异味以及母亲乳香的科学实验室里他们一家听父亲讲课的场景忘不了抹不去。弟弟们横七竖八，有的坐在地上啃脚指头，有的在抠地缝里的杂物放进嘴里咀嚼，还有的抱着板凳瞌睡过去，皮实的一个个水獭样。母亲，一只看护着雏子的白羽鸡，一边沙浴一边目不转睛地高耸在他们中间。他憧憬着父亲所描述的世界，一张世界地图在眼前展开，中央大陆清晰无比地印在脑海，非洲和拉丁美洲像母亲的两只奶袋尖尖而下垂的乳峰，澳洲是一只漂移的螃蟹，而日本和大不列颠两个岛国就是整个欧亚大陆的宫外孕。

“啊，”他们的父亲说，“蓝色的海沿着河床灌注到了中央大陆，而不是奔向海洋。那些堕落下去的地方就是湖泊。”

随后他将地图倒悬，他们脑海中的世界随之颠倒。那些河流有如八爪鱼的软足总是逆着流淌，太平洋和大西洋加起来也不会比莫家围更大。他让他们理解并知晓世界上还有很多很多像他们一样的国家，在冰岛和塞浦路斯生活着像他们一样的同类，在西边的拿破仑侵略过地处北方荒寒之境的叶卡捷琳娜大帝的领地，而地中海的希腊半岛上生活着一群热爱智慧宁肯不要命的生物，毗邻他们不远的丛林里终年住着许多不吃不喝阿育王时期的苦修士。神甫所说的圣子仍在地图的某个穷凶恶极的老林子里流亡，与各类史诗中的王子的命运差不多。地图之外的宇宙星辰，它们像兄弟血脉或一家人样息息相连。他们被这些错乱的信息击昏过后，父亲就带他们去院子里看井，这是与世界上其他地方连接的通道，而他们的父亲遵照的不过是莫家围的祖训，即嗣子传位时将一幅绢本观井图传给下一任嗣子。图画上有一口井，一棵树，一个人，观井之人腰身上系着捆在树上的长绳趋井俯瞰。它有什么含义呢？每一任嗣子都要思考这个问题，观井图悬挂在内室，时常静坐默观。莫元良和莫旦良兄弟一个人在井边玩耍看井的时候没有丝毫感觉，而大家一起俯身看井时却产生了神奇而通电的奇妙感受，他们的父亲却没有做出任何解释，只是让他们看了又看，他们兄弟当中就此有人落下了观井后遗症，而井带给他们的想象却无边无际。最后，井变成了咒语，变成了他们的人生导师。嗣子才彻底从具体的教学任务中解脱，他将自己的期许告诉了约翰·托马斯神甫。

"那将是未来的水漂石。"

托马斯教士向他建议，将孩子们送到省城去读书，他看着河滩上那些远未完成的蒸汽机和毁于雨水侵蚀的铁疙瘩跟嗣子说，毕竟，在这里一切事物都还只停留在萌芽状态，所有伟大构想都无法实现。嗣子当即采纳了他的建议。他开始筹划，并叫来副手。在莫家围佐治委员会成员的眼里，这位嗣子五十年来没有管过正事儿，他四次参加乡试均落榜，在他人生的低谷时期他不得不将家族里的大小事物一应交给莫温述大康处理，后来转为学习新事物。他对自己的连续落榜归咎于神圣帝国的堕落，而要出售族产是大逆不道的事情，他不得不跟温述商议，以及考虑在家庙早堂上宣布此事的时机。他感到为难的同时也感到必须这样做，这关系到莫氏家族未来的命运。莫大康反对他这么做，但又必须服从嗣子的决定。

"明天你也这么说，"嗣子说，"站出来反对，只有这样，我的决定才会更加真实而有说服力。"

清晨，天麻麻亮，嗣子来到家庙祖堂，走到中间的位置，二十四声击鼓唱迓过后正告先世神主，诵读族规完毕，各人分坐左右。满满一屋人向他投来清澈而奇异的目光。嗣子也觉得新鲜，各长房和任事族人都来了。嗣子多年不主事，新面孔概不认识，莫大康让通掌介绍本围在任司职成员，通掌莫正泽让介绍到的人站起来跟嗣子相认。记录家族事物做出计划安排并造册的典事；监督执行的监视和家庙负责劝惩的执事；宣讲族规接济乡曲里党掌管推仁簿的监政；掌管钥匙和出纳的主记以及会计财息；掌管钱财佃租的新管和冠昏丧祭的旧管，总租簿，畸零簿，税赋簿三簿均属于他们管；管理养蚕，纺织和男女夏服冬服的羞服长；负责开店和收侉子钱经商的营运掌；迎送和招待客人的知宾；承担婚嫁礼的嘉礼庄，以及畜牧艺圃诸位负责人；管理厨房的掌膳，家族财务，学田，药房，家塾，团练，家长。全部介绍一遍，捞总六十二人。

嗣子一时间要卖掉两千垧地，在省府安置产业，这事从来没有过，但他想好了，这就是老嗣子临终时嘱托的正确解释，世界变了，莫氏宗族也要跟着时代而变，而且这个变局是一千五百年来从来没有过的。这个提议像一个晴天霹雳在他们头顶炸开。

"公堂产业子孙永守，"嗣子副手提出异议，"这是任何时候都不能变的，只能增加而不能减少。"

通掌莫正泽附议，支持莫大康，导致其余人等附和副手和通掌的意见。嗣子说，大康和通掌说得并非不在理，祖宗基业是要永守，我们说的是守，如何守才是今晡的问题，而不是家产的增加和减少的问题。本质在守，以及如何守。嘉礼庄作陪嫁用的一千五百坰田庄，学田部分抽减五百，合两千坰，是为了在省城建立莫氏试寓，为我子弟进城进学提供途径，这才是守。我们的时代已经变了，世界也变大了，我们要用新的方式来守，旧的方式只怕守不住了，我们的老围能不能守住都难说啊。嗣子的一番话得到了部分人的响应，但仍然不是全部。这个时候嗣子副手莫大康不失时机地站出来说，学田减少的部分实际上并没有减少，因为自家子弟进城后的开销仍然由家族财息支付，等于是一种转移。嗣子说，大康说得有理。至于嘉礼庄，从此以后陪嫁从俭，婚娶也要从俭。娶贤不娶色，嫁心不嫁财。

通掌莫正泽仍然反对，但嗣子的提议已经得到大多数认可。于是，起出莫氏家族的砧基簿，打开封条，勾出那两千坰地，再重新封藏。在场者对嗣子的决定不得再有任何质疑。莫家围在岭西省城东西巷置下一幢宅院，挂上"莫氏试寓"的匾额。他从两名家族监事中挑选了曾经中过举人的大庸去打理，又重新补了一位新监事。在省城的院子，只有莫家在学并且参加科举的子弟可以住进去，其他人想要打尖什么的，一律得经过嗣子本人授意。莫孝廉带着妻子周氏和尚年幼的崽莫锡良以及一笼雪白的鸽子举家前往看守新宅子去了。除了莫家围嗣子家的四个孩子，还有本围家塾先生调教的别的孩子一并前去。在离水车不远的大枫杨下，看着离去的船只，逢孺人无法忍受离别的痛苦，肆无忌惮地嗷嗷大哭起来。莫幼良在怀里，莫镛良一只手捏着肚皮鼓胀且在射尿的青蛙，一只手死死挤到母亲的大腿，他被这突如其来的哭声攫住跟着嗷嗷大哭起来，还在肚子里的莫羽良展开拳脚乱踢。大人们停止哭泣，他们也跟着停下来，好像他们天生就懂得哭泣为何物。沉默与大声喧哗都是一种骤烈的燃烧，在这一刻都发生了。嗣子站在高大的妻子面前显得更加形销骨立，春寒料峭，他丰腴的肉身已被思考所腐蚀。他仿佛看到了多年以前的自己，先父突然仙逝，那也是他最后一次出洞落榜归来继承嗣子之位，从此再没有离开过神垕半步。

那是一个天气转暖时节，水浪一冲再返回去卷积沙土激起阵阵白浊，啪的一声变成苢苣菜叶样浪花，动荡着退回河床，船只随即在河唇头插上来停住。一群翼甲闪动着鸭绿的黑色水禽随着船只的到来赶到吃水线激起的浑水处啄食虾米和小白鲦。他从船上下来尚带着微微的斜颤，迎接他的家丁早已在码头，女眷和其他家属则在莫家围朝门前列队等候。"神垕世居"四个大字镶嵌在朝门之上。圆形的围龙屋和门楣看上去有些扭矩变形。老爷请。他往后猛然撩起披风坐进肩舆，四人吆喝一声站起来。肩舆弯曲下沉，肩舆上的人便沙袋样陷进座椅。肩舆在家丁的肩头上颠了一下挪到一个准确的受力点，随即开步走过平地往斜磡上走去。四人组成一个菱形四边形，他们不断变换着位置以走过平地，斜坡，台阶，泥泞，坑坑洼洼的地形，而肩舆上的人则感觉不出来地面复杂的变化。一条白龙犬等在门口，尾巴箭杆一般直挺，面目凶狠，对着肩舆啸叫。肩舆独自进了朝门，它也转身跟着进去。列队在门口欢迎的队伍头部跟上肩舆，以两条半包围的弧线跟着，当肩舆消逝在大门下迎候的队伍也拉成了直线进入围屋。尾随的长长的队伍是船上下来的武装侍卫。围观的孩子们在他们进去后一哄而散。在肩舆上的嗣子打量了一眼眼前的所谓的故土，进入神垕最大的单体建筑，其他几家围屋在远处像一个个倒扣的坛坛罐罐，农民低矮的木楼瓦房散建在围屋之间地带，掩隐在籁竹凤尾后面，芭蕉树依偎着它们的墙根，周围是明亮的黑色水稻田和黄土红畲。远处的岣嵝山脉在暮色中呈藏青色，再远一些的山变成淡蓝，直到故土的脸庞消隐在黄白而温暖的橘子一样的薄暮中从而泛起一些绕过水藻的鱼眼般的泡泡，而那份沉重却从未消逝。"时间总是在沸腾。"嗣子说。

卷 二

逄孺人嬔下七个儿子，还嬔下两个乖巧的女儿莫伺其，莫温婉。"我想崽了。"一说这事便茶饭不思。嗣子立即安排星轺马辂，第二晡便携着几个崽女，由老知宾领队，叶隆回带一队家丁骑马护送去省城了。逄氏走后秀吉服侍嗣子过夜。正当十六七岁年纪的秀吉经过逄氏的调教已出落得楚楚动人。秀吉趴在嗣子身上，那里无可挽救地颓丧下去了。秀吉帮他，但还是倔强地枯萎下去如一朵折断的在太阳底下暴晒过后的矢车菊。秀吉说老爷在白孃身上播下那么多种子，在秀吉这里可是颗粒无收咧。什么藤搭什么瓜，你这根嫩瓜藤老爷吃毋消咧，可我喜欢这对响铜镲钹。秀吉从嗣子身上下来，嗣子把手伸进她的肚兜里握住那对活蹦乱跳的活物不久便在香酥酥的怀里睡去。秀吉闭着眼在低吟中沉没下去。她是逄氏为嗣子觅到的通房丫鬟，四年前逄氏从宝庆府娘家省亲回来的路上所获，这时我们还看不清这个婳婳女子的命运。一拢屋，逄氏一脸神采地跟嗣子说，这次给你带回来一个礼心。那个妹几？对，秀妹姬。

嗣子叫逄氏带过来觑下。换洗之后的秀吉亭亭玉立，牙齿晶莹剔透有如冰晶石。果然天生丽质，嗣子心下欢喜，只是那双小脚令他稍感不悦。于是将秀妹姬这名字改为秀吉，叫逢氏好鲜调教着，小脚不要再裹了。逢氏离去的几天，他又一头扎进实验室。他拆解了一部手摇电话机，想了解那个将人和遥远声音联系起来的奥秘。解剖下来的零件摆满一桌，但就是看不出这一切到底是如何发生的，这时他才又想起约翰·托马斯神甫的存在。

"Nescio quid sit（无意义之事）。"神甫摇摇头说。

"莫子？"嗣子不解。

此时的神甫尽管来自新大陆，但他仍然喜欢使用旧大陆带深刻见解的古罗马名言警句，一如嗣子仍然在使用两千年前经典的语言描述他心目的神圣事物。神甫说这不是他的研究范畴，"这是疯子发明的东西，它们没有灵魂。"嗣子说："我感兴趣的是物质里的灵魂是怎么被提炼出来的，使我和遥远地方的另一个人发生了关系，这不是水漂石，也不是向心力，而是另一种东西。"

"当然不是向心力，"托马斯教士说，"这是电。"

嗣子突然天启一般明白了教士的提示，向心力也可能是电，只不过我们没有明确指出这种东西，我们的兽皮摩擦就能产生挤爆虱子时那种噼噼啪啪声音的东西就是电，那么只要持续摩擦就能持续产生电，然后找一个东西将它存储起来就能为我们所用，再拿铜丝将它们连接起来输送到另一个地方。他看着电话机的手摇部件似乎终于明白了其中的道理，而且，如此之快。如果他让蒸汽机来承担持续摩擦的任务就会产生很多很多的电。他告知托马斯教士他的这项伟大发明，教士还是不感兴趣。他只相信上帝的奇迹并加以模仿，唯有爱上帝者才能得到上帝之爱，对嗣子的奇迹充耳不闻。嗣子不禁感慨，看来他的路走歪了。嗣子对自己打通了木，火，水和金之间的领域显得异常兴奋，他想到如果自己将金木水火土所有的界限和领域打通，那将是多么伟大的一项奇迹。当然，他不知道世界上与他同时代的炼金术士已经将核素的同位素推算到了二百一十二种，而他仍在黑暗中独自前行。当他明白这个道理之后，他利用电话机原理制造了一台手摇发电器，这是整个物质的核心，他两个儿子和女儿站在这台机器旁边，嗣子说，你们将见证奇迹。他让莫镛良摸住铜线的一端，而他开始摇动那架奇丑无比堪比一条受伤的鳄鱼的机器却发出风车般优雅的咝咝声。刚开始莫镛良不以为意，他们的父亲让他坚持住，突然间他脸上显现出极其恐惧的神情，小身板瑟瑟发抖，随之哇的一声大哭拘掉铜丝，倒在地上打滚。嗣子并不在意地上打滚的儿子，而是王者样站立，欢呼。

"这就是奇迹。"

然后才过去扶起莫镛良问他什么感觉。莫镛良描述说刚开始没感觉，后来有点麻，再后来铜丝发出一股巨大的力将他击倒。这就对了，嗣子抚摸着儿子的手望着窗外说，这是电。

凡是对他的奇迹不够虔诚和信服的人，他就将他带到科学实验室让他摸住铜丝，一准让他瑟瑟发抖，一准瞬间中魔，然后麻翻在地，他将这视作科学的胜利。进而，他将这种实验扩大范围，从那些院子里悠闲散步的孔雀开始到猪马牛羊身上，一条怀孕中的母狗也未能幸免遭到打击瘸着腿逃出了房间，这一切一一得到证实，嗣子将实验对象再拓展到植物身上。一如他看到的雷劈树木的效果，尽管威力没有那么大，但一株南瓜苗在实验过后还是死了。最后，他搬来烙罉，铁锹，犁具，他发现铁可以继续传播这种神秘物质，然后水和水中的鲤鱼也成了他实验的对象，他向世人宣布水是通灵的。除了石头没有灵，这个世界大部分事物都是通灵的。要是有雷公那么大的电他就可以改变任何事物。然而，就在他取得节节胜利的时候他被巨大的问题所困扰，水漂石原理和电到底有什么关系呢？难道同样是旋转运动就不产生电吗？如果产生了为什么感觉不到。在他的哲学当中，它们必然是一体的，有关联的，然而神垕洞莫家围的这位伟大科学家终其一生没有将这个问题想清楚。他写信告诉在省城读书的崽，并将自己的喜悦作了恰到好处的修饰以便他们幼小的心灵能够承受这种惊喜。儿子们读信之后，莫元良执笔回信赞美了父亲大人的伟大成果，尽管他们还没能亲自体验到被麻翻的美妙感觉。逢氏还不知道莫镛良被麻这件事情，她仅仅从莫镛良夜晚的梦魇中猜到了在实验室似乎发生了什么不可告人的事情而对此颇有微词。做学术哪里不需要牺牲精神呢。看见鬼了，这是谋杀。死不了，嗣子不同意这种说法，除了水缸中的那条小禾花鱼。他眼前立即出现那条红铜色翼甲的鲤鱼翻肚皮前用尾巴竖立了起来。逢氏从此禁止崽女参与科学实验的事情，最好将它封禁就再好不过了。越是这样，嗣子对实验室越发珍惜，每次进入实验室犹比洞房花烛之夜般倍感珍贵。每天四更，莫家围值夜的磬声还没有敲响，他第一个起来到凤尾竹林去打一套形意拳，双手牵动着磁力线团缓缓旋转。啊，连这也是旋转运动。中午在院子里晒太阳，和族人们打招呼，他要从太阳那里汲取更多的能量，尽管他知道自己心态很好，毕竟已经是耄耋之年的老人了。眼下，旋转运动和电的问题深深地攥住了他。他想人们完全可以利用水或风车带动机器运转，再输送到莫家围或者神垕洞的每一户人家，然后让别的作旋转运动的所有有关的机器连续工作。这样，族人就可以从沉重的劳作中解脱出来。一旦离开实验室他就发蔫，对其他事情的兴致丧失殆尽。一旦进入实验室，那些伟大的构想就会充盈他的身体，让他回到逆向生长的状态。这里没有时间，只有智慧的甘甜。而这种甘甜只有他一个人能够体会得到，这是多么遗憾啊。他沉浸在真理门口前癫狂般的快乐中不能自拔：如果电的最小单位仍然是物质，那么它也必须像水漂石一样遵循旋转运动。就是说假如电是由多种比它小的物质构成的，质而言之就是由无数个小水漂石构成。那么，同样要遵循旋转运动的规律，也就是我们投射一个水漂石，必然在另一个地方看得到它。由于电话的启示，他明白电是瞬间移动的事物。他通过怀表计时发现，通话双方是同时的，也就是说它拥有世界上最快的速度：瞬间抵达。除了我们脑海中的意识想象速度，难道还有比这更快的吗？没有，他举不出例子。因此他推算，电是可以用来接收的。只要对方有接收装置，它们之间无须电话线就能对话，或者通过电发射阻断的方式发送预先设置的以切割时间长短为代码就可以产生意义。卦符就是一套完整的代码，一套可以进行沟通的语言。再者，电是时时刻刻都存在的，通过对司南的研究，他发现先人从来就知道磁场这个东西的存在，而在风水师那里才被当作神秘之物。他们对一块石头施下咒语企图按照他们的意志改变世界，只能说明他们心眼很坏或者愚不可及。于是，他找来罗盘，发现电对罗盘中的司南可以进行干扰，很显然，它们是亲戚关系，电和磁可以产生对话。可以肯定，他似乎或者基本上已经到达了真理的门口。他甚至还动了用四块磁铁制造永动机一劳永逸解决电力问题的念头。

"它们在谈论。"

他自言自语。这个时候，一只雪白的鸽子落在他的窗户上。

他捉住鸽子，从鸽子腿上取下字条，上面写着：已变天。他用朱笔在字条的反面写上两个字：速回。然后塞进另一只信鸽腿上的小邮筒里。鸽子双翅扑哧展开，在空气中一个斜斜的小旋转便飞出了围子。

初冬的神垕洞山色变浅，乌桕，枫木，苦楝和黄栌在晨光中吞云吐雾，到太阳升起以后才以金黄两种油彩染遍河流两岸。天光中夹杂了丝丝寒意。聚集在清亮透明玻璃田中的公牛们用牛角向旁边的母牛群展示自己的雄性魅力之际比水车更远处的田塍上吃草的水牛屎上立着的白鹭时而啄食牛背时而举头瞻望。土地散发出熟透的气息，莫家围的人依然进进出出，细语问候。桥廊和河唇头的赶路人依然如落叶般行走在丝线一样的路途上，没有人用语言去惊扰他们。嗣子走出围屋打量着眼前的一切，猛吸一口气。打省城回来的莫家子弟已经在路上，正翻越三千界这座大山。神垕洞离省城一百多里，满满一天的路程，山那边便是省城，山这边则是不开化的地方，自古文献中就叫作蛮风蜑雨之地。莫孝廉说当莫家围的后人明白过来才晓，他们的先人当年逃难到神垕洞将将好，这是五岭最后一岭的一个大峡谷，也是多省交界的死角地带。莫元良搭话说如果莫家的先人翻过这匹大山去了另一侧，说不定就没有莫家围了。莫孝廉说是啊，现在走的人多了，翻山越岭便也顺畅起来。而此前从这里经过的逢氏并不晓儿自己思念的正在省城念书的几个儿子若干年后在这条阻难人类意志的山脉中几个集团之间相互厮杀，在繁忙而璀璨的记忆长河中永不褪色的是那年腊月莫元良在这座大山中参与了中央红军长征中发生在这里的一场几近覆灭的阻击战，就是在大陆南部最高的这条山脉他跳出二弟莫旦良和舅舅逢兴以及白军五省围剿大军的包围圈，再后来他凭借单薄到细若游丝的游击队力量倚靠这条巨型山脉和莫逢系打了十五年的仗。他几乎熟识了大山当中的每一条沟壑，每一条溪流，每一个有人居住的地方，以及阵亡者的白骨迁葬之所。第二晡傍晚，十余驾马车轿子组成的队伍络绎回到神屋洞，过了风雨桥进入莫家围。他们再一次被熟悉的河洞气息唤醒而轻快无比。省城虽然不远，但还是离开了出生地，好比迁种的植物。他们需要重新适应新的土壤水，以及语言。同时，离家久的孩子们一进屋便也带着罕见的新鲜气息和活力，他们见过父亲大人回屋里去用膳。莫氏试寓的总管莫孝廉到嗣子屋里来回话，陈述他在城里得到的重要情报，湘桂粤滇黔川都已经独立，皇帝发布退位诏书咧。嗣子划了一根火柴点住松木薄片，引出火苗，一把漂亮的刀子停在手上。这是一个异常沉默的时刻，只有少数人可以体会到运动的节点和大河拐弯时那种惊心动魄的宁静。这对莫家围的命运至关重要，那把悬在莫家围头上的反骨之剑终于被移除。尽管如此，他并没有提到那个名字。打他有记忆以来，头一次摸住弟弟莫孝廉的手说今晡喝一瓯儿。

爸爸，中国还是中国吗？在隔壁茹饭的老二莫旦良突然问。是！嗣子回答他，又不是。难道可以说石头是石头又不是石头，莫元良追问说，太难理解了。对，事情就是这样的。手上的火苗差点烧到手指，他将剩下的松木片连着火苗插进烟灰斗里。逢氏在旁说，大人事情，细崽莫要插喙。嗣子叮嘱莫孝廉择日再回省城去，孩子们的学业在家继续，由本围私塾先生代为督促。莫孝廉说大清朝亡啦，皇帝没啦，科举也取消啦，孩子们还读哪样书？读，嗣子肯定地说，莫家都读了一千多年啦，怎么就不读啦？读是明明德，不读昧世。至于举业，可进可退，两不相碍。莫孝廉再问，试寓的名字要改咯，改成会馆，私寓或公馆？不改，由门外改挂门内。以前为别人读书，以后为自己读书咯。

　　嗣子在家庙上宣布中华民国业已成立的消息后三日正想去请约翰·托马斯神甫，不料他自己就来了。约翰·托马斯不知从哪里听来了消息不无兴奋地说中国的革命成功了，拜上帝会虽然惨败但革命的火种留了下来，这次革命之所以成功拜上帝会功不唐捐，没有拜上帝会对大清王朝的打击这一切都不会来得这么容易，这么突然。嗣子则冷静得多，他不像约翰·托马斯神甫那么激动。对于一个有着一千多年传承的家族和对中国漫长历史有着清晰认识的宗子而言他要从历代王朝的更替看问题，他希望看到一种改变，但这种改变的来临又让他充满疑虑。更替和改变之间只是连续性事物的最新形容，而他想洞悉和抓住其中的本质。他对三民主义这些东西还很陌生，他晓儿改变终究要来，所以他送孩子们去省城读书。而事实上，事情的发展远远比他想的来得要快，这说明他落后了。当然落后也是相对的，莫家在这神垕洞一直很落后，到今晡还是一个旺盛的家族。不是因为朝代更替，而是凭借祖宗的智慧和莫氏宗族的家规。中华民国会不会是另一种拜上帝会的结局呢？或者是秦与隋？现在还不得而知，短短几十年内，经历了约翰·托马斯神甫的拜上帝会就到了同盟会的三民主义，这种国家哲学是否可靠他还没想清白。所以，他吧着烟锅悠悠地在沉思。托马斯兴奋地将此公之于众他又兴味索然了。

　　"这才哪到哪？"嗣子说，"你晓儿中国有多大，这个国家的历史有多长吗？"

　　托马斯神甫颇有疑惑地看着他。

　　"我们的圣人比你的主还要年长五百岁。"

而当嗣子详细读到莫孝廉秘密送回的一箱三民主义资料后他又站到了反对派的立场。民生一条是反对自己的，反对莫家围的存在的，莫家这么大一围人，历代先祖聚集的土地是先人开拓所得，是续命所需，在三民主义面前突然间变得不合法，百年之后我有何脸面去面对列祖列宗在天之灵？莫氏家族长期以来不依附于朝廷，独立发展，现在却将其与洋人控制的朝廷绑在一起而消灭之，他感到不合理，不能同意。他同意反满，不同意平均地权。他同意共和，不同意革莫氏家族的命，而他内心深处真正想赞同的是君主立宪，然而临时大总统的复辟之举瞬间就遭到痛击，帝制之想彻底灰飞烟灭，说明自己还是轻率了，目前的情况远比这要复杂，军阀割据狼烟四起的时候已经来临。作为嗣子，他的不幸是生在这千年大变局时代，他感到自己力不从心，不幸当中的幸也是他身在这一变局的坎尖上。他的这种颓废气息一度弥漫到整个莫家围这座大蜂巢。他能闻到蜂巢躁动不安的气息，其间还夹杂着一丝丝的血腥味。约翰·托马斯神甫则没有这种嗅觉，他反而更加乐意于出现在他的科学实验室，好像变了一个人。嗣子跟他讲，拜上帝会是不会死灰复燃了的，新东西已经出来了。约翰·托马斯神甫看着他说，你所谓的新东西指三民主义？嗣子点点头。神甫说我所高兴的也是因为这个，这里面的民主便是西方文明的民主制度，是由古罗马时期发展到现在的西方文明的精华之一，是讲选举的。这里的民生是新新起来的社会主义，也是由罗马时期发展到现在的西方文明的精华之一，是讲集中的，阶级专政的；而至于民族，是中国文明的精粹，也就是儒教，在三民主义当中居于首位，我想你也不会反对吧。拜上帝会是以我教的名义发动的，它的雏形中却包含了民生，民族两部分内容。同盟会只不过是拿过来用了。嗣子再次对约翰·托马斯神甫另眼有加，他吸了一口烟，怪气地讲，这样说来，约翰·托马斯神甫是革命的先驱啊，我倒是乐见其成。而他内心真正想的是民族和家族这两个东西。

嗣子将孩子们召集起来，他才发现他们齐刷刷地已经长大，仔细察看，没有缺胳膊少腿，没有毛脑壳傻宝白痴，他大大松了一口气。老大已经显出青年人的气质，骨骼奇伟，继承了他舅家的模子。老二身体不算太高，莫家的气质多一些，性情沉稳，爱想问题。老三，老四，还带着孩子气，气质和骨骼也不俗。老五活泼，老六孤冷，均已入学开蒙；老尨还在脱胎换骨之中。大女儿温和伶俐，小女儿冰雪聪明。他将老大，老二，老三，老四单独管教，日课之外，开笔作文，外加几何练习，由约翰·托马斯神甫稀稀拉拉教授一些英文和拉丁文。嗣子虽然在政治立场上不动声色，但为莫家子弟规划的未来道路却十分清晰，世道在变，神垕洞不再是之前的神垕洞，这里已经成为交通要道，越发与口前世界连为一体。这一日下午，他正在教授欧氏几何原本，讨论第五公设平行线的问题，家丁报高知洞来访。嗣子和副手到会馆待客，只见高知洞绞去绗儿，穿着长筒军靴，戴着坎帽进来，一身制服。这身行头还是头次见到，确有一股英气逼人的感觉。他先自我介绍，现在已经不是知洞，乃神垕洞革命新政府现任督办，这次来向老围传达一下新政府的政策。绞绗儿，纳粮，开办新学取代私塾，并希望莫家围嗣子出任帮办，为新政府效力。

"尽管叫督办，到底还是知洞啊，"嗣子说，接着直截了当回击了高知洞，"帮办一职还请另谋高人，莫某年事已高，精力不济。"却又肯定了前面三条，"其余照办。"

高知洞识懂，在这神垕洞还能找到比莫大恒更合适的人吗？没有。但他不能强揿着牛头喝水，帮办只能再览人。这莫家围里面即便有这样的人存在，只要莫大恒在也没有哪个敢出来放个屁，就是州使来只怕也要吃闭门羹。他暂时还览不到莫大恒的弱点，也没有其他人选，帮办一职就此作罢。高孝荣在离开莫家围时抬头朝神垕世居匾额眄了一眼，蒙头差点掉下来，随从中遂即发出一阵轻笑。

"这是一个老九者，"他扶正自己的蒙头道，"铁螺蛳。"

神垕洞世来没有裹脚习俗，因此没有不裹脚这一说，这一条是针对女人的，绞絣儿是针对男人的，符合嗣子反满意愿。至于纳粮和前清纳皇粮是一回事，开办新学则是嗣子自己也想做的事情，这三条自然爽口应承。唯有帮办一职，历来为莫氏家规所不允，宗子的职位是唯一的，他没有把话跟高孝荣说敞亮，更别说他对时局的判断犹疑不决了。他对副手莫大康说，这两年莫家宗族子弟不要出远门经营求财，放侉子钱的一律杜绝，一旦查出，出族处置，严惩不贷。佃租减少一瓢，凡本洞旧账一律抹平。田产统计一过按年递减，自力更生，够吃就行了。出售历年新购田产，所得大部捐给新学校，余部给本围私塾先生。另外要加强家规制度的监督执行。莫大康一时间难以理解，嗣子的这一番魄力让他惊魂未定，但也得抓紧时间召开紧急会议着手实施。莫大康临走时还是忍不住问了一句，为莫要这样做？你以为呢？莫大康连不敢肯定。嗣子说执今之道，以御今之有。自古治家之理与治国的道理相同，不与民争利，治心为上。看着大康走后他叹道，这是为莫氏宗族续命啊。放大和缩小都是续命的方式，他现在是要让放大和缩小达到一个平衡状态。嗣子副手大康回去安排妥当，头一件事情便是先把绯儿绞了，他要以身作则，让各宗族司职人员，长房，家长带头。但转过弯来又想，应该让嗣子先来，而且应该举行一个绞绯仪式。于是他跑去跟嗣子说这件事情，嗣子当即同意，第二晡上旰便举行，莫家围族人均不许出门，在围屋的中央为嗣子举行绞绯仪式。围屋一瓢，二瓢，三瓢，四瓢走廊上人头攒动，嗡嗡之声悦耳而剧烈。孔雀和家禽家兽被挤到角落去了。嗣子上香，拜完祖宗，从家庙走出来到围屋中央坐到细胡床上。等待在旁的三位师傅一个端着黑漆錾贝描金花盘，盘子下垫着红色绸布，绸布上摆放着一把雪亮的金柄剃刀，阳光粒是粒有如露珠在刀锋上漾动。另一个也端着盘子，一个斗笠形漆盒罩在高头，里面是白瓷罐，罐子里面装了一条折叠的方形白色手巾。第三个师傅的盘子准备接纳嗣子断发。剃头师傅一手掀开漆盒挈起还在冒热气的白色手巾焐在嗣子头腔上，一手捏起梅花指持剃刀几欲去绞绯儿，剃刀到一半儿就缩回来了。嗣子睁开眼睛问他，晓儿怎么绞吧？请嗣子明示，剃头师傅连忙说，在你这里，我那侧，勒，弩，趯，策，掠，啄，磔，拨，捌，捎，挖，掏十三式咸使不上。嗣子说使一法就够。

"哪一法？"

"刮——"

在剃头的那个上午，莫家围一千余人凭靠在栏杆上和挤在围子里观看，半炷香过后一个貌似白笋般发亮的光头腔，咦——围子里发出一声巨大的长叹。莫家围族人也将就着嗣子的样子来。有人非议这是和尚头，嗣子说和尚头有莫子不好，人家那叫剃度，我们这十天半月就长出来咧。再说，我们也该度一度咯，豪鲜得很哩。他再吩咐大康将绞完的头发收起来，各归各用布包好，一一造册，装到漆器大箱里头去，在莫家围化胎之地选一个位置深葬，立石勒篆：三民义发之冢。舍不得父母这点身体发肤的可以去祭吊。莫家围发冢之举迅速传遍神垕三洞的只只角角，高孝荣不得不佩服莫大恒是个狠角色，也不得不逢人就赞说莫家围是神垕洞的表率，某一刹那他甚至产生了自己与嗣子莫大恒在某些观念上达成了一致的错觉。在绞絣仪式中有一个十五岁的莫家围小子死活不绞，几近自缢身亡。他叫莫雷，一个佣人的独生子，佣人曾是莫家的丫头，后来留在莫家围与一个种地的莫家子弟结婚，生下这样一个牛犊崽子一样的儿子，身体健硕，脾气羝羝，父亲早逝，开蒙之后读不下去就到银矿厂做路，只听他阿家个话。大康说嗣子都绞了，全中国都绞了，你还留着做莫子，想当国宝啊。莫雷说他嫲嫲不让他绞，阿爸不在了就更不能绞了。大康只得跟他嫲嫲说你伢崽，嗣子之令不从要出族个。他嫲又怕担着这出族的名分没地方落脚只得央告莫雷才把絣儿绞了。这冷目躺舌的戆儿绞完之后竟然在屋里上吊。"挖伊阿爸噢，"饿了他三天，"话板路再死一次给我看？"

　　在莫家围子弟从省城试寓回到神垕世居的大半年里，学业正常进行。仲夏时节芍药正盛的那些日子，嗣子的九个子女全部在实验室里听嗣子讲电与水漂石之间奥妙而缥缈的关系。他将这个猜想讲得特别伟大，一如其他他到晚年才厘清的问题，孩子们却始终不能明白其中的奥义，那不过是一种极限思维，但嗣子反对他们这样稀里糊涂，因为最大和最小仍然需要找到构造他们的元素，精准地找到和理解他们，这是不能动摇的科学精神。此时，围屋外的江面上传来咚咚的鼓声，蒲扇般粗犷尖利的芦笙，加油鼓劲的吆喝声，仿佛整个神垕洞即将沸腾，孩子们的心早就飞到口前去了。每当盛大集市，马来亚波斯人从南边带来沉香和鸦片，南洋来的商人在此私下交易墨西哥银元，最早经过此地驻扎下来的葡萄牙人托梅·皮内斯的后裔早早地开了门店，热爱胡子胜过一切的摩尔人往铁钩上挂念过咒语的肥羊准备出售，以及分不清国籍的东洋浪人在此开烤肉店，附近背着山货和人类的幼崽一起下山来的山民汹涌而至，花花绿绿的填满街道和弄垱。他们肩挑背担着火腿，腊肉，竹鼠，紫貂，野兔，五步蛇，山鹰，金鸡，麋鹿，猴子，鸡㙡菌，苦笋，毛独活，蕨根粉，石板蛙，乌龟和娃娃鱼，醪糟和米䅟，迅速让这座市镇膨胀起来。莫元良和莫旦良各自拉着弟弟的手在人和动物们之间穿梭，各种神奇的气味和叫声比江面上拔船队的鼓声更令他们兴奋不已。逄氏给每人一块铜元，让他们发势到河对岸的神垕街上去㕔。神垕洞夫夷水上的风雨桥本是观赏拔船的黄金位置，这时的两侧已成为山货集结之地，没有了他们插脚的地方。放眼过去，沿江边修建的神垕街有的房子的脚还在江里，街道的饭店，酒肆，客栈和游乐场所均人头攒动。他们花掉五文钱，买了芭蕉叶粑粑，一人一口边挤边往口里塞，直奔"傩盒"而去。每个人交够二十五文钱便能挤进去占据一个位置，傩剧演员在屋内修的矮吊脚楼上，正在举行请傩神仪式。他们打开箱子，取出面具，穿戴上宽大的汉服，女傩则有汉服夹杂苗瑶花式。这时戴上面具的男子大吼一声，席中的满堂碎语好比梧桐树下的池塘在春天来临时稀稀地开始有了青蛙和鸟语的啁啾。

"傩神上身啦！"

突然，蹿起一大串猕猴桃似的较高的音量，其余的声音则有如钥匙的零碎响动淹没在开场前的哄哄之中。莫佑良暗暗吃惊，只看见戴上面具的演员立在自己的位置，不再与人说话。

其他演员相继完成仪式站到前面来。乐师在后排，笛子，小鼓，大鼓，以及一些简单的磬钹金属乐器摆在他们面前，背景就是吊脚楼的后厢墙壁，挂了一具傩神面具，演出之前覆盖着红绸，表演开始时在奏乐和祈颂中拉开，舞台上一位女子正在彷徨之中。她的郎火丈夫出去打仗，十二年了都没有回来，她已经有了新的家庭。被故事迅疾抓住的莫旦良看见舞台上突然出现一个男子，声称是她的丈夫回来了。刚开始大家不相信郎火回来了，并将种种疑虑加在他身上。经过几番测试没有破绽。这时的阿吉拉很高兴，同时也很恐惧，这么多年过去了她已经有了别的心上人。作为郎火太太的她这件事令她无地自容，他们之间还有一个十三四岁光景的孩子。对于眼前归来的父亲，儿子欣喜至极。他的郎火位置并不牢靠，被他的叔叔觊觎已久。郎火父亲归来便有了强大的靠山。当郎火和阿吉拉尽情合欢时，以叔叔为代表的反对派又来追查事件的真伪，被阿吉拉挡在了门外。随后，他们生下一个女儿。就在这时回来一位男子声称自己是郎火，事实上，这位才是真正的郎火，于是前面那位假郎火要被处死，而阿吉拉则处于淫荡和大逆不道的位置。她惝惶无措几度寻死。郎火的儿子这时已经长大，他将真假父亲全部关押起来夺得郎火之位，并驱逐了那位小妹妹。最后时刻，无奈的阿吉拉大炸一声刺瞎了自己的眼睛和耳朵，傩面上血水汩汩流了下来。

莫元良，莫旦良，以及他的两位弟弟莫佐良，莫佑良被眼前的一幕深深地震撼，他们在圣贤书中从未感受到如此强烈的刺激和情感波动，泪珠儿在眼眶里打转，他们爱上了那位刺瞎双眼的女子的声音。这声音缓慢，绮丽，在傩戏夸张的面具背后缥缈虚幻而令人格外唏嘘好奇。虽然看不清爽她真实的脸庞，而衣服又极度夸饰，色彩凝重而鲜亮，仿佛就是一位仙子了。这时莫佑良发现坐在自己身边的两位女孩中的姐姐眼泪水早下来了。小女孩发觉莫佑良在看自己而感到羞赧，用手帕连连擦拭，但泪水就是止不住，干脆不擦了，任其自流。当他们花一个上旰在傩剧馆流干了眼泪，带着沉重走出大门到街上没入人群时才又异常开心起来，仿佛经历了一次长久的生命旅程。在街上，莫佑良和他的哥哥弟弟又碰到了刚才的两位女孩，女孩见到先前看见自己流哭的人不觉脸又红了。

莫佑良和他的哥哥弟弟往风雨桥看龙船比赛去了，没有留意到莫旦良的失踪。傩剧结束，莫旦良独自跑到后台去看那位演郎火妻子的阿吉拉。阿吉拉刚刚摘下面具，卸下簪钗，一头秀发滚下来。她转过身，眼睛和莫旦良碰个正着，互视之下她的脸变得红扑扑的。果然是一位年轻而美如百合的女子，莫旦良跑上去亲了她一下转身跑了。到门口又转身来看她，女孩不知所措怔在原地。莫旦良亲她时将自己的一枚铜元塞到了她手上。继而往风雨桥方向跑去，追哥哥弟弟们去了。两三里路瞬间便到了，脚步轻盈得像踏在云上。江上正进行三只船队的决赛，鼓声震天，桥上喊声雷动。龙船从上洞往下，经过神垕风雨桥下，再往下洞去，前后约五六里。观看的人群先是迎着看他们，站在桥的东侧，当船经过桥下人群又翻身跑到桥的西侧，目送龙船。最后夺魁的是神垕下洞队，他们的船只回到风雨桥。高孝荣代表本地政府颁发给他们一头烤猪作为奖品，以及一面锦旗，插上船的龙头。高孝荣在龙船埠头为主持这场竞赛而在众人之间周旋，他大喊大叫，不是命令，而是将他的权力通过激起的热切透射出来一星半点而已。他站在那头堪比母牛大小的烤猪面前宣布白娜队领奖。他身边站着两位女孩，就是和莫佑良他们一起看傩剧的两个女孩。那位船头打鼓的少年示意龙船靠岸将烤猪抬到船上，旗帜插在船头后又指挥船回到江中心回旋一圈向所有人致谢。正在这时，繁忙的人群中突然响起了枪声，"抓乱匪胡妖。"集市瞬间炸裂兽群骤奔突走，腊菜，鱼桶，手工布，银器，被踩踏在地，竹篓里尚未售出的乌龟和蛇在街墙爬跑，它们的速度远不如其他出逃的动物，但已没有人再去捕捉它们。莫元良现在还不晓儿，在繁忙而璀璨的记忆长河中永不褪色的是他和这位濞水神垕洞到崀山流域以放簰为生的簰家白娜有着密切的关系，和眼前的一切关系那么密切。枪声和忙乱过后拔船节匆忙结束，神垕洞这个极度膨胀的镇子又慢慢开始往回收缩，赶集的人们退回到那些奇特的名词里去了。许久之后，他们更加奇特的读音才会被收录到一部氏族语言辞典里去，他们只不过操着一千五百年他们先人的口音而一直不觉。进入桥头的时候莫元良和一个脚步匆忙的黑衣人打了一照面差点撞翻。他把帽檐往下一扣，旋即消失在人群。后面有数人追来，起起伏伏在人群中弹动。莫旦良和弟弟冲出乱流回到了莫家围。尽管枪声制造了混乱而他仍然觉得自己度过了人生中最美好的一天，尽管他还只有十三岁。落屋吃过饭后回房睡觉，他梦到了傩剧女子橘子一样热切的脸。他在梦中飞来飞去，突然一阵触电的感觉将他震醒。他感觉自己又尿床了，用手一摸却是黏稠的融化的猪油样水渍。他既兴奋又恐惧，百思不得其解，而从此他开始听得懂莫家围这座大蜂巢的嗡嗡声里还有另一种尤为清晰的声音夹杂在里面，他还不能具体地明白那种声音。他开始聆听这种声音，从一瓢，到二瓢，三瓢，四瓢，从老围到外围，到母亲和父亲的房邑，都会发出这种令脑子晕眩遂即下身变硬的声音。他能够分辨母亲和父亲的声音以及秀吉和父亲的声音之间的区别。在自己的房邑和宁静的深夜,他聆听着这独特的乐曲不由得将手伸到了胯裆。他开始观察女性胸脯上的突起和下面消失的部位,觑见母亲给小妹妹喂奶就会脸红而感到羞耻,故意躲开,而多余的乳汁渗透在衣襟上的湿印儿同样令他感到不知所措。于是,他对阿吉拉的想象开始还原他之前除了脸而外没有注意到的那些部位,可一时间怎么想都想不起来了。他想和哥哥交流这种神秘感受却难以启齿,眼下的新世界需要一套新的词汇才能表述清爽而他还没有任何这方面的储备。他偷偷观看哥哥下面是不是和自己一样开始长出粗黑的毛发,膦儿是不是也会时不时翘起。父亲讲课的时候他将圣人的句意忘到了脑后,水漂石和电磁理论也抛弃殆尽,他知道他完了。

卷　三

　　秋季泪山来得刚刚好，正在苦闷不堪浑浑噩噩中胡思乱想
的莫家围二少爷莫旦良突然有了一丝获救之感。谷子刚刚打完，
在秋分前后莫家围收到银矿厂那边发现野猪的消息，今年决定
到马肠响去打猎。莫元良和莫旦良听到了消息跑去跟母亲说他
们也要去。逢孺人说你们马骑得不好，还是别去了。嗣子却说
去山里看看未尝不可。一边去放山，一边去看看银矿厂。逢氏
说那就让秀吉一块去，路上好有个照应。弟妹们闹着也要去，
逢氏说那是野豨，你们去做某个？獠牙这么长。她用手比画着
吓唬他们。莫元良就说我和旦哥哥给你们捉一只回来。这样才
将弟弟妹妹们的躁动压住不闹。次日清晨，早饭过后，猎手，
下司犬和马在围子里集结，空地上顿时聚拢强烈的畜生熏人的
膵气。哦嚯嚯——莫家围团练领队叶隆回吆喝一声，他早已睡
不着觉，眼神里闪耀着行猎前的渴望。他身形敏捷，行事稳健，
在众人之间穿梭，叮嘱带好必需物品，又要做到最简。他过来
摸了摸莫元良，莫旦良，秀吉的牛皮包裹的马鞍，检查了皮扣，
脚镫，随后翻身跃上一匹杂交蒙古马。莫旦良发现只有叶隆回
的猎枪是双铳的。二十余人集结在围子里，一人一把猎枪，两

条下司犬，四十条狗在围子里耸作一团。行猎的时刻即将到来，狗群兴奋地嗷欢。莫旦良说它们看起来不是特别可爱，眼睛小，毛色髭须邋里邋遢，连尾巴都不会卷。它们可是世界上最好的泪山狗，叶隆回对着眼门前这群游动的下司犬朗声说道，眽到脏，跑起来就是活龙，尾巴跟铁杵儿一样笔直。卷尾巴土狗见了尥脚筋就跑咧。怎么说呢，那尾巴就像一条鳄鱼尾巴。莫旦良对自家围子里的事物了解并不充分，经叶隆回这么一讲，他说我也要养一条这样的狗。不是狗，是泪山狗。叶隆回纠正他，然后哈哈大笑说，等你大起自然就有了。

叶隆回的桀骜不驯给莫旦良一丝懊恼。他只不过是莫家围的世仆罢了，再傲也是奴才。打猎队出了围子，莫旦良心情大好。放眼望去天空一片爽朗，田野里金黄的大色块已经被收走，只剩下黑黄夹杂的土地的颜色。割过的禾茬仍然长出青嫩的新芽，禾穰垛在稻田里高耸如一座座金山。田间还有弯腰拾穗的阿嬷，鸦群掠过山边向田塍上落下，麻雀在草垛上寻觅遗下的秕谷。天上一只山鹰在磨盘，河岸边上的枫杨一棵棵颇似亿万年前的蛙形精灵。秋风中弥散着一丝丝香甜的气息，在这个季节的尾巴和冬天还没有到来之前，响晃晃而又不灼人的阳光犹如一串串鸢尾花。放山队伍出了莫家围，过了桥，就往秋天的高山上钻去。莫元良和莫旦良各骑一匹去势的黑色牡马，秀吉骑一匹枣红色的公马，打着响鼻，跟在队伍中。刚过完桥，莫元良就几次想冲到前面去，不知是他想冲还是他的马想冲，叶隆回撩了一下缰绳上前贴着，跟紧在黑色牡马的屡后，于是他们的马意识到一种不可避免的要强，争先恐后在河洞的宽阔地尥起脚筋跑，霎时间箭矢一般飞驰起来，猎队其他的马跟着兴奋骚动。莫家围的家丁们放肆地吆喝着，"哦——嚯"之声充满整条河洞，在山谷间回荡，狗群一边跟着马队跑一边叫嚷，异动的鸟叫声从树木间迅即膨胀出来。随着速度猛然加快他们的屁开始脱离马鞍，双腿蹬住，俯身站立，一支骑兵式的队伍在河洞里彻底跑动起来，这时就好比大地被抬升，他们是一个整体一样向前奔驰。马术雏嫩的莫旦良和秀吉的马跟在中间，随着这种抬升他们也不由自主地往前奔去，一手捏着缰绳揪在马鞍上，错手死死地揪住鬃毛俯身前冲。他们摆脱惯常的速度身体在马背上伏奔立即体会到血肉沸腾飞驰狂飙的快感。

"太爽啦。"秀吉叫喊道。

她娇弱的身躯在马背上尤有怜相，头发和马尾巴一样往后飞动，从她娇弱的体内激发出银铃般的笑声抛撒在飞驰前进的风阵中有如一路上唯在深秋才盛开的辐射形头状花序植物。秀吉换下长裙穿上短夹秋衣，裹着头巾，身体曲线依然清晰玲珑，莫旦良和她齐平一起奔跑。旁边的家丁提醒她，秀嬢，莫要讲话，走神会掉下来个。莫家围的骑兵队跑过了河洞的阔绰地开始减速，当队伍转换到行走速度他们体验到了经过山地和田野与河洞全然不同的感受。狗群在前面开路，它们当中的一两只偶尔会脱离骑兵队跑进山里去，一旦如此，狗主人就会叫唤它的名字命令它回到队伍中，猎犬在林子里嬉嗦一圈又跑回来，一股按捺不住的神情，狗鼻子在它们经过的落当不断嗅着，揲起一只脚拉尿，随即又是它们膨胀的声音大股大股溢出树林。显然，与一般猎户不同的是莫家围的团练是一支猎队。他们中间除了守侵的猎手，还有提掌师。担任这次提掌师的是叶隆回的阿爸叶植懋。太阳落岭前在一片霞光中达到马肠响，银矿厂的房屋在两条岔江汇合的那头呈现在莫元良他们眼前。马队过了北边的河停在银矿厂的院落里，秀吉先下马而后过来搀扶莫旦良。一只手拉住他的手掌撑住一只手张开扶在他的胳膊下。莫旦良把另一只脚抬过来便倾斜下来。秀吉搀到他。莫旦良挨着秀吉的胸口滑下来。他感觉到秀吉那硬软皆有的胸脯的摩擦，脸上顿时烧起来，心里立即泛起一丝甜意。秀吉这时才看着莫旦良，眼神中充满不易觉察的羞涩。她虽然比旦良大几岁，个头却差不多。莫旦良只记得那只隆起的胸脯滑下的刹那仿佛割裂了他的胸口。家丁牵马去河唇头。银矿厂的运营莫大康的房长子莫赞良早早出来迎请嗣子家的两位公子进屋，身边还带着一个魁梧的少年。而他自己手臂里抱着一只体型较大的幼猫。

"少爷们一起来了，太好啦。"

秀吉觉得猫可爱直想要抱一抱。莫赞良抚摸了一下幼猫的头说这是一头豹子。秀吉立马止步退回。

"山里真是清爽啊。"莫元良说。

"回大少爷，我们曬曬晡跰在这迓，有大把的清爽咧。"

莫元良眍了他一眼，莫赞良不聏，叫莫雷看茶，然后跟猎手领队叶隆回和提掌师说，早在秋收的时候就发现野猪下山啮红薯，从遭到啃噬的地方看数量不在少数。现阵不晓儿是在蒲竹山打住，还是过境。山里的猎户们有冇反应？他们老早出手了，搞到幼猪崽。明早进山，他的父亲老提掌师叶植懋直接下了决断。莫旦良从这口气里听到了无比的信心。

晚饭在院子里十人一组吃席，莫元良，莫旦良和秀吉三人分在一席围着罉架落座。镬子里煮着一条薯蓣一样的东西，吃的时候截成寸长。莫元良，莫旦良和秀吉三人大喊好吃，鲜脆香甜。吃完了莫赞良才告诉他们这是牛鞭。余众爆发出粗暴的笑声，三人大叔。吃完一轮再放进去切成大块的腊鹅，腊藏，辅之以酸笋，羊藿姜，最后烫菜花。黑曬饭过后莫家围猎队在院子里生起篝火，银矿厂的工人们围着观看，而打猎队围着篝火跳舞，唱喃呢酸歌，直到深夜。莫元良住进莫赞良的书房，莫旦良和秀吉分别住在主卧。下人们住在院子里的厢房看守马匹和狗群。在繁忙而璀璨的记忆长河中永不褪色以及仍在繁殖的是马肠响对莫旦良而言是一个无法忘记的地方，他的一生当中的大部分时刻都在回溯在这里发生的一切。当篝火熄灭，院子陷入寂静。他透过窗户才发现夜空中还浮着一轮白爽爽的明月，河流白亮亮地弯曲着挂在山前。空气里已有些许寒意，远处不时传来狗叫声。鸟儿早就不叫了，只有猫头鹰时不时呺啾一两声，马群在马厩里嚼草，隔三岔五甩动尾巴发出啪啪声。白天秀吉扶他下马的瞬间，摩擦到她饱满胸脯的感觉还在脑子里晃荡，那只柔若无骨而烫人的手摸过他的感觉仿佛一枚印记在他手上停留不去，他用手伸进裤裆，那里早已硬朗无比。他起身，轻轻开门去茅厕，回来的时候眯到身穿白色丝绸睡衣的秀吉倚在走廊上的月光下，她打手势示意自己也是去茅厕，莫旦良明白，可当莫旦良走过秀吉身边准备回房时秀吉钩住了他的手，拉着他进了自己的房邑。秀吉闩上门把他拉进被窝，莫旦良缩在热烘烘的被窝里不晓儿接下来要干什么，直挺挺地躺着，秀吉身上的香气和滚烫的身体使他咽干喉燥，喘息声越来越粗，下面愈发肿胀的疼痛。秀吉握住莫旦良的一只手放在溜滑绸缎外衣的胸脯上，他脑子里已是电闪雷鸣，另一只手缓缓游进了他的裤裆，那只柔若无骨的手捂住了那里，已有稀稀的透亮白蜜一样黏稠的东西渗透出来，他顿时一把捼到秀吉的奶膀，秀吉娇嗔了一声。他接下来还是不晓儿要干什么。秀吉又让他抚摸另一只乳房。莫旦良在一片空白中只有那圆鼓鼓的饱满和触电般的感觉，细细的乳头硬如一对张开的蟹眼。秀吉握住他的手游进了她的裤裆，那粗硬的毛茸茸的地方早就变成一片汪洋的沼泽。他的手一到，秀吉便止不住战栗，一把翻过来，吻住旦良滚烫的嘴唇，腒头抵进去，两条热切滚烫的腒头便相互快速地绞动。秀吉一把脱去自己的睡衣，褪去裤子，月光从窗格子里射进来，打在她白皙的身上。这时莫旦良才看清眼前秀孃的身子有如一场早雪般闪眼。这场早雪的一些肢节动起来剥去了他的衣服，裤子一时间挂到那里像个倒铁钩。她又探起脱去骑到他身上，一只手握住他的屪儿往下一拉包皮脱壳。后来无论在哪里回想起来，他多么怀念那粗暴的姿势，那差蒂蒂儿叫出来直到现在也没有叫的疼痛。他在晃动的黑暗中揍住了秀吉的乳房。秀吉将屪儿引至洞口，手一松，屪儿一沉，一梭子进去了。莫旦良瞬间弹坐了起来。那片汪洋沼泽所发出来的电胜过父亲的电，那不是麻，而是巨大能量的爆炸。他甚至都没有搞清楚爆炸地点在何处。在那难忘的马肠响的夜晚，月光射进来照着秀吉眼窝里挂下来的两根亮晶晶的银箸。

"二少爷，起来茹饭。"

清早，有人来敲门，莫雷在门外用牯牛般粗糙洪亮的声音喊他。莫旦良翻骨碌爬起来发现躺在自己的房邑。院子里早已闹热起来，秀吉换了一套衣裳，跟哥哥坐在一起说话。莫旦良下楼来仔细望了但他没有说话。从此以后，他和秀吉相见时就用眼睛说话，不相见时他会想念秀孃。吃完早饭，骑兵队就往更高的高山上出发了。前面有人报说看见了野猪脚印，提掌师赶上前下马察看，又捻起一把土放在鼻子前闻闻，断定这是几天前的脚印，吩咐队伍继续往前走。队伍跟着叶隆回和提掌师，已经接近蒲竹山的原始森林，中间有溪流穿过，南北是东高西低的石山。叶隆回跟他阿爸说野猪如果躲在这条山谷里，我们就要开始觅侵位。提掌师说范围太大，必须觅到昨晡的脚印，当然，今晡早晨的最好。提掌师叫队伍停在山口开阔处等待，骑马带着两条猎狗进山去了。他沿着溪流旁的小路进入森林，在猎狗的嘴上戴上竹篾笼。提掌师在树叶后面消失了一个时辰，眼睛里带着火焰出来了，说没有发现新鲜脚印，树叶太厚，老印子很多，彩喜好在临河的山石壁上发现公猪磨皮留下的猪毛。他拿给大家看，跟队长商议今晡的打法。队伍被分成四个小组，每组三人，两个加强组，每组四人。除了自己所在提掌师的小组留下，其他三个小组出发，从他们的群体剥离，哥哥莫元良跟着叶隆回的小组潜行而去，在树叶后面一闪不见了。出发之前，叶氏父子在地上画了一些潦草而彪悍的指示箭头，两个加强组的侵位就是溪流的两头，西头是山林和森林区分的地方，东头是翻界的地方，组长分别由叶隆回和提掌师担任。四个小组分别部署在南北向山谷猎物有可能跳出包围圈的侵位，尤其是山与山之间的低地。莫元良跟随东头加强组去，莫旦良和秀吉留在溪流出水口跟随西组。叶隆回叮嘱说不要靠侵位太近，地势低，猎物从这边出侵的话会伤到人。守侵小组相继隐入树丛。半个时辰过后，各个侵位依次传来悠扬的"鸟语"，提掌师和其他三人牵着狗走到山口，取掉它们的嘴笼罩儿，放开手上的头狗，往前一指大喊道：

"泪——泪——泪——"

四十条下司犬脱缰后立即往森林里钻去。莫旦良和秀吉所在的这个小组的四个人分散开去各自守一个位置。莫旦良和秀吉埋伏在老提掌师身边，头上戴着树冠，耳朵竖得直直地盯着树林，时间顿时停滞了。它们怎么不叫？莫旦良觉得自己已经憋出了内伤，忍不住地问。等待猎物落侵好比等待鱼儿咬钩，提掌师告诉他，打猎在围，钓鱼在诱。它们共同的特点就是等。就像你要看着一烙罇水一蒂蒂儿煮开，就把自己也煮开了。多煮几次就上瘾了。初次打猎的莫旦良和秀吉除了被时间煮烂之外他们还感受不到猎人那种沸腾发作的瘾，现阵只有等待带来的头昏和胸闷，时间一蒂蒂儿被拉长放大，其余全是死寂般的煎熬。莫旦良听到自己的心在擂鼓，声波猛烈地撞击着他的胸膛快要将他憋晕，于是他数起自己的心跳来。提掌师细声说，停下，你会死掉的。莫旦良只好大口大口吸气呼气心跳才稍稍缓和下来。他将自己难以抑制的激动平息过后稀稀落落的狗叫声才从森林里面传出。

"碰到小东西了。"提掌师悄声说。

"你怎么晓儿？"莫旦良问。

"不是大牲。"他肯定地说，"假如碰到大东西，它们就会叫得异常凶猛，其他放山狗便会聚拢过来支援。野猪可狡猾了吖，一有响静和异味它们在猎狗到来前就会偷身溜掉。"

正在说话间秀吉脸色顿时紧张起来，侧身一个翻滚挎到莫旦良，手指林子里面，变形的声音从她嘴蚌里因满溢而突然溢出，烂下一个生鸡蛋。

"野豨。"

果然，在桂树枝条下的阔叶箬竹和蕨类植物下面有一只带头的野猪往这边悄然而至，它抬头看见前面有人好似愣住了，晶亮的小眼睛随即隐没在蕨叶后面发出哼哼声。提掌师扣动了扳机，嘭的一声枪响令莫旦良打了一个哆嗦，秀吉赶紧躲到身后。只听见一阵嘶叫，野猪掉头往右侧跑掉了。子弹是如何飞出去的长没长蝴蝶一样的翼甲莫旦良还没有看清爽，硝药的味道便扑鼻而来。那嘭的一声和目标物的嘶叫几乎同时，在那硝药的香气中他体会到了因长久等待狂躁不安后带来的强烈刺激的快感，枪的速度竟然如此完美。守在右侧的两个加强组成员斜向跟上去连续两枪又听到野猪的嘶叫，附近的猎狗潮水般狂吠着聚集而来。野猪群一会儿往北去，一会儿往南去，守侵的小组成员在自己的侵位不断移动。可是很久一会儿，猎狗和野猪在森林中间僵持，也不时传出猎狗的惨叫声。过了一阵，狗叫声又在移动，往东头去，远远地传来四声枪响。随之，北边侵位也传来两声枪响，野猪又转向南边，上坡后听到一声枪响，最后又回到僵持阶段。另有一股猎狗在别的方向跟着猎物在移动，声群此起彼伏，离莫旦良他们这边稍远。围场里的围追堵截先由两股分成多股，再由多股变成两股，最后变成一股，僵持不下。正在这时，从山的南部传来狗叫声，那不是这次的围场，而且声音越来越近。这猎物必然经过南边侵位小组的埋伏地点，提掌师掏掉旧叶子，新摘了一片香桂叶放在双唇间发出哨鸣，尖厉的哨声疾厉地传出去，穿过丛林上空，他在问叶隆回要不要放侵。

"放。"叶隆回用哨声回答。

他们同时向南部小组发出松侵的哨音。从南部过来的狗叫声越过山岭界从南坡上冲下来进入了包围圈。提掌师又用哨音告诉南部小组，重新锁死落侵的猎物。果然，新进来的猎物发现这里有更多的猎狗于是疯狂突围，想原路返回，结果听得那边枪响连连。

"放它们进来，我们的狗对付毋了。"莫旦良说。

"不放进来，南部侵位就要掉转方向，或者撤侵，那我们之前的功夫就白费了。"提掌师说，"老规矩，我们不打别人的围。"

"还是放好。"秀吉说。

"假如是野牛鹿群，肯定吃不消。"莫旦良说。

"赌一把。"提掌师看着莫少爷意味深长地说,"只要是猎场总有意外,它们是活物,而且不仅仅只是善于奔跑的活物。"

提掌师又用手指了指脑壳。接近下午三时,聚拢的犬吠声开始分散,而这时的下司犬展开各个追逐,猎物精疲力竭或者流血过多而动弹不得。凡是狗叫声定点在一处的猎物已经到手,叶隆回问询,"是否可以收围。"提掌师回他,"还有客人要来,再等等。"

南部传来客人到的消息。这个时候提掌师发布收侵的信号,一个胜利在望的指挥官那样令各个侵位的猎手往狗叫的地方察看猎物伤情。西头小组莫旦良和提掌师他们就最近的收货点钻去。黄皮肤的山茶树和粗壮的大荷木下一头母猪前腿膀中枪,腿上撩着藤蔓,血水顺着黑油油的毛皮往下流淌,三条下司犬分别咬住野猪的屁股和腿部不放,野猪踢一脚,下司犬就松开,不动弹了又冲下去咬住。野猪蓄势将头一个大撩,一条下司犬的肚子被野猪獠牙拦腰划开,飞向空中,白花花的肠子掉了出来,重重地跌落在地。人一上来野猪翻身撑起来想跑,那条下司犬一跃回来咬住野猪伤口,肠子挂在树枝上又拉出来长长的一截。猎手过去对准野猪头部补一枪。猎狗的叫声跟着停下来,它们靠近磨蹭主人的腿部,猎手轻轻地拍拍它们的头,摸摸颈嗓,下巴,它们又回身去守着猎物坐下。肚子划开的下司犬在主人补完枪之后断气死去。一条猎犬腿部受重伤,猎手当即氯药包扎。这头野猪总有两百来斤,猎手开始用砍刀分割成几大块,拉出烫手的肚里货让猎狗饱餐一顿,其余的扛到营地。等大家将围场打扫爽净,清点猎物。母猪八条,公猪五条,小猪十四条。提掌师说背地入围的应该都是公猪。叶隆回跟他阿爸说,彩喜好啊,要是来一群大家伙,可够我们吃一壶的。

猎手将受伤的狗进行包扎，清点下来发现丢失了五条狗，还有十余条腿部遭受重伤，坐在地上舔舐伤口。这时，叶隆回才和南部来的猎人见面，发现他们并非普通猎户，而是一支八个人的猎队。叶隆回说分给他们一半猎物，为首的说老规矩，按人头和狗来分。叶隆回于是自报来头，"神垕洞莫家围。"

　　"原来是老围子，"为首的男子说，"我们是铁围山神仙洞的。"

　　"久仰久仰。莫家围是老围子，铁围山也是老围子。"

　　听到铁围山神仙洞几个字，提掌师和叶隆回脸色青白相互使了一个眼色。他们每个人捎了一脚肉带着猎狗走了。叶隆回的猎队将肉装在马背上，铁钩一挂，一边一腿，在落日的余晖中回撤。等他们背着肉离去莫元良问，"神仙洞是一俬什么人？"

　　"一俬军爷。"

　　莫元良和莫旦良对此还很陌生，对他们周围的世界依然陌生。也不知道军爷到底是什么意思。直到不久之后，他们从未谋面的舅舅的到来。猎队回到马肠响休整了一晚，莫元良，莫旦良和秀吉才有机会摸枪。叶隆回将枪放到莫元良手上，那家伙往下一沉差点失手，接着枪已经被莫旦良抢接过去。秀吉最后一个摸到枪，那沉得跟猪腿一样的火器令她十分好奇。只听到嘭的一声巨响，一匹白马屁臀上中枪流着血在院子里突然狂奔起来撞翻了三个家丁。叶隆回一边惊骇未定一边懊悔不已地跑过来没收了秀嬢手上的枪。菢货子，这不是女人玩的东西。秀吉却笑弯了腰。莫旦良被秀嬢这一枪走火骇得不轻弹开了一丈远。那是运矿石马队当中的一匹，才刚进院门。莫元良迎上去想要去看银矿。莫雷告诉他矿在高山，离这里还有好几脚路。莫元良仍然想去看看。莫雷说大少爷，太远，今晡走不到了，就到后面厂房看炼银吧。全是粗活，你们读书人不喜欢的。莫元良说你怎么晓儿我不喜欢？莫雷领着莫元良去办公楼后的厂房。厂房里面的工人在碎矿，一拨妇人在碾磨矿粉，最里面的工人在拉鼓风炉，坩锅往上冒着烟气，屋子里充斥着助燃剂的刺鼻味道。猎队给银矿厂留下两百斤活藏，第二晡便下山回洞。莫赞良赠送嗣子家人每人一件由他自己打造的银器。莫家大少爷和二少爷并辔走在前面，后面驮载着野猪藏的放山队伍远远的从河洞那边出现，莫家围的唢呐芦笙乐队和族人们已经列队在朝门前迎接。莫元良和莫旦良向嗣子汇报狩猎情况，最后说碰到了神仙洞的人。嗣子沉吟良久不语。他既不想捅破什么，也不想让二子联想到更加具体的东西，末了他将语义从表层轻轻滑翔而过，说神仙洞，神堊洞，倒也对仗，可到底还是有一字之差。对于这次狩猎，嗣子问两个儿子有什么感想。莫旦良将他的感想表述为有了枪之后这世界便不会再有所谓个人英雄，如同那凶猛的野猪，可在瞬间丢了命。莫元良觉得莫旦良表述得过于宏大导致他无话可说，他说了一句在嗣子听来十分粗俗不堪入耳的话，"花屡。"随后又说一句令嗣子听着稍微觉得清爽的话，好猎人都能守住自己的侵。

狩猎回来那个月的月底，从潢水上来了一位尊贵的客人，那就是逢氏的弟弟逢兴。他刚从东京士官学校留学回来，在滇军的袍泽请他过去述职，这次去正好路经神堊，特意来探望多年未见的姐姐和姐夫。他身材高大，威武英俊，穿着便装，随从帮他扛了两个巨大无比的箱子出现在莫家围的外甥们面前。可是孩子们从来没见过自己的舅舅，而他却给每个人都带了礼心。逢氏在一种极其兴奋的状态下引介了自己的弟弟。

"来，见过你们的舅舅。"

逢兴给姐姐逢氏的是一对镶金玉镯，给姐夫的是一架单筒望远镜，尽管他有望远镜，但觉得这架英国造更为精美，手感更好。逢兴抱着莫伺其，莫温婉，一边一个，爱不释手。他给他的外甥和外甥女分发礼物，老大莫元良是一辆德国坦克，老二莫旦良是美利坚国飞机，当然都是模型。老三是俄罗斯方块和孟加拉刻花铜壶，老四是不列颠铁甲舰等比例缩小模型，老五是一套法国科幻小说，老六是一盏阿拉丁神灯，老七莫羽良是非洲面具，莫伺其是一件印度纱丽，莫温婉连续而轻快地蹦跳着小脚，等待她的是一条装在礼盒中的马达加斯加珍珠项链。还有一块瑞士怀表给他姐姐先留下，说不定还要再生外甥呢。最后，还剩下一个坐几见方大小的盒子，舅舅打开盒子，将一个带针头的类似莲蓬的曲柄搭在圆盘上，屋子里顿时响起一个女人唱歌的声音。逢氏不知所措，而孩子们心花怒放起来，围着这个从天而降的舅舅兴奋不已。嗣子说西洋淫技。同时想起他那些无一成功和仍在失败中的科学实验，他拿起望远镜看了看对面的逢兴颇有深意地说，"松坡君，你是要我往远看吗？"

"拿破仑说——"

"拿破轮？"

"拿破仑氏，"逢兴解释道，"他说命运是只小鸟，掌握在自己手中。现在国家乱哄哄的，还不知道乱到什么时候，男孩子为国效力当是最好的前途，当然也是最危险的前途。"

"为什么国，效什么力？"

"当然是中华民国，为三民主义。"

"哦。"嗣子答得模棱两可，不置可否，他一边举着望远镜看别处的东西，一边在想，孩子们的前途在短时间内自然也没有更好的办法，时局乱了，老百姓在乡下有口吃的就不错了。书要念，念到十八二十总要做事，要么种地，要么经商，然而这并不是他想要的。科举不可能再恢复，等收拾爽净孩子们都成家立业了，新式学校的建立也遥遥无期，就算是建成了能不能栽培出一个两个有用的也不得而知。他知道三民主义革命革到自己头上的那一刻这莫家围的一切可能都要灰飞烟灭，他这个嗣子就要背负毁坏祖宗基业的骂名。逢兴的出现倒给了他一丝灵感，是否也可以送一个孩子去日本留学？但这一切还得等局势明朗些的时候再说。

"可有什么学校？"他试探着询问。

"陆军小学。"小舅子干脆利落地回答他。

他让莫孝廉去调查陆军小学。莫孝廉回话说莫家子弟的年纪和学习基础可以报考，而且现在就可以报考。于是，莫元良，莫旦良，莫佐良，莫佑良均于当月去参加考试。逢兴看到这一幕，当然十分开心，他在孩子们临走之前向他们展示了一下他在军校习得的本领。莫元良看到逢兴觉得有些眼熟，却想不起来在哪里见过。在围子里，逢兴从马厩牵出来一匹骟马，一拍马屁股，让它在围子里跑起来，他突然启动，追上那匹马腾空而起，双手在马屁股上轻轻一点，就稳稳地坐到了马鞍上。孩子们羡慕不已，围子里观看的人也叹为观止，随后他又向孩子们演示枪法。他让知宾将石子往远处的空中抛出去，他提手就是一枪，石子在空中被打碎。叶隆回嗷嗷叫服气得不行要亲自来抛石子。逢兴让他叫五个人来，站成一排，同时往天上抛石子。逢兴从箱子里掣出自己的枪连开五枪一枪都没有脱靶。大家惊呆了，等这阵惊讶的气息过后许久才鼓掌。

"舅舅，"莫旦良同时问道，"在军校学的什么科项？"

"步兵。"

他舅舅头也不回地回答，次日便离开神垕去云南了。临走时，莫元良终于想起了那个黑衣人是谁。他悄悄说，我见过你，阿舅。逢兴看着他的眼睛回答他，一切皆有可能。拍了拍莫元良的肩膀走上船去。逢兴走后，莫家围嗣子家的四个孩子由家丁护送省城参加陆军小学的冬季考试。考完试回来已是寒冬腊月的天气。

嗣子望着院子里枝条上带着水珠的曼陀罗，天已经不暖和了。地气下沉的季节正是他整理著作的时候。他将自己的手稿码得惧惧齐齐，跟孩子们说以后有机会了可以付梓刊印，这是他唯一可留给他们的东西。从此以后他不再修订自己的著作，而把精力集中放在莫氏家规的研究上。二百三十四条家规的修撰考订便是他的主要工作。家规并非一成不变，而是随着时代一起变化的，好比三百年前的先人没见过的事在今晡见到了就要适当修订，其中最为重要的一条大概就是民主方式是否在家规中体现出来，或者在莫氏宗族的家庙上体现出来。如果那样，就是有才能的人来当这个嗣子了，而不是嫡长子。那么，多久当一次？一次当多久？这个问题在他的心中以巨大声响回荡。这时，莫孝廉从省城飞鸽传书的纸条到了。

"四中一，旦。"

意思是说莫旦良考取了陆军小学，其余三子落榜。这个结果令莫大恒十分满意，他本来就不想把自己手里的脬儿放在一个篮子里让他们全部变成军人，那莫家围变成什么样子啦。测试他们的能力则是必须的，并当着他们的面把这个意思表达了出来。他说老大是嫡长子，要担当其新嗣子的重任，自然是不可能去读军校的。老二考上运气好，值得嘉奖。老三老四，学业未精还要努力。这次参加考试不同于科举，是从来没有过的，我们的先人们从来没有参加过这样的考试。我也没有。当说到他自己的时候他便想到自己四次科考落榜，那曾是不堪回首的青年时代。这次老二考试陆军小学则是新时代的象征，因此是值得欣慰的。老大学业进度和智力不在老二之下却未能考上，难道他志不在此，或者这条藤上注定不会结这个果子？嗣子捋了捋胡子望着窗外的空地浮想联翩。如果他放弃带军卒之气的陆军学校，那是本围教书先生的过错，乃至是自己的过错。如若他想到自己将来是要做嗣子而有意放水则说明他思维缜密，运势在前。假如他真的没有真本事考入说明他才情与意志均不如老二。而事实上如果老大和老二都考上，他也只会放老二一人去，这便是他的真实意图。莫元良落榜之后若无其事的样子难免以为他真看透了自己的这点心思。"此子智愚难辨呐。"这种印象要一直持续到嗣子归真前后。过完年，莫旦良照通知上的时间去省城正阳路一百八十四号报到，时间是第二天上午十点。莫旦良从莫氏试寓出发到达学校时报考官告诉他入学资格被取消了，他足足迟到了三十九秒。三十九秒意味着什么你晓得不？死一百道的时间都够了。莫旦良一时间如丧考妣。临走时，校官告诉他，你可以年后再来考。嗣子得知这个消息，拐杖在地上跺了一下。

"军校就是军校。"

"好。"

"有喜了。"逢氏跟嗣子说。

自开春以来秀吉的肚子越发明显。嗣子看着秀吉的肚子，默到也有六七个月了吧。秀吉坐在屋子里不出来走动。逢孺人说要竭力保胎。托马斯神甫一反常态没事就到嗣子处坐坐，在客厅里说些话。秀吉只在屋里不露面，可以听见他们在厅堂谈话的内容。那些熟悉的词汇一一落入她的耳境全有了新的含义。她不想听，用两颗枣子将耳朵堵住，没过一会儿她又将枣子取下来，不去听他们说什么她也感觉自己要死，啊，耳朵这扇门不是谁想关就关闭得了的。已经落入耳境的话在里面燃烧让她承受不了那种激烈，而打开耳朵它们跟另外的话又接通起来同样令人煎熬。这段时间，莫元良，莫旦良也魂不守舍。他们在茹饭的时候可以看到秀吉，而秀吉护着自己的肚子令他们不敢直视，仿佛能够看到肚子里已经有一张孩子的脸。这样持续了一个半月，莫元良不敢到桌子前坐下，他恨不得跑到口前去吃，嗣子训斥他没吃相。终于有一天晚上，莫元良哀叹地找到莫旦良跟他说秀吉肚子里的孩子是他的。莫旦良仍然没有反应过来，为什么是你的，难道不是父亲的吗？莫元良说他和秀吉早就有那种关系，刚开始是游戏，背地就来真的咧，就是去年放山在马肠响回来之前他们还干那事。听元哥哥这么一说，莫旦良顿时觉得五雷轰顶，脑壳里冒出各种颜色的火星子。莫旦良仍然不能将干那事和孩子联系起来，可莫元良明白，而且是秀吉亲口告诉他的。

"我有了，"秀吉顿了一下，说出了一个令他脑中闪电和五内俱裂的消息，"我们的孩子。"

当曦吃早饭的时候没见着莫元良，逢氏叫人在围子里览了一圈没有览到。于是，从一瓢到四瓢又让叶隆回安排值周的人上上下下，里里外外，明道暗道都览一遍，没有看见个人影儿。族丁们又到神垔街上去览，去的人览到中午回来也没有结果。逢氏有一种不祥的预感，她即将失去一个儿子。这种念头一旦冒出来就止不住发酵，各种后果和惨状接踵而至打击着她。莫旦良也在览，他览到了他所知道的地方也没有。次晡早上，在家庙大堂上嗣子宣布嫡长子莫元良失踪，莫氏家族子弟尽力去览回来，不管是逃跑还是绑票，活要见人死要见尸。现在还没有人将秀吉的临产和这件事联系起来，谁也不敢，谁也想不到，对莫家围子里的人来说同一天娩下十个崽女不足为奇。终于，莫大康回来报告，据下洞白娜的人话前天夜边有像莫元良的人撑着簰往宝庆府方向去了。这已经过去了两个黑曬一个白曬，假便是撑簰走的大概到了哪迖？初步估算已经出了宝庆府地界，如果在中途上岸也很难晓儿他到了哪迖。莫大康禀告嗣子，已安排炮人水路快船去追，炮人陆路快马去追，另有家丁去省城览。这一去就是砣天，三路人马回禀没有览到人。逄氏顿时间茶饭不思，悲恸欲绝。这种情绪惹得两个不懂事的莫伺其莫温婉不停追问哥哥到了哪迖，而嗣子本人觉得近来的所有事情都太过蹊跷，到底是哪里出了差池他不得而知。莫旦良更觉隐隐不安，现在这个罪被哥哥莫元良担着咧，而他莫名其妙地难受。他开始搞清楚了大爆炸和十月怀胎的道理。秀吉肚子里的孩子跟他有没有关系实属说不清道不明的事情，毕竟他和秀吉之间也有染，这令他感到恓惶失措。一种大逆不道的感觉萦绕在他心头，在他的每一个举动当中他也想像哥哥一走了之永远离开这神戽洞不要再回莫家围算了。当他这样想的时候他和莫家围的关系就真的疏远了，与父亲，母亲，以及他的七个弟弟妹妹瞬间竖起了一堵墙。他趁着莫家围的混乱跑到盒堂去看戏。那女子在台上还在演阿吉拉，而这回他似乎真正体会到阿吉拉的处境，眼粒水流得更加磅礴，哭得更伤心了。演出结束之后他忘记了结束还坐在那里忘我地流泪，剧组的人几乎要引这个小观众为知己。阿吉拉走出来递给他手帕，莫旦良才恍然大悟起身迅速走出盒堂的大门。阿吉拉追到门口，不解地看着他消失在街道的拐角处。

秀吉的肚子大到快要临产的样子，这一天她在围子里走了一圈，好像要告诉所有人她要生孩子了。约翰·托马斯神甫站在二瓢的栏杆上往下看着她缓缓移动的身影，还有几双眼睛在看着她。她在井边坐了一会儿像一个受伤的英雄流着血继续抵近最后的王座样要将一圈走完。逢氏尽管有无限的失子之痛，还是打发人来说要她回屋去，不要在口前着了凉动了胎气。她这才结束自己亡魂般的游走。逢氏倒以为是家里的气氛影响了秀吉的心境才有这样的举动为此感到过意不去。当秀吉起身回屋的那一刻，约翰·托马斯神甫刚好走到一瓢楼厅的最后一个台阶，他在这座巨大圆形建筑的一侧仿佛从古罗马斗兽场的台阶上往下走即将进入生死决斗时望见秀吉起身离去便往科学实验室的方向去了。

秒春三月头一天早饭间破了羊水，莫家围接生的华妈妈脸部通红，目光焦急说，"开二指了。"

秀吉神情无助而紧张，充满恳切之情。华妈妈给她咬着一沓叠层的布巾。她清丽的脸庞在这黑暗的屋子里照亮了周围的事物，浓密的私处和坚挺鼓胀的奶子暴露在众目睽睽之下，随着疼痛的增加昔日的羞涩全部退潮。她捿住床沿，额头渗透着嫚水，脸颊上的头发湿成缕状。眼神中充满兴奋、疼痛、惶恐不安。鼻翼绽动着，呻吟之声开始在屋里感染她周遭的一切。嗣子在里屋下坎矮榻上坐着，啜着铜杆长烟枪，大团大团吞吐着烟雾。抽几下又端起茶碗喝一口。他满头乌发，每一根都粗如铜线，面色红润，声音洪亮有如铜锣。莫家围对他八十岁娶一房比他小六十多岁的娌家惊叹到掉了下巴，而今又要媲下一个子女简直到了荒诞的地步。嗣子时不时往里阁雕花描金拔步床这边张望，但隔着纱幔，他看不到。华妈妈经过那么多临盆之乱却从来没有这样焦急过，这次嗣子亲自坐在这里。莫家围十天半月就有婴孩娩下来，也有人死去。在这样一个大家族里，生和死变得如此频繁，连小孩子过家家都把棺材和坟墓当作了嬉戏的对象。在八九百间房子里生命和肉欲时刻在进行着。围龙屋的设计者莫家围的先人有没有想过，如此浩大的环形建筑无时无刻不散发着嘤嘤似溪流般的电流声催促着种子的发育，新生命的诞生，催促着牲口的繁殖，它们被裹在厚厚的墙壁之内像一个巨大的蜂巢，而他竟然是这个蜂巢的后。晌午时分，胎儿的头出来。华妈妈坐在秀吉身后拦腰搂住腰身帮着使力，华妈妈不禁叫喊了出来，她不敢相信自己的眼睛。因刚刚过去的一场撕心裂肺和地震般的波荡而红透眼睛的秀吉竟然没有丝毫反应，她只感到身体突然空掉，想坐起来看一眼自己到底生下怎样一个怪胎。口前的人都往里屋看，剪脐带，包扎，将胞衣装进桶里，换掉床上衣物，褥子。多余的肉，血污和衣物投进灶火中烧成灰烬。婴儿擦拭爽净捞回来放在母亲身边。屋里的血腥粒子稍稍下降，火油燃烧和薄荷的味道夹杂在一起成为室内浓稠气息的一部分。一个新的生命睁开眼睛看着站在面前的人，尽管她看不清爽，屋里的人才想起要将消息告诉最应该得知这一消息的主人。兴许他已经猜到了。嗣子坐在矮榻之上异常安静，他在思考更为重要的命题。当逢孺人惊叫的当口儿他当众宣告了这样一个事实。构成我们生命的物质与众星辰同质，因此不管什么颜色的眼睛，头发，肤色，也同样是同一类物质的不同配方罢了。华妈妈捞起婴儿出来，伸手递给满脸兴奋而迎来的逢氏，随后爆发出来的是一声惊骇的叫声。

"啊，蓝眼睛——"

卷 四

　　约翰·托马斯神甫坐在科学实验室里犹如梵蒂冈大教堂龛壁上的一尊圣徒雕像。他攘脱门，立即蓬起一股尘土，进门时一缕波丝绊住了他的手背，屋子里物件老旧的气味夹在牲口持续散发的身体气味当中。一枝强劲的早春阳光斜射进来，在这厚墙拢住的空间里明亮如利刃，尘粒蒸汽样在琴弦般的光线中滚动。他在这间屋子里度过了异常艰难的时刻。拜上帝会被荡平之后，在实验有所进展而无人分享的落寞中，在漫长而慵懒的每一个午后，直到有一天一个少女推门挡住了那一缕阳光，在地上投下一个纸鸢般的影儿。就在那一刻，他被这一缕神光所震慑。他每天待在这里，只为听见那细细的脚步从这里经过，然后开门送饭进来再看着他吃完。他胃口大开，食物迥异于往常变得香甜无比。他待在这里就为了看见攘脱门的刹那，那一刹那的奇迹，好似与天使之间心扉洞开。他一生所追求的理想灰飞烟灭，全部融化到了一个影子上。在漫长的述说过后，终于他拉住了她的手，把她搂进怀抱。他仿佛置身在上帝创世的幻境，别的事物均无法取代那种甜美，她柔弱的身子月光般流进他的怀抱，两股重生的力量紧紧地倚靠在一起。他们这样相拥在一起便觉得世界完全是另一种样子，不再充满苦涩。他把她捞起来放在自己腿上，看着她神采奕奕的眼睛，亲吻着她流过嘴唇的泪水如一枚影子化回了己身，一道波纹消弭在水里。他坐在这里，对世上其他事情失去了兴致，他之所以还坐在这里只为某个恰当的时刻，只为那个天使的出现。可是他知道，她再也不会出现在这里了。这时逼近的脚步声响起，攘门的人一头松油烟墨般的黑发偻身进来，坐在约翰·托马斯神甫的对面，手上的拐杖放在旁边，又拿起来，他显然是想开口说话，却不知从何说起。

"照你的方式处置我吧，"神甫开口了，"你想怎么处置就怎么处置。"

"我怎么处置？"嗣子回答他，"你不是我族人。"

他反复想过很多次，这完全不可能的事情最后变成了可能。他现在要怎么办？神甫是他自己收留的，而秀吉只是他买来的一个通房丫鬟，并非箁室，也不姓莫。他可以将她处死或赶出莫家围，连神甫一起。可是莫家围担得起这个名誉上的损失吗？族人同意吗？这不是乱伦，也不是通奸，那是什么？只是往他莫大恒脸上抹了一把狗粪。照莫氏家规，在这围子里犯下男女之事的一律要吊锁骨和出族，就是自己的亲儿子他也要这么做。

"我想看一眼——只有这一个请求。"

"那就顺其自然吧。"

拐杖一点一点从门口消失了。叶隆回和莫家围家丁将媖完孩子后处在哺乳期的秀嬢剥光了衣服反手绑在一架木头削成的脊背上杵着一个活塞的形似母狗的车上。围子里的大人将孩子们锁在屋里后反身出来观看游街。

"有多少年冇觑见这样的把戏了？"

"上一次还是大清朝我光绪皇帝在位的庚子年吊死了嗣子德泓公的一房六姨太太。"

"咦，活塞里插着的那根樱花木树瘤喊莫子？"

"狗朘。"

"母狗车滚起来的时候，樱花木树瘤就在女屄里上下抽动。"

"做过哩咧，造孽。"

秀嬢赤裸裸地被绑在母狗车上，双手反剪，颈嗓，胸部，腰部均被五花大绑，嘴里塞着她的兜肚和内裤，双脚捆死在母狗车轮子的毂轴上。母狗车缓缓推动从神屋世居的匾额下出了莫家围朝门，一人推车，一人敲锣，一队家丁护送，就这样过了风雨桥，去了神屋街垱。当游街回来，人已奄奄一息，乳房流着初生的奶汁，下体出血，被拘在臭烘烘的牛圈里。这个大蜂巢顿时嗡嗡声加剧，愤怒几乎要燃烧起来。在莫家围人眼里，这个活体已经如同牲畜，游行完了会解送原籍。那个嬲下几天的孩子由华妈妈带着，半夜里发出尖厉的哭号。她的母亲则正在牛圈里形同死物。约翰·托马斯神甫扑进牛圈用手擦拭掉秀嬢身上的血迹给她穿上衣服将气息微弱的秀吉抱在怀里。一直到三更鸡叫秀吉才清醒起来，一阵捶打随后仰天长啸起身往围子中间奔去，神甫起身去追，只听到扑通一声沉闷如一截木头栽倒在地。神甫喊救命，碉楼上值夜的叶松觑见一条白色的影儿在朦胧夜色中往井口跑去一闪而逝。他意识到有人跳井了，于是大声喊叫。下面巡逻的家丁往井口去，拉着绳索溜进井下去救人。火把照亮了围子。下去的家丁在里面喊，快拉，快拉。秀吉捆着腰身被拉了上来，手上的皮被磨破，松掉绳子，放在凳子上压，摁。慢点压，压快了会被呛死。一个对抢救溺水者

62

有经验的族丁在黑暗中指挥。秀嬢往外慢慢吐水，然后大呕。秀嬢没事了众人才想起叶聪还在井里，于是放绳索将他拉上来。他在井里凛得脸色煞白哆嗦不停。围子四周屋邸的窗户若隐若现的光纷纷亮起。

秀嬢投井事小，导致的结果却异常愤怒，这口井是莫家围的饮水之源。这样一来，莫家围没有水喝，他们将井舀干，投进三十担石灰，几番处理，一周后这口井的水还下不去口。多少年后他们只要想起秀吉的投井喝口水都作臆，心里隐隐作疚。投井没死秀嬢直到天亮才睡去。等她清醒过来已经是第二晡下旰，她感到身疲力尽，焦渴难耐。托马斯神甫硕大的身躯被掉绑在一根拴马柱子上，嘴里吐着白沫沫儿。莫佑良出现在牛圈的栅栏前，端来一碗白米饭，一瓯儿水。

"快吃吧，秀嬢，"莫佑良说，"这是旦哥哥要我送来的。"

莫佑良放下碗筷后就离开了。秀吉满是伤痕，新结痂的地方还不稳固，脑子里一片混乱，连进食的欲望也停止了，而今她在这个世上无法活人，只求一死。但她听到孩子在围子里哭泣的声音，听到这种声音就变得神经紧张，脑壳膨胀，变得歇斯底里。她听不得任何婴儿的哭声，不管是谁家的。她想看一眼自己的孩子，然而在这些雏嫩的哭声中她不知道哪一个才是自己的孩子。华妈妈出于天生的母性而心疼不已，带着嫩人到牛圈让秀吉喂一口。秀吉坐起来接过孩子把奶子掏出来，乳头塞进孩子的嘴里，孩子巴滋巴滋吃起来哭声才停止。家丁过来叫华妈妈赶紧回去。华妈妈说你个冇良心，孩子又冇来罪，饿死她啊？家丁作罢，等在一旁不知所措，直到秀吉奶完孩子才将华妈妈撵脱。这晡黑曤，三更罄敲过，莫家围值夜的五个家丁正在进行白曤来临前最后一次巡逻，围子里外察看响静。晨光微曦之时叶隆回带领家丁将秀吉捆了手脚用木棒穿了抬到河唇头掏在沙滩上，家丁用利器洞穿秀吉的脚后跟绞之以一根拉力和韧劲十足的皮竹篾捆牢靠了把她抬到竹簰上，双手展开绑在簰边边的竹竿上。神甫跟在身后死活不让，家丁将神甫推倒在沙石上，将尽天亮了才做好这件工作。部分早起的人站在河的两岸观看，风雨桥上也攒齐了人头。家丁松开竹簰时将簰上的禾穰点燃送出河洞，任竹簰自行漂流下去，然后将残余物全部掏进河里，用力踩沙石上的血迹让它们凌乱淹没，随后挼起一把把河沙使劲搓洗手上变黑的污血，看着竹簰从河洞中渐渐远去。

约翰·托马斯神甫被逐出莫家围，嗣子在河洞较远处给他一个黄泥小屋，断绝了往来。嗣子责备蓝眼神甫不早跟他说，现在说什么都晚了。你自谋生路去吧。嗣子朝后招手，华妈妈将孩子搒过来，神甫和襁褓中的孩子见了最后一面。孩子睁着一双闪烁着猫眼光芒的大眼睛，黑头发，高鼻梁，皮肤皙白，近乎胶质。他摸了孩子的脸和手，孩子朝他微笑，神甫激动起来，惨叫一声。

“安妮！”

随即跪拜在地朝嗣子磕了头起身离去。他并没有去黄泥小屋，而是在莫家围后的岣嵝山脉览到一个山洞打扫爽净后住在里面。在他下跪的那一刻神甫一夜之间萎缩如霜打的茄子，步态龙钟，眼睛里布满血丝，从天上掉落到了人间样。家丁回来将秀吉的衣物用具一并焚烧了，在神垦洞和下洞交界的乱坟岗做了一个生土堆，一个满含哀怨的馒头。秀吉的生母于次晡下旰赶到神垦洞莫家围前的埠头说来接她的女儿。叶隆回回话，点了簰了，尸骨无存，生前衣服等均已埋到了土里。秀吉的生母跪在新土堆前抱着那个无名无姓的湿泥巴堆恸哭到夜黑边才离去。哭过之后她又到莫家围来讨要孩子。那是她阮家的骨肉，我个女死在这迈哩，我个孙还要死在这迈？叶隆回回嗣子，那个寡婆笨趑笨趑又来咧。嗣子说劳神啊。叶隆回说她默到要打油火还是砍树捉鸟啊。嗣子半晌不响。叶隆回自去回了她，姑姆，莫家围不放人，这个孩子只能在莫家围，也只能属于莫家围。阮氏一头撞在朝门浑圆的石雕玄学兽上晕厥过去，醒来后骂了两曝没有人搭理才悻悻离去。

"娼姆婆。"

逢氏心里忦得要死，遭受这等打击后用宝古佬的话说出了这样一个罕见的话来。孺人逢氏悔不该当初一时兴起买下这个心性糜烂的乱鏊妹姬，但看到蓝宝石般眼睛的婴儿时又于心不忍，暗生恻隐之心，觉得这个孩子还是她房里的人，便跟嗣子说让华妈妈和姆姆到自己屋邸来喂养。牴退阮母的袭扰之后蓝眼睛姑娘莫安妮正式成为莫家围嗣子的养女。在秀吉点了簰灯和神甫被驱逐之后老围子才再一次回到正常的轨道上来。嗣子在编修家规修订史时在放灯簰一条下批注说，家规者。内规族人。外修和睦。内外并举。方可以治家。淫乱损家。心性糜烂者败家。戒之慎之。而他反省自己时说婚娶之道。天地人伦之纲纪。乱则全乱。夫妇之道亦复如是云云。显然，他没有看到这一切的根源。在神甫事件上，他在家规中关于禁戒与僧道往来违者削族，拒不还俗者处死一条批注说，耶教与僧道无异。乖违人伦。最后将坚守冠昏丧祭为人子正道，并进一步阐释这四个字的意思，冠者。正养乃成。昏者。血脉相续。永恒轮回生生之道也。丧者。以他者之死反事己身。贯通生死。知两端而不妄为。祭者。生死幽幽。如如而在。同时，他还根据托马斯神甫讲授的耶教圣书中的观点写道，禁果之与吾道昏礼相通。偷食者有悖人伦。

转眼间省城军校应试的结果到了。莫孝廉从省城传来鸽书，"四中一，旦。"也就是说，这次仍然只有莫旦良中举。嗣子让莫旦良提前去莫氏试寓待到不要再来回跑了，免得上次一样贻误报到时间，叮嘱莫孝廉看管好此事。嗣子让老三，老四，老五结伴一起去。自从经过舅舅逢兴的短暂熏陶他们对军校的偏见得以纠正，好感得以加深，不像先前那样排斥甚至厌恶至极了。对他们而言，军校是一个陌生的事物，打小本围家塾先生只教他们读圣贤书，考取功名，军校大抵也相当于武举之类的东西，因此并非世界上安身立命和扬名立万中最美好的事物。到省城之后，老三莫佐良老四莫佑良去广方言馆学习语言，他们两个是学过几年英文拉丁文的，便又增加了俄文的学习。老五莫铺良年幼，在省城逛了一圈又回到本围家塾继续读老书。神垕小学建成之前，他也只能一直在围子里读老书。

莫旦良离开神垕前去了一趟傩盒。他坐在前排的凳子上观看阿吉拉的表演，记住她的声音和每一个动作，至于演出的内容是什么他全然不顾，也顾不过来。他时刻走神，脑海里装满了各种深刻片段。演出结束，他还坐在那里，与上次一样，阿吉拉走过来。这次他没有恸哭，没有流泪，他看着阿吉拉，感觉跟她相识很久了。当所有人都走了，阿吉拉的父亲叫她去后台整理东西。莫旦良抓住她站起来要走的罅隙跟她道出了自己埋在观众席上想了很久的话。

"我也要走了。"

莫旦良离开了傩盒，如他想象中要离开很久很久的那种心情和样子那般离开了那个地方。

初三早晨，刚刚下过一场淅淅沥沥的酥雨，芍药花期末尾那最后的一缕缕散落的香气跟随潮湿弥散开来，就跟细雨落下的声音一般润物无声。高孝荣踩着雨润过后稍稍去燥而尚未完全松软的地面来到莫家围，他感谢嗣子对新学校的捐赠，誓言尽快修建好学堂，校舍，操场，礼堂，厨房，公用厕所。然而，他强调这是新生事物，还有很多事情需要去做，死的东西终归是容易的，而活的比较难，比如招聘具有新思想的老师这些。嗣子似乎听出来他话里有话，便说本围家塾先生有十余位，可以过去几个教授国文，算学，其余新开科目到省城去览，旧识中岭表两道和湘鄂的道友也有可以帮助联络推举。高孝荣热忱相谢。然后他委婉地提醒嗣子现在是民国政府了，家规的实施同样要照顾国法，莫家围点簿灯一事虽然是家规，却也是旧俗，应该改一改了。嗣子默到，半晌不作声。这长时间的沉默让他吃不消，高孝荣可能觉得自己把话说亮了伤人连忙道在下多嘴。嗣子不恼，说，你走你的路，我过我的桥。嗣子这样一说，高孝荣难免又多一句嘴，如今的天下，走的都是同一条路。嗣子觉得高孝荣言过其实，所谓的中华民国才搞了几下起义，连两广都还有统一，到处都在打仗，搬出了几项法律法规，就算是国法啦？本省还在军阀分子的手里捏着，怎么实施国法呢？但他并没有戳破督办这个词背后的深层含义和历史意义，他还要靠着这位年轻的督办去督办新学校不是。

"同一条路也是要让人走道的路嘛。"

高孝荣辞退后，嗣子传莫家围通掌莫正泽到自己屋邸来，跟他说，堂叔侄仲义到了婚娶年纪，我想这门婚事让你帮着蛊摸。莫正泽提了兴，全，灌邻近三县九家大户人家的闺女，又提了崀山九嶷山两地四户人选。嗣子让他先去摸个底，因为嫡长子莫元良失踪,这门婚事格外令嗣子莫大恒顾虑重重,他要选一个怎样的女子才符合莫家眼下的需要呢?莫元良不回来,莫旦良就要担当嗣子之位,门户,贤良,富贵,家世清白,有无家族疾病史,娶远还是娶近,大体这几样都要考虑清爽。眼下,战事连绵,虽然还没有波及神垕,但也不敢保证永远不会波及,更不晓儿到什么时候是个头,这年头不比寻常,莫家既要娶一房好婆人,也要顾及莫家的本。通掌莫正泽出去马不停蹄跑了一个砲天回来跟嗣子说,全州凤凰阳氏十四岁属猪,南洞唐氏十三岁属鼠,绍水朱氏十五岁属狗,宝庆府新宁左家十四岁,蜈蚣岌罗家十三岁,有女人家且临近婚娶的有这五家,然后一一介绍了她们的家世。属相无害,家世也没问题,但这仍然不是嗣子考虑的主要问题。在通掌离去的这段时间里他将问题凝结到了最后一个核心点上,那就是远和近的问题,最近的南洞,绍水也远了。

"好女不过界,嫁这么远别家也愁。"嗣子引而不发,"远处的水救不了我莫家的火。"

莫正泽不明白嗣子的意思。

"关键是这年辰。"

远近,这在过去倒无碍,眼下这时节似乎不成了。他将这个意思说清爽,捅到底。通掌明白过来后说摸底的几家倒是还有女待字闺中,莫家子弟多以后可堪考虑。嗣子说现在是为新嗣子选婚且近在眼前。莫正泽突然想到了一个人,眼睛发亮。嗣子看着他,就好像在等他说出这个人来。

"高孝荣。"

"就是。"

嗣子将手按在桌子上,轻轻地喊了一声好。

莫正泽安排媒妁之言先去说着。这是莫高两家联姻大事，在神垕洞不要走漏风声。高氏现在有四个女，大女高芙蓉十五岁和二女高耀青十三岁，都在省城念书，老三老四在家。媒人到高孝荣家提亲，高孝荣一时间不知所措，夫人黄孺人在屋里转圈。这等大事自然是头一次，高孝荣想过大闺女到了谈婚论嫁的年龄但没想到莫家围莫大恒会来提亲，他当场满口应承下来。高孝荣自然明白，莫家连我好连，我连他可不那么容易，甚至想都没想过。他展开想象，未来与莫大恒这样的亲家将如何相处，他滴水不漏，又是个荒诞而癫狂令人捉摸不透的人，在他有限的几次交道中从来没按常理出过一次牌。然而，他又反过来想，假如我高某拒绝了这门婚事，又将如何？也不会怎么样，顶多没有这样一个亲家。但他立即隐隐觉得，有莫大恒这样的亲家自己在这越城岭所辖几百里范围之内的任何一个地方要硬气多了。在拒绝和应承二者之间，后者显然更有意思些，于是他问媒人说，大女儿？还是二女儿！媒人提醒他说当然是大女儿。他一时糊涂。他想的是假如大女儿属相八字不能挵庚掌日，他还有二女儿，也不无可以，但这暴露了他的急切。莫家的媒人取了庚帖回来复命。合完八字，没有问题，于是订婚。嗣子准备了一份礼单，嘉礼庄已经出售，所有彩礼从简，从公家支付。嫡长子大婚为一千块花边，外加一百五十石谷，鸡鸭鹅鱼腊味自然也不在少数。于提陀佃农而言，这是个天文数字，几生世也做不到的彩礼。婚事定在明年腊月十二日，嗣子告庙醴宾。高孝荣妻子黄孺人近来忙于筹办嫁妆，为这门从天而降的婚事张罗忙得陀螺样。在省城广方言馆读书的高芙蓉也晓儿了这件事，高孝荣写信让她回来。高芙蓉回信说学业忙，等等再说。高孝荣跑到省城学校去接她，她却躲起，拒绝回来。高孝荣没办法，只得让她阿嬷再去一回，再不回就绑回来。孺人黄氏则为女儿备好了全套的女红，打算将自己出嫁前的全套本领倾授给女儿，高孝荣正在为这事惴惴不安之际，莫旦良回来了。四更过后，天麻麻亮，早起的店主觑见一个背着钢枪身穿军装和高筒军靴的人走过神垕洞朝莫家围而去，这个人正是莫旦良。当他在温暖的晨曦中踩到河洞里响起熟悉而宽广的鸡鸣鹨旦时才放下焦急行进的脚步，他精疲力竭，狼狈不堪。河洞中的叽叽喳喳各色美妙的鸟鸣在树梢上全部苏醒时他一脚踏进渐底下走进围子，跑去井边打上来一桶水，仰天咕咚咕咚往嘴里浇灌，滋凉的清水让他一洗难堪，装着一肚儿水回屋邸去了。早起的嗣子放下手中的蓍草，一时间没有认出来。逢氏被惊醒，摸上衣服从正寝出来到前院厅堂。这就是他的儿子，现在竟成这副装扮，不过倒是越来越像他的舅舅了。莫旦良是从省城外十公里处的混成协连夜走路回来的，陆军小学已经停课。原因是陆军学校的学生打着灯笼去王城响应武昌起义时本省倾向革命的巡抚就职，而当游行队伍进入王城里面后旧军巡房营突然封锁城门，学生队伍从文昌门冲出一部分，巡房营的人在城头上哆哆哆朝他们开枪射击。陆军小学的学生仓皇逃窜，莫旦良和一傡同学叠成人梯爬上城墙才缒逃出来，回到学校教官分发给他们枪械和子弹，以防巡房营反扑过来，最后他们决定跟城外的混成协会合。混成协正要去镇压兵变，打击巡房营那帮旧军。混成协说收拾他们用不着学生伢子出面，将学生武装暂且劝回。莫旦良焱天焱地握着那把钢枪往神垕奔去。经过白竹浦时五个小獠盯上了他那把钢枪被莫旦良一枪吓跑，没入草丛。路过村庄时村民正打包，牵着牛马，赶着猪，担子两头挂着大鹅，背着孩子往山里去。他跟斜背褡裢骑着种猪的一位老婶婶说是城里自己跟自己人打架，打也打不到这里来。老婶婶说，孩子，我哪门信你。莫旦良说，我是从那里来个。老婶婶掉转头招呼后面的人返回村庄。他在杂草和丛林山涧中狂奔乱跑，越过三千界最后跑回洞里。事实上，骚乱的确很快被混成协碾死，巡房营只不过是想趁着交接之际打劫政府金银藩库和存储现钞的银行。这整个事件中他仍惊魂未定像马肠响狩猎时自己是那些被追逐和屠杀的野猪。他第一次有了敌人早已存在的感觉，而这些所谓的敌人自己并不认识他们，他们来自自己的同类。

"当晚如果自己中枪而死，我的世界就结束了。"

一路上他不断被这句话纠缠。难道这还是新旧之争吗？仅仅是新旧之争吗？肯定不是，他们到了见人就杀的地步。嗣子不晓儿的是这时的莫旦良已经是同盟会的秘密成员，他们除了正常训练学习之外在王城区租赁了房屋成立了军事指南社，每周秘密聚会一次，学校里面一些隐秘身份的教官就是同盟会的骨干，同盟会要员则坐镇香港和安南指挥革命和起义。嗣子还以为他的崽在学校好好读书呢。这时的莫旦良已经是中尉，回到神垕的第二天他便跑去神垕新式学校把枪放在校长面前说，从今往后，这就是我莫旦良的办公地点啰。兵匪只在一念之间，刚从省城调来的学督夏堃站出来说，何必如此霸道？莫旦良挈起枪朝着天花板开了一枪。子弹洞穿木板，天花板上响起了瓦片跌落在木板上碎裂的声响。余众往后退缩成一绺，夏堃兀自站着不动。你不识懂，莫旦良说，中国都要烂脬儿了，你们还在这里牙牙学语作乌龟爬。挈枪可以救，挈文也可以救。屁话，现在要靠组织来救。说完要用枪托搡人，校长赶忙上前拦住，并将夏堃搡脱，劝他忍一下。于是，莫中尉便在这里招兵买马，开设军事训练科目。刚开始来了一百多人，最后只剩下十三个人。除了他有一把钢枪，九发子弹，其余都是从神垕洞旧物当铺中收来的鸟铳。这十三个人也是神垕街上的流氓烂仔，莫旦良用军校发给他的月饷积攒的盈余细分给他的士兵。他们闲着反正是闲着，一来凑热闹，二来也是给莫家围二少爷面子。谁知莫旦良莫少爷是一个严肃认真的人，硬是按照军校的要求把他们整成正规军式样。什么是军人？闭上你们的嘴，像出膛子弹样勇往直前。几番训练，当他们打着绑腿跟在穿军靴的莫旦良那匹骟马的屁后面走过神垕街道时显得异常神气。有人好奇，有人惊叹，有人吐口水。发势个屁，都是一帮街痞溜子酸茄瓜，尽是个劲。他来到俪盒，他的士兵们坐满大半个厅屋，给台上的阿吉拉拼命鼓动的手掌齐刷刷一群甩动的鞋样儿。演出结束后他去览阿吉拉说话，阿吉拉一脸不高兴，莫旦良问她为何这样。阿吉拉就跟他说，一俪人穿着军装来这里看戏别人感到不自在。还告诉他侵占学校搞得别人没法上学。现在救国最要紧。读书何里就不要紧。最后他们不欢而散。莫旦良走出大门，上了街道又折回来跟阿吉拉说出了此行的最终目的。

"黑边我来览你。"

"莫酸里酸气。"

"怕媟啦？"

天色贴黑，仍然暑气滚滚。莫旦良晓儿安吉拉心中被他激荡起的暴风雨不会那么快就平息。想要动身出门的当口天乌暝黑下来落起铺山雨。山那边的阒雷闪动着火影像车轮滚过山脊。闲间，屋檐上便挂起了雨帘。噼里啪啦打在地上开了花，积起厚厚一瓢乱水四处流。莫旦良打着一把油纸伞从学校出来，在密集雨脚的轰然声中冲撞到俪盒楼下。他早已转到临江的一面，听到从楼上传出来的箫声。莫旦良从后面的门进了楼道，摸到了二楼走廊阿吉拉的房邑门前。里面的油灯没有熄灭，箫声就是从阿吉拉的房邑里传出来的。他通过格儿花觑见阿吉拉盘腿坐在床上吹箫，被布幔挡住了下身。一只脚露在花衾外头，脚背如荄白一般在油灯下发光，脚趾头还在动。他不晓儿怎么办，一时间不敢搞出响静来。他试着撅了一下门，门从里面撑死闩着。又拉了一下格儿花，居然松动了。格儿花没有闩，他将两扇格儿花全部拉开，雨声如潮水冲进了房间，阿吉拉惊坐起来，几乎尖叫——但她捂住了嘴。她穿着很薄的丝衣，乳晕清晰可见。阿吉拉跳下床，莫旦良跃身跳进了房邑迎住她。他一只手搂着阿吉拉细细的腰身，感觉到她的乳房顶在了他的胸口，轻轻用力一拨往自己身上拨来，他们身体的凹凸部位对在一起。另一只手把两个格儿花推上，再把内扇闩好，磅礴的雨声一下全部关在窗外。他一口气吹灭油灯上的火苗儿然后才紧紧地搂住阿吉拉，仿佛搂住了那个他日思夜想的舞台上的她。他热爱她那微微上翘的倔强下巴，黑白分明的眼角，一把松针般浓郁的睫毛。他对戴傩面的阿吉拉想过千百回，一想到便有生物学上的那种反应。她是那么神秘，有魔性，他将阿吉拉的丝衣撩开，从肩膀上滑落下去。他能感觉她微熳娇喘的鼻翼和越发粗壮的气喘。阿吉拉那几乎称得上硕大而沉匐的乳房让他的身体激起一股山洪般的原始冲动。他不再第一次那样暴然弹起，而是耐心地寻找着他要去的地方，细细体会因时间与肉身合成的流逝和莫家围那蜂巢式嗡嗡声中杂音的夹层，就在他锐意进取的瞬间，阿吉拉猛然一口咬住了他肩膀上隆起的斜方肌，双手箍住了他的肩膀，然后又猛然堵住他的嘴。他用他想象出来而没有经过任何检验的努力在她身体中探索生命的奥秘直到天亮前，窗外那一江晃荡的水趋于平静，大雨停歇，被雨淋湿的青山与江面焕然一新，一切都显得生机勃勃。他说他还活着，于是亲吻了那两座挺立而完美的乳峰离开了那间阁楼。事实上，就在莫旦良霸占学校的第一时间，高孝荣差人给嗣子汇报了情况，他这位未来的女婿如此豪横，没有给这位未来的岳父大人留一点面子的余地，他心里不是滋味。嗣子一个月后才坐着轿子来到还处处露着新土充满新鲜气息的学校，让莫旦良立马撤出去。莫旦良见父亲来了，便拉他去办公室，嗣子不去。

"有什么话在太阳底下说。"

"这在练兵哩，爸，"莫旦良窘得一脸绯红，恳求道，"你还是回去吧，爸。"

嗣子不依不饶非要他撤出去。他只得解散队伍，让他们到一边歇住。最后他想达成一个相互妥协的方案，学校存粮已经被他们吃完了，他要嗣子拨款，助他练兵三个月作为交换，新兵训练结束他回省城继续念书。

"钱冇。"嗣子说，"你把我这把老骨头掣起去练吧。"

"三个月可以，"高孝荣说，"就当是放假。"

未来的岳父大人倒是为未来的女婿着想，嗣子却毫不留情面。

"放个屁，"嗣子说，"一晌也不行。"

莫旦良的练兵计划就此夭折，他不撤退，嗣子就在操场中间坐着。嗣子那么大方豪爽罕见地给了他一个月，他希望他自己可以悟到，他之所以没有来是给他留一条台阶自己走下来，但他越发不知好歹，越发放肆，他才放下手中的蓍草不得不亲自过来一趟。自从放下神垕学派著述工作以来嗣子早晏摆弄蓍草，演绎欧几里得的学说，并将太玄的卦符进一步扩大到一万九千六百八十三策用于冥想，重建日感衰退的记忆殿堂。

从周易六十四卦到太玄八十一，再到现在的数量足够他演绎一生。实际上是一生剩下的最后时光，他不晓儿还有多久，生死这个东西无法测度。在未生之前和归真之后这段时间里他坚持做好自己。宇宙之大，万物之渺，望远镜和放大镜看到的也不过其一丝一毫，人这么渺小，我们只在这渺小里找到己身，而每一个己身又如此空旷，行动捉摸不定。不过，他雄心不减真正想做到的是将欧几里得和神垕学派的思想作最后的勾兑，成为本学派最基本的入门课程。莫旦良跟嗣子回到莫家围，嗣子才跟他说，"我和你阿嫲帮你览到一个娩家，八字合过了，般配，女孩比你幼四岁。"

"哪个屋邸的？"

"高孝荣高知洞的大闺女。"

"啊！"

"等你从军校毕业回来你们两个成亲。"

这么重大的事情终于降临到他头上，莫旦良私下决定先回学校去躲一躲再说。回到省城，学校已经正常开课，这也是他最后一个学程，因为学校没多久就在惨烈的新旧思想和势力的斗争当中被关闭了，而莫旦良也正式开启了他南征北战转战这片广袤大陆的一生。临走时，莫旦良给父亲大人留下一张字笺：羽书飞驰，家国危难之际，吾往矣。对于莫旦良的不辞而别，嗣子有些火气想发出来，但这样只会加重逢氏的忧郁便忍了，只对这个崽失去自己的控制倍感无奈。逢孺人茶饭不思好多天。逢氏总归是一个天性快乐的人，大儿子莫元良突然失踪她觉得一定有什么蹊跷在里面，她想不通透便也不再想了。莫安妮的诞生又激起了孺人逢氏母性的欲望。莫安妮那双蓝宝石一般的眼睛在夜间也能闪闪发光脸上的皮肤犹如瓜瓢般粉中带白，这足以证明这是一个非同凡响惹人怜爱的孩子。她总是指导华妈妈和姆姆如何给孩子喂奶，哪些蔬菜绝不可以吃，天黑后不要站在屋檐下，她说这是恶魔凶邪之物出没的时刻，睡觉前应该做什么不做什么，她惊讶于自己这么年轻却对这些东西突然之间了然于胸。事实上，她自己做妈妈的时候从来没有这些要求，困倦和婴儿在夜晚无休无止的折磨以最残酷的酷刑样将人的意志打败，这就是母亲。华妈妈和姆姆不是真正的母亲，她们顶多是母亲的助理，所以她很乐意给她们指导。她似乎也怀着不可告人的秘密和内心深处谁也无法觉察的内疚，那就是秀吉的死。这种内疚越来越让她对莫安妮发自内心的喜爱。一双粉嫩敦厚而柔糯的小脚仿佛一对六个月大的鲤鱼身，逢母在她睡着的时候一把握住一只，随后被莫安妮香甜的沉睡带到现实与梦境的边缘。莫安妮到了一岁断奶的时候她就把她放到了自己床上，晚上让她跟自己睡在一起，片刻不离。她感觉到她蓝宝石一般的光辉，闻她小兽一样均匀而香甜让整个屋子都充满暖意的呼吸，而莫伺其和莫温婉常常因为母亲的偏爱心生嫉妒。她们每人抢占一个母亲的奶膀，让莫安妮无奶可吃。实际上，逢氏早就断奶了。那对奶过八九个孩子的乳房妖娆丰硕如一对瓜棚上下垂的爬满青蚓的瓜蔫，每一条支脉的奶水均已退潮，但这场史无前例的战争还是在孩子们之间展开了。莫安妮像一头小牛犊嗷嗷叫，呼唤母亲的声音渐渐变得像兽。一旦莫安妮奶瘾发作起来就不离逢母怀抱，揉开衣襟要吃奶，撕心裂肺，通宵号哭，性子激烈而不顾死活，直到哭瘓过去。逢孺人以为奶瘾戒掉了并将那哭皱的小脸庞抚平。第二晡莫安妮的奶瘾继续发作，她才晓儿这奶一时无法戒掉，犹比戒鸦片烟。没有奶水的逢孺人只好打发华妈妈半夜到围子里去览年轻的母亲过来喂奶。莫安妮那无法终止的奶瘾到八岁那年才彻底戒掉，她感觉到别的食物的味道已经超过了奶水所带来的甜美，就在她停止吃奶的那一刻，她几乎停止了两年或更长时间的成长。每当她奶瘾发作号哭之时远在铁围山的母亲的奶水便汩汩而出，随着奶水的干涸这种反应才慢慢退潮代之以游丝般的一缕思绪在空中飘荡。莫安妮让嗣子觉得有些事情实在是自己的粗心所致，早叫约翰·托马斯神甫在莫家围娶一房妻子就好了而不必去偷吃禁果，莫家围有这么多清爽秀丽婀娜的女子，那么莫家也会多几个这样的宝贝。他以为神甫和僧人一样是戒色而不娶妻生子的，可见自己年轻时候是多么地沉迷于自己的科学实验而忘却了大自然的规律。在他心里一个更加隐秘的想法在逐渐成形，模模糊糊，飘忽不定，他以为是自己老朽了。放在以前，他的任何重大决定是清晰的，开头和结尾井然有序，包括没有结束的事情早已和另外一端的开始搭茬在一起，但这次他竟然没有捕捉到，水波之下的那条大鱼露出过脊背的影儿遂即又沉沦水底，让你不得而知那条鱼到底有多大，许是某些条条框框还在继续生锈阻碍他的创造。随着逢氏对莫安妮的爱意日渐浓郁，他的脑海里终于浮现出几个从深水河床的淤泥沙层里出来的气泡。

"对，母亲或女儿。"

这样，莫家围既没有失去秀吉，也没有失去约翰·托马斯神甫，还会给莫氏家族带来更多的蓝眼睛精灵。逢氏正在为莫安妮穿什么衣服发愁，嗣子在旁边终于若无其事轻描淡写地说出来那个想法。

"你把安妮打扮得多么像我们屋邸个新姝。"

逢孺人一怔，随即欢欣鼓舞。

"啊，那样，安妮就可以永远留在身边了。"

孺人逢氏当即和嗣子商议，谁最合适。

"老屉，"嗣子说，"当然是老屉。"

老屉八岁，这至少需要等十年以上才能成婚，成婚又分为订婚和结婚，以及媵崽女。安妮十五岁可以成婚，十岁以前便可以订婚，那时老屉十八岁，完全可以。无论怎样，老屉是最接近这个想法的合适人选，老五莫镛良似乎也可以，但每增加一岁和安妮脱钩的几率就会拉大。逢氏和嗣子的商议结果最终取得一致。这大概是他们头一次商议家事，尤其是婚姻大事。他们说的老屉是指莫幼良。事实上，逢氏最后还媵下过一个崽莫羽良，莫羽良后面还媵过一个，可惜没带到。童养媳事情一定，便让姆姆在莫安妮的私处刺青。莫安妮长到八九岁时，胸脯上的乳头已经核桃栅儿那般刺眼，逢孺人不得不给她制作跟两个姐姐一样的花式抹胸，在胸脯上缠了一圈又一圈，绷带样裹实那日渐变得神圣的身体。

卷　五

　　终于，这年春雪融去的头几天里，嗣子莫大恒所期望的莫高两家联姻的愿望成为事实。山麓和田野阴垱处残留着燃烧过后融化的鱼肚白似的腊迹，而一些新生的事实已经变成白绿红黄的嫩芽，拂面而至的气流夹杂着冷暖两种意志，孩子们在围子的墙根寻找可以滑雪橇的渐渐隐去的水雪。莫家围嗣子家的婚事瓜熟蒂落，一架雕刻精细十六人抬的大花轿进入神垕世居，在经过拜天地，拜家庙祖宗和高堂之上父母双亲以及夫妻对拜仪式之后，莫旦良和高芙蓉被送进了洞房。莫旦良默然面对这位躲在盖头背后的新娘子，脸部轮廓隐隐约约。当屋外的客亲喧闹声逐次停下，新娘子自己掀起婚礼头盖，莫旦良一时怔在那里，按理他去掀头盖才对，但他还在继续自己荒诞的幻想，他喜欢的是阿吉拉，他终究是要和阿吉拉在一起的。掀起头巾的高芙蓉展现在他面前，他内心惊呼起来，这几乎是他见过最妩媚的一张脸。阿吉拉清滢神秘，而高芙蓉雍容高洁。他见过她，就是在傩盒看戏时坐在他身边啜泣的那个姑娘。

　　"我有相好啦，"坐在镜子前的高芙蓉看着镜子里的新郎官单刀直入说，"完婚是父母之命。"

"烂脖儿了，这下我们成了一对苦命鸳鸯，"莫旦良向她坦白，"我也有。"

莫旦良提议自己睡罗汉床，她睡那副螺钿花蝶纹理的拔步床。有那么几个瞬间，他动念想去拔步床，毕竟她高芙蓉现在是自己的新娘子，度过新婚之夜是理所当然的，这样想的时候他又有种不洁的感觉，感觉对不起阿吉拉。他朝那边看过去，高芙蓉将床前的小门关上，拉上床前的两重帷幔。第二晡一早，莫旦良挈了那块白色方巾咬破指头将血滴在方巾上印了两个桃花一般大小的印子揉在一起搓了搓装到盘子里端去复命。嗣子和逄孺人挈到里屋拎起巾角查看。

"杰作。"嗣子赞叹道，"几朵转世的桃花。"

"讲正经，"逄孺人飞红着脸说，"听到不够腥就是。"

嗣子挑起一支眉毛没理会她着人将盘子封好快速挈去高家。第三天新郎新娘回岳父家。高孝荣和孺人黄氏在女婿和女儿周围嘘寒问暖。高芙蓉和妹妹高耀青躲在房间里说悄悄话，岳父与莫旦良两个在客厅百无聊赖之际只好以下象棋的方式进行另一种交流，莫家围弃绝棋枰双陆词曲虫鸟这些蛊心惑志之类的游戏，莫旦良于棋理可谓一窍不通。头一曘，岳父大人让半边子，再让二子，再让一子，莫旦良均无力赢棋。第二晡情形完全反过来，莫旦良让一子能平局，让二子还能赢棋，到最后让三子，也不输棋。高孝荣暗暗吃惊他这位女婿对棋理精通得这么快。在房间里，则在进行另一场谈话。

"佑良怎么办？"高耀青问。

"我会回去觅他。"新娘子说。

高耀青很担心，姐姐和莫佑良的哥哥已经成婚，这个现实谁也改变不了。姐姐告诉她，尽管如此，他们并没有圆房，而且他也有自己的心上人。高耀青听着十分刺激，然而又觉得这将双方父母都讕詑了，说阿嫲和阿爸高兴得到现在还沉浸在不少于你们的幸福当中。这是被他们逼迫的。

十天之后，这场盛大的婚姻才在人们的口舌中渐渐消退。当婚嫁的十六人大轿经过神垕街时阿吉拉站在街边看着骑在高头大马上经过的莫旦良心潮澎湃，而莫旦良觑见了她，他感到羞惭不已，直到又过了十天莫旦良才出现在她的房邑当中跟她解释结婚是假的。阿吉拉不可能相信这一说辞，莫旦良无奈只得对天发誓，他只爱她。阿吉拉哭成泪人儿，她始终不能相信，她只不过是一个唱戏的，在莫家围的族人眼里她就是一个戏子，不可能走进莫家围去。直到两人吵到精疲力竭最后相拥在一起在身体的反应当中找到另一种他们所期待的无言的结合才慢慢地平息了这场没有尽头的战争。另外一个内心痛苦万分而失落的人是莫佑良。他坐在婚礼闹热的一角尽量表示出没有任何过分的举动。当高芙蓉乘坐的轿子进入莫家围后他不晓儿怎么办，他和高芙蓉在省城读书时认识，双双被各自身上的气质吸引而缠绵在一起，遂私定终身。就在他们情感发展到谁也离不开谁的时候高孝荣的信到了，命高芙蓉回去结婚。她想方设法不回去，为此愁肠百结忧郁不已，在她的阿嫲即将来省城规劝之际她不得不跟莫佑良道出事情的全部经过，莫佑良瞬间遭到雷电的袭击样。

“逃。”他说。

于是，他们逃到了邕城高芙蓉的叔父高孝光家里。高孝光稳住他们两个，致信高孝荣。高孝荣对女儿的行为大为光火，然而他又不能让事情败露，遂遣使两名手下去将高芙蓉押回省城，莫佑良也只得跟着回到莫氏试寓。高芙蓉既思念莫佑良又不得不面对父母的逼迫最后在家里割腕，被她母亲发现时血已经淌到了床脚下。她阿嫲吓晕过去。高孝荣恸哭道，你死吧，你死了你阿嫲也要跟着死。抢救过后保住了一条命。高耀青写信告诉莫佑良说她姐姐自杀未遂，情况万分火急。莫佑良知情后偷偷回到神屋洞，晓儿高芙蓉没事了一颗悬吊着的心才放下来。他让高耀青传达自己海枯石烂的决心。高耀青认为这无异于逼迫自己的姐姐再次自杀，往死里推。莫佑良无可奈何，他躺在家里看着高芙蓉在哥哥的屋里而纠结万分。当大花轿在一片唢呐芦笙锣鼓喧嚣声中进入莫家围的时候他已经感到无力回天顷刻间一蹶不振躺在屋邸起不来了。第十天，他的哥哥出去了，高芙蓉跑来他的房邑伏在床前跟他说她和他的哥哥并没有圆房，只是形式上的夫妻。莫佑良抱住高芙蓉顿时觉得重生复活了一般充满信心。两个遂即在被窝里亲热起来，就在这时被端汤药进来的逄氏碰个正着，汤碗哐当一声跌打在地，一只碎片兀自在地上旋转起来不肯停下。她几乎不敢相信眼前的一切。两人穿上衣服跪在地上泣不成声，将之前的事情如数说给母亲。逄氏眼泪汪汪不知如何是好。高芙蓉也将与莫旦良合卺是作假的事情说给了婆婆。逄氏泪水涟涟，一个是自己的二宝，一个是自己的四宝，都是自己的崽，最后她决定说你们两个跑吧，跑得越远越好，不要让你们的阿爸晓得，一旦晓得就烂脖儿咾。她翻箱倒柜翻出四十八个银锞子塞到两人手里。嗣子茹饭时发现新婚娘子不在就诃怎么回事，逄孺人跟嗣子说新婚娘子尚未到生育年龄，还差着一岁两岁咧，他们回省城上学去了。嗣子狐疑地说荒唐，这才几天，临走也不说一声，太惯肆到他们了。逄孺人想她这是用纸包住了火，终究是很难的，她也没有什么办法，只能拖得一阵是一阵。莫旦良从口前回来发现新娘子不见了，家里气氛诡异以为自己的事情败露新娘子跑回娘家去了。他阿嬷将他拉回屋里告诉他，"造孽个，你个新娘子尥蹶儿咾。"

"和哪个？"莫旦良饶有兴趣地问。

"你弟弟莫佑良。"

逢母仔细询问了高芙蓉的事情，当她晓儿确实是这样的时候反倒松了一口气。莫旦良也没有不高兴，他终于解脱了，这个帮他解脱的人还是他的亲弟弟，他懊丧的是迎娶阿吉拉这件事只能无限期延后了，他不能说，父亲大人也断然不会同意。他甚至突发奇想为什么不在结婚之前就说这件事，那样他把新娘子让给佑良就行了。他的母亲哀叹道，转房也是不行个，要削族的。你们真是作过了。我何里嫐下你们这样一个个格外不带贵个孽子。逢母为这事倍感忧伤茶饭不思好多天。嗣子询问她也不说，她感觉到大祸临头，家里的一切事情变得越来越超现实。事情的败露是从嗣子的亲家高孝荣来访开始的。高孝荣没有发现自己的女儿颇觉诧异，逢孺人便说去省城上学了。她感觉一定是自己说话的语气不对或者心绪未稳让高孝荣起了疑心，因为高芙蓉离去之事并没有禀告他。而莫旦良是昨晡才走的。高孝荣感觉事情又回到了完婚之前的状态，也就是说结婚之前发生的一切莫家也晓儿了，他顿时局促不安，然而嗣子又淡定到他无法怀疑这是真的。他匆匆辞别，落屋后跟孺人黄氏商议此事。黄孺人说她再去一趟省城看是否这样。高孝荣也只有这样一个办法。这个女让他操碎了心。黄孺人从省城回来所带的消息是两人已经不在那里念书，而莫氏试寓的莫孝廉说二人回来过一趟，第二晡拣拾东西出门了，没说去哪迌。他突然感到自己疲惫不堪，干脆自己晕倒在地，躺了许久许久，他想到自己还有那么多女。另一头，莫孝廉飞鸽传书将四少爷不在读书黄氏去莫氏试寓找人的事汇报给嗣子。

"有种，"嗣子似乎明白了大概，他感到奇耻大辱，"四公子拐跑了新嗣子个媱家。"

他差人去请高孝荣，心里盘算怎么说这事。高孝荣没有任何办法，见到嗣子他满肚子委屈和苦水全部倒出来。嗣子没有责怪他的意思，只是说这事可能也是长辈们的错。他在想如何补救，尽管老四也是自己的儿子，但这名分上说不过去，他们这不是明媒正娶而是私奔。高孝荣说他还有一个二闺女。嗣子说，再来一次？可以再来一次。嗣子觉得这是莫家围千古未有之事，但也不失为一种补救的措施。他让亲家回去先征询二女儿的意见。高孝荣写信问耀青，耀青直截了当地回复，父母之命当遵，但还在学业之中，似不宜考虑太早。高孝荣收到信觉得语气是那么熟悉，顿时觉得自己这辈子遭大罪了。这其中有好多层意思，一个是耀青假如再嫁入莫家围莫旦良则是继室。其次，姐姐嫁给了一个男的，妹妹再嫁给同一个男的，显得荒谬。第三，姐姐闲见逃出来，妹妹再跳进去，遭世人耻笑。当他转述给嗣子听的时候便直接变成二闺女的决绝态度。而这边嗣子也问了莫旦良的意思，莫旦良回复以新婚初败难过万分为由搪塞过去了。嗣子在神垕家规转房一条批注道，自由婚姻乱我族规。然世风如此。奈若何哉。遂休莫旦良妻高氏，出四子莫季智佑良。他下命公榜将莫佑良出族，并休了高芙蓉。如果哪一天捉到他们将按照莫氏家规严惩。逢母痛哭，她失去了两个儿子，一个失踪，一个出族，甚至老二也岌岌可危。"啊呀呀，我就后悔当初养下这帮痘子鬼，某个时候才可以变出个人样来。"最后她竟转而委婉责备嗣子教子无方，都是早年那些新思想所造成的祸害，如今都来报应了。这句话反而提醒了嗣子，说明他的第一口奶是有效的，自己所中的毒现在传给了儿子，假如这种毒是理所当然的那么他也就没有什么可以自责的了。高孝荣觉得自己女儿被休，在神垕洞再也抬不起头来。嗣子说他失去一个儿子的悲痛同样难以忍受。高孝荣无话可说只是觉得休这种说法太过刺耳，尤其在这阵。嗣子说难道要我说转房吗？改嫁吗？转房耻辱，改而未嫁才是事实。高孝荣也陷入了这样一个怪圈当中。最后只能说是私奔了。父母没有授意全然是他们自己的决定。再说了，嗣子已经网开一面，只是说休，休了是还回到你们高家，惩罚不惩罚是你高家的事，如果不休按照莫家围的家规则要点篚，二者取其轻，算是给高家一个交代，也是对自己强行联姻的反思，再说对自己的儿子还附带着族规处置一条呢，想来也只好如此罢了。情况如此严峻，逄孺人倒觉得当时头脑一热事情做对了，要不是他们两个跑掉现在说不好已经被处死在簕竹林子里。两年后的末夏时节，莫孝廉来信说莫佑良和高氏回到省城，希望得到父亲大人的原谅重回试寓，并生有一子莫高世敏。嗣子得到消息后告知高孝荣夫妇。高孝荣说看在他外孙分上应该饶过他们。嗣子说住回去可以，先回家庙谢罪。于是发信过去表达此意。是年夏天快过完探及初秋的一个午后，莫佑良携带妻子高芙蓉及儿子莫高世敏回到莫家围。嗣子让他到家庙去。家庙鸣鼓二十四槌，嗣子宣布莫佑良潜逃两年，犯有不轨之罪，先向祖宗请罪。在座族人应和。莫佑良携妻子高氏和幼子向祖先牌位家龛方向三叩九拜并向族人作揖以示赔罪。嗣子问他，罪子莫季智佑良氏有悔改之心吗？莫佑良答，如履薄冰，愿意悔过自新。

“好，”嗣子说，“晓儿悔过就好。前向族规违反在先，处罚照旧，来人，绑起来吊竹。”

叶隆回带领家丁将莫佑良剥去上身衣服双手反剪绑起来，取出一对铁钩往莫佑良双肩锁骨刺啦一下剜进去血液渗透出来，钩子刺穿锁骨下的肉肉从另一侧拱出头来。莫佑良咬紧牙骱，铁青着脸，颈嗓上的筋脉蚯蚓一般乱虬在一起，没有哼一声。底下的族人"啊"一声连忙捂住眼睛不敢多看。高氏捂住敏敏的眼睛没让他觑。嗣子示意拉出去。叶隆回拉着铁钩绳索，另外两个家丁押着莫佑良的手和肩膀出现在围子的空地上，然后往籍竹林走去。一个家丁爬上一窝籍竹抓住靠外的一根碗口粗壮的籍竹，爬到三分之二时籍竹弯垂下来。家丁吊住竹竿继续往竹梢上攀爬，竹尾巴着地，家丁身体伸直双脚落定。叶隆回和另外的家丁将绳索系在竹子上，然后松开双手籍竹弹回空中，莫佑良应声而起悬吊在半空。铁钩与他的两根锁骨摩擦吱吱有声。族人在周围观看，唏嘘哭泣之声不绝于耳。逢孺人撕开人群撕心裂肺地往这边赶来。她托住儿子的小腿部分，她越是往上托籍竹升得越高。高氏带着儿子跪在一旁哭天抢地。情急之下，逢氏回头高喊快去挈刀来砍竹子，莫镛良转身回去览砍刀。

　　"放肆。"嗣子喝住他。

　　莫镛良钉在原地不敢挪动。莫幼良，莫羽良，莫伺其，莫温婉，莫安妮听明白了后急急回围子里去览刀，也被嗣子喝住了。莫佑良自始至终没有哼唧一声，已经晕厥过去。逢氏又喊，"快去啊。"子女们还是不敢动，只有莫安妮去了，但她太小，连路都走不稳当。逢氏只好自己回去拿。等她拿来柴刀准备去砍竹子家丁挡住了她。她便舞起刀砍人。嗣子让家丁把她拉回围子里去。"莫大恒你就发狠吧，"她一边哭一边喊，"在我身上发狠吧。"声音渐渐消失身体散了形哭瘫过去。华妈妈在旁竭力支撑住这快要倒下的散架的塔。

"癫公头！鬼样！"

逢孺人喊出最后两个字，有如硬生生破裂的两枚鸽子蛋，蛋清随即流出了嘴蚌，那么豪鲜，那么涩口。观看的人无不动容。约摸半个时辰后高孝荣一头大馊赶到现场找到嗣子要他放人。这虽然不是他女婿，现在已经成为他外孙崽的父亲，他有权要求嗣子放人。嗣子说我惩罚我个崽，你莫管。不可理喻，高孝荣说。他只得上前拉开女儿高芙蓉和那个刚刚可以走路的莫高世敏。莫高世敏在众人的哭泣声中抱住自己的阿嫲大哭。高芙蓉抱住自己的父亲喊了一声爸便泣不成声。高孝荣抱住自己女，在这一声喊叫中好像所有的过错都化作了波涛汹涌的父爱，一切的一切在这个瞬间都被原谅。远处，桥上的人和江对面的人只是张头往这边看。有的人开始往这边来，乃至人越来越多，悬挂在空中的莫佑良不再是一个人，而是变作不轨之举的放大镜，以及对逢氏偷偷放人逃走的回应。嗣子叫莫佑良回神屋来就是一个引蛇出洞的圈套。他满以为在家庙里面谢罪完毕就可以得到原谅。现在，他悬挂在那里，飘在空中，两个铁钩拉起一块大腊肉样自始至终没有吭一声。神屋洞的人说老围子豪横，连死都死得这么硬气。傍晚时分，家丁将莫佑良放下来。一个时辰前莫佑良已经断气。那悬吊之物在失去人类基本的共同特征之后围观人群一度陷入惊恐状态。高芙蓉上前抱住号哭了一通，起身一头撞在旁边的石头上，撞得满头大血昏死过去。高孝荣抱住孩子没来得及阻挡。当夜，莫佑良尸骨入殓，第二天葬在莫氏祖山外围。高芙蓉经受不住莫佑良的死，再加头腔受到剧烈撞击和之前割脉失血的多重重创从此情志失常，癫了。黄瞳鬼——她指着自己的父亲，白瞳鬼——又指着自己的母亲，然后张开嘴蚌仿佛露出獠牙要吃人的样子。从此，花眼不认人。黄孺人慑到擗踊不止。高孝荣一番安排将女儿送到高家堰乡下老家关在一间黑暗无光外面也听不到声音的老屋里间，铁链和镣铐加在她身上。只有她的从堂兄弟从隔壁每曦送去一餐饭和半碗水，并从高孝荣那里按月领取五百文细钱。这位从堂兄弟则趁机剥去高氏的衣裳，然后对她举着自己的生殖器打水铳。高孝荣将自己女儿的魔怔怪在嗣子身上，如果不把莫佑良处死女儿绝不至于落到这样下场，从此与莫家断了来往。莫高世敏收在嗣子屋里，每到夜晚都要觅阿爸阿嬷。明明和僈僈嫚嫚们玩得好好的突然问，妈妈呢？我要妈妈。敏敏宝，莫安妮哄他说，阿爸阿嬷去很远垱方买好吃个去哩。于是不哭，开始玩了。没过一会儿又问，妈妈呢？

每每听到这个，逄氏眼泪簌簌下落。她是那么地恨莫大恒，简直恨之入骨。自从儿子被处死的那一刻起她便觉得自己的丈夫是只猖鬼，豪鲜鲜里个崽被他吊死了，只懂得族规与惩罚，而不懂得族规与爱的教义。但她又有什么办法？她唯一能够做的就是她要和他分居。于是，两人各住一屋，崽女们都跟着她过。嗣子神情恍惚，持续了八九个月。他甚至着人去挖出来看看还活着没。叶隆回只好假装去挖，归来回嗣子说已经死了。嗣子喃喃自语，死了好，死了我就心安了。我对得起先人。若干年后，他在修订族人不轨之举处死条下批注说，冠昏丧祭四者中唯昏一条最难。人伦本乎天。人性循于自然。然上天有好生之德。禽羽有逐欢之心。皆出于自然。是生是死。盖难蠡测。失之矩矱而不服罪。岂不妄乎。酌改削族鸣官而不至于殛毙。莫佐良听说父亲处死了弟弟莫佑良而震惊万分，他和高耀青处于热恋之中，尽管还没有到谈婚论嫁阶段，而高芙蓉刚烈的殉情之举就像一道闪电劈进来引起高耀青对莫家的仇视，就算没芥蒂，耀青的父亲和莫家断交，他们之间也不再有可能了，他将守护着这道伤口度过很长时间。莫旦良闻讯对自己的行为担心起来，他和阿吉拉的私情还没有曝光，一旦曝光会落得一个和四弟同样的下场。在神垕洞莫家围之外的人看来莫家嗣子法不徇私，光明磊落，愈发令人尊敬，对他的冷酷也愈加令人胆寒。现在整个神垕洞几乎只有一个人敢反对他，那就是他的妻子逢孺人。妻子的分居令他颇感无奈。分居不是分家，也不是断绝关系，这是一种冷落，是因为儿子的死产生的情感上的巨大罅隙。这条巨大的裂缝犹如峡谷现在无法弥补，就算他命令她回屋来住他们之间的那条裂缝也存而不去，还不如现在这样将就着好咧，让它自然愈合。他做这件事的时候他是嗣子而不是父亲。现在他回到了父亲的位置才感觉到这种破裂，破裂当中夹杂着喋血之恨与家破之痛同样令他感到震惊。

闲间，嗣子给远在云南的逢兴写信，言及五子玄武房莫镛良去东瀛读书一事。逢兴回信说春节期间他回湘省亲时详细探讨此事。果然，逢兴在年关前抵达莫家围。这时的逢兴已经是一位成熟的军人，鼻涕孔下方留了一撮小胡子。怪诞，嗣子说，这比臭婆娘的裹脚布看起来还难受，貌着像一只虫由。我们军政长官东大陆主人喜欢这副打扮，这也是留日时落下的后遗症吧。不过，德国人也留成这样。逢兴说完掏出手帕在鼻子下抹抹，貌似虫由的形象和声音再加上鼻涕的腌臜样令嗣子愈加不爽，猛然吸他的烟，逢兴默到毋作声。嗣子伸展着他那四尺来长的黄铜烟筒吐圈儿说，日本毕竟是东瀛蕞尔小国，去还是不去他不能遽然决定。虽为小国，在近几十年中锐意进取，将西洋的东西学了个遍，绝不比往昔啦，清朝和沙俄都被它打惨了不是，那一战多少人被他们埋葬在那条狭窄的海峡里。嗣子才搁下胡子的问题，与他的小舅子商议具体事宜。最后决定让六子莫幼良也一起去好有个伴。逢兴安排从广州坐船，款项，接应等由他安排。过完春节，莫镛良和莫幼良兄弟便东渡扶桑。嗣子和逢氏自然有些难以割舍，但嗣子心里明白，这是时代的浪潮，儿女情长，天伦之乐，来日再享叻。

  是年，黄孺人又娩下一女，这是高家的第五个女，直到后来，孺人黄氏娩下十二个女。这一年，高孝荣的外孙敏敏三岁时他身穿灰蓝制服后面跟着一队人马，黑色制服戴白边坎帽人手一杆汉阳造老套筒步枪像一队白颈嗓乌鸡来到渐底下。嗣子看着眼前的保正，但还是习惯了叫他高知洞，知洞大人，这阵仗是要做莫子？高知洞纠正他说现在自己是神垦洞保正，管辖神垦及其周边诸洞保长里正甲长，他这次来是到莫家围索要莫高世敏的抚养权，这毕竟是高莫两家血脉的继承人。保正！嗣子说，土鸡嬎变凤凰哩。但后半句没有说出来，临到嘴边又落喉咽了回去而明白了他这次来的目的。高知洞寻思良久没有找到理由，最后在孺人黄氏的撺掇下来到莫家围一定要把敏敏带回去。他想莫佑良的处置是私奔，私奔前已经出族，高氏也被休，因此争取莫高世敏抚养权的理由是二人乃自由婚姻娩下的莫高世敏，两者都有抚养权，既有莫家的一半，也有高家的一半。这个道理嗣子当然明白，然而嗣子想留住莫高世敏的真正原因是莫家围朱雀房莫佑良断嗣，这一房要垮塌下去，莫高世敏正好是房长子，他想保住这一支。如果当时不休高氏，所娩子女属于青龙房，尽管是通奸所娩也属于青龙房，他有理由留下莫高世敏，现在的棘手之处在于休高氏在前，娩莫高世敏在后，莫高世敏既不属于青龙房，也不属于朱雀房，麻烦就在这里。思来想去，他没有理由拒绝。

"敏敏，"高知洞觑到敏敏来了，身体孱弱但一脸清秀，有高家俊俏的一面骨相，高兴地叫道，"来，让外公抱抱。"

敏敏跑过来，接下保正大人从口袋里掏出的糖果，掼入了外公的怀里。正因为这番情形，嗣子寻思如何留住朱雀房的这一脉血嗣。最后他觉得只有一个办法，即在莫家莫高世敏娶一房新妕，在高家也娶一房新妕，两边不交叉，但又各自延续高莫两家的血脉，高家新妕所娩子女姓高，莫家所娩子女姓莫。

"祧子。"嗣子说，"让敏敏作莫高两家祧子。"

高知洞一时疑惑不解，嗣子解释一番后他表示同意。

"成为祧子之后，敏敏还拥有继承两家财产的权力。"嗣子补充说，"一子两宽，各得其所。"

然而这一句话使高知洞顿时疑虑重重，黄孺人还有可能娩下儿子。嗣子当然也早就想到了这一层，便说，黄孺人再娩崽二一添作五，碗水分疆，如若娩下两个崽，家产一分为三。高知洞已年届四十，断嗣也随时有可能，而平分家产这一条着实击中了他。尽管如此这时的他骑虎难下，如果退却那么他爱敏敏便是假的，甚至想念女儿也都是假的，因此索要外孙的理由便成为了捏白，打油火。还有，这不是崽，而是自己的外孙崽。然而除了答应，他没有任何办法，也只有这样他才能见到自己的敏敏。好，他不得不说，本月即召集高氏和黄氏家人，以及神垕乡绅来和嗣子立字据。嗣子爽快答应。便把这件事和逄氏说了，叫她作好签字准备。高知洞也不是吃素的，在与莫大恒打交道的这些年里他精心总结出一些经验，最后他说，莫家围要恢复先公子出族前财产。好，嗣子痛快说，朱雀房财产照旧归到敏敏名下。

事实上，莫家围施行划房制度，而不是分家制度。莫家围的所有财产均为族产，不能成为私产，划房后拥有经营耕种权，死后重新归为族产，新生族丁重新领取他适合经营和耕种的领域。朱雀房财产照旧归到敏敏名下的意思不过是恢复莫佑良之前的居住之地而已。从最早联姻的想法到现在莫高世敏成为祧子可谓劫后余庆，金打银还，高莫两家各取所需。在莫家围谱牒中莫高世敏氏以这样的方式从此成为祧子，排行一子之位，在莫家他叫莫高世敏，在高家他以高莫世敏修入谱书，子女也将各以其姓绳先继祖。在莫家他无老可养，在高家他要担承其赡养老人的义务，而高知洞则消除了无后不孝的大担忧，又由于在莫家他是祖父母抚养成人，真正的赡养对象是莫大恒和逢孺人，而事实上，他们均由莫家围公家养老。从这里开始，莫高世敏便在莫家围居住半年，高家居住半年，直到成年，娶妻生子。就在莫佑良被吊死，高芙蓉魔怔了之后的第二年河水上涨之际莫家围动议，莫旦良再娶一房的议程迫在眉睫。除了上次五家之外嗣子着通掌又去兴安灵川邻近两县摸底，最后决定向灵渠阚家提亲。阚家是举人出身，比不了莫家的绵延雄厚但也家世清白。阚家二女儿阚似梅十四岁，及笄在即，正好。嗣子着莫孝廉函电前线的莫旦良，让他尽快回来完婚，否则削族不待。莫旦良从粤桂战争于前线受伤的间隙回到莫家围顺便疗养。他头上包着纱布，左颊纱布上尚有血迹，身材虽然不是太高，但粗滚得像一截柞木。孺人逢氏看着自己受伤的儿子心下决意阻止莫旦良完婚后再回军队去。在前线一场田野间敌我对峙战中他站起来高呼冲锋时一张嘴一粒子弹击中了他的左颊，中弹的瞬间滚燙的鲜血顿时披挂下来头部发麻晕眩大地摇摇欲坠。于是他捂着脸不得不退回后方接受军医治疗，军医说奇了怪了没有发现子弹。经过伤口检查和弹道分析这颗子弹穿透了他的左颊脸皮击碎了牙齿再从上颚软骨穿出，子弹一条蜒蚰样从右鼻孔拐了出来。嗣子以及在场的弟弟妹妹们屏住呼吸听他讲完前线故事最后长长地舒一口气。大家要他张开嘴看他的牙齿，果然如他所说，他换下纱布，左脸上留下一个筷子头大小的伤疤，已经接近痊愈。但嚼食时右下颌上一颗牙齿仍会传出闪电似的钻心疼痛。

"那些打碎的牙齿正好镶一副金牙，"嗣子跟他说，"钱我出。"

嗣子的话引得哄堂大笑。然后嗣子才跟他谈正事，对于父亲大人的锲而不舍以及严酷手段他领教过了不敢有丝毫违抗。在结婚之前他去四弟的墓前烧一把纸，酾一碗清酒。他怀疑自己对死亡麻木不仁，在前线时他骁勇作战，冲锋在最前面，仿佛是在一场无意识的梦境当中，只有在越发激烈的枪林弹雨中才能发泄自己无法排遣永远用不完的悲愤和力量。他不晓儿自己什么时候会死去，什么时候敌人的子弹会打在身上，什么时候流弹会在自己身边爆炸将自己炸成肉泥。走的时候他又抓起一把土扶在新坟上。

"死亡是唯一而严酷的事实。"

然而四弟死在族规之下，他想起他英俊的脸庞，可他什么都还没做他的人生还没有开始这一切就结束了。他对四弟与高氏的爱情更是感同身受，身怀愧疚。他走下山坡回到桥上看着夜幕下的一江流水，在沙洲上爬澡的孩子们，心中充满无限惆怅而说不出来，仿佛一把二胡灌注的悲怆时刻在心中拉扯。他望着远处夹在一溜房屋中间的傩盒，他曾倾注相思的傩盒此刻只留下一个逼仄的侧身。他们的家，大哥失踪，生死未卜，四弟无辜地死于家法之下，秀孃同样惨死，好生生的突然之间变得冷酷无比，这个人间的法则是什么，是何以运转的？他被捆死在这交错的纷绪当中，纵然有一腔热血也无处释放。整个世界没有着力点。三民主义的革命理想成为他活下去并且改造这个世界的唯一救命的良药。夜幕降临，高高的夜空稠密的星田闪烁着牛眼睛般的明光，流星一把利刃划过样消逝不见。小时候父亲跟他们说那些星星也是巨大的天体，那里也有战争和爱情。按照父亲水漂石原理，他设想了动力足够大的推进器登上星星的大陆获取金矿，钻石，能源，与他们成为邻居，而他感喟此刻的他连一粒萤火虫屁股上那一蒂蒂儿的亮光都发不出来。自己在战场上的骁勇全是一股蛮劲，一种对生命的随意挥霍而已。灌注了无限慵懒与惆怅的这具肉体从那个同样慵懒与惆怅的黄昏回到了围子里。

迎亲队伍头晡抵达灵渠水街西岸掩隐在梧桐树中的阚家大屋，第一晡在阚家举行婚宴，与阚氏双亲酬别。第二晡便往回开拔，新娘子阚似梅坐在花轿里面。莫家围骑兵队带枪护送，与迎亲队一起走官道大半晡路程便进了莫家围，礼仪和夜宴过后进入洞房。莫旦良将她轻盈的身体抱上拔步婚床，准备拉床幔时新娘子说，夫君，我晓儿我之前的事，你莫要悲伤，以后就有我了。莫旦良一怔，遂即燃起了他的激情。他已非混沌不经事的生瓜蛋子。新娘子却说，夫君莫急。新娘子让莫旦良坐在床前踏步圆凳上让他看着她。一幅从所未有的洞房之夜的画卷展现在他眼前乃至携带一生。她自上而下一一解开襻褡，脱去外罩新婚服，露出里面白色衬衣。新娘子自腰身间解开丝带，又解开另一侧腋下的丝带，最后剩下薄薄的一件纯色肚兜吊挂在胸前，覆盖在隐约隆起的胸脯上。她伸直腿，褪下衬裤，然后将双手反过去捻下肚兜后腰上的结，双手举起放置脑后挈下肚兜的挂带。新娘子雪白的身体坐在这堆衣物中。乳头微微上翘，细小得雀嘴样。阴部饱满如鹅卵石，毛发透亮带着淡淡的金丝黄。油灯将这一切都照得异常清爽。她就这样大大方方地看着自己的新郎，眼神里充满了莫旦良从未感受过的爱恋。最后，梅孃自己揭下头盖，将头上金钗卸掉，一头秀发瀑布般滚下来。房邑里散发出浓郁的只有玉兰盛开时节才有的那种香气。

"现在，你想干什么就干什么吧。"

莫旦良看着自己的新娘，深深地垂下了头腔。

次日清晨大家坐在厅屋，等待新娘子上堂。阚似梅早早起床，先从藤壶暖瓶里倒一盆水，调至不熯手，取了毛巾给尚在熟睡中的莫旦良敷了一把脸，又亲了一口莫旦良脸颊上受伤的地方，自己洗漱完毕，当她一身素妆出现在大侪面前时逄氏满脸溢彩，觉得她幼相了些但也灵秀苗条，婀娜有致。自然与她相比，一般女子都幼相可怜。嗣子满意地说，合体同尊卑，阚氏是我莫家的人了。从此以后她以精瘦的身体和惊人的精力在家中如同一只有条不紊只飞直线的红尾水鸲，帮助逄孺人拣拾家务，尚年幼的莫安妮和莫高世敏也都归她管，所有书籍曝晒一遍，衣柜里放进樟脑丸，衣物按照节令分类入瓮，寒暑过渡和冷热相续安排得十分妥当，嗣子和逄氏正寝的夜壶用皂荚洗刷爽净带着植物的清香再送回原位。这位新娘的到来促使逄孺人怀着一种奇特的宽恕又搬回正屋与嗣子住进了正寝，这个家仿佛又一次弥合了前所未有的裂缝。可就在新婚后第二晡，莫孝廉从省城传书报告给嗣子说前线给试寓发来函电，催促护国军第七军第三师顾廷部二十八团一营三连二排排长莫旦良上尉归队。函电正式到让嗣子感到这件事非同小可，紧急而庄严，丝毫不可怠慢，他与孺人逄氏商议，逄氏遂要隐瞒这一消息。她把纸绺绺烧了，坚决不同意让自己的崽再去送死，再说结婚才一曦啊。嗣子还是决定告诉莫旦良，让他自己决定。

"要北伐了。"

莫旦良敏锐地嗅觉到世界改变的时刻即将来临，身体中涌起一阵巨大的波动。他渴望已久的远征也即将来临，他将和书上的战士一样为理想而战，他和他的祖国将在他的驰骋下无限蔓延开来。一整夜，他被激情裹挟片刻未曾落觉，在嗣子和逢母起床之前悄然起身离开被窝下到围子里，阚氏站在窗户后布幔裂开的一长绺儿罅隙中静静地看着自己的新婚丈夫头也没回地离去。莫旦良跨上马出了围子从官道上离开了神垕洞，一缕青烟似的消逝在晨曦之中。

卷 六

　　莫家围的嫡长子莫元良失踪的那些年嗣子莫大恒和逄孺人对身在前线的次子莫旦良的一举一动异常关心起来。逄孺人在梦中已经三次觑见儿子被炮弹击中胸口瞬间毙命，身体遂即爆炸，骨头瞬间受惊的鱼群样离他而去。她在床上大喊大叫，一旁的嗣子晓儿她又看见了自己儿子的死亡，这种惨遭不测时常在她身上上演，任何风吹草动她就以为儿子已经马革裹尸，命丧疆场。嗣子并不去惊扰她。然而，经过逄孺人之梦的提醒，嗣子对莫旦良神秘莫测的军旅生涯的关注也开始变得迫切。那一段时间他们养成了两个罕见的习惯，等待莫旦良的家书和第一时间阅读邮差送过来的报纸。嗣子对报纸粗俗的文字以不堪入目来形容，但时局和军事类新闻又不得不看，他从这些眼花缭乱和用心不良的信息当中判断自己的儿子在哪里，战局境况如何。尽管他们每周都收到莫旦良的来信，但信件到达的时间和报纸上的行军路线往往相差很远，他在地图上标出莫旦良下一个将去的地方，那里将有一场会战，而事实上信上又说遭遇了意外事件拐到了别处。眼看着一场力量悬殊而又不可避免的不是全军覆没就是会被打垮打残的战役因为敌军的退缩又得以避免。那些真正开打的战役在信中被莫旦良一一描述，他在行军途中的马鞍上，在渡轮上，在后方军营医院晌午休息时的大香樟树下的军用吊床上与护士调情时也没有耽误将战役的情况向嗣子一一汇报，他娓娓道来能写多详细就写多详细，而随着军队跨出了省外，他由连长升到营长，又因为团长在战场上坐着担架逃逸，军部任命他为团长，这个时候他仍然还有时间写一封信回来。他在信中公开袒露自己从不对外说的最私密的事情。他说听到前方阵地的炮声他紧张得要死腿部失去支撑竟然无法迈出半步，而当他带领他的支援部队抵达阵地时发现只有稀稀落落的战士在连战壕都没有的地形上趴着打枪，而敌方的炮声兀自不停。他不是怕死，而是死亡过于具体的时候自己已经先死了。命运系在裤腰带上在丛林中日夜颠簸。在夜晚的行军当中他的侦察连和先头部队与敌人交火，他带领部队冲上去与人家干到天亮最后发现是自己人。激烈爆发的枪战仅仅是因为恐惧。世界就是这么混乱。当他在一个村子里养伤时前方敌军攻过来的消息一经传来部队立即溃逃，长啸短嗥的伤员被弃之不顾，村民赶着四五种家禽牵着牛羊拉着猪马携老扶幼抛弃家园一起逃跑，他们跑了一天一夜情报人员追上来报告说是谣言。什么谣言？敌人攻过来是谣言。这也是战争的一部分，事实上这样的事情经常发生。他们没有先进的情报系统，没有电台，都是凭借着两条腿和眼睛在打仗，祖国的丛林又是那么复杂。嗣子为之感喟，逢孺人则庆幸儿子没有被自己人乱枪打死。莫旦良的兄弟姐妹一时间没忍住扑哧笑出声来，唯有阚氏脸膛通红好像受到了不经意的欺辱。莫安妮钩住她的手指仰头看着她难过。随着跨过中央大陆腹地那条最大的河流之后他升为纵队司令，这时的莫旦良已经无暇写信。他口述一段，秘书速记下来被当作信件寄回。这个时候的信件在字迹上不如莫旦良的信那么真诚，那么殷切，而是冷冰冰的速记字体。快速和潦草的花式书法让他的母亲无法辨识。嗣子勉强从这些蚯蚓一般的墨水轨迹中看出儿子的行踪，偶尔还夹杂着一点牢骚。他对死亡已经失去了敬畏，死亡的急迫感早已冷却，对别人的讣告也只会报之一笑的态度。死去一个人于他而言就像屠宰场杀死一头猪那么心不在焉。如果他携带了太多的悲伤，他就无法集中精力指挥一场战斗，所带来的结果就是死去更多的战士。在一封信里同时寄了两封信，其中一封是单独写给嗣子的。他说这封信只能给他一个人阅读，真实的战场太过残酷，母亲和弟弟妹妹们看了会对世界造成误解乃至人生的轨迹产生偏离。谷雨过后，部队往北方转移汇入一场巨大的战争，他的部队经过半个月的行军进入幻网般的战壕。它们就像地面上的蜘蛛巢，每一条故意折叠的弓字形的路径通向阵地的最前沿。铁丝网那边是敌人的阵地。三个时辰的大炮轰击过后我方予以还击，后方的部队源源不断涌向前沿战壕。积水的壕沟里挤满了人，一波一波带着满身泥浆的肉身之躯爬上战壕向敌人的阵地走去。他在隆隆的炮声和狼烟中爬出壕沟像踏上一片水域，在这片高低不平的水域上每个人沉默如铁踩着尸体，断肢，头颅，内脏，高一脚低一脚向前走去。既不奔跑，也不停下。眼睛在看又不在看，耳朵在听又不在听。脑海里犹如被一片白色苍茫的芦苇荡占据。当炮弹从空中呼啸而下的那两秒钟脑子和身体会短暂而骤然失去神志一个幽灵样，巨大的爆炸声使机枪的怒号如同杨絮飘荡在浓烟中。前边一个战士的头突然不见了，另一个战士被弹片从胸口瞬间划作两截，上半部分离开了身体下半截兀自在前进。他的头盔被从天而降的霰弹击中有如挨了一锤，大腿被三颗子弹穿透，子弹多到有如冰雹倾泻下来。他倒在弹坑里，倒下的瞬间才觉得鼻子和嘴巴呼吸到的全是黄泉路上的气息。他的脚踩进了身边一颗没有头盖骨的头颅里面，一个战士被炸弹剖膛心脏外露还在跳动，两颗眼珠子掉出来挂在脸上，面目全非失去了意识。他不得不掏出手枪朝着那枚尚在跳动的心脏开了一枪，多么像战前他打烂一只鸭梨。后面的士兵依旧源源不断似走非走似跑非跑前进。督战队在每个波次的最后一排驱使战争滚滚向前而去，有时炮弹一来人就飞到了空中，世界一片阒然，下落的时候满地的腿，胳膊，头颅，不知道是自己的还是别人的。战斗停下的时刻硝烟慢慢散去，太阳下尸横遍野。树木像拔了毛的老鸹，哭号和呻吟如青草样绵延着无处不在。只要半个时辰，大地变得悄无声息，跟湖面一般寂静。你们从来没有亲眼看到过战场结束的那一刻，这就是。它就是生命死亡全部结束的那一刻。读完信后嗣子久久不语。他摘下眼镜，旁人从嗣子的眼神中感受到了露水结冰前的那种凝重。

"战争才是真正的学问。"

那封信的最后一句话是，"不流血的革命都是假的。"

这让他震惊不已。嗣子把信笺折叠起来装进信封，信笺上的竖向红色线条拖着那些黑麻麻的字溜进了信封里面，大家才松了一口气，仿佛不洁之物永被封存，不再传染。当他们的儿子成为军区司令他们读到的信都是机器打印的函件，蓝色字体，针孔打印机的穿孔还带着破裂的残迹密集地排列成符号的样子，信的内容像是一位观察员给他们的首长进行的速写，写信人的语气最终由第一人称变成了第三人称。如此惊人的演变在莫旦良则毫无觉察，他根本没有时间复读一遍，在收信的嗣子和逢母看来他们的儿子已经被战争这只巨兽所吞噬连写信的时间都没有了。

"伊连看星星都冇时间。"

逢孺人进一步肯定地说。

她望着一围子的星田，那已是莫家围的大少爷莫元良消失的第九个年头，这时他再一次出现在河洞的江面上。眼前的夫夷水静静地流淌着，那沉重而迟缓的河水依旧沉醉仿佛深眠中的人不曾翻过一次身，以他现阵的眼界看他晓儿尽管河流不算十分宽大但它依然流向太平洋，那才是它的最终归宿。的确，它看起来就是一条普通的流向远方的河。此刻的他，只不过伫立在河流源头某条分权的枝条上的一粒黑点。在那位江苏籍官员将这里纳入帝国版图之前，这里的一切在野蛮地发展着，纳入之后也仍在野蛮地发展着。他走过神垕洞合浦街时大块青石铺就的街道两边已经琳琅满目，莫元良眼前的一切与记忆中的世界已经不能复原，事实上他所谓的记忆不过是他儿时的记忆，是经过无数次的节日狂欢，口述，异闻编撰起来的记忆世界。很多年以后，在他的弟弟莫旦良困顿另一个大陆时，也仍是这样。此刻，从他眼前划过的门店的眼前世界依着马蹄形河湾依山而建，人流发出的声音汇成了另外一条彩色河流。他从白娜的簰上下来并没有直接去莫家围，而是先去位于神垕洞中段原利贞钱庄的旧址上新开的泰通银行述职。他现在是该行的行长。收拾妥当他换下西装皮鞋，穿上至膝长褂，腊屐，怀揣一部经过细心誊写的诗稿和两函南洋游记准备往渐底下老围去见阔别已久的双亲。但他首先要览的是一家棺材铺子，它位于桥头不远的地方，黑底白字一块大漆匾额白鹭槚房。他走到槚房跟前觑见里面一位伙计正盯着街上行人，莫元良直接撞到他眼门前。执事伙计麻利问，客官是要为哪家管点闲事？管天管地不管闲事。莫元良挈出一枚骨牌大小的棺材摆在柜面上，问问你家执事的这等模样的可打得出来。伙计挈了棺材模型打开看了看问几角几瓦，莫元良说八角四瓦。伙计示意莫元良跟他进去。门铺后面是很大一间厂房，三面堆放的棺材成品一层又一层，阴森之气扑面而来令他止步。中间空地五个木匠在出料刨槽。一位三十来岁的男子戴着蒙头，手持锛子正在砍木头疙瘩，接过伙计袖珍棺材模型之后两人进入旁室。他擦了一把馊，给莫元良倒了一杯滚茶，然后以不引起丝毫警觉的加密语言再次进行对谈来证明对方就是自己要找的人。那枚小小的象牙棺材和执事伙计的暗语只不过是信使的开始。

　　——要寿材，还是上门打？——寿材。

　　——先生府上哪里？——本村本洞。

　　执事上前握住莫元良的手，莫元良点头，交给他一摞花边。目送莫元良离去之后，执事用指甲头捏起花边照直一吹放在耳边聆听，一阵涟漪般的嗡嗡响，一只蜜蜂在屋邸绕飞。莫元良直接过桥回渐底下，径直走到老围最北的父亲屋邸。兴许嗣子晓得他要回来了。回洞之前，莫元良去莫氏试寓见过了莫孝廉，以及在省城国民兵团指挥部述职的三弟莫佐良。他才晓四弟已经被吊死，秀吉被点了簿灯，神甫被驱逐出莫家围。他回岭西省城已有多时，因工作的原因他没有第一时间去莫氏试寓。当他走过儿时熟悉的风雨桥和脚下的道路时一下子变得轻快起来。这些年经过了许多事情，不再是当初离开时的那个懵懂少年。儿时看着高大无比的莫家围，现在看来只是一个重围单体建筑。虽然高大无比而里面住的人却是旧人，是过去时代的人，他们的思想和劳作方式都属于老古套，包括自己的父亲，整个莫氏家族都是。他从来没有同现在这样内心里拥有一个崭新的世界。

然而四弟被父亲大人吊死这件事于他仍然心有余悸，他不晓儿父亲会如何处置他。莫家围这边的确晓儿莫元良有可能近期要回来的消息，但嗣子没有公开散布这件事。他想，只有嫡长子莫元良亲自走进这个屋邸个门时才算回家。因此，他也没有督促莫孝廉去催，他只是在他的数字，图形和蓍草之间摆弄，让光阴静静地流淌。他连逢氏都没有告知，如果有一天莫元良果真自己回来了，那种效果是预先告知逢氏然后闹得鸡犬不宁和茶饭不思无法比拟的。这么多年，这个屋邸的所有言谈举止都避讳提到莫元良三个字，哪怕是无意间提到都会令逢氏伤心从而躲在屋里不愿意出来。这天中午，她午睡起来，走到正厅。一个清瘦但个儿很高的男子走了进来，在他们照面的一瞬间，莫元良喊了一声眼前夜思日想的母亲。

"妈！"

逢氏觑见鬼影儿一般往后仰倒。莫元良箭步上前从背后托住说，妈，是我，元良，我回来哩。逢氏仍然没有十分清醒过来。嗣子出来打量眼门前的儿子。他让他把他阿嬷扶到罗汉床上坐好。心想这么多年过去了，倒要看他在众人面前如何表演。他嬷的眼泪稀里哗啦往下流，抚着胸口说，大宝啊，妈好想你。其他人也听讯赶来围了一圈。莫元良站起来走到嗣子跟前扑通一声跪在地上匍匐着说，爸，元良不孝。嗣子坐在圈椅上抽着烟，看着这一切。在别人眼里，看不出此刻的嗣子有多少触动，他那杆托地的亮闪闪的黄铜烟杆烟锅里的焰星星儿好久都没有动，良久才又冒出一丝明亮的烟火。他吐出烟圈儿说你这一游，没了边儿咧，你不心疼你阿嬷啊。他不傻，他不辞而别又畏罪自遣没敢往家里通信。你们看啊，他泪光楚楚。因为，他从嗣子的口气里听出来了父亲将自己的逃跑叫作游，于是再磕一头。

逢氏顺过气来了在旁跟他说话打气，好男儿志在四方，游出去还能游回来，嬷嬷不怪你。

"起来，"嗣子说，"现旳起床，去家庙谢罪，给族人一个话法。"

莫元良本想回嗣子，自己要住到泰通去，但现在似乎不能说，去家庙解释也就难以避免了。莫元良这时才一一看清家里的成员，除了两个妹妹还多了蓝眼睛的莫安妮，莫高世敏，弟妹阚似梅。其他围子里的人看到嫡长子回来又出去报信。他捏了捏莫伺其莫温婉的脸巴子后停住移动，莫安妮的眼睛钻石样发着光，直透过他。他禁不住打了一个颤。莫元良收住姿势转问五弟六弟怎么不见，逢氏泪花花地说在日本读书。莫元良哦了一声。逢母又说你二弟在前线打战。莫元良又哦了一声。家人箍了一圈。这位多年不见的兄长已经长成大人，眉宇间露着一股掩饰不住的英气。大伢好奇当时他是怎么走的。莫元良说独自撑了一条簰往宝庆府方向去了，半路上怕追上又上岸将簰卖给别个继续往下游去，自己坐车坐船不断换着去了广州。原来如此。作为嗣子的你装着一脸释然的样子说。然后呢？逢母问他。莫元良说然后又去香港安南马六甲如何如何。他故意避而不讲事实如下，他一到香港说是去欧洲打工却被强行当作猪仔义卖给马德里人贩子，船经阿拉伯海抵达科西嘉岛之后却拐去了南美，差一点因毒血症而抛尸海上。七个月后，他出现在秘鲁的种植园里和华工每天每人拣拾五吨鸟粪。他的语言天赋让他成为种植园工头。很多同胞在腐臭与一层又一层如毯子包裹的燠热焖蒸中暴毙。他决心密谋，通过暴动来夺取同胞的生存权。一年后在他的带领下组织华工，黑奴和印第安人发动起义，击毙种植园主，烧掉仓库，夺得一条横杠帆船逃离海岸线遁入太平洋，路经檀香山补给之后返回马尼拉，与福建工友卖掉船上的墨西哥银矿与银元后各奔前程。绕地球一周后他又回到了出发地。他能将小时候父亲在牛圈和马厩科学实验室所教他的万国坤舆图上的地名连接起来。当他在香港期间化名将自己的所见所闻以采访者的口吻编撰为一份纪实文学在报纸上连载后回到了广州。逢氏问他在广州做莫子。莫元良看着他的母亲说多亏了那点英文底子考取了商学院，毕业后到私人银行上班。逢氏说可苦了你我个崽。总算还活着个人回来，嗣子端起烟杆说。

"我听到了大海的呼吸，父亲。"

他知道自己无可避免地滑向了谎言的深渊，某种程度上他只对组织保持绝对忠诚。秘密，不是不说，而是由层层表象包裹起来的最后的种子。他把自己的诗集和游记掏出来献给父亲大人。书中记录了他在南洋这些年的所见所闻却略去了南美一卷。嗣子接过书稿压在肘下继续抽烟。回来了好，逢氏说。莫元良回母亲说，我也不晓儿，这些年从外围看清爽了我国族为何变成现在这个样子。什么样子？山河零落。你的父亲放下烟杆，眼神里却加重了一种忧愁。莫大康，通掌，监事等莫氏家族佐治委员会的成员前脚搭后脚进来，屋邸一时间拥挤起来。他们对嫡长子的归来颇感欣慰，大侪重新一一唱迓认过。

另一方面，嗣子和逢孺人在继续忍受莫旦良从前线寄回的信件的折磨，导致他对阅读报纸的兴致也急剧下降。直到有一天，他们收到了儿子莫旦良温文尔雅的亲笔信，信中只有简短的一行字：岭西省统一了。附带寄来的是一麻袋遗嘱，每个遗嘱都是他上前线的前夕脑子一片空白时亲笔签署的，内容不尽相同。从阿吉拉我想拥你入怀，请允许我再睡一小会儿，大地不再摇晃到祖国啊请为我哭泣，我爱你妈妈，我为什么要打仗，太阳和雨都小点吧，如果下一秒死了没有谁知道我们是谁，明天，请让我看到太阳升起，即便倒下，我也会回来等等。如果将它们摘录下来会连成长长的一本遗嘱大全，逢孺人和阃氏为这些遗嘱惹得泪水涟涟。嗣子才翻出一摞码得偬偬齐齐的一座砖塔样的报纸，打开一看全是这一消息。他将此视作他神垕学派学术实践的硕果，而自己的儿子小心翼翼地绕过了那些被性命之学和层层加密的公羊学荆棘的阻挠取走了他国家哲学的全部精粹。当晚，他便迫不及待地在家庙公布了这一消息，并于三曦后举行了盛大的祭祀仪式。事实上，他们全部已经知晓了这一消息，只不过在等待嗣子最后的宣告。祀于家庙，告之先人，主谒者如他现在此刻立即就想做的，也是他能够做的，更是他愿意做的。种族的不朽总是和荣耀联系在一起，而在世间的成就无疑就是种族释放能量的标志线，它的边界线正好就是能量释放的极值。他面对的是一千五百年来所有的先人，乃至包括千五百年前他们迁徙时牺牲在路途中背过来的更早一些先人的骨头，现阵他面对的就是他们和她们叠加在一起的德行，昭穆牌位好比一面曲径通幽的镜阵，每一个优秀的先人都在他自己的时代释放能量和放射光明。嗣子在异常浓厚的香火味中凭借他那骨感消瘦的身影在祖德千秋的牌位前既怀着如履薄冰般对数千年来历史的深刻洞察，也怀着对成功与失败瞬息反转的成王败寇的惕厉将全套仪式做完。唢呐芦笙队站在家庙外头在嗣子进出之时报以激烈的声响，地铳鸣放得比家庙祭祀时节还要多二十响。一只大鼓在家庙里面成为唯一孤独的乐器，鼓点在仪式的间歇部位成为引领者。他唱诵道，"累族之德，百世流芳。伏以！伏以！"莫家围的妇女特许参与这次祭祀，尽管她们还不能和嗣子那样深切地感受仪式的重要性。男丁和家族佐治委员会的成员竭力配合嗣子的一举一动。很显然，一种昂扬的情绪渐渐占了上风，在嗣子看来岭西省的统一所实践的哲学比约翰·托马斯神甫所持的国家哲学更有先进性，拜上帝会那套在国族当中是行不通的，终归以惨败告终。此刻，他不可能不会想到一个人，那就是早已淡出所有人视野的自己的弟弟莫大渊。他时刻都在醒着，一盏灯样点在心龛上。而这次不同，这次是神垕学派的整个家学的发扬。尽管儿子打着三民主义的旗号，骨子里一看就是神垕学派的精髓。

"聪明的人都不会把书读死。"

岭西省统一，使西南局势演化到一个关键节点，北方局势颇为混乱，皖直奉三大军阀势力相互撕扯，背后都有见不得人的主子。嗣子给远在云南为滇军效命的小舅子逢兴去信，让他回岭西省，说粤，桂，滇，黔形成当前局势的犄角，将来发力在于此，据守也在于此，劝他速回岭西，共举大局。殊不知，嗣子在那些蚯蚓一般的字迹中没有辨识出他的小舅子松坡君早已在莫旦良的军中效力，现阵是威名仅次于莫旦良之下的总参谋长。他在报纸上再次反复确认了这一消息才稍感放心。虽然中国有几十个省，地大物博，但岭西省的统一仍然是可观的，放在欧罗巴它就是一个大国。他建议莫旦良先取岭南再图两湖，不过在这之前，先要加强军备，有目共睹，岭西省是所有省份当中最贫瘠，兵备也是最羸弱的。果然，过不多久，作为军政领袖的莫旦良竟然取消了军队，只留下常备军，在全省推进了一项崭新的制度，那就是著名的国民兵团制度，这一举措将使岭西省全民皆兵，除了老弱病残之外，无论男女都要参加军训，拿枪即可上战场，而节省的财政支出全部转化为了先进武器。

嗣子对此赞不绝口。随后他在报纸上看到意大利学者蒙塔·莱顿乘坐一艘慢船来到岭西省实地考察后发表言论说，该制度和墨索里尼的制度如出一辙。嗣子异常愤慨，说寓兵于民，中国自古有之，怎么成了墨索里尼氏的专利了呢？这是岭西省扶弱变强的唯一途径，莫要听那些荤素不分的学者们鬼扯。他对在神垕新式学校上学的莫温婉穿着军装军靴出现在家里顿生赞叹，就是好看。可这是他十分反对的从骨子里厌倦的杀伐之气再一次征服了他。女孩子更不应该去掺和军事，将来觅个男人嫁了传宗接代才是正途。这大概是他第一次出现这种错乱和拥有远大前程的幻觉。在时间这座巨大的迷宫中事件的发展还没有一个人可以看得清白，哪怕精通易学时间迷宫的嗣子也不完全看得清白。他的赞叹源于对意大利学者的无知和对寓兵于民这一制度的激赏。他隐隐约约预感到，现在他莫大恒的儿子哪怕失败也将是一场盛大而华丽的失败，也是史书中置于灰暗角落和不重要章节必须讲述的对象，这样的失败往往要付出更大的努力才能成就，因此这样的失败何尝不是伟大的一部分，哪怕距离神圣帝业只有一步之遥。啊，他终于说出那个他不愿意轻易说出的词。他们喜欢在报纸上说华族，说共和与人民或某种主义，他这么直接地说出来，总会招人嫌弃，连自己都嫌弃这种轻浮。在这个千古未有的变局中谁又能够提供确保万无一失的方案呢？只怕没有。让事件继续变化下去才是唯一可期待的。他的上一代嗣子也就是他的父亲文机公说世界变了，那么要变成什么样，变到哪里，谁也不晓儿。重要的是参与到这变局当中去才能与历史的齿轮一起滚动并成为历史的一部分。莫家围不再是之前的与世隔绝的莫家围，它已经载于帝国的版图之上，就是说不管怎么讲它都是帝国的一部分，而不再是化外之地。

与莫旦良给嗣子带来的兴奋不同，莫元良归来的一派祥和气氛并未持续多久，隔天便迎来了父亲对他的审判。嗣子在家庙公堂上宣告，嫡长子莫元良私自潜逃，远游不归，毁伤父母之心，诚不孝之至也。今念其迷途知返，悔过之恋，既往不咎，疑罪从无。按我家规，跪椎并罚，枷号一月。就这样，莫元良被杖击一百。他肩胛之间往下到腰际的船锚雕青图案以及因放血治疗毒血症的伤疤在家庙之上的椎罚声中愈加彰显格格不入的男子汉气概。椎罚过后再被枷号，跪在家庙神龛祖宗牌位前思过一个月。他的背部和屁儿虽然打烂了却保住了命。盘旋在他心中的始终是他与秀吉的事，但再也没有听到人提起。他晓儿在莫家围，莫安妮一生下来，表明秀吉与约翰·托马斯神甫通奸在前，而自己可能只不过是秀吉览来的替死鬼。这未免不令他心寒，然而秀吉或许本来没有这种想法。无论如何，他还没有走到四弟一样的下场。他为什么出走到现在已经没有人关心了。难道他不是受父亲大人新学蛊惑想出去见世面？终究没有人问便也不说，然而自己当真可以这样说吗？为了活下去，他或许会这样说。就算是这样，辞别还是该有的吧，自己明明是潜逃。他从这里面看到了嗣子量刑时的松动，或所谓过往不咎。他还是想弄明白父亲大人的真实用意。嗣子当然明白，如果将不轨之举这一条加在嫡长子莫元良身上需要证据，而证据事实上就是莫安妮，其余人等均已不在，无法取证，这一切便变成没有证据了。如果再提，不但没有证据不说还会深深地伤到莫安妮以及妻子逢氏等等，那终究是一桩家丑。为了让莫元良明白疑罪从无既往不咎但又要咎的地方在于加罚跪椎思过两条将其心中的疑虑打去，父子间也就不存在芥蒂了。如果还存在什么隔阂的话那就是莫元良这次归来到底要干什么他还没有弄清白。次日，神垦洞泰通银行览来问嗣子要人，责怪莫大恒扣押他们的行长，耽误了银行开市工作。嗣子一怔，说先给他正正心，再去当他的行长吧。令嗣子没有想到的是莫元良还是个莫子行长，这和钱庄有什么区别。在莫氏家族的家规当中这都属于贱业，不应掺和的。莫家有银矿厂，所开掘的银矿炼成银锭后直接流通，这也是神垦郎火的特权，尽管可以开采银矿获利，但开矿成本颇高，也是针尖尖上刨铁，赚取一点寸头和差价罢了。嗣子决定去家庙会一下莫元良。他走到家庙见莫元良刚刚用完餐在拍打枷号上的饭粒。莫元良明白他和父亲的战争真正要开始了。嗣子说行长是个莫子职业？莫元良说和钱庄银号差不多。那你不如回家里来管理家务，我已经老了，这担子迟早还得你来挑。这是我的工作，岭南总行派驻。莫家的家族业务比你这个小小的银号强大十倍百倍为何要守着一个银号呢？工作归工作嘛，对了，我还想跟你说收购银矿厂银锭的事。跟我谈起营生来咧。卖给别人是卖，卖给泰通也是卖。这里面的区别就是我是你阿爸。又问出去这么多年，连一房姝家都冇捞着？冇。莫元良羞涩地回答他的老父亲，然后神色凝重地说东北丢了，被倭寇霸占去了。嗣子听到这个话顿时愣在那里好久才说出一句话。

"破了？"

"破了！"

嗣子听到这破字遂即感觉嘴角流出了蛋清。他第一个想到的就是莫家围是不是也会破或者以什么方式破，破的滋味是不是也是这蛋清的味道。倾巢之下岂有完卵，这是古训，不过东北距离神垦实在太过遥远，他想象不出一个小日本那弹丸之国如何可以打到这里来，然而历史上的小民族打到中原然后再打到南方的例子也不在少数。他回去后对这件事想了很久，很久很久，而莫元良的举动则更加可疑起来。他不是军人，也不是政府官员，而是一个名不见经传的泰通银行神垕支行的行长，说亮了就是个商人，他去关心这些做什么。最后，他想还是先将莫元良的婚事提到首位，告牛先穿鼻，驯马先套鞍，娶一房新婶回来穿套住他再话。

卷　七

除族人外，莫元良在家庙受罚一个月期间来围子里探望他的本洞乡绅富甲都被嗣子一概拒之门外。叶隆回老远打着响亮的哈哈进来了。屋瓦都被他震动。到门口时又细声说大少爷，你总算回来了。你走那阵，我们可是水陆全线追击有追到你。莫元良笑笑说总团练长见笑了。然后他打听了现在莫家围的团练人数，训练情况，有没有什么困难。在拉家常中叶隆回向莫元良一一汇报。莫元良说枪械太落后，还可以增添机枪，甚至一两门大炮。叶隆回惊讶地说大少爷你玩笑开大发了，我们这不是军营。倭寇打进中国了，你们不只是自卫防贼牯子，打土佬匪，以后可能还要打倭寇咧。叶隆回默到毋作声。他在踱步，一只手握起拳头砸在另一手掌心说真是太好了，我会向嗣子和莫大康汇报你的意见。第二晡下午莫赞良带着莫雷来见，莫元良打头就问他那只豹子养得怎么样啦。莫赞良笑笑说猛兽养大了就会伤人，怎么能让它长大呢。显然莫元良的开场白受到了打击，便直奔主题跟他了解银矿厂的事。莫赞良说他接管银矿厂十五年，还没有发生过抢劫或其他人觊觎银矿厂的事情。矿场山高路远，又在深山老林里头，一般势力进不去，除非政府军来。政府军为了这样一个小矿场根本不值当。莫元良肯定了他的想法没有多问，他问起莫雷怎么样。莫雷说他在山里挖矿，烧炉子，端茶递水，打打山。莫元良看着这个结实憨厚的族人笑了又问他打山的枪法。说起打山莫雷马上来瘾，说打个野猪麂子冇问题。莫元良转头跟莫赞良要人了，说你把莫雷匀给我吧，我那现间开张，缺人手。那要问他自己愿毋愿意。我说了也不算，得诃嗣子和我阿嫲。莫元良和莫赞良相视一笑。大少爷，这莫雷一餐吃三十个粑粑，能搊起一头牯牛。他试着伸开双臂演示莫雷的饭量，示意莫雷可以从手掌心到肩膀一餐吃这么多，一捆。就是说两条手臂的粑粑，茹饭用甑蒸。吃得多才有力气，我喜欢。那倒是，莫雷，那你就跟了大少爷吃香喝辣个去吧，山里也不缺你一个两个。回头我去跟嗣子和你阿嫲说，今晡就留下。莫赞良觉得眼前的莫元良不再是当年的莫元良，行事果断，而且极有想法。最后来的是高知洞的差使，他代表保正大人和晚辈莫高世敏给长公子送来一服三七补药，慰问过后直接去觅嗣子助理莫大康了。莫大康回禀嗣子说高知洞差使来觅他，要他去保正公所觅他。

"去，"嗣子说，"伊毋会吃了你。"

莫大康嘴蚌上嚼着一根雪白的丝茅草根应邀去觅高知洞。保正大人盯着他说莫家围需要一位族正，你是再合适不过的人选。莫大康说何以见得？前阵我让嗣子担任帮办，他回绝了，现阵是民国政府哩，莫家围需要有人跟政府对接，便于沟通。直接跟嗣子或者我沟通就好了，何必画蛇添足再设一个族正？你莫家围的是嗣子，不是政府官员，而族正是政府任命个，性质完全不同。莫大康回禀嗣子。嗣子说他高知洞是想插手我莫家围内部事务唡，你怎么回他？我讲等你回话。回只屁，让他自家来当。嗣子想了想又说你不妨去当这个族正。莫大康立即跪下说，嗣子，我绝无此想法。温述，起来，我只不过让你对接一下官府个事项，不想去就罢了。莫大康徛起说嗣子在上他绝不可能去当这个族正。

莫元良枷号一个月过后带着莫雷回到泰通银行。一个本洞的客户在咨询业务，前台襄理跟他说本行现在暂时还没有开通借贷与储蓄，只办理埠头和过往商客银拆业务。那个客户说我要借钱，不借钱叫莫子银行。莫雷走上去一把拎起那家伙拘到大街上，一脚踏住他。莫元良赶紧制止说莫动手。又跟那个客户说兄台府上哪里？叫什么？要借多少？那人从地上爬起来，拍拍屌儿说，午久熬，借两个银锞子使使。我私人借给你，莫元良说着让人从后台取了两个花边给他。莫雷不满，说这三粒尻子是上洞洋五穈五个溜子，苗古佬，在烟馆打杂，纯粹来捣乱个。莫雷跟莫元良上楼，一边爬楼梯一边说苗古佬都是从蝴蝶蛋里面孵出来的。莫元良说人家的祖先是谁也管？今后你是我的通讯员，这身衣裳要换成便装，进出银行要懂礼貌，不要进出脉着都像是要去打菟生样。

"是。"

"没事的时候可以瞄瞄书。"

这时楼下有人通报说白鹭槚房的执事求见。莫元良让莫雷去迎一下。谭掌柜进来，莫元良让坐，然后让莫雷到楼下看着，没有吩咐任何人不许上来。莫雷把门带上，虎天虎地转身下楼去了。老谭同志！莫元良紧紧捂住他的手说，我叫白龙，是你的上级联络人。谭掌柜握住莫元良的手激动地说，白龙同志！情况紧急，水路船簰运送的枪支弹药陆陆续续进来了。藏在哪里？谭掌柜摸出那枚骨牌大小的小棺材递给莫元良。多少？

一百二十条。好，莫元良停顿了一下，将棺材模型摆放在办公桌一角。暂时不要动，务必做到绝对安全。好。以后不要直接碰头，有事我会联络你。谭掌柜前脚刚走，进来两人，莫雷跟在后面很是着急，走在前面的这个人是他拦不住的，他是莫佐良，还有一个是高耀青。两人穿国民兵团指挥部制服，气派异常。莫元良心里一惊，来得太快了。他镇定了一下说三弟，什么风把你吹来了。这位是？高耀青，莫佐良说，区国民兵团指挥部机要秘书。请坐，请坐。银行现间开业，莫子都冇准备好。不客气，高耀青看了一眼莫元良回答道。

莫佐良今次回来巡察神垕洞地方事务，听说自己刚刚回来的大哥挨了老头骨一百杖过来觑下。要不是高耀青在他都要撩起衣襟给他亲爱的三弟看伤疤。莫元良看看高耀青，不好意思细说，险火。高耀青不紧不慢地说了一句你们家老倌头忒厉害啦。莫元良和莫佐良一时尴尬起来，这难免又牵动了四弟和高芙蓉的事情，哪怕心照不宣还是有疙瘩在那里。莫元良摸清楚了三弟来这里的目的便镇定下来迅疾将话题引到别处。神垕这个屁屎蒂大的地方有什么事务需要你们亲自巡察个？莫佐良说保安团，水警，陆警，组训民兵，防匪自卫都需要，可神垕洞还是一片空白，仅仅是保正那几杆枪，莫事不顶用。动静这么大。大哥，你说将我们老头骨那个叶隆回的队伍拉出来，改造改造作保安团怎么样？神垕洞保住了，莫家围不也保住了吗？好主意，可是军饷谁发？问题就在这里。不发军饷，还要莫家围养着，终究是团练。发了军饷，脱离了莫家围的管辖，老头骨肯定一百个不愿意。回头我去帮你们到老头骨那里探探腔板。莫佐良和高耀青走后莫元良随即去了一趟莫家围将保安团的事情给嗣子汇报了。嗣子问莫元良怎么想。莫元良说借此升级一下团练也无不可。嗣子说水不急，鱼不跳。莫元良则认为莫家围自己挚钱买枪不划算，请人训练费钱不说，还要闹闲喙。

“莫家围出饷，”他的父亲说，“官家出枪。”

莫佐良和高耀青去到保正公所，让保正大人高孝荣成立水警，召集洞丁组训。区国民兵团指挥部会派遣专员下来进行正规化集训，粮饷需要保正大人自己筹划。另将其治下巡逻队改编为陆警，保安团则听莫元良回话，再做商议。次日，莫元良将前翻与嗣子的意见告知莫佐良，莫佐良大喜。保安团，水警，陆警全部成立，并且由保正统领。跟高孝荣拟定编制计划后莫佐良带着高耀青才来见自己的父亲母亲，自然还是保安团的事情。嗣子已经应承，谈起来颇为顺利。逄氏则看着高耀青赞叹不已，说高亲家屋邸尽出媠婳娈人。高耀青不便与嗣子逄母太亲近，只在围子看孔雀，一只孔雀不慌不忙走过来向她沙沙沙展开了双重尾羽。她煞是诧异，被眼前的美丽惊艳到了。她心里还是有阴影儿，莫佐良看了一眼嗣子，虽然没有怨责之意，眼神表明莫佑良和高芙蓉的事情对他们之间造成不小的影响，并且仍在继续，说凤凰觑不上我们莫家这棵老梧桐咧。逄氏说你要加紧。嗣子心里想的却是老大莫元良，他知道要和高知洞再次结亲几乎已经没有可能。莫佐良这次回来真正要办的事情是国民兵团制度在神垦的推行，因为存在像莫家围，苗王，獠王，仡佬总，侗王这样的郎火，要在这里推行国民兵团制度变得异常敏感，艰难，稍有不慎就会激起民变。他一直想找到跟父亲商量这件事的时机，眼下看来还不成熟。莫佐良和高耀青走后，嗣子跟叶隆回详细安排了升级为保安团的事情，将三分之二队伍拉出去加入保安团，留三分之一维持原来的莫家围巡夜制度。三分之二训练完了，再换掉三分之一回来替代巡夜的部分，依此循环加入保安团。

"在外听高知洞的，在家听莫家围的。"

一个月后，保安团和水陆警全部配备俄式龙骑兵步枪成为神垕洞第一支军事化的队伍。高知洞也成为了这支队伍的军政领袖，真正成为拥有实权一时无两的人物。这天黑曛，高知洞出现在莫家围子里，莫高世敏要送到保正家的日子临近了，所以他借此机会再一次踏入莫家围。逄孺人将他喊进屋邸。他进入正厅，只见坐在罗汉床上吸烟的嗣子满头黑发盘了一只乌贼样。这真是人精啊，他心里想。嗣子见高知洞进来，用一句话直接射住他。

"威风不？"

保正大人顿时羞得无地自容，脸面红到了颈嗓根上。

"宪公，"高知洞随即又改口说，"老亲家，钱息有了你的家丁撑场面。"

嗣子就喜欢看他那窘样，但他希望的还是他能理解他执行家法时给高莫两家带来的受伤过后的罅隙终究要弥合上才行的，难道看不出这是他在努力吗？如果看不出说明高知洞眼拙，而他站在这里不是让差使来领人也说明他高知洞还是识懂了，清白了。另外，他对保正唆使莫大康当族正一事很有看法，然而近日莫佐良和高耀青在一起稀稠不像的样子又让他觉得窝囊，他故意刺激刺激眼前这位得意洋洋中的保正大人。

"才吃三天斋，就想当和尚咧。"

逄氏抚着莫高世敏的肩膀站在一旁听着，突然她从这火药味浓厚的烟火中站出来说，"敏敏，快叫外公。"敏敏便往高知洞身边去，逄孺人又说，"高亲家你莫在意他发癫。"

"我发癫了吗？"

"冇，冇。"

高孝荣领了敏敏转出屋邸。他晓儿保安团这背后还是莫家围嗣子在掌控局面，万一莫大恒哪曤癫了撤了饷，他保安团照样没儿饭吃要散伙。因此，他在想如何从税银里面挤兑出这笔款子，招募人马成立真正的属于自己的保安团。蟆拐腿，人冇硬起先硬起条卵，那保安团迟早是我高某锅里个菜。如此一说，仍然觉得不够解恨，往桥廊的石礅上又补了一脚，他总觉得自己是过塘鱼，穿墙笋，不够正经。莫高世敏问他外公什么是硬起。高知洞跕下看着莫高世敏的眼睛正色说，不，叫祖公，以后不叫外公了。于是他向孙子解释硬起就是小鸟崽长了翼甲要飞，飞得高高个，飞不起来就是一只肉鸡。祖公，敏敏不当肉鸡。当然不能。高知洞抱起他瓷实地亲了一口。

第二晡莫元良站在保正公所口前声称要拜见保正大人。高知洞几乎认不出来眼前这位戴着白色礼帽西装革履的莫家大少爷。一边让进屋，一边亲自倒水。此刻的保正大人也未料到面前的人将是他未来家族当中重要的一员。莫元良将一张名片递给他说，多谢保正大人赠予良药，莫某才好得这么快，你觑能四处走动咧。保正念道，泰通银行神垕支行行长，哎呀，出息大发哩。惭愧惭愧，言归正传，我来一为感谢保正大人在我受伤之际赐予良药。其二，我想代表泰通银行给我们神垕新学校捐赠图书三千部，以支持保正大人为兴新学所做的贡献。高知洞一时间像碰到了知音感动得几乎流眼粒水。好，好，学校一本书都没有，这正是我愁火的地方啊，我们搞一个捐赠仪式。不搞仪式，我跟师生见只面就可以咾，图书采购近日就会从省城和宝庆府两头运归来，这是采购单，保正大人过目。莫元良将书单册子递给高知洞，待他看过他才起身准备离去。高知洞也是读书之人，乃至时刻有为神垕修史的冲动。他没想到莫家大少爷行动如此迅捷而慷慨。当即看过书单，兴奋之情溢于言表，简直心花怒放。清一色石印本典籍，西洋要籍移译和新出全部万有文库，没有一本杂书。在繁忙而璀璨的记忆长河中永不褪色的是我们仍然可以看见以蝯叟体题写的红漆金字匾额：元良图书馆。后来，这批书大部分在废四旧运动中惨遭散佚，革命小将们将莫元良押至操场，胸前挂着这块匾额，问他解放前是不是资本家，如果不是为何有这么多钱捐献一个图书馆，这些钱都是劳动人民的血汗钱。余众则喊割资本主义尾巴，打倒资本家，铲除毒草。图书馆的典籍搬出来放势烧，而那些在混乱中散佚，流失或借而未还者究竟有多少进了神垕洞变人的鞋样底，煨药罐的泡泡纸，以及用来糊了窗棂和木头墙壁，具体已经不得而知。莫元良自己也不晓儿他此刻积极参与缔造的国家，若干年后会有这样一场浩劫。图书馆成立，莫元良扯常过来查阅资料，图书馆不久便成立了读书小组。一个初春的夜晚，田野里蛙声遍地，夜空中星星朗朗。读书小组聚到很晚，散会后莫元良和本校学督在操场上一排椑柿和香榧树下穿插散步。莫元良跟夏堃说，战斗已经开始了，根据中央精神地方游击分队都要做好反围剿准备，目前的形势十分严峻。白龙同志，眼下同志们从省城学校分配到各自乡曲所属学校隐藏着较为安全，一边发展新同志，一边在学生当中进行思想启蒙。莫元良肯定了他的工作。夏堃问什么时候可以回城组织工人起义。莫元良停住脚步，沉思了一会儿郑重地说，我们的工人还没有从地底下生长出来咧，在岭西更没有，在严峻斗争中不能有丝毫的教条主义。夏堃一时间清白过来。莫元良进一步说，我们这边成立中学部，非常有利于吸收新同志进来。另外，组织我们的同志多做家访，了解下面的情况。大家小户，鳏，寡，孤，独都要了然于胸。家里有孩子的尽量规劝来上学，下面的村洞人口多的里甲可以考虑成立下一级互助学校。我立即贯彻这一思想。土地工作需要力量来作，我们要培养自己的队伍。新来三个老师是我们的同志，是省城国立西大和师范学校毕业的，对革命斗争有一定的认识和经验。你们四个同志可以成立党组织分部，你任支部书记。这是血的斗争，我和你是单线联系，积极开展工作的同时注意保密原则。夏堃庄重地说明白，另外向你汇报，我们准备成立老山文学社，让同学们撰写文章，发表自己的意见。这是一件好事，要注意工作方式，土地工作现阵无法展开，可以先进行思想启蒙，从所有自来稿中遴选这方面的稿子，没有的话要有意识地培养，土地终究是和人联系在一起的，谁跟土地最近？谁劳动最多而得到最少？厘清土地的所有权和劳动关系，而人在这里面起着什么样的作用？那些郎火，乡绅，地主为什么可以一手遮天？注意火候，刚开始不要进行价值批判，无论是诗歌，散文还是小说，要将批判放到故事和叙事中去。好。女子平等问题也可以体现在你们的刊物当中。看来前两期我们准备的稿子要重新来过。从无到有需要一个孕育过程，一切都来得及的。夏堃吃下定心丸，站在椑柿树下目送莫元良离去。那个清瘦而高大的身影在夜色中融于无形。

次晡便是清明，莫元良回祖山去祭祖。莫家围倾巢而动，嗣子乘坐肩舆在前面响导。族中老者也坐上肩舆跟在嗣子后面，长长的挂青队伍往神垕洞和下洞交界的祖山而去，嗣子的肩舆已经到达祖山而尾部还在莫家老围子里头。河洞两边的山桃花和火爆的艳山红率先盛开，朝阳坡地上的杜鹃花不甘落后纷纷绽放，黄爽爽的连翘一丛丛点缀在这些盛大的色块之间，路边的紫堇，鼠麴草，点地梅，鸭跖草，虎耳草这些贴地植物尽管矮小不打眼但一样于春天来临时在沟壑与细微之处尽情铺陈，树林里的灌木丛和落叶间偶尔听到山兰幽幽散发出来弥久不散的香气，这一切有如春天的序曲。明朗而略带朝雨的天气，族人挈香和神纸，提着糯米粽粑，甾和米饭，循着先人的祖祀挨个除草，挂青，酾酒，放炮仗，山谷和山坡上落满人群。堆堆犀利的电光鞭炮声之后像战场上升腾起股股狼烟。嗣子响导，走到祖山最大的一个洞窟面前，守灵人打开栅栏的门。嗣子和莫家围房长以及家族佐治委员会成员尾随依次进入洞窟里面，洞窟的龛岩上叠层架屋一般摆满了棺椁，一直到洞窟的最深处。莫元良还是头一次进入这个祖山最核心的地方，守灵人向新人介绍，洞窟里陈列着莫家围历代嗣子的尸骸，包括当初迁徙至此背过来的先人的骨头。成千上百的棺椁摆在那里，有的已经局部残破朽掉，有的大棺椁上背负着一副小棺椁，小棺椁里躺着的是夭折的嗣子，而有的是活到了百岁以上的嗣子的红漆棺椁。在这个洞窟里莫元良感到无比震撼和阴森，仿佛棺椁里的白骨依然还在与活着人对话。嗣子领着众人在兮兮与嗨嗨的唱迓辞令中祝祷。一个半时辰过后才完成全部祭祀仪式。出洞后各房对先辈之坟进行祭祀，按照辈分一路祭下来。叶家的祖山在莫家的一侧，莫家单独安排了一块白地给他们。叶家没有家庙，只有家龛，祭祀在家龛前完成。死后则葬在这里。下午时分，在祖山的边地上莫元良找到四弟莫佑良的薄墓，土茔上一株木兰牙的幼苗正在成长，已有大拇指粗，人头一般高。他将木兰牙劈去枝叶挤出来像挤一根粗壮的橡皮筋，移种在墓地三米远的地方，再将长满香薷决明子和青草的茔土复原。莫元良在墓地旁静坐抽烟，他想起他们一家在父亲的科学实验室里四弟在地缝中抠杂物的样子，想起一块在河唇头打水漂和钓鱼的情形，想起在江里嬉水抓螃蟹的场景。

"哥哥，"莫佑良问他，"螃蟹儿和虾公猜拳，哪个会赢？"

"哪个螯大哪个赢呗。"

"平手。"

"为什么？"

"因为它们只会出剪刀呀。"

莫元良扑哧一声笑了起来，笑着笑着泪水滂沱而出。

夜晡，莫家围族人返回，在围子里举行盛大的筵席吃清明饭。老围和新围之间也铺满了整整一圈的餐桌板凳。嗣子只说了开席二字。在对先人的祖祀祭拜之时好像先人们的确存在一般的突然袭击当中，年轻人懵懵懂懂，中年人似有所悟，而老者默默不语。饭后，嗣子叫莫元良回屋邸商议婚娶一事，莫元良毫无准备。在莫氏家族的定义当中他已经成为早已过了应该完婚而却没有结婚年纪的空房人，设若他继续这样下去将以忤逆父母和不孝论处，那个时候面对他的将不再是杖击和枷号，而是穿锁骨。然而，他也没有任何不结婚的理由。

"只要是个人，就要结婚。"

这就是嗣子牲口般的理论，不容置疑。他想得远远比一般人多，他思考的是莫家围一千多人的命运，推而广之便是整个国族的命运。人类失去了绳先继祖的功能这具肉身便毫无意义，家没有意义，国也没有意义，人最终也毫无意义。假如没有女人，男人可以生孩子，或者相反，男子不能生育，如果真有那么一天结婚的意义才会被取消。那么他莫元良到现在尚未结婚的理由是什么呢？几乎没有。他反对父母婚姻，还是提倡自由恋爱？嗣子说自由恋爱也没觑见你恋啊，你倒是恋一个给我看看。他在嗣子的逼问下节节败退，事实上他的确早到了结婚年龄，如果自己找不到，媒妁介绍则变成唯一的正途。嗣子七个儿子，两个女，只有莫佑良和高芙蓉媩下一个孙子，还是桃子，这太出乎他的意外，大字辈里面的族人有的已经有了玄孙，辈分排到了俭字辈，让字辈都快要临盆。离开岭南之前，组织决定给他派一个叫表哥的女同志假扮夫妻，她是一位情报高手。莫元良说神垕是他的出生地，不宜假扮，假扮反倒会成为拖油瓶。至于情报方面，泰通内部成员就可以解决，假如需要一个妻子做掩护的话他会娶一个真的。组织采纳了他的意见。回来后他想过让父母选一个，但选一个违背了他的婚姻自由观，为了跟旧的世界做一个彻底告别与决裂他决定不这么做，他要自己做主。从踏上神垕的第一步他就在想这个问题，他隐隐约约觉得有一个人浮现在脑海里，然后突然被呼唤出来，而且自第一次看到她时就留下难以磨灭的印象。

"高芙蓉。"莫元良说，"我要娶高芙蓉。"

"你个忤逆子。"嗣子盛怒，"伊是你二弟明媒正娶个妻子，又与你四弟私奔媩崽，于理不通，家法不容。"

"崽，这样子搞法骡马驴全乱套咾。"逢孺人说。

"我不在乎。"

离开莫家围时，嗣子与逢氏被莫元良完全逼疯了，最后一句我就是喜欢她还余音袅袅。莫元良对高芙蓉充满敬意，她不但不屈服于父母婚姻，还敢于追求自己的爱情，在莫佑良吊死之际几乎殉情而死。他爱她的刚烈，爱她的执着和义无反顾。于是第二晡清晨他去找高知洞向他提亲说自己喜欢高芙蓉，希望成为她的丈夫。高知洞没有明白过来，莫元良又说了一遍。

"伊癫哩，我个崽。"

"癫了可以治。"

高知洞和黄孺人眼泪哗啦一下滑落下来，两眼火赤。他再一次确认莫元良是否真的是要娶自己已经成为寡妇而且癫了的女儿。"千真万确，"莫元良说，"就是治毋好，我也要养伊一生世。"高知洞不想这个英俊的莫家围后生步入癫狂之举，说他还有一屋女。言外之意不言自明，可莫元良说他要娶的就是高芙蓉，"请带我去见她。""莫家也咸是些神经癫子，"黄孺人声泪俱下，"娀出个崽崽格外毋相同。"这时的莫元良更加觉得高芙蓉的遭遇莫家要负全责，他觉得自己总是凭借着一种无法说清爽的冲动指引着自己的行为，他坚信人世间既没有纯粹好的事物，也没有纯粹坏的事物，全在于自己的呵护，这其中也包括他的爱情和人生的道路。他这样想的时候，全然没有意识到更加严峻而残酷斗争的来临正在剥离他这种所谓怀抱善意的幼稚想法。高知洞带着莫元良和一俏水警从神亘埠头登船，回到高家堰那间黑暗的屋子里。高芙蓉披着一件夹衣，衣襟吊吊破烂不堪几乎赤身裸体，眼神无光，欺欺歇歇的样子被四溢的潮湿的霉味，刺鼻的尿臊和屎臭浸泡着。两个雪白的奶子和下身全都露在口前，蓬头垢面躺在竹床上。脚踝上拴着铁链，磨出了一瓢熊掌般厚的死茧。莫元良心里泛起的酸楚无法言语。他觉得尽管高芙蓉受尽折磨，这身体和骨相仍然完整无损是一个豪鲜变人。保正大人羞耻和痛心并至，泣不成声。

"蓉蓉。"

莫元良进去抱住她。

高芙蓉没有反应，只是痴笑。高知洞命人取来衣物，卸掉脚镣，找来一把刚磨过的大剪刀将那结板成干牛粪饼状而臭烘烘的厚层乱发剪掉，再用皂角洗掉头皮上的污垢，一位高家的堂叔持剃须刀刮光头发。五个姆姆弟妹帮她洗了热水澡，修剪了入肉的趾甲和上下身体毛，进进出出，前前后后一共倒掉二十桶水。穿上绣鞋和娘孃的衣身出来，一个光头娈人，青青的头皮，蚧白的脸色，两条富有挑逗性的眉毛披挂在眼神生脆的长睫毛的大眼睛上，娜嬬异常得不像人间活物。然而俟到门口边高芙蓉又猛然跑回屋去。高知洞给她套上一个布袋，高芙蓉才能当昼在口前安生走路。莫元良带着高芙蓉在野猪林客栈住下，孺人黄氏赶过来觑自己的女。高芙蓉已经不认识黄氏，面对闺女的遭遇黄孺人悲恸异常伤心欲绝。次晡，莫元良安排车辆载着时而痴笑时而沉思状的高芙蓉从官道上去了省城。从此，莫元良每半月去一趟省城。嗣子对莫元良的忤逆之举深恶痛绝，甚至觉得他甫一回来时就该将他吊死，不致于搞成现在这场面，给莫家围蒙上奇耻大辱。他命令保安团团长叶隆回将莫元良捉拿回来。叶隆回带着保安团三十号人到达泰通银行想进去抓人，莫雷在楼下挡住不让进去。叶隆回说莫雷，让脱，这是嗣子的命令。莫雷还是不让，叶隆回让八人上去将他揲脱，反身押出去。自己带着人手上楼去了。莫元良在办公室，叶隆回突然闯进来，莫元良不为所动，说现在雄火啦？抓吧。叶隆回深感无措，只能说，大少爷，这是嗣子的命令，你跟我走吧。莫元良没有动，两个家丁上去将他带下楼往风雨桥走去。莫元良走过银行大厅时用眼神示意襄理和银行职员不要轻举妄动，把伸进抽屉拿枪的手收回去。就在过完桥抵达莫家围门前的枫杨下时高知洞带着水陆警虎天虎地追了过来，他截住叶隆回，水陆警站在前面挡住保安团的去路。莫雷站在队伍的前面，莫元良被带走后他一路跑去叫高知洞。高知洞一听遂即整队追来。

高知洞跟叶隆回说，叶团长，赶紧把人放了。叶隆回这时得服从高知洞的命令，可这是嗣子的命令他同样无法违抗，没有莫家也同样没有他叶隆回，没有叶家世世代代为莫家守围。高知洞这时是一心要救莫元良，他心里早认下了这个女婿。他晓儿，莫元良一旦放进莫家围就会落得一个兔死狗烹的下场，莫大恒那个牛马畜生什么都干得出来。莫家围里面的家丁端枪冲出来在水陆警后面形成威胁，等于高知洞和水陆警被包围了。高知洞说没有莫元良就没有我们今天。叶隆回说这是我们老围子的事情，请保正大人不要干涉。高知洞说那你们就先从我身己头趆过去吧。嗣子与莫家围家族干事从里面出来，逢氏跟在后面。嗣子走到队伍前面来跟高知洞说，莫元良是我个崽管你莫子事？高知洞说莫元良是我个女婿，我当然要管。话出屦体，什么时候成为你个女婿？没有父母之命，哪里来个女婿？现阵是民国政府了，毋话你那套老古板，是女婿就是女婿。

"拿下。"面对高知洞的混账嗣子甩出一句话。

水陆警和保安团用枪对峙起来，两边人马差不多，一时不能怎么办，一方开枪就会流血牺牲，还可能危及嗣子，高知洞，嫡长子莫元良等人性命。莫雷站到莫元良前面为他挡着。莫雷阿嫲从围子里出来觑见自己崽夹在枪眼中间，大呼，偆宝崽，赶紧回来。我要保护大少爷。莫元良绕开莫雷走到前面向高知洞鞠一躬，然后转身径直走到嗣子面前。

"爸，"莫元良说完，双膝一屈，跪在嗣子面前，"中伊多把枪放下，我跟你回去。"

逢氏见儿子下跪，她大哭一声，跑上前去抱着莫元良，其他莫家围的人跟着齐刷刷跪地说，请嗣子饶恕。叶隆回和保安团的人也跟着跪下，齐声说请嗣子饶恕。水陆警反而有点尴尬，他们的枪眼不好再下压对着跪在地上的保安团人员，高知洞手一摆动让他们撤到一边去。此时，最为孤独的不是别人，而是莫家围嗣子莫大恒。他没想到自己会有今日，整个莫家围失控的一天。莫元良的事情一旦饶恕，莫家就再也没有家规家法了。他仰天一啸反身往回走，拖着沉重而缓慢的脚步走到神垕世居石条门槛前时趔趄了一下，扑倒在地。一只脚上的麂子皮面软底平静鞋脱落在台阶下有如一只不再会飞的夜鹊。好多年了，莫元良在莫家围嗣子的地下图书室那充满霉味的书籍中觑见嗣子在莫氏家语婚娶一条批注云，民生民权之时。一夫一妻。自婚自娶。抑或沦为常态耳。古之昏与今之昏。变乱之由在宗族之沦丧。个人权力之崛起。男女同卑尊。妇孺同荣辱。盖由此端而出云云。

卷 八

清明断雪，谷雨断寒，在寒雪将去的这个时段里，嗣子卧床不起。莫元良的归来给莫家围带来了新的冲击，他做梦也没想到的是另外一个酝酿多时的重击也将随之而至。上次朝门前跌的那一跤碰断了鼻梁骨。围子里药房先生给他号脉，再银针走穴，拔罐通络，又换了跌打膏药，转出正寝，低声跟逢孺人说，一切都平安无事。一时气血攻心，安心调养，散散急醒醒脑就好咾。于是去药房给他挈了牛黄丸，苏合香，叮嘱逢氏要在饭前喂下去，再用黑蚂蚁蘸蜂王浆吃。逢氏又吩咐后膳，每餐安排粟米饭鳖裙羹团鱼汤。嗣子的头腔于布谷鸟在后山鸣叫的时候已清醒过来，只是他心里有些疙瘩一直解不开，索性躺在床上使劲想，拼命想，这样，一躺又到了河洞中鹧鸪开始鸣叫桐子开花那阵。嗣子认为莫元良那最后一跪把自己跪散了，他不但没有不孝，反而是孝到极致，然而他又要娶高氏，这明摆着是要拿他副身板交给自己处置，吊锁骨无非一死，不吊锁骨他还要娶高氏。革谱削族，就是将他推给高知洞。眼下，嗣子觉得还不能将儿子白白推给高知洞，他要做一些更加周密的安排。这晡清晨，随着四更罄响他清清爽爽地起床了，坐到桌边填了吕宋岛的烟丝,点燃后猛吸了一口,口腔和咽嗓间顿时如滴进一粒甜丝丝的甘露。逄氏以为嗣子是传说中临死之前的那种回光返照,赶紧跟着起来。

"清早巴早,起来捎星星?"

"我看下你。"

"我去祖堂。"

嗣子走入天井,再穿过老围东门拱道往北,按时来到家庙公堂。两边唱迓完毕,他提出三项族规改革动议。第一条婚娶,允许自婚自娶,但不包括嫁。大家猜测嗣子这是要以此保住嫡长子,虽然与家规不符,只是这样一来,全套礼仪和预算要重新制定。第二条奖掖学业,凡是在外就学或留洋者,族里一律无条件支持,按时拨款,学有所成者还要另加奖励。这一条大家非常赞同。第三条,宗子世袭改为宗子选举制。这一项试议三年,然后再实施。下面一片哗然,这意味着嗣子可能面临退位,嫡长子也从此失去继承新嗣子的可能,各大房长子都可以参与宗子选举。或者更加明白地说就是莫元良被废了。他向他们宣布,不仅是房长子,凡我莫家后裔均可参与选举,选贤任能,带领莫家走向变幻莫测的新世界。具体的选举程序需要莫家围干事们拟定,他建议直接选举,一人一票,凡在围子里登记造册的莫家族裔男子年满二十女子十四均可投票,婚娶进来的也一样。嗣子选举后,本围佐治委员会成员由嗣子提出两个以上的候选人,各职务一一投票决定,新选嗣子任命年限以十年为一届,此期间理事会通过半数可罢免,对嗣子执行族务有异议者可以提出别的方案,嗣子中途暴亡或离位者嗣子助理顶位。对于最后一条,可能引起莫家围变乱或沉沦,动了莫氏家族一千多年的胎气,异议最大。嗣子说这一条先考虑三年,三年后如若觉得不成熟，再考虑三年，然后进行选举。有人提问，变人可否参与嗣子选举？嗣子说这一条暂未考虑，这是后人的事情咾。嗣子的三条改革决定在莫家围内部形成新的骚动，但也可能带来极大的新力量，而对于莫元良的处置即可根据第一条，免去其吊锁骨。革谱削族也就无从谈起了。真正焦急难耐的是保正大人，他在等嗣子如何处置莫元良。围子里一点消息都没有，他只能以不变应万变。他对自己新近得到莫元良这位乘龙快婿可谓欣喜满怀，誓与其共生死，并将莫元良的举动视为他高家崛起的标志性事情。对于莫家围的风吹草动他不能不关心，然而莫家围死了一般悄无声息，这多么令他感到失望，嗣子难道就此服气了吗？

"嗣子为莫个毋严惩莫元良？"他问叶隆回。

"嗣子沉疴不起，"叶隆回说，"价到咾。"

不仅仅是外围，围子里的人除了高层都以为嗣子在卧床，莫元良忤逆之举和对峙事件伤到了嗣子的神脉，只怕一时半会儿起不来垮下去了。

然而，岭西一统，嗣子对神垕学派著述投以更加谨慎的态度，却燃起了想要重启修订工作的无限激情，剔除那些明显不合时宜的观点，在有生之年完成自己著作的定稿。另外一项工作便是整理莫氏族人保留下来的著作，它们也是神垕学派著述中家学的一部分。"所谓的学术，当你不用的时候藏之名山一文不值，而当它放射光明的时候就如宝藏，放之四海皆准。这从来就不是一项可以得着虚名的事业。"嗣子深谙其中的道理，他费尽心血整理故纸，想从先人的著述中发觉微暗的火苗也是这个道理。他将围子里十三位家塾先生调拢起来组成一个编委会，他们从先人的著述当中遴选出四百种，预计十万八千块雕版。这仍然是一项浩大的工程，校雠和刻工日以继夜焚膏继晷至少要耗费十年的工夫才能付之梨枣，而这仍然是值得去做的。为此他写信将这件事告知了莫旦良和逢兴。他们建议从西洋购买一台先进的印刷机，自己吐书，以避免旷世工程难以为继和省却旷日持久的劳作。嗣子认为经书非锓木而不足以志诚，时人之铅活字，石印与珂罗版均使经籍沦为饾饤之制，吾人不取。他对他们所描述的印刷怪物尚不明了，一台自动吐出书籍的机器，这本身就很荒唐。事实上，临到晚年的他对这种新鲜玩意产生了抗拒乃至害怕。然而，他清爽自己来日无多，遂对他俩的建议做了改良。他让工匠将雕版横向安装在一个高大的辊筒上，通过曲轴转化为平面推动，一匹小马就可以驴拉磨样驱动整台机器日夜不停地运作。之后他又研发了字模辊筒，印出了长卷。牲口不停，书籍的生产就不会停。莫家围的十匹良马一夜间变成经卷生产者。站在牛圈和马厩旁的科学实验室里听着墨汁散发的麝香和经典气息嗣子命令给良马们吃新谷。在对历代先人的著述整理中，嗣子惊叹于莫家先人对家学的执着和对事物追寻探索思考的深度。一千年前有濂，洛，关，闽之学，岂不知还有我神垕一脉，独自在这蛮风蜑雨之地悄悄生长。这里面尚不包括他个人的著作。他曾对莫元良寄予厚望，而他的出游给他打击很大，他认为白白浪费和丧失了打基础的最好年华，君子慎始，徙善远罪，这是他对嫡长子的寄望，现阵竟莫名其妙投身经营再度令他失望至极，然而他去神垕新式学校看了莫元良给学校捐赠的图书恍惚间又觉得这个嫡长子又不是他想象的那种嫛儿。虽然他的出游乖戾家规，他费尽心思保住了他，但随后他娶高知洞的女儿这事情就变得永远不可饶恕。他不晓儿他这个儿子这些年辰在外头沾染了什么东西竟然成了这样一个变脱而不可理喻的忤逆子。终于，被他逮着机会，莫元良给他阿嬷送来一袋西洋参，给他也带了一袋黄爽爽的吕宋岛烟丝。

他走进莫家围，走到父亲和母亲的门庭前就听到了从屋里鼓出来的油性厚重的烟草气息。嗣子坐在榻上，换烟杆点了一枪云南烟丝，用他那蓄长甲的左手托着烟杆吞吐着烟雾跟他讲人生的大道理，又好似在自言自语。先人讲，人活在世上，立功立德立言，三头沾着一头便不枉费这一生世。莫说为天地立心，为生民立命，为往圣继绝学，为万世开太平，你现阵游离于三头之外，不晓儿搞些莫子名堂。泰通银行，不就是一个钱庄子吗？有莫子值得你去弄一生世个。莫元良遂瞡到父亲大人又要提主持家政的事情，便说这是现代金融，与钱庄大有不同。嗣子说不管是现代还是过去，总归是跟铜打交道便不是什么好营生。莫家是靠诗书继世耕读传家的，不是靠银子。靠银子发家传家的都走不过三代，这样的例子俯拾皆是。莫元良晓儿父亲大人还是老古套，不想和他谈板路，闷到毋作声。逄孺人说又来了，大宝好容易回来打一个转身总要歇一下。嗣子不管逄氏在旁打岔，直接说，你弟弟莫旦良至少沾着立功一头，为生民立命，成与不成，好歹要为莫家落下一个好名声，百年之后也对得起先人。你是房长子现阵搞得这个惨样儿，如何赓续我莫氏家族？莫元良瞡到父亲这样说，颈嗓红了，他硬气地回他，难道要我也投到他的军营里立功去？只怕晏了。嗣子慷慨地说没有早晏这一话法，要看行动。莫元良站起来，也不管逄母在场和阗氏的尴尬说，政见不同罢了。我并不认为他这样可以为生民立命。嗣子大为光火，他不是，难道你是？他的烟斗在榻几上敲得嘣嘣响，逄孺人和阗氏惊跳起来。众人不语。等这火气过后，嗣子说你有什么正见，倒是说来给我听听。莫元良自觉冲撞了父亲大人，也一时激动怕说漏了嘴，喝了一口逢母递上来的茶水说，中国这个局现在很大，国民革命是其中一种药方子，还有其他好几种药方子啊。三民主义不是唯一的方子。他绕来绕去就是说方子，嗣子听得有些丧气，问他还有什么方子？比如三民主义里面的联俄联共，这也是一种方子。中国跟俄国的命运极为相似，前清和沙俄是一个性质的封建政体，因此看得见的一种方子就是学习俄国革命走自己的路。嗣子被他这一说法激怒，现阵在中国连个影儿都觑毋见哪有什么俄国方子，再说这个方子不是包括在三民主义里面的吗？民生这个就是俄国方子，也不是俄国方子，那叫苏维埃，更准确地说叫共产主义，三民主义是个妥协后的混合配方，它不会有力量的。莫元良这样一说否定了莫旦良的道路，连嗣子心底的道路也被他彻彻底底否定了。嗣子一时语塞，这时反而冷静下来，他倒不管他什么苏维埃和共产主义，而是觉得自己的儿子还不是个孬儿，他至少还在思考这个世界是怎么回事。他要的是这种品质。

"烟丝豪鲜，"嗣子突然来一句，末了说，"受下咧。"

连逢母在一旁都觉得愕然，她晓儿他说的不是烟丝，但晴雨之间没有过渡难免显得作父亲的喜怒无常，为老不尊。莫元良趁机脱身，银行那边还有路先走了。他高瘦的身影消失在老围正门。莫元良走后，逢孺人跟嗣子说，这屋邸有一个两个当兵的就杀血掉肉了，还要撺掇一个去，我受不了。嗣子晓儿她变人家听不懂他们闲间在吵什莫脖子，他以难得的柔和语气说，这烟丝光好看，金丝儿一般，就是切得太细糯，还是我那土瓜片劲头火大。逢氏白了他一眼准备去览莫安妮，末了又说，路要自己走，管得太宽就把别个个路走了。这回轮到嗣子白她了，阚氏上来给嗣子换了烟丝，点了火。嗣子说，去忙吧，我歇一下子。

余众撤下，经过一番折腾嗣子反而得意起来，他敲的那几下子从儿子的喉里敲出了东西。他默到不说，他一敲打就敲出来了。他也算明白了，中国还有一派在走俄国革命的道路。他对此十分陌生，仅仅是新闻性质的了解，但以他的明锐他感觉到这个棋局越来越大，中国的变不再仅仅是中国的问题。莫元良说次子莫旦良走的是一个偏方，对他刺激尤为巨大。难道他还要再一次重申自己的著述？他没有时间了，学术在于自成一家之言，万一思有不逮也只能由它去了。自古以来经典所说的天下，到现阵才真的是天下。过去所说的天下是自然和地理的，而现阵所说的天下有其具体的国家，人民和文明特征，更重要的是他们还在窥视别的文明，进入掠夺和侵略。对大海的征服又使这些掠夺变得更加容易。因此这个变也包含天下之变，国体之变和政体之变，乃至百姓的变。一切都可能要变，而不变的那一部分是莫子？他突然意识到莫子这个词吸引了他，圣贤中有孔子，老子，朱子，唯独这个莫子在莫家围的祖语中是一个诘问之词，不可名状，脑屦糊涂才可能称之为莫子。从此他竟然以莫子先生自居，冠之以迡迡斋主人，出没于他的著述末尾的地方，而迡迡斋三字被他书写出来悬挂在书房显耀位置，朝夕临对，自谓迡迡二字中有日月犁天之象，日逡月蠋，两宿合明，和以天倪。

然而，他隐隐感到某种惊恐在逼近，那是莫家围的一场噩梦。假如嫡长子跟当年大渊一样走上一条不归之路，莫家围同样会陷入万劫不复之地。任何时候他都要让莫家围保持纯粹，干干净净。让他万没想到的是，对秀孃原本严谨的处置却变得异常草率，叶隆回他们也没有料到阮秀吉被点簰的前夕已经被白娜盯上。当簰入水，漂流没好远，白娜的人潜入到了簰旁边，身体藏在水里往簰上瀑水扑灭了火势，出了神垕河洞便靠岸。白娜从簰上捺下绳索和他的簰丁将秀吉抬到了离江不远的吊脚楼里，并将簰继续点燃推入江中，着火的簰一边燃烧一边往下游而去。白娜剪断皮竹篾取出脚后跟中余下的篾片使草药包扎。秀吉在昏迷中被疼痛激醒，白娜只得把她绑在竹榻上才将肉里的细篾取爽净。她的右脚巴胴外侧被烧伤一部分，白娜让簰丁去找田七和杜仲，先用凡士林和甘油搽了一遍，再用包含十种药材的金方人参白虎汤内调，祛除寒燥阴毒。数日后秀吉清醒过来，身体却还处于虚弱当中。她现阵本当在坐月子却被一连串的打击折磨得死去活来。眼前的人她不认识，不晓得什么来路。一双奇异的长脚，后面还有一个趾托，走起路来一柄扫荡芒草的镰刀样。这时她反倒安静下来，对眼前的一切不听不问，随便他们怎么处置。头胎的产后疼痛还在，母狗刑具的折磨和投井自尽一连串事件好像刚刚发生她就被点簰了，要不是年轻胚子骨还有点底子早烂脖儿了。既然老天不让死那就索性耗着吧。只是奶膀十分肿胀，奶水汩汩泌出，她不得不将奶水挤出来才能缓解这种奇异的痛楚。白娜给她煮鳜鱼汤，黄蜊蛄羹，每曦一只鸡，让她恢复身体。可越是如此，她的奶膀越是膨胀得难以忍受，奶水越多。刚开始她在夜里自己偷偷地挤，后来白曦也必须挤三到四次。她脸色显出痛苦之状。白娜识懂，走出去随手将门带上。等她挤完白娜又进来喂她吃东西。直到月底她感觉身体不再酸痛可以坐起来走动。溪流边上娇滴滴的鸟鸣竟似婴儿的啼声，啼声一起她的奶水便兀自流淌不止。这一曦白娜还是照例给她煲了鱼汤炖了鸡放在篮子里送到竹榻前，他用调羹摇起一勺黄爽爽的鱼汤往秀吉嘴里送去，刚碰到秀吉的嘴唇，秀吉便轻轻握住了他的手，另一只手拿掉调羹将白娜的手牵引到自己湿漉漉的胸脯上然后将衣襟打开，里面两只膨胀得快要撑破的乳峰布满青色的筋脉有如两只牛尿脬儿。秀吉在自己的奶膀旁边轻轻一揿，白色的乳汁便从乳头滋出一条条一尺来高的细线，乳汁又落回奶膀上，形成一滴滴白羊毛既柔软又坚硬那种白色的露珠，在房间里弥散出淡淡的腥香，在这竹楼里，在当昼知了的鸣叫和溪流的潺潺声中她和着它们的声响道出了自己的难言之隐。

"吃它吧，我快要死了。"

秀吉便闭上眼睛，用手把住白娜的脖颈按到自己的奶膀上。白娜婴儿吃奶样在秀吉的胸脯吸食起来，秀吉强忍住哼哼，最后她还是如鱼吐出气泡般忍不住哼哼起来。秀吉将他牵引上来，发现白娜那里早已经硬得跟铁棍似的，她用手将那根铁棍缓缓引入了自己的秘穴，忽地一把抱住白娜，双腿夹住白娜的腰身，许久许久不动。

"告诉我，你叫什么？"

"白娜。"

然后她问为什么要救她，她都死过好多回了，已经丧失了活下去的勇气。白娜说他晓儿，但接下来要好好活人，过几天就送她去一个地方。在这里不能活人，在别处可以活人。秀吉将他宽阔的胸膛箍在怀里压迫着自己的胸部，那里早已潮湿成一片泥塘。她看着他诚实而略带羞涩的眼睛，想看出这里面有什么特别的含义。除了他的炽热，她好像什么也没有看出来。下晡三时许的太阳白白亮亮从窗外射进来打在树叶上形成无数镜面反射的白色亮斑，知了的叫声在密实的林子里一窝一窝鼓起，此处落下去了在另一处又响起。它们发动涨潮似的声浪淹没了溪水的声音证明它们是这林子的主人和唯一的活物，溪鸲也只是从一棵树飞向另一棵树之间落下几片甘脆清甜的叫声。她晓儿万物都在生长不会因为自己的死去这一切便有丝毫改变。下旰三点炙热如火的阳光从深邃的蓝天中浇灌下来，这是令它们都活下去的命令和号角声。她所能失去的都已经失去，现在只剩下这具身体还属于自己，她也不再惧怕失去更多，哪怕下一秒就死去。如果错误不在我的命盘里，它在哪里？她翻身骑到白婳身上摆动身体，白婳始终一座青山样矜持着没有回应太多，但也没有让刚刚恢复的秀吉感到丝毫拒绝。她把自己的力气全部卸掉，然后她走下竹榻，打开门，裸身走进阳光里缓缓解开自己那及地的有如一匹黑色瀑布的头发走进吊脚楼前清澈的溪水凼里让水从头顶直冲下来，冰爽但并不寒冷的溪水洗漱着她的身子有如清洗那被它清洗过无数次的岩石一样。她静俯在水里，长发顺着水流摆动，直到她的身体觉得将过去和莫家围施加在她身上的一切清洗爽净才从溪水里出来。

"飞鸟要飞，必须信赖自己的翅膀。"

约翰·托马斯神甫在那间屋子里曾跟她这样说，她记住了飞鸟和翅膀的关系。白婳站在溪边觑她在溪头水的浇灌下和一具裹在水里的冰雕样正要慢慢融去。浇灌一阵之后秀吉又将自己埋在水里一动不动几似一条雪白的大鱼。这个时候白婳反而难以自已，一只脚放入透亮的金色沙底和石子闪耀的水中，他踩着阳光下自己青嫩的影儿朝她走过去。他扶起那条湿漉漉的大鱼将她摆放在自己双腿之上，长发曼鬃如一条火炬拖曳在水中。她滑嫩的身体再一次接纳了这突如其来的邀约。他们有如一对游弋的海豚，在水中起伏，翻腾。水这种物质别具一格的浮力如一个第三者，带来了前所未有的张力，他们很快便适应和征服彼此，在这原始的水里他们像一对祖先。他们像他们自己的祖先。连他们自己也无法抑制的燃烧过后瘫浮在水里，一眼望去只有湛蓝的深空，那不是水，而是蟋蟀鸣叫的潮将他们驮浮着。白娜递来一条布巾让她将拖到脚跟的长发擦一擦，览一套在太阳下晒得温顺烫手的衣服给她披上，衣物上阳光的余热跟皮肤接触令她感到一股力量升起，她抱住眼前面骨儿棱角分明刚毅的白娜又亲了一回。三天后，秀吉坐在白娜身后骑一匹黑马往铁围山方向去了。白娜告诉她，她即将要见到神仙洞的总把总。秀孃，你晓儿怎么做吧？秀孃娇声道，你教我。

莫元良跟嗣子和逢母辞别后从屋邸走出来，神情恓惶。居住在大地上的路飘忽不定，渐底下水亮水亮的阳光如雨露般照射在河洞当中，给植物，石头和泥土涂上厚厚一瓢光泽熠熠的釉彩，而它们张着嘴在吮吸太阳的馈赠。他意识到自己又一次受到了虚无的攻击，而且这次来得异常凶猛。他走在回神垦街岽去的路上想起历史的迷津里每个人都要这样走过秋日的午后，从一条条具体的路径里走过。在他之前的人和他一样从这条路上走过，他的先人也无数次这样走过。这条看起来简单的道路却被无数人以同样的方式走过，就是自己幼阵时也多次这样走过，说不出那是什么，那就是道路，时间的迷津，而且太阳还是那个太阳。这一切何尝变过？个人的小周期放在太阳这个大周期里一切都没有变，要不太阳就不是那个太阳了，可今晡的这个太阳还是他幼阵时的那个太阳，唯有他自己不再是幼阵时候的那个自己。路边的大枫杨也不再是幼阵那棵枫杨，它也长大长高了许多。可它和人一样，也是一个小周期，只不过比人的周期又大一轮，它属于接近永恒事物的那一部分，但还不是永恒本身，它的周期略大于人，它经历过的路劲里重叠有他的祖父，父亲，还要经历他以后几辈人的路劲。然而也不过是父亲水漂石原理里的一个小圈圈。太阳的大周期就是每个人的坟墓。我们的狂傲，无知，都会被它一一埋葬在里面。他后悔自己刚才在父亲大人面前说出自己的真实想法，仅仅是因为现阵还不到说的时候，但他不是一个有害的父亲。这点他确信，他是一位嗣子，宗子，是莫家围血脉的图腾和象征物。他所谓的家学只不过是要延续莫氏家族的存亡问题，而家族与神权这个东西在他这里被完全抛弃了。他要在更大的范畴里，更大的圈圈里从事革命事业，不仅仅是莫家。莫家拯救不了中国，中国是无数莫氏家族这样的聚合体。自己的母亲也不姓莫，因此单纯的莫家也是不存在的，它一直是混血的，只不过一直以莫家谱书彪举于世从而形成一种以血脉为范畴的经济基础。因此他理解的莫家不再是父亲所理解的莫家。从更远古的时候看，所有的姓氏都源自一家。我们只曾有过一个祖先。这个祖先也被太阳如现在这般埋葬在它的循环里。然而，蜜蜂的生活只有几个月它们仍然要活下去，蜉蝣的生命只有几个小时它们也仍然要活下去，那是更小的圈圈，它们活下去的理由是什么？太阳放在宇宙当中也相当于一个蜉蝣的圈圈，难道太阳就不活了吗？他觉得自己掉进了一个逻辑怪圈，都是自己将所有事物量化了，时间本身是混沌的，如果这一切放到无限当中去尺度就没有了。蜉蝣，蜜蜂，人类，太阳的尺度就被取消了，在无限当中都等于一，蜉蝣和太阳是平等的一。太阳活一百三十七亿年在无限面前仍然是无限，是零，蜉蝣活几刻钟在无限里也是无限，是零。无限没有局部，也不是局部之和。它泯灭了那些使我们看起来有尺度的东西，使它们全部归零。当想通了这个问题，他才从几天来的巨大而戾康的悲伤当中纾缓过来，好像经过了几次大的战役并从中死里逃生。他望着窗外的河流，啊，这条通往太平洋堤岸的河流，如同我们所要进行的战争一般微不足道，无论大小。

莫元良将高芙蓉送到省城大医院体检后遵照医师的嘱咐进行体能恢复和身体排毒，然后转到七星岩嘉熙地调养院，高耀青和另外两个在省城读书的妹妹高霭青高乃青每周去探望，莫元良则雇用了莫孝廉的女儿专职照看。他回到神垕时天已擦黑。走过野猪林客栈时碰到一位一双镐锄似大脚的神相先生，背后竹竿挑起两条布巾，分别写着："日月每从肩头过，江山常在掌中看。"他突然对莫元良说话，客官，你脸上带煞。别烂牙骸。毋要钱，给你看下，日月星辰在你的手掌里滚滚奔腾，宇宙在你的脸上窃窃私语，这世界命总比钱重要。我毋信这套东西。没聊他转身走退，神相先生在他身后两手一击说，这个世界击掌可灭，积金积玉不如积德，问生问死不如问心。夜边，天空飘着细雨，老谭头的情报说水路上发现异常情况，于是他又去览老谭头。老谭头和伙计正在吃夜里饭。老谭头放下碗筷，两人走到房屋后面的里间去关了门。老谭头说水路线报，这段时间有人往这边云集，运送的东西具体不晓儿是什么，目标也不明确。莫元良让他继续跟踪，随时报告。莫元良掌握情况后一直在寻思，谁会往这边云集呢，目标是什么？难道是我们暴露了？或是同志，只是我们暂且不晓儿是哪支队伍？神垕洞也没有显著的目标，如果有，不是我们。他从头至尾将回洞以来的所有行动都回想了一遍，没有马脚露在外面，除了跟自己的父亲争论那回，而自己的父亲显然不会因为这样一个争论而引狼入室来灭掉自己崽，除了那几个字他什么也没说。那么，别的目标又是什么？高知洞从神垕公所来叫他到家里去茹饭。到了保正家里，莫元良向黄孺人简要描述了高芙蓉在省城就治的情况，然后将高莫世敏抱到腿上，高家的其他几个小女儿也过来围着他要抱抱。莫元良问高知洞公所忙毋忙。毋忙。我们去喝茶。他们到茶室，高知洞一边准备泡茶一边问莫家围的事情，莫元良告诉保正大人父亲没有觉他。莫元良本想细细打听水警那边的情况，又不便直接问，只说了在省城和耀青，霭青，乃青见面的事情。高知洞听了很是开心。他又说水警巡江，检查码头，陆警治安，保安团负责防卫，神垕洞固若金汤不比往昔。莫元良并没有听到他想要的东西，神垕公所这边也没有行动计划的预兆。饭后，到学校查阅资料，跟夏堃传达近期停止一切行动，注意隐蔽自己。莫元良没作逗留直接回泰通银行。莫雷还没有睡觉在等他回来，他说，午久熬过来觉你，还回两个银锞子，还说对大少爷娶孺人高氏这事情敬佩至极，以后想跟到大少爷做路劲。明晡见到他，让他先在烟馆做到先，有机会再说，你以后不要张口闭口大少爷，也不能喊哥，就喊莫行长。那多生分。把喙喊习惯就好咾，现旳，你到街垱阴到跟踪一个打着麻衣神相幌子的大脚瞎子，看他和什么人接触，不要惊动他。

事实上，已经有了苗头。

莫赞良快马下山到嗣子那里汇报，马肠响那边三个工人被杀死，先在矿场杀死一个，头腔被割走。后来银矿厂这边又杀死一个，接着矿场又死一个，情形相同。他们晚上动手，而他的人追查不到凶手在哪里，家丁现在都集中在炼银厂不敢出门。

"胡天胡帝啊，"嗣子说，"稍边蛤蟆丢了命，蛇婆还有吃饱。"

于是着人叫莫大康，通掌，叶隆回等人过来。暗地的人是想打银矿厂的主意吗？这个才是问题的关键。他们是否只有这个目的。莫大康和通掌以为，他们如果想抢劫银矿厂为何不直接下手，为莫子要采取钝刀割肉的方式？如果只是报复或仇杀，这三个家丁同时和他有仇，几率很小。现在不管怎么说，都要让保安团上去，一来安抚银矿厂，二来追缉凶手，现旳下旰，让保安团去马肠响。等莫大康通掌等人走后嗣子叫叶隆回留下，跟他吩咐去马肠响的事情。嗣子问叶隆回凶手白曬进攻的可能性大毋大，叶隆回说毋大。

"我有一种预感，这傗人是冲着老围来个。"

"如果是那样，麻烦就大了，顾不过来。"

嗣子附耳跟他说了自己真正的意图，要求他吃罢午饭，带家丁去马肠响，咸穿保安团衣身。真正的保安团留在老围，让他弟叶隆廷和他大崽叶松指挥，守夜照常进行。要叶隆回也不要真去马肠响，出了洞就蔽起来。"天黑实，再折回洞里。"

"莫子人，能攻进我们围子？"

"如果晓儿，我们还下这死力杀辣？"

他隐隐感到的那股力量可能不是别人，而是来自自己最不愿意去猜度的地方。

卷 九

　　阮秀吉后来才明白她即将踏入的令莫家围犯怵的神仙洞是一个什么地方，而救她的人出于什么目的她现在还一无所知，乃至都懒得去搞清白。老柴胡和白瞎子，以及其他人早在山口等候。白娴和秀吉在山下最后一道关卡处下马步行上来。在一片哨声中，秀吉见到了白娴说的神仙洞总把总老柴胡。七十来岁，一面骨儿大胡巴，声音洪亮到炸雷样，溶洞里他话语的回声像被惊吓而起的蝙蝠到处乱飞。白娴将秀嬢送到神仙洞交给老柴胡和白瞎子当日便下山了。他头也没回，一直走出了秀嬢的视线。秀嬢对他的感激之情也只能暂且暗暗地摁在心里，现阵她不晓儿接下来会发生什么，自己的命运走向哪里也一概不知。老天爷现阵还让她活就是有活的理由吧。老柴胡见到清秀年轻的秀吉欢欣不已。在神仙洞他有二十八个压寨夫人，秀吉成为了他压寨夫人的第二十九席。那二十八个夫人年纪比秀吉大，而秀吉尽管是丫鬟，却是莫家围莫大恒的通房丫鬟，姿色了得，还识字，这在压寨夫人当中是绝无仅有的。老柴胡对她宠爱有加。单独开辟了一处溶洞专供阮秀吉居住和自己与她独处。老柴胡对自己的第二十九席压寨夫人流连忘返，她青葱的年华而略带寒冷的性格与对爱的技艺的娴熟令他感到自己白白活了这么一大把年纪。我还以为人跟牲口一样，搞那事都是一样一样的，这都是莫家围的主子爷教你的吧。阮秀吉羞恼地说，柴爷，看你说的，这还用教吗？总把总老柴胡坚信这一切都是莫大恒调教出来的，不然不会有这么完美的令他匪夷所思的房事奥秘，莫大恒八十岁后还生下那么一大摞崽来在他看来都是这种技术的延伸，而一想到这么美妙的女子是从莫家围嗣子莫大恒怀里落到了自己手上的他竟然进一步得意起来，在原本销魂的基础上又激增了一倍。他也心憬着自己在七十岁之后还能得个一崽半女，那将是人生莫大的荣耀，能够让他的辉煌再增加一瓢永不褪色的如同传说样的东西。他后悔自己过早将力气和雨水都使到那二十八个压寨夫人身上而现阵却有些力不从心了。他那二十八个压寨夫人当中有官太太，富人遗孀，实际上也是三房四房开外的，还有两个战死的太平军军官的夫人，以及出身贫寒的农家女子。她们各有滋味，但总的而言缺乏的是天赋。这种天赋直到在阮秀吉身上他才被放势激发出来。到了神仙洞秀吉才慢慢搞清白这帮人是太平天国的残余部队，在南京被曾文正公的湘军打败打残逃到岭西老家，回来的途中仍然被清朝官府追捕剿杀，家人被抄斩得一干二净，于是他们进入越城岭山脉览得这个地方，以铁围山形成天然屏障，方圆百里没有人轻易动得了他们，他们懂得打仗，手上有火铳，还有一些先进的火器。经过几十年的发展，眼线和势力遍布整个岭西和湘黔交界地带。白娜是白瞎子的儿子，他在濱水和夫夷水名称互换的交界地段以放簰作为掩护，实际上他是神仙洞管理运输的把总，跟他父亲一样信奉梅山教。他们对莫家围这块巨大的肥肉垂涎已久只是不敢贸然下手，莫家围独特的建筑难以直接攻进去，其次是莫家围有自己的团练，干起来双方都要死人。最伤脑筋的是不晓儿莫家围里面到底是个什么样儿。他们晓儿莫家围家底雄厚而对里面的结构却一无所知，只是一些传闻罢了，莫家围也从不会和他们这样的势力打交道，就是僧道方面也是一律杜绝的。莫家围就像大树上的一窠鬼头蜂，只觑见蜂进进出出却不晓得蜂窠里面到底藏了什么，它显得那么奇特，又那么铁铸样不可动摇。神仙洞平时的情报都是通过白婶收集的，当他报告给自己的父亲说救下了莫大恒的通房丫鬟之后白瞎子感到如获至宝并将这个消息告知了老柴胡，老柴胡才觉得攻打莫家围快要来了。他将阮秀吉的到来视作天赐良机，再加上阮秀吉对莫家围不共戴天的仇恨进一步加剧了这种天公作美的成分。神仙洞毕竟是从死亡和火刑中将她拯救出来的，她应当感激，并且助他们拿下莫家围。老柴胡更为惬意的是哪怕莫家围攻打不了，有这样一房夫人也能满了他的心意。当然，出兵之前，他不会放过了解莫家围内部事务的机会。

秀吉告诉他，莫家围有一套秘密制度。这套制度只在族人内部执行，外人不晓，他们在逆境中总是存活下来，为什么？外人只知道莫家围有这种东西存在而不知道其中的具体内容。她开始编造莫家围的神话以期抵挡老柴胡的傲慢之心。他们自第一代嗣子以来便开始实行，根据本族成员增多以及时代实际情况得以不断完善，条目达到二百来条。一些条目是修补过的，一些条目是新订的，唯有族产一条保持了其最原始的神圣地位，族人不得泄露家规的任何内容。神堊洞的其他族裔和土官风闻此事，延请外来文人和修谱师帮助他们订立家规家训家谱。然而，莫氏家族的家规一千多年来从未间断，执行条款也在不断丰富。族人职司成员每天早晨五点到家庙，晚上将所有事物统计记录于册，并对未来十五日做出规划，监事和执事督促执行，没有做完这些工作则不得回房邑休息。朔望之际，男女家长上家庙，唱诵训诫之辞《男训》和《女训》。其余时间女子不能人家庙。他们对族人惩罚严厉，对邻里推仁为主，对佃租之户矜怜痛悯，不能纵意索求，执事者要求人情练达，刚柔并济。在早期的数百年间莫家子弟仅允许耕读，而不允许参加举业。后来改朝换代到明清之际才允许参加科考，中榜者不乏其人。出仕做官的在家规中要求做到夙夜切切，以报国为务，抚恤下民，好比慈母对赤子，不可妄取一丝一毫，违者削族。乱伦者削族，转房者也要削族，迷信僧道者一律出族。只拜祖宗，不拜鬼神。嗣子是氏族气脉的象征，由长房和长房子嗣继承。嗣子有特殊情况的可以设置副手，但不可取而代之。最最严苛的是男女之道以及婚姻，这被视作天地伦理的大端，大端不正则基业全部付诸东流。

"人到三十岁老围子人人准备一副棺材。"

"他们不怕死？还是想要带着棺材跑？"

老柴胡饶有兴致地听着，有时还特意附和一两句。

秀吉产生了一种奇特的感觉，她就是莫家围的背叛者。她此刻所体会到的崇高感是她被莫家围抛弃之后产生的，她已经无法分辨其中的爱恨，她现在需要这种感觉来保护自己。她的一番描述肯定令老柴胡心生疑虑，这就是她想要的。老柴胡嘴蚌里却说，他们太平军当年治军比他莫家围严多了，他们曾建立起一个国家。霎时间他仿佛想起什么，那是他年轻时为天下田天下人同耕的理想热血沸腾而弃举业投军的时刻。是的，秀吉说，我听说了。她此刻想起的不过是约翰·托马斯神甫。老柴胡眉飞色舞顿时畅快起来。但二者根由不同，秀吉话锋一转又说，嗣子老到快要废了。他听见了这话里的意思，也就是说她已经将自己的意思精准地传递到了老柴胡的耳里。事后，老柴胡便不再提莫家围，他晓儿自己年事已高，快活地过好每一天才是最要紧的。他用参须，鹿茸，蛇胆，虎骨甾和各种野味将她的身体调养到每一寸都妩媚妖娆的地步。尽管如此，他要莫大恒样生儿子的愿望却一直未能实现。正因为这个，秀吉在二十八房压寨夫人面前也惨遭蔑视，在茹饭的时候几个压寨夫人一使眼劲冲上来将她摁倒在地一顿暴打。

"只会馇屡不会嬡崽的骚屄。"

"癫姆，产难婆，告花牯，魖山鬼，使力抽。"

这几位夫人因阮秀吉的到来剥夺了她们与总把总同房嬡崽的机会而怀恨在心。老柴胡将她们当中带头的三个关押半年，要她们下跪，赔礼道歉，永不再犯。秀吉说柴爷，你这是在帮我树敌咧。我本来现子来，惹她们生气只怕也是意料之中的，快快放了她们吧，我这点皮肉伤不算莫子。你这样说也有道理，只是我已经吩咐下将她们关押了，看在你求情的面子上减去一半。这还不是留下一个蒂蒂儿，给她们记恨我的机会嘛，半年和三个月都是惩罚，本质上没区别。那就听你的，咸放了，带来请罪。不是听我的，这是柴爷宽宏大量，也不必带来请罪，就说不但不罚，还有赏。老柴胡诧异地说这可不是我神仙洞的作风。你赏她们几个学艺不精，以后到我房里来，看我们馇屡。老柴胡咕咚一下烟筒掉到地上，被吞到一半的烟雾呛回喉咙，眼粒水横飞，然后大笑不止。这个话从阮秀吉喙里蹦出来是那么平淡，而他却感觉不可思议，从此脑洞大开。她们几个尽管姿色平平，自尊心却很强，听到这个消息后羞愧难当，第二十六压寨夫人悬梁自尽。第二十七第二十八夫人还没走到阮秀吉的房间下身就湿了一大块，害臊和各种说不清的情绪支配着她们，她们一边观看一边忍受着电流过身的痛楚和酸痒，最后阮秀吉令她们去围攻她们的总把总。几位夫人重新出现在饭桌上，对阮秀吉服务周到殷勤堪比丫鬟。只有秉持她的命令她们才可以进出她的房间。老柴胡进一步发挥了秀吉的想法，他将最舒适的一个岔洞装修出来，里面摆上一副巨宽的床铺，要足够他的二十八房夫人躺下睡觉，而他睡觉的位置在这铺巨大床铺的中间，他让她们轮换着向他靠近，雨露均沾。

"神仙洞从今晡开始才名副其实。"

他不无得意地跟白瞎子说。阮秀吉则可以抽出身来跟神仙洞下面的把总出去打猎，透透气。她趴在杜鹃花科属皮质叶子和荚蒾科属球状花朵下守住自己的侵位，在蒲竹山打猎时的情形又回到了她的脑海，马肠响的那一夜也令她不能忘怀，她要那么做必须那么做都出于无奈。她晓儿自己怀孕了，怀的是托马斯神甫的种子，但为了让这一切陷入迷阵她疯狂地和她所能接触到的男子干那种事以掩盖最后的事实真相。可她忽略了最重要的一点，生下的孩子也会是蓝眼睛，与其说是忽略不如说是不懂吧。她所做的一切都白费了心思。那个蓝眼睛孩子便是罪恶之源，是她的耻辱，一开始她想抱着这个罪恶的孩子一起跳井从这个世界上消失，可她没有机会，他们也没有给她这样的机会。只有她和孩子死了世界才会清爽起来。现在她却十分想她，想看看她长成什么模样，那是从自己身上掉下来的肉，哪怕她长得再妖再怪也是自己的女儿。她是爱神甫的，只有神甫给过她真正的爱，让她体验到什么是甜什么是蜜什么是思念，她愿意为神甫做任何事情。她喜欢神甫在她耳边说话，那源源不断的她从来没有听过的一如祷告的絮语夹杂着灵性和天启的话语混杂着圣母和天使一类的陌生词汇一切都是那么慈祥，暖人心怀，刻骨铭心。只因这个孩子的到来将这一切击得粉碎。莫家围收养她本来没错，而错在自己。不收养她，她和自己的阿嬷早饿死了。她不晓儿事情最后为什么都搞得这么糟糕。随着时间的流逝她对女儿的思念也与日俱增乃至有了要下山去看女儿的冲动。然而这是神仙洞所不允许的，她只能通过白姆偶尔打听到莫家围的消息，却没有她女儿的消息。一次狩猎，在朝露与晨雾中，一头母鹿带着一头幼鹿从林子里走过来。猎手准备开枪，她一枪打在母鹿旁边的柞木树上。母鹿摇晃着头上一把椅子似的鹿角跳入树丛，幼鹿也跟着跑了。谁开的枪，这么烂。她说是我，阮秀吉。同行人颇感惋惜。她的本意并非打鹿只是吓跑它们，这事之后秀吉爱上了打枪。她在神仙洞附近练习射击，第二十七第二十八夫人和一俑人为她服务。她在莫家围亲眼见过什么是真正的神枪手，那就是逢兴的枪法。她对射击表现出来的兴致超过了其他的一切，在一年多时间里，她寒暑不断每天坚持出去练习，几年之后她的枪法接近逢兴，至少她自己认为如此，可以做到指哪打哪，飞鸟也可以被她击落。她在狩猎中表现出神乎其神的枪法，神枪手这个称呼渐渐流行开来。其他几房夫人对她再也不敢怎么样，而总把总下面的人对她也另眼相看。她倒觉得神仙洞的火器太落后，能够搞到更先进的枪械就好了。太平军那个年辰的鸟铳放到现在，面对真正的国民兵团则不是对手，尽管国民兵团的枪也是日本苏联淘汰的，但比他们先进。她抛出这个观点后总把总让下面的各位舵主商议。他们认为有必要端一部分钱购买新式武器。当然，若果有机会抢得到则更好。现在，除了国民兵团之外，有这种武器的只有莫家围。尽管他们了解了莫家围的内部情况却不是莫家围的对手，攻打莫家围便无从谈起。阮秀吉认为攻打莫家围是唯一可取的途径，而总把总却拒绝了她的非分之想。

"团鱼有肉全在肚子里咧。"

阮秀吉在老柴胡那里遭到拒绝后又觅到神仙洞的总管白瞎子，鼓动他攻打莫家围。莫家围的枪和银子端到手神仙洞几十年不用愁火。白瞎子看着这位身上每一寸都妖娆的第二十九压寨夫人说，总把总严令不许再讨论攻打莫家围的事情咯。他快要踢棺材板板了，可我们还要活下去不是？你这种想法很危险，是总把总一手将这神仙洞的旗号拉起来的。阮秀吉娇笑道，据我所知，最早的头领并非柴爷，而是你辅佐柴爷干掉了自己的拜把子兄弟，夺得了这个总把总，你升到了白扇子的位置。你莫乱话体。我不会乱说的，洞里还有那么多弟兄，他们总不会乱说吧，白爷，只要你支持，攻打莫家围当然是可以的，强攻不行可以智取，对你不会损失一丝一毫，而对神仙洞的未来则意义重大，你们所谓的上帝天国早烂脬儿啦。阮秀吉将手搭在白瞎子肩膀上，胯腿坐到白瞎子腿上，胸脯几乎触到了白瞎子的鼻息。她白嫩的身体发出的气息令他脑壳里面哗哗炸响。白瞎子捋开她的一侧衣服一只乳房跳蹦出来，用他胡拉髭茬的嘴脸磨蹭上去正要打啵。阮秀吉拉开他的裤头将那根家伙带进了自己的胯胳。这时，门打开了，总把总冲进来，大怒。身后跟着第二十七第二十八夫人。白瞎子你个老骚胡我们兄弟做不成了，窝边草你也敢吃。白瞎子还没有反应过来，他攘脱阮秀吉，提起裤头准备逃走，但某种东西又使他镇静下来，他哈哈大笑说砍腊头个老豹子，甜头也尝够了吧，肉都你一个人吃咧，兄弟们喝口汤你还有意见不成。第二十七第二十八夫人将门关上，老柴胡以为是为了防止白瞎子逃走，结果白瞎子觑见门被关上索性从石炕上掏出枪对着老柴胡胸口连开数枪将其毙命。阮秀吉一枪打在白瞎子手上，枪掉在地上，子弹又穿过肩膀，白瞎子用出血的手掌捂住自己的左肩，倒下去你个癫姆。现在好了，你就先装死吧。白瞎子倒在地上晕了过去。阮秀吉将自己的枪放到总把总老柴胡的手上。她走出洞窟的门，第二十七第二十八夫人跟在她身后，她走到大厅宣布老柴胡将白瞎子打死了。洞内轰动，往白瞎子的洞窟跑去，只见两人躺在地上，手上都持枪瞄着对方，一番查看之后发现白瞎子还有脉搏。他们将其扶上石炕检查弹道发现子弹穿过右手掌心，射到左侧肩膀，并没有打到致命部位。躺了一会儿便醒来，神仙洞的郎中要帮他取子弹，他说稍等，总把总之死不能对外公布，以免引起仇人攻打我神仙洞和震动江湖上的弟兄们，余下事宜请先交给总把总的第二十九席夫人代为处置。等我伤好后再召开总舵会议。各位舵主按照总管的话去做。先将老柴胡的尸首入殓在山里埋了。对于总把总的二十八位夫人，媲了崽的打发银两回原籍，没有媲崽的可以选择留下，也可以选择再嫁，结果很快她们都览到了自己的夫婿，不是洞内分舵主就是猎手中的某一位。第二十七第二十八夫人不想嫁人，仍然愿意跟随阮秀吉左右充当侍卫。三天后，白瞎子出现在众人面前，手上和肩膀上都打着绷带。各位舵主，他坐在大厅上他原来的椅子上说，总把总认为神仙洞的财务账目出了问题，端我是问。我问心无愧，这是神仙洞历年账本，兄弟们可以一一过目，组成专门调查小组细查。神仙洞不能一日无主，大家要推选一位新的总把总。下面有舵主说推荐白瞎子，有的说推荐总把总的儿子小柴胡。白瞎子说首先申明，我不当总把总，谢谢大家抬举。至于小柴胡，大家举手表决一下。下面稀稀拉拉有人举手，有的举起手又缩回去。他们依然没有搞明白事件的真相，担心自己站错了队，因此显得犹豫不决。投票结果不到四分之一。因此被白瞎子立马否决了，他说我推举一位。我觉得伊可以担任我们的新总把总，伊有目标，有新的军事理解，又是总把总的夫人，枪法好。当大家听到枪法好时已然完全明白是谁了，立即有人站出来反对说我们不要女的总把总，这不成体统。白瞎子说选总把总不看性别，看能力。请问，你的枪法有伊好吗？不服，可以比试。谁不服？都站出来。哗啦站起来二十好几人。白瞎子说好，今晡不服老子也要你们服。他向洞口走去，头上顶一盏油灯。这盏油灯上的火苗就是靶子，距离总把总的座位一百祕，谁能将这火苗打灭了，谁说的话才响，若果谁将我打死或打伤立马毙死，绝不反阎。请侍卫枪手站到打靶人旁边。有大半又坐回去了，他们认为自己做不到。白瞎子说不服的请站上去打靶。可是没有一个人上去，小柴胡想要上去，白瞎子说你没有权力了，刚才已经为你投票，否决了你的资格。你们这是阴谋，我父亲是被你们害死的。只是你父亲运气差一蒂蒂儿，要不我就断送在你父亲手里，把他押起来，不要在这捣乱。洞里的侍卫队用枪将他顶到后面溶洞去了。站着的人即使晓得老柴胡之死是阴谋也不敢将自己的性命搭上横死在这大厅之上，而那些所谓反对变人当总把总的人早就没这个心气反对了。最后只剩下一人，站在那里，那就是白娜。他正在擦枪。其他舵主一时间兴奋得不得了，总算还有个有胆的，而且还是父子二人，打中了可以出来替大家说话，打不中至少死一个，搞不好两个都死，花噽。白娜站在总把总座位的位置瞄了瞄自己的父亲但没有开枪，白瞎子反倒是紧张起来，只是他那战场上生死搏斗过来的人没有明显地显示出来罢了。他不明白自己的儿子为什么要这个时候站出来。白娜瞄了两次，然后说，阮秀吉应该先来。伊不开枪，我们不晓儿伊到底打中打不中，如果打不中，我们便不选伊就是。如果打到了我阿爸，处死伊也罢。当然，打中了才轮到我来打。各分舵主立马同意这个建议。阮秀吉从旁边的座位上走到总把总座位的位置站定，二话不说，从腰间掏出枪只听到啪的一声枪响，火苗灭了。白瞎子眼睛还没来得及眨火苗就没了。他定神感觉自己没有哪哪疼才大喊一声好。各分舵主跟着鼓掌，交口称赞厉害，厉害。白瞎子说把灯再点上。旁边的人用松明火把在白瞎子手上一碰那盏灯又亮了。白娜站回原位说请往后再退十步。白瞎子说白娜，这不是儿戏。白娜说照我说的做。白瞎子只得后退十步，就在他转身之际白娜啪的一枪将火苗打灭。白瞎子旋即软倒在地，那盏灯摔倒下来哐一声碎了。旁边挚火把的人赶紧上去扶，掐人中。总把总这边的行刑队用枪顶着白娜，他们以为白瞎子中枪了。挚火把的人向他们摇手，表示人没事。白瞎子只是吓软了过去，对于他而言这个赌局里本没有自己的崽，他却出现了。打中他，或者他的崽被处死都不在他的设想当中，枪声一响他立即血脅上涌倒垮了下去。众人将白总管扶回去，他大声问道还有不服的吗？可就在他屁儿落下去的一刹那，他又产生了新的主意，既然白娜有这样的本事他也可以出任总把总，他用事实证明自己有这个实力，尽管这一切都是计划外的，但机会只有一次，自己崽当总把总比阮秀吉还要理想。他说现在我们对阮秀吉和白娜进行表决，举手多数者为新任总把总。阮秀吉对退十步修改游戏规则的做法颇不服气，她要看接下来形势怎么发展，她对总把总之位势在必得，只有当上总把总她才能报仇，才能救自己的女。结果白娜站出来说，我打灯盏不是为了要当总把总，而是担心大家认为我父亲提的这个建议有偏袒之处，我支持阮秀吉当新总把总。我的枪法不及她的万一，大家也是领教过的，我舍命是为父亲讨一个公道。白瞎子这时才晓儿白嫏的用意，眼泪和鼻涕都出来了说白嫏啊，你差点就要了我个命。你个命早就不值钱了。不孝崽，白瞎子随即宣布阮秀吉为神仙洞新任总把总，以后各分舵主和江湖上的兄弟唯总把总命令是从。神仙洞内发出一股噪刺刺的喊声，声浪冲出了洞外。阮秀吉坐上总把总的黄金座椅当众宣布了她的改革方向和接下来要干的事情并获得拥戴。一是神仙洞武器要升级为现代火器，二是为攻打莫家围作周密准备，薅下莫家围，枪和银子就都有了。各分舵主对新任总把总之美貌和枪法以及狡诈的意象最后混同汇合成一个全新的称呼九尾狐。莫家围当然也没有想到这位日后攻打自己的就是从莫家围走出去的一个丫头，而且是点了簿灯已经死去的秀嬢。与其说白瞎子明明晓儿是阮秀吉在利用他，被当场捉奸，不如说是阮秀吉看透了他和老柴胡之间的矛盾，而对白瞎子而言总把总是老柴胡还是阮秀吉他无所谓，他掌管神仙洞的财权，总把总只不过是一种象征罢了。稍有不同的是从此以后他可以自由出入秀嬢的洞窟。夜宴过后白瞎子举着甾壶口呼秀嬢，第二十七第二十八夫人闪身让他进去，当他骑在这魂牵梦绕的冰清玉洁的秀嬢身上的时候她淡淡地跟他说出一句骇人的话来。

"我喜欢的是你崽。"

这充分体现了语言的杀伤力，它的的确确可以用来自卫或者杀人。白瞎子从秀吉身上滑下来从此一蹶不振，那地方也跟嫩蕨菜苗子似的再也没有硬起来过，某种意志精确地击中了他就好比从此空落了下去一样。他老忤子再也没有光顾过这间他想象过无数回令他神魂颠倒的洞窟。那头长及脚踝的长发披在绲袍后面的印象也只留在了他最初相见的刹那当中，永远抹不去。

"你晓儿被你搞死的老柴胡真正是谁吗？"

"你不晓。"

"他是莫大恒的弟弟。"

这多少令秀吉感到震惊，感到不可思议。但他的确是莫大恒同父异母的弟弟，不光在神仙洞，就是在莫家围谁也不提，也只有老围子才晓儿莫家曾经出过这样一位离经叛道的人物。他就是老柴胡，真名叫莫温祚大渊。当年他五次参加科考均落第，他绝不想用莫家围的一分钱去贿赂考官，可换来的是他被永久的无视。他的才华与报国之心像空气一样不存在，尽管对旗人治下的腐朽痛恨至极也无可奈何。科场失意的他回到莫家围在寮上的蒙馆里做教书先生，然而他绝不想闷在围子里枉度一生。此时，洪杨振臂一呼，永安建制，随即带领烧炭人攻打岭西省城，他加入了太平天国起义军南王冯云山麾下。岭西省城没有攻下，太平军准备沿湘江北上夺取下一个省会城市长沙，谁晓儿南王经过全州时被三名清兵用一门明朝的大炮炸死，他带领部下屠了全州城，将所有清兵全部押到湘江边枭首。随后转至西王萧朝贵麾下，谁料到四个月后西王战死长沙，他又转至翼王麾下，继续北上洞庭湖攻打岳阳。随后沿着长江下游一路打过去势如破竹，打到武汉打到南京建都。这时，太平天国被湘军，捻军，淮军围剿，他无数次从江南大营和江北大营中突围而去。正在这时，天国内部发生了一次毁灭性的自相残杀。北王韦昌辉为清君侧杀死天父杨秀清，天王又借平反之名反手处死北王。四王陨落，无奈之下翼王离开都城率部西征。西征是否还能和诸葛孔明样弃中原与吴越之地而建立新的战略根据地已经不得而知。当初，是沿着长江上游去还是下游去本来就存在路线之争。最后太平军放弃西征，征占苏浙富庶之地。翼王很快就被围追堵截走向了穷途末路。内讧之后莫大渊已经判断出天国大势已去，在一次夜间行船时莫大渊带着他的少数心腹故意落水，伪装成湘军辗转回到岭西，全州已重新被湘军占领，悬赏五千大洋捉拿他的布告还贴在城门外。他们只得遁入越城岭山脉。莫家围本来要被连坐，谁知太平军的浩大声势让他们无暇顾及一个小小的莫家围而躲过一劫。文机公将此子削族，从此莫氏家族再没有这号人。他在这莽林里当起了神仙皇帝，唯有清朝政府倒台的那一日，他大赦所有仇敌，狂欢一个月。"我们的敌人没有了，"他跟他的仇敌说，"那么，我们之间也就不再是敌人。"从此之后，纵情声色，不问世事。

"你想想吧，"白瞎子好似从醉意中苏醒了样说道，"他是什么角色。"

"但凡这世道还有活路，哪个愿意落草。"

新任总把总阮秀吉接任神仙洞之后照着莫家围的家规制度进行了一番改革，密实了组织纪律，祭出了吊刑，违反制度的神仙洞子弟一律处于极刑。在执意攻打莫家围之前她携白娜开船走了一趟宝庆府老家，去崀山一带看望自己的母亲。这是她上山多年来的首度下山。阮秀吉回到自己母亲居住的火烧桥白鱼峒吴家田找到当年的邻居打探自己的母亲。邻居瞎子姆姆跟她说，小雪呐，她听到自己个女在神垕莫家被点了簰，跑去看女，女已经死咧。她女又孅下个女，跑去莫家要她女孅下的那个女，莫家不给，她回来后没过多久就老哩。草草葬在后龙山那只大银杏树下不远，祖祀只怕荒啰。白娜和两个侍卫陪着她去了浓荫四布的大银杏树下，荒畲野岭的只见一个长满异常茂盛的播娘蒿，菝葜和芒草的隐约土堆。旁边有一对老坟，被萝摩藤蔓牵满的碑上写着是从吉安府迁过来的阮氏，似乎是她阿驰的父母。她直扑过去跌跌撞撞倒在土堆前抱着土堆号哭起来，哭够了坐在坟前怀抱双膝捏着手上的玉镯看着山下盛大壮美的落日，天黑边才离去。她跟白娜说落日很美但总令人惆怅。看多了把心看慌了。秀嬢倒觉得心绪刚刚好，惆怅如蜜，跟他说打完莫家围便让他带人过来修整一下。她再看了一次即将落下去的太阳好似即将离去的昨天还会回来的母亲。阮秀吉在回神垕洞的船上跟白娜说她不是她的亲生阿驰，她是她的养女。她年轻时候随跑江湖的宝古佬去了汉口，在码头的青楼里接客，年纪大了才带着她回到宝庆府老家，她的亲生阿爸阿驰是谁谁也不晓儿。她本是汉口青楼里早产的一个弃婴，是她把她带大的，把她当亲女，她也一直将她当作自己的阿驰。灾荒饿死人那年卖到莫家才让她保住一条命。

"她叫小雪。"

"碑上就这样写吧。"

从宝庆府回来的路上又经过崀山江边的那座破庙。多年前，那个地方就是她人生的转折点。那天落大雨，一位夫人带着船夫和丫鬟下船避雨。她们已经在这座破庙前等了三天，两个人在冷风中饿得哆嗦。直到第四晡天将黑了，夫人来避雨看见了她俩。夫人吩咐随从挈两个肉粽和鼠麹草粿给她们先吃着。小雪给来者介绍。姑娘十四，会些手艺，家境破落，只想找个好人家，免得跟着自己饿死。夫人看她腼腆，身材也标致，格外惹人怜爱动心。只是一百银锞子太贵哩。她和随众上船往江挡心去，到了江挡心实在不忍舍不得又掉头回去。小雪和她还在庙里。夫人跟小雪打商量，出门没带那么多钱，只有五十个银锞子。小雪抹泪说我就这么一个女，一把屎一把尿把伊盘大，伊是我个怀心把把哟。她和小雪哭作一堆，逢氏看了心里发酸，说只有这么多了，又褪下手上的一对玉石镯子给她。眼看天到黑晡，各自赶路，最后小雪点头松口，娘女二人话别。秀吉唰地往地上一跪，摘到她阿嬷的脚喊娘，那一声一声的撕心裂肺。逢氏的眼泪也止不住哗啦哗啦流。哭了个把时辰还是撕不开，小雪嗓子嘶哑了劝她，去吧，秀满嬢，去那边不会饿肚儿。娘冇死用啊。说完把镯子套到秀吉手上，掩着脸消失在庙子后面的山麓。

嗣子交代完后的次晡下旰，保安团骑兵队从莫家围出来浩浩荡荡出了洞往马肠响方向去了。到傍晚时辰，莫雷回来。让他盯梢的那个大脚瞎子撤了摊，在野猪林客栈和一个戴斗笠面纱的娈人碰了头，跟到大脚瞎子到埠头坐簰往下游去了。可他没有看清爽那个女的面骨儿，他猜测是一个面骨儿清秀的阿嫂。就在保安团离开神亘洞的这天夜里，鸡叫头到，莫家围里的气氛从外面看起来静谧安详，在河洞里山麓下犹如一个堡垒，而里面从一瓢到四瓢的警戒通宵执行。鸡叫二到时辰，河滩和后山田子佃户家的狗一直在叫，好像有熊黑或菟生要来。莫家围的族人在酣睡之中，但嗣子在摆弄他的蓍草。他在想，他已经给了他们想要的时辰，就看来不来了。事实上，他们已经来了。碉楼的值班家丁觑见神亘洞江面上黑压压涌来一些船簰，有数十艇之多，到达码头时停住一群鸭子样纷纷上岸向莫家围而来。先头的抵达大门口，墙根下，准备放置炸药包。叶松在碉楼上看得一清二楚，有人问要不要开枪，叶松说等江上的人全部上岸再放枪。不知谁先发了枪，其他火力跟着激射起来，专门射击那黑乎乎一大坨一大坨的地方。这时只听得一声爆炸，围子一阵颤抖，大门没炸开，莫家围里面的族人跟一窝受到袭击和干扰的鬼头蜂似的，蜂窝体发出咝咝蜂鸣，个个惊惶振翅。一时间号哭嘶鸣犬吠不已，它们来自受惊的家禽家畜。围子里面的人才从梦中彻底醒来，妇孺老幼遁入到莫家围的夹墙暗道进入防御状态，蜂鸣声才被雨水浇灌了一样冷静下来。叶松大喊一声开枪，碉楼无数火线便向河唇头上来的突袭者射去。他们分开隐蔽，躲在石头，树木，篱竹，以及土坎后面，朝碉楼上还击。山上还有很多突袭者，黑幽幽的利用地形向莫家围潜进，正呈现包围态势。部分人还向大门匍匐过来扔炸药包。他们集中火力向碉楼射击，左右两路往围屋朝门方向加紧合拢。叶松居高临下调遣家丁往朝门方向一旦敌人想要破门就集中火力打击。朝门这边进攻的敌人，被莫家围的火力扛住，靠近的敌人被四瓢高低错落的围孔急速泻出的滚石和开水荡开，被霰弹一波一波薅走。妇女和小孩烧水，见敌人靠近便往水槽灌水或倾倒下去。一些松木抛掷在朝门外的禾坪上，松油火把往下一扔熊熊大火燃烧起来，突袭者想要破门已被大火阻挡。这时只见突袭者后方骚动起来，传来砰砰枪声，河上船只也受到攻击。叶隆回率众从河对岸的山上下来过了桥从敌人背后发动了进攻。另有一支小分队去河面上夺取船只以绝敌人退路。莫家围之外的渐底下夫夷水两岸围屋的洞丁武装也向这边攻击而来。后方枪声一响，十万火急，此时不冲锋，就会失掉进攻时机，叶松当即下令打开朝门，发起冲锋。牛角号，大喇叭同时吹响，铜鼓大锣擂起来。敌人腹背受敌边打边退，正要往码头撤退登船时发现船只被点燃或占领，只能据地形死拼。一两条船只急急往下游逃窜。太阳爬上山头，突袭者全部暴露在莫家围的视野和包围之中。桥头被堵截，突围的匪寇纷纷往河里跳，有的往山上跑去。围猎样经过两小时的狙击和搏斗逃走的敌人寥寥无几。拂晓时分，战斗结束。打死突袭者一百三十六人，俘虏十八人，缴枪一百八十条，而莫家围被打死四十一人。莫家围朝门石条门框被炸断，倒塌，木质大门没事。墙根一米厚的围墙被炸出大窟窿。三日后，在围外的宽敞地支起了木架，十五个俘虏押到现场，其中三个重伤者已经断气。嗣子双手放在拐杖上坐在一把圈椅里拷问他们的头领是谁。没人吭声，他一只手离开拐杖轻轻一挥。叶隆回和叶松等保安团，家丁上前抓住一个俘虏用铁钩刺穿脚后跟筋倒着拖到木头架子下，绳子抛过横杠将人倒吊起来。

"说说吧，头人是谁？"

还是没有人吭声，于是连续吊起来五人，现场一片血腥。可是没有人说话，保安团继续吊人，吊锁骨五人，六人，七人，终于有人开腔了。横竖是死，来吧。说完他嘴里的舌头一只青蛙样跳出来掉在地上。嗣子命全部吊起来，说出来，放你们回去。我们是神仙洞个，一个倒吊着的刀疤脸说，九尾狐是我们个头。

"把伊放了。"

那人放下来，取了铁钩子，走到嗣子跟前，被叶松一脚踢在地上。叶隆回询问真名，刀疤脸说他们下级只知道她叫九尾狐，上面的人叫她阮二把总。总把总翘胡巴了，现在她是总把总。我晓得，一个还在吊着的匪徒说，真名阮秀吉。叶松将那人放下来。嗣子听到阮秀吉这个名字时着实吃惊，下面的人也轰动了起来，他说，"你们毁坏了我的围子，要了我莫家围四十一条人命，血债血偿，命债命还。"

叶隆回给放下的两个松了索儿，踢了一脚让他们滚。他们捂着肩颠着脚急急走到江边上了条小艖，岸上莫家围的家丁趁机欲将其乱枪打死，嗣子举手示意不许开枪。

"为莫子？他们杀了我个崽啊。"

"此二獠虽千刀万剐不足以解恨，但要言而有信。"

嗣子说完起身回屋，萦绕心头多年的顽疾终于有了一个答案。从中大抵听出来自己的弟弟莫家围的忤逆之子已经离开人世，这么多年来，他一直是莫家围的心病。想当年，湘军大营就扎在新宁，近在咫尺，兵锋摩荡之处他莫大渊公然加入长毛体贼的反清大军使莫家围背上谋逆的骂名，让所有人觉得老围子身上多了一根反骨。这么多年来他如芒在背，先人逃难至此，千辛万苦扎下这一点家业，世世代代掌舵人夕惕若厉才撑到现阵。他必须让莫家围干干净净，清清白白。同样为人，为何人和人的区别如此之巨？太阳下，在木架上吊着的匪徒已被全部吊死，十六个人像一头头打净水破膛的猪扇。直到确定全部吊死才拉到河唇头装船送到乱坟岗与前阵打死的匪寇一起坑填了。就在剿匪中牺牲族人的葬礼还没有完全结束，莫赞良带着两人快马从马肠响回到了莫家围说银矿厂被洗劫一空，银库也被炸开了。

"钱和命伊都要要咧。"嗣子一声长叹。

逄氏惊愕之情未定，还在心惊肉跳之中又被莫安妮的行为惹得揪心。莫安妮从神皇学校回来听说了自己的身世从此落落寡欢，不与人往来，也不说话。直到她十三岁那年，她听说自己的生父是一个外国人，高鼻梁，蓝眼睛，住在岣嵝山的山洞里，于是她一个人上山去觅自己的父亲。她在一个山谷的石洞中，觅到了自己的父亲，已是一堆白骨。她不能确认这是不是父亲的骨骸。但她从逄母的睡前故事中早已获悉唯有亲人的血才能被死者的骨头吸收，她毫不犹豫咬破手指将血滴在骨头上。

骨头吸收了她的血。她在石洞中大声哭泣，那些骨头听到哭泣后立即组合成人形跳起舞来。莫安妮包起父亲的骨头，回到莫家围将其装进一个腌制酸菜的坛子里，上面用坛盖加水密封好之后放在自己的房邑。半夜的时候，总能听到坛子里冒出骨头样的咕隆咕隆的气泡声。"我那都是讲故事，"逢母看着坛子说，"你还当真了。"然而，这不足以腠释莫安妮没有父亲和母亲这样一个事实，唯有那骨头似的咕隆声能让她安然入睡。

嗣子让叶隆回挑选一百围子，从那一百八十条枪中选一百条，去马肠响团练，同时重建银矿厂，再令家丁泥瓦匠加紧修复倒塌的朝门和炸烂的墙根。高知洞却在想，假如九尾狐攻击的是他这个神垕公所，只怕尸骨无存了，这个神仙洞成为了他的心头大患。这时口前报，莫家围嗣子来了。嗣子让保安团担着那缴获的八十条枪送到神垕公所交给高知洞。嗣子说，这些枪归你了。高知洞还没说话他的肩舆就走了。掣着这些枪，保正大人十分发愁，莫元良则跟他说训练民兵，枪给他们，从神垕洞招募一百人加以团练，平常务农，战时出兵。高知洞感喟道，自己竭尽全力只是为了比人家慢半拍。遂同意了莫元良的意见。

莫家围对残匪的审判让莫元良得知现任总把总竟然是秀吉，他毫不犹豫地去了一趟神仙洞。从铁围山回来后原本想利用水警将白娜抓起来，但转念一想，与其抓他不如用他。白娜的身份是秘密的，他在这条河上放簾，大家都以为他是一位梅山和簾家。终于，他览到一个机会，从埠头登上白娜的船只，两个人又换到簾上。白娜披着蓑衣戴着斗笠撑着篙离开大船去了江心。莫元良同时注意到白娜的麻屦下裹着一双与众不同的脚，脚后跟鸵鸟样长着一个很大的支撑趾骨，脚板长如手肘。爨姓是外来姓氏？我们是交趾人。莫元良哦了一声，我有一批重要货物需要你帮忙。老规矩。我晓儿你们的规矩，但我也有我的规矩。什么规矩。我只选择可靠的人运输。那你是说我白嫲毋可靠咯。兔子不吃窝边草，前次你们打莫家围，可是坏了规矩。白嫲看了一眼莫元良，明白这个人已经知道自己的身份，他也不隐瞒说簰家有簰家的规矩，神仙洞有神仙洞的规矩。你毋想晓儿我要运莫子吗？枪。莫元良本想想试探白嫲，以及白嫲的反应，与其如此不如直接亮牌。白嫲撑着簰，没有迟缓，也没有停下来，只是轻描淡写地说那是违禁品。正因为是违禁品才觅你。从哪迓到哪迓？崑山鸭子嘴码头到这里。一个月后，白嫲用簰将莫元良的枪支藏在竹簰捅穿的竹节里日歇夜行全部运抵神堊洞。莫元良说我一直想晓儿，他们说你用梅山猎法放簰，可是真个？白嫲笑笑说猎可以是山，也可以是簰。

　　莫元良已经感觉到时间的压迫感，令人窒息。他还有很多工作没有做，他只有让自己一秒钟也不要停下来才不会觉得被那越来越压抑的气氛压垮。他将自己看作一架高速运转的碎石机，所有的困难在这架机器面前都要被碾碎掉。每当他去看望高芙蓉，坐在蓉蓉身边，握住她的手，感觉她脉搏的跳动和肌肤的温度，看着渐渐变得清澈的眼神和慢慢褪去的欹欹，她甜甜的酣睡和饱满的嘴唇才感觉到那种没有语言的沉默变得异常温馨，而就在三个月后的那次探望当中，在自己手心里的蓉蓉的手轻轻地弯过来，反握住了自己的手，清晰地传达了一种意志的苏醒，她的眼角滑落下来一粒透亮的泪珠，闪耀着星星的光汁。

　　莫家围遭到匪寇洗劫后的次晡，莫佐良和高耀青回到了神堊洞。他们和高知洞直接来到嗣子的厅屋。莫佐良向他的父亲

提出了区国民兵团指挥部要求组训民团的事情：凡是神荜洞年
满十八周岁到四十五周岁的男子，都要参加为期六个月的国民
兵团组训。女子从十六周岁到三十六周岁，成立女民团。神荜
学校中学部的学生统一参加在校国民兵团训练，训练不及格者
不予毕业。高知洞说这是抵御乱匪流寇，加强自治。嗣子说刨
除老弱病残我莫家围这一千来口人就全部变成国民兵团的人了，
你们想要的时候就抽走？莫佐良说这次匪患说明，我们没有御
侮于外的武装力量。如果神荜洞每一个人都懂得用枪，每一个
人都能打匪寇就不会这样。嗣子说你把他们都赶去军训了，田
谁来种，地谁来耕？路劲谁来做？全部让他们打僆工！莫佐良
原本以为神仙洞好好教训了父亲一顿，结果没想到他是这样挨
板，只得尴尬而退。事实上，国民兵团制度正是嗣子想要的甚
至强烈主张的，但这个建议由莫佐良和高知洞提出来摆在他面
前就好比一个正在气头上的人无法就一桌美味进食一般，气头
一过他才想起自己犯下一个愚蠢的错误。他发觉自己终究无法
很好地将自己的意志和他儿子们的意志重叠在一起，就因为他
是嗣子，他是他们的父亲。随后他派人去喊莫佐良高耀青和高
知洞回来，莫佐良和高耀青打道回岭西省城去了，只高知洞一
人过来。嗣子跟他说，按照耀青他们说的去办。高知洞诧异不
已，难道不是按照莫佐良的意思去办吗？却被他说成自己女儿
高耀青的意思，嗣子脑屃了。嗣子好似看穿了高知洞的心思说，
我还冇脑屃。高知洞说我们都是按照省府的命令照例推行咧。
他眊了一眼高知洞，眼神里饱含了拒绝保正大人随意用莫旦良
和逢兴来挑衅他的意味。

卷　十

　　那个异常凶险的年辰和真正意义上的战争远远超越幼阵时候的围猎所具有的残酷。枇杷花开时，树下池塘里的浮萍儿日渐将水面编织成一块厚厚的漆红地毯吞吃了水中的枝条。时间进入盛冬时节，神垕江面上从上游成片成片漂下来灰蓝色军装的死尸，江水变得乌黑如油布。老谭头跟他汇报说水路上传来消息，新宁，城步，武冈都驻满白军，据报是闽，赣，粤，湘，鄂会剿西路大军，保不齐会从神垕洞扫荡而过，而真正的战役却发生在兴，全，灌一带，夫夷水的死尸是突围越城岭山脉时被打死的士兵，而湘军也始终没有从神垕洞经过。莫元良，莫雷，老谭头三人连夜骑马翻山越岭往兴安和全县方向奔去，到达湘江边不远时只见飞机从头顶上掠过去在不远处的两条山脊上掼下大量炸弹，前后数个批次，每次三架，往那边山头呼啸而去。显然被轰炸的一支是渡过了湘江的部队正遭遇敌人的狂轰乱炸。随后，三人往山那边潜进，飞机还在头腔顶上飞越，他们躲在岩石窠下等铁疙瘩飞过去之后继续潜进。当潜进到东边山岭时发觉已经进入阵地，阵地上轰炸过的地方，红军的尸体漫山遍野。当他们爬到山顶时才发现还有活着的战士匍匐在战壕里。山下是一个村落，两条山岭之间是一条南北走向的通往战略要地全县的官道，南北走向的两条山岭东边山岭近邻湘江，西边山岭属于神臝老山界这边。一个外地口音的士兵满脸血迹用枪指着他们，莫元良说，越城岭游击队预备队，前来报到。士兵放下枪说，同志你好，你们有多少人？莫元良说，三个。莫元良，谭仲池，莫雷。士兵说，你稍等，我叫我们团长来。士兵从战壕跑过去不一会儿团长过来说，以前打过仗吗？莫元良说，老谭头打过，他是崀山游击队支队长，我们两个没有。退到阵地后面去，帮着运水和弹药。我们练过，打过野猪，会使枪。正转身离去的团长又反过身来看了一眼他们说，去捡几把枪回来，入列。莫元良三人爬出战壕，往牺牲的士兵身上捡回来步枪，弹药，手榴弹和水壶，学着其他战士匍匐在战壕里。冬天的早晨本来很冷，而一股异常激烈的情绪以及浓浓的血腥与硝烟味让他觉得浑身燥热乃至忘记了冷暖，苦水从鼻腔流了出来。他又听到了一种类似鸟屎臭和烤焦一切的溽暑气味。这时，他们才搞清楚兵力部署，他们所在的位置是第二道阻击线，官道对面略高的山岭是第一道阻击线。两山之间的官道部署一个团，成品字形布防在官道正面和两侧，各一营兵力。还有一个与指挥部所在地不远的团作为预备队布防在品字形北部。匍匐在旁的战士告诉他这次战斗任务是阻击敌人南下抢占渡口。

最后一个批次的敌机轰炸过后又响起隆隆的炮声，对面山上黑色红色白色的光焰滚滚而起，树木摇晃。飞过山脊的炮弹落在下面，爆炸的房屋随即散架，落在水田里的和落在官道上的腾起一股股浓烟。在经过密集的炮火轰击后敌军步兵便向第一道防线山头发起冲锋。只听见重机枪哆哆哆的声音不绝于耳，直到黄昏才渐渐稀落下去，敌人撤退了，一个山头也没有拿下。

红军派出侦察员跟进，白军撤出五公里之外布防驻营。莫元良三人被命令抓紧时间休息。次晡天刚刚亮，从山下先后赶过来三个团的兵力，先到的两个团部署在第一道阻击线，另一个团作为预备队。曙光微露，白军便开始进行第一波攻击，火力比第一天明显增加，几次凶猛的冲锋过后发现红军火力不足便往南绕到侧翼，拉长战线，下午三时左右，第一道防线南边第一个山头失守。白军迅速投入大量兵力占领山头，以此为跳板向第一道阻击线二号高地发起成波次的猛烈进攻，这个山头有被包围的风险，于是撤出阵地，向一号高地靠拢。这时，红军指挥部撤到第二阻击线北部一个山头继续指挥战斗。莫元良发现白军也跟着往这边黑压压地来了。子弹在耳边嗖嗖地穿过，敌人采取滚车轮式的轮番冲锋，火力远远大于阻击火力。子弹打光，手榴弹抠完了，打退白军三十次进攻之后第二道阻击线渐成包围的态势，莫元良三人跟着突围撤退，阵地随即失守。随着第一阻击线和第二阻击线失守，山下官道部署的一个团的兵力陷入孤立状态。白军集结队伍直接开进品字形阵地，不顾官道两侧的红军二营三营，向正面一营阵地发起猛攻，一把利刃插进去，眼见就要被打垮。官道左右两侧的两营红军组织火力营救一营，被白军击退。红军一彪人马冲下山下去。指挥三个营边打边撤，往莫元良他们所在的北坡高地上撤去，那也是指挥部所在地。官道上营地被白军攻破，太阳快要落山了，夜幕即将降临，这时，第一道阻击线上仍有红军一处高地，第二阻击线有红军一处阵地，其余全部失守。而白军抢占了官道，将红军分割成两坨，形势十分危险。趁着夜色，白军开始对第一阻击线仍然在手的红军阵地进行迂回包抄，指挥官命令高地部队往西南方向撤退，寻找高地重新形成新的阻击线。第一阻击

线撤退，白军掉头攻击第二阻击线，第二阻击线遂即陷入孤立
无援状态，于是撤退到第一阻击线右翼形成新的阻击线。然而，
这一道阻击线对白军更有利，红军的地势低于白军，而且第一
阻击线与第二阻击线撤退部队结合部分别部署两个团兵力，白
军先向第一阻击线结合部左侧进攻，进攻十四次仍然未能得手，
随即集结兵力转攻战线拉得更长的第二阻击线结合部右侧，进
行多次拉锯之后失守，这一团阵地陷落，新的阻击线被白军拦
腰砍断。战役打到第三天半曦，三人跟随阵地一起转动，在突
围中莫元良大脚巴胴被弹片掀去一块肉。这场战斗使他想起小
时候在马肠响狩猎时的情形。新阻击线被拦腰斩断后，红军一
方命令原第一阻击线所属团部顶住白军压力，掩护原第二阻击
线团部往西撤退。两条线交叉掩护，边打边往神垕所属之西延
地区撤退，最后进入老山界，遁入高山和丛林，白军也没再跺。
部队在经过三千界时三人脱离部队，往神垕方向迂回。

"中央红军一纵和二纵主力已经过江，"告别时一位韦姓新
长官跟莫元良三人说，"后会有期，游击队长们。"

"李团长呢？"莫元良问。

"牺牲了。"

新长官向他们行了一个军礼。他拄着拐杖，莫雷和老谭
头站在他身边一齐向长官还礼。天空深处充斥着凛冽的蓝冰涂
在他脸上，四周连一只奋力起飞的鸟都没有。这是红军过境
兴、全、灌时众多战役当中的一场，战后统计报告称红军从
八万六千人剧减至三万。这场伤亡惨重的战役以惨败告终，红
军跳脱了莫逢系和白军欲将其歼灭的企图，从此开始了西去的
长征之路。

"死了五万六千人。"这一巨大的噩耗将伴随他一生。

"这条江里的鱼再也不会有人吃。"

在迂回神垕的路上经过枫木坳，他们拐到一户人家稍事休息，准备弄些吃的。农民蒋氏的孺人说屋邸还有些剩饭，从坛子里抓一碗酸辣椒茄子将就吃一口。莫雷跑到水笕下的木桶里俯身喝水，牛一样喉结闪动。爽，我的两只腰儿都跑脱了。老谭头说，你这一口足足有五升。莫元良擎起木瓢正要喝，老谭头抢掉他的。你不能喝生水，有伤。蒋氏孺人从铁鼎里给他倒一碗金银花茶水喝下。他们闻到了血的味道和里屋的呻吟，蒋氏和他的夫人以及三个孩子望着他们。莫元良说，莫怕，我们是神垕洞莫家围个。莫雷进去看到稻草铺上倾躺着一位受伤的红军战士。莫元良介绍说刚从湘江边上过来，是自己人，参加完打击白军的战役。经过询问才知道这位战士祖籍赣南，隶属少共国际师，名叫卫臻，十七岁。肩部受伤，子弹尚未取出。莫元良跟蒋氏说，必须取出子弹否则要送命嘎。他给蒋氏留下了一块银元，蒋氏毋受。莫元良说，受到。身边只剩下这一块花边，算是我们的饭钱，人我们带去治。回头再来拜谢救命之恩。蒋氏用力摆手让他们赶紧走，嘴里发出含糊的声音。莫元良将钱放在餐几上，向他鞠了一躬。那块银元在油污的黑色餐几上白霜霜发亮。

他是一个哑疴。离开蒋家屋邸，老谭头突然来一句。你哪门晓儿？莫雷好奇地问。他比一般人敏感，他一直在用手势和眼睛说话。莫元良拄上一根柴火踮起脚走并催促两人赶路。莫雷和老谭头轮流将卫臻背至山下，又觅来一辆拉粪的牛车将人装上回了神垕。莫元良说送到莫家围去治。莫雷说，围子里收不收？势发些，这是救命。他们在腊月一个漆黑的半夜旰回到渐底下，跟值夜的说是大少爷回来了才被叶松放进去，叫醒药房先生连夜施救。直到这时，他们才觉得每一块肌腱仿佛都要脱落，全身每一寸地方酸痛得几乎要融化。莫元良的细脚巴胴被子弹打到骨头，所幸的是骨头没有断，取了子弹，施了金疮药。又口含白甾给老谭头和莫雷全身喷了一遍，让他们自己搓揉，做完这些老围子的药房先生说，一切都平安无事。大少爷，你们这是怎么回事？别动。莫雷想抢先说话被莫元良用眼神撅了回去说，从省城回来，在三千界遭遇兵匪。这个细崽是活的就带回来了。我逃跑时被他们打伤。药房先生看着老谭头。谭掌柜刚好同路，莫元良对着卫臻跟药房先生说，在围子里览一只房，给他治伤，打待一阵，我就带他走。药房先生说，一切都平安无事。

次晡早晨，莫元良安排莫雷去马肠响走一趟，跟莫赞良接洽。下旰，在野猪林客栈召开了一次扩大会议。莫元良要求学校那边的同志分片分洞挨家挨户家访，老谭头和他的伙计挑着木匠担子往村甲去，在越城岭一百里范围内进行搜寻，凡是留下的伤残战士全部接到马肠响去治疗。每个出去搜访的人必须带上金疮药，以备急用。半月后，陆陆续续抵达马肠响的伤员有六十三位，伤残程度不一。他们居住在银矿厂的工人房邑里面，外面由莫赞良的自卫队看守，不得闲杂人员入内。经过一个月的治疗，莫元良伤势基本得以恢复，可以走路，但行动还特别困难。

通往马肠响的山道上两副棺材正往银矿厂踟蹰前行，车轮子轧过的黄土路面深陷下去。槟房的伙计擦黑出发，天快亮时才送到银矿厂厂房里。老谭头让莫元良一起去看。只见他用锉子撬开棺盖，里面全是枪支。越城岭游击队成立的时间就在他们看完枪支后的当天。六十几号人分作三个纵队，一纵二十余人。原红三军团第六师第五旅十二团七营一○二连连长郝正海同志担任队长，谭仲池同志担任副队长，莫元良同志担任政治指导员，荀波同志担任参谋长。一纵队长孔茂禾，二纵队长雷震晖，三纵队长赵全喜。郝队长说，感谢同志们的信任，本人对岭西省情况并不熟悉，因此有关情况和游击队未来任务还请听熟悉本地情况的莫指导员和谭副队长介绍。莫元良让老谭头跟大家介绍，老谭头毫不夸张地说当前岭西省的情况跟别的省份稍有区别，其实是大有区别，岭西省施行国民兵团制度，凡十八岁到四十五岁不分男女均为民团成员，包括学校，可以说全民皆兵，且持枪。县级武装部指挥国民兵团常备连队，下面还有特务队，预备队和后备队，建制十分完整，强大。因此，他得出结论武装革命目前还不是主要任务，土改也不是主要任务。越城岭游击队先求生存，再求武装斗争和阶级革命。

莫元良正在沉思，他一边想一边说，本地少数族裔的土官郎火雄长也很多，均有成建制的团练和保安团，在没有成气候和发动起民众之前，要以政治宣传和生存作为目前的主要工作。以前大家在部队待习惯了，不打仗心里痒，现在你们要改为打野猪或者培训新兵了。下面一阵笑声。莫元良很清楚目前处于革命低谷时期，湘江战役的惨烈有目共睹，而他们有这么多人要吃要喝，所以，他打算拟一个自给自足的方案供大家商议。他说，游击队保留三分之一在山上活动；抽调一部分熟悉水性的队员下山成立簰队，在湘桂两省夫夷水段放簰，以泰通银行私家簰队为掩护，运送重要物资；一部分进城活动。他说他在省城中山北路十四号租赁了一处房屋叫万祥醴坊，专营酒水，以此为掩护进行情报工作。这是特殊时期不得已的办法。莫元良和老谭头将以前运送过来的枪械发给大家，换成本地服装，原来的衣物全部烧毁埋掉，越城岭游击队正式成立。可就在越城岭游击队成立当天晚上的下半夜，突然发现马肠响被包围了，黑夜里一群手电筒在围墙外晃耀，好似一群吊睛菟生的眼珠在晃动，总计不下三百人，带队的是神垦洞高知洞的国民兵团。高知洞出来喊话，赤匪们听好了，国民兵团骑兵队已经将你们包围，请放下武器就擒，否则一律格杀勿论。莫元良，郝队长，莫赞良三人商议，我们的兵力只有一百六十人，那六十人还是伤员，主力作战的是银矿厂的一百团练。必须当机立断，是投降还是杀出去？不如这样，他们不知道我们有多少人，你的一百人先出去，一半穿睡衣，一半武装，假装押着穿睡衣的，再放他们进来，我们就地解决他们。

三人下去部署。莫赞良出来喊话，长官们，你们搞错了，我们这里没有莫子赤匪。高知洞说，我们得到准确情报，请勿拖延时间，否则就要开枪了。接着听到步枪轰击大门的声音，子弹打到铁片上哐啷一片响。莫赞良再次喊话，长官们，我们这里是莫家围的银矿厂，真的没有赤匪。区国民兵团的长官已经失去耐心，一包炸药便将铁大门轰倒，准备冲锋。莫赞良说，长官们，莫进来，我让保安队押他们出去。这时，银矿厂的五十名团练持枪押着五十名穿着睡衣的人出现在楼前，双手后扣搭在后颈嗓老虎凶上。莫赞良说，请你们清点人数，接收。高知洞正准备人马进去接收，国民兵团指挥官说，且慢，让他们出来。出来万一跑了呢？这大黑里，追都追毋上。进去更危险。

"那还是出来吧。"高知洞对着里面朗声喊道，"把人押出来。"

五十名团练押着穿睡衣的人从大门一一往外走，等到全部走出大门，莫赞良便让自己的团练往回撤，吩咐封锁大门。慢着，国民兵团指挥官说，我们还要搜查。国民兵团指挥官手一挥，带着兵进来了，当进到一半，只听到枪声四起，口前的兵随即掉向院子这边放枪，穿睡衣的人则冲上去搏斗。莫赞良的团练向国民兵团射击，一番夹击之下死伤大半仓皇逃离。高知洞在后头还没有进入大门，骑着马在黑夜中慌乱跑掉。国民兵团指挥官在众人掩护下离开。追击一阵才罢手。清点战场，对方死伤两百余人，银矿厂团练受伤十余人，游击队员因为打埋伏毫发无损。郝队长说，这地方不能待了，我们得走。国民兵团的救兵迟则明天，早则今晡下午就会反扑回来。

"天一亮就走，大家收拾一下。"莫元良转头跟莫赞良说，"赞良，剩到个路劲你来料理。"

"好，大少爷。"

果然，在越城岭游击队离开的当曭下旰国民兵团浩浩荡荡又搬来三百人，这次选择白曭。莫赞良也早已派人下山给嗣子汇报说区国民兵团以抓赤匪为名袭击银矿厂，叶隆回率领保安团早在银矿厂等候。国民兵团指挥官说，早由要什么把戏？我要的人呢？叶隆回脸色一正说，银矿厂没有你要的人，我们这里都是工人。国民兵团指挥官又问，昨天晚上的人是怎么回事？莫赞良说，那些是我们的工人；我这里一百人，五十人在院子里押着五十名工人，另外五十人在里面埋伏。国民兵团指挥官说，你胆真够肥儿，先把这个人押回去。押回去？骇死我了，叶隆回扭头跟莫赞良说，不沾相个来了。等他看见国民兵团指挥官的脸色变得酱紫，他才缓缓跟他说，要不请你参观一下我们银矿厂？

叶隆回事先准备好了五百银锞子，他将银矿两字咬得特别响，国民兵团指挥官也只好作罢，他没有证据，也没有抓到一个赤匪，但总得有个交代，死了这么多人，而国民兵团真正的指挥官是莫佐良，最高指挥官是逢兴，这是莫家的家产，再闹下去便要搬起石头砸了自己的脚，于是帮着埋完人，收兵下山。他并未善罢甘休，在马肠响的猎户和民团当中安排了眼线，盯死了银矿厂。一举一动都在他的掌握当中。保正大人昨天夜里慌忙逃窜中摔伤脸，没有再上来。临走时，他跟叶隆回和莫赞良说，鄙人王珉，字当归。

他们记住了这个名字，却没当回事。更不晓儿眼门前的这个人是未来莫家围嗣子屋邸的阿吉郎。游击队伤势没有痊愈，经昨晡黑里一通折腾，很多伤员旧伤复发又病下去了，多半队员要担架抬着和搀扶才能行走。这令莫元良十分愁火，银矿厂暂时是回不去了，回去也会完全暴露。那只有一个地方，他在心里反复盘算该不该去，人家收不收留。冬春之际仍然寒冷沁骨，在外面久了很多人会冻死，他没有别的选择只能选择去。他让莫雷带一人在前头先去接头，自己带着队伍在后面跟来。临走时，跟莫雷说，你见到她这样说，他将手对着莫雷的耳朵嘀咕了一阵。莫雷表示听明白了。他们二人先走，莫元良他们需要横向在山里穿行，最后只好爬到山岭上，好比走在山羊的脊背上，山脊两边的植被茂盛宏大而山脊则是裸露的，尽管前进的阻力减少到了最小，依然走走停停熬了两天才到达神仙洞所在的铁围山。阮秀吉带着一傻人下来迎接，朝莫元良的脚下打了一枪，子弹从他的两腿之间穿过去。莫元良一开始没感觉，子弹在身后炸开才感觉裤裆里一紧。她说，莫大少爷，你这不是羊入虎口吗？这么多新枪，我喜欢极了。要是喜欢，你就拿去吧，我的人要在你这歇一阵脚。

"你毋怕我杀了伊多？"

"你既然要枪，就要讲规矩。"

"在我这里冇规冇矩就是规矩。再说了，你们前儿晡黑里那一仗招惹上了国民兵团，你们现在是块脟脟截，假卵脟。"

"未必，我们话毋定还能帮上你。"

"信了你只怕没那么多娘来嫁。"

"伊多已经部署好了，"莫元良肯定地说，"要围剿你们。"

"你这么肯定？"阮秀吉迟疑了一下说，"有证据吗？"

"当然有，"莫元良说，"我在省城早已得知这个消息，只是没有机会告诉你。现在国民兵团击退了过境赤匪，剩下的头一件事情就是剿灭匪患，这也是试试国民兵团的威力和扬他们威的时候咧。"

"一根骨头哄起两只狗。"站在阮秀吉旁边的白瞎子突然说。

"毋信？那我们走。"

"难谓你，"阮秀吉吩咐道，"兄弟家，把枪收哙。"

郝队长用眼神询问莫元良，莫元良点点头。郝队长第一个将枪放在地上，余众跟着把枪放了。在夜色中他们一起上了神仙洞。阮秀吉说，这神仙洞，大少爷上一回来没工夫了解里垴的结构，里垴有很多岔洞，小则住几十人，大则可以住一两百人。洞中有一股冰潵的井水，平时就喝它。还有一个螺蛳洞，螺旋伸到山顶，头起设有哨所，对山下的情况可谓尽收眼底。总把总，你这点家底都交咯？国民兵团真打上来，大家一起死个快性啊。假若没有战争，不问世事，这洞天福地真是好豪鲜的一个地方啊。他不禁想起第一次来这里的情形。大清早，他带着莫雷骑马往越城岭铁围山而去。除了小时候在马肠响狩猎时见过神仙洞的人，此后再也没有见过，也不知道神仙洞的具体位置。一路狂奔之后他们到了铁围山范畴，紧着稍大的路往山上去，群山峻岭，浓郁似铁铸的榡橡莽林，山下的针叶植物渐渐被高大的阔叶植物取代。甜槠，米槠，栲树，均茂盛如墙体，大叶杜鹃则开着碗大一朵的花儿。他们压着雨后淡青色的溪流逆流而上。当他们走到半山腰上，蹚过小溪平缓地带两人下马坐在石头上脱鞋歇脚时，突然有人端枪顶着他们的头。

"老表，我找阮秀吉。"

直到天黑，经过了五重关卡，每到一个关卡换一拨人押送，才到了神仙洞脚下。山腰上有一个鱼篓形的被香樟木挡着的隐约可见的洞口。他们绕开溪流从旁边小路上去，爬到洞口才看清这是一个赤砂天然大溶洞，松膏火把将洞内石壁照得一片透红，洞口高达十余丈，进深不可测。里面修建了高低错落的木结构房屋。两人进入洞穿被押到一个宽敞的内洞，脚步声在溶洞内撞击出深邃的回声。四周都是他们的人，一眼扫过去，粗略计算不下于二百人，他竟然觑见大脚瞎子。阮秀吉坐在一张苋生皮子上看着他俩。莫元良认真看时才看得出此刻的阮秀吉和十年前的那个秀嬢有了天壤之别。她淡定，脸上时不时显露出霸气，腰间别着一把盒子枪。秀吉也看出了眼前的莫元良就是莫家围的大少爷。她尽显嘲讽地说莫家大少爷有闲工夫来逛她的神仙洞。下面有人喊杀了他，为弟兄们报仇。总把总轻呵了一声，问你来我这神仙洞做莫子？一种不同寻常的沉寂在洞子里蔓延。倭寇打进来了，倭寇打进来了。阮秀吉哈哈大笑起来，我们只打官府，杀贪墨，劫豪富，倭寇与我何干。倭寇来了，大炮一轰，飞机一炸，你们也跑不掉。倭寇没那空心，跟我们没仇，倭寇要的是你们的国家。说完阮秀吉及她的分舵舵主们嚎啸得前俯后仰。随后莫元良和莫雷被引进一个小洞，里面有卧榻和桌椅板凳。有人端进来一盆麂子肉，一壶酒，两钵饭。吃罢夜饭之后总把总才进来，身边跟着两位女副手。她们把莫雷带走，房间里只剩下莫元良和总把总两人。秀吉的姿色仍然是世间少有的，双峰挺拔，面容娇雅。莫元良也一时很难将面前这个自己打小就熟悉的女人和神仙洞总把总联系起来。阮秀吉一转大厅里说话的语气，询问这山里的饭菜可还合他口味。莫元良说吃得蛮好。他刚回来神垕洞就听说了秀吉被点鞭灯以为她已经死了。阮秀吉说他胆都被吓破了才跑出去十来年。她说她晓儿莫家大少爷将将才回来，还晓儿莫元良即将同高芙蓉结婚，以及与他那该死的莫大恒之间的对峙。莫元良尴尬地笑笑说你胆肥，然后问她是怎么活下来个。阮秀吉笑笑，当了把总老柴胡的小老婆。她一直留意着莫元良的反应，但他却没有反应。他想到自己逃到南洋，以及关在猪仔船的船舱底下生不如死地在大海上漂荡，到达秘鲁之后被鸟屎熏坏了嗅觉而留下只要听到那股味道或者类似的味道他的喉咙里就会冒苦水的后遗症。莫元良心里作瘾了一下，当秀吉说到她身上的一块肉被烧烂了落下碗大的一块疤，莫元良听到的却是肉烧焦的味道苦水从身体里泛出来。她在山上的无聊与苦闷中学会了打枪，打着打着爱上了它毙敌于瞬间的快感，枪法竟然无师自通，在这洞里没有人比她更好。"我见过逢兴的枪法。"她曾无数次梦想过拥有像逢兴那样抛物射击的本事，后来她竟然真的做到了。老柴胡和他的弟兄们是旧把式，鸠集的是太平军翼王的残余部队。刚开始还曾想洗劫莫家围，获得军火，粮饷，再宣布起义，分掉莫家的田产土地山林，继续太平天国遗志。除了打劫，他们再也什么都没干过，这十洞八乡都有他们的产业布局。神仙洞真正的菜谱是火头菜，炒骨，难粉，酸辣肠汤，他们在太平军时消除胆怯而给予勇气的菜肴。当她说她把老柴胡的二十八个后宫妃子全部分给洞里各样把总时露出了难得的爽朗的笑容。

他上来是想说服这位曾经的莫家围丫鬟加入抵抗组织。她径直拒绝了他，说大少爷就是大少爷，心里竟然有这等想法，她说她只关心她的兄弟们有没有饭吃。而后表示她恨莫家，所有莫家的人她都想杀。

"莫安妮现在也是莫家的人。"

此时的阮秀吉才动容，放势哭起来，陷入了深深的哀伤。血洗莫家围一役神仙洞至少损失一百五十人，枪两百。"可惜啦，"莫元良惋惜道，"那一百多条人命。"阮秀吉默到毋作声，过了一阵才说，"有些事由不得我。"次晡，两人骑马下山，莫元良让莫雷对他们的一切行动保密。从此，他怀着越来越多的秘密活在这个世界上，觉得充实而有味像个充气球一般臌胀在世人眼中飘动。国民兵团围剿神仙洞的时间比莫元良预想的还要早，他从高知洞那里得到消息，国民兵团在秋收过后就要对神仙洞发起围剿，而神仙洞那边散落在江湖的各路眼线也早得到消息。

这时的游击队陷入进退维谷的境地，离开不是不离开也不是。岭西省国民兵团虽然迟早是他们的敌人，而死在神仙洞他们却变成乱匪流寇有了蒙冤之感。莫元良不得不再次上山跟郝队长商议，可以利用神仙洞的兵力打击国民兵团。神仙洞的人只怕也在商议如何利用我们去打击国民兵团。说明我们的敌人都是国民兵团，至少目前是，往后，和神仙洞还会成为对手。那是以后的事。神仙洞收拢来可以参加战斗的仍有三百人，加上游击队六十人，勉强成为一个加强营。阮秀吉，白瞎子，各路把总和游击队四位领导人加起来十个人，他们开始商议对敌策略。国民兵团是仰攻，神仙洞是俯守，地势上有利于神仙洞，如果国民兵团围而不攻，神仙洞的人就要饿死在这洞里。郝队长建议采取积极防御措施。大家等着他说明白，他说先将防火道砍出来，从山上五百米为界，依次砍下去，两圈，三圈，四圈，哪怕五圈也都要砍出来，防火道宽五丈，保证火烧不上来。其次，这是隘口形上山的路，在隘口两侧部署防御兵力，石头，木头，待敌人进山时攻击使。如果国民兵团从山后攻过来，我们须在岭上再部署两道防线。南北向各部署两条防线。指挥部设在神仙洞山顶上。白瞎子说防火道提议好，南北向防线有点多余，山势都是东西向，一条一条的，敌人要从横向的山脉跨渡过来，吃力不讨好啊。老谭头说南北向部署一条为宜，多余兵力作预备使。阮秀吉说他们地势高，敌人从哪个方向上来都看得见，工事可以先挖好，敌人来了再集中火力歼灭。最后大侪家同意阮秀吉的意见，同时，让神仙洞清点人数，战略任务布置完毕便不许任何人下山，违者当奸细处斩。

莫元良有一个更大胆的想法，这要看敌人来的兵力人数才能决定，现阵他不说。八月秋高时底，神仙洞山下眼线来报，国民兵团誓师大会开完后率三个团的兵力进入铁围山剿匪。

"敌人兵力九倍于我。"

他们装备精良，无论从哪个方向碾压过来都无法抵挡。神仙洞的人虽然凶狠却没打过大仗，游击队尽管都是精兵强将毕竟人手有限。

"万一还是三个加强团就更加糟糕了，"阮秀吉说，"就是灌也可以将神仙洞灌死。"

莫元良在迎寒的八月中旬进省城探望自己未来的妻子。高芙蓉的精神状态已经好转，医师建议出院在家静养。高知洞和黄孺人带着莫高世敏和五个小女，两个在省城念书的三女四女，以及高耀青一起到医院迎接。夜里，莫元良再将莫佐良，莫氏试寓莫孝廉和莫锡良父子请来在正阳路皇城酒店一起吃饭。席间，莫元良站起来，手上端着戒指盒向高芙蓉表达了自己的爱意。

"蓉蓉，嫁给我！"

从这一刻开始，高芙蓉才正式成为你父亲的母亲。在复杂而交错的血脉迷宫里，她走过了曲折而漫长的道路。此刻的高芙蓉还没有反应过来，但随即她扑到了莫元良怀里。他想象过无数种情形，甚至想过她会拒绝，让他感到难堪，乃至屈辱，他毫无预兆的行为会导致旁人认为她对昔日恋人佑弟的背叛而显得她过于薄情，那将是一个横亘在他和她之间跨不过去的坎，但她没有，至少没表现出来，一种疯狂的快意迅速占据了他令他高兴地颤抖。事实上，她的确想过，恳求莫元良给她一点时间，就在莫元良献出戒指的刹那，但她什么也没有说出来，她感觉这个高高的男人此刻以后都属于她，一种从未有过的实实在在的力量充盈了她的全部身心。她还没来得及考虑幸福不幸福，爱不爱他，但她预感到那就是她还活着并且继续活下去的全部意义。佑良死了，那么真切，那么具体，她唯有让他小鱼样游进无人可及的内心深处，在任何场合任何时间不会在他面前提起以便让他感到难堪，或横生醋意。高孝荣和黄孺人对这种新式做派尚不适应，能量爆发得太快，原本那些只在闺房和幽会中说的话在大庭广众之下说出来令黄孺人羞赧不已，转身抱着自己的丈夫放声大哭。高知洞安慰自己的夫人，女儿醒了，应该高兴。他一边让她也站起来举杯说爸和阿嬷祝福你们。其他人也一一举杯致贺。欢聚过后莫元良将接高芙蓉回到神垕洞后仍让住高家，随后他说要到长沙出差，其实是和莫雷老谭头上铁围山去了。并跟自己的岳父大人高知洞商量婚礼的大概时间，结束时莫元良委婉地劝说他剿匪一事莫参与，吸取去年教训。高知洞愕然道，作为保正，不去只怕不行。他深情地望着自己的岳父，他是让他去冒险还是自己在分裂敌人内部的团结呢？显然这两种企图都有。那么，去了也不要上山，山上悍匪十分凶残，九尾狐是神枪手，指哪打哪。高知洞诺诺。莫元良上山时将各条防线的部署以及防火道情况都巡视了一遍便在山上喝茶看书，手拿一把扇子手指一捏，啪的一声脆响扇子打开，腕一抖又收回如初。阮秀吉说白扇先生，好生悠闲。有你神枪手，我岂能不悠闲。我在想，整个方案就是没有一个撤退预案，是不是都想死在这里。你看你，你想死还有这么多人陪着也值啊。有那么一刻我又不想死了。莫元良讥笑她说你舍得死下面的人才舍不得死哩，他们还要活命，比任何时候都想活。死则生，生则死。你把话讲亮了。抵抗到底。抵抗到底？抵抗到底，不能动摇。不能动摇。你要是使双枪就是真正的神枪手了。何里用？挚你的枪来，这样，左右各一把，一模一样的。阮秀吉便为这个新想法练枪去了。莫元良继续沉思，如何把握稍瞬即逝的战机，自己的想法是否可行，生死也就在那么一瞬间。

八月初五，王珉的国民兵团三个团浩浩荡荡朝铁围山而来，从山下正面进攻和从南北两侧山谷分作三个方向直取神仙洞。战斗一开始就采取蛤蟆吞肉的架势要包围神仙洞，可谓来势汹汹，志在必得。在神仙洞山顶指挥的阮秀吉，郝队长，莫元良等人调集兵力死死扛住，因为是往下攻击，国民兵团的三个方向占不到一点便宜。第一天利用有利地势扛住了国民兵团的攻势。到傍晚时分，减至天黑，双方才收兵。南北防线的人来报，国民兵团没有撤到山下去，郝队长立即建议夜间袭扰。初五晚上的月亮下去得快，放在下半夜二更，各组织一个纵队去扔手榴弹，打乱枪，袭扰完便撤回防线以内。阮秀吉和莫元良都同意。老谭头和白瞎子各带一队前去执行任务。这时，莫元良说，明天的任务是各队不要死扛，留一点弹药，以后还要用呢。大家不明白他的意思，他说，就是边打边退，往神仙洞回缩。阮秀吉问，为什么？莫元良诡秘地说，第一天浪费子弹太多了。他们明白，第一天完全是凭借天险才这样死扛下来，不出三天各防线的弹药就会告急。是夜，莫元良召集各纵队首领将行动步骤告诉他们。

"下午两点慢慢后撤，撤至离这五里的位置，死守。"

下半夜执行袭扰任务的老谭头和白瞎子回来报告，国民兵团的营地是虚的。阮秀吉和郝队长一惊，那他们去哪里了？白瞎子说根据足迹判断有可能是翻山去那边了，很可能会从背山方向进攻，两兵合于一处。莫元良说，那更好，我们那里有两道防线，第一天还没有动过。白瞎子说，你尽讲笑吧，万一冲破防线，敌人俯冲下来是挡不住个。至此，莫元良仍然没有将自己的计划公布出来，他想看明天的情形。次日清晨，国民兵团果然合兵一处从背山进攻，山下的一团还在苦攻。莫元良命令南北防线的守兵十人一组全部丢弃阵地，走到更远的地方去，分散到第四条防火道的外沿待命。到中午时分，敌人还在滚车轮般进攻，双方僵持不下，太阳偏西以后，神仙洞的防守开始变形，后撤，敌人火力跟着就上来了。站在神仙洞山顶的哨所上可以觑见国民兵团已经进入第四条防火道。背面山坡的两条防线却被提早攻破，敌军山洪一般从背坡上冲下来，莫元良命令预备队前去抵挡，据险而守，不要让他们攻入第二道防火道。傍晚时分，神仙洞隘口的守兵撤至第二条防火道，然后死扛住至天黑，在国民兵团看来已经合围成功。这时，神仙洞山顶的哨所上燃起大火，山下山上四周都看得见。白天从南北向外撤的守兵分布在第四条防火道的外沿开始点火，霎时间，盛秋的干草和灌木熊熊燃烧起来，高大的阔叶乔木被跟着点燃，火舌蹿起几丈高，肆意吞噬。位于第二防火道的守军也同时开始点火，然后后撤至神仙洞最近的一条防火道防守。这样，国民兵团三个兵团被两条高大的火圈包围在三四之间，四圈的火往山上燃烧，三圈的火往下燃烧，汹涌的火势连枪响和手榴弹燃爆的声音都微弱如揿爆一只虱子。直到黎明时分，三四围的植被被烧得一干二净，只有环绕神仙洞的两个黑糊糊的麦田圈冒着淡淡的青烟。有些角落，偶尔还复燃一下，但很快便熄灭下去。神仙洞保住了，大家心里竟然有一丝恓惶和凉意。敌军被火烧死，烧得一个个跟焦炭一样，与野猪，麋鹿，麂子，牢蚁，蟒蛇，四蹄动物拳脚朝天，蛇类蜷曲一团或拉得直挺挺的偠齐地烧死。整条溪流堆满了人畜不分的尸体。从这条溪流逃出去的在尽头也被狙杀。

次日清晨，越城岭游击队下山。阮秀吉和白瞎子他们出来欢送。莫元良说："火是加速改变物质世界的方式。它多么像一堆拨向敌人的液体。"

"莫元良——"

阮秀吉大喊一声，朝天连开五枪。

越城岭游击队离开铁围山之后犯下一个极为冒进的错误，这支曾让莫元良寄予厚望的队伍顷刻间毁于一旦。事实上，他对于自己所做事情的动机与欲望还不十分明确，当这种伤害发生在身边和同志身上时顿时激起了无穷无尽的血恨。一只刚要起飞的鸟突然间被砍去了翼甲，重重地摔在岩石上变成肉泥。当年在种植园，在越城岭山脉中的战斗以及小时候围猎野猪的情形一直在促使他对敌人的再认识。"现在，他的肠子是青的。"

战役之后，游击队拉着队伍当昼离开了铁围山莽林。建立根据地的想法同一枚拔不掉的倒刺占据了郝队长的脑海，一番激烈争论过后在莫元良和谭仲池不赞成的情况下游击队对位于神垕下游邻省的一个河湾边的乡镇发起了夜间袭击并很快得手。然而万没想到，这仅仅只是厄运的开始。他们控制了梅溪公所，保长和部分公务员被活捉，反绑后关押在一间屋子里。公所国民兵团在突袭中未作好准备，慌忙撤出战斗。正当游击队在考虑如何颁布命令统治梅溪口时，本洞国民兵团预备队与后备队联队以及附近苗民抄着武器将公所团团围住，黑压压看过去总有两三千人。他们将游击队当作扰民流寇，要全部打死。作为预备队的莫元良带着队伍在河对岸大樟树后面的山上，面对如此众多的民团和土枪土炮不知如何是好。郝队长跟保长说放我们出去，我们不杀你们。保长说你们已经激起苗家民变，时间拖得越久，附近山里来的人越多。不到半𣈶，这里将被围得水泄不通。我们才几个人，你们这么多人将被活吞。老谭头也慌了阵脚，慌不择口说我们是神仙洞的，你们吃下我们，我们的人也会来捉拿你们的家属。保长说神仙洞算个屁，在我们苗王这神仙洞就是一只蚂蚁。苗民冲破大门，从围墙四周翻越进来，游击队与进来的苗民对射，不到一个时辰打光了子弹，哑火。郝队长只好下令，押着肉鳖儿走到院子中间来说，让开一条道，否则就杀死他。这时外面包围院子的人群分开，一位缠着厚重头巾骑着白马身披黑色斗篷的人出现，身边跟着两队卫兵，他就是苗王。他看见院子里的肉鳖儿和游击队，竖起食指轻轻往前一挥，嘴里说着游击队完全听不懂的语言。随即保长立即身中数枪，其他游击队员全部趴下，苗民冲进来，活捉十余名没有被射死的游击队员。通过翻译，苗王的话才被变频似的传达出来：你们是神仙洞的？老谭头说是的，雄长。郝队长说我们是红军。老谭头示意他不要说破，作为崀山游击队的支队长他十分清楚这点，梅溪口和崀山同属一条山脉，他晓儿苗民老虫样眈眈地看管着自己的地盘。下面的人说他们刚才说是神仙洞的。郝队长说我们的确是红军。苗王说我不管你们是什么红军白军，洞匪，你抢了我苗家的地方，要为死去的人偿命。

"统统押到河边毙了看鸭子。"

莫元良赶紧到河边撑簰，其余一起冲到河边跳上簰朝河中间划来，三人一条，以簰为掩护，身体藏在水下，一边靠拢一边朝河这边开枪，岸上的苗民匍匐，直接向站到河边的游击队员射击，游击队员纷纷跳水，有的跳下去后不识水性直接淹死了，会水的则潜进水中往下游逃跑。莫元良一纵往下游去打捞活着的人，只有老谭头和几个识水性的人活了下来。他们跳进水中之后将反剪捆绑的双手从臀部抄过来用牙齿咬开绳索一个沕子顺流游出去了几百米，几口气后才脱离危险。苗王的大船在后面追来，莫元良和一纵捞上人后立即反向靠岸钻进丛林里去了。直到后面的追兵被甩掉，他们在一棵大树底下开始清点队伍，游击队此役损失四十三人，只剩下一个纵队。郝队长和二纵三纵队长在这次战斗中全部牺牲。老谭头顶替游击队队长一职，参谋长还是荀波。荀波说这次战役教训深刻，我们接下来的任务是赶紧回越城岭山脉找山洞休整。老谭头说游击队现在的任务，还不是攻城夺洞的时候。莫元良对自己没有及时制止这次行动备感懊丧，对这种冒进感到十分痛心，无辜牺牲这么多同志，损失五十来条枪。"我们对敌人这个概念没有清醒的认识。"莫元良站起来时险些摔倒。是夜，他们迂回绕过梅溪，走了漫长的路又回到神垕在岫嵘山脉找到一处洞窟作为新的营地暂且安顿下来。孔茂禾守洞，莫元良和老谭头带莫雷卫臻下山砍肉驮运大米。莫元良安排一部分人到老谭头的簰队，自己带一部分人去省城。一路上，莫雷看着大家心情沉重，就问他和高姐姐什么时候结婚，想吃喜甾了。莫元良问他是不是想妹姬啦。莫雷大赧，半天才说想他阿嬷了。莫元良让他回围子里去看阿嬷，然后又命卫臻将粮食送上去后赶紧回来。卫臻哦了一声，似乎还没有回过神来。

卷十一

　　莫伺其莫温婉两个女儿不事女红嗣子并没觉得有莫子大不了的，而逢母却有些愁火。嗣子便让她们两个跟着她们的哥哥记诵四书五经和研习算学。莫家围的家规明文规定，她们在十岁之后基本上就没有出过围。十岁之前可以跟着她们的母亲去外祖父那边走动以便认识五服九族的亲戚和当地风物。十岁之后变人便只能在家从事女红或到围子里的蚕房去养蚕，缫丝，纺纱。到了及笄摽梅的年龄，除了自家亲人便不再与陌生男子接触，彻底断绝了与外界的联系，夜晚走路须在灯光将近的地方停下脚步。她们想去神垕街上赶圩也要在逢孺人和嫂嫂阚氏的陪同下才能踏出围子一步。事实上，十岁之后她们只剩下外去的期待。直到若干年后舅舅的到来，她们对口前世界才再一次感到神奇起来。莫伺其对记诵和算学缺乏天赋，经书上的文字令她昏昏欲睡，算学则围墙样坚不可摧。她学习了四年，对庞大而精微的计数体系混淆不堪，乃至最简单的甲子纪年，面积，体积，称量单位都没办法搞清白。对时间更加没有概念，她觉得所有的时间都是时间。白曛黑曛十分明朗，她搞不懂为什么人们还要那么精细地去区分多余的时间，再说莫家围的日常话语已经将时间分得十分清晰，再细化的时间则毫无用处。距离的计算和围屋碉楼高低测量跟她眼睛看到的差不多，而无法利用日晷和阳光的斜度一打眼就计算出来。嗣子面对长女的这种不开智仍施以足够的耐心，在他等待了四五年之后这种情形仍然不见好转，尽管她青膏拉瘦，体型娇小，却精力充沛。有一曤，她的母亲终于发现她沉醉于对锅碗瓢盆的颤动，微风的旋律，波纹的动荡和纺纱机的旋转，因此建议嗣子让她学习独弦琴。果然，莫伺其对这个奇特的东西拿来就可以演奏，自弹自唱，无师自通。相比于莫伺其在音乐上的天赋，她的妹妹莫温婉则在别的方面要显得早慧，很小的时候就能讽诵四书五经，记诵的进程乃至超过了她七位哥哥当中的五个。勾股和化方为圆这样艰深的算学问题也难不倒她，还常常帮助嗣子誊抄书稿。嗣子暗暗惊叹，如果这是一个男巴爷，倒是一根豪鲜的读书苗子。莫伺其常常用她的独弦琴来宣叙自己感时伤春的情绪，在午后玻璃般的寂静当中高大的木本曼陀罗硕大的喇叭形白色花朵吱吱呀呀地开着。她的琴声在莫家围方圆之间缠绕如同一匹肆无忌惮的脱缰的野马，而马的主人则远远地看着它奔跑，撒欢，项上的鬃毛随风起舞，随后便被逮住，套上马鞍。在这短暂自由的瞬间，马对自己的欢乐产生了毋庸置疑的愉悦。她的娭毑逢孺人从她的琴声中不但听出了野马，还感觉到了江水滔滔，群蜂飞舞，不过她最揪心的还是那股隐藏在欢快之下的幽怨之气。尽管她隐藏得那么深沉，那么细腻，她还是听出来了，在这个方面她毫不亚于下司犬的灵敏。她晓儿那是每一个人生命中的必经之路。她跟嗣子说野马，江水，群蜂，嗣子说那是音乐与诗歌中的常见意象，不值得大惊小怪，如果没有明月和这些东西人类便无法抒情。然而逢孺人将意思进一步给他晓示，那是情欲的暴风雨即将来临的预兆。嗣子才恍然大悟，女儿已经长大了。他虽然对冠昏丧祭的圣学精义掌握得十分精深，而对女儿身体成长中各阶段的判断却异常迟缓，他觉得自己来日无多好比濒临绝种的物种仅将精力用在学术和思考而忽略了孩子们的成长。莫伺其的躁动始于她在科学实验室旁边的屋邸遭遇到了一个男子。那个男子面骨儿霜白，鼻梁挺拔，双目有神，因疼痛而眉毛紧锁。他就是受伤的卫臻，被药房先生安置在科学实验室旁边的一间屋邸接受治疗。他躺在木板床上，受伤的肩膀在扎花被外面，药房先生给他抑上金毛狗脊蕨的絮絮，莫伺其瞟到那受伤和外翻的皮肉不禁一阵难过，从未发生在她身上的疼痛却被精确地传递和翻译到了她身上，从而对伤口的主人产生了恻隐之心，尽管她不晓儿他是谁。她总在别人忙碌的时间里觅到空隙在窗户外窥视房邑里面的情况，看着他安详睡着时的面骨儿出神。可有一回，她正看得出神，那双眼睛忽然睁开了，也看到了她。她羞得不行，从窗户外急急走了。

"他一定没有觑见我的脸。"

她怀里好像揣有一只野兔回到自己屋里，将这种不安融进了自己的琴声当中。它一条小小的溪流样从山谷的上头缓缓在密林里流动，两岸的杜鹃花和溪中石头上的苔藓石菖蒲都在和它一起感受这不安中的兴奋之情，然后流到一个平缓的开阔地，溪头的水突然变白落下崖去碎成无数白色的网状的冰块坠落到悬崖下面突兀的尖石上。第二晡，她还是要去那里，好像关心一个人的伤痛和关心一个人的命运成为了同一种东西。她将一块热手巾放在食盒的屉笼里走进了房邑，走到了卫臻身边，她拿出手巾在手背上试了燰和不燰，然后敷在他的头腔上。

"痛毋痛？"她问卫臻，"我可是看着都痛。"

"不痛。"

他从变白的岭西城里的话猜测出她的问候和关怀，他要故意这样说或在这种情境之下不得不这么说才能够对她的好意表示出感激，如果他说痛同时失去的不只是坚强这一类东西。她还是头一回离一个陌生男人靠得这么近，草药的奇怪混合味道之外还能够听到他身上血液凝固与腥臭没有完全挥发爽净而产生的浓烈怪味，那正是她想象当中的野马和森林的气息。手巾的余温散去后她又翻开重新摺叠一遍放到他的额头上，直到手巾的余热全部失去。她为他擦洗面骨儿，眼睛，耳朵，以及颈嗓，最后又将他的双手擦了擦。她从来没有做过这些而现阵做起来竟然全部都会。当她做完这一切心中的不安才被驱逐爽净代之以一股无法抑制的甜蜜。一个月后的一晌下旰，她再一次去科学实验室旁边的屋邸探望他发现人已经不在那里，遽然感到一阵巨大的紧张和不安，而她又不敢表现出来。她在房邑里觅了一遍，又到围子里觅了一遍，仍然没有看到人。她脚下的步子越来越快，从悠闲张望的孔雀堆中踢赶过去，在外围又觅了一遍，还是没有看到他。她走出莫家围的朝门，站在围子口前，看着河面上来来往往的船只，竹簰，风雨桥上似断似续的人流，仍然没有看见那个熟悉的人影儿。一种紧张和不安瞬间演变成巨大的带着痛感的失落攫住了她。

"他怎么可以凭空消失。"

这在她看来是不允许的。她走到莫家围和风雨桥之间的大枫杨下就差点去码头询问那个男人的去向，可她连他的名字都不晓儿。她只晓儿那是一个带着外地口音肩上有伤的男人。她感觉他真的就这样消失了，她每天出来到河风割耳的枫杨下等待却再也没有看到过他。那个冬天琴声再也没有从她的屋邸传出，哪怕呜咽的低鸣。

　　神㞧洞建制成功乃是因着王珉的狂想而无意中推动的。这位在马肠响和神仙洞两次战役中相继惨败的县国民兵团副司令被贬至神㞧区国民兵团联队当二把手，踌躇满志的他发觉高知洞是一个碌碌无能之辈，除了保住他的乌纱帽什么都不想干。高知洞则说你想干你可以干，你要是有本事为莫子马肠响被人要了襁褓，神仙洞被人点炮烧成肉疙瘩，还是没本事嘛，这是神㞧洞，不是黄毛界，鸭子叫。两人推心置腹一番过后竟然达成一致。王珉说不能就这么算了，国民兵团要抓起来，继续练兵；神㞧区这么大，越城岭和老山界北坡至崀山以南十八洞乡曲提陀全是神㞧地盘，我们应该向省府提议建制成立神㞧县，你当县长兼任国民兵团司令，我是副司令。高知洞一听顿时觉得前途一片光明，立即让王珉组织人手抓紧统计本区人口，物产，民俗，语言，国土资源，绘制地图，造册上报，要点放在本洞区乃三十二个少数族裔杂居区，宜划归一处，统一管辖。他们的愿望尽管迟到了三年三个月，但仍然如愿以偿，神㞧区建制成功，并从全县和兴安各割让一部分成立神㞧县。省府要员，区国民兵团指挥部代表莫佐良，以及神㞧各洞官佐和乡绅同时抵达神㞧公所出席成立大会剪彩仪式。高孝荣在大会上宣布他要给大家带来一个新的神㞧，要给神㞧往省城方向修建公路，要在夫夷水上游修建一座大型水电站，让神㞧从此告别黑暗时代。唯莫家围嗣子莫大恒不参与，让高知洞这份光彩少了那么一点锦上添花之美。莫大恒既非族正，也不是建制的积极分子，再说还有莫佐良参与他就不想去凑这个热闹。

　　"天上大风。"

　　嗣子将蓍草一收，跟捏着一把筷子似的。

高知洞建制成功，在嗣子而言，这只不过是他高知洞政治手腕的杂耍，与莫家围无干。这天早晨，他出现在家庙祠堂上，说家规选贤任能一事动议三年，今晡正式启动，莫家围子弟全部拥有选举权，选举出新嗣子。莫家围一千一百二十五人，围子里具备有效选举资格的七百二十一人，在外人员一百九十六人，他们的票由家长代为沟通填报。候选人为莫大恒，莫大康，莫孝廉大庸三人，嗣子从他们三人当中选举产生。不记名投票，过半数视为当选，不足则择期再选。三个票箱摆放在老围中间空地上，大家排队依次投票，上晌午投票结束封箱下晌午唱票。嗣子莫大恒以七百九十五票再次当选嗣子，而莫大康得九十九票，莫孝廉得三票，废票二十张。嗣子莫大恒满以为他应该全票当选，没想到还有那么多票不是自己的。如果莫大康那九十九票是莫家围家族佐治委员会的，那么，他已经没有什么实际权力。当选也仅仅是形式上的了，是此前家规惯性力使然。无论怎么说，他莫大恒这次是民选嗣子，是莫氏家族神臯世居千百年来的头一回，这是要写到族规和家谱里面去的。有一个人却公然反对他，那就是老通掌莫正泽，说他倒行逆施，危难之际应该加紧集权，而不是玩这些花花哨哨的东西误了莫氏家族的前程。

　　"你冇掌舵你毋识懂。"

　　逢氏则好奇那些流掉的票会是谁投的。我关心的是掗到手的鱼，而冇是跑掉了个。把汤汤水水滗爽净了只剩到肉，毋好茹吥。嗣子看着自己的妻子补充道，谁没有一两个知己和至亲呢。

　　他在新增家规选举一条下批注云，古之有轩辕黄帝尧舜之禅。今有莫氏之禅。古制之美如是。圣人云人心惟危。道心惟微。惟精惟一。允执厥中。守中不失其庸。用庸不失其中。天之大道也。莫氏之禅。诚为内禅。亦足以垂范后世。治家者当家弄一条。奉为圭臬云云。 批完后仍觉不过瘾又搦管呵墨用舌尖化开笔尖使小楷疾书曰，儒生谏于嬴政遭屠戮。新莽复兴惨遭流变。先圣之志。胎息奄奄。然有志于此者不失其人焉。 他还想说科西嘉岛上的上等兵拿破仑氏如何如何，终因洋气太重，与文气不符，只得作罢。嗣子自我赞美了一番，他认为这是他根据自己治家的经验演绎出的新方向，即便为内禅亦足堪流芳千古，而对于蝇营狗苟之流更加觉得厌恶至极。这里面自然有对高孝荣和王珉抱团建制的反思，也有他改革莫家围内在制度的反省。至于通掌以为他是逆动之举显然仅仅是一种惯性思维，他只看到过去，没看到未来。选举过后的第三曦嗣子吃完夜饭散步到通掌屋邸听到里面一把二胡似绸缎般氤氲开来，他走进屋邸，通掌正在拉琴，侧面出来的屋邸的变人看到嗣子进来要行礼唱逊，嗣子举手示意作罢。他站在通掌身后等他拉完一曲。嗣子说桐荫四布，澡雪洗心。白驹过隙，人间逆旅，无不伤及脾胃肝胆。通掌起身请嗣子就座，白眼顾士自打"折桐"一曲，让嗣子受忧了。变人看茶。嗣子话锋一转说你还是对选举颇有微词啊。嗣子率先习洋务我无怨言，但此举伤到莫家围根本嘎。眼下这世动荡不安，而今民智开启有如洪流，这是势嘎，天下也不再是原来的那个天下，而是天天下，先前习洋务过于草率，现阵能做的就是从莫家围内部做起，心还是那颗心，冇变。莫家围要受苦了，嗣子之制不稳，莫家围也将不稳。一个蜂窠只能有一个蜂王。另立王台，蜂王便要分窠，不然就要被群蜂绞杀。蜂尚且晓儿何况人。毕竟不是蜂，人是万类灵长，岂能与蜂类同语。人与蜂不同，理却相通，东方西方概莫如此。东方西方或为渔民，或为牧民，或为狩猎之类，而我国族为耕农，世泽悠长，人丁兴旺，耕读传家，今为西洋淫技所迫破家裂国，为莫子？非人力所为者滋长而已，莫家围如若一成不变，说得过去吗？虽说改革，而范围不变，谁来当这个嗣子有什么要紧的？通掌默到不作声。嗣子说假如可以另立王台，重建新巢，也不是坏事。那是要流血的，旧王有性命之虞嘎。我已经老嘎，只怕眽毋到这一曤了，这些可以让后生家去思考，去完成，凭借他们的才行来解决。二人谈话渐渐趋于缓和，尽管看法不尽相同，而彼此交心谈论着莫家围的未来直至鸡鸣嗣子方才离去。通掌在座椅上稍稍合眼，当鸡叫三到，便整衣去家庙。

　　第二年开春时节来临，枫杨还没有出新叶，丝绦般的粉红色雌性柔荑花序率先吐出，浓烈如火，泌出一层层清香。地上还铺满去年落下的厚厚一瓢黑色条形翅荚。长尾阿鹬儿从河对面飞过来回巢，在头顶发出霞—霞的叫声。莫伺其在枫杨下，大哥莫元良奇迹般从风雨桥头走过来，身后跟着莫雷和他。当她看到他的那一刻她想冲上去，他的脸立即红了。

　　"哥哥。"她大喊一声。

　　"伺其，"莫元良说，"你怎么在这里？"

　　莫雷也向大小姐问好，她迅速回了他。但她没有回答莫元良的问话，她那一声大叫当中至少包含了三种以上的含义，其中有两个哥哥，还有一种掩饰不住的兴奋。莫元良说，介绍一下，这位是卫臻。和莫雷一起，是我的通讯员。"嗯，我晓儿了。"她意味深长地说，"卫臻。"卫臻走上来，想跟她握手却被自己的羞怯阻挡，他改为向莫伺其敬了一个礼，莫伺其的手却伸在空气中。她眼神中闪烁着泪花。他的脸红得更加通透，所有的事情都一览无余。莫伺其跟着他们势发而轻快地回到了莫家围。进屋的时候莫雷和卫臻在围子里没有进去，她回到了自己屋邸。莫元良进去向阿嬷请安，跟父亲大人谈事情。大小姐对你有意思，莫雷一边看小说一边跟卫臻说。打死你，罡头蛮子。卫臻说着往莫雷扑过来。莫雷闪身跑开对着卫臻吐舌头啰了一声，卫臻追上去。二人在围子里一边跑一边嬉闹，莫雷撩拨他，他心里却不敢有任何非分之想，可越是不这样想这种想法越是占据他的心头乃至离去的小半年里对莫伺其的思念越发强烈。连莫雷这样颟顸的人都看出来了。终于，他有机会再一次踏进莫家围的时候早已无法抑制内心的渴望，他看到莫伺其站在树下的那一刻，在桥那边远远看到那个形似她的轮廓的影儿时，他强烈地意识到那就是他的女神，她在等他，完全确信她也在想他，她能感受他的炽热。而在莫伺其看来这种无形的没有语言的思念建立起一种誓言般的契约，如果再不捅破她将会被现实的阻挠折磨得死去活来却没有任何机会表达自己的想法。进屋后莫伺其坐在镜子面前看着镜子里的自己，随后阖氏和莫安妮也来了。莫伺其拿出银柄镊子修整眉毛上她认为背叛整体感的旁逸斜出的几根浅毛。莫安妮帮她用胭脂擦脸。阖氏帮她编织发髻和梳理髻翼儿。伊用口红纸放在嘴唇间沤润双唇，再将自己亲手制作的孔雀羽翎耳饰挂上耳垂，阖氏和莫安妮又帮她换上一身刺着复杂孔雀图案的褐色长衣。伊坐到镜子前。一道丝绸抹胸，小胸脯跟知更鸟的胸脯一样柔和圆润。莫安妮不晓儿从何处给她弄来一个夹杂着少许叶片的铁线莲花冠戴在头上。她站起来的瞬间，阖氏惊呼之余大为赞叹。

"简直就是皇后。"

她走出房邑出现在围子里，四点钟的阳光直射在她身上。女王一般的威仪和光芒四射瞬间让她产生了要飞翔的感觉。可卫臻和大哥莫元良他们已经离去了，围子里俨然没有了他们的踪影。莫温婉在神垕新式学校上学，没有亲眼看到这一空前的盛况。莫伺其带着失望回到房邑，坐到独弦琴前弹起了一首跟春江流水有关的曲子，到伤心处竟然情不自禁地吟唱起来。逢孺人跟嗣子觑见自己的女这般华丽忧伤才晓儿事情已经进展到了不可收拾的地步。嗣子只道了"内疾"二字。自从上次谈话后嗣子也开始考虑莫伺其的婚姻问题，嫁女和娶新婵同样令他头疼。尽管是自己的子女，但也不同于自己的婚姻那样可以按照自己的意愿行事，他甚至感到束手无策。这个时候他甚至同情起高知洞来，他有那么多女儿要嫁，也真是难为他了。随滩刘家着人来提亲，被逢孺人一喙回绝，媒妁之人被她几棍子撵出莫家围。这种生猛连嗣子都没有料想到，她的反应或者说反弹竟然如此剧烈，感觉嫁女就是失去女儿般痛苦。嗣子跟逢氏说不妨让莫孝廉在岭西城里趸摸趸摸或许能够览到一位你满意的阿吉郎。莫伺其在房邑里听到他们在谈论自己的终身大事尤其听说要嫁到城里去她冲出来，焦躁不安，浑身不自在，又满脸通红，嗣子和逢氏一阵愕然。

"我毋嫁。"

而嗣子的确在三个月前向莫孝廉飞鸽传书将为其择婿的意思告知了莫孝廉。莫孝廉把这个消息在岭西城里略略传了出去，一周后他收到一百二十八家大户人家和乡绅的投牒，为数不少并非本城所辖。前来投牒的父亲和母亲都称自家公子是骐骥之才，如意郎君。牒书制作精心，句斟字酌，文采斐然，显然出自当地秀才之手。莫孝廉皱着眉头挑选了十六家，寄奉时最终又剔除了一半，才将名单交给了嗣子。他认为这是嗣子莫大恒所能接受的人家，其余标榜自己为商贾大户，沾点军气的旧军阀，留洋归来的新贵，暴发户类一律按下不报。嗣子接到名单后又剔除三个，并通报莫孝廉，择期告知诸家到神垕洞来面晤。这一曬，嗣子在老围中央撑起堂会，孔雀们一排排站在围子前沿的横杠上，拖曳的尾羽有如华丽的绲袍。朝门前有莫家围芦笙唢呐队迎接，叶隆回的保安团从神垕街头便拉开架势站在路边一直排列到围子朝门外。五家未来的亲家亲家母带着他们的宝贝儿子前来相会。或骑马，或驾车，或肩舆，相继抵达渐底下。嗣子将牒书摊开在桌子上，一个一个由知宾宣进来。逢孺人在侧，莫伺其戴着面纱坐在嗣子和逢孺人身后，其余人等在后排重重就座。第一个宣进来的是一个大高个，自称赵若麟，有志于匡扶天下，救家国于危难之际，莫旦良将军是他毕生追求的偶像。嗣子听到莫旦良三个字眉头瞬间往外舒张了四十五度，一股变味的气息扑面而来。求婚者虽然骨骼奇伟，身材高大，却没有灵魂。嗣子摆手让他回去。第二个宣进来的是一个五短身材的夭男。一进来双手递上一部巨著，厚若城砖。自称诗人，即将成为一代新原。水准远超大小李杜，苏韩，比之屈宋也有过之而无不及，唯独与大不列颠的弥尔顿氏和德意志的歌德氏以及意大利的但丁氏在伯仲之间，难分轩轾。至于英格兰之莎士比亚与西班牙之塞万提斯均等而下之。他说在他诗歌中的版图超出现世帝国的十倍，无数行星尚未清算，均为其遗产，谁会分得最多？一团乌云直袭而至，嗣子翻开了他的著作。那些用半白话半文言文写就的诗篇中夹杂了十六国方言。凝视数秒之后嗣子挥手让他回去等消息。那团乌云的遗产也被他从书页间一挥而去。大诗人对崇高和神性的追求在此人面前失认令他颇感失落，嗣子并看不出他悄悄追随这些伟大先知所付出的努力，他说必须将书还给他。第三个进来的是一个倒还标致的男子，一身素衣却是名士装扮，说话间从背上卸下包裹取出一把古琴，席地而坐，挥弦弹奏起来。嗣子喊停，让他回去等消息。第四个宣进来的躺在担架上，说自己前阵从马上摔下来，至今未愈，为的是拍戏太投入。说话间目光却在嗣子身后众人间游走，最后定格在莫安妮身上。嗣子示意他走，担架转过弯来正要离开，他却从担架上跳下来说一定要看他拍的电影，即将轰动世界，青史留名，并给嗣子送上两张电影票。第五个进来的挈着一个画板，铅笔夹在耳朵上。他在嗣子和逢孺人面前一丈远的地方站定，睁一只眼闭一只眼打量着两位前辈。铅笔在画板上横竖比画起来，唰唰几下从画板上取下一张白纸，又如是一番过后取下另一张。他走上前来将纸张递给嗣子和逢孺人。请过目，这是二老的肖像，我所主攻的是西洋现代绘画艺术，这算是我小小的见面礼。逢孺人觑见自己变成庙子里妒鬼的样子差蒂蒂儿从紫檀木圈椅上惊起。嗣子看过自己的肖像后没说什么，一口烟呛到喉咙，旁人连忙打手势让那人退下。

　　这时，一只孔雀带着沙沙之声徐徐展开尾羽，一座七彩之山挡在生人面前，会面在一片惊叹声中结束。嗣子跟知宾说每个人送一摞花边，权当车马费，叫他们打道回府，莫家围不安排半曝饭晌午席。并飞鸽传书给莫孝廉，择婿这件事情就此罢手。逢孺人经过这一回折腾，感叹世界之大无奇不有，她女怕是嫁不出去了。尤其还被人画成那个鬼样子而耿耿于怀。她揪心地追问嗣子，我真的像一个魑蠹吗？嗣子侧目，用目光钉住她。她停下。嗣子说这是为你选郎媳，又不是你选美。当初我可是千挑万选才选中了你的。逢孺人终于释怀，放下不闹。莫伺其受到的是一场奇耻大辱，好几天起不来。其余人等倒像是看了一场好把戏，结果如何于他们说到底是没有半角钱关系的。嗣子深思过后觉得世界变化的确比自己所料想的快，而自己个女嫁个伧夫书生已属万幸，她什么都不会。然而事情不能因此而停摆，他跟逄孺人商量谁更合适，得给一个交代。赵家的那位好似说得过去，将来也可以在她哥哥莫旦良那里谋个差使。弹琴的那位与女儿有共同喜好也不失为一个选择。二人反复斟酌到天光而不能决断。清早起来知宾进来回报昨晡的事情，说弹古琴的孙家公子将银两奉还，其余都收了银子回去了。这也是天意，逄孺人说。随后跟莫伺其说了孙家公子。然而这只能加深她女的忧愁，仍然不同意出嫁。她对别的人已经视而不见。正在嗣子想进一步成全这桩婚事的时候，他们的女儿不见了，消失了。

卷 十 二

　　莫元良习惯性地抬眼望向窗外的江面。波面上晃荡着亮闪闪的银锭，来来往往的船只和竹篺穿梭其间。他回到神垕泰通银行时襄理进来跟他汇报武汉沦陷的消息后又道，"南方局香港总部电令，筹备岭西省八路军办事处宜速。"他第一时间想到要先到莫家围览自己的母亲，同她说把蓉蓉安排到屋邸来住。逢氏异常欢喜，她喜欢她的烈性子，说她是个娟嫲好孌人，要去同嗣子讲情。莫元良走后，逢氏才去找嗣子说了元良想搬回来住的打算。自己的新婅总不能老待在岳家。嗣子却说谁是我莫家新婅啦？一嫁娘家管，二嫁自家管，三嫁冇人管。逢孺人恼火说这一嫁是你二崽，二嫁是四崽，三嫁是你大崽，全是你个崽。你何里就不管啊？我这个脸冇地方摆啊，我恨不得览条弄弄钻进去，我莫家世代没出过这样的章。你那莫氏家规不是修改了吗？自由婚娶了吗？是改了，但兄弟转房这一条冇改啊。伊和旦良那阵是被休的，严格话，伊顶多算是一个寡妇，元良就当是娶一门寡进门，这说得过去。逢氏又说我要旦良回来做证，他们两个入了洞房，其实冇圆房，那个挚给你看的布巾巾纯粹是捏白个，我当时才叫佑良和高芙蓉跑嘎，结婚也只是个形式，高芙蓉和元良才是真夫妻。妇道人家，不要操心家规的事情了。我是伊亲娭毑，我不操心哪个操心，我不能眼看我个崽被你们欺负。你这样一说，倒提醒我啰。逢氏瞪大眼睛，不晓儿嗣子又要作出莫子骇人的事情来。要不，让元良他们住到省城莫氏试寓去也行，总得有个表示。嗣子说我会有所表示的。就在莫元良和高芙蓉成婚的当曤嗣子宣布将莫元良革谱削族，并派人将文书送到结婚现场。莫元良挚着文书，脸上裂开了几条沟壑，笑了笑收了起来。高孝荣觉察到了什么，莫大恒夫妇没有出席自己儿子的婚礼，连结婚之前的所有程序都简化到了只是自己和莫元良之间的对接。他也管不了那么多了，只要女儿好就什么都行，乃至有莫元良这样的女婿愿意娶蓉蓉是一项壮举，连说，感人，感人。一边喃喃自语，口吐诗词，一边大碗喝酒，没过多久便满颊酡红，双眼闪烁，把自己灌得酩酊大醉。结婚后，莫元良心里洋溢着一股甜蜜，他觉得自己要将内心翻腾的蓬勃的爱意全部献给妻子。高芙蓉又恢复了其活泼的笑容，眼神里射出昔日清雅淡定的光芒，她开始读书看报做家务，只是撞石之后到身体恢复前的那段记忆想不起来了。莫元良实在想不通这清雅淡定下却有如此刚硬的性子。莫元良说蓉蓉，我要不要再请个姆姆过来帮你做家务。高芙蓉说不用，来了反而碍手碍脚呢。莫元良在躺椅上睡着了，她拿一条薄被盖在丈夫的身上，而莫元良似睡非醒，轻轻握住她的双手放在胸前，高芙蓉也站在身后轻轻依偎着自己的丈夫。她俯身，两片炭火般炽热而甜蜜的嘴唇亲吻在一起。莫元良将其抱到前面，一座终于融化的冰山。莫元良用自己的全部积蓄在东西巷买了一处僻静的两进院落作为他们婚后的住所。莫氏试寓在东巷，他在西巷。完婚后第二晡两人回到这里。大街上车水马龙，人流如织。报童扬着报纸在喊，号外，号外，武汉沦陷，湘桂成为前线。他招手，报童跑过来递给他报纸，他摸出两鳌儿。报纸头条即说武汉沦陷，正中间刊登着一幅地图，汉口到长沙，长沙到桂柳再到越南的指示图，还有一条由岭西城指向滇缅的线。莫元良随即又将报纸合起来。高芙蓉一眼看到了那张地图。次晡，荀波领着五个人到达东西巷，碰面后莫元良带着他们去万祥醴坊。他说这里以后就是我们卖酒的地方了，这是新酒，这是窖藏。前厅是柜台，酒缸，屋后有一个门，里面进去还有众多房间。二楼，除了宿舍，一律不对外开放。这是抗日救亡室，莫元良说，电台室和游击队指挥中心，大家的工作是看护好前厅。下晡，莫元良高芙蓉新婚夫妇又去莫氏试寓拜访莫孝廉一家。莫孝廉送给莫元良和高芙蓉一对青釉睡壶作为贺礼。莫元良说这怎么承受得起。莫孝廉说在瓦窑古玩市场偶尔淘到的，刚挖出来，聊表心意。莫元良说傻傻，我这是夺人所爱啊。高芙蓉说元良，既然傻傻送了就好鲜收着啰。莫孝廉说我是闲人，就淘换点瓶瓶钵钵，坛坛罐罐，古书字画。刚刚入手一幅前蜀李锦奴《万峰残雪图》，让你们打一眼。莫孝廉从匣子里取出一幅绢本画作，画面完好，绢已经老化变到黄里透黑，隐约可见山水和雪迹，左侧的天空比山色还要阴沉。高芙蓉说，看起来黑糊糊的，如何看得出来是真迹？莫孝廉说，看笔法和神韵，还有那些印章，比如这是项元汴的鉴赏章，这是赵松雪，这是姚广孝，底下这个印章待考。当然，更重要的是它是唐宋山水笔法的过度，唐没有山水，而宋又一下子奔到了世界巅峰。故此，它重要。至少我认为它的出现无比重要，不是多少银锞子可以比的，这是一种文明和精神财富。众人敬佩有加。莫孝廉卷好画问高芙蓉，接下来准备继续读书，还是在家歇到帮元良打下手。莫元良说我的工作繁琐，蓉蓉插不了手。高芙蓉说我之前在省立师专读书，最喜欢去象山书局，僯僯要是方便可以介绍我去那里做路。莫元良说这工作好，我都想去。高芙蓉说你还是做你的泰通银行行长吧。冇问题，下周便可以去上班，莫孝廉说，转而又问莫元良喝点什么。三花舀啊，我刚才带来的，万祥醴坊最新出品。莫锡良从外面回来觑见莫元良和高芙蓉异常开心，眼镜后面两只眼睛闪烁着亲切而童稚的光芒。元良哥，这么多年不见，一回来摇身一变变成泰通银行行长哩。神辷洞分行行长。那也了不起。你现在做什么呢？我在师大教书，我阿爸就叫我教书教书。莫孝廉说不教书你还能做莫个。你爸说得有理。教书多么启迪智慧，明白世间的道理。我想同旦哥哥样去当军人，威武。你旦哥哥是军事天才，你就安生做个教书匠，也不失我莫氏家风。莫锡良一听这个十分着急，莫元良哈哈大笑。周孺人说开饭啰。从莫氏试寓吃完夜饭回家后莫佐良和高耀青来家里拜访，二人送来一套明式家具，已经摆在客厅。莫佐良说大哥，合适么？尽是些金贵货，你们哪门这么有钱。这可是我一年的薪俸，别说钱的事，在你这提钱我都觉得丢人。高耀青说那是。高芙蓉笑着说有钱也不是伊个，伊是帮着数钱的。高耀青说那也能过钱瘾。莫佐良说手上还有一个皮箱子，打开后跟莫元良说，这个才是宝贝。他搬出一个齿轮模样的铁疙瘩不明白是莫子玩意。战利品，苏维埃中央红军被我们赶出岭西省，在湘江战役逃命时丢下的辎重里面的一样东西。听到湘江战役几个字莫元良心里咯噔了一下，高芙蓉抹了一眼莫元良，催促莫佐良说你直接话是莫子吧，绕这么大一个圈圈，急死个人。莫佐良得意地说，苏维埃政府印钞机零部件。鄙人亲自缴获，送给你这个泰通银行行长做纪念没有比这更合适的了。莫元良说真是太难谓你了，就挂在那，供起来。莫元良指着正厅的家龛位置。莫佐良把东西交给自己的哥哥，莫元良向莫佐良这个战役指挥官打听湘江战役情况，莫佐良说相当惨烈，我们松开全县口子让赤匪过境去黔东南，首先是不让他们进岭西省城半寸，撤离时我方有通知何键部到全县来接防，老蒋也同意的，可这老忤子的五省联合追剿大军迟迟没有上来补位，谁晓儿整整九天过去赤匪才赶到全县，这个时候何键大军压境抢先一步占领了县城堵住了去路，赤匪在湘江上的各个渡口架浮桥，炸了又修，修了又炸，十一月底了全是人扛着木头门板竹簾在冰冷的江水里，一炸死一大片，我们的飞机在天上往下掬炸弹和扫射，新圩，界首，脚山铺都打得红了眼，太惨了，飞机在天上给我们提供情报，赤匪的阵地和行军路线基本上都在眼皮子底下，他们蛮劲大，不怕死，就是这样也没把他们全部搞死，最后过江的部分往黔东南去了只能让王家烈去收拾咯，老蒋气坏了，回去肯定撤何键的职。莫元良肝胆俱颤，莫佐良不晓儿自己就在下面被他们打，搞不好眼前的这位莫指挥官就在对面阵营向自己所在的师团进攻。为莫子你们提前就撤离了？还看不出来，这是老蒋的毒计。我们说赤匪要占领省城，我们得拱卫总部，他的如意算盘打得噼啪响让我们岭南岭西两支部队跟赤匪拼命借此除掉我们。所以我们主力南撤恭城要塞，在兴全灌地方只各自留了一个两个团的兵力。莫元良方才明白他稀里糊涂参加的那场战争是怎么回事。他更不知道多少年前他的大偈偈莫大渊也曾在此鏖战而屠尽守城的清兵。高耀青说，佐良，你过来看这是莫子？高耀青看到那对睡壶不明白是莫子就问莫佐良。莫佐良过去看了半天，斗笠翻过来，下面再加一个连着的壶，就说像个尿鳖子什么的。高芙蓉说这可是大庸偃偃的心爱之物睡壶，送给我们了，你们两个抓紧吧，说不定大庸偃偃送你们一对将军罐咧。莫佐良跟莫元良在书房，莫佐良掏出一盒雪茄，问莫元良抽不抽。莫元良说我抽卷烟就好，然后问他对时局的看法。武汉陷落，我省告急，南边和北边都将成为日寇攻击的目标，滇缅和越南的通道是倭寇最想打通的，这里也不安全了，让他们来吧，我就想杀他一个师觎一下。你是区国民兵团副总指，杀倭寇义不容辞。那还能哪门样，你不杀他他杀你。那倒也是。莫个时候去看望老舅。本应早些去，我估摸他现在忙得脚板翻天，等机会吧，你和耀青？革命不成功便成仁。莫元良默到毋作声。

莫伺其去神垕街上莫元良的泰通银行觅到卫臻，二人坐在河唇头。莫伺其将莫家围招亲的事情跟他讲了，问他怎么办。卫臻慌乱已极不晓儿怎么办。莫伺其提出远走高飞，说她心里只有他，他若不走，她就从此不再认识卫臻这个人，嫁了父母选好的人算了。卫臻说不能够，他爱她，爱得比整个世界都多，在科学实验室旁边的屋邸时他时时刻刻都想着她出现在眼前，事出突然离开后因为没有告别而担心她觉得自己不仁不义而备受折磨，他日日夜夜都在思念她。他不能没有她，如果她走了他就自行了断，从这个世界上消失。但他一无所有，既没有嫁妆，也没有钱请人去说媒。

"其其，我不晓儿怎么办？"

莫伺其向他表示她不在乎，只要他喜欢她，她的痛才会消失，她的伤才会愈合。

"何落，"莫伺其异常勇敢而充满力量地说，"我不嫁，我等你。"

她觉得从意中人那里获得印证和力量，她值得为他去做一切。因此对逢母和父亲大人的一切决定都持否定态度。然而，嗣子出于对招亲事情必须给予一个交代而公布了孙家的名字，并就后续事情的进展做了安排。虽然是招亲，其他程序也还是要走的。莫伺其与卫臻两人的会面也日渐频繁，他们要么在风雨桥，要么在落日下分享着彼此的甜言蜜语，沉浸在前所未有的好似开天辟地的爱情当中。这种幻觉一再放大，最后将二人裹上厚厚的一瓢爱情的壳，忘掉了这个世界，只剩下彼此，缺一不可活。三个月后，孙家的人还是来到了莫家围，就在他们抵达莫家围的前夜，莫伺其消失了。这是第二次发生这样的事情。逢孺人说，原先大少爷消失了，现在大小姐又消失了，这是捡样还是造孽啊。一个变人家能跑到哪迳去，嗣子安慰逢孺人。然而私下却安排叶隆回抓紧时间去览，逢孺人只好对孙家来人说大小姐前些日子去她外婆家玩耍去了。孙家虽然不敢公开质疑，然而也觉察出这里面有猫腻，这是事先商量好的见面日儿怎么能让她擅自出门，让他们扑空。出于礼貌，孙家不好明说，在知宾的安排下到野猪林客栈打住等候，孙乃谦也不着急，在客房里摆弄他的古琴，而他的父亲则很恼火。同时消失的还有卫臻，莫元良也觉得诧异，莫雷不得不将卫臻和莫伺其这几个月两人经常碰面的事情告诉他。

"卵火烫，这么好的事情毋跟我讲。"

他安排莫雷也帮着去览人。他不反对，只是有些责怪这个卫臻莽撞不跟他讲，或许他是唯一可以帮到他的人啊。叶隆回安排人水陆两线和山中岔道一一览去，从崀山到三千界，再到马肠响，可疑之地都去了，一曬一夜过去后回报说没见到人，经过打听也没有看到有这样两人出现过。孙家听到风声，说莫伺其另有意中人，现阵人尬尿儿了。孙家父子带着惭愧到莫家围来辞行。嗣子要他们再待两曤,事情还不晓儿莫子结果。逢母倒没觉得有什么过意不去,何落,还没有走到非嫁不可的地步,也没有收受孙家彩礼,更没有确定结婚日期。第三曤叶隆回的人再回来报,说的确没有人觑见他们出洞,搞不好他们躲在神皇洞莫子垱方。这两曤,唯有叶松在巡守的时候老觉得有点不对劲,他耳边听到的聒噪比平日里要多了不少,那长尾阿鹇儿跟老鸥子一样叫个不停,他以为这是喜事要降临了连长尾阿鹇儿都欢喜起来。第三晡天黑前他仔细听发现长尾阿鹇儿还在霞—霞—霞叫个不停,于是他站在外围的碉楼上往大枫杨上看去,长尾阿鹇儿绕着树顶盘旋却不落巢。他挈望远镜往长尾阿鹇儿的大巢望去,穿过树桠,积层很厚的木棍搭起来的鹊巢上面有白色的衣襟从巢边垂下。他赶紧去览父亲将情况告诉了叶隆回。

"十有八九就在头起。"

树叶厚实到看不清爽上面到底有什么,长尾阿鹇儿不落巢,这里面肯定有问题。叶隆回又去禀告嗣子和逢孺人,正在焦急万分中的逢孺人连日来茶饭不思只是一味哭诉,嬎个人不容易,盘大个人不容易,盘大了嫁人也不容易,嫁人了还要嬎崽也不容易,诸多的不容易被她全部数出来,而从中得到的快乐却似乎一蒂蒂儿都没有。她的痛苦已经从最初的对孙家的不在意转向对女儿失踪的焦虑,听到这个消息嗣子带着逢孺人来到大树底下。大家也一窝蜂跟出来,叶隆回让叶松攀爬上去查看究竟。叶松在树上左腾右挪沿着倾斜面扣住老枫杨皮肤皲裂的沟壑攀爬向上。他碰到两个猫头鹰的树洞,一条被风吹得破烂不堪有如白色鳞质围巾似的长达丈余的蛇皮,一窝窝花朵异常妖冶的槲寄生,九死还魂草和虎头兰,三只还没有长羝毛的乌鸫幼鸟仰着头嗷嗷待哺，张开比头还大的边缘有一圈黄色的血红大喙等待母鸟掼食，一丛丛河蚌般坚实的树舌灵芝。他快要抵达长尾阿鹛儿巢穴的闲尖听到莫伺其在喊，莫要上来，上来我就跳下去。叶松停在树桍杈枝上听到他们的话立即往下退。他在树中便向嗣子说在鸟巢里。逢母听到这话立即不哭了。嗣子仰天大喊要莫伺其下来。逢孺人也跟着喊，其余的人帮腔。只听见莫伺其在上面有气无力地说你们答应我不嫁别人我就下来。逢母说同意。嗣子跟逢孺人说同意是同意，但也不能这样由着她。莫伺其却说要立字据，摁手印，送上来。嗣子听到这样的话异常恼怒。

“不下来好啊，把树伐了，”嗣子说，“我没有这样的女。”

逢孺人慽到哭，跟莫伺其说阿嬷都答应你，其满孃，你下来吧。莫伺其说你们不答应我，我不下来，我就死在这里。莫元良和莫雷也赶过来，莫元良让卫臻下来，卫臻不言语，只听见莫伺其说，他饿晕了。莫元良跟父亲大人商量，答应他们的婚事。嗣子痛心不已，但这口气他过不去，孙家的人也在旁边。莫元良说其满孃的性子拕你，你不答应，她真饿死在上面。

“真是瘟疫啊。搞得鸟都冇垱方睡觉啦。”

太阳已经下山，只有最后一会儿的余光天将黑下来。嗣子不理会，走回围子去了。他命令叶隆回带人去砍树，他不信他们不下来。叶隆回带领三人扛来斧头真的砍起树来。孙家父亲跟着嗣子进了围子一再压住心里的愤慨。不要这门亲事了，我孙家没这个福分。孙乃谦盘坐在树下，不慌不忙，好像要娶妻子的人原本不是他。他弹奏的曲子没人晓儿，但他前俯后仰，闭着眼睛，兀自沉浸在这场面里，抑或遥想千古之外，陡增了那么一点儿萧索的怪味。莫伺其在上面感到下面传上来砍树的余震。她将衣物脱了，从树上抠下来。要是不答应她的请求她要冻死在上面。叶隆回只好回去报告。

"烈麻胝，继续砍。"嗣子抢白道。

孙家父亲见说不动嗣子，唱迓，双手一揖向嗣子和逄孺人告别，说不会再来踏莫家的门槛。他走出来，到儿子孙乃谦面前，让他收起那破烂玩意儿走人。两人和司机连夜赶回岭西城里去了。孙乃谦临走时说，此乃世间奇女子也。无奈此生无缘，不能结为琴瑟之好。遂即将琴砸向石头，琴头破裂，琴身断折为两截。莫元良让叶隆回不要砍树了，他写了一张纸条，让叶松和莫雷两人带着，肩上挎了绳索爬树上去。再安排六人分成三组尾随分段接力将人放下来。莫雷和叶松上到树梢鸟巢位置觑见莫伺其和一条鳃停止翕动的小白鲨样蜷缩在鸟巢里，身上被长尾阿鹬儿啄伤多处，眼角有污血。卫臻意识全失。长尾阿鹬儿的七只青蛋被他们两个生吃完毕，只剩下湖青色的蛋壳压碎在屎儿底下。一条白蛇缠绕在树枝另一头，向空气中吐着分叉的舌头。他们拆卸了部分树枝，莫雷脱下自己的缦衫给莫伺其穿上，捆绑好，逐步逐段吊下。

第二晡叶松在围子上巡守，没再听到长尾阿鹬儿鸣叫，也不见它们来投巢。那棵枫杨砍缺的地方如鳄鱼张开的大嘴蚌，他又一次爬上树将那直径超过一庹的鸟巢修补完整，等了几日可还是不见长尾阿鹬儿回来。直到枫杨经过两轮花开花落新的长尾阿鹬儿才又回来发出霞霞霞的鸣叫，那声音好比瓦碴皮从高处一片一片飘荡开来。他曾踩着那霞霞之声在这围墙上度过无数光阴和相思之夜。这之后的一天朝起，一只阿鹬儿跌落在围墙上，正是那只十二年前他套过脚环的公阿鹬儿。

过了六月六，高芙蓉去皇城里面学校附近的象山书局上班。

莫元良回洞里与老谭头见面，谈及当前局势，加速运输枪械，做好打仗的准备。莫元良回莫家围向父亲母亲请安，说自己和高芙蓉在省城买了房子，以后常住那边，并做了告别。逄氏泪水涟涟说这家被老倌子搞得四分五裂，你要常回来。嗣子默到，摆弄他的蓍草。莫元良向母亲保证常回来。莫元良走了后嗣子说桍枝咸要劈掉才能长得高大。主干不行，劈了长旁枝。是夜，莫元良接到两广区委电报，南方局首长即将莅临岭西，做好迎接工作。接头人水蛭，本月初九下午四点，地点正阳西路宝古佬茶楼二楼大厅临街西角。对方手持白扇，上书：明月天涯，落款南海，钤白文印康氏。白龙同志手持白扇，上书：清风徐来，落款任公，钤朱文印梁氏。莫元良烧掉襄理送来的纸绺，赶回东西巷住宅。白天，他特意从宝古佬茶楼经过查看了接头位置以及撤退路线，提前预订了宝古佬的位置。他构思好了接头人的安全，以及己身安全，并做好完全的规划。他的人将带枪在楼下，在对面饭馆和办公楼四周保护接头人。初九下旰，他提前半个小时坐在宝古佬临街的西角茶座要了一泡金灿灿的陈年老六堡。楼下对面荀波领三人在视线范围内布置好了监控点。万一发现可疑人员他就提前从后面撤退，荀波等在前面吸引敌人。沏茶完毕，他轻摇白扇安心品茶。一位年轻女子戴着软边大黑帽，看不清面骨儿，左边挎了一只肩包，手持合拢的扇子从眼皮底下进入了茶楼，脚步声直接上了楼并向她落座的位置走来。等她落座，抬头一看，顿时愣住了。女子徐徐打开扇子说，请我喝一杯？莫元良还没有定下神来，他已经觑见了她的扇面上书写着明月天涯字样，落款钤印也没有问题，而眼前的人正是自己的妻子高芙蓉。他现在还没有搞清楚角色。你来干什么？白龙同志，请注意你的说话方式。莫元良心里一惊，难道自己的妻子是水蛭。水蛭同志，请你传达任务。五天后，中共南方局重要人物路经岭西城并视察八办的筹备情况，这是接头方式。高芙蓉递给莫元良一张纸条，莫元良展开看后随即放在茶汤里一口喝了。你的茶不错，谢谢。说完便起身，拿上包离去。莫元良等她下完楼出了茶楼大门向巷子的另一头走去，自己才下楼离开。他示意荀波等人撤离，然后直接去万祥醴坊安排了五天后的接头任务。

他回到东西巷，开门，进屋，并没有觑见妻子，于是泡茶等她，将接头的场景仔仔细细回想了七遍八遍，确凿无疑，自己的妻子就是自己人。设若自己没有暴露而妻子一直以地下党的身份面对自己会怎么样？反过来，在此之前，他们相互隐瞒身份从事着地下工作直到暴露的那天，又会怎么样？他们都不能暴露自己的上线，他呷了一口釅茶，那么，在这岭西城里还有自己的同志。他望着窗外最后一波花开过花瓣褪去之后留下手雷似聚合果的白玉兰，他可能失去爱人，多少年后，他仍会回想起那个惊心动魄的时刻。高芙蓉拢屋时已经是傍晚。他们相互倾诉着压抑了一个下午的惝惶，又都在假设如若自己没有暴露，对方会怎么样。

"毫无疑问，"高芙蓉说，"我会爱你。"

莫元良也同样如此这般回答她。她一直在想，在组织和丈夫之间将怎么面对莫元良。今天下午见到他坐在那里时她心跳得特别厉害，她以为自己搞错了，但莫元良的扇子不可能错，眼前的一切都是真实的，她强迫自己镇静下来。莫元良说自己的惊慌不亚于水蛭同志，他也以为接头暴露了，自己的妻子可能是敌人。她说他把她骇得不轻，打死也不相信会是自己的丈夫。她真以为自己的丈夫只是泰通银行行长呢，这下好了，不用躲躲藏藏了。她告诉他，她同组织失去联系很长一段时间了，到象山书局上班是回归组织。她对自己消失的这段时间作了说明，组织通过调查，确认她反映的情况属实，而且莫佑良同志的确牺牲了。

"佑良是？"

"不然呢。"

她说那阵他们在广方言馆学俄语时一起入的党。她被父母亲逼婚，逼得冇办法了才回去跟莫旦良结婚，佑良也跟着回去。结完婚那晚黑里她和莫旦良合伙谲诈，骗过了父母亲。莫旦良去傩盒时她去见佑良，打商量时被逢母觑见，她让他们两个赶紧跑，下命跑。他们回到省城，又怕莫氏试寓那边晓儿，于是向党组织请求去梧州。在那边，她作速记，收集情报，翻译国际新闻，编辑成报纸。佑良到码头跟船工和工人作工作。他们将西江上繁忙的漕运当作流通渠道，刊物源源不断送到广州。正当他们感到工作进展顺手之时，因梧州和广州的联络过于密切，特务机关顺藤摸瓜翻过来摸到了他们，联络站和驻地被特务给薅了。祝霖同志携妻子沈鹤兰跳窗逃走时被击毙。一岁的儿子留在住处。他们潜逃时把孩子抱回，想把孩子放在莫氏试寓抚养，老头骨让他们回去请罪，他们以为请完罪便会饶过我们，等他们回到神垕，佑良就被吊了起来。你说九尾狐是你家的通房丫鬟？高芙蓉突然问，那以后要如何相处？是啊，莫元良答道，有机会相处再说相处的话呗。高芙蓉很快明白过来，眼前的丈夫作为岭西特派员受两广区委派遣，以泰通银行神垕洞支行行长的身份回岭西。

"你不是敌人。"她又补充了一句，到厨房拿上花布围裙往颈嗓上套，然后问，"黑曛想茹什么？"

莫元良报了一个既简单又复杂的菜，腊肉切片，氽汤，外加一个锅边站，辣椒粉，蒜叶衣，芫荽加盐，生水冲。

"好哩，大少爷。"

莫元良在后腰帮她将围裙系上，在她身上摸了一把。高芙蓉羞赧得满脸通红，心里甜滋滋地旋身去弄菜了。莫元良说要将这股甜味精确地传输到食物当中去。

"莫个？"

厨房里传来询问声。

五天后的半晌，一群戴着白色巴拿马盔式帽学者模样的人从漓江上乘船而来。他和迎接人员站在离军统在码头所设哨检查的地方保持一段距离随时准备策应，如果检查出现异动他也只能硬取。就在这时莫佐良和高耀青带着人马出现码头。莫元良将帽子压低。远远地听到他们对军统的人说，起开，在这里我们说了算。军统特务退后躲到哨所后面去跟他们的长官打电话。莫佐良和高耀青带着人对下船的人进行挨个检查。南方局一号首长一行被莫佐良拦下，查看他们的证件，然后问他们来岭西城干什么。南方局首长说他们应师范大学的邀请前来讲学。一位自称是师范大学校长的人带着几位教师举着旗帜走上前来迎接他们。莫佐良仔细打量他，他说他叫黄丹葵，师范大学校长。他看到莫佐良就说，你是莫佐良总副指挥吧，我跟你叔叔莫孝廉是同年咧。回头你可以问他。莫元良看着他们通过检查，没有上去。突然杀出一个莫佐良，在事情没有恶化之前贸然出现可能会暴露。他等着他们交涉，最后经黄丹葵这么一说，莫佐良放行。高耀青在旁没有说话，她看着南方局首长通过立即说，下一个。莫元良尾随南方局首长一行，直到离开了码头才过去将黄丹葵数人隔离开，直接带走了南方局首长一俩人。他不晓儿黄丹葵是什么人，他担心南方局首长被劫持。南方局首长说，自己人。莫元良才将黄丹葵等人放了。黄丹葵打量眼前的莫元良，也不认识。南方局首长跟他说自己人，话音刚落背后出现了骚动。只见军统的车开到码头，从车上下来两个穿中山装的人和莫佐良发生了争执。你们搞搞清楚，莫佐良说，这是在谁的地盘？军统的人说我不管谁的地盘，放走了共党，我看你们吃不了兜着走。莫元良赶紧掩护南方局首长一行四人驱车离开码头直接往万祥醴坊而去。在车上，莫元良问，由我们来接头，为什么还叫黄丹葵来。南方局首长说，我们是到师范大学来讲学的，不是到泰通银行谈生意的。你们用枪，他们用笔，你说我们是来做莫个的。莫元良哈哈大笑，然后说，看来军统和莫逢战区系统的人都知道你们要来岭西城啊。南方局首长说，是的，但他们不知道我们什么时候来。

"对，时间才是真正的迷津。"

早年莫元良在香港和南方局首长有过直接接触，回岭西后已是多年后的重逢。荀波和其他四位游击队员在万祥醴坊见到南方局首长后痛哭不已，那曾是多年前带领他们渡过湘江的长官，闻知四十余位红军战士牺牲在梅溪口的消息，南方局首长下达了越城岭游击队今后作战指示，决战时刻尚未来临，在决战尚未来临之前，游击队要学会区别于阵地战的新战术，在尚未羽化为正规军之前磨炼自己。南方局首长说他走之后办事处将迎来真正的主人，李克农同志。并将万祥醴坊分割为机要科，秘书科，救亡室，交通运输科，电台室，警卫科等机构，南方局还带来了一位新人，他就是胡光。这位越共领导人从此加入越城岭游击队，成为其中的一员，并指导印度支那游击队的抗法抗日活动。在繁忙而璀璨的记忆长河中永不褪色的是胡光和莫元良将在越城岭监狱里再次重逢，那时的他，牙齿松动，毛发稀疏，受尽折磨，他仍然以坚强的毅力将自己的悲愤化为力量写下一百五十二首狱中之歌。五年后，他领导之下的越共解放越南，胡光成为国父。那些作品得以广泛流传，药方样治愈着战后国民的创伤。其中，最重要最核心的意思就是：活下去。信仰的力量取之不尽，用之不竭。

不论是莫元良，还是莫温婉，自从嗣子实施自婚自娶以来，他一直面临着一个困扰。儿子可以娶回来新妗，新妗的父母却不同意，因为没有彩礼。女儿可以自由恋爱嫁出去，而女儿的嫁妆却要父母来承担，而父母又不能主导子女们的婚姻，这种困扰好比出钱的人说话不能作数，驾驶自己车马的人不能到达自己想去的地方。因此完全的自婚自娶在嗣子看来是不可能的，一旦他不满意他就不出嫁妆或彩礼钱，那么子女就得听听自己的意见。除非是他们不顾父母的意愿私奔，很显然私奔对家庭的打击是异常巨大的。这种决裂不但伤及父母，还伤及孩子本身，抛弃自己的父母这是极大的不孝。为了不导致这种悲惨的结局父母只能选择让步，否则他们唯一的办法就是千方百计地阻止事情发展到那种地步。自己辛辛苦苦养了十多年的子女最后跟家庭决裂这是哪个作父母的都不愿意看到的结局。私奔的孩子对骨肉之情的那种过分淡薄乃至寡淡只怕也会遭到世人唾弃，然而为爱情而私奔的人越来越多。他看着自己的妻子逢氏嘟嘟囔囔含含糊糊道出了自己的看法。

"爱情简直就是人类的瘟疫。"

他们之间在结婚之前根本没有见过面，所有的爱情都是婚后一蒂蒂儿培植和浇灌起来的，到现在相濡以沫，如鱼得水。其中是相互成长妥协的结果，这种爱情比暴风骤雨式的燃烧来得更加持久和温馨，那之前没有释放的爱情在婚后将徐徐释放，在不经意的某个瞬间比自由的燃烧还要来得猛烈，好比涓涓细流历尽艰险突然泻入深潭然后又开始其正常的流淌，流淌得那么恣意盎然，那么肆无忌惮，而不会乖违伦常。虽然在年轻时候每个人都有身体成长的原因陷入爱和情欲的困境，只要加以疏导还是能将水导到正常河道里来的，这与修枝剪条是一个道理。他说，家是爱情的归宿，也是清洗瘟疫的容器。正常的婚姻就是脱离一个共同体，同时建立一个新的共同体，以此来成全家和爱情的神圣性。而父母的管教会同一个慢慢松弛的紧箍，乃至无效，总不至于因违背父母之命而要了他们的命。驱逐的结果就是家庭的解体。两害取其轻，那么，让他们自己成长吧。

莫伺其和卫臻终于走到了一起。逄母原本以为左捡右捡捡个烂灯盏，而她仔细看自家这个红皮肤阿吉郎时越看越爱，骨骼清秀，性格温和，沉默寡言，心思全在那双大而有神的眼睛里，一窝丝瓜瓤般的细密卷发覆盖到眉梢。莫安妮站在逄母身后轻轻地给她捶肩，莫温婉则在给嗣子捶肩，她悄悄地看着自己的姊姊感觉一夜间她已经是别人的姊姊了。莫温婉曾偷偷地诃，你和他打啵吗？莫伺其满脸羞报说，死温婉满孃，我打死你。莫温婉躲过她姊姊的拳头，又问姊姊结婚是什么感觉，莫伺其随后嘻嘻一笑说，秧变禾，禾变草，妹姬一夜变阿嬷。莫温婉翘嘴说，我才不要变阿嬷。莫伺其呵笑不止说，僭报应，你不变哪门又要贪那里头的味唎，蚕还要变飞蛾哩。阚氏仍像红尾水鸲在屋邸穿梭，倒茶，摆盘，紧盯随时产生的媠媠，一堆异常忙碌的飞行轨迹，尤其是柑橘剥开时产生的刺激性酸味如果扩散开来在她看来是一种破坏喜庆的预兆。嗣子却跟卫臻说写信回去告知父母，婚姻大事断非儿戏。卫臻说回父亲大人，前阵写过十几封信回去一直没有回音。老家闹红，战火连绵，只怕信件还是有去无回。嗣子考虑的却是另外一辙，郎媳在这边没有落脚之地，而搬进莫家围也只能暂住，莫家围概不允许异姓长期住在围子里头，因此他要他入赘，这样就可以在围子里长住下来了。这个意思经逢孺人传达给自己的女儿，再由莫伺其对卫臻进行劝说，卫臻颔首同意。他也没有选择，而内心里他清白不过，自己是一个没有故乡的人。哈，真是妙极了，嗣子对这个结果颇为满意。因此，他们的第一个子女不管男女都将姓莫。对于前阵来应招的五位他早已经将他们抛诸脑后，那崇高的理想，诗歌中的庞大版图和世界帝国，古琴的高雅，演员的不易和画家对艺术的探索在他面前全部灰飞烟灭。嗣子让家丁拣拾出三瓻门庭，一个客厅，两间卧室，够他们夫妇居住了。在岭西城里则可以住莫氏试寓，不过卫臻跟随莫元良左右听差，住在莫元良家和万祥醴坊的时间更多。五爷莫镛良的啪嗒学院则被莫伺其视为永远的禁地，是这个世界上最要不得的地方，万恶之源，不让自己的夫婿踏足半步，乃至从万祥醴坊回来经过东西巷五爷的地盘时都要小心翼翼地躲开绕行，免得沾染了那股子世所罕见的骚气。

这桩倒插门婚礼交由莫大康主持。完婚当日，莫旦良和逢兴遣莫佐良作为代表送来贺礼，除了各人礼金，二人合送一辆崭新的军用小汽车，他传达了二哥和舅舅的话，受下，祖国需要你。莫镛良拉了一车时髦女郎飞舞着丝巾尖叫着在神垕洞转了一圈，在地铳声中从车上掬炸药包一样掬下一大捆钱后呼啸而去，他跟羞涩的妹夫说好好花吧，一手雷一手电，能帮你燃烧，活着要把身上的动物性发挥到极致，那才是生命的化境。啊，伟大的化境，文明的摇篮。这种公开的挑衅和教化令新婚燕尔中的莫伺其异常尴尬，而这笔不爽净的钱被嗣子和逢母勒令交给家庙处置，不能当作私产。莫元良想送一句箴言，而箴言的内容他还没有完全想妥。箴言的领受者被莫元良这句想送而没有送出的箴言包围，悬置数年之久：将扔进水里的石子捡回来。这句箴言是他打磨锤炼很久的一个念头，它看起来已经逼近一句更加著名的箴言的变体，即便如此他自己也没有搞明白为莫子这句箴言迟迟没有送到接收者手里。旁人则坚持认为莫元良就是一个地地道道的悭人，卵毛上搣不下来一只狗蚤蛋，他为自己亲妹妹的婚礼竟然没有花费一厘儿钱。

莫温婉则望着日益成长的莫安妮陷入沉思。

卷 十 三

就在神垕洞崭新的公路挖通之际一队骑着挎子打着太阳旗戴着老鸹翅儿帽的倭寇从宝庆府进入了神垕洞并惊起河滩上一群正在休憩的白鹤，来者约一个营的兵力。他们进洞后持枪向当地人索要粮食和肉。当他们看见河对岸高大而奇异的圆形建筑后便骑着挎子过了桥径直往渐底下而来，碉楼上昼巡的叶隆回的小儿子叶骢觑见武装队伍气势汹汹地不请自来立即下令闸门。倭寇的摩托队冲到莫家围正门从挎子上跳下来抓住没来得及进门的还扛着晒垫担着谷子的娈人跟她们说着一些鸟语。倭寇的声音形同扯烂婆和厉鬼，娈人们好似看到了不是这个星球的生物，远比嗣子当年请来的洋人先生们狰狞可怖，她们浑身瘫软东西倾倒一地。嗣子即将听到的语言殊不知正是他的两个儿子莫镛良莫幼良从东瀛漂洋过海写回来的信中使用的语言，此刻它们不再是语言文字，而变成侵略者仇恨的火花。倭寇向碉楼上的叶骢喊叫粮食，肉，大大的要，不给就要破门的架势。叶骢不予理会，倭寇在下面大喊大叫。

"よわむし！ばかやろう（可怜虫！混蛋）！"

叶骢禀告嗣子说有一帮骑在自己会走路的船上的人来了，

从来没见过，话不是本地的，有枪。我倒想觑下是莫子鬼。嗣子爬到围屋四瓤往下看，大门下停了不少摩托车，头戴趴耳朵帽，队伍另一头还在桥上。他们拿着枪在叽里哇啦吓唬莫家的銮人。倭寇又喊了一次比画着要肉和粮食，手里拿着白花花的花边。嗣子才明白他们是要吃的东西来了。这么多人只怕散不起。显然，不散，他们就会抢，要不挈枪耀武扬威做莫子？这帮兵痞子要好好教训才是。他命令叶聪，并叶松和他们的父亲，他们要动手就狠狠教训他们。河对面王珉带着国民兵团出现，倭寇见队伍靠近，在挎子上架起机枪扫射，王珉的队伍迅速倒下去一大片。他命令后撤分散到街道两边随即向敌人还击。然而敌人的火力太猛，挎子上过来两挺机枪他们便抵挡不住。嗣子说我们这边也别闲着，打。莫家围一枪响双方便交战起来，挎子们跳下车躲在障碍物后面用机枪向碉楼射击，机枪火力太猛，莫家围保安团的还击显得十分脆弱。在火力掩护下倭寇用迫击炮攻击莫家围四个碉楼，只见轰然一下，其中一个碉楼被掀顶，嗣子被一阵无形的波浪冲击跌倒在地，余众等人扶起嗣子赶紧进入掩体。我不走，你们轰了我吧。不能，老爷。随即一阵阵爆炸声传来，其他碉楼相继被毁，火力哑了下去。只有围墙的洞孔可以向敌人射击，而敌人的炮弹向着大门一阵轰炸就炸倒了石条门框，大门倒塌，他们又向里面轰了几炮，威力之大从来没有见过。嗣子在叶聪的掩护下退到了老围。敌人一阵冲锋突破外围进入老围口。莫家围外围的人一部分掉转枪头向院子里的敌人射击。倭寇躲到屋檐下向族众扫射。莫家围的那群下司犬冲出来向倭寇猛扑过去，在高处的保安团和在老围碉楼上的人仍向他们射击，倭寇不得不又退出去。一部分被射翻在大门口。他们出去后用迫击炮轰击下司犬，猎犬仍然冲向他们，一时间他们只能用机枪对着猎犬扫射，大多数被打死，从跃起的空中跌落在地。解决了猎犬之后又转向对老围碉楼的轰炸，有些炮弹落在老围里面。还在还击的洞孔，倭寇同样用迫击炮轰过去炸出一个个大窟窿，顿时人枪俱哑。高高的围墙上松动的砖石往下掉落。直等到外围的枪声哑掉，他们从大门进来用迫击炮轰开了老围的大门。进去没有看到人，他们开始搜索，在北边一个房邑终于览到呆坐在床还在搅手指头的莫安妮。这个蓝眼睛精灵令倭寇们兴奋起来，他们忘记了自己此行的目的，而将莫安妮放倒在床上，剥光衣物。莫安妮下身的刺青呈现在他们眼门前，倭寇们一阵惊呼。领头让其余的倭寇撤出房间，口前的人听到一声颇为不安的尖锐叫声，少佐拎着裤头走出来，面骨儿全是血。酸菜坛子里的骨头跳出来变成一架骷髅向倭寇攻击，倭寇向那堆站起来的骨头开枪才将其打得粉碎，散落在地。少佐再次冲进去扑向莫安妮。当这队倭寇八十多人全部释放完一遍已经到了傍晚时分。莫安妮早已失去了知觉一只捋过毛的鸭子样躺在床上，下身己垱在一堆血浆中汩汩冒泡。倭寇在二围寻找粮仓，射杀了猪，牛，还有猎狗，以及围中的一群孔雀大吃大喝一顿，是夜在围子里安顿下来，并在围子外设了重岗。

　　莫元良接到莫家围被屠戮的消息已经到了当日下旰。莫孝廉收到嗣子的飞鸽传书连忙去览莫元良，莫元良不在屋邸，又去万祥醴坊才览到。他带领两名游击队以及胡光一起出发了，同时让莫孝廉尽快将这事话去莫佐良。他们在三千界与前来报信的莫雷和卫臻相遇。莫雷描述了围子被攻击的惨状，现阵还不晓儿里面到底死了多少人，嗣子和他阿嫲全部在里埳。他们一口气奔回神垕，先往公所，高孝荣和王珉正在商量对策，王珉向莫元良等介绍了倭寇的人员配备和武器，正面硬攻不是对手，而且还会挤压倭寇对围子里的杀戮。莫元良让卫臻去觅老谭头，莫雷去神仙洞找阮秀吉，同时将自己带来的人去马肠响通知莫赞良让他火速将自己的队伍拉下山。在朦胧的星光下他们查看了莫家围的巡守情况。神垕街上的居民逃往山里，倭寇在风雨桥头架了四挺机枪，在围子的四周部署了兵力修了工事。莫元良和高孝荣王珉等商议，下半夜组成三支小分队，从河流的上下游分别向倭寇的哨点进行袭扰，向他们开火，打不赢就从江面上撤出来。真正的进攻要等到现旳支援队伍到达以后。三支分队从国民兵团里抽调，各二十人。趁着夜色，小分队在桥头垒起防御工事进行佯攻。其余两支分队也同样向敌人发起佯攻。这边枪一响，那边的机枪马上咆哮起来。袭扰直到天快亮时才撤出。天亮后，老谭头，莫赞良前后脚到来。老谭头说敌人的去向不明，洗劫之后去宝庆府，还是去省城？莫元良说去省城的几率几乎为零，这么点蒂人是去觅死，道理上说不过去，因此，他们肯定还是会原路撤回宝庆府。我们的人楸住桥头，堆放杂物，木头石块沙袋都可以，挡住去路挎子便过不来。队伍在桥头后面的山上设工事，只射击桥头过来的挎子兵。白曛守，黑曛扰。

是夜，河洞对岸的山里，从围子里逃脱躲到山里的人和莫元良他们用鸟语对话。河洞中整夜飘荡着各种变频和交织的鸟叫声，两岸来回穿梭。

Kokok-Kokok-Kokok-Kokok-, chi-vit-tu-ee-, kurrk-kurrk-kuk-, Oo kuk-oo-Oo kuk-oo-, uig-a-uig-a-uig-a, toik toik tatoink-kihki ki ki rrr-kihki ki ki rrr-seeh-seeh-seeh-, kluit, kluit, kluit-, yeee-yeee-phada-, brrriii-brrriii-, errreep-shurreek-, pi-lo-i-lo-pi-lo-i-lo-, ssrit-seehwiwiwiw-[*]

叶聪告诉莫元良，嗣子脱离了危险，围子里还有很多人。围子里没有传递出来一声鸟语，沉默得像铅块。

路程稍微远些的神仙洞的人半曛才赶来。秀孃进来便问伊何里样哩。莫元良告诉她新围老围现阵落在倭寇手里，情况不明朗。秀孃顿时红了眼睛。王珉见到传说中的九尾狐，有点咂舌。阮秀吉双枪在腰，身披斗篷，风仪无比，这就是莫家围的丫鬟，前次在铁围山被她打得全军覆没让他极其难堪，作为正规军人他实在小看她了。除了莫元良荀波等人，其他人是头一次见到神仙洞的总把总。莫元良传达了现在的总任务是在桥头阻击，他将队伍分成高孝荣和王珉一纵，神仙洞一纵，自己和老谭头莫赞良为一纵，轮流把守，在桥头的山上堵截。他们提出两套解决方案，要么杀过桥去，在莫家围内解决敌人。要么炸桥，把敌人的退路断掉。倭寇明白自己被堵在莫家围后会洗围子，阮秀吉说，一个都别想活了。

叶聪他们用鸟语传达嗣子的指示，保围退敌。

"那么，"莫元良把手放在临时绘制的地图上压住河套地方，"让他们先赢。""妙啊，"王珉击掌，"虚让一步，虚掉攻势，择机放他们进入口袋。"

他们把真正的歼灭倭寇的阵地放在下洞的煮饭夼。主要兵力在下洞靠山一侧埋伏好，另一纵在下洞出洞的地方阻击。一纵等敌人突破桥头往宝庆府方向驱赶，尾随，向他们发起攻击。

---

[*] 鸟语拟声。

在白天的战斗中，倭寇疯狂地作了三次突围均告失败。围困的倭寇每隔几分钟，不分男女老少，用竹竿将人捅破肛门刺穿到肚子喉咙挑起来树立到河边。一时间冤天鬼叫，鸟语中发出了各种咒诅。

Bababadadalgharaghtakamminarronnkonnbronnton ntuonthunntroarrhounawnskawntoohoordenenthurnuk! Perkodhuskurunbarggruauyagokgorlayorgromgrem mitghundhurthrumathunaradidilliffaititillibumullunukkun un! *

屠杀开始。这种痛苦和愤怒无以言表，非得用此刻在另一个大陆执着于语言炼金术的沉吟者的声音来表达。莫元良只得让自己的人在桥头打白旗，朝天鸣枪然后撤出阵地退守到东头。倭寇的挎子开过来清理掉桥头的障碍物载着粮食和现杀的鸡鸭牛羊扬长而去。待敌人的摩托车队离开桥头，莫元良和老谭头率众追击，倭寇用机枪还击，只能远距离攆击将敌人赶入河套。埋伏在靠山一侧的阮秀吉纵队向敌人放枪，敌人加速通过河套，前头遭到高孝荣和王珉一纵的堵截，倭寇跳下车展开拉锯战。另一侧是河流，显然是逃不过去的。神仙洞纵队利用山势往下射击很快压住倭寇的火力，消灭其有生力量。至傍晚时分只见倭寇打出白旗，这时只见他们押着一个女子，且朝天鸣枪。王珉用望远镜看见，那个女人正是莫家围的大小姐莫伺其，而且有孕在身。他赶紧通知莫元良和阮秀吉等。卫臻在莫元良身边，

* 出自（爱尔兰）詹·乔伊斯（1882—1941）《芬尼根的守灵夜》中的拟声单词。

一听是自己的妻子，顿时弹跳起来，奋身往山坡下滚去。莫元良和莫雷冲下去截住他。

"她身上有七八个月大的孩子啊。"

卫臻绝望地瘫倒在地。倭寇往河滩的一头开枪，示意让路，否则就毙了有孕女子。莫元良等无法，命令所有队伍撤出战斗往河流另一头移去。倭寇重新骑上挎子，掉转枪口对准莫元良的部队呈防守状。最后一辆挎子带上莫伺其待命。等车队逐步撤出视线，只见一个倭寇将莫伺其踢倒在地，用脚踩住她的肚子使劲拧。莫伺其挺着大肚子被反剪双手仰躺在地，接着远远地传出一道撕心裂肺的厉音犹如一条粗大的绳索在川谷间游荡。卫臻朝着倭寇开枪，其他倭寇随之往这边开火。所有人被迫趴倒。倭寇的车队从大路上成功撤退。当卫臻和莫元良等人冲上去察看莫伺其时觑见满地的血，孩子的头黑乌一坨全部搭出露在外面，已经闷死在裤裆里。孩子的母亲昏厥不醒犹如一堆草绳屈蹩在草地上。

离去的倭寇从挎子上扔下一摞一摞花边。

"钱，钱，饭钱。"正在逃离的倭寇喊道。

莫家围和煮饭夼一役俘虏倭寇五十三个伤员，其余横尸河套田野里和畲土上。缴获机枪二十挺，迫击炮四十挺，步枪百余把，挎子四十辆。队伍回洞，莫元良阮秀吉一俪人去莫家围。围子里还剩下几百人，保安团战死大半，其余都从围子暗道逃到峋嵝山去了。莫雷找到自己的阿嫲，已经被刺死在竹竿上。他将自己的母亲放下来拨出竹竿伏尸警哭。阮秀吉在老围觅到莫安妮，她一身腥臭在床上奄奄一息。阮秀吉立即命人清洗，气恼之下跑出来向俘虏连开三十多枪全部打在胯下，打得他们尻蛋开花屄儿分家，倭寇身己弯曲痉挛倒在地上打滚。莫元良让人清理围子并派人去后山觅嗣子和其他家人。当夜，阮秀吉一纵撤离了神垦。她不想见到那个人。次日清点，莫家围死了三百六十一人，挑死二十四人。嗣子让人从后山抬回来，其余老围的人大多无损，只是在进入地道的时候忙乱拥挤将莫安妮落在屋邸，没来得及喊她。莫伺其则有孕在身没来得及挤进去。逄母回屋来觑见莫伺其的惨状遂即晕厥过去，看到莫安妮的遭受后又晕倒了一次。嗣子半晌不作声，最后问了一句这是些什么人。

"倭寇。"莫元良说。

"如此丧尽天良，"嗣子说，"唯有烹而食之方解心头之恨。"

此时，他一定会想起莫元良归来的第一天就跟他"破了"的真实含义。那些从来只发生在史书或者别家土地上的侵略者现在闯进了自己的家园。胡光用他那带着不够周正的西南官话与嗣子说我的祖国和人民也正在遭受法国人和日本人的蹂躏，啊。高孝荣请宪公节哀。次日，在田野里架起一排镬子放上甑子，叶隆回带领家丁一斧头砍向捆绑在木头上的倭寇。他有丧子之痛，叶松被炸死在碉楼上，其余怀着仇恨的莫家人纷纷用锛子斧头镐头朝倭寇砍去，砍断腿，砸断手，劈头盖脸下劈，开膛破胸。俟后将倭寇拘进甑子里下面烧起大火，在一片哀号当中倭寇全部被蒸熟。腘头土狗热喘样吐出来，眼珠鼓暴，肠头外泄，然后弃之荒野，被野狗，苍鹰，蚂蚁啃噬殆尽。并且垒砌一座瓦塔，准备将剩余的死尸和分散的肢体焚而后快。就在这时，天上有飞机飞过，一枚枚炸弹如同羊羔小牛犊从天上掉下来，其中一枚落在莫家围新围和老围之间，轰的一声巨响外围东侧被炸倒，老围也卸去了一瓢。落在风雨桥下的炸弹掀起的石块和水势将桥上的廊桥冲垮。停放在田野里的挎子也被炸弹炸上了天。

飞机朝省城方向遁去。

"烂脖儿了。"

在繁忙而璀璨的记忆长河中令莫元良难以忘怀的是，乡曲们群情激荡，已经被仇恨攫住了心。他像一片树叶在狂风中不能自已。他们的父母，妻子，崽女都被倭寇蹂躏，赶尽杀绝。是的，报仇，莫元良说，凡是想去打倭寇的到他那里领枪。他看到了数年前跟父亲陈述的样子，蛋已经破裂了。现在，消灭仇恨的唯一办法就是消灭仇恨的制造者。高孝荣和王珉也要去，莫元良说好，但只让他们分一部人出来，高孝荣留守神垕保护乡曲，王珉带人带枪一起走。莫元良拉起来的队伍有一个团的力量，由老谭头和胡光带领着，经过一番编排后往省城方向进发。对于倭寇而言，这是多么微不足道的的一支队伍，但是他们向敌人出发了。莫佐良在见到莫孝廉之前省部下达了守城命令，敌人即将进攻岭西省，以桂柳为主要进攻方向。莫佐良带领一个师的兵力在城中防守，其余还有两个师，粤军一个师，国民兵团两个纵队。敌机轰炸了水厂，电厂，机场，然后是二十七个批次的无差别轰炸。莫元良他们进城的时候守城部队与倭寇已经激战到第二晡下旰。他到了东西巷莫氏试寓，高芙蓉和莫孝廉一家在一起，他让他们在屋邸不要出门，准备好武器随时加入战斗。又到万祥醴坊，安排八办撤退到郊区一所民宅内，并将胡光留在新办事处。然后才返回城里来加入日趋激烈的巷战。背地他才晓儿，神垕洞的倭寇是要进攻省城的，而他们将倭寇逼入煮饭夯是正确的，倭寇一时间慌了神才往宝庆府方向出逃。其时日军第六方面军第十一军团集结十五万兵力开到全州，二十七日开始攻城，而守城部队不足两万人。逢兴总指挥十三次电令莫佐良，要他的师团撤出阵地，避开敌军的锋芒，择机再夺回来。莫佐良说作为军人，这个时候撤退就是耻辱。便不再接他舅舅的电话。莫旦良从远在衡阳的战场电令他战略撤离时他已经不再接听任何他们的命令。他知道粤军一部已经撤出，只有国民兵团和地方武装加入进来，在岭西城里展开生死搏斗。日军装甲师源源不断从眼皮底下开进城，步兵，骑兵，机枪连，生化部队跟在坦克后面。莫佐良吩咐部队分散，躲在房子里和残垣断壁后面跟敌人缠斗，黑曛白曛不分打到第十一日中午，莫元良部和莫佐良部合兵只剩下三千余人，锁死在穿山岩一带中断了食物和水渐渐失去抵抗力被迫转进穿山岩溶洞之中。莫佐良仍在洞口组织武力突围被日军用火力封锁。莫佐良说大哥，你带神垕的兄弟家往里摸索出口，我在这里阻击，组织突围。现阵不是撤退的时候，我们要誓死保卫岭西城。快去，粤军早就撤离了，现在只剩下我们了，再不走，来不及了。佐良你走，我留下指挥。哥，我们这是正规军，你们是义军，你带他们出来就要对神垕的乡曲们负责，快走啊。莫元良也不肯丢下自己的弟弟先走，说我是共产党，是军人。我不管你是不是共产党，我只认你是莫家围将来的嗣子。莫佐良用枪抵着自己的脑袋，走不走，不走，我就死给你看。佐良，莫做傻台，我走。王副官，你护送神垕的弟兄们安全离开。王珉站起来，枪指溶洞深处，莫元良等人起身转入。炮声震荡，莫佐良向莫元良从神垕洞带来的一俩人告别。

"来世再见了，哥哥。"

然后转身朝敌军逼近的坦克和装甲车猛烈射击。

就在这时日军往溶洞里面打起了毒气弹。毒气弹进来一接触空气便令人咳嗽，皮肤发痒并开始糜烂。王珉，莫元良带着莫雷卫臻等一伙人往溶洞深处钻，沿着一条岩石缝弯弯曲曲钻到了山顶。他们躲在蛇果树，鹅掌楸，紫花含笑树丛和崖藤后面从高处往下看到日军释放毒气弹之后撤离。被日军分割包围的另一部抵抗军撤退到不远处的七星岩洞内也遭到了毒气攻击没有一人活下来。三九一团指挥所，一营指挥所，一连，三〇三机枪连，输送连，特务排，防毒排，山炮排，野战三医院各单位一部分和卫生队全部，官兵和伤员一共八百来人都毒死在洞中。十一月十日夜晚战斗结束，一弯明月银纸样贴在夜幕上，淡白的月光依旧如常涂抹在这座已经沦陷的城市。空气中麻绿的硝烟和血腥味尚未散去，闻之令人作呕。他们在岩层缝里面还听到下面的电话里在空洞地呼叫，一三五师，听到请回答，一三五师，听到请回答。

第三晡，莫元良带着莫雷卫臻戴着防毒面具到穿山岩去觅莫佐良的尸体，但见里面森森白骨。莫元良捡起一根当面骨，再用手帕包了一捧土，带领家人化装出城回到了神垕。在回来的路上碰到了高耀青，莫元良将莫佐良牺牲的消息告诉了她。天将将黑，神垕洞熟悉而涌动的气息开始在他们周遭浮现，莫元良看着夜空中的月亮发呆。

"它多么像一根枯骨。"

在这半个月里，莫家围又修缮一新，黄土抹墙，散发出泥土和禾穰的清香。莫元良带着一个匣子来见嗣子，双膝跪地，匣子捧在胸前对他阿爸说，爸，三弟走了。孺人逢氏当即晕倒过去，阚氏和华妈妈将其扶到正寝去，良久才放出呜咽之声。嗣子在吸烟，他吐出烟圈，示意莫元良站起来。莫元良起身将盒子端到他的榻上，嗣子打开，里面一根腿骨，匍匐在一小撮土上。

"厚葬。"嗣子掩上盒子，"使我的那副枋儿。"

八十人将那副巨大的红漆四角大瓦寿器抬出来，摆放在老围中间的空地上。莫家围披了白布，缠了白腰带，人人戴孝，绕着棺材徐徐走动，外三圈，里三圈，前来吊唁的人也加入到这个旋转的队伍当中。高耀青突然扑进来跪在地上扯声长哭。听到这哭声，其余的人便也跟着哭起来。一时间号啕不禁。天空中有一只苍鹰在盘，随后越来越多，密密麻麻的鸟群犹如一座岛屿在莫家围的上空操动，阴影倾斜下来油漆一般绊住他们转动的脚步。人面骨儿上一层厚厚的灰也在缓慢地操动。高孝荣出来代表本县政府讲话，死者大一级，为国而死者大三级。讲着讲着他自己泣不成声。莫孝廉扶他下来。莫旦良和逄兴因在前线督战，只差人送来吊唁文。夫死有重于泰山者为国家民族成仁是也，倭寇畏威而不知怀德，禽兽不如，天必诛之。莫元良跟嗣子讲省城双方交战的情况，穿山岩的事情他讲得特别快，想要将那份惨毒缩小一点儿。十五万？莫元良点头。他不得不同嗣子提起莫佑良，说他是一位好战士，一名布尔什维克。嗣子默到毋作声。第二晡早晨出殡，嗣子乌贼般漆黑的头发一夜间白如霜雪且遭遇鬼剃头，毛发稀疏不堪犹如鬼魅。他出来，走到棺材前面。众人跪地，他说，"起。"那副大棺材被抬起来往朝门外移动。送丧者队伍往莫家围的祖山方向挪动，仿佛那座鸟岛的解体。嗣子一直走在引魂幡前面，尽管很慢，但他坚持走到了圹穴，撒下了第一把土。等土堆垒起来之后他扑通一声跪下去，终于将自己满腔的悲恸一口道出。

　　"佐良，你是爸的好儿郎。"

　　回到屋邸的这曦下半夜，嗣子溘然长逝。

　　玉石烟嘴倚在牙缝间，他的左手托着铜杆长烟斗，右手小指弯月刀型的长指甲摁了烟锅里上面一层烟灰，通常再用那一寸余长的大拇指指甲剔掉小指指甲窠里的秽迹。他发怒的时候下巴上的那把大胡须震颤不已，上唇左右两边厚实的胡髭同惊飞的金丝雀翼甲样，银质圆框平板眼镜的两条弹簧腿一度钩不住要掉下来，但现在他纹丝不动。这些他熟悉的动作构成的形象一一解体，他再也不会对他们发怒了。在繁忙而璀璨的记忆长河中永不褪色的是在那个隆冬季节，每当大雪封围，莫元良就会想起父亲骤然离世的那个冬夜。他对父亲一夜白头顶了一坨大银子样仍然感到异常震撼，他预感到那曾滋养他们成长的父亲走了。父亲不仅仅给了他生命，还给了他在这大围子里觉得一切都是家的感觉。而儿子要在父亲死的那一刻才能理解父亲，他感到多么悲痛。从一个父亲身上长出另一个父亲，这就是作为父亲的命运吧。他一如父亲死亡的时刻那般望向屋外，围子里静悄悄的，稠密的夜色有如布幔，一盏天灯向夜空中徐徐升起，犹如一粒萤火从围子里起飞，一颗颗璀璨而闪耀的星子深深浅浅悬挂在夜幕之上融入在磅礴的寒冷的冬日夜空下的整条河洞。河流被染亮，犹如夏日的银河泻地流淌在山谷之间。要是在一个正常的年份死去会是这样一幅景象，但是没有，一切平静地出奇，他只记得父亲临死时指着墙上的那幅观井图缓缓说道，"过冬的茅草死草不死心。"莫元良不知所谓地点点头。最后时刻，父亲的手指在他手心里棱棱糊糊画下几笔：

两横两竖。

父亲的手突然停下，嘴蚌张翼两下，只有空气吐出而没有任何声音。他握紧的是一条逐渐冰冷的蛇。

逄氏对东京的好印象最初源自于她的弟弟逄松坡在那边留

洋归来学得一身威武的本领，而觉得东京堕落不堪有辱门楣令人深恶痛绝简直就是阴曹地府的印象则来自于自己的两个崽。从幼阵开始，她便觉察到莫镛良和莫幼良两人性格迥异。六宝莫幼良喜欢小土冢。将断尾的壁虎，失去翅膀的蚂蚱儿，螳螂，虫蠹公，飞蛾，受伤的马陆和蜈蚣葬入其中。土冢上面再插狼尾草，跟它们说一个下旰的话。黑曚发魏魏时仍然不忘他那些缺胳膊少腿的昆虫和小动物。而五少爷莫镛良喜欢在各种食物中辨别甜味和糟糕的事物里寻找快乐，白曚将所有的精力折腾完毕消耗殆殄然后在任意一个角落矇眼就睡。既不做梦，也不说梦话。到入睡前洗澡的时候他的母亲便要从他翻肚皮的鱼样的身上搓去厚厚一层因白昼不知疲倦的折腾而留下的缦痂屎。他做的唯一的一个梦是梦到自己长了一条乌梢蛇那么悠长的尾巴，尾巴结束的地方是一枚烙铁般的三角箭簇，从屁屡儿弯上来刚好可以到达头顶的旋。

"你确定不是喷火的龙，长翼甲的马？"

"确定。"

"一定是狮子的尾巴。"

然而他的母亲将周公解梦那本书的每个角落和全部词条都翻了一遍并没有觅到这种梦的确切解释，随后捏了一只泥饼揎进一个黑釉陶罐说貘吃了，不会再来了个。嗣子对逢氏身上携带的楚地乡俗一度十分不解，有些做法乃至乖违圣道，对伊那只黑釉陶罐更是表示出鄙夷的神色。逢母未等嗣子话出口便将陶罐抱走。嗣子责怪莫镛良是不是偷看了马来波斯人在合浦街成天兜售的《天方夜谭》里那些荒诞不经的怪画。莫镛良说，"冇。"那一定是《山海经》和《聊斋》。莫镛良也不承认自己偷看过它们。这种印象一直保持到嗣子莫大恒和逢兴将他们送去日本前的那一刻，逄母才发觉这两个崽长得超过了他们的父亲，与自己一般高了。哥哥莫镛良肥硕圆滚像一只河豚，就差滚着走路了。而莫幼良玉树临风清秀异常，上嘴唇和下巴上不长一根胡髭，除了喉结突出之外像极了一张妾人的面骨儿。逄孺人对即将来临的告别感到伤心，茶饭不思，她担心地震忽然而至，暴风将他们葬身鱼腹。逄兴见到自己的外甥莫镛良后对她的姊姊打趣道，这是要送到东京去参加瘦身运动吗？莫镛良和莫幼良两个也感到伤心不已以回应逄母的难过。事实上，当他们登上大药丸号离开港口大船在身后留下一条白色浪花之路再也看不见自己的父亲母亲以及舅舅和兄妹之后他们立即像变了一个人似的他们期盼已久的挣脱父母控制的那股轻松与愉悦早已抑制不住地漫溢到了体外连动作都变了形。嗣子莫大恒临行前特意嘱咐，在口前没人管你们，你们要自己管好自己。到达东京后，在舅舅逄兴昔日好友彭湃君的安排下先到弘文馆学习一年语言课程再进正式的军校读书。刚开始他们每天都想写信回家。慢慢的一周写一次。再后来就是一个月写一封。最后是一个季度和半年才写一回。最终，如果不是要向嗣子和逄母要银子的话信也没有了。在信中他们描绘了一个他们十分钟爱的异国他乡和莘莘学子的形象，令父母放一百个心。事实上他们在野蛮生长，与此已经绝无关系，而他们依然沿着那种根植于父母心中的形象描绘自己的未来和想要得到更多的钱。尽管没有明说，然而不动声色会以物价飙涨的经济学手段说服嗣子无条件屈服于他们的理由。嗣子每每在信中眹见一个半个新颖的术语便激动不已，恨不得给他们更多的银两，让他们书写下更多的靓词以便感受他不曾去过的地方所拥有的新思想。他们感叹父亲竟然如此容易满足而忽视了事情的本质是思念和父爱，有时候不得不将写好的信再请人用日文翻译后亲自誊写一遍。这样的信抵达莫家围之后，尽管嗣子依据那夹杂的少量汉字和断足与残缺的草书偏旁依稀可以释读信札大义，但为了精确和严谨起见，要先送到逢兴那里经过他的翻译再传回莫家围方才可以释读。每当这样的时刻，在莫家围屋邸，哥哥妹妹们得以获得共享阅读的机会。从中他们也感受了一些类似汉语的新词，以及早先嗣子请到的西洋格物教师操纵的词汇的气息。逢母觉察到异化的后果十分严重，有必要提前回国，结束这种没必要的病变。嗣子倒觉得事情还没有严重到那种地步，橘子种在淮南还是淮北的道理他十分清爽，何况现在不是隔了一条河，而是隔了一座大海。若果是一点改变都没有花那么多银子就是蚀本，而事实上这个世界上从来就没有喜欢蚀本营生的人，尤其在获得智慧这件事上。这一切都是不可逆的，顶多犯错，但不允许太离谱。到了本该毕业早应回来的时候他们却滞留在东京决定继续深造，抑或是京都，奈良或者名古屋。总之哪里不重要，重要的是他们还要继续待下去。正在这种怨气笼罩整个屋邸的时候嗣子收到他们帅气逼人的身穿和服的银版照片。那种异域气质令嗣子想起一种变幻了的汉风唐韵，令他迷醉和心驰神往。他决定让他们再待两年。逢母在多次抗议无效后只能将自己的思念之情转移到别的子女身上。她要是将每个思念一遍十个手指头都掰不过来，当然她将那些没来得及成长就死去的孩子也算内，这要花去她整整一个晚上的时间。恰恰是她什么都不想的时候他们一个一个偎偎齐齐地徛到了面前，而她拼命想的时候则只有零星的令她记忆深刻的事件占据着她的肉体，而且大多带有创伤。就在逢母以为要失去滞留日本的两个儿子的时候他们突然接到照片和信劄子。劄子的意思简单明了，莫镛良在日本已经结婚，到现在已经有了三个孩子，并且附上了一张全家福。老大是男孩，老二老三是女儿。逢母简直不敢相信这从天而降的刺激，一边用手帕掩饰眼泪水，一边把照片抚在胸脯上长叹。我还没见过这个新婳就媲出一大摞崽来咧。嗣子将照片捏在手上，放在离一臂远的地方眯着眼睛仔细端详，一只手捋着胡须。嗯，是个婳媚变人，东瀛女子与我华夏女子几为同类，颇有唐宋遗风，妙哉妙哉。阚氏，莫伺其，莫温婉与莫安妮看了照片上厚重宽大的礼服和简洁大气的发髻妆扮后感觉自己土得掉渣。莫温婉干脆点破说，这就是差别。阚氏经历过事情的毕竟会看些，说仔细看眉毛眼睛耳朵鼻子，两位妹妹却是不输一分章的。莫伺其趁机说穿得这么庞褥沉重，大概也是富家女子，不要干活的吧。逢母狠狠地白了她一眼，示意她这种时候不要说风吹浪起让人扫兴的话。逢孺人本以为公羊打菜园子放只母羊去览有去无回了，结果却是放出去的公羊带回来一只母羊还有一群羊崽崽，除了思念之情她从来没有往这一瓢去想过，这种意外几乎让她悲喜过望。嗣子用手指轻敲着桌子。婚姻虽然在海外举行，繁缛即去，礼金概不能少，立即修书一封，并将银票附上。他看看莫安妮，又在信末补笔特意询问老六莫幼良的情况。这次回信异常迅捷，怀忠抱悫之情跃然纸上。莫铺良在信中说，不孝之子铺良并新婳小月薰感谢父亲大人赏赐，弟幼良沉迷文学，艺术，兼修音律，涉猎渐广，无暇旁顾，一切安好，父亲大人不必挂怀。览信后，嗣子在莫氏家规新增自婚自娶一条后批注云，大欧亚婚姻。或世界婚姻指日可图。大同之旨亦蕴涵其中矣。写到这里，并未尽兴，又说，大同必然从婚娶始。仁义。权武与藩理不可为之者。关雎可以为之。琴瑟可以为之。不复丽之以夷夏。人种。疆域。苟非王道大率天下之端倪乎。上章涒滩窈之朔迤迤斋主人又识云云。

卷 十 四

　　嗣子改革婚姻一条得到印证和实践的意外支持心里美滋滋
了好久一阵。直到第二年秋天，就在奉天事变突发之际嗣子接
到逢兴来信急令其命二子归国，并且用不测和死于非命之类的
词来形容未来战局的可怕。东瀛十年就这样结束了。莫镛良和
莫幼良兄弟在接到嗣子的信感到了事情的严重，随即取道香港，
从广州走西江水道回到了岭西城里。初冬之际双双回到了神垕。
儿子回来嗣子和逢母虽然开心，却不完美。莫镛良是赤条条空
胪打屡胪回来的，嗣子和逢母并没有觑到照片上的东瀛新姅和
孙子孙女一度失望至极。莫镛良解释说战局不明朗，他们还是
留在东京吧，先回来看看情况再回去接他们不迟。导致嗣子和
逢母怀疑婚娶事件的真实性，那些照片都是骗人的。好在莫幼
良说是真的，哥哥在东京的确已经娶妻生子，嫂子叫小月薰，
是他的同学，家境也很好。小月薰的父亲不同意这门跨国婚事，
是人家小月薰先怀孕生子，后来才不得不结婚。逢母听得心惊
肉跳，生怕说着说着她心爱的新姅小月薰给说跑了，结局令她
欢喜。并且隔着海洋赞美了自己的新姅大胆有识，能够死心塌
地地看上和嫁给自己的儿子。这才让她提溜得老高的心轻轻放

下来。莫安妮躲在阙氏身后，默默地看着自己未来的还没来得及更换的身穿日本袍服的丈夫莫幼良。他仍然没有长胡髭，留着棱角分明的短发，眼神明亮，目不斜视，因莫安妮的注视而显得渐渐不安。他没有向莫安妮有任何表示。除了他们从东瀛带回来的礼物之外并没有给她特别的礼信，茹饭而外的时间全部躲在自己的房邑读书写作，旁人一概不知他读莫子写莫子。逢母委婉地跟他讲，回来了也要和安妮多接触，刚刚回来那阵不习惯，回来这么久了，不应该这么生分。我在创作，不能分心。逢母默到童娘子这事情可能已经发生意外。你和你哥哥一样，是不是在那边也有意中人？莫幼良说，冇。然后将手上作幌子的《源氏物语》给她看，我在翻译这本书。逢母不懂莫子《源氏物语》和翻译，又去跟莫铺良讨话，当她得到一个相当一致的答案后揪着的心才缓缓松开。在莫幼良去日本那阵，莫安妮还是一个小女孩，对自己未来的丈夫这个概念并不明晰。随着时间的推移，她明白自己已是莫幼良的妻子，并且在别人的话语当中不断地得到加强，最后硬是拼凑出一个丈夫的形象。那个丈夫是虚无缥缈的，摸不着看不见的，只存在于书信和照片中。同时，因为这一瓢的约束又使她对别的男子不能有任何非分之想，于是她在十年的等待之中虚构了自己的世界。这个世界是随着她的成长和对世界事物理解的深入逐渐建立起来的。它庞大而复杂，可以应对任何挫折与不幸。在里面她自称为后，令一切运转有序，只等待莫幼良回来将它击碎。然而她的王却迟迟不肯动手，不肯将她解救出来。

莫铺良圈圈滚滚的并没有因为离去的十年变得更瘦，而是变本加厉，比原来又长高了一个脑壳。大冬天只穿一件庞臃单衣，出门时候要不是因为难看才趿一双木屐。两条小腿大象的后足样，腰间层层缠裹一条一尺宽的布带将胯部二窍都包裹在里面。发髻后梳，在后脑勺上端结成一个橘子形的小发髻。这样使脸庞上拉，更加像一扇磨盘了。他说这在东瀛是一种职业，叫作相扑。在莫家围还没有人晓儿这是什么，以为是热病，不需要穿衣服。莫镛良也因为膛抵达东洋后被所有的军校拒收了。他没有可选的科目和兵种。他们说像他这么肥胖的人只能当炮灰。这让他绝望已极，每曦混迹于艺伎当中。艺伎们将他当作中国来的相扑，对他相当喜欢，再加上他有源源不断的银子就更加受欢迎了。他将东京的艺伎场所都逛了个底朝天后发现了人生中不曾有过的一面。这里红尘滚滚，活色生香，全部快乐都从皮肉中来。当空虚来袭时在那醉生梦死的肉体快乐中又得到消除，越是一次又一次对人生的思考使他受到虚无的攻击就越猛烈，死亡的侵袭就越残酷。他想最后无非是要想这具肉身这具皮囊罢了，因此他更加投入地体会这肉身带来的愉悦，哪怕死也要在这愉悦中死去。在相扑馆学习只不过是他压服不安内心的一种掩饰。莫幼良在军校上了一个学期的课，军事艺术之美引不起他的丝毫兴趣。说到底就是杀人的艺术，而对文学，艺术和音乐的兴趣日趋增长，最终脱离军校去了京都一所艺术学校。这一日，发现端倪的莫镛良将自己的弟弟终于带到体验人生妙境的艺伎面前。艺伎挑逗和脱去衣物之后腼腆而敏感的他却没有任何行动。他将女子当作圣女，而一旦女子脱去衣物他便觉得俗不可耐，对她们的肉体产生了无法遏制的厌恶之情。莫镛良却认为这使他当众出脏。接下来便是，莫幼良的忧郁有增无减。他对女性的美妙感受越来越偏离到一种令他哥哥这种人无法理解的地步。他的快乐来自于他自己这具身体而不需要另一个人来分享。他流连于全日本的寺庙之间寻访高僧，谈论人生和探索世界的奥义。治学方向全部转向梵文，巴利文乃至藏文文献中隐含的生命与宇宙密意的研究。这是他们的父亲绝不曾料想到的。终于他在自己的内心深处一次又一次确定了自己的道路。他的欢乐之源汩汩外流全然在于他的冥想和对异性的拒绝。他独自一人就可以完成。在一次一次的冥想中在睡梦中将欲望之潮驱使到爆炸的门前然后随之一声引爆，化身为一片梵呗妙响坐化在宇宙当中。这种美妙只有他一个人独享，世界对于他而言全是这种万物皆道场的快乐。周遭的一切成为了他的化身。禁欲与清教倾向则成了挡箭牌，也成为了他唯一要选择的人生道路。由此他的诗歌，绘画和音乐全部表现出没有一丝肉身欲望的空灵之境，是那么唯美，那么一尘不染，犹如空谷幽兰。恰恰在这个时候一个从中国去的女子爱上了他的作品，几番曲折接触到了作者本人，并表示以身相许的坚定意志。她说他的所有创作好像是为她而作，也是她的所思所想，他是她的另一个自己。当他们缠绵在一起时他对她的肉体却表现出了异常的排斥。她却以为她遇到了一条默龙，她无法使他苏醒变得像一个男人。这样也好，她说，我们可以更加全身心地投入创作了。而莫幼良说，形山兼内外，秘宝不离中。这种高深的话语徒增了女子的忧伤，她不愿将自己的爱情置于幻境当中。它必须触手可及，她要握得住它。在一个秋天的下午，莫镛良来览他的弟弟，三人游了富士山。当晚这位女子便被莫镛良征服，第二晡便告别了莫幼良。走的时候她跟莫幼良说最美的东西来自我们内在，来自我们能切身体会到的地方。她在莫镛良那里得到了任何艺术作品都不能给予她的快乐，随后她便发现莫镛良已经结婚，有一个日本妻子，并且生下一个儿子。她失望透顶一下病倒。这时她发现自己怀孕了，莫镛良却从来没有过来看望她，连一个电话都没有。她仍寄望莫铺良可以奇迹般地出现，哪怕是过来看她最后一眼，她要将怀孕的消息告诉他，他没来。在一次又一次的绝望等待中消瘦下去，双目眍睽，绝食七日并吞下一瓶安眠药，临死仅剩下四十来斤。她叫顾曼如。这是莫铺良和莫幼良之间谁也不愿提起的一个名字。

在从日本回香港的船上，一位白色长裙的女子站在甲板上望着落日流泪。莫铺良走过去，站在她身后不远处，说生命短暂，没有时间悲伤。她感到一股巨大的力量从身后汩汩袭来。她没有回头，却能够清晰地感受那股力量。莫铺良说那太阳就是头畜生，每天都在催促，我们生在它的循环里，也死在它的循环里。他再往前一步靠近女子的身位，她没有任何反应。他动念再想跨一步，那具柔软娇弱的身子被船颠过来，莫铺良顺势将她揽入怀里，有如磁铁相互吸住一般，两道目光静静地望着远处硕大而流溢光彩的落日。霞光潮水样向他们涌来。在这漂荡的船上弥漫着一股无法道出的末日愁绪。莫铺良说这是人类脱离陆地特有的愁绪，未知生也未知死，生命突然之间变得很空虚，维系在这小小的船上，无依无靠。生命的前后被压缩，死亡感骤然被加剧。莫铺良抱起她回到自己的舱位。莫幼良正在稿纸卡片铺满一床的下铺被一股奇异的情绪捕捉，莫名的愁绪正在转化为意象和旋律乃至一部严谨的按照亚里士多德悲剧学理论构思的宏大作品喷涌而出的当口莫铺良粗暴地将他驱赶到上铺去，连他的那些纸片和灵感。对面的铺位有一对男女在亲热中正要进入忘我境地。女子在莫铺良巨大的裹挟下早已经瘫软在他怀中听凭摆布。她强烈的心跳和紧张的呼吸暂时脱离了刚才在甲板上的悲伤侵袭，被这爱的冲动和欲望牵引。莫铺良将她小小的身子放在自己上面，她伏身在他的肚皮上。他将她看得一览无余。清纯的身子有着一对坚实的乳房，乳头似小松鼠的鼻准，向中间聚拢为一条黑色脊线的阴毛有如泥鳅的脊背，那只鲍鱼浑圆如一枚硕大的橄榄形坚果垂下来的两片肉唇像极了天蚕蛾长长的尾翼。在落日的愁绪尚未完全散去的悲伤里两个人进入了前所未有的体验，很快弄丢了。那副狭小而柔嫩的雕花铁铸床几乎被莫镛良弄到骸离骨散，他们只好挪到稍嫌结实的地板上。对铺的男女则躲在被窝里还在继续呻吟，莫镛良和她又开始了下一轮的折腾。随着海浪的起伏他们找到了适合自己的节奏和大海一道浪起来令苍凉落日余晖下的船舱变得更加濡湿，从身体里泌出更多的盐分，使腾腾热气增加了几分熏人的腥咸。直到扯碎的裙子随意披挂在身女子瘫软在地不能动弹，目光松懈，眼角和剥了皮的鸡蛋样白爽，她才正式打量眼前的情人莫镛良。原来她是和一头河马在进行末日前的云雨之欢。她就是顾曼卿，两人在船上日日云雨度过了漫长难熬的旅程。一路上她总在惋惜自己那条破碎到再也无法修补的白裙。抵达香港后顾曼卿从身上掏出两道符咒，一道是临行前父亲从普陀山永定大法师那里求得的用朱砂写就的用以抵抗大海咆哮和地震的符咒，一道是花重金从青城山烧炼老道士天水老人那里求得的驾鹤翱翔的仙符。她郑重地交给她的河马当作纪念。莫镛良看了一眼随即掏了，有我就用不着它们了。他们又一路到广州，顾曼卿带着一种依依不舍天荒地老的心憬回到上海，而莫镛良和莫幼良从珠江走水路回岭西。

莫镛良回神垕后无所事事。他心思所在和所想的事情是他的父亲和莫家围绝对不允许的。可他连名字都想好了，已在脑海里徘徊多年，他要开一家妓院。他认为经过自己多年的研究和探索一定可以开一家世上少有的好妓院。红尘来去一场空，整日忙碌的人们为什么没有时间停下来想一想看一看这花花世界。他要他们睁开这只眼睛,看到他们不曾有过的惊涛骇浪,并从中领会到人生的真谛。他第一个想到的就是去泰通银行览大哥莫元良。没想到首战便失利。他被一身横肉的莫雷挡在了门外,而莫镛良还比他庞臞两倍以上,一股煞气顿时涌现到他面前。是我,莫镛良。啊,是五爷啊,稍等。莫雷扔掉手上的小说书把莫镛良带到莫元良跟前。他打量了一下自己这位多年不见的弟弟,竟然变成这样一副惊世骇俗的模样。莫镛良开门见山说想借钱。我这里没有私人贷款业务,再说你也没有抵押物啊,哪门贷?这身皮囊和横肉我们不要。要房子,冇,那么田产林产也可以,冇,因此没办法贷款。我个人可以借给你十个百个银锞子,关键你要拿来做莫子。莫镛良对借贷人的道德关心感到厌恶至极。有便借,没有就不要借,无奈之下说做生意。莫子生意?皮肉生意?你在日本十年就学会这个?那你以为我能学会莫子?他从莫元良那里没有贷到钱,又跑得马肠响去览莫赞良。莫赞良也拿不出钱来。银矿厂不是他的,而是莫家围的,由他的父亲大人嗣子莫大恒说了算。私人可以借给他一些钱,但一千块花边是万万不可能的。他空手而归。他想到二哥和舅舅。可是自己这面子挂不住,他没勇气去向莫旦良坦白然后还能找到借钱的理由,更不好意思去跟逢兴借,如果他晓儿自己在日本这些年都在干这个非毙了他不可。他只好到岭西省城正阳路东西巷最负盛名的青楼去自谋生路。在滚红院他零起价拍卖过夜权。滚红院里的姑娘们对他那并不出众的小臞儿没感兴趣,而是对他那圆滚滚的几百斤肉兴致盎然,以及胸前一线羊背脊般的分披卷毛从咽喉到肚脐再深入胯裆以下所形成的长驱直入的印象颇有好感。第一晡夜里他以一两银子将自己贱卖了，谁晓儿那姑娘被他弄得神魂颠倒，欲死欲活。莫镛良告诉她回去如何如何说便有你的好处。回去之后果然她在圈子里跟自己的相好传言，那家伙靠的不是下面的活，而是口采。那根喷着火焰的热腒头儿一下去要剜掉一块肉哩，上面就好比牛腒头长满了粗糙的沙粒，要是被他压住了肠子要从喉咙里汩出来。经此一役，他一举成名。此后每夜的拍卖飙升至十两银子仍有人出价，最后竟然同时有十二人中标。十二个姑娘在他而言就和青蛙样随意拎来拎去。他将她们腊肉样叠成一堵人墙，有时又将她们摆成一圈。尽管如此，他还是赚不到钱，他要给青楼寮口婆一半分成，第一次拍下过夜权的女子好处费，自己每天要吃掉一大铁锅米饭，外加一头乳猪，两条鲥鱼，三只烧鹅，五只白斩鸡。姑娘们的钱要被寮口婆抽掉一半，而姑娘们从他这里讨活的钱又被寮口婆抽掉一半，最后钱都到了寮口婆手上，他只能是个勉强度日的马武。

大丧过后莫元良回到泰通银行，南方局最新指示越城岭游击队正式归属八办领导，更名桂北游击队路西支队，下辖兴全灌和神垕四个分队，对外宣称抗日自助武装组织。莫元良要尽快去建立联络方式或组建兴全灌三个县的游击队。他以泰通银行贷款业务名义走遍三县大大小小的乡镇，汇总了所有分队的成员名单，路西支队已经是一支具有五千名游击队员的武装力量，他们活动在越城岭和都庞岭山脉一带，这令他欣喜万分。等做完这些事他便回渐底下陪伴母亲。逢孺人因接二连三的打击一躺三年没有落过地，由阚氏曝曝晡照看。这个家室大大小小现在都担在阚氏身上，既要照看逢孺人，也要照看身体尚未完全恢复的莫安妮，还要照看莫高世敏。莫伺其再添一双胞胎，产后次晡即来照看处于沉痛中的母亲。莫伺其头胎受亏，逢母一直担心她过不去那个坎，执意让她回去照看孩子。"死不了。"莫伺其回她母亲。白虎房莫叔礼佐良无嗣而终，逢母让莫伺其和卫臻的长子莫恭蚨过继到白虎房一支，继承其家财和房支。莫元良跟母亲说如果不介意的话，就让大新娇蓉蓉住到这边来一起照看。晋身为祖母的逢孺人第一次感觉到疲惫，是骨头都疲惫下去的那种丧失般的颓意，她觉不到它们出自身体的哪个落当，但的确已经产生了，因此她没有明确反对。就在高芙蓉搬进来的第二晡叶隆回觉到莫元良，颇难为情地跟他说大少爷，新嗣子让我传话给你，你被嗣子革谱削族，理应不再住在莫家围的任何一间屋里。

"就是说，你已经不是莫家的人。"

逢孺人听到这个话气得浑身哆嗦说话打㖞。她怨恨道，嗣子尸骨未寒，莫大康竟然做得出这样的事情来，真让我开眼界了。她要起身去跟莫大康讲理，等她刚坐起来又猛然咳嗽身形垮下去，她捶胸说你阿爸这辈子做的脑屦事现在报应来咧。莫元良也没想到莫大康下手这么快，令他和妻子无比尴尬。新嗣子莫大康在嗣子莫大恒逝世后接替嗣子之位，他要重振家风，将莫家围这几年的霉运和缺损全部拾掇回来。对莫大恒一房的修理势在必行，七个儿子去了三个，现在，老大莫元良在财门，莫旦良在军门，莫镛良在娼门，莫幼良有踏入沙门的苗头，这都是家规里鄙视和杜绝的贱业。在他继任新嗣子之位第一百晡的时候他动议取消自婚自娶一条，另外建议恢复嗣子终身制，治理族务还是应当以家族长老会来执行更为恰当，假如选了一个年轻人根本不懂族务，不懂治家，对莫氏家族将会造成无法估量的损失。他的两条意见均得到采纳，由此一举莫大康方才成为莫家围真正的嗣子。他的头一件事是与莫元良划清界限，其次便是要让莫大恒另外两个儿子伏法。就这样，莫元良和高芙蓉被赶出了莫家围，而且不要再进来。死去的朱雀房莫佑良和白虎房莫佐良以及革谱的莫元良的房屋全部清产，划归族里另行分配。高芙蓉只好又回到娘家。省城的房子现在回不去。终于熬过一个冬天到了这年深春间，神垕县设在三千界的哨兵回来报告说发现日军往神垕而来。神垕政府告令国民上山躲起来后自己也仓皇逃往山里。日军骑兵队果然来到神垕洞，但他们没有停留直接往马肠响去了。原来，他们通过线报早已得知越城岭山脉中有一座银矿厂。在伪军的带领下直接杀到银矿厂大门前，莫赞良的保安队与日军发生了交火，在日军的迫击炮和机枪的重攻之下，银矿厂不到半个钟头便失守，硬生生落入日军手里。莫赞良逃回莫家围，向新嗣子报告了情况。硬拼显然不是人家对手，现在也没有办法夺回。这对新上任的嗣子莫大康而言无异当头一个棒喝。莫赞良无奈之下去觅莫元良。莫元良说今次日军上去也顶多两个连。莫赞良说兵力不多，但硬攻显然也没有胜算。莫元良沉吟很久只说了一个字。

"拖。"

莫赞良十分失望。莫元良并不在意他怎么想，而是说蛇既然已经开吃了就要等它吃饱。他们挖矿炼完银子是不是要运下山来，只要他运下来就好办。"我们打侵位。"莫赞良才听明白拖是什么意思，不觉喜不自禁。莫元良让他盯死银矿厂的一举一动，随时来报。一路上他反省自己，其实他是被倭寇惊着了，这样的道理冷静下来想想就是这么回事，野兽进圈了哪还能让它跑掉。现在他要去监视这头猎物的行踪。日军占领银矿厂后从附近抓来猎户佃农充当矿工，派自己的专家冶炼。六个月后，他们用二十匹马拖着银子下山，前面机枪开道，后面重兵掩护。

莫赞良连夜和自己的保安队来找莫元良。莫元良问他们的专家下山了没有。全部都下来了。看来他们不会再上去了，我们在三千界组织力量劫白银。三千界是高山，敌人要上坡，拖着这么多银子，肯定行动缓慢，正是截杀的绝佳位置。等莫元良通知路西支队游击队在三千界部署就位日军运银队却在神垕洞不走了。他们在野猪林客栈吃吃喝喝，他们对伪军说，洞长官怎么不来接见。伪军到处寻觅不到高孝荣和王珉他们，只好回来复命说皇军，县长开溜了，县政府空空荡荡，没有一个人。三天后的半曛，一声巨兽般的鸣笛，一艘大船出现在河洞的江面上，打着日本军旗，神垕头一回出现这种大动力型推动的船只，引来不少人在岸上围观。接下来，便看见日军往船上搬运银子。莫元良明白了，这些银子不是运往岭西省城的，而是要往宝庆府走水路。莫元良立即命令，莫家围保安团，高孝荣和王珉国民兵团，前往两省交界的崀山地段，在随滩两岸布防。莫赞良带人马在随滩犁头形沙渚上用钢缆在两条岔江设下阻拦索，至少三道以上。老谭头立马去通知三千界游击队，撤五十人带两挺机枪骑马火速赶赴随滩，余下部分继续部署在原位，只要敌人进入伏击圈，立即开火。要快，五个小时之内必须全部就位。过了随滩，我们就再也没有机会逮到他们了。等各路人马安排下去，他让莫雷去找白嫫。一个小时后，白嫫和莫元良见面。莫元良说这次要借你的家篼用用了，你在下洞的有多少？二十五条，能用的十八条，其他在换新竹刷桐油。那就十八条，觑见那个大家伙有？莫元良指着埠头的大船。觑见咾。我们要和它唱傩戏啰。

神垕码头的日军装完银子一部分骑上马往省城方向去了，一部分上了大船。大船长鸣一声掉头往下游而去，河岸边上顿时响起唏哗唏哗拍岸的潮水。在随滩的莫赞良等人分成两拨在两条岔江上设置钢缆的工作遇阻，江面开阔，水流湍急，最后拦住一艘小船才勉强将钢缆固定在大树上，离江面大概有两米上下，不影响小船和竹篾通过。随后赶到的神垕国民兵团又分成两股，布防在两岸，借着小船渡来渡去才将人枪渡到对岸。莫元良最后赶到，他本想等游击队的人一起下来，游击队却迟迟不来，他便和卫臻骑马疾速驰往随滩。他到达后发现钢缆只设置了一条，问莫赞良为什么不是三条，莫赞良说没有那么多啊，再说太重，挚毋动。两工不扎，莫元良哀叹一声，补救已经来不及，只好作罢。他命令攻击队伍往上延伸一公里，只要进入这个河段，就开始攻击敌船。时间凝固。接近傍晚时分，阿鹉儿，画眉，山雀在入夜前拼命欢叫，老鸥从河这边飞到那边，江里的鱼嚗啪之声此起彼伏，在入夜前翻水。莫元良盯着马桑嫩叶上一只正在驱赶蚜虫的蚂蚁。蚜虫屁屎上排出一滴甘露蜜，蚂蚁将它吃掉继续将蚜虫赶往集中区。那里密密麻麻布满了蚜虫，不细看还以为是锈菌。几只蚂蚁在蚜虫聚集区之下的必经之途的树枝上来回巡逻，一发现想要逃跑的蚜虫便将其赶回去。这俨然是一个为蚂蚁产蜜的牧场。他用一根狗尾草的小穗将三只巡逻的蚂蚁扫落在地，它们匆匆忙忙又找到树干往上爬。正在这时，大船出现了。岸上的够得着的火力全部射向船只。大船鸣笛。船上也向岸上射击。船上的灯相继打灭好几盏，不知谁说一句，别全打灭，等下看不见目标。谁知，敌船自己先将灯熄灭。大船想贴岸而行，不想被暗礁剐蹭了一下又回到江心，往另一边靠岸。那边水深，航行平稳，这边的火力打不到对岸，打过去的威力也不够，而那边岸上的人则看不见大船，只能估摸着往下拘手榴弹。船上的敌军则往这边用重机枪扫射，用迫击炮轰炸。对岸的进攻只好滑下河岸去近距离向敌船射击，但敌船在移动，岸上的人却不能移动，反而成为集中狙杀的对象。两岸攻击组，随着船只的移动不断往下压缩火力越来越集中，攻击力却不如开始。这是由于能耗和事物的客观规律决定的，因此如果敌船突破钢缆的话可能会逃脱。莫元良命令机枪手一秒不要停，攻击船头驾驶舱。大船驶入岔江，被钢缆杠了一下停止前行。敌船可能还没弄清楚怎么回事，对岸火力往山崖下直射对大船进行垂直攻击。敌船发现船被钢缆阻拦之后派出机枪手往钢缆上扫，一旦出现这样的扫射，莫元良便指挥步枪手集中灭掉对方机枪手。几番争夺，敌船长鸣一声困兽般竟然撤退出岔江游回到犁头形以上的江面往这边岔江驶来。机枪手侧面抢攻，敌人还击。而莫元良他们的手榴弹和迫击炮也往船上轰去，有几人被炸入水中。船进入这边岔江又被杠住，大船汽笛长鸣一声随即后撤驶回对岸绝壁之下，利用地形躲避攻击。这时，上游江面十八条簰以铁链勾连，点着大火下来往敌船靠近。敌人往竹簰上射击，并没有人，随着竹簰靠近船只，突然一声巨响竹簰爆炸了。其他几条竹簰在江面上弯曲过来顺着水流弯向敌船相继爆炸，只是离敌船太远没有起到预设的效果，还有几条经岔江流到下游随即爆炸，毁于无形。敌船躲在绝壁之下来回游弋，攻击不到。莫元良命令组成特攻队渡到河中的沙渚上去防止敌人逃脱。一傦人挂在钢缆上溜索到沙渚上。对岸高孝荣和王珉见莫元良一方人员渡到沙渚上，立即命令也组成一支小分队，一部溜索，一部乘小船去江心，然后拐弯远离敌船火力顺着对岸下去，当快要到达岔江时又拐向沙渚登陆。莫元良说漂亮。特攻队向敌船正面发起进攻，三面受敌的敌船边打边退。下半夜交火之声渐渐稀落下来，官道上响起马蹄声，游击队的人赶到。烂泥巴田里扪泥鳅，搞到现阵才到。半路高头会到去省城的倭寇，搞个一场合才剥过身，何里样这？你看，蛇剥了皮要死不活，但也端不到手。有点远，干脆等天光再讲。这时他们才感到饿极了，全身酸痛。复盘时，老谭头说，如果船再靠近钢缆，溜一个炸药包下去到船头，开火打爆它炸船。莫元良说设若钢缆被炸断，船就溜脱了。他认为相反，应该保护钢缆，把船留在江上才能保住银子。消灭它并非这次战斗的最终目的，而是既打残它又要把银子挈回来。老谭头说相比于船上的武器那点银子算莫子。莫元良同意，那么也不能让船溜脱了。直至三更时分，他们的意见合为一处，过了今晚视敌人伤亡情况再决定下一步行动。

天快亮时，下起了早雨。江面上有雾看不见敌船。直到八九点才觑见那艘大船在江面上抛锚了如受伤的猛兽一动不动，一面白旗树在船上。莫元良说银子和武器都要，不要搞沉了。老谭头说派人过去接收。莫元良命莫雷到沙渚上去。莫雷领命，溜钢缆到沙渚上后喊了两人坐上小船，到达船身后上面掏下来绳梯，三人爬上去，船已经打得稀烂。莫雷一脚踩着一个身上中了无数子弹的死人的脸，赶紧跳开。船舱下面窝着十来个倭寇，其余死的死伤的伤。莫雷示意他们都站起来，两名保安团的人上去将他们一一反绑，然后命令船长开船靠岸将西岸高孝荣王珉部接上，再接上沙渚上的弟兄。莫元良说开回洞里，我们这边骑马，剩下的马匹一并带回。至下半晌船又开进了神罜洞，莫元良上船查看，命令将武器和银子先搬下去，就在这时一声巨响，大船爆炸了。莫元良以为自己死了，但他看见自己已经被水埋着了。爆炸声是从船舱下面传出来的，敌人打光了弹药留了几捆炸药，想玉石俱焚同归于尽在船舱里面引爆了炸药，因空间大和钢铁甲板阻挡，甲板上的莫元良和其他人方才保住一条命。船舱里的倭寇在里面全部炸死。船长没死，他说他是大副河边虎二郎，船长早被打死了。一阵晕眩和轰鸣之后水里和甲板上的人才清醒过来，其他人见状撑船过来将他们救起。银子一分为三，莫赞良所代表的莫家围一份，高孝荣和王珉他们一份，抗日自助武装联盟一份。莫元良不要银子，枪械归他们即可。还有几箱说不上名字的矿物和稀土样本没有人要，莫旦良取了一部分收到泰通银行。把船修好，莫元良对留在那艘残废的破船上的河边虎二郎说，修不好就不要下来了。莫元良坐在窗户前，看着河上那只机器怪兽，它竟然越过海洋从日本跑到了这里，而父亲的铁疙瘩早已锈蚀殆尽如一只只解体的螃蟹，从未离开过比自身更远的地方。他隐隐约约感到父亲曾经的抱负和远见卓识，然而中国这艘更大船只的建造和拐弯在现实面前要缓慢得多。父亲已经死了，他连做一颗螺丝钉的机会都不曾有过。一片稻田和菜地里长不出铁甲舰，我们是被另一种文明吞噬了，父亲死的时候不晓儿是否明白了这其中的道理。直至天黑，莫元良还沉浸在刚刚过去的战斗中。荀波一瘸一人从三千界回来说麻起脚了，倭寇一上来就将他们的坐骑全部打死，在山里鏖战一宿，以我五倍于敌的兵力将其全歼，我方牺牲了二十七名同志。莫元良拍了拍荀参谋长的肩膀，然后骂了一句狠话。他的愤慨转化而成的伤痛远不止如此，但他暂时没找到比这更直接有力宣泄情绪的词。当他躺下静下心来的时候，才真正想见到倭寇大面积地在往某个方向运动，连神垕如此偏远之地也未能幸免遭到渗透，从东北到华南，再到大西南，直到南洋，敌人无所不在。这种大规模的运动难道没有中心？入境者的真正意图又是什么？这场战争已经波及全世界，而他所处的不过是亚洲战场的局部，局部当中的局部。他是反抗组织当中的一个局部点，所有的反抗组织如果是一张巨大的蛛网的话他就是一条蛛丝和另一条蛛丝的交叉点。他的信心来自其中，必胜的信心。尽管他不知道存在多少组织，也不能和更多的组织取得联系，但是可以从报纸，电报，各种小道消息中看到全民反抗运动的存在，无论大小，他所做的一切就都是有意义的，会使这张网更加坚韧，结实，直到胜利时刻的到来。

"顶他妈个阆。"

莫镛良莫幼良离开没多久莫家围迎来一个异常艰难的至暗时刻，莫温婉要临产了却觅不到孩子的父亲是谁。嗣子命人将她关押在莫家围通往后山的密道地下室，叶隆回派一组人马将密道两头守死。平日里由华妈妈送饭，除了逢孺人晓儿对围子里的人一律封锁了消息。小年二十七那天夜里二更时分孩子生下来，华妈妈上来报信。嗣子清退左右。华妈妈说母子平安。嗣子背对着华妈妈打断她的话说，埋了吗？逢母一听就恸哭起来，这好脏也是莫家的骨肉，哪个下得起手我就跟他拼命，反正我也不想活了。嗣子说这天打五雷轰的事情竟然出在我莫家围，出在我莫大恒身上，你毋怕喟我还要面对先人呐。他转过身来做出一个决断，大的小的只能留下一个，大的不说就埋小的，要留小的就吊大的。逢孺人跟着华妈妈急急忙忙下了地道往后山方向走去，当那股熟悉的血腥气冲到面前时她还是被惊呆了，莫温婉身边放着的孩子是一个白化儿，除了眼珠子是黑色的，严格说是浅色的，其他一切都是白兮兮的。眼睛，鼻子和嘴蚌则露出血一般的猩红。产后的莫温婉面色惨白正试着给婴儿喂奶见逢母出现便想坐起来，逢母快步上前按着她躺住，意欲让她不要动身子骨。孩子已经睁开眼睛，目光飘忽不定，

听到逢母的到来脸上似笑非笑地划过一道笑意，这一笑令逢母
更加心碎。温满孃，话去阿嫲到底是哪个，你爸那只面骨儿黑
到斧头砍毋进去，二两脸巴子肉挂毋住哩，要做出出格个路来
了啊。阿嫲，这孩子没有爸，莫诃了。温满孃，莫跟我克血，
打也打了骂也骂了，风不进雨不出，都是这样一个态度，你替
你爸和你阿嫲想了一蒂蒂儿没有，我们何里活人？天上掉不下
来一坨肉，现阵你还毋讲，只能让这五服之内的男子都挨个去
诃一遍，吊打一遍？让这个脏搞得天底下咸晓得？那你们就去
诃吧，说了是死，不说也是死，横竖是死叫我说什么呢？逢孺
人突然捂住胸口，一口气跟不上来。她悲嘶一声险些晕倒，华
妈妈赶紧扶住替她捶打背心。大谴大诃之下的逢孺人直到把气
顺过来才高一脚低一脚离开了自己个女。四个月前，逢孺人发
现莫温婉有异常举动便预感到自己的女已经出事，并将事情告
知了嗣子，一再追问之下莫温婉承认自己身怀六甲。事实就摆
在那。逢母脱去她的内衣，一个五个月的肚子就在眼前。尽管
莫温婉借着秋冬之际的夹衣厚服做了遮掩，嗣子还是立即将她
关进了密道地下室，一再审问孩子的父亲是谁。莫温婉咬死不
说。再苛问下去就死给他们看。这种锋利的口气反过来刺到嗣
子和逢母面前。现阵孩子生下来了，而且是一个白化儿，这一
事实加剧了嗣子的判断。这孩子的父亲就隐藏在莫家围，甚至
自己身边，乃至她的兄弟之间。当他做出这个判断之后他再也
无法抑制自己的悲愤，况且他无法将每个人叫来过堂。这事到
了难以启齿的地步。他只得从莫温婉身上觅突破口，而他的这
个女却咬死了不说。他又让逢孺人去审问了十遍八遍，结果不
言而喻，他晓儿他要失去这个女了。现阵一蒂蒂儿退路都没有，
孩子是个正常孩子的话他还可以驱逐了事。现阵是一个家世上

最可耻的事，这孩子也无法到太阳下来。事情没有暴露之前，他就要处理完这事，否则一切都要烂瓜脬儿。莫家围他莫大恒的血脉流向开错了口子，自家混进自家的窝里来咧。看到孩子的那一刻逢母也完全失去了主意。事情远比她料想的严重一百倍，她立刻死了的心都有，她不晓儿是哪里出了错，整个围子都陷入了一个怪阵当中。腊月和年初莫家围沉浸在春节和过年的喜庆氛围里，前来拜年和唱迓的络绎不绝。唯有嗣子南面而坐。他在窗牖的榻几上一面摆弄他的蓍草，一面在想事情演绎和发展的可能结果。在场的没人对此产生任何疑窦，嗣子将自己的思索掩饰在习以为常的威严当中。他将"大过"与"小过"两卦摆在一起。凝视良久。圣人讲无二过，不是讲人不能两次犯下同样的过错，也不是说人不能两次踏入同一条河流什么的，而是讲大过与小过都要避免才能做到持重而不失其中。现阵，厾女横生祸端铸下大错他要哪门办？是令整个莫家围蒙羞还是处理掉他们当中的一个？分娩即创世，是人类的宏大叙事，而乱伦则有悖于人类永恒轮回的追求，必遭惩处。

　　出了宵，快性到满月这曦，挨到黑里嗣子叫叶隆回来并将事情的经过讲给他听，要他把话烂在肚子里。然后说，带上四百银锞子和那个孽种送到神垕以外的垱方去，越远越好，不要放在簰上，也不要丢弃在荒山野岭或破庙子里头，要眛到人受了钱收了人再撤离。叶隆回表示明白了嗣子的话，逢孺人在旁说要一起去。嗣子说夫人心疼孩子，眼下更要心疼你那僖宝女。逢孺人说黑心人家受了钱将人溺江埋了啊哪个晓儿。叶隆回说请逢孺人放心，我会处理好的。逢孺人说何里处理咂。叶隆回说我会告诉对家我还会回来觑孩子。逢孺人才勉强同意不跟去。叶隆回说孩子有名字吗？嗣子看了看逢孺人说，就叫他莫二过吧。逢母一声惨叫，认为这不是什么好名字。已经是过错了，还叫二过。"天生苦命，我的过儿。"这让她无法不想到这个家里的另外两个苦命人，秀吉和安妮。下半夜，围子里馨打三更。叶隆回和华妈妈下到密道地下室。华妈妈走到莫温婉身边说睡得很香。莫温婉说刚饮过奶。华妈妈说我搂搂。裹在被褥里的婴儿一条虫蛹样，华妈妈将这个白如雪糕的孩子搂起一边轻晃一边移步远离莫温婉。当她离床数步莫温婉一把抓不住的位置时瞬即转身将孩子转递叶隆回。叶隆回卷起虫蛹便往后山方向的密道遁去。莫温婉才发觉不对劲，华妈妈一把拦住她。温满孃，华妈妈也是不得已你莫怪我啊。密道里瞬间响起利刃般的叫声。华妈妈搂住莫温婉的腰身拖住死活不松手直到叶隆回的身影和脚步声消失。莫温婉一下淤化在地。逢孺人红着眼睛走下来跟自己的女儿解释。让他走吧，他的血太纯了，这围子里容不下他。你才十多岁个人，往后还要好鲜活人呐。说完上去蹲下搂到自己个女为她擦干脸上的眼泪水。华妈妈上前帮忙将莫温婉抬到床上，莫温婉叫了一声妈便晕浪过去。莫温婉被送去省城后逢孺人才诃华妈妈那个孩子到底长得莫个样儿。华妈妈告诉她像条两三斤重的大虫子，满月了也只有三四斤的样子，脑门心塌陷下去好深。逢孺人哀叹一声，慨死哩，造孽啊。嗣子在莫氏家语付墨中批注云，自古乱伦者。昏乱为首耳。同性之昏理枝连而无果业。乱伦之性徒然败坏血嗣。毁伤同胞。罪大恶极。兴亡之兆也云云。然而这么激烈的批语只是帮着增加他的悲伤，他似乎觉得已经无力阻止什么，他已经徇私处置了这件事，难道他真的要再去吊死一个女儿才善罢甘休吗？

卷 十 五

　　莫镛良在岭西城的寮口里使尽百般力气也未能获得立足之地，事情的转机要数他到访莫氏试寓那晡夜里开始。他将自己的想法与近日的愁火在喝茶时一五一十告诉了他的偎偎莫孝廉。莫氏家族不但没人聊他伟大的理想还蔑视他。莫孝廉一拍大腿说我聊了，不就是个瓶子一张字画的钱嘛。房子要租最大的，位置要最好的，装修要是一等一的。莫镛良对偎偎的知遇之恩顿时感激涕零，屡儿一趋跪了下去，并发出一声水缸着地似的沉闷的声响。莫孝廉手一挥阻止了他。自古以来食色留其名者不计其数，前有兰陵笑笑生，近有湖上笠翁，加上我佴参悟东瀛国粹多年，这一定是一门大生意，好鲜干。第二晡，莫镛良便立即着手去办。他在东西巷两头对接的地方览到一个大房子，将原来的旅店盘下来，再跟房东签订了新的合约。一番大肆改造过后挂上黑漆金字大匾额四个字"啪嗒学院"。匾额由莫孝廉亲自题写，外加檀木板包银对联：人生来来去去一场梦；红尘去去来来一场空。横批：长乐未央。莫孝廉题写完毕，吩咐工匠雕刻上去。他跟莫镛良说只见过怡红院，滚红院，没见过青楼还叫啪嗒学院个，我佴有才。但这对联一挂出来势必导致迁腐者深诋，轻薄者厚诬这样一个下场。看着自己打小浸淫的一手好书法之前竟无半点用武之地，第一次题匾便是挂在了这青楼门前。只得暗自仰叹，没想到啊，造化弄人。他转身跟莫镛良说我侄，啪嗒学院就交给你打理咾，不要提我的名头，赚到银子了分我一蒂蒂儿，没赚到就当图个快活，千万不要让嗣子晓儿，连这事情的气味都不要让他听到。慢慢对我有再造之恩，打死我也不说。莫孝廉摸摸他后脑勺上的小橘子发髻，就这么话定了。

真正开张的这一曢如期到来。莫镛良以新生活为名将广告散布全城。上面印了各国美女的艳照。全城喜欢风月的乡绅老爷和军政部门的狎客老手心痒难忍。不光是风月，他们晓儿莫镛良是莫旦良的亲弟弟，也晓儿是逢兴的亲外甥。尽管新政府明令禁止开妓院，而这些见不着莫旦良和逢兴的人想拐着弯巴结一下这个莫镛良还是可以的。尤其明明是青楼却叫啪嗒学院，让前来学院的狎客有一种参加重要学术会议的庄严和崇高感。这一曢，各路神仙都来了，在灯笼，西洋乐队，鞭炮和地铳的巨大响声中，莫镛良巨人一般的身躯站到众人中间。

"民国新生活，美丽新世界，我来了。"

他声如洪钟，能把钉子从木头中震出，能将马匹淹死渡船沉沦耳朵怀孕，能把迷路的魂魄喝回躯体。哗啦——说话间幕布拉开，法国女郎，日本艺伎，高丽小姐，孟买，克里米亚半岛和波斯美女，令人惊叹的泰国人妖，一时间出现在众人面前。唱片机里流泻出滚烫的音乐，乐队演奏着欢快的乐曲，姑娘们跟着音乐跳起肚皮舞，电臀舞和甩胸舞。各种名目的没有见过的新式舞蹈令来客脑袋开炸，直喷鼻血，瘫软在地。它印证了那句名言，赤身裸体比袒胸露肩更接近贞洁。没有比让这样一个含蓄的种族脱下身上的那件小肚兜更令他们羞愧难当的了。老式乡绅用手捂着眼睛不敢直视，太扎眼，只从随时开闭的指缝里窥探一二，嘴上涎水口潾牵丝流着，假牙落地仍不忘交口称赞。前台有人唱报，欧阳老板一位，有请梦巴黎。赵老爷一位，有请罗马斗兽场。朱先生一位，有请泰姬陵。郑先生一位，有请阿尔卑斯之瓦尔普吉斯之夜。井上先生一位，有请花之蛇馆。王老爷，季老爷，但老爷，吴老爷四位有请伊斯坦布尔浴池。任老爷一位，有请富士山温泉。蒋少爷和端木小姐，有请都柏林小布鲁姆酒吧。西门先生一位，有请波斯王子可汗宫。谢老爷一位，有请遇见雪国。马先生一位，有请麦加宫。查尔斯先生一位，有请索多玛。康老爷一位，有请蓬莱仙厩。秦总，有请秦淮河里的桨声灯影。彭先生，有请旧金山主人。戴女史魏女史两位，啊，有请查令十字街八十四号。新垣和东野两位公子，有请灵鹫宫。莫孝廉姗姗来迟，莫镛良在人堆中瞅见他戴着一顶黑色礼帽出现在门口赶紧过去迎他。神圣的畜生们，让一让。莫孝廉在红绿闪耀的噪音中清晰地说，就看一眼。莫镛良一边答应着一边拿出工程账本，对自己的杰作将接受恩主的检验心怀忐忑，额头冒飕。莫镛良举手往舞台指挥示意，三个乌木神像出现在舞台上，散发出非比寻常的玄光，一片错愕之声鹊起。她们身材火辣，袒露的双乳如一对对铜壶。莫孝廉对这三个罕见的非洲尤物也没有显示出特别地兴奋。他并不看账本，真的只是看了看便离去，没说好，也没说不好。开张后的啪嗒学院变得尽人皆知，夜夜笙歌，东西巷顿时热闹非凡起来。哪怕没钱的主顾也要赖在这里，就是为了一睹下午时分畅怀欢笑的尤物们一个个出现在街上购物或买小吃时的侧脸，胸脯和翘屁儿，以期回去调教自家床上那个蛮狠的土王后。莫镛良说啪嗒学院的精髓在于扯掉了他们身上的虚伪，性力才是人类各种关系的基础。嗣子莫大恒在后来的回想当中他怀疑是自己当初用手摇发电机的电将自己的这个儿子打坏了，改变了他的物质结构配方。现阵出现这种结果是他科学实验结果的延续，根本怨不得别人丝毫。

　　一个月后，莫镛良挈两张一千两的银票到莫氏试寓递给莫孝廉。莫孝廉说钱是你的，店也是你的。说着划了一根火柴将两张银票点了，莫镛良赶紧抢过来将火苗捂熄。这可是我在日本五年的驯兽费啊。莫孝廉说那就挈去做点善事，现阵这兵荒马乱的，讨个活法不容易。莫镛良从莫氏试寓出来寻思着还是欠下僈僈一点莫子，于是他去将《万峰残雪图》和一对瓶子倍价回收，择日送回莫孝廉手上。莫孝廉说好啊，古物可怜，失而复得也是人间一大美事。莫镛良的钱从此一下子不可遏制地下起崽来。他将门口的大路铺上银砖，啪嗒学院的马桶用纯金打造。点雪茄一律只准用岭西省他哥哥和舅舅发行的纸币。莫董，房东坐地起价，已经将地价翻了四倍，撒手吧，我们另择新址。他的经理告诉他。莫镛良噌的一下带着人手直接冲到了房东面前将十根金条拍在桌子上。房东的腿在哆嗦中将房契签了。啪嗒学院被他以十倍溢价盘了下来。随后东西巷半条街一边的巷子都到了他的名下。收购莫氏试寓和它附近房产的时刻也为期不远了。他就差开一家自己的银行啦。他站在啪嗒学院迎宾厅由纸币堆积而成的巨大山巅上说，你们谁有梦想？我要投资你们的梦想。鸦雀无声，没有一个人作声。他问了三遍，又等了很久，仍然没有人作声。莫镛良感到绝望无比，他号啕大哭如丧考妣。红尘来去一场梦，你们这帮畜生和牛马有什么区别，竟然连梦想都没有。他将莫旦良和逢兴发行的纸币一把大火烧了，底下那些人发势地扑上去哭爹喊娘，我的怀心把把哟。他抓起啪嗒学院的前厅经理问，你痛苦吗？痛苦。难过吗？难过。那么，数钱。前厅经理在那堆高大的钱堆面前一边吐口水一边哆嗦而迅速地点钞票，直到他感觉痛苦和难过消失，越来越庞大的数字却令他感到快意即将消失的沉痛。不要丧气，莫镛良告诉他，这些都是你的。在莫镛良看来，他的父亲莫大恒是离土地最近的人，他的二哥哥莫旦良和舅舅逢兴是离印钞机最近的人，而他莫镛良自己离身体最近，生命高于一切。至于他的大哥莫元良就是岭西省的一枚小吏，一个痛苦者，真理就是那种离肉身很远捉摸不定的时时刻刻令人感到痛苦的东西。

　　二三月间，莫温婉在莫氏试寓又静养了一阵。嗣子让莫大庸安排甀女到女子学校去读预科，而她待在莫氏试寓的别馆里不曾走出屋邸半步。她难以抑制的痛彻，失子之痛和对远在东瀛的弟弟莫幼良思之更切。她无时无刻不在想着写信，她给莫幼良写了一封长达九百八十页纸的信。她按照偷偷记下的莫氏兄弟写给嗣子的信留下的地址邮寄了出去，下一秒又想着写新的信。她在信中将莫幼良离去后发生的一切和自己的惆怅与思恋诉诸笔端，而且那个错误的孩子已经被父亲和母亲处理掉了。她不晓儿以后要怎么活下去，她强调她也想漂洋过海去日本以远离悲剧之地。信寄出三十天过后她还没有收到回信，于是又邮寄了一包。又一个三十天过去仍然没有等到回信，她怀疑是否写错了地址，又从莫大庸僈僈处转寄的信件中觅到从日本寄回莫家围的信，可就是没有给她的信。她按照上面的地址又写了一封将前信所叙要点复述一遍后又添加了新的内容，可还是没有收到回信。流往莫家围的信依旧源源不断。整个春天都过去了她仍然收不到信。夏天又过去了她还是收不到信。她意识到她可能再也收不到一个简单的答复。她的幽思和愁绪终将觅不到一个回应。她将预先准备好的几封信拿到假山下的池塘边一页一页扔进水里。字迹漫漶逐渐模糊,花笺一页一页随着溪水流走。有些被溪水中的鱼群抢着吃了。她在假山下痛哭了一回哭到身心俱疲。人世几回伤往事,山形依旧枕寒流。她轻轻吟唱了一句。高芙蓉过来看她,见她气色难看猜到她可能情窦初开为相思所害便劝她看开些保重身体活着才是最最重要的。这一顿规劝点醒了莫温婉。她决定回到自己的轨道上来,继续沉沦在过去的时光里只会令她痛不欲生。这个时候她才睁开眼睛打量周遭的事物。屋檐外只见柔和而裸扁的山峦俯身看着她一般,庭院里绿意森然。本应笔直的小路被高大的香樟,白蜡,钩栲和曲水逼迫得拐来拐去并且高低不平。刺黄连,含笑和南天竺点缀其间。这园子里的树木有的长得那么高大,而有些却永远只能做陪衬。莫大庸傻傻在他的"寸园"前两株修剪过如一对古佛的松树下迎接客人。园子里也有莫家子弟或一些生人走动。熟悉的人她不打招呼,陌生人更加不予理会。她感觉到自己的世界是这么孤绝。婶娘过来叮嘱她说在口前久了受风,快回房邑歇着。她应了一句回到自己房间,一把攮脱窗户。夏日要来的热浪迎面冲进来,近窗的榕树肆意包裹假山,正阳路的牌坊下有熙熙攘攘的人群,她试着走到谁也不认识她的人堆中去。这园子虽然不像莫家围那般雄伟壮阔与生龙活虎,却也别有一番雅致。不似她先前想象的那样单纯就是为了科考而存在的地方,来来往往人很多,虽然绝大部分都不认识,总还有一种要活人的生气。她简单打扮一番,将东西巷大大小小的作坊,书店,走卒贩夫的小吃店都逛了一遍,又去王城的城墙上看漓江上忙忙碌碌的舟船,他们为什么活着?她一再地在想这个问题。

　　刚放下碗，从偌大的屋邸出来，莫佐良带着高氏姐妹来看望她，另外还有一位司机。"Stillgestanden（立正）"，莫佐良突然立正用德意志话说了一个词。认识一下，这位是我临时征用的司机，这位是莫温婉女士。司机立正后向莫温婉敬礼问好。我叫王珉，是莫长官的属下。莫佐良向自己的妹妹介绍了这位刚刚从德国回来的少校军官。他是舅舅逢兴亲自挑选的留学欧陆的青年士官团成员之一，跟他相差三期，均为德国柏林军事学院的校友。我曾在那里接受为期九周的培训，能够侧身莫佐良副总指挥的校友非常荣幸。莫温婉看了一眼眼前这位穿军装戴军帽的男子，王珉也刚好直挺挺地看着她，眼睛里闪过一道不易觉察的光芒。高耀青上来和莫温婉拉家常。莫温婉只是说寂寞，而其他的她都不想说。她对任何交谈表现出了异常厌倦的神情。高霭青和高乃青姊妹和王珉谈得拢，欢声笑语不断。在以后很多年里，她都落落寡欢的样子。在女子师范学校的数年间一心读书，鲜与人往来。她在学习中找到了乐趣，并将王城附近书店的书挨个看了个遍。逢母带着阚氏和莫安妮来看过她几回，没有发觉异常，逢母觉得自己的女终于摆脱了过去的阴影才放心回去了。在即将毕业的这年夏天她想去东瀛留学，哪怕欧洲也可以，以此摆脱过往的束缚，但她面对逢孺人和嗣子时却故意说成欧洲。逢母顿时如临大敌，嗣子说女孩子家没有只下数。他们已经有两个孩子在外面留学，不想让任何一个孩子再出去，一个变人家孤单单去更荒唐。莫温婉又去觅她的旦哥哥和舅舅求助。舅舅支持她，但他的哥哥不得不让她面对现实，她想去的巴黎已经不是法国人的巴黎，她想去的任何一个国家都可能遇上希特勒的屠城部队。痛苦而绝望之余她只得回到渐底下待在母亲身边。偶尔，嗣子让她去帮忙整理神垕学派的家学著作。

在她出嫁前和学校毕业后第一个暑期之间，夏堃不期然来访。作为昔日的老师，莫温婉热情地接待了他。她已经不再是小姑娘，而跟当年刚刚来到神垕的夏堃一样是师范毕业的准老师了。莫温婉整理神垕家学著作，夏堃在旁翻阅而插不上手。在嗣子散发着牲口瘆气与青烟冰墨混香的印经房，他惊叹莫家围竟然藏了这么多典籍。而嗣子总理这一切，他把这个神垕学校的校董看作读新书的书呆子，因不通经义而不愿在他身上浪费一秒钟。他自视三百年来能够与他对话的唯船山与药地二子而已。格物致知的新学尽管实用，然对于浇灌人类的灵魂而言均不如经典来的浩然透彻。夏堃被莫家的典籍吸引，来得越发勤快。莫温婉晓得他已经黏住自己，只是心照不宣。终于在暑期快要结束的时候，夏堃手里捏了一本刚刚油印出来的老山文学社社刊递给她，让她看扉页上印的一首自由体新诗。看到题目和副标题时才清爽原来这是献给自己的情诗刹那间脖颈红到根脚。她懦愤不已，因为这将叫她无法抬头在整个神垕都没了脸面。他的诗原本可以私下送给她，而不必搞得这么狼狈。这下好了，她直接称呼他的字并告诉他。

"安茹，这是我们最后一次见面了。"

她说得那么平静，那么毫无波澜，令夏堃无法拂逆。逢母将这一切看在眼里，她打心眼里喜欢神垕学校的这位方头正脸身板硬朗而沉默寡言的后生。他一丝不苟，双手互叠放在桌面上笔直坐在莫温婉面前，目不转睛地注视着对方，脸上也没有多余的遐思，但一层薄薄的愉悦从这个人的内心深处溢出涂满周身。她期待他们擦出爱情的火花，可是那个暑期过后他再也没来过莫家围，将女儿拖出泥潭的冀望再次落空。她时不时向莫元良打听那位后生在学校怎么样，莫元良没能领会其中的深意，还有他不能说的秘密导致了他的母亲只能从他嘴里听到这样的回答："挈教书鞭子，吃粉笔灰。"绝交之后的夏堃无数次站在学校楼顶瞭望河的对岸，希望看到那个人走出围子，走到大街上来。他的一次次瞭望换来的只是希望的泯灭，尽管如此，这丝毫不影响他对莫家二小姐日益增强的思念之情。他一次又一次回想他们在印经房的相互缄默中闻着书香度过的每一个甜美而纯净的夏日，仿佛又看到当年她在神垕学校上学时穿着军装离开学校往渐底下一路走回去的样子。他便把自己关在房间里坐在高耸的学生作业和试卷之间，一丝不苟地批改着，他在等那一堆纸张当中不期然碰到她的字迹她造的句子时欣喜若狂的刹那。他的幽闭的心境一如窗外变幻着的日光，无论天气好坏，光线的变化总在他面前洁白的纸上阴晴不定地呈现出来。那些由每一寸光阴培植起来的欣喜充实了他在这个虚无世界的存在。毕业后，他将所有学生的作业和试卷那个孩子们的世界锁进专柜，尽管他们十点钟的鸟群样早已散去。但只要他坐回那个批改作业的桌子激情又全部重新回到身上，他像个掌柜一样斤斤计较地去计算知识到底能给予孩子多少力量。在无数送往莫家围的信件中夹杂了一封或许左右他命运的信，写信者正是她的舅舅逢兴。信中对嗣子说为外甥女莫温婉览下一门亲事。对方是本省副省长马氏介廉，吃五十四的饭。马夫人两年前过世，想再娶一房继室。

嗣子告诉逢孺人，她的弟弟松坡君甚为关心他外甥女的婚事。逢孺人觉得嗣子话中带刺，接过信看了，默到不说话。这次她没有大为过火要将媒妁之人赶出去的那种冲动，她晓儿自己的女儿读书把人读老了，早该到了出嫁年纪。她想都不敢想若干年前的那件事，对方若是晓儿只怕别说提亲就是听到都吓跑了。她犹豫不决。她晓儿嗣子也在顾虑这一瓢，然而对方毕竟是二婚，管他省长副省长，终究是老场伙了，双方都不吃亏。这事由逢兴介绍他肯定是经询过对方意思做了万全之想才写信做这个媒的，她弟弟还没有闲到卵疼的地步。嗣子说前事须向这个马介廉做一个说明，免得说我莫家不厚道。逢孺人尖叫一声，这事过去了，再提会死人吓。嗣子说他同意这门婚事的，只是觉得不话清终究不妥罢了。逢孺人去征询莫温婉的意思。莫温婉一听对方五十四岁了，感到不可思议。逢母抹着眼泪说，当年我嫁给你阿爸的时候他已经八十岁了，也要看某子人。吾里不图他荣华富贵绫罗绸缎，只嫁个好鲜人家。这门亲事是你舅舅为你寻下过，大抵也和你旦哥哥打过商量，我呢和你阿爸也商量过哩，只要你同意这门亲事就可以定下来哩。逢孺人磨破了嘴皮子莫温婉依然拒绝松口。无疑逢母认为自己个女读书把脑子读坏了，人家到这年纪孩子四五个了。莫温婉自己清白，莫家围不是养不起她这个人，而是唱毁的，一些闲言碎语在流传仿佛就要孵化成形大白于天下的样子。这门亲事的用意心知肚明，只是大侪都闭口不谈。外面排山倒海的敌意正向她袭来。然而逢兴又来一信说，要是外甥女觉得不合适就此作罢，旦良也说要看温婉自己的意思。逢母却不这么想，终究觉得自己的女当年那件事要破了似的，万一哪天那个白化儿觉了回来，莫温婉想嫁都嫁不掉。嗣子回信说莫温婉不同意，但又说这件事可行。于是，对方马上从岭西城里过来定下礼数，结婚日期选在入冬前一日。嗣子跟马介廉说了一番意味深长的话，而马介廉对这门婚事则满怀憧憬，对嗣子的话一律应承，甚至说了什么都记不清咧。莫温婉似乎还在想着去欧陆留学的事情，瞎想着未来的新生活。这一年她十八岁。一切定下之后，逢母望着离去的马介廉一行终于松了一口气，一改之前嫁女的心情。

"伊至少不会做个老姑娘了。"

"我倒希望伊永远毋嫁。"嗣子脸色一正，补充道，"他可是一个在教的。"

"在教的也好鲜得很。"

一年后莫温婉养下一对龙凤胎，大家都欢喜不已。在莫温婉的孩子四岁那年的六七月间，莫温婉带着孩子回到神垕洞渐底下躲避战乱。满城风传有大仗要打，赤匪极有可能从兴全灌方向突围过境或直截攻取岭西省城。出城后一辆小轿车跟上了她，到三千界下车换乘马车和轿子，对方换了马又跟了上来，他骑到轿子跟前说马夫人，你可欠着我一条命。莫温婉撩起帘子一看，认出对方是佐哥哥的下属王珉。莫温婉松下帘子不理他。我们见过的啊，我是王珉。莫温婉还是不搭理他，她很生气。我晓儿你不可能不记得，从第一次见面我就晓儿，我可惦记着你呢。王珉跟在身边不依不饶，不紧不慢。我的命你怎么还我？莫温婉气恼不过。当昼莫要讲些偕话。这怎么是偕话，自从见到你的第一眼，好像上辈子就认得，你的那个眼神我一直记得，我想你想到差点死掉了，这难道不是欠我一命？至少也有半条。轿子里十分寂静没有任何涟漪。王珉的马跟在轿子边往前走，他似乎在积蓄勇气将自己的思恋之情要一次全部说出来。这些年我调到广东去了，现阵刚刚回来，负责兴全灌要塞防务，我一刻也不曾忘记你。莫温婉说走快些。轿子奋力走起来，三千界的山路再快也快不到哪里去，王珉两腿一夹马蹄声又跟了上来。前面的轿子坐着她的两个孩子，还有两名司机充当护卫骑马在前面走着。王珉的卫队在最后，一个人骑马跟在轿子边上还想跟莫温婉说话，而莫温婉不再理他。王珉说他相信上天给予的一击即中的她。以后，无论她在哪里他都不会离开她，这一切都是从看到她的那一刻开始的。轿子队伍到了三千界顶上，路边有一个为过路客开设的茶肆，大家停下来打邀待。王珉的卫队一字排开只在路边等候，王珉要了一碗油茶坐在小桌子上看着已为人妻的莫温婉，两个孩子南北坐下来喊着妈妈，嚷着往油茶里加砂糖。莫温婉一袭深色旗袍，气质优雅却冷若冰霜。王珉深情地看着眼前自己想念的女子不觉恍惚起来。一个你爱的女人无论她现在是什么样子你都会爱着她，这种感觉过于强烈，而这些年他远在他乡，尽管浪荡不羁心里却只惦记着莫温婉。他无时无刻不在想她。他想把自己的这种思念告诉她却苦于没有机会。今天他活着回来了，他觉得自己可以不顾一切告诉她了。冰冷气质下的莫温婉已经被王珉的话冲击得即将奔溃，她显得有些慌乱。两个孩子吃完点心喝完油茶趁下板凳去玩了，两个司机跟上。王珉坐到莫温婉的桌子上来握住她的手说没有她这一生世他会孤独死。莫温婉抽开被王珉握住的手，脸被气红了，这时她已经不得不开腔，"那你早些年做莫子去了。""我给你旦哥哥打仗去了啊。"王珉再次笼住她的手。莫温婉的眼泪唰的一下流了下来，她再一次抽回自己的手。王珉掏出手帕抹递给她。他说他一回来跟丢了魂似的打听她在哪里。

"这一切都不算太晚，对吧？"

"你活着，我也活着。"

过了界就是下坡路。王珉骑马在山顶上目送莫温婉的轿子离去。他朝天开了两枪才勒马返回到山下停放小汽车的岔路口带着卫队朝全县方向去了。山道上只听得他在唱：情不知所起，一往而深。生者可以死，死者可以生。啊——若无娇娘，无我当归。莫温婉坐在轿子里，王珉的那些话灼了她的心。第一次见面的情形她记得，事实上每一个细节都不曾忘记，但是她并没有想过去爱他。她的所有忧郁和悲伤被自己所经历的事件占据，她没有心思爱任何人，她仿佛还活在那个时间段里，她的身体和灵魂都被封存。现阵她只爱着自己的崽女，而她的家只是她的肉身寄居之所。她白曦黑里忙着带孩子。丈夫忙于公务，白天不在家，黑曦也忙于应酬回来得很晚。她从来没有奢望要求得到更多，更没有必要就此失去眼前的平静。她这样想着，王珉的样子在她眼前却逐渐清晰起来。那曦下旰的头一次见面，别的人她都记不清白了，独独记住了刚刚从欧洲留学归来的王珉。她想去欧洲某种程度上也是从王珉的嘴里听到了这个词，她才去关心欧洲和想去欧洲的吧。她不晓儿这是不是又是另一种命运的安排。回到莫家围见过嗣子和逢母，阚氏和其他亲人，用完膳大家在一起算白话到很晚才回房邑去休息，躺在床上翻来覆去将自己有记忆以来的事情回想了一遍不觉枕头已经湿透了。她披衣下床坐到窗前，围子里的月色静如一潭深水。

"我想你了。"

莫镛良的生意出现转机后不久顾曼卿从上海来觅到他。

她怀着他的孩子。此时的上海已经陷入战火，于是，两人生活在一起并将孩子生下来。莫镛良在岭西城里搞出这么大动静嗣子早有耳闻，他的鸽子飞出莫家围落在莫孝廉的寸斋前。莫镛良到底在做莫子营生？我在渐底下都听到腥气了。一种罕见的发财生意，莫孝廉模模糊糊回他。温恩，你讲清楚到底是莫子生意。万国皮肉生意。莫孝廉晓儿自己已经碰触到嗣子最敏感的那根筋了。嗣子得知后派人去核实。回来的人说的确是万国皮肉生意。他做某个不好，得知此事后的逢孺人着急上火了，你说他做某个不好，十年回来就搞这种东西。形同牲畜，嗣子叹气道，奈若何。这个时候的莫镛良对嗣子的多次规劝已经无动于衷。他有的是钱，有很多种活法，不再仰仗莫家围的施舍，他现在想怎么活就怎么活。他在夜深人静的时候多次估算和确认过，他现阵的财富早已与整个莫家围旗鼓相当。嗣子从多次沟通中感觉他这种忘恩负义的不孝想法后立即萌生了革谱削族的打算。这将又是他修理树枝的无奈之举。可是，这个革谱削族对他冇捏事。莫家围已经丧失了打击力。他不靠莫家围，不靠祖祠社稷来豢养他。嫖娼这条家法向来是严加惩处的，与乱伦，转房，典妻等一起，属于婚礼演绎出来的附属部分，若不加惩处，婚礼也将乱制。然而他感到痛心的是自己的儿子去国十年所学的竟然都是这样一些糟粕，全部被他蒙蔽了。就在嗣子起草对莫镛良革谱削族的告书时小月薰手里捏着一个蓝色信封，拖带着三个子女按着信封上的地址万里迢迢来到莫家围觅他的丈夫。在庭院浇花的逢母一眼就认出了小月薰和照片上见过的孙子孙女。她的水壶哐啷掉在地上双手在衣襟上使劲擦了擦走上去抱住透酥的小月薰。逢母痛斥儿子莫镛良的不仁不义，竟然将他们孤儿寡母拘在海外孤岛不顾不问。尽管小月薰不知道眼前的第一次见的家母在说什么，但她从她的激动当中感受了逢母的温情与慈祥。之后，在莫幼良的翻译下她们就能很好地对话。再往后翻译也不要很快就领会了彼此的语言，其中夹杂了各种手势和会说话的眼睛。逢母对她的新�??小月薰莺莺啼啼的口音喜爱至极仿佛感受到了他们在异国他乡樱花盛开的季节与自己的儿子莫镛良恋爱时的明媚与彼此之间的相思之情。莫镛良开着一辆订制的手工打造的敞篷黄金汽车出现在来神垕的路上。这是一辆由一群雄心勃勃的佛罗伦萨设计师幻想出来的试验品，除了四个轮子是圆的其余部分均荒唐而怪诞乃人类想象力与智慧的结晶。他一脚油过了风雨桥开到莫家围朝门前平地上一个回旋飘停住，前轮压住一株匍匐的车前草，狗和鹅四散惊走，长尾阿鹇儿从枫杨上飘落下来停在汽车闪闪发光的尾部。一头黑公猪卷着小尾巴，晃荡着椰子球大小的阴囊向这只金属怪物走来。莫镛良穿着黄金鳄鱼嘴尖头皮鞋戴着金色蛤蟆镜从车上跳下来。脖颈上晃荡着一条十公斤重的金项链。左手大拇指拢着翡翠扳指。双手各戴一块生肖图案的珐琅表盘和瑞士机芯的方形金表。他从后座上扯出一个因老旧而发亮的牛皮箱子。他庞臁的身体伸出一只脚踏进莫家围，地面上传来隆隆的颤抖与余响。孔雀们一哄而散给他让路。他将箱子往嗣子莫大恒面前一放。这是日本十年留学费用的一百倍，受下吧。逢母很是生气。她无法容忍莫镛良这种无情无义的做法而为此感到心寒。㤉死哩，砍膌头个，头生世作过哩。嗣子说如果是为了让你还钱的话，当初我根本就不会这么做。冇扦格，我不在乎，莫镛良抒情诗人样说道，啊，生命在流逝，再多的钱也买不回失去的时间。他一手抱起一个女儿辻子和驹子，小月薰拉着儿子莫奈良不明所以地紧跟其后出了莫家围，坐上黄金汽车扬长而去。逢母还没来得及和自己的孙子孙女熟络起来。小月薰回头看着站在门口的逢母向她招手，逢母也向她使劲招手。逢母提醒自己的儿子说，你崽不能叫奈良，冲撞了辈分。莫镛良不屑一顾地说，那就是一个地名。

"母爱没有止境，崽女的忘恩也没有止境。"

"人芋头。"嗣子跟伤心而回的逢氏说。

直到解放后，莫元良才在地下室看到嗣子的批语。他的愤怒无以言表，然而他却看到了两个截然不同的嗣子，一个与自己生命重叠的父亲和一个从历史深处摇曳而来却不惟儿女情长所动摇的史官。他在莫氏家语孝道一条后批注：生生不息为大德。亲亲与明明。方不毁人伦而得以远嗣。革谱削族实属无奈之举。其于家道亦不无损伤。自易泪乎庸至于孝。永固不朽之身。因不孝而崩坏岂不哀哉。是以不孝可耻。孝而不敬耻上加耻。西儒恒曰爱不亦如是胡。此亦切近人伦之说云云。莫元良在嗣子的批注后疏曰，西儒以不变即存在推及人伦。世界和宇宙之秩序。而吾人以变即易作为宇宙之肇始。以中庸建立世界秩序。以孝道巩固人伦。存肉身以至永远等等。

　　小月薰的归来令顾曼卿异常伤心，她原本以为莫镛良只有她一个，没想到他在东瀛早就结婚生子，一气之下带着女儿莫尼卡回上海去了。她打算让女儿在上海上学，绝不沾染一丝一毫莫家的腥气。莫镛良也不挽留，他说生活就这样，它可能结出各种果实。却不料，顾曼卿回到上海在整理姊姊的遗物时读到了姊姊的日记和信件霎时间如同遭到了雷击。原来和自己生活在一起的男人竟然是姊姊昔日的相好，而姊姊的自杀也是因为他的无情无义。她去日本觅她姊姊时姊姊已经自杀身亡，她只得回来。回来的路上偏偏又碰到了这个恶魔。她心痛难忍想回岭西城杀了莫镛良。她带着女儿再次来到莫镛良身边，将日记和信件给莫镛良看。莫镛良才想起还有一个他漫漫人生旅途中插科打诨的顾曼如。她们竟然是两姊妹。姊姊已经死在东京，吾侬当时就是去找她的，却变成料理她的后事，她是死在了你的手里。莫要乱讲，我又没杀她。可她是为你而死。你要怎样？要我死了去填命吗？你拿去吧。顾曼卿只剩下一腔悔恨，当晚在自己房邑自缢身亡。莫尼卡从莫镛良那里回来发现自己的母亲悬在大厅的灯架上舌凸眦决如一架掉线的古筝随即吓得摊晕在地。用人立即通知莫镛良。他叹了一口气说都一个样，太烈了。他倒下一大杯轩尼诗，一饮而尽。对这个臌头来说第二晡又是崭新的一瞵。

过完年，莫温婉才带着孩子们返回省城。她到家的第一晡便收到一封令她怦然心跳的信。她把信压在衣柜里坚持不看，次晡又收到一封，她还是把信收好拣拾在衣柜里隐秘的地方。一个多月下来，她已经收到三十多封信。她已经猜到所有的信来自同一个人而且就是他。她坚持不看，那些信就好比堆放在她闺房里的炸药越堆越多随时都有爆炸的可能就像河流积水越积越多四处漫溢她明显感觉到自己快要被淹没窒息了。她想把它们全部烧掉除掉这个隐患然而鬼使神差有一股无法拒绝的力量促使她去打开有一只来自上天的手令她打开。她开始阅读信中的文字，那灼热和沸腾的语言令她不安担惊受怕然而又心急如焚好像撕开了她心中的一道乌云的裂缝让阳光照射下来瞬间院子里的花朵闪耀起来一切事物变得轻逸快然，雪片般的信还在源源不断地往她那已经足够闪耀的地方涌过来令它们更加闪耀，她开始焦躁难耐惴惴不安。这一天她突然没有收到信，整天都异常难过，不知所措，一个人失魂落魄在屋子里转圈从楼下到楼上又从楼上到楼下她希望那封信会按时送来再晚也要送过来以解除她身上的魔咒，邮差来了却没有她要的信。她想过回信，一坐下来准备写信内心便升起一股难以抑制的罪恶感，一如当年她给东瀛写信。于是将笔掷下，把信笺收起来。她怕和以前一样收不到回信，不，她怕跨出这一步再也没有回头路。她收到的每一封信开看过后放进水里搅拌成纸浆然后累叠在案头，突然有一天她发觉这个由纸浆累成的东西像一个人头像一尊疙疙瘩瘩的铁雕塑，那个人就是给她写信的人。她从字符中感觉到对方已经快要枯竭，心力急剧下降，那些信越过了高山大河越过蓝天白云然后低翔潜飞，有时候像是在天上有时候又像在水底有时候又像到处都是水藻缠绕的梦境，而现阵那些文字再也飞不动了，尸横遍野。她也丧失了全部的领地，这竟然是一种精确的两败俱伤。现在这些载着火热文字的纸片中她慢慢领悟到两人许久之前就认识，甚至远在她来到这个世界之前。她经过的所有情感的煎熬都不如这次来得猛烈，令人激荡。她感到晕眩。这不仅仅是男女之事，还有她从骨子里就渴望的东西。她还年轻，三十岁离她都很遥远。终于，盛夏的这天晌午过后，她收到了一个包裹，熟悉的信封，熟悉的笔迹。她一把用牙齿撕开了信封，里面却是一张张白纸。包裹袋子里有一把枪，附带一张纸条。

"来，亲手毙了我，大瀑布酒店八八八房。"

她心底却泛起一种从未有过的暖意。

"相信我，我会来的。"她自言自语，"你不死，我也活不下去了。"

她早起让梅姨修缮了指甲，又试了一整柜的乳罩，抹胸和肚兜，那些她平时觉着十分得体的物件此刻被扔得满地都是竟没有一件合意。临出门前又对镜看了看做好的头发。她穿一件极简的开口很低的白漾漾的没有任何褶子的桑蚕丝吊带长裙，再搭配一双白色高跟鞋，披一件早晚御寒的毛皮坎肩。梅姨给她戴上遮阳帽。她叮嘱梅姨，吴妈带孩子到东西巷去玩耍，玩痨了先回来，而她要去王城附近看衣服。司机将她们放在王城。她一个人沿着江边去了，急切到连掩饰都懒得掩饰了。她轻快地走在石板路上感觉整座城市都在为她轻轻地荡漾。这种幻觉一直伴随着她走进大瀑布酒店的目的地。她推打开房门的刹那看到王珉坐在那里，听到他手里拿着的酒瓶刚刚放下时发出的声响。面前的矮几上也摆着一把手枪。他起身，向她走来。一具香熏的身体迎面袭来，他一把将她搂入怀中，旋转一周将门踢上。她把带有枪的提包扔在地上，仰起噙满泪水的头，目光柔和而甜美。两座隔绝已久的湖泊终于交融在一起随即翻江倒海起来。直到太阳偏西阳光照射到被他吻过的每一个地方，莫温婉躺在沙发上含情脉脉地看着眼前的信中的雕塑。

"你再不来就再也见不到我了。"

"现在，我的魂和魄都丢了，这身体和灵魂都是你个哩。"

他用衣物遮住她的上身。连太阳我都不舍得让它多看你一眼。两人又激吻起来，再一次弄丢过后王珉给她穿衣服，将吊带轻轻地扶正在肩骨上。你穿得这么仔细莫非是要还原一个过去的我吗？对我来说你永远只有一个。我的骨头松完了，走路都难咧。

"我送你？"

"不要了，"莫温婉说，"我就是来还枪的。"

莫温婉走了。她也必须走了。她必须回到那个称之为家的地方去。王珉站在八楼的窗户前看着她从江边的路上离去，一个妙曼的白色身影在榕树下婆娑而去，缓慢的江水在几座裸扁的山头后面弯弯绕绕消失不见。江面上舟楫稠密，一艘白色大船正向码头停靠。江边的凤尾竹兀自茂盛地打扮着这座城市。这个站在窗前可以俯瞰这座城市的房间便成为他们固定的每星期一次的幽会场所。深秋来时，莫温婉在这个房间告诉王珉说我有了。王珉先是一愣遂即跳起来，我们终于要有自己的孩子啦。然后又说你确定是我们的？莫温婉答他，千真万确，我和他已经半年没有同房了。可当她暗想起自己怀上第一个孩子时的境遇难免又有些伤感。我去跟马介廉说我要娶你。你这不是去找死吗？马公馆不会放过你。他们商量了很久没有一个周全的策略。接下来，他们必须共同面对即将来临的孩子，纸终究是包不住火的。

　　这曦很晚了莫温婉才回到家。公差回来的马介廉敲门走进她的房邑跟她说，我们谈一下。在这谈？马介廉眄一眼已经熟睡的孩子，到书房去。莫温婉屁股落座后，马介廉开门见山问对方是谁。莫温婉晓儿事情已经无法隐瞒。一个旧识。马介廉立即跳起来，旧识？你怎么可以这样说话？马介廉意识到自己情绪失控，他没想到莫温婉竟然走到了这一步还这般泰然自若，一种无与伦比的被羞辱的感觉从心头涌起。他把抬起的手放下摁在桌子上定了定神。兴全灌要塞防务总指挥王珉，你哥哥手下的一个红人。既然晓儿就不要问了。省府选举在即，我希望你顾全马家的颜面，不要闹出莫子腌臜丑闻。我不在乎你的莫子省长，我想要跟他过。你不在乎我在乎，跟他过这样的话你都说出来了，事情进展到那么严重的地步了？莫温婉看着自己的丈夫说我有他的孩子了，三个月了，我不想瞒你。马介廉心血上涌，一时间感到有些晕眩。我也是真心爱你的在这个家。你爱我？你在乎的只是你马家的前程，我在你这只不过是物尽其用罢了，你真正忌惮的是莫旦良和逢兴。鬼扯，难道可可和丁丁不是你的儿子女儿吗？真是鬼迷心窍啦。孩子我也要。你真是疯了。他在急速寻找可以控制这一切的法子。这个雷一炸他也就烂脖儿咧，他所能想到的办法只有一个，那就是将莫温婉关在家里，哪里也不许去，乃至孩子也要生在马公馆，哪怕死也要死在马公馆。他定了定神说婉儿，从现在开始梅姨和吴妈照顾你，在家待到，不许出门。这不是你的孩子啊。是的，不是我的孩子，但他是你的孩子，婉儿，那是你的孩子，你是我的妻子，既然是我妻子的孩子也就是我的孩子，有何不妥？啊，你真是无耻啊。真正无耻的人是你。你可以关我，可关不住我的心思，我爱的是他。马介廉侧目打量自己的妻子良久，他问爱有那么重要吗？

"当得不到的时候才重要。"

"当然，失去它的时候也同样重要。"

王珉的信再也送不进马公馆，莫温婉的信也出不去，电话被掐断。他们有如两块被强行分开的磁铁囚禁在各自的处境当中度日如年。莫温婉对马介廉说我快生了，你让我见见他，不然我会死的。让他来马公馆？除非我死了。婉儿，不要闹了，安生把孩子生下来。管家进来跟马介廉道了一声安，附耳报告说王珉求见。回他明天大瀑布见。何管家点头出去。第二晡，马介廉走进那个房间。他戴着白手套，拿着一根笔直的蛇纹木手杖坐到王珉跟前。他异常清晰地告诉王珉，婉儿已经回心转意她受你引诱一时糊涂，她根本不爱你，你还是死了心丢掉那份妄想。鬼才信你，现在她正在你那个阴宅里号叫痛哭，你却从来不在意她的感受，我爱她，她爱我。年轻人，你还年轻，要为你的前途着想。你引诱他人的妻子，国民法庭是不会饶过你的。婉儿自愿要和你离婚，你却不离，你束缚住她到底为莫子？你的省长位置吗？马介廉好像被戳中了要害。他搭在手杖上的另一只手拿下来，杖柄露出金镶绿玉的初月形状。我的事就不劳你操心了，只要有我在，你们永远也别想在一起。婉儿快要生了，那是我的孩子，她们要是有一个三长两短的话我绝不会放过你的。你这是在威胁我吗？那个孩子是我妻子的，我有义务有责任照顾好她。

王珉绝望至极。在马介廉走出房间的那一刻捧住脸恸哭起来，他没想到马介廉如此老奸巨猾，被他打得毫无招架之力。九月中旬，莫温婉在省城医院顺利产下一个女儿。而省府选举也接近尾声，马介廉既没有升上去也没有掉下来，还是原职。近一个月来，马介廉日日做通宵礼拜，不理会她。莫温婉坐在书房，等马介廉做完宵礼从净室出来，他踩在地毯上穿鞋，侧身对着莫温婉，长期单脚掌坐跪令他的右脚有些失重。

"现在可以放我走了吗？"

"你要走也可以。"

马介廉从书桌的抽屉里拿出一份协议。他要求莫温婉在协议上签字，第一裸身出走，不拿走一分一毫财产，第二马可和马丁属于马家，以后不许踏入马家半步。莫温婉眼泪哗啦一下流下来说财产我本来想都没想过。马介廉默然毋作声。第二条不能同意，孩子我们一人一个。马介廉凝然道孩子也是马家不可分割的财产，你一个也不能带走。你同意，就为你的爱情去吧，不同意就继续待在马公馆，这毕竟也是你的家。莫温婉异常伤心地离开了书房。妻子离开后，马介廉长舒一口气如释重负般念了一句教门真言。随后他览到逢兴将其部下引诱自己妻子的事情告知了他。逢兴看着这位略略秃顶的副省长大人，要不是自己做媒和莫温婉说自己的亲外甥女他根本没有工夫管这种感情上的闲事。现阵到什么程度啦？已经娩下一个女了。那不早讲。这种事我怎么讲？管家告诉我的时候，莫温婉已经有孕在身三四个月了。逢兴意识到马介廉现阵来览自己，如果自己不管这件事根由还得摊到自己头上来，到现在已经无法收拾的时候他才来，他马介廉居心何在？就算以通奸罪将王珉抓起来马介廉和莫温婉还能重归于好吗？看来他马介廉就是在摊牌之前过来打预防针的。于是他说，我撤了王珉的职，军法处置。动作太大我也吃不消，我这老脸没地方放了。逢兴大概听懂了他的意思，绍衡兄，那就离呗。莫家围那边总得有个交代。婚姻自由，交代莫子？诚心去刺激莫家围？马介廉其实想说的是莫旦良那里，但逢兴没有理他这茬。等马介廉走后逢兴打电话给王珉，叫他从要塞前线回来的时候一起吃个饭。王珉说三天后回来。他已经意识到莫逢可能晓儿自己和莫温婉的事情了。三天后他还是来览逢兴，逢兴见面就说你把手伸得有点长咧。感情的事情无法控制。你这是引诱，通奸。我们是真心相爱啊。你不晓得这是我做的媒牵的线？做路要有个下数。生米已经煮成熟饭，逢总参谋长处置我吧。嗐，你还赖上我了？作为军人不要拿自己的名誉和前途当戏要。

　　嫩崽后的莫温婉对王珉的思恋与日俱增整天以泪洗面已经到了崩溃的边缘。她要让他看到他们的孩子要跟他在一起，马公馆对她而言俨然是一座冰窖，她一分一秒都待不下去了。数日过后的这天晚上她走进书房，马介廉说想通了？莫温婉毋作声。马介廉从抽屉里拿出那份协议，莫温婉在上面签字画押。她打电话通知王珉马上过来接她，又安排梅姨和吴妈将她的衣物清理好装进箱子。第二晡下午时分王珉从兴安严关要塞防务前线赶归来，汽车开到大门外等候。马公馆的管家已经叫人往上面装东西，王珉远远地站在那里等莫温婉出来。莫温婉搂起孩子向他走去，不承想两个孩子从里面出来喊妈妈。莫温婉尖叫一声，可可，丁丁。转过身来用半边手揽住他们。妈妈你要去哪里？莫温婉一时间撕心裂肺。她摸了摸孩子的脸，妈妈要走了。两个孩子问妈妈不要我们了吗？以后还回来吗？莫温婉语噎而泣不成声，喉咙里潮水般被一根粗壮的萝卜梀住说不出话来。莫温婉站起来扭头往大门外走去，在她走出大门的刹那管家鞠躬说少奶奶你慢行便手一挥下令关门。两个孩子隔离在里面，趴在铁栅栏上猛烈哭喊。王珉接过莫温婉手上的孩子，让身扶莫温婉上了车，然后把孩子递给她。莫温婉不敢往大门的方向睐一眼，任眼泪水哗哗流着。那辆军绿色的小汽车屁股冒烟很快离开了马公馆。两个孩子仍然在大门后号啕大哭喊着要妈妈，梅姨和吴妈将他们撕下来捞回去，马介廉在马公馆二楼书房的窗户后看着这一切，他的拐棍举起来猛然砸向书桌上的台灯，随即瘫倒在那把结实的水曲柳软凳上。

卷 十 六

　　嗣子想过要让本省军政长官莫旦良出面制止莫镛良这个忤
逆之子。这样做的唯一坏处是终究有损于家法的威严，然而相
比让他泛滥下去制止的意义要大于家法的尊严。于是他致信莫
旦良，将这件事的严重性告诉了他。莫旦良回信说他会遵照父
亲大人的意思会知他，设若不听就以伤风败俗的名义羁押归案。
莫旦良远在南京，让逢兴去处置这件事情。逢兴到了啪嗒学院，
他抬头看着那块令人啼笑皆非的匾额。莫镛良带他的老舅参观
啪嗒学院的里里外外，见识了各种美色和春宫道具，以及玉石，
盐砖，玛瑙蒸房。莫镛良指着玻璃后面热气蒸腾的四壁和天花
板镶嵌如切开的恐龙蛋大小的血色玛瑙房邑征询他的舅舅要不
要留下来过夜。逢兴正色说我是来传达你旦哥哥的命令的，勒
令你改行整顿，否则就要查封你这个莫名其妙的学院所有财产。
我这是按照政府提倡新生活的指示开发人体工程学啊，怎么就
要查封了呢？他的老舅说有你这样开发的吗？明眼人都晓得你
在搞哪样。你在日本那么些年不学好，尽学些这种怪器的东西
回来，我都替你丢脸。这也不全是日本的，还有伦敦，巴黎，
彼得堡，以及古罗马，君士坦丁堡，波斯，阿拉伯与婆罗门秘

书等全世界各个国家的，更有中国传统精髓在里面，这是一门大学问，要不能叫学院吗？虽然不像舅舅带兵打仗那样威风凛凛，但这也是一个战场。

"扯卵淡。"

他先叫人把匾额摘下来拉走，那副对联他看了许久。字也毋错，摘走。啪嗒学院就要这样烂脬儿了。这时十五万日本人打了进来，仅用了十天时间岭西城沦陷。莫镛良的新匾额甚至都还没来得及做好。逢兴的军队战略撤退，不晓儿撤退到了哪里。莫镛良的生意再度死灰复燃，只能用火爆来形容，顾客全部变成占领岭西城日本军部的军人。他们在岭西城除了满城抢劫之外唯一的乐趣就是沉醉在啪嗒学院美人怀抱的温柔乡，还有那思乡时可以用来解渴的日本艺伎和富士山。日本方面梶田中佐提出一个左右莫镛良命运的决定，那就是让莫镛良担任岭西城的市长，以助日本军部宣传大东亚共荣新政策。此时的莫镛良就是再犟再蠢只怕也听到了血腥味。他表示无法担任皇军所期望的重任，他只不过是一个妓院的老板。梶田中佐说你说错了，你的情况我们早就摸透了。你是莫旦良的弟弟，逢兴将军的外甥，在大日本帝国十年，还娶了月薰家族的二小姐为妻，你是本省再合适不过的不二人选。梶田中佐加重语气强调道，就是说唯一人选，为了天皇和大东亚共荣你应当义不容辞。我们可以保护你的产业，当上市长之后，啪嗒学院可以委托别人管理，当好市长才是你人生意义的新篇章，而不是去当一个妓院老板。

尽管梶田中佐说得天花乱坠，莫镛良还是不从。中佐便命人将莫镛良的家小全部羁押起来，并通知他尽快上任，否则小月薰和他的儿子女儿将被关进大牢。一周之内不通报上任便关掉他的啪嗒学院和没收他的半条街。就这样，莫镛良在敌占时期当上岭西城市长的消息一时间通过报纸传遍了全省，随后全国都晓儿了。莫旦良，莫元良闻讯，为他们有这样一个弟弟感到十分震惊和痛苦，就如时时有一把尖刀抵在肋间。嗣子莫大恒得知这个消息后面色铁青，这无异于给他胸口上再补戳一刀，咳出了一口桃栅大小的瘀血。他抹掉瘀血，左手捂住胸口，脸色葭白，起身走到桌前着手完善将莫镛良革谱出族的文书。另外向远在南京重庆方向的莫旦良和逢兴致函，要求在报纸上刊登这一消息之外还要补刊铲除莫家围逆子的申明。信函将将发出去没多久便收到了莫佐良战死的消息。莫家围此时遭到倭寇的轰炸，血洗，陷入全面崩溃。莫安妮遭到倭寇强奸的那个冬天，嗣子莫大恒在送走自己的儿子莫佐良之后的当曛夜晡也驾鹤西归。

"他们这是逼良为娼。"

莫镛良比任何时候都清醒地意识到自己已经堕落成一个众矢之的的傀儡。每每从公署下班回来，回到他的安乐窝啪嗒学院喝酒至下半夜三四点，拂晓前躺下，眼前的活色生香才是人间乐土才能令他打起精神活下去。他喝下一口酒说，"月亮是夜晚永远的伤口。"大堂经理过来告诉他，有一位顾客承包了玛瑙汗蒸房一个月。他想要见见老板。不见。他说和你是老朋友。这个世界除了男人和女人，哪里还有朋友？然而他为这一新鲜的说法所勾引。他将一杯马爹利点燃，一朵蓝色尾巴的小火苗有如一条小鱼儿游进他的喉咙，随后便朝玛瑙汗蒸房走去。敲开门走进去的刹那被一把枪顶住了太阳穴。余光一扫，没有认出顶他的人。他看见坐在蒲草席上的女子和一个老头骨在喝茶。女子示意白娜放开他，把门关上。市长大人，你不认得我啦？

莫镛良听到这声音才猛然清爽起来。

"秀孃——竟然是你。"

"五爷，我来看看你的生意做得何里样儿。"

"我都以为你死了。"

"何落。"秀孃微笑着说。

"又听到讲你当了土老匪头子。"

"有的人还活着，我何里能死。当土老匪也是真个。"

"哈，你讲的是哪个？"

"梶田。"

于是，秀孃要莫镛良交代梶田到啪嗒学院来的日期。很危险，现阵全城都是日本人把守，出不去的。这个就不劳你操心了。梶田只要他在岭西城里每晚都要来这里，我这万国皮肉店里的美女他都要过一遍，除了日本艺伎他不沾，其他挨个国家来，前儿晡是泰国人妖，今晡黑曚是伊斯坦布尔姑娘，明天是莫子还不晓儿，不过往往跟小日本军事进攻路线有些关系，德国和意大利盟国的艺伎他也很少碰。你明天提前通知我啰。我也不晓儿现的他要谁。五爷不诚实。我是为你们的命担忧。说了不用你管，你是害怕倭寇览你麻烦吧？你现阵已经够麻烦的了，我是帮你了断这麻烦。要像你说的那么简单就好了，事情比这麻烦一千倍。我晓儿事情很麻烦，但也没有你说的那么麻烦，你今晡夜里就在这里和我们一起过夜吧。我现旳还要去公署上班，下班后才能回来。这不行，万一你给我捅出去了我们几个就真的要死在你这皮肉店里了。现旳我不去上班，他们也会找到这里来。那你的意思是？你没有别的人可以相信。

"我信你。"秀孃看着他说，"人各只有一条命。"

莫镛良离去之后到第二天晚上没有发生异动，秀孃相信莫镛良并没有出卖他们。到晚间,送茶水的服务员进来从茶托下面递给秀嬢一张纸条,上面写着:七点后,二楼檀香山房,美国女子黑珍珠。

"去,还是不去?"

这是秀吉现在纠结的问题,万一情报是假的,那她就是自取灭亡了。回过来想,莫镛良真要出卖了自己,不用等到现阵,他早可以叫人给他们包围捉了去。白瞎子说万一他不想承担泄密的责任让我们自己送上门去也不无可能。他来个螳螂捕蝉黄雀在后,还能立功。白娜从楼下探风上来说梶田进来了,门口有四人把守,大堂有四人,楼梯口有两人,他的房间外面有两人,还有一个司机在车上没下来,一共十三个人。叫我们的人做好准备,一对一刺杀,司机也不要放过,我亲自去解决那个梶田。已经传令下去,外面由父亲指挥,檀香山隔壁两头房间都是我们的人。现在要去觅到那个美国姑娘。半个钟头后,美国姑娘拎着一个小包往檀香山房走去。两个门卫对她进行搜身,美国姑娘大方地凑到他们身上,并往他们的裤裆里捏了一把。门卫屁股顺势后弓蹲下身去,从脚踝小腿内侧往上摸索,美国姑娘识懂地在他们脑后摸摸。门卫在下身忙活一阵凑上脸在大腿之间深吸一口气又往腰间和胸部伸手,检查了她的拎包才开门放进去,随之一个立正两人站回原位,相视一笑。美国姑娘进去,发现坐在那里的是莫镛良。随之,从隐墙后走出了一队便衣四个人用枪指着美国姑娘。梶田拍手走出来,说,"听说你想要我的命?"

"What?"

美国姑娘一脸不解地问。就在这时,门开了,秀嬢,白娜,白瞎子等人冲击进来朝梶田与便衣队射击。美国姑娘中枪,秀嬢冲上去将她扶住，瞬间变成肉盾。秀嬢一枪打中梶田。一人想去救梶田又被秀嬢击中，其余三人和白娜的人对射，白瞎子一个飞身，挡在了白娜前面，当即身中数枪。秀嬢这边十人与他们五人相互对射，对方五人中弹倒地，秀嬢和白娜之外的八人也中枪倒地。秀嬢大吼一声上去对着梶田的下阴胯裆连开数枪打得血肉横飞，烂如稀泥。莫铺良尽管早就自己趴在地上却被乱枪击中。白娜说，告密者可耻。正要一枪毙了他。娘卖姆子，莫铺良说，大堂经理，快去，快去。秀嬢走出房间回到二楼回廊，一楼大堂上四个日本兵被刺杀，下面已然乱成一锅粥，没穿衣服的嫖客和青楼姑娘们在下面四处乱窜，人撞人，人踩人往外逃。门口，楼道门卫和司机也被刺杀。大堂经理逃逸。不到三分钟，远处的警报声朝这边尖厉而来。十余把机枪对着逃逸的嫖客扫射。沿着街巷还在逃的人也被射杀。所有的人又被射回啪嗒学院挤在大堂里，秀嬢衣不遮体，头发紊乱，白娜和其他人一身嫖客打扮的样子挤在人群中。倭寇览到莫铺良，他身上也中了枪，不过并不致命。倭寇押着他一瘸一瘸从楼上下来，后面抬着梶田的尸体。莫铺良一条腿站在楼梯上，脑袋里叮的一下响了一声，他觑到莫元良正在人群当中。随即他的那条腿一软视线荡开，倭寇搡他下到大厅。他用日语跟他们沟通，十分肯定地说啪嗒学院遭到了共军地下党锄奸队的袭击。他们猎杀的对象本来是本市市长，结果他和梶田在喝茶，是梶田和他的人保护了他，救了他。

"锄奸队人呢？"

"都死在屋里啦，八个。"

这时，大堂经理被押着过来指认锄奸队的人。并且看到了莫铺良。莫铺良不动声色跟他说，好鲜认。先去楼上房间，查看房间里死的人，认出了白瞎子，说这是头儿，我认识他那双锄头似的大脚。然后再对大厅里的人一个个指认，认一个放行一个。拿着登记簿一个个对应。白娜从他面前经过，大堂经理又看见了那双鹤镐般的大脚露出的趾而心惊胆战。莫镛良在痛楚中一直盯着经理看，他抹一下额头说，就是——他话没说完，这时从东西巷上传来浓密的枪击声，倭寇立即躲闪还击。大厅里的妓女和狎客一窝蜂如潮水般往外奔去。秀孃和白娜一伙几经腾挪消失在巷弄的褶皱当中。黑暗中的枪声并没有进攻的意思，啪嗒学院的人逃散后枪声也随之消失了。倭寇又羁押着大堂经理到死人堆里去认，认过一遍后他摇头说没有发现锄奸队的人。

日本军部对这次刺杀暗中派人来调查，南下战役总指挥官冈村宁次新派草薙吹石大佐接替梶田的职务，报纸以梶田中佐保护岭西市市长莫镛良为帝国事业成仁为名刊登。莫镛良伤好后又重金聘来各国艺伎，恢复了啪嗒学院的生意，不但重修，还觅到更多的女子来到学院。在这之前的一天夜里，莫元良半道上截住他。镛良，收手吧。莫镛良扫了一眼他的哥哥。天下美色，人间尤物，我都有了。但你没有爱。莫镛良一阵狂笑驱车离去。次日，他携夫人小月薰在啪嗒学院隆重招待了草薙吹石大佐。吹石大佐说，市长大人，我可不能像梶田那样把命丢在妓女身上。莫镛良纠正他说梶田中佐是为我而牺牲，为帝国而牺牲，为他干一杯吧。

"かんぱい（干杯）。"

两只杯子碰在一起。接风宴之后草薙吹石不再光顾啪嗒学院，只派车过来将艺伎带回寓所。大堂经理因贪污受贿被莫镛良开除，从此消匿于人间。

莫温婉与王珉私奔的消息再次震惊到莫家围，随后莫家围便接到马介廉的放妻书：夫妻姻缘，情深义重，共被之缘，结誓幽远。夫唱妇随，一座两美，结缘不合，堪比饮鸩。二心不同，难归一意。虽处一室，犹比狼羊。今各还本道，祝愿妻娘子相离之后重梳蝉鬓，美扫黛眉，择取不世良缘。怨憎冰释，一别两宽，各生欢喜。生居幽洞长下门庭，虽佩卑贱之名，然常存悐悔之念云云。莫温婉离开马公馆一个月后才从姐姐莫伺其口里得知马介廉还有这么一手，借此撇清与莫家的关系外，无非是想最后再羞辱她一番罢了。逢母得知莫温婉与王珉私通而导致与马家的协议离婚，为此感到怅然若失。婚姻和爱情在嗣子这里再次展现出一幅奇特景观。两个孤独个体是如何连接在一起的？他的女儿莫温婉已为人所不齿，她不遵守游戏规则。逢母茶饭不思好多天又想起当年地窖里的一幕，然而无论怎么讲她还是他莫大恒家的女儿，逢母便觅理由去逻轻自己的女儿和看望那个新生婴儿。她惋惜的是那两个龙凤胎外孙再也不来莫家围了，莫家的一星骨肉从此将沦落在外。莫温婉和王珉的事情终究为莫旦良得知，他自问，错误的事再错一次还是错误吗？他的舅舅兼参谋总长说，那要看是什么事。

　　王珉被调离兴全灌要塞防务总指挥一职，安排到全县区指挥部当指挥官。随后又在神仙洞剿匪一役中失利，最终下调至神垕片区。莫旦良没想到他会成为自己的妹夫，逢兴更没想到自己亲自挑选派往欧陆留学和前途无量的王珉会做出这样的事情来，唯有莫镛良觉得自己的这个妹夫勇气可嘉，第一时间送去鲜花和祝福。莫元良让高芙蓉去抚慰莫温婉，她从莫温婉身上仿佛看到了当年自己的境况感到难过而不愿意这么快就去。只有一次在回神垕的路上，他们一去一回在路上碰到了下车，在路边算了一阵白话。莫元良夫妇是嗣子革谱出族的，但在莫温婉心里那个大哥还是自己的大哥，并没有因为他的出族就不是自己的大哥了。而高芙蓉与二哥结婚，又与四哥私奔，最后却嫁给了大哥。这事为她小时候所亲睹，那阵惊骇不已也不理解，现在自己经过了这么多事体似乎也晓得了生命中这种种藩篱与无奈。他们算的话也在这种人生荆棘棘的凹凸不平之处轻轻滑行，不刻意刺痛，却并非不明白其中的痛楚。而莫元良与王珉这个对手现在却以妹妹的未婚夫正式照面。以后怎么办？王珉给莫元良递烟后问他。照顾好自己的爱和自己所爱的人。莫元良点燃烟，深深吸了一口然后吐出一根细而直的烟柱。有莫子需要来览我啰。王珉向他投去温和的一眼，但他从眼前这位大哥身上看到的是一种无法辨识的陌生。谈话结束之后各自赶路。而还有一个人则惶惶失措，那就是莫幼良。他回到岭西的那段时间与莫温婉在莫氏试寓碰过一次头。其他人在客厅里欢聚，畅叙别情。莫温婉走出客厅，莫幼良跟屁股出来。两个站在大榕树下一动不动。"幼良，你为什么不回信？"莫幼良仍在动容中。他怕她会像莫佑良那样被吊死，只要他一回信莫氏试寓就会截留。"你让我等得好苦啊。"两人闪电般拥吻在一起，可是莫温婉身体一颤迅疾攘脱他，"我们是兄妹，幼良，亲的。"她悲伤地说该过去的都过去吧。莫幼良说只怕我这里是过不去了。她绝望地看着自己的弟弟，然后以正式的语气告诉莫幼良。

"我们的孩子还活着。"

他看见月亮突然从树叶间掉下来砸在了地上。

太平洋战争爆发于十个月后的那天早晨，全城一片肃静，日军连夜撤离了岭西城，留下一个莫镛良没有能力也无法收拾的烂摊子。莫旦良和逢兴的军队重新回到了城里，他在他的市政公署办公室被抓走。临走时他抓起一张办公桌举过头顶摔在地上像摔碎一只硕大的甲虫。面对行刑队前后错开的双排黑黢黢的枪口，莫镛良跟他的舅舅发泄着不满。

"一项如此简单的快乐被你枪毙。"

"不，"逢兴戴着白色手套的手在空中轻轻往前一弯将紧张而稠密的八月最后一天早上八点最美好的柔光划破，然后背过身去，"我要枪毙的是祖国的敌人。"

莫镛良不作声，突然对他的舅舅提出意外请求。

"我要剖腹。"

他陈述的理由很清楚，当年是他送他去的东瀛。逢兴想告诉他，这一切跟去没去东瀛毫无关系。可他什么也没说，立刻成全了将死之人最后的愿望。在他舅舅和行刑队眼皮底下，他将那套不太成熟的仪式按部就班做了一遍。松绑后，莫镛良接过舅舅递给他的军刀和一双白色手套咬住，往前走了七步，脱掉身上宽大的衣裳铺展在泥土上后盘腿坐下。他松脱裤头捋了捋紧了紧折叠压好，拿起面前的长刀，一粒寒光在刀刃上滑动。他用戴手套的食指中指烫过刀面，错手握住刀的中部，刀尖对着腹部一侧猛地一下刺进去五寸有余，随后开始拖动刀锋往右侧拉动。脖子上的经络和肌肉犹如伞骨一根根绷直，嘴角被拉裂，渗透出血丝。刀锋划过的切割线犹如一艘小船驶过留下的航道，犹如一道卦符横亘在肚脐眼下。鲜血披挂下来，白色裤头染红。行刑队依然用枪瞄着他没有一点松懈。莫镛良松一口气，回转刀锋逆向回拉，另一道切线从肚脐眼上经过。当刀刃抵达左侧出发点时猛然一下，肠子和内脏喷出来，满地都是红白交杂的东西。他摇晃了一下，但并没有倒下。他抽出长刀，拭净刀面上的血迹，横放在地。鞋子里灌满了血同踩进泥泊地里样。那堆肠子切断的部分鼓出黄色的秽物。嘴蚌吃力而变形地翕动了几下过后流泻出极其微弱的声音。

“四十年来只欠一死。”

逄兴跨步上前拿起地上的刀，向上一挥。莫镛良的头颅在空气中刹那落地。一股鲜血从那碗口般大小之地喷射出来许久才萎蔫下去像慢慢拧紧的浇花水龙头，事实上并非如此，齐刷刷切掉的脖子并没有血水喷出，而是从肚皮上的那条航道顷刻泻出。

“开火。”

逄兴指着那具依然不倒的无头尸命令道。

十二挺机枪霎时冒出火苗，全部射向那座巨大而庞鳒的身躯仿佛射在橡皮泥上。一阵震颤之后轰然倒下，撞起的尘土卷起一阵沙尘暴龙卷风。啪嗒学院的三百名女子在枪决现场为他落泪恸哭，枪声响起来那一刻一部分晕厥在人群中。出殡之日岭西城里那些昔日的青楼对手组织自家姑娘排列成方阵浩浩荡荡为其送葬，多达上万人数。逄氏在尚未恢复的极度悲恸中一阵犀利的疼痛如一柄白刃穿过她的视域向心脏袭来使她突然从被窝里弹起。

“小宝走了。”她异常清晰地说。

这是她的第四个孩子被人从她的心窝里掏走，挖走，抢走。使其遭难的不是别人，竟然是她的亲弟弟，下令执行的是他的亲哥哥。逄母无从了解更多的细节，悲恸却蔓延到了骨髓。每走一个，她需要用巨大的能量和记忆功能才可将它弥补起来乃至好像从来没有失去它们一样。这是一件多么艰巨的任务啊，跟补一件衣服或在衣服上打补丁不一样，它们是变动不居的，而她要它回到它应该待着的位置继续看着它们成长，一如她经常的泪水分为过去和未来的，是泪水落进了她的眼中一如雨水落进了大海，而不是泪水从她而出。腊月入水感到冰清之际，天色将晚，小月薰带着自己的三个孩子还有顾曼卿留下的莫尼卡来到了莫家围。逢母抱住她这位可怜的新姒恸哭不已。莫镛良什么也没有留下，只有那枚他曾经戴在自己手上的翡翠扳指留给了妻儿。"帝国已经战败，"梶田的上司草薙吹石大佐讲这番话时麦克阿瑟拉着裕仁天皇照相的报纸已经公之于众，他在撤离之前一再问她，"要不要随我的货船回国。"她说她回不去了，她的丈夫和孩子都是中国人。在往后漫长的岁月里，玄武房莫少信镛良氏的遗孀一直留在莫家围老围西边的某间屋邸直到将四个孩子盘大。当听说小月薰一家要住进莫家围的那一刻，莫伺其和卫臻夫妇搬出了围子。莫伺其不能忍受自己的嫂嫂是一个戕害过自己的日本人。

"伊是我个新姒，"逢母训斥道，"而你是别个家个新姒。"

终于，岭西省城收复之际莫元良和莫旦良一身便装在王城内见面，尔后同登独秀峰。多年前，他不辞而别仓皇逃离的景象依然历历在目，而眼前的二弟莫旦良已是岭西省的军政长官，他人生的转折点竟然是从山麓下那座毫不起眼已被炸毁的不复存在的陆军小学开始的。随后，他跟随同盟会中山先生的脚步在三民主义和联俄联共扶助农工的带领下开始北伐。岭西省创造性地从三民主义化出一套自给自卫自治的国民兵团制度，他们才得以在中国站住脚，并使之声名鹊起。欧洲国际战略学家来岭西省考察之后说这是全民皆兵，与墨索里尼的法西斯一样。莫旦良赞同父亲的说法，这是中国自古就有的制度，闲时务农战时为兵，何来法西斯一说。莫元良说岭西省滴水不漏，别人插足不得，这联俄联共只怕也被这国民兵团压制住了。没有这国民兵团制度，穷山恶水的岭西省在这二十年里如何崛得起来？后来蒋先生容我们不下那就打吧，中央军黄埔系要灭我们，我们自然也要抵抗，他违背中山先生三民主义宗旨搞独裁，我们自然也要纠正。难道这不正是中山先生自己有这样的想法？莫旦良侧目看着自己的哥哥颇有不解，为何他会这样想。莫元良说蒋家大公子还在莫斯科呢。莫旦良似有所悟。莫元良将话题引到别处说，这未来的路怎么走？二人已经登到独秀峰山顶。莫旦良说就像这岭西城内的三座孤峰突起的山，独秀峰，叠彩山，伏波山，山与山各个不相连，但又彼此相属，水绕山环，这就是三民主义。这更像是美式民主政体的架构，你们还要继续打下去？这就是中国的道路。据我所知，按照中山先生三个阶段的设想，你们军政时期的路还没有走完，训政和行宪是不是早了些。有些人不想太晚。日本人一走，剩下的事情就很清楚了。然后他看着自己的哥哥莫元良。莫元良说这独秀峰为何得天独厚，在这王城之内。我国的国体难道向来不是以大一统为国体的吗？政党制度是现代政治制度，这是甲午以还百年来所遭受的惨痛教训才培起的一息胎气，只是不晓儿是国民党还是共产党哪个更加符合大一统之国体。莫旦良再次看了一眼自己的哥哥，笑笑说不管是哪个党，共和大抵是不差的，也是唯一的。他们在文曲庙前，跟着游客烧了三炷香。莫旦良说这科举没有了，文曲星照样照在百姓心里，观音，财神，文曲星，这三样大概是百姓所喜欢的。莫元良说我们莫家围对这些东西一概不能沾，今晡我们也破例一回。这三样样样都很能代表我们民族的性格，观音送子，事关血脉继嗣，文曲星事关文举和官运，这财神和福祉息息相关，对于百姓而言就是土地。莫旦良说是啊，我们的父亲只能让我们读圣贤书。你刚才讲的最后一条精辟，国民党和共产党最后的区别也在这里头。谁把土地问题解决好了，谁就能让百姓富裕起来，谁就能坐得住这大好江山。所以，你们的革命叫作民主革命，而共产党的革命叫作新民主主义革命。这里面的区别就是对土地依附关系的理解存在根本差别。革命的动力机制自然也有霄壤之别啰。大哥学经济，也懂这里面的道理？经济经济嘛就是经邦济世。父亲幼阵个曝曝晡和我们说世界变了，究竟是哪迍变了？伊也话毋清白。是的，这倭寇一走，我要到祖山去看他一看了。三弟也走了，这都是倭寇造的孽。走了很多人，在山下那些洞窟里倭寇用毒气弹。我晓儿，倭寇洗我的城，我要喝他们的血。莫旦良望着远处的山峦说祖国多么具体啊。莫元良也凝望着远处好似在答他。今晡黑曝，有一位舅舅的校友日本军事家樋口君到府上做客，一起去坐坐？好啊，我也想见见舅舅大人哩。

他们从山势陡峭的崖壁石路上下来，走过一处榕树和槐树合抱的景致，莫旦良说树也可以如此何况人。莫元良说把那木字旁拿掉，这两字大概就是我们今晡个谈话。莫旦良哈哈大笑说大哥在泰通银行神垕支行太屈才啦。两人经过北伐时所立中山先生方尖碑后直接往汽车上走去，便衣护卫早聚拢来将二人护送上车。临到上车之际，莫旦良跟莫元良说我坐你的车。示意护卫车队在后面跟着。那就屈尊我们的莫将军咯。莫旦良一边上车一边说我还没那么金贵，随即话锋一转说蓉蓉现阵还好吧。身体已经恢复了。我和蓉蓉之间有名无实。不用解释，蓉蓉说她和你就是江面上的两条船照了个面各自走各自的。是啊，她外表高雅，内心坚毅，回想起来真是一个难得的好爱人，那个时候不懂，现阵我还后悔咧。你是真后悔还是冒酸气？莫旦良大笑说准确讲是羡慕。随后他们便沉默下去，谁也不想去提莫佑良，心里却指向了这位早夭的弟弟。莫元良开着他的青色雪佛兰小汽车到了绥靖公署后没有进去，说回去换套衣服。莫旦良看着他的哥哥离去直到小汽车消失在人流之中，世间的一切既那么温馨而又都变得异常坚硬和陌生。莫元良折回王城去象山书局觅到高芙蓉。她正在整理架子上的书籍，莫元良突然到访令她有些诧异。莫元良喊她一起去吃晌午饭。离吃饭还有半个钟头，高芙蓉请了假出来，两人在王城内一家小饭馆要了菜坐到角落里各点二两螺蛳粉，高芙蓉说酸笋要双份，莫元良则多加一份脆皮锅烧。内战已经不可避免，莫元良简单说了上午和莫旦良会面情况后得出结论。这情况要不要向组织汇报？这只是判断，并无具体证据。黑曛有一位叫作樋口大迁的日本军事家要到舅舅屋邸去拜访，旦良约我一起去，我过来和你说一下。

吸吸嗦嗦吃完，落肚的酸辣顿时驱赶了爬山的劳累。莫元良将高芙蓉送回书局。临走时高芙蓉挚一套刚刚到货的四卷本林纾译著的小说给他。

"带给莫雷，伊诃好几到哩。"

莫元良接过书摸了摸封面上著作者的名字，然后回家换了衣身往逢兴的府邸而去。门打开时第一眼看到的竟然是高耀青。莫元良才晓儿国民兵团指挥部已经撤销，高耀青现阵是逢总参谋长的私人秘书。高耀青告诉他客人到了。引到客厅时，风度翩翩的逢兴站起来一个劲夸赞自己的这位外甥。两人拥抱了过后逢兴把他介绍给樋口大迁。

"幸会。"樋口说。

这时门铃响了。逢兴跟高耀青说一定是旦良来了。开门迎进来的果然是莫旦良，进来坐定逢兴又介绍了一遍。樋口说久仰莫将军大名，可惜我们没有交过手，我就要走了。在中国战场上，樋口君好意思说这样的话？站在我陆军的立场，我是不愿意他们搞卢沟桥事变的。满洲就应该？莫旦良直截挡回他的话令樋口有些窘态，皇姑屯事件正是他所谓的军事生涯的杰作。请坐下慢慢说，那个上等兵要我回东大医院治疗。逢兴在旁打趣说，还好没安排樋口君去神经病医院。他们知道自己说的是谁，相互大笑。逢兴跟樋口是校友，且比他高两届，现在的樋口大迁已经是日本士官学校的名人啦。逢兴说日本军校继承的是德意志人法兰西人大不列颠人的军事传统，中国留学生在那里学的其实是同一个传统，只是加了老祖宗的东西在里面。莫旦良说我们在军校一开始以为是学日本的，后来才知道学的是德国。樋口说日本全面吸收了欧洲，尤其是世界军事发展的成果，你们的学生学我们，也不会差的。不过，中国有自己的军事思想传统，只是没有进入现代军事领域。逢兴说樋口君有两个著名的军事论点，一个是持久战，一个是最终决战。樋口君说持久战是德人卡尔·冯·克劳塞维茨提出来的，我只不过将其发挥了一下，以便符合现代战争的发展，局部战场是迅速的，而全面战争则是持久战，拿破仑进军俄国就是这样的例子，克劳塞维茨当年亲自参加过那场战争。中国的共产党人已经意识到了这点，日本在中国现在就陷入了持久战。一国侵略另一国被侵略者必然全力反抗，敌我双方投入的力量是慢慢累积而叠加的，最后就变成消耗战，最终成为持久战。我刚才说不赞同卢沟桥事变也在这里。日本不应该将战线拉这么长。我们只需要满洲国，让它成为大日本的大后方，而满洲国也应该成为大日本的大后方。莫旦良勃然道怎么叫应该？只要日军在我国土上存在一天我们就要战斗到底。莫将军请听我说，逢总参谋长刚才提到了最终决战，这个才是我对日本，中国，东亚，以及太平洋未来命运的思考而得出的结论。我认为东亚作为世界文明的代表和美国作为世界文明的代表最后必有一战，这就是最终决战。这场战争是围绕着太平洋两头的两个文明而进行的，那么日本首当其冲，日本军事和军工走在中国前面，有责任来承担这场战争的主要任务，但日本没有纵深军事防线可以构筑，因此我提出满洲应该是日本的，用以作为最终决战的能源补给地，而我国那帮蠢才却要南下占领中国，这绝非我的思想，与最终决战和人类命运的发展完全背道而驰。莫元良说中国军事思想核心的一个词是人心，也就是说它是政治的延续，纯粹的军事侵略大概是不存在的。樋口君提出最终决战的前提设想在必然有这样一场太平洋战争，因此将侵略满洲的事实合法化了？这个只怕没有人能够接受。你想这样一来日本变成夹心饼干，美国要跟日本打，中国也要跟日本打，哪里还有什么最终决战？最后就是自取灭亡啦。樋口说这是对东亚不负责任的想法。逢兴说我读过克劳塞维茨的书，他说拿破仑刚开始很厉害，后来被别人打败了，别人也学拿破仑的军事思想，以及对阵列和武器的运用，比如散兵作战，现在全世界都变成这样子了。当然，这可以看成一种持久战思想，也可以看作军事思想慢慢丧失其优越性的理由，最后还是要回到人心和政治上来。莫旦良说我赞同。樋口说这是一部分，科技的发展在未来的战争中具有绝对优势，比如飞机，以及比飞机威力更大的爆炸性武器。假如拿破仑的军队无须进入莫斯科就把莫斯科炸平了，他还能不征服莫斯科和俄国吗？他的欧洲大一统早就实现了。莫旦良说现阶段还没有这种具有绝对优势的武器，如果有战争就是另一番景观了。是的，逢兴说，现在一只脚已经踏入二十世纪中叶，那种武器估计也不会太遥远了。那么，莫元良说，是谁在为拿破仑打仗或者说拿破仑又在为谁打仗？樋口说法国资产阶级。逢兴说这是拿破仑的命根子。莫旦良看着莫元良，上午登山时他们已经谈到过这个问题，这涉及中国革命的根本问题。樋口说中国必将进入现代，这是历史趋势。最终决战不管发生不发生，都要进入现代。

谈话进行到十一点樋口大迁准备离去，他心事重重地看着各位陈述了一个盘桓已久的想法。如果中国和日本联手，世界将是另一番模样，日本有技术，中国有人口，能源和战略纵深，二者合璧就可以问鼎天下，让优秀的大东亚文明成为世界超级大国，汉和联军北上拿下西伯利亚跟德国会师，南下擒拿印度，印尼，然后远征澳大利亚，踢掉美国西太平洋门户。

"不过，现在一切都晚了。"

"樋口君，"莫旦良站起来指着墙上地图上的澳洲方向说，"当初，如果你们将赌注全部押在南太平洋中的那只大闸蟹身上，那么，大和民族的国运则会完全不同。"逢兴和莫元良面面相觑。"啊，这是一个天才的想法。我会想你们的。"樋口走到门口接过高耀青递给他的帽子喃喃自语道，"一切都晚了。"

卷十七

　　六月里，一位二十岁出头矮小精瘦近乎侏儒却有一身精健的铁一般坚硬肌肉的黑色男子当昼在屋邸行走，若不是那口白牙和炯炯有神的眼睛准会被人撞个正着。他一进入溅底下就喊逢氏的名字，叶隆回拦住他。叶隆回你哪门回事？我是嗣子。叶隆回当场愣在那里。然后莫大康出来他喊一声温述，莫大康一脸茫然。这声音跟嗣子莫大恒太像乃至他不敢瞬间判断这人是什么来路。他直接走到逢氏的屋邸，逢氏在整理衣物，他说娿人家，我归来咧。逢氏一时间没反应过来被这极为相似的声音摄住不敢动。我走了这么远的路才觉到你们，你们是怎么啦？看着眼前矮小而黑如炭烧的男子逢氏毋作声，默到这不是嗣子，但只要他一开口他就是嗣子。她被这种幻觉笼罩住竟渐渐觉得他是嗣子。阚氏不明就里给来者端上一瓯儿茶。嗣子说新姅，难谓你。阚氏被这一声呼唤骇着了一失手茶瓯儿掉在地上碎开了花。莫高世敏，莫安妮，一一被他指认，叫出名字。围子里的人大多数也认识，那因嗣子逝世而陷落的所有细节又被重新激活，人们才怀念起嗣子来，硬生生地插入他们的生活当中。

　　"嗣子又回来了。"

逢氏走过来将眼前瘦小的男子抱在怀里说你何里不早点回来。众人诧异。他说我觅不到你们。就这样，嗣子转世回来并且得到了逢孺人的承认。当晚，逢氏将其引入正寝，躺在床上听他说话，让这屋邸慢慢回到嗣子走后留下各种洞窟的时光重新充盈起来，他的声音在这偌大的屋子里余音袅袅。他躺在她身边，向她说着她右边奶膀上有一颗红痣，痣上长着一根铁线虫一样的黑毛，然后用手抚摸。逢氏沉浸在过去的一片幻影中，如梦如幻，好像这一切都是真的，时光又回到了过去。她用手在这黑炭一般的身体上游走，在他的肚皮上弹跳，这矮小的身躯竟然着火样烫手，她无意间已经翻过身来听嗣子在说过去的事情，她的手已经游走到胸脯好似在寻找什么。我不认为你是嗣子，但我需要你的声音填满这宸康的屋邸。白孃啊，我就是嗣子，我经过千辛万苦才找到你咧。逢氏的手开始游走到他的背部，他的臀部，然后又回到肚脐的位置，可是她碰到了那个东西，在经过一片坚硬的密林之后她本能地向下探去，顿时被骇得脸上发烧。此刻，她相信哪怕他不是嗣子也是嗣子给她送来的礼信。

那道灼热的光芒进入她的身体，莫家围的嗡嗡声中增添了一样波动，犹如金属发出了自己的声音。她的乳头像伞菌在朝露中迅速长大。当她把那件异物导入自己身体的那一刻她不停地抽动起来，直到第一股电流过去她又开始寻找下一股躲在身体里某个位置的电流而后慢慢积蓄，放大，然后又一次绷直双腿扬起颈嗓将那瘦小的嗣子紧紧抠在怀里，而他也被突如其来的爆炸弄得脑子里胡青麻绿的，舌头在她的颈嗓下面乱舔，双手像铁箍一样箍住逢氏硕大的身躯。逢氏前俯后仰摆动说我要死了，我现在就要死了。直到第一缕阳光射进来，她不晓儿自己电了多少次，觉得自己和那窗外的阳光一样明媚。这是过去的嗣子从来没有给过她的东西，她慵懒至极，躺在那里回味过去的一切，而他的小铁人也在一夜折腾过后酣睡如牛。她在想，从今往后，谁也别想将他从自己的身边抢走。

　　嗣子莫大恒转世一事令莫家围陷入从所未有的困局，莫大恒的子女们则坠入了伦理困境，这时间大概只有保正大人高孝荣觉得不可思议的同时终于觅到一个千载难逢的收服莫家围的寻隙。他兴匆匆地跑到莫家围直奔老嗣子屋邸而来，碰到阚氏便诃嗣子在不在，阚氏告诉他在里屋。高孝荣趋进屋直接坐到圈椅上，逢孺人从正寝走出来。那个，那个，我想见见。大恒出来吧，有人想见你。大恒从屋邸出来，眈到高孝荣，作揖说老亲家别来无恙。高孝荣见这样一个矮小的黑疙瘩直接喊出自己的名字腿有点发抖，作揖还礼说见过宪公。他心里嘀咕这世上的事情也太让人撼风撼不到。如今这屋里没剩下几个人了，说完又叹气好像在自言自语。高孝荣本来怀着好奇想探个究竟，这一句老亲家将所有的事情捅穿了，他便不好再进行试探，顺着嗣子的话头往下挤说我们是哪门子亲家？一个被休，一个被出族。嗣子说终究还是亲家，你屋邸大闺女三人我莫家的门，这不算亲家算莫子？我后来修订族规，自婚自娶，这是在保她和元良。现在又被这莫大康改回去了。高孝荣满脸羞愧再不敢有丝毫试探的念头，而另一个念头在他心里开始浮现，那是针对莫大康的。尽管这个来历不明的嗣子，不管他是骗子还是真的转世，他对自己有百利而无一害。他起身告辞，随后告知随从让莫家围莫大康去一趟县政府有要事相商。

　　落屋后高孝荣跟黄孺人讲了面见莫大恒的经过。黄孺人狐疑而又惊讶得不知如何形容。据你判断这是不是真的。我摸不清风了，要说人不是原来的人，年龄也不是原来的年龄，而声音几乎是一只模子倒出来的。他能记起过去的事情也没人告诉他，奇怪就奇怪在这里，这不是转世是莫子？黄孺人啧啧称奇。第二晡高孝荣去到县政府，莫大康来见。高孝荣的想法非常简单，要莫家围纳入自己的管辖范畴而挑选一名自己的代理人，收税和征兵便不要他亲自去莫家围求爹爹告奶奶。莫大恒不愿意接受这样一个职务，而现在的莫大康到了接受的时候，否则他就要拥立新莫大恒，让现在的嗣子莫大康没办法在莫家围立足。见到莫大康后高孝荣说在我上任之时，请述公就任族正一职，现在过去这么久了，述公可想好了？莫大康将嘴里的丝茅根一吐说，高先生，恕难从命。莫大康清白不过，他要么当嗣子，要么当里官，二者只能二选一。高孝荣所希望的出任族正这个职务是入侵莫家围的信号。会面十分简单，莫大康明打明拒绝了。高孝荣没有想到他会拒绝得这么干脆，连后果想都不想一下。于是，他给莫家围发出一封信，信是给逢氏的，说恭贺亲家娘，莫大恒转世归来，将给莫家围带来福分。自然这封信的内容便也传遍了神垕洞，成为持久而不退热的话题。当人们在持久地谈论一件事情的时候就渐渐演变为了一种权力或选择。莫家围莫氏家族下面的族众也亲睹了这件事的神奇之处，因此，拥护莫大恒的大有人在。这对莫大康而言形成了巨大的压力，他现在坐着的位置本应该是莫大恒一房的，而不属于他莫大康一房。再则，在莫大恒去世后他恢复了莫大恒生前修订的族规，他的野心充分暴露出来，这一点令他如坐针毡。现在这个人连姓啥名谁都不晓得却谣言四啄。他决定在家庙提审这个假的莫大恒，命叶隆回通知假莫大恒到家庙议会。叶隆回跑去逢氏屋邸说明了来意，逢氏说身正不怕影子斜，去就去。他让莫大恒去。莫大恒来到家庙，进身之后便跪在先人牌位前磕头唱迓。事毕，莫大康说看座。旁人给他一个小凳子，坐在庭中。请告诉我们，你叫什么？我叫莫大恒。下面的人自然喧哗起来。通掌站出来说你晓儿我是谁吗？莫正泽。通掌不自然地怔在那里。又有一个站出来。我不认识这个人。莫大康说懵白鬼话被戳穿了吧。莫大恒说是不是懵白我自己晓儿，有些人原来并不在这个班子里，自然我也不熟识。你从哪里来？洪洞。从众人迷惘的眼神里可以看出这是一个从来没有听说的洞，且非常遥远，一时间无法证实。多大？二十有四。你为何认为自己是莫大恒。我本来就是莫大恒。一块铁，变成了锁，变成了犁耙头，你们不认识了而已，但它还是那一块铁。他这样一说下面的人无话可说，直斥荒唐。莫大康在这里并览不到直接的破绽，反而被假的莫大恒占据了上风，于是转念一想，请逢氏上来，让他们直接对质。逢氏进了家庙，唱迓上香完毕。莫大康明打明问，逢孺人，你认为站在这里的这个人是你的丈夫吗？逢氏说是。你有什么证据证明。夫妻间的秘密只有夫妻彼此晓儿，他晓儿我身己上的特征，而这些特征除了父母，乃至母亲而外不会有任何人晓儿。在家庙说话，请注意你的用词。事实就是这样。这么话你们已经相互验证过啦？空话，要不然我能瞎说吗？请问是什么特征，让你如此确信他就是你的丈夫。硬要我说是吧？我不如脱衣服给你们看算了。

"走。"逢氏说完，拉着莫大恒往外走。

"且慢。"莫大康说。

莫大康，一直沉默的莫大恒突然说，你好好当你的嗣子，我不会抢你个，自己心里不要有莫子卵歪主意，关于银矿厂的事情我还没有跟莫家族人说哩，你好自为之吧。莫大康气得浑身筛糠，他的确被击中要害，一时间无语。下面的人有的人脸上泛绿，有的泛红，有的泛白，有的义愤填膺，要莫大康作出确凿的解释。莫大康说除非你们真认了他是老嗣子，否则一个天上掉下来的人胡说八道有何可信之处。但无可争辩的是莫家围家族佐治委员会分裂为两派，一派站在支持莫大恒是嗣子的立场，一派站在维持现状的立场，将莫大恒转世斥为乱世惑众之举，如果让这样一个人进入莫家，必然导致乱族乱谱，如果让他得到嗣子之位，莫家全部根基将不复存在，因此必须加以严惩，驱除出去。

然而莫大康与银矿厂的事情在进一步发酵并将其他的问题掩盖住了。银矿厂一直是莫大康的儿子莫赞良在把持，莫大恒在的时候也基本不过问。这里面有什么黑道道，财息和会计也没有查出账目上的漏洞，因此家族佐治委员会并没有深究。这个新出现的莫大恒却说这里面有内幕，作为一个外人他都知道有内幕也就不是空穴来风。这件事导致的直接结果就是莫大康在嗣子的位置上可能要死火走不长远了。莫大康清楚家族佐治委员会的长老们控制在自己手上，自己和他们是一条绳子上的蚂蚱，下面的人闹得再厉害也是刮风下雨，不会对他形成真正威胁。然而，这个假冒的莫大恒只要存在就是对他的威胁，等到他把事情真捅出来，自己烂脬儿，长老们烂脬儿，假莫大恒就可以堂而皇之登上嗣子之位，问题的关键就在这里，现阵他是要为莫家围和神垕一脉香火着想，不是为他自己。

"隆回，带人去务必将那只公猴抓起来，处以极刑。"

叶隆回领命而去。他回到屋邸长吁短叹犹疑不决。他就是老嗣子，他的老父亲叶植懋吧着烟斗跟他说，我听得出来。那我哪门办？你赴话去高孝荣。叶隆回似有所悟，既然父亲认为这个嗣子的确是老嗣子转世，不能被莫大康嗣子这么不明不白处死了。他自己明白作为世仆他不能干预莫家的任何内部事务，他和他的家人只听命于嗣子一人。难的是现阵有两个嗣子，他都要听。他以一种无比的决心决定拯救这位老嗣子，并将此视为自己的职责。高孝荣立即着王珉带国民兵团冲进莫家围跟逢氏说明情况后将莫大恒领出了莫家围。得知了消息的莫家围族人竞相出来送别。莫大康大呼可耻。他高孝荣干预到我莫家的家务事头上来了。高孝荣则复函一封说，述公冒昧，未及招呼，将老亲家接到鄙宅叙旧，云云。

高孝荣将莫大恒安排在神垕公所，让人看住。莫元良仍然记得高孝荣让他和蓉蓉去见转世父亲的那个下午，那还是他入狱的前夕。莫元良对这个新父亲一上来就叫出自己的名字已是惊讶不已，而且和父亲的声音这么像。他说元良，蓉蓉，我是阿爸。高芙蓉惊叫一声，躲到口前去了。莫元良头皮发麻，内心里却极度反感，他觉不到确切交流的方式。这位矮小而黝黑的新父亲将莫元良的身世一五一十地讲了一遍，最后补充说他能够记起来的就这些了，不晓儿的以后再慢慢回想。莫元良觉得自己不会认这位新父亲，考虑到母亲的感受，现在不作公开反对。特意试探的话，在这个场合他也说不出口，便写了"水漂石"三个字给他，莫大恒接过一看摇了摇头。

"毋认得字。"

他将纸绺退还给莫元良。

莫大恒离开后高孝荣问莫元良怎么看待这件事。如果说他身前见过父亲而学他说话则完全不像，他是真的这么说话，我现在有点乱。蓉蓉则说太骇人了。他好像可以觑见我们看不见的事情。高孝荣说头曤晡我眻他在一个人自言自语，仔细听才晓儿他在和莫佑良说话，两个人你来我往，他说佑良，你越来越小越来越调皮了。莫佑良说阿爸，随着时间的流逝我会越长越小，最后回到母腹变成一缕胎气。我腿软在那里，走不动路。

而逢氏无法将莫大恒要回来显得异常着急，她写信将此事告诉了莫旦良。莫旦良觉得荒诞无比，劝告自己的母亲不要涉险。逢氏欲哭无泪，恳求他回来一觑，处理这事。正在这个时候，莫大康着人来拿逢孺人去了家庙。逢孺人，你晓儿我为莫子抓你么？你做得太克毒咧。你和那只公猴通奸，违反莫氏家族的族规，不出族难以服众。这公猴不是我莫家围的人，不生在莫家围，不长在莫家围，你却将其当作丈夫纳入正寝。你们没有结婚，如若是你再嫁就不再是我莫家的人，但你也没有提出再嫁。鉴于以上两条，在祖宗灵位面前，念你是嗣子妻室，为莫家生儿育女绳先继祖有功，处以出族革谱，以后与莫家无涉。

其他家族佐治委员会成员对此也感到惊诧，但面对通奸之举他们却没有丝毫说情的余地。然而，围子里的族众将新来的莫大恒当作了老嗣子，对莫大康的处理极为不满，掀起了轩然大波，他们站出来保护逢氏，不让莫大康执行驱逐逢氏的命令，说莫大康是赶尽杀绝。莫大康命叶隆回强制执行。叶隆回行动缓慢，实际上他已经差人去禀告高孝荣。正要羁押逢氏出去高孝荣和莫大恒出现在围子外面。莫大恒对出来的族众说，莫大康一房经营银矿厂二十年，为帮助他顶替嗣子并修改家规成为终身制，他将银产拿出一半以股份方式划给了家族佐治委员会的长老，这件事他是瞒着你们做的。受贿后的长老会全力支持他修订族规，他才将自己的嗣子之位稳固。当他稳固嗣子的位置后开始对莫家围我莫大恒一房进行驱赶，先是驱赶了长子莫元良和高氏夫妇，以绝后患，其次是清理了朱雀房莫佑良和莫佐良的存制，现在他要清理逢氏这棵大树，你们看清爽这个人，他私欲和权力熏心，不为莫氏家族着想，不配当嗣子。

族众其实只听进去了银子被私分已经怒不可遏，更多的人站在了反对莫大康的立场，要求他出来加以解释，并且对长老们进行了询问。逼问之下，长老会站出来集体谢罪，并将所得股份退回。莫大康无地自容只得辞去嗣子之位。通掌说莫家围不能没有嗣子，说按照终身制新规，现在没有嗣子可选任。有人提议用新来的老嗣子，通掌莫正泽说这事要商量。他本人觉得这事十分不妥，这位新来的莫大恒不是莫家围的人，我们没有觑他在莫家围长大，他的身体也不属于莫家围，尽管他声称自己的魂魄和心灵是莫家围的，这个事情暂时无法定谳，因此不宜推举他回归嗣子之位。通掌的意见被大部分采纳。复辟后的莫氏族规只能在莫大康一支选取嗣子，这样莫赞良被推为嗣子，然而莫赞良因涉足银案，也不配享有大德之位，只能落脚在莫赞良长子莫恭翰身上。莫恭翰只有十六岁，尚未行冠礼，根本无法处理族务。嗣子之位悬而未决。

在繁忙而璀璨的记忆长河中永不褪色的是莫元良对逢府的那场谈话仍然记忆犹新，随后的太平洋海战和美国原子弹轰炸长崎广岛均令他感到震惊和错愕，这一切就好像发生在他的卧榻之侧。樋口所谓的最终决战并没有发生，如果有就算是日本突袭珍珠港开始，之后则局部发生在了中国战场却是以白军的代理战争形式进行的，比樋口预想的还要复杂，而日本则在高科技武器的打击下投降。此后的樋口在战争结束后连战犯都没有捞着一个令他感到十分绝望，战后他改变了之前的想法提倡世界大同，然而冷战来临世界被分成两半，这种惊人的预言令莫元良震颤。毫无疑问，这是最终决战的一种变体。

逢兴次晡飞重庆，莫元良跟他进行了短暂的交流过后就和莫旦良一起离开了。莫旦良说这就是大东亚思想的流毒。大哥，不管你是哪个立场的人，蒋先生统兵无能，其诈术，权谋，毒计可谓独步天下，多多保重。莫元良说二弟深谋远虑，保重。

莫元良回到寓所，高芙蓉尚未休息问起当夜的谈话。日本有可能发起太平洋战争，那样的话，中国战场和印度支那战场就会由防转攻，胡光同志就要回国了。国内情势进一步明朗，国共要打大仗。岭西省将面临莫逢系，中统和军统的多重碾轧。现阵国民兵团指挥部已经改为绥靖公署，对，高耀青调到舅舅逢兴身边作生活秘书。佐良牺牲后她伤心了很长一段时间。南方局来电，要我与一个代号叫表哥的地下党接头，时间周六晚间，地点在莫氏试寓。莫氏试寓？这会是谁呢？我好生纳闷，难道这里面有我们的同志。同时，他想起回神峄前组织上要给他派一个叫表哥的女同志假扮夫妻关系。这个表哥和那个表哥是同一个人吗？

"或许是，或许不是。"

带着巨大的疑惑来到周六夜晡，大家按照往日习惯到莫氏试寓小聚。这里仍然住了不少在城里读书的莫家子弟，但聚会只是以莫孝廉为首的家庭聚会。莫伺其和卫臻，高耀青带着两位妹妹，莫佐良虽然不在了，因为姐姐姐夫的关系还是一家人的样子。当莫元良看见她青色领带上别着的梅花别针时确认那就是自己的接头人，心里不禁袭来一阵紧张，他第一时间想到的就是码头接人时的情形。莫孝廉喊大家喝茶。他先埋怨倭寇顺走了他的错金铁壶，字画，陶瓷，而几只金贵的柴烧窑茶器因器形小反而被嫌弃。"现在倭寇除掉了，岭西城里能安生一阵子了。"他倒了一圈茶说。莫元良散烟。高耀青要他尝一下她的美国货。说完递给莫元良一支，莫元良接过烟在自己的烟盒上敲了一下打开烟盒说你也抽一下我的，于是将那支放下拿起另一支递给高耀青，然后自己又从烟盒里拿出一支递给莫孝廉，自己又拿一支。莫孝廉还在惋惜回神垕躲避倭寇时屋邸的东西被打砸抢光了，唯有地窖躲过一劫要不这回来莫子都没有了。高芙蓉陪他算白话，那倭寇将能吃的都掔走了，不能吃的用的搞得稀巴烂，我们将那对睡壶放在茅厕里才保住个。周孺人说保住条命就不错了，那些都是身外之物。莫元良发现莫锡良没有回来吃饭。莫孝廉说在学校补课，日占期间落下很多课程，他们老师说要补回来。莫元良哦了一句。饭后，卫臻和莫伺其两人去看电影。莫元良和高芙蓉回到家里。高芙蓉立马问是谁。你猜。吃饭时捞克七个人，除了你我，只有七个人。这里面莫僵僵年纪最大，其次是细婶，再次是耀青，还有我那两个妹妹，再就是卫臻和莫伺其。应该排除我两个小妹妹。他们三个中，婶娘和莫伺其的可能性似乎也不大，就在莫僵僵，高耀青和卫臻之间。对，还有两个用人？莫元良掔出那支香烟，你自己看。高芙蓉接过香烟沿粘合部理开纸卷里面包了一张纸条：组织暴露，立即撤离，电台静默。高芙蓉说这字看不出来。是耀青。天啊，哪门办？吃掉纸条，撤。只怕特务已经把我们包围了。加件衣服，走背邸月亮小门。

大门外有人敲门。

"快。"

莫元良拉了电闸，两人迅速从后面月亮门出了宅子。随即身后喊声尾随而至，赤匪炰扅儿了。一些人影儿从小门蹿出，追过来。莫元良和蓉蓉躲在小垾子里，等他们过去后又返回宅子将小门关上从正门出来又将正门关上。两人走到东西巷街上，

直接往斜对面的旅店而去。莫元良说用化名开一间房。我去万
祥醴坊通知卫臻胡光他们撤离，然后回来跟你会合。要是我冇
回来，明天化装出城回神垕觅到老谭头，他是湖南特派过来的
老同志，代号毒刺，遇事不决觅他。高芙蓉心底涌起一股不祥
之兆和离别的悲伤，默默地觑着莫元良。莫元良将她送进房间，
旅店楼上的房间能观看到对面自家宅子，不开灯就可以观察响
静。莫元良拥别高芙蓉，下楼后急速往中山路而去。他总感到
后面有尾巴，闪身拐进墙角蔽起，收住脚细听一阵没发现异常
悬着的心才放下来。他从城墙根往西拐过来一刻钟后到达了万
祥醴坊，他再一次躲在街角察看动静，没有发现什么可疑之处
才向万祥醴坊走去。借着月色看了手表，时间接近十二点。他
敲了三下门，里面有人喊，稍等。莫元良听声音不对转身就躲，
但是已经来不及了。刹那从门后闪出两人箭步上前用枪顶着莫
元良脑壳。两人将他手铐上顶进门又将门关上。万祥醴坊的前
厅站满了特务。胡光荀波均被抓，其余四名游击队成员也在内
双手反铐嘴蚌被堵。八办领导在日军进入之前已经转移，后去
了重庆和延安。莫元良纳闷叛徒不是自己这条线上的人，谁这
么熟识我们？莫元良问你们是莫子人？特务头子说到了就晓得
了。你们抓错人了。莫空话，错没错自然会晓得的，全部押走。

绥靖公署看押所内抓到一批人大铁镣铐着，与铁的这种特
殊维系使一些隐秘的情绪开始变成呻吟和痛苦的预兆。莫元良
等七人进来，其中一人站起来叫他，元良哥，你哪门来了？莫
元良一看竟然是莫锡良。看守喊肃静。莫元良悄声问他，锡良，
你哪门进来的？我在学校组织同学游行反对内战他们就将我抓
进来了。你爸晓儿你进来了吗？不晓儿，我跟他传话回去说在
学校补课。莫元良不作声。既然抓起来，哪门传话回去呢？外

面一阵脚步声。有人说蔡处长，上面要求连夜突审。蔡处长说撬开他们的喙，将南方局在岭西的地下党一网打尽。他们先将卫臻提出去摘了他塞在嘴里的布巾，剥了衣物。蔡处长说王科长，这个人交给你了。王科长说请蔡处长放心。蔡处长坐在暗处抽出一支烟。看着王科长动作。王科长手一挥说先上一道硬菜。两个手下跑上去将卫臻绑在柱子上，用两根牙签般细的钢丝，穿透卫臻左右锁骨，弯曲，扣成结，血滴子便渗透出来，然后松了绑，王科长说吊起来。两个手下绳子一拉卫臻的身体便被提升起来，锁骨与钢丝嘎吱作响，卫臻杀猪般嚎喊一声。莫锡良觑见这一幕骇得瑟瑟发抖双手抱肩腿缩成了一团，其他有人同样被吓得不能动弹。

"说吧，谁是白龙？"

王科长手中拿着一个名单，上面勾出了白龙，胡光，水蛭，表哥，鸬鹚，鳄鱼等名字。红墨水线头恶狯狯钩住了这些名字的某个部位。卫臻双目怒视咬住牙骹不作声。王科长用手往上一抬，再拉高点，卫臻只有脚尖晃得着地面。穿孔之处已被拉开血水往外涌。王科长说何必受这罪，说了就放你回去。卫臻的眼睛中喷射着火焰，仍不作声。王科长说给他喂点水，调调味道。一个手下倒了一杯水往卫臻锁骨与皮肉拉开的地方倒进去。卫臻一脚朝他踢去但身子悬空，一脚踢得软绵绵的反而加剧了疼痛，而水一倒进去卫臻顿感被疯狗撕咬住一样万箭穿心疼痛难忍。王科长说快讲，这皮肉之苦可以免，还赏五十花边。卫臻本欲开口说话，此刻的他嘴蚌一张一嗡，气息微弱，面骨儿已经变形。王科长示意再抬高一点，卫臻的身体完全脱离地面。王科长说我给你一支烟的工夫你想想。他坐下来点烟，一边看着眼前自己的杰作，看着他意志如何在疼痛面前消失殆尽，最终将他想要的任何话说出来，这几乎是屡试不爽的。可是烟快抽完了这人还没有要交代的意思，他用余光往暗处的长官看了一眼。他走过去用烟头摁在卫臻的乳头上哧啦一股白烟冒出来，在血腥味的喧闹当中这股烧焦的肉味显得那么缥缈。卫臻仍然不说，望着莫元良，眼神流露出意志褪去后的慵懒，倦怠，朦胧，仿佛到了即将崩溃的边缘，张了张嘴。王科长暴喊一声，加菜。两个手下将卫臻的身体再度拉高，然后往下一捺，在卫臻的脚着地之前顿住。只听见扑哧咔嚓一下，卫臻突然萎顿在地，钢丝圈在空中轻轻地晃动。两根锁骨齐刷刷地顿断像两根断裂的杉木树枝露在皮肉外面，嘴角渗透出血液，人已经晕死过去。栅栏后面传出一阵骚动，有人喊打倒白匪。王科长对着地上放了一枪，娘个屄哪个乱喊，不要命了？蔡处长站起来往外走。王科长赶紧跟上去，只听见蔡处长说蠢得死，你把人整死了还怎么捉拿赤匪头头？王科长说是，是，是我考虑不周。他转身回来让人把卫臻单独关押在一间牢房里，拖死猪样将卫臻往禾穰堆上一拘锁门出来。王科长指着这边牢里的人说等下就该你们了，想好怎么说，免得撑死。他脱去手套换了衣服走出地牢。是夜再也没见他回来。莫元良看着侧躺在地上的卫臻的背影一直不见他苏醒过来，他在想自己熬不熬得住。莫锡良被骇得神经紧张缩在角落里一直在打抖。莫元良想跟游击队的人说点什么，但现在似乎觉得说什么都是多余的，卫臻就在眼门前，他所经历和作出的表率就是他们要走的路。直到莫元良听到地面上有人走动渐渐忙碌起来，他想是天亮了，整个上午却没有看见王科长下来。他挪到牢房一角喊卫臻的名字，不见他动弹和回应。戴眼镜的黄丹蔡跟莫元良说昏死过去了，还没有醒过来。他示意莫元良不要着急。莫元良退回去坐着。

莫元良走了以后的高芙蓉留在客栈的小房间里备受煎熬。时不时起身去看自己家的宅子，除了一次看见两条黑影闪过之外再没看见什么。她一夜没有合眼，直到天亮换了衣裳下楼去莫氏试寓通知莫孝廉他们，走到一半又果断打倒退回往神垕而去。她晓儿莫元良已经出事了，要不总要回来或者捎信回来。她回到神垕觅到老谭头，会见了莫雷。敌人动手了，元良和万祥醴坊出事了。并让莫雷去通知泰通银行停止使用电台。高芙蓉又到高家将这个消息告诉了父亲。高孝荣问他们为什么抓他。是特务抓的，冇理由。这就奇了怪了，莫旦良和逢兴管不着吗？现在是绥靖公署的特务机关在抓所谓的赤匪，自己的哥哥还是要管的吧，关键是他们不一定晓儿元良被抓起来了。赶紧去觅逢孺人，只有逢孺人能够救元良。他们父女之间的扞格因在营救莫元良问题暂时泯去。逢孺人一听说莫元良被莫旦良和逢兴的特务抓起来，揎揎说这真是兄弟相残尽干蠢事。她带着莫大恒直接往岭西城里去了。

　　莫大康得知这件事后的第一个动作就是毫不令人意外地着监事写了一纸布告立刻上墙。莫元良早已出族，不是我莫家围的人，不管他是赤匪也好罪犯也罢，与莫家围无关。通掌在朝门外眽到布告一把揢下来觅到莫大康说，蠢，蠢，蠢。这话从哪迀讲起？既然莫元良不是你莫家围的人了你出这样一个布告做莫子，你要落井下石啊？还是想捧卵脬？逢孺人已经去求人了，不晓儿你搞这样一出是哪根筋搭错了。逢孺人和那只公猴去求人了啊，老子难道还要帮着他们吗？连人家高孝荣都在四处奔走救人，这事你帮不帮都放一边，你叫人家哪门看你？会被人戳脊梁骨的，我哪门当时会支持你这只蠢狗当嗣子。神垕义门四字被你败光了。他老忤子说，那再出一纸，说我们要去救莫元良。狗肏个，天龙咬了没药治，出你个头。说完将布告拘在莫大康面前，愤然离去。

　　逢孺人和莫大恒和几个用人先到了莫氏试寓，莫孝廉和周孺人接待他们。莫孝廉见到传说中的莫大恒有几分不自在，莫大恒也不作声，逢孺人在，他没有直接和他说话，而是跟逢孺人说我立即喊人去绥靖公署联系旦良，逢总参谋长。逢孺人跺脚说还联系莫个，直接去。这只怕不大好。天啊，一个是我儿子，一个是我弟弟，你不去我去。逢母起身要走，拉住周氏的手说，叔爸母，这些个孩子长大了，省不了心啦。周氏附和她。莫孝廉则只好尾随往绥靖公署而去。口前卫兵挡住了去路。逢孺人说进去跟莫旦良那个天杀个说，他阿嬷来了。卫兵说请尊敬我们的长官。这话你告诉你们的长官，赶紧去。请出示证明。我是他阿嬷，我还要证明某个？证明我是何里嬲下他的吗？莫孝廉上前说嫂嫂息怒，然后转身跟卫兵说逢夫人大驾，怠慢了将军之母你们担当得起吗？卫兵移步去打电话。他在电话里说，报告长官，这里有一位老人家，说是首长的母亲，要见首长。是，是。卫兵过来说请各位稍等，我已经转告上司。不一会儿，没多久，只见莫旦良从里面出来，老远就在喊阿嬷。逢孺人扑过去揞着他，在他背上捶了几下说二宝啊，你哥哥被抓起来了有哪个搭他的白，你晓得么？我晓儿了，我们回屋邸去说吧。他招手让随行人员跟上。他们走进去很远，经过一排手持盾牌和长枪的古罗马士兵装扮的仪仗队之后走进了一间办公室，莫旦良让他母亲好生坐下。逢孺人说放不放人，放人我就坐，不放我这个阿嬷冇脸坐。阿嬷，这是军统特务抓的，我要了解下情况协调后才能答复。这岭西城不是归你管吗？你不能这样说话，阿嬷。逢孺人说好，那我览你舅舅去。莫孝廉在旁说逢总参谋长也属于莫旦良管，觅他不如觅莫旦良。逢孺人说那我也要去见他。逢总参谋长却不喊自来了，他知道自己的姐姐到了绥靖公署也知道她要干什么，所以干脆自己觅来，身后跟着高耀青。逢兴一见到逢孺人就上来招呼，姐，你来了。人没有三尺高，威风倒有一仗了。逢兴尴尬地说姐姐，你先坐下，慢慢讲。他让高耀青带其他人去旁边的大会议室。

"毋坐。"逢孺人一口回绝。

其他人依次退出，而莫大恒坐在那里不动，突然往桌子上一拍，你怠慢爹娘是为不孝，戕害亲兄弟是寡情薄义。那高亢的嗓门令莫旦良一怒掏枪要毙了他。谁知莫大恒不依不饶说你杀了我吧，我是你阿爸。莫旦良气得非同小可面骨儿红到了颈嗓根脚。莫大恒说完又转过身来对着逢兴，松坡，元良没杀人放火，抓他做莫个。逢兴顿时被眼前这十分神似的声音惊呆了，缓了缓才说莫元良是赤匪，你晓儿他在做莫子吗？他在乱国乱党。逢孺人说我不管他是某个匪，他是你外甥么？旦良，他是你哥么？他人在哪迓？莫旦良和逢兴同时说，现阵我们也不晓儿他在哪迓。逢孺人一听，顿时哭开来了说你们合起伙来谴我。

莫旦良还没缓过来，他指着莫大恒说你到底叫什么？莫大恒，你亲阿爸。莫旦良才觉得母亲早先写信给他为这事纠缠的麻烦之所在，眼前的人面相一点不像自己的父亲，声音神态却像极了，和脑中对父亲的印象全部可以挂起钩来令他一时无法拒绝。他放下枪跟逢孺人说阿嫲，你先回去，大哥的事情我会处理的。然后喊警卫进来叫其他人过来才一一见过。他跟莫孝廉说大庸侵侵，你先带他们回去。晚上一起吃饭。莫孝廉领着他们出了绥靖公署大门坐莫旦良的专车回莫氏试寓。

莫旦良说这个腌臜鬼是哪里蹦出来个。逢兴说我不信邪，找个机会把他干掉。只怕我阿嫲会很难过。我姐真是糊涂了，这年纪就糊涂成这样，哪有死人还会复活的啊。安排高孝荣再审理一次宣布他是假的，驱逐出莫家围，神宣洞，再回来以诈骗罪抓起来。可以，接下来，莫元良这事哪门办？你打个电话，阿嫲那边说不晓儿在哪儿，还在调查。逢兴当即拿起电话，给下面说立即提审，如若为共党，格杀勿论。

晚上，莫旦良携二太太朱氏，逢兴携夫人汤氏，以及高耀青等一干人在公署宾馆最大的金厅宴请母亲大人逢氏。整个金厅仅有一张光洁的可以坐一百人的汉白玉大圆台，中间倒悬一个结构异常复杂的房子。逢孺人走进来的那一刻那倒悬的房子霎时亮起，大圆台由电驱使自动旋转，一时间金碧辉煌和热络起来。逢孺人被引至正位，十二人伺候她就餐。海参汤，鲍鱼羹，鱼翅燕窝煲，清蒸鲸肉，爆炒鲜鸡舌，红烧大龙虾，单煎黄金鲽鱼，奶汤娃娃鱼，黄焖甲鱼，火燀带皮蛇肉，鱼子酱，以及鱼须和象约，五色米，悉数上来。两个时辰下来，逢孺人并没有吃饱，还略带反胃。她只想要一碗热乎乎的白米饭，两只酸辣椒。饭后逢孺人住回宾馆，次晡又安排去看戏，夜里看电影，逢孺人待了三天心里已暴躁至极要回神宣。莫旦良禀告家母，他一定觉到大哥，还他一个清白。另外，再待一曘，处理完手上的事情，第二晡他要亲自送母亲大人回去。逢孺人无奈至极，金庭大餐的梦魇也令她望而却步，现在她只想喝粥。

卷十八

次晡，莫旦良果然携朱氏同母亲回神垕。从绥靖公署出发到莫家围一百公里夹道全是武装士兵，五步一哨，十步一岗，前面小车开道，后面军卡运载着莫旦良的古罗马佽飞军，他和母亲以及亲属的车队在中间，浩浩荡荡出城往神垕方向而去。车队开到神垕莫家围风雨桥头停下来，金盔盛甲的莫旦良从车上露面，挽着不知所措的母亲走过风雨桥往渐底下而来。莫家围早从先头部队那里得到消息，神垕政府和附近乡绅集结而来一睹本省军政长官的风采。莫家围前渐渐拥挤不堪，老围子里的乐队没有地方排列开来，他们依次上树攀爬悬挂螺旋站立在大枫杨上，莫旦良他们一现身便吹响芦笙唢呐放起地铳来。莫旦良回头看这棵发出声音的大树，向他们招手致意。莫大康莫正泽等家族成员以及阚氏等家属，高孝荣王珉等本地官员均列队等候，莫旦良的这支异域色彩的古罗马侍卫在前面走正步，头盔和腿上的包金闪闪发亮，挥舞着盾牌和长枪，队员均为雇用的欧罗巴人种。队伍达到朝门前，莫大康仍代表莫氏家族向莫旦良敬畄，端着黑漆红绸盘子向莫旦良走来，莫旦良唱迓，嗣子回礼，莫旦良接过畄一扯而尽，然后挥手让礼仪官向家族成员派发赏银，见者有份。他觑见阚氏立即走上前去拉住她的手并向她介绍二太太朱鹛。这位二太太颧骨高耸，眉眼深邃，是马来波斯人血统。二太太向阚氏仔细看了看觉得她有模有样，只是精瘦些。在阚氏眼里，二太太身穿旗袍皮肤细嫩走两步就娇喘不已，身材豪鲜火辣，看起来像一条藤蔓。她虽然被莫旦良铁钳一般的手拉着却感觉是自己在拉着二太太的手，只因她甜甜地叫了一声梅孃。等逢孺人安顿好之后莫旦良被领去家庙见过莫家正字辈大字辈的长者，然后在祖宗牌位面前唱迓叩头。莫大康宣读了一篇光宗耀祖莫氏流芳之类的文字，然后老通掌又在神龛前为莫旦良打卦，一打官运，二打平安，三打未来，三卦贞吉。老通掌和莫旦良再度烧纸上香才结束家庙祭祖仪轨。莫大恒跟在后面被挡在家庙门槛外不让他趁进来，他跐在磉墩边上难过万分，痛哭流涕。等他们出来他才跟着走回屋邸。莫旦良在仪式过后宣告他下旰要去拜祖山。在围子里吃完百家宴流水席后，莫旦良便往祖山方向去了。他跪在父亲坟前，半天不响，磕了几十个响头，直到额头上渗出血粒子，只见他无声痛泣泪流满面。

"爸，旦良不孝来看你咾。"

其余人等在远处观望。嗣子去世收到莫大庸急电的那一刻他的部队正在华北与倭寇进行正面战场的大决战而无暇奔丧。他晓儿父亲会原谅他的，至少他所理解的那个父亲会的，他的家园已不仅仅是神垕。而后又去三弟莫佐良的坟前烧了神纸，将一枚青天白日勋章放在碑前便打道回府。

后来，他才晓儿父亲曾在家庙为自己做了一场盛大的祭典，他曾一度因父爱的盲目而感到惭愧，尽管神圣帝业也的确只有一步之遥。他那时候仍然坚信，军事是解决一切问题的阄奥，他以自己是一个职业军人为荣，而岭西省的统一只不过是未来二十五年恢弘战局的一个开局，好比棋盘上落下去的第一颗棋子，还有两百余颗棋子，每一步都成为他人生的注脚。在此之前他发动了五百三十四次起义，指挥了一千八百零一场真正意义上的大规模作战。尽管只有为数不多的几次值得永载史册，但每一次起义和指挥他都清晰地记在脑海中，夜深人静和他受伤的时候躺在担架或卧榻之上反复记忆这些战斗的细节以抹去他那常人难以忍受的枪伤的疼痛和寂寞，但伴随着记忆重现的大雨浇灌和毒日的暴晒总是干扰了他，这个时候战争的阴影反而淡去。每次他都奇迹般生还，这只能归因于一种不可言说的天赋。真正的战争从来没有奇迹，他的舅舅逢兴提醒他说，战争只是一种信念。莫旦良说，我之所以还活着是因为对这个世界还没有失去耐心。离开神厘之后莫旦良方才开始他长达二十五年的军事生涯，他在流亡美国的时候曾这样总结自己的人生历程，内斗即与国民党内部势力打了五分之三的仗，与共产党打了五分之一的仗，剩下的五分之一是用来打倭寇的，统一岭西省却没费吹灰之力。正是岭西省的国民兵团制度仅抗日一项他们就征兵一百万开赴前线。只是在坏天气里他的假牙下被子弹打碎的牙骸隐隐作痛，那被子弹和炸弹的碎片切割过的肉体如针劙一般反抗和消磨他的意志。作为五个战区中的第五战区的总司令他统兵数十万，然而第一战区司令打败第二战区司令，再联合第三战区司令欲消灭第四第五战区司令，结果第四战区被第一战区司令唆使转投第一战区结成联盟，致使他打光了自己的一兵一卒，仓皇逃出国境去了越南，然后又从越南逃到香港避难。逢兴秘密潜回岭西，从全省国民兵团中重新招上来五十万兵力，他才从香港重回岭西，对第一战区司令进行剿杀与复仇，而国民革命事业就在这种自我存亡与内斗残杀中消耗殆尽。他心中的民主革命理想也染上了一层挥之不去的阴翳。嗣子莫大恒偶尔在整理神垕学派丛刊的闲暇间翻看报纸，报纸上噪音的大小高低便是他判断时局的脉象，这些没有声音的文字和地图逐渐变成一个战士的身影，那是他儿子的身影，一个时而疲惫，时而英勇的身影，只有他心中的理想清澈如一股溪流与他心心相印，即便很久没有收到莫旦良的来信，他也晓儿自己的儿子在干什么。在岭西和岭南这两个地方，他和逢兴各自驻守一头，蛇头蛇尾彼此照应。出梅的最后一天，万物生长，爆裂的阳光中仍然仿佛隐藏着一场大雨的影子，家人把被子和书籍拿到太阳下曝晒，将上面长出的癌毛除掉。莫旦良用手捂着左边的脸颊，那里废弃的牙齿坑道在梅雨开始的几天里隐隐作痛，随后便肆意串联起来。疼痛的箭矢在他的左颊穿梭形成一个烈焰战场继而波及整个脑壳让他感觉到疼痛使经脉和神经碎掉了，让他感觉到事物正在腐朽是怎么回事，他的脸在坍缩，牙齿摇摇晃晃即将脱落。他在镜子前觑见一张坚毅的脸庞一下下抽动，左眼和嘴角之间的肌肉正在瘫痪，肉体的疼痛在吞噬他身上的另一种东西。医师说你的身体里没有留下任何金属和异物，更没有魔鬼，要他躺下，吃药，哪里也不要去，而他只想要万能镇痛剂将这炼狱般的痛立即铲除。各类秘方和偏方的汤药让他的胃变坏，每一种药物总是令他嗜睡，随之而来的就是对任何食物失去了享受它们时的美好感受。他把枪藏在离自己最近的地方，当这些疼痛炙烤到让他无法忍受时他就一枪将它们全部干掉。逢兴好像洞悉了他的各种后遗症，在另一头给他发电报，找个老婆吧。莫旦良扶着脸上的冰袋给参谋总长舅舅回电，我有妻子了。

"再找一个，那个老婆跟你不般配。"

"什么样的才般配？"

"让你颤抖的人。"

"是找一个老婆吗？"

"那就找一个叫你的灵魂也跟着颤抖的。"

电码的这一头便沉默进铁一般的黑夜，没有再回复总参谋长。他在被疼痛折磨而唯一不能传递和让对方感受到的就是等额传递这种感同身受，身体的疼痛无法传给真正体贴和关怀你的人爱便不存在。此时，逢兴肯定叼着雪茄站在窗前看着他，他想一定是这样的。他的脑海里出现的却是神皇洞的小阁楼和莫家围蜂巢之内的洞房。他想起那次他的舅舅路经莫家围给他们带的礼物，以及在空地上骑马和射击的情形。正是那个漂亮的飞身上马和他的射击术打动了他，然后去陆军学校则演变成为了同盟会的革命理想，最终变成一名三民主义战士，使他对世界有了崭新的看法。当他写信给远在云南的舅舅时，他们在思想和行动上达成了前所未有的默契。他舅舅的世界和他的世界也渐渐熔铸为一个自洽的世界，而与嗣子敦敦教诲的世界不再兼容。他给他寄回去的信仅仅是报平安和汇报自己的行踪，不再谈论对战争和世界的看法。因为他手握重兵，随时在改变这个世界。

晚间，他说他要去傩盒看戏。只带了二名贴身侍卫，其余人等不许跟着。傩盒的戏班子还是原来的，他安排人直接去找后台老板说点《阿吉拉》。银禧穿着戏服出现在舞台上，一举一动依旧那么动人。他沉浸在所有有关阿吉拉的回忆当中，他惊讶地觉察到阿吉拉的形象这么多年一刻也不曾离开过他，只是他根本没有时间停下来，他的生命在剧烈的洪流之中燃烧，仿佛是在等戏结束。他坐在那里，让侍卫各捧一千银锞子赐予戏班，一千给傩盒，一千给银禧。老板谢过。莫元良语重心长说了一句，"把戏唱下去。"

老板热泪盈眶。银禧走过来，莫旦良站起身握住她的手往舞台后面走去转向楼梯。银禧说妆还没卸呢？不要卸，我喜欢你穿着这宽大的衣身，戴着面具和我说话。他们走上楼，二人进了房间闩了门。这间小阁楼都没有变过。能不能给我再吹一次箫？只要你喜欢。莫旦良躺在床上褪去衣裤，搂下银禧的裤头，让她坐在自己的胯上说，吹吧，我就这样看着你。银禧双手握箫，箫声漫溢，她摆动屁股同一条河流样流淌起来。莫旦良不晓儿这是什么曲子，而那夜的雨声和月光下神堇洞江面上盔甲般的银箔片在他脑子里全部复活。银禧的泪水也在汩汩流出，而那暗鸣的箫声硬是没有断过。直到天亮时莫旦良才搂着她稍事眯了一会儿然后离开阁楼到楼下。朱氏和司机坐在车里等在门口，上面落满了凤凰树叶的羽翅，中间又积了一层花粉般的灰白色鸟屎。银禧站在窗户前望着莫旦良离去一把倒在床上抽泣。莫旦良回到莫家围告别母亲，阚氏，带着朱氏回城去了。

此时的莫元良被关押在大牢里，即将面临一次酷刑。收押进来的次晡并没有人来提审。卫臻到晚间方才苏醒，卧在草堆上不能动弹。你怎么进来的？莫元良低声询问。卫臻说在看完电影到家后被他们抓住的。其其呢？她没事。莫元良叫看守喂他喝水，没人睬他。卫臻断掉的两根锁骨支棱着在皮肉外，苍蝇直扑过来。直到三晡头上才望见人下来，进来的一人戴礼帽，由蔡处长王科长作陪之外还有一位郭局长，此人进来站在暗处，然后有人过来提莫锡良，莫锡良梭梭后退打死不出去。那帮人走到另一个房间，莫锡良被提过去，只听见他喊了一声爸。莫孝廉说爸来看你，你继续在里面待着。我看见血，怕，发魏魍。这是立功的最佳时机。说完示意再放进去。莫锡良重新被关进来后莫孝廉跟局长说，高个子就是莫元良代号白龙，万祥醴坊的五个是他的人，名字不清楚。戴眼镜那个是黄丹葵，中共老党员代号鸬鹚，是我同年，也是我的上级。戴怀表那个是象鼻山书店主理人，是水蛭的上级韦如川。至于你们要找的鳄鱼，兰，我不晓得是哪个。郭局长说你为党国立了大功，我们会好好栽培贵公子。犬子不才，你们适可而止。郭局长笑着说老虎哪能生出狗来。

　　莫锡良被扔回地牢莫元良诧异地问，刚才来的人是你阿爸？是的，他说要保我们出去。是我还是我们。是我们。莫元良顿时疑窦重重，他来保我们？他为什么可以这样从容地进来？他哪门晓儿我们被捕了呢？莫元良说锡良，你说实话你爸到底来干什么？元良哥，你不信算了。戴眼镜的黄丹葵向莫元良使眼色，莫元良心里才按下一时的冲动。

　　这时蔡处长和王科长又回来了，蔡处长说提莫元良。看守将莫元良从牢里提出来绑在刑架上。蔡处长叫人搬了一条板凳和一张小桌子，他坐下掏出雪茄划亮火柴点上深深地吸了一口往莫元良这边吐出烟雾，你叫莫元良？明知故问。蔡处长说那么，白龙也就是你啰。我不晓得什么白龙。他觉得诧异的同时心想，晓得这个名字的不超过五人，那就是老谭头，高芙蓉，高耀青，夏堃，以及八办领导，难道是高耀青泄露出去的？蔡处长说别嘴硬，说吧，万祥醴坊的五个人是你什么人？里面是不是有一个叫鳄鱼一个叫兰的人？是我的伙计，没有你说的这两个人。看来要来点想法啰，上。王科长上前拿着一根一尺来长小指般粗的竹签照着莫元良的脚背一锤砸下去，顿时刺穿了整个脚掌，莫元良小腿被捆死在刑架上动弹不得，钻心的疼痛从脚上传递到全身，脑子里出现一串串闪电。

龙先生，蔡处长说，你跟南方局的电台往来我们早就掌控了，我们不但知道你们接头暗号比如什么清风徐来，明月天涯。还知道你早年间在《南洋早报》上以切·李（LEE Che）的假名发表南美种植园暴动的文章，策划暴动的是一名华人，却死在回菲律宾的海上。

“但是，”他眯着眼微笑着说，“假如此人死了，文章的作者又是如何知道这件事的呢？”

莫元良这时的确被惊到了。电台是一次一密，每次加密都不同，敌人破获的可能性几近为零，那么有没有可能是二次成果窃取呢？难道是水蛭的上级出了问题？或者南方局出了叛徒？他现在觉得对方的确掌握了一些内部情报，自己的活动暴露在他们的视线范畴之内而自己不晓得。蔡处长说被我说中了吧。莫元良只是不言语。在莫元良看来这是他和水蛭的接头暗号，即便对方从第三者知道这个接头暗号，但没有水蛭和他的共同证实也是不完整的证据。至于南美暴动事件，肯定是捕风捉影，它取决于从哪个角度看新闻。这位蔡处长有点按捺不住了，似乎逻辑漏洞被对手抓住，于是说再奉送一条。王科长上前在另一只脚背上又一锤，打进去一根竹签。莫元良身体一震，心尖颤动，五脏六腑移位，竹签穿过脚掌骨骼缝隙后的剧痛传递到了蔡处长欣喜的脸上，他说，要不我说说你别的接头暗号？比如表哥什么的。莫元良咬紧牙骹不理他。莫元良捋清了对方的套路，这些情报都是内鬼提供的，都是一些蛛丝马迹，而真正的情报内容他们并不知道。这位蔡处长已经快要失去信心，他不能重蹈昨天王科长的覆辙把人整得要死不活而有价值的东西却拿不到，眼见要变成一场失败的审讯，人不怕死便拿他丝毫没有办法，自己这条小船就要撞碎在礁石上。"吊起来。"他发出号叫。王科长凑近说吊死了怎么办？蔡处长手一摆作罢说那你来吧。王科长上场，他从旁边拿起一根带铁刺的鞭子，朝莫元良抽下来，立即刮去一道皮肉，连抽十余鞭莫元良变得血肉模糊。疼痛令他的血液往头部上涌，很快失去了意志昏迷过去。王科长命人将竹签拔出，莫元良随即又痛醒过来，眼角出血。竹签拔出后刑架下半部分支撑腿开始展开，莫元良的裤头已经被施刑者割去，生殖器和睾丸裸露在外。王科长舔舔舌头，说来一份大菜，保证你喜欢，过不了多久就会听到嘭的一声爆炸，那水水比腰花和脑髓还白。盐巴和黑胡椒粉都准备好了。他命人端上来一盏黑釉灯台摆放在莫元良撑开的胯下，对着睾丸的位置点燃了灯芯，火苗渐次升起燂到了莫元良的关键之处。莫元良两腿不由自主地使劲抽动，肚子一鼓一息，脑袋似拨浪鼓一般甩动起来。那股烤肉味令监牢开始骚动起来，高喊打倒白匪。王科长连开数枪，弹飞的子弹撞在铁栏上火星四溅。关押在牢里的同志并不惧威趴在铁栅栏上朝他吐口水，撒尿。有人开始唱英特纳雄耐尔，一声，两声，然后开始起立所有人汇成大合唱。蔡处长立即命人用高压水龙头激射，将众人射离铁栅栏。骚乱过后，莫锡良稍显稚嫩的嗓门惊呼一声炸啦。大家才拐头朝莫元良看去。只见莫元良右侧的睾丸已经炸掉，油灯里落满白髓，血浆荡动着火苗。他耷拉着脑壳已经昏迷过去。王科长立即叫停，将油灯移开。蔡处长怒不可遏上前对着王科长扇了一耳巴子，说这盘菜你我谁都吃不下去啦，妈拉个巴子。

这时牢门哐当响了一下，高耀青从上面下来。莫元良遍体流血和下体被烤糊，她压住怒火对王科长说审讯有收获吗？王科长说还没有。高耀青背过身去，说叫医师拿些药物过来处理。王科长弯腰说是。高耀青怒吼一声指着蔡处长说，还有你个王八蛋，立即去。等蔡处长和王科长走后她坐到那张桌子后面问，还活着吗？莫元良颤巍巍地说死不了。莫元良微微看着她，觑见她正在用摩斯密码向他传递信息，于是对话的同时莫元良也用摩斯密码传递信息给她。他们用眨眼睛的方式完成了另一个层面的对话。

高耀青，"这两天你妈妈来看你了。"

——♠是叛徒——

莫元良，"我不晓儿。"

——♠是谁——

高耀青，"今晡早起回去了。"

——在查，是一条两头蛇——

莫元良，"见到他们了吗？"

——告诉水蛭，别回来——

高耀青，"见到了。"

——水蛭是谁——

莫元良，"应该很生气吧。"

——白龙的妻子——

高耀青，"那要看生谁的气。"

——明天你们将被押往神木和青背监狱——

眼语结束，高耀青命看守将犯人解下来送回牢房。高耀青去查看卫臻发现他脸部浮肿，身体僵硬。卫臻本想咬舌自尽，但那条舌头就跟一枚剥了皮的石灰皮蛋一样堵在嘴蚌里，牙骹怎么也使不上劲。

莫家围内气息紊乱，嗡嗡之声变成群鸟受惊时的聒噪。各种人语渐渐大声起来，听得清他们在议论纷纷，如同一座百草盛开的花园。莫大康退位，逄氏被释放。没有莫大康的莫家围在大小事务上多不能决断，他经营莫家围几十年，很多事情都是他亲自过手的。家族佐治委员会拟再请莫大康复位，银子的事情已然廓清，莫大康嗣子也承认了自己的私心，为大局计不必再追究。通掌说想来也只有这样一个法子了。通掌去莫家围东面的屋邸览到莫大康说明来意。我意已决，不再当嗣子，请通掌另外览人吧。通掌自然明白，他还没有览到复位的台阶，他需要有人再推他一把，这个人无非就是新来的老嗣子。新来的嗣子要自己宣布当嗣子，不少族众还拥护他，这样一来，我莫氏家族真个就烂脖儿哩。莫大康一声长叹，他们都瞎了眼。通掌听出来莫大康的惋惜，说明他还是不甘心的，于是他老成持重般说不妨将那个莫大恒让进来，只要进了莫家围我们就能控制住他，在口前反而拿他冇办法，条件当然是他冇来争夺嗣子之心，他自己也说了他不当嗣子，莫家围也当养一个闲人。

　　"你去探一下伊多个话骹。"

　　通掌先到北围逄氏处跟逄孀人通融。现阵围子里的水已经觚溜了，不比老嗣子在那阵，我们想请老嗣子回来跟你团聚，家族里也不再追究不轨之举。我做好走个打算，你们爱何里弄何里弄吧。这是哪里话，崽女都在这里，还能去哪里啊，你只消去跟老嗣子说一声，接他回来便是，我们派人迎接，风风光光地回来。你看，莫大康已经退位了，他已经不能干涉你和老嗣子的事情。以后他也不会干涉你和老嗣子的事情，这样大家安安心心把日子过好。逄氏听了心情稍好，便去神垕公所览到莫大恒。大恒，围子里那边让你回去了，我们归去吧。高孝荣觉得阻拦已经没有意义。毕竟他们自认为夫妻，让莫大康出任族正的事情虽然没有达成，但对莫大康的打击效果显示出来了。如果他莫大康以后还不听话，那么这样的事情还会重演。逢氏是莫元良和莫旦良的亲阿嬷，太过分了只怕自己以后想下台也觅不来台阶。他命轿子来，自己骑马，亲自送逢氏和莫大恒回渐底下。他将自己劫持莫大恒的事情变成了一件义举。莫家围的芦笙队早已在朝门外等候，他们刚刚到桥头便吹奏起来。逢氏将莫大恒迎回屋邸。高孝荣和通掌寒暄几句便领着队伍回去了。临走时说泽公，我的老亲家就交给你们啦。通掌说请高先生放心。逢氏和莫大恒进屋稍事休息，通掌过来问莫大恒，你恨不恨莫大康？不恨。你能不能原谅莫大康？能。那么，可不可以请你发个话说自己回来不是当嗣子的，对嗣子之位也没有想法。这个用不了我说，莫大康想当他的嗣子就让他当去。逢氏说我们以后就想好好活到，不想当某个嗣子。这个事得说出来，免得莫家围的子弟误会。我到哪迓说去？家庙。逢氏听到家庙就有反应，恶心，不想去那个落当。莫大恒说我不去。通掌冇办法只得回去了。

次晡，他在家庙宣布老嗣子说他恳请莫大康嗣子复位以平复家族内政，这是大度之举，此后老嗣子也不会过问家族里的任何事务。于是家族佐治委员会草拟文书布告嗣子莫大康复位。复位后的嗣子莫大康不可谓不鞠躬尽瘁，励精图治，而他内心深处不放心的仍然是那位从天而降的老嗣子，他秘密差人以经营为名前去寻找洪洞之所在。高孝荣再次差函告知莫大康，新政府法院将对莫大恒一案进行调查取证审理。莫大康大为光火，这是赤裸裸的威胁，并置之不理。于是神垕政府法院的人来到莫家围要对莫大恒进行调查取证，两周后宣布候审人莫大恒出庭接受审问。莫大恒在法庭上回答了法官的所有问题。法官问，你叫莫大恒？是的，我叫莫大恒。你出生地是哪里？洪洞。请说具体点。山西洪洞南王乡李家垴二条埌，一棵大槐树下。你为什么叫莫大恒？我就叫莫大恒。你能证明你叫莫大恒吗？我自己不能证明自己。那有没有冒名顶替的行为。莫大恒的律师说法官大人，这是诱导当事人。莫大恒说冇。庭审过后，法官的最终审判结果是，莫大恒是莫大恒，他只是叫这个名字，而至于他是不是莫家围的嗣子不在本案范畴之内。高孝荣抓住这一点，宣布说莫大恒是真莫大恒，并一纸文书亲自委任莫大恒出任族正一职。这样他和莫家围内部的沟通与交流又变得通畅起来。莫大康找到高孝荣说有言在先，你不是不干涉莫大恒嗣子的事情吗？当然说过，现在不过是任命莫大恒为族正，并没有干涉你莫家嗣子之争。你任命这只公猴为族正就是干涉我莫家的事情。那么说来，你心里也是认他是老嗣子的啰。我从来就没有承认过。对啊，现在他既然不是嗣子，自然就可以担任族正。法院的判决书上承认他是莫大恒。你不承认？晏了，冇用啰。

　　莫大康回到莫家围后十分郁闷。妻子戴孺人将一匾匾清水洗净的粗壮丝茅根放在桌上说那屋邸的人腌臜到简直让人没法说咧，你说那癫姆那大把年纪了还养泥鳅，她这真是老牛婆吃嫩草啊。莫大康捏起一根尺把长似蚕虫般肥硕的白茅根嚼起来，他在感受粗糙之下那一蒂蒂儿慢慢泌出的甜意，说娈人家别造耳朵。这围子里难道是我一个人在造耳朵吗？摔下一句愤愤地去了。莫大康不理会娈人家的话着人去喊莫正泽。他泡好了茶，通掌蹒跚而来。嚼一根么？通掌用手指着嘴蚌说你看我这牙还嚼得动吗？莫大康将丝茅根放回匾子，说我毋喝甾毋抽烟就喜欢这甜丝丝的草沓沓。通掌颇有意味地说嚼菜梗梗毋容易，嚼草沓沓就更难咯。莫大康接了他的深意说高孝荣是一门心思要收拾老子。莫家一直面临这样的压力，现阵改制成功，新政府的势不比以往了，他高孝荣是蛤蟆吃到天鹅肉咾。有什么好法子冇？法子是有一个，需要你亲自定夺。莫大康为老通掌倒下一瓯儿茶递到跟前说，请讲。长房莫赞良的崽莫恭翰尚未订婚，不妨娶高家一个女作新妇。莫大康一时间没听明白，说这里坉有个问题，莫大恒的崽莫元良娶了高家的大闺女，我孙子娶他的不管哪个女都颠辈了。这不是问题，莫元良革谱出族，早不在莫家五服九族族谱之内，这你要感激嗣子莫大恒走的这步棋，为你开辟出一条康庄大道，退一百步讲莫元良是莫大恒房支，而莫大恒同你也不是同一个父亲只是从堂兄弟。这瓢说得过去，只是我这心里不能接受这个发势的高孝荣作我崽亲家。现阵第一不能接受的是假莫大恒，而不是高孝荣，如果和高家结成秦晋之好，那么接下来的问题就好办多了，难道这不就是你那个未来的亲家公高孝荣想要的吗？他对你有仇吗？冇。那他想干什么？他想将他的手伸长一蒂蒂儿，范围拓宽一点而已。现阵的高孝荣不比建制以前的高孝荣，他现阵水涨船高咾。我让赞良过来商议下。不必盘话，你定了就可以。你去通融高家，我跟赞良熥一下声气。

此时的莫大康认为通掌对他还是尽心尽力的，事情虽然不够完满，但已经又有了本围嗣子应该有的气性。他急急地去到莫赞良屋邸，把事情跟他说敞亮了。那哪门行？恭翰叫元良是从堂伯父，而新妇是两姊妹。在莫家恭翰喊他傻傻，在高家喊他姐夫，莫元良不在莫家族谱里了，喊啥有莫子关系？只是顾及高氏姊妹的情分才把莫元良往高里抬。莫赞良对父亲的做法有些不解，另外，他对莫元良还心存敬畏，银矿厂因莫元良窝藏赤匪损失了一回，而莫元良也帮他打倭寇抢回了银两。父亲这样一搞反而冲淡了他和莫元良之间那种跨房支兄弟的情义。莫大康见他犹疑便直截了当说，就这么定了，便让他叔祖莫正泽去说媒。高孝荣接收到这个信息的第一反应是，哈，莫讲起，他莫大康也学会做人了。黄孺人马上说，你以后就成为莫大康崽个亲家啰。高孝荣意识到这个问题很严重，十分严重。这样一来老子被他踩了高跷，反而比他莫大康还矮了一截去。莫正泽看出了他的犹疑说高大人不必多虑，以后这嗣子的位置还是莫恭翰的，响当当的硬货。言下之意，高家的两个闺女嫁给了莫家的嗣子继承人，这是高家上辈子积攒的福分。莫元良这个嗣子已经废了，未来的嗣子却是有盼头的。高孝荣当然清白，在神罩洞不管他哪门挑，莫家围仍然是最好的选择，再说他有那么多妌，以后为这烦心的事情还多着了。妌总是要嫁的，嫁一个好的就是父亲唯一的选择。但他现在还不能表态，他要拖一拖这个莫大康，矮一矮他的志。他说女儿们还在读书，新时代了，她们或许有自己的想法，征求一下她们的意见再说。莫正泽听出了这里面的意思。高大人明打明说，老夫虚活八十有六，就着这把老骨头把话说亮了。俗话讲三虎一彪，九犬一獒，十里八乡再无第二等人选，错过这个村就没有那家店了。把话撂下之后莫正泽准备收回庚帖走人。他心里早已泛起一丝不易觉察的恼怒。你家妌不是鸟仔戴，不但戴不多，也没那么金贵。他要给高孝荣一个下马威，晓儿这田螺螺里的戴不是哪个想吃就吃得到的，区区一个小县官，在莫家围算只莫个？蚂蟥还晓儿听水响，告花子还晓儿听铳响。黄孺人不得不出来打个圆场。一棵树有一只鸟崽来站，一窝草有一粒露水来养。莫通掌，不妨合合八字，再论下一场。那么，就这么话定了。莫正泽走后高孝荣对黄氏这么快就投降了颇感失望。莫大康这号人，你得熬他一熬，磨他一磨那股滞水气。他将你一碗水看到底，再说磨多了以后对我家闺女没好处。高孝荣也只得作罢，谁叫他一窝子全是变人，没有当婆的份儿，但他们说话也太㶽人了嘎。莫正泽想你那么多女，随便合去，总有一款是适合我莫家的。

"五个手指抓田螺儿，"他向莫大康回话，"妥妥的。"

高家合来合去只有老七高晚青一违九合，简直是天婚。

"相濡以沫，"老通掌望着那红绸帖子说，"比生辰八字重要。"

她仅有八岁，离生日还差三个月十四天，等莫恭翰成年时高晚青差不多也会成年的。两家合帖，三媒六证之下高晚青嫁到莫家围。完婚后高晚青还继续在神垕学校小学部读书，但大康家和高家的关系则实质性地被这一丝金线牵起来了。此时的通掌认为高孝荣已经拿下，他要继续向前拱卒过河，便私下向高孝荣提出，废黜族正。这个时候提出来让高孝荣简直没有团转的余地。但是他严词拒绝了，说这不是儿戏，前翻已经颁布过明令。通掌明白他在推托，便说天上不可能掉下来个莫大恒，但凡有点常识都不会认这个理儿。高孝荣自己当然清爽，但他找不到理由，至少目前如此。通掌说，莫大恒不是我莫家的人，他却担任着本围的族正，这岂不更荒谬？我倒有一个提议，不知高大人认可不认可？高孝荣说请正泽公赐教。通掌说，既然高大人废黜它很难，那么将族正一职转授现在的嗣子莫大康。高孝荣说，我那个亲家公和之前的莫大恒一样犟咧。通掌说此一时彼一时也。高孝荣似乎已经觑到了这里面的奥妙。莫大恒的分权势必导致他和新亲家公之间的不和，而双重加持到新嗣子身上则是皆大欢喜的事情。任命莫大恒为族正目的也不过是打击莫大康。

"慢下，"他对老通掌说，"容我想想。"

但一件事加速了他想废黜莫大恒的想法。

高晚青还小，不晓儿莫子是婚姻和爱情，她还在羡慕自己的小妹妹有奶吃则被许配于人。高芙蓉得知这件事后大为光火，从省城回来跟她父亲说，你嘴里的新政府新政策都到哪儿去了？晚青那么小你给她定下一个娃娃亲。她懂什么？黄孺人见大女儿这么激动，再则这事也有她的份就站出来说，变人家迟早要嫁人的，现阵不过是定下这门亲事，结婚还得等晚青到达结婚年龄再举行。口口声声说自由婚姻，这事现阵不合时宜了。高孝荣和黄孺人虽然开明，但也由不得女儿这样说。即便莫元良在场也顾不得那么多了，高孝荣说你是自由婚姻，受过苦的是你自己，难道不晓儿哦。莫元良异常尴尬，他一句话没说但也惹火上身了。高芙蓉的苦的确与莫家息息相关，这里面道不清说不明，他一眼看出这是什么，而作为女婿的他并不好直接戳穿其本质。莫大康现在是嗣子，莫家围由莫大康掌控，而自家一支在渐底下已经失势，自己的岳父看中或者被莫大康蛊惑的正是这点。莫家围仍然是岳父高孝荣始终所在乎的，但他又不知道他到底在乎什么。他不想看到任由其发展下去至不可收拾，规劝蓉蓉说，这是莫大康的主意，一如当初高莫两家联姻，初心不坏。莫元良看着高孝荣说，但对岳父大人的形象只怕有所损伤。高孝荣这时已经不能接受这样的批评，尤其听到联姻二字，说我只为我的女考虑。高芙蓉说，只怕是只为父亲大人自己考虑吧。高孝荣一时火起说，你这是打你妹妹的破，我没有你这样的变。黄孺人说，蓉满嬢，你父亲也很为难，你这样说像个做女的吗？我想耀青也不会同意你们这么做的。高孝荣说，我不需要谁来同意。这话显得多么耳熟，他和老嗣子在莫家围朝门前对峙的时候也是这种口气，现在自己也终于说出来了。黄孺人始终认定妹妹的婚姻大事高芙蓉不应该打破。显然她和自己的丈夫坚定地站在一起。高芙蓉和莫元良离开高家，自此与这个家留下一道鸿沟。高芙蓉只是替父亲大人感到惋惜，还没老就犯糊涂。高孝荣则认为自己高屋建瓴所做的这一切孩子们看不懂。他高家在神垕洞的一切均由他的远见卓识而得，这一切都是应该的。在他看来，莫元良对接的是莫逢系，本省最高意识形态，而莫恭翰则是莫家围未来的嗣子。这一切都包裹在血脉和婚姻这一迷宫之内。

"自由婚姻？鬼览到了。"

而在莫家围莫大康跟通掌说，现阵还有两件要紧事，我莫家围的族谱要重修了，那个公猴族正是不是可以让高孝荣废了？修谱可以，废除族正还不是时候。通掌也不明白莫大康到底是不是一个坚定的嗣子，他故意这样探他的话根。于是，他提出之前跟高孝荣说过的话，不是废黜，而是转授你为族正。莫大康说打死也不能接受，只要我还活着，就做不到。通掌告诉他现在嗣子与族正合体未必不可，神垕洞也不是之前的神垕洞了，你睁开眼睛觑一觑吧。如果你不想废黜他，那么就只有和现在的族正联合起来。莫大康则认为那不仅仅是他眼中的钉儿，也是莫家围的一根毒刺。他无奈地说，蛇毒不分大小，都咬人呐。相反，通掌说，现阵与高孝荣联姻成功，接下来你要去与那只公猴联合，保我莫家一时安宁。你去和他走近蒂个儿，听听他对你的内务有何想法和建议。莫大康怒不可遏说这有麻个朊关系，这比让老子去舔狗屎还难。莫大恒和你最大的不同就在这里，他不但舔狗屎还只舔狗屎尖尖。何以见得？你看绞绯儿，修学校，削田产，除了修路那阵他什么不都是走在头起的，你虽然掌管莫氏家族事务多年，胆识和忠贞都不缺，缺的就是识时务。修路那阵他为什么不掺和了呢？建制成功，他已经看到了莫子，莫家围是顺着走还是逆着走他大概冇看清白吧，但是修路那阵莫家围也是打过傶工的。他也有看不清白的时候。大事从不脑屁，内外兼修啊。莫大康在莫正泽走后反而想起了自己一直想干却没有干的事情，他要将老嗣子莫大恒削出去的田产，山林，寻思着哪门买回来。兴家好比针担土，败家好比水推沙。莫家围的长盛不衰就是建立在这些土地所有权之上的，却被莫大恒糟蹋了。他感到自己责任无比重大，莫氏家族砧基簿上头一页便写着古训"水是百年身，地是万代根。"主意已定，遂着人去办，他要重新开山起土，原先购买过莫家围土地的人必须悉数吐回。老通掌本想劝诫他遵循老嗣子的路，稍边伊话要收回土地，莫正泽之后长叹一声，此子不识阴阳潜行，告花子燫火只晓儿往自己胯落里扒，人毋知自丑马毋晓儿脸长，好脏由他去吧。老通掌只得去回了高孝荣，告知他一个出乎意料的结果。高孝荣悻然一笑，心想终究是扶不上墙的阿斗。但莫家围被他撕开的那道豁口依然敞亮。

卷十九

在逢母繁忙而糜烂的记忆宫殿深处她对莫安妮充满了愧疚与不安。早先，她以为莫安妮那摄人心魂的美已经被她和嗣子收摄在莫家围的血统范畴，结果却事与愿违。最后，她觉得自己这个新婊变成一个从未真正把握过自己的命运与幸运之神总是失之交臂的人，从生下来父母离去到被倭寇玷污她一直处于否定的人生轨迹当中。逢孀人给她系上白色胸围那天开始，莫安妮觉得一种自内生发的力量就在吸引众人的瞩目，那些灼灼燃烧的目光要将她点燃煮沸一般。有一段时间，老围子里十余个未及冠的男子面容惨白突然全部得病，绝食般卧床不起。新围有更多的男子被这种奇怪的病控制，就在这种病还在蔓延的时候陆续有人被抬出围子。他们不治身亡，年轻的生命像一捆干柴就这样结束了。围子里的医师无从下手诊断他们得的什么病，是怎么闹下病根子的。就在莫家围的药房先生百思不得其解时他从病恹恹的莫氏子弟的嘴蚌中听到两个字：天女。老郎中才恍然大悟，令他所有药方失败的原因是莫安妮，而根治他们病的药引子也必然是莫安妮。这是思痨仙病。轻的要一年零几个月，重的百天便夺去生命。哪怕治愈了的也将终身落下后遗症，令他的思维和性生活留下非分之想的痕迹。这种内在的分岔除非能够觅到比莫安妮更加婳嬺的女子来治愈，然而世间根本找不到比莫安妮更婳嬺的女子。更要命的是就算找到了他们也会认为莫安妮就是最美的，根本无法取代。只要莫安妮的声音在围子里出现，她跟孔雀在一起玩耍的时候围子里一到四瓢的人头就会盯着她，在格儿花后面，在蹲厕所，在煮饭的当口，围子里的嗡嗡声便会降低到没有杂音。牲口的声音这时便浮雕样凸显出现，老骟马往牡马身上爬去，公牛拖曳着一条长长的晃荡的滴着牵丝汁液的红色肉棒寻找交配的姆牛，芍药花提前释放浓郁的花香，围子里充满花粉与精液的腥臊十分相似的腐气。药房先生当然晓儿她是莫幼良的未婚妻，他不能将莫安妮牵到每一家床帐之前让年轻男子去看望尚未出嫁的莫安妮，更不可能触摸她冰洁之身的任何部位。他虽然找到了病因却束手无策，而围子里的年轻人还在继续死去。药房先生跟各家各户迅速开出新的药方，那就是立即提亲，婚配，未及冠男子也提前举行婚礼，进入洞房。三个月后，六十多人在一周之内先后结婚，他们的病情终于得以抑制，大部分治愈，但部分重症患者仍然难以治疗，而还有十余人结婚后死去，二十多人绝不承认自己的妻子并拒绝洞房花烛之夜的来临，还有多半躺在床上起不来。这种方式仅仅延缓了死亡提前到来。药房先生只得跟逢母打商量说一切都平安无事，围子里来了瘟疫，这个瘟疫的源头是你家幼新妌。逢孺人绝不容忍这样的说法，你要遭天杀的，我新妌以后何里活人。药房先生说一切都平安无事，你不信冇要紧，我从医一生也是头次碰到，这就是那个莫子魂情子仙症。为救下围子里的这些年轻人的命，能不能让莫安妮每天在围子里的空地上多待一阵，唱唱歌，自由玩耍。逢孺人大抵也相信了他的说法，唱歌不可以，只能在围子里玩一会儿。于是她便让阚氏陪着莫安妮在围子里玩，一会儿看孔雀，一会儿看花，一会儿围着老围和新围之间的空地走一圈，然后从井口打一桶水回去。年轻死者之数日渐稀少，他们也慢慢进入了新婚妻子的怀抱，被一种更加殷实与触手可及的力量牢牢掌控。每次游围，莫安妮意识到自己被不知哪里来的目光将体内的某种东西煮沸，她不得不加快步伐结束这荒唐的毫无目的的游走。直到有一次，围子里的狗都跟在她们后面发疯似的汹涌而来追着她和阚氏，骇得她们跑上楼去，游围才正式宣告结束。围子里魂倩花魇的蔓延虽然得到了治愈，但仍在发育和成长的男子中拓展和扩散。药房先生不得不叮嘱家长，要为他们提前寻亲，新娘才是最好的药。直到芍药花慢慢变得没有那么妖冶与腥臊，药房先生那颗揪着的心才缓缓松开来，一切都平安无事。药房先生诃一个弥留之际的男子为莫子这样，他回答说他每夜在围子里觑到纯白的长着翼甲的天仙在飞，那是他前世的妻子。尽管遭到男子父亲的怒吒，但他还是坚持这样认为，而且只想回到那对翼甲的裹挟下。伊被魇住了，营气走完了吟。对于这其中的奥秘除了药房先生通晓之外，阚氏最清爽这其中的道理。

　　阚氏新嫁过来第二晡莫旦良便奔赴军营，晾她一个人在围子里慢慢熟悉身边的人。只因莫安妮怕黑，夜里解手也要喊她起来陪她，要不她就尿在身上。阚氏说她，长这么大了要自己去解手。莫安妮自己去了，一去一个时辰没回来。阚氏觅去，莫安妮站在闸门外挍着手指头一动不动。于是阚氏就把她喊到自己的绣房，跟自己一床睡。长到十二三岁时这个冰雕玉琢霜雪般透亮的孩子发育速度超过了莫伺其莫温婉，乳房两只碗样扣在胸脯上。阚氏看到莫安妮那对乳房顿时羞赧得不行，心里嘣嘣直跳，打雷一般轰鸣，除了自己的身体，她还没有这样直挺挺看一具胴体在眼前晃动。等她洗完澡，莫安妮跐着木屐在地板上啪嗒走动。阚氏将一件青色丝衣罩在她身上，腰间又给她系了一根带子打上一个活结。有一回阚氏在洗澡，莫安妮问那里是什么，她指着阚氏下身那个地方。这是蚌，它长着两扇翼甲，会咬人，里面还有珍珠。阚氏掰开给莫安妮看，那里面果然有粉红的肉蒂蒂，莫安妮用手去搛，阚氏赶紧将蚌扇关上说不能搛，珍珠会掉出来个。到了上灯时候，阚氏忙完了楼下的事情，洗漱完毕上来卧如，躺在莫安妮旁边。在远处不时传来杂语和搪瓷盆叮哐掉在地上的围子里闪动着语流和一股隐隐的暖意，她无意间将眼前的孩子搂到怀里，而莫安妮在睡梦中还习惯性地往她怀里钻，寻找乳房所在的地方。有一次，阚氏索性将奶袋掏出来喂到她嘴里，莫安妮便吧咂起来，阚氏瞬间被这吧咂击中，她感到一阵晕眩，强忍那从乳头传过来的电流将自己击晕，下身湿却一大片。莫安妮吃完一只，她又将另一只送她的嘴里，直到底裤湿透下身和心窝缩紧随之轰然一声，丢了。她便在这兴奋之余的朦胧之中酣睡过去。丈夫只在新婚之夜与她度过一个夜晚，她在疼痛当中完全没有体会到现在的快乐。那朦胧的疼痛之外的快感一直萦绕在心头淤积成一摊水而无从释放，这阵在莫安妮无意的吃奶声中她体验到了前所未有的快感。于是，她翻身将手搭在莫安妮身上，莫安妮没有反应，她又将手放到丝被里面，放在她的胸口下面。一种默契在引导她做更大胆的动作，而那股电流也还只是氤氤氲氲，朦朦胧胧，没有强烈起来。她又将手从睡衣的前襟伸进去碰到莫安妮细腻的肌肤电流方才渐渐清晰起来犹如一方清溪通过她的手传到了全身。她的灵巧的小手指有如一只长足而谨慎的水鸟在莫安妮身上这片水泽轻轻地迈步走动，然后将莫安妮的头搂在自己的肩头，听她睡得踏实的呼吸。她将乳房轻轻地靠近莫安妮的身体，手指只在莫安妮的肚皮上发出点或线的运动，她感觉到下身已在泌出涓涓的珍珠细流，阵阵晕眩开始袭击她的意志。她开始往下探寻，发现沉睡中的莫安妮下面也是湿的，淡淡的若有若无，她极力控制自己的呼吸，不让自己失控的气息惊扰到身边的莫安妮，而莫安妮的沉睡早已变成一种默契，从早先的吃奶到后面阚氏的手在她身上游走，她也感觉到了从来没有过的无法取代的愉悦。她们在这种默契中走得越来越远，水势也越来越大，而她们充沛的精力远远没有发挥殆尽，在这种无法言说的快乐中保持一种只有在天黑以后她们之间相互慰藉和交流的密语。这是两具肉身之间建立起来的对话，它们不再是语言，只有一些简单的动作，却比白天时她们在众人之间嬉戏玩耍时那种语言具有更强大的唤醒功能。刚开始，阚氏只要将手放在莫安妮的身上她就能让自己丢了。到后面她已经不能满足一个晚上只丢一次，于是她将自己的手游到了莫安妮的两腿之间，随后将战场扩大到莫安妮的全身，最后伸向她们之间的共有之物，乳房。就在她触摸到莫安妮乳房的那一刻一股暴涨而巨大的电流将她击得粉碎，她弹射起来，趴到莫安妮身上，让自己的乳头对准莫安妮的乳头，下身对准莫安妮的下身，在她身上摩擦起来，她发出唧唧呀呀的呻吟，下体中的酸痒那来自身体深处的焦渴根本无法让她停下片刻。她全然不顾自己的响静是否会传出窗外传到寮下寮上，她已经忘记了这一切，在纯粹的身体交流中只剩下纯粹的从来没有过的快乐，她将嘴凑上去压在莫安妮阔绰的嘴唇上，那里也有一条滚烫的脷儿，两条脷头在口腔里相互对点搅动寻找对方的存在。她又俯身在莫安妮那臌胀的比自己还大的乳房的乳头上舔舔，莫安妮一把搂住阚氏，眼睛翻白说我要丢了，梅孃，我要丢了。就在这一刻阚氏化了，化入一片光明之中，就是她在对新婚之夜最极致的完美想象之中也没有这种化境。莫安妮的身体发育得越发冰清玉洁，越发有她所不具备的完美，越是如此她对电流和她的占有就越强烈。她甚至不能容忍莫安妮和家族任何男性说话，乃至与女性说话她都会横生醋意。她却没有丝毫阻止的办法和借口，她会以各种理由将莫安妮带回二瓤的房邑，然后抱在一起大战一番。夏天的黄昏，她在房邑里留下一根嫩嫩的青皮黄瓜，清水洗净，用手帕包起来。她跟莫安妮说你看那马厩里的马，它们是有东西的。阚氏亲自示范，用黄瓜在下体轻轻摩擦，等到湿透她让黄瓜一点点进入身体，发出焦渴的骚声，拔出，又进入，越来越深。她止不住地浑身战栗，她把这种战栗的满足感传递给了莫安妮，而在莫安妮的下身试探起来，最后却因为她们无法同时分享这种战栗而感到遗憾，于是阚氏将黄瓜的另一头插入了莫安妮的身体，她们俯卧在一起如漆似胶，扭动下体，一次又一次将彼此弄丢。在不同的季节她们试验各种蔬果的不同体感，最后发展到木质，角质，石质，金银铜铁。她们从这些品性各异的事物上觉到了不同的放电方式，并且从前庭开发到了后庭，器具也相应改进，从直线双头形发展到弯曲的马蹄形，前庭对前庭，后庭对前庭，相互坐莲和背兎双飞均无所不通，无所不精，身体对她们而言已不再具有任何秘密，而随着年龄的增长和身体发育的健全，她们放电的量越来越大，丢的次数越来越多。最终她们不得不将所有她们暗暗领会的本领在一次次寻觅快乐的途中悉数用上，当最后一种安抚被发觉之前她们经历了全部羞耻感的修正，这一切都是无师自通或从牲口身上发现的，抑或在日常中根本无法想象得出来但又自然而然发展到这种境地的，甚至是一句最不起眼的詈词一件此前从未唤醒过的衣物比如内裤和胸围丝巾当中发现了其间的奥秘。也就是除了手指之外，她们领略到了绞股般的热捌儿的魅力，从亲嘴，到乳房，最后自然到了那里。速度从纾缓发展到迅疾，磋，碣，啄，敲，弹，力量从轻巧发展到厚重，粗猛，宽广。热捌儿从捌尖的点线发展到扇面般的排山倒海，仿佛她们的捌头不再是原来的捌头，而是一束火苗，割开身体之泉的一把嘹亮的刀子。阚氏不再像莫安妮的梅孃，她显得越发乖巧灵动，而莫安妮则体格突出，匀称而高挑，一双蓝眼睛具有征服一切的魅力。围子里的碉楼上有无数双眼睛在盯着她，只要她出现在围子里或听到她甜美的声音，这些目光就同夜间的猫眼一览无余地向她射来，而莫安妮只不过随阚氏到围子里晾晒床单和内衫。

这年春天的一曤，阚氏抚摸着莫安妮说，娣娣，幼良就要回来了，以后我们在一起的机会不多了。莫安妮躺在阚氏怀里愈加同一只波斯牝猫样，翡翠般的蓝眼睛靡丽徘恻，神色莫名有些伤感起来。

"碍毋到，"莫安妮说，"伊归来伊个。"

"傻安妮，"阚氏吻了她的额头和眼睛，"可不能够这么说话，他是你的官人。"

"官人哪门样？"莫安妮使起脾气来，"我就是喜欢和梅孃在一起。"

想起要和梅孃分开，莫安妮不安地在阚氏身上游动起来将过往的一些记忆续缀贯穿，可是那些记忆只在深处仿佛所有的快乐都被潮水冲走了仅仅留下一点点残渣，每次新的快乐都要重新寻找，而所有的快乐都这么短暂。她与阗氏朝夕相处，相互磨镜舔铠寻找快乐的曦儿就要到头了，而另一种她并不熟悉的生活即将开始，她既害怕又满怀憧憬。就在天气肃清春天即将结束的时候，莫铺良和莫幼良从东瀛回到神垕，莫铺良庞赚发臇，神采奕奕，而莫幼良俊朗无比，眉间有一股世间少有的英气，只是郁郁寡欢。可是他眦见莫安妮竟然躲避得远远的，而莫安妮竟然瞬间爱上了自己的丈夫。莫幼良身上有另一种东西在撩动她，从未有过的清朗和爱意弥漫在他周围。这种感觉完全区别于与阗氏之间的情感，不是依赖，不是分分秒秒不能割舍，而是一种原始冲动。她眊一眼莫幼良就气喘吁吁，脸上发烧，心突突地奔腾，擂鼓样，恨不得扑上去，要么觅一个地方蔽起，这比当众掉眼泪还要令人难堪。莫幼良回来三个月了，竟然一句话也不过来和她说。我要炸了。阗氏安慰她说他会回到你身边的。莫铺良回来，见过父母和围子里从小玩耍的兄弟之后就在神垕街上鬼混，而莫幼良则在屋子里徘徊或与朋友写信，书信往来异常频繁，好像在谈论什么大事，终于在这年年底他无缘无故消失了。事后才晓儿，他竟然在崀山空王寺剃度出家。有人觑见他在江面上觅到一艘小船走了。嗣子和逢孺人在他屋里看那些信件才晓儿自己的崽在日本学习西洋文学和艺术却被释典所吸引，最后他还发现他自己原本就不属于这个世界，他前定就是与佛有缘的人，他的出生就等那一刻的到来，所有的记忆与过往都与佛有关，就好比两个此刻相爱的人能够将一切与彼此的相遇说成是一种巧合中的必然，并且占据了彼此的中心。他们发现莫幼良在接受空王寺妙空禅师的信中表明自己出家的意愿来自更深层次的原因，说到底，他对这个世界的理解已经迥异于自己的父亲，早已乖违莫家围神垕学派的根本思想。

嗣子派人去览，回来的人报告说，莫幼良回话，他已经剃度，遁入空门，不再留念尘世的一切，望父亲母亲谅解，并感谢养育之恩云云。逢孺人深为震动，终日流泪。嗣子没有想到自己的崽如此绝情，按照家规，三次规劝之后拒不还俗的莫氏族人将要处以极刑。此前有族人因为科场失意而出家的均被劝回，而自己的崽却因为悬孤海外，日瀇月霏，空门思想漫入骨髓，不复有作为人子的恩情。他已经吊死一个，出族一个。这样的惩罚仍然不足以惩前毖后，莫家围也不再是他们唯一的依靠。他们一个个翼甲都硬了，不需要莫家围的赡养与周济，而莫家的家规面临着各种挑战。这大概是自己的父亲当嗣子时没有遇到过的。逢母捶胸顿足说都怪你，去某个日本，现阵这本蚀到家根底老娘土了。那个莫镛良也不晓儿在倭人那边学了些莫子，整曤价不归屋，他们的出息连他舅舅的一个指甲盖那么多都冇儿。嗣子默到毋作声。他如果将族规的事情再加述一遍，逢孺人立即就要崩溃，然而这是迟早的事情，他回避不过，莫幼良也回避不过。他再修书一封，以他和逢孺人合写的腔板着人送去，莫幼良竟然片楮不回，只是传话，与前意一字不差。嗣子晓儿自己还有一次机会规劝他还俗，第三次过后再不回来，他就会派叶隆回强制执行刺杀任务。第三次规劝，谁去好呢？莫旦良没空，他连给自己亲阿爸写封信的空心都冇，找他行不通。再有莫元良，他是长房长兄，是大哥，除了自己和妻子之外唯有莫元良可以去说服莫幼良，然而莫元良被自己革谱削族，嗣子转念一想尽管莫元良不是莫家围的人了正好以兄弟的名义去规劝，多一次机会。他来到神垕泰通银行，莫雷觑见嗣子亲自到来，扔下小说书上去扶住。嗣子说去通知你们行长说我来了。是，老爷，莫雷应声而去。嗣子觉到莫元良说明来意，并且强调不还俗的后果将会很严重。莫元良答应父亲会把这个意思带到。但他强调有一点要说在头起，现阵是新社会了，每个人都有选择信仰的自由。嗣子反击他说你们是自由了啊，莫家媳你们盘大你们的时候可不自由。一个大活人就这样自由去了？从我莫家消失了？嗣子丢下几句话就走了。莫元良当曝就乘船去崀山空王寺。他一开始只是想将父亲大人的话带给六弟，在他和眼前这位身披内外玄绛两色僧衣的弟弟净空法师见面后没想到与他席地而坐促膝而谈不知不觉谈了一天一夜。他们谈论佛教经典，谈论基督教，伊斯兰教与犹太教的差异，以及儒释道三教在未来都走向丛林的可能性。终于，在第二个拂晓来临鸟语大盛之时，他的弟弟净空法师说把你这次来的目的告诉我吧。

"爸想要你回。"莫元良盯着他。

可他亲爱的弟弟净空法师一句话就将他碾死了。

"我佛慈悲，罪过，罪过，"莫幼良合十道，"你们杀生太多，我是为你和莫旦良消孽来啦，这几生几世都消不完。"

莫元良连怎么离开空王寺的都有些懵懂。在回来的船上莫幼良的那几句话一直在震荡着他，两岸的山和倒影儿都在说着同样的话。头起，莫元良说你这是不信苍生信鬼神，要亡国亡种了，还谈莫子我佛慈悲。净空法师说我这里没有鬼也没有神，只有佛法正信。日本人自有日本人的报应，不是不报，时候未到。你杀人是你的报应，他杀人是他的报应。莫元良当面去回嗣子将晤面情况如实汇报。嗣子南面而立，许久不作声。末了说，他倒要当起大人先生来咧，这世道如果靠念几句阿弥陀佛就解决问题，人人都去诤喀，靠诤菩萨茹饭算了，还要种地干活做莫子？自古以来灭佛，都是要灭掉这帮寄生虫。莫元良说他们倒也跟莫家围一样，耕读传家哩，自己耕种自己吃，冇碍着别人。嗣子说你也被异教思想蒙蔽了。莫元良走后他吩咐叶隆回随时架好势将莫幼良捉拿回来，如果捉拿不回来就见机行事吧。嗣子在莫氏家规出入僧道处以极刑条下狂书一条云，空门思想。入身破身。入家破家。入社稷破社稷。应杜绝而范围之。丹徒羽士。仙客僧尼。耽于玄想。不着实际。而以虚空浩渺为由。抟圜一心。心动则宇宙亦动。念止则宇宙亦止。狂悖不堪入耳旃。此亦陆象山王阳明辈导释教思想入吾儒。空降疏狂。徒增喙水。为大人君子所不齿。

嗣子此番批判是为了泄愤，当然也是莫家的家学使然。

绵绵梅雨，过夜的衣物能沤出水来。莫元良坐在开往越城岭青背监狱的押送车上，思绪如同雨丝在空中乱舞轻轻地打在车窗上扭结成片好似一张透明而凹凸不平的战时地形图，过去和现在纠结在一起。车子徐徐上升，突起的颠簸令他胯下的新伤像掉了半截身子，唯有转移注意力才稍稍忘却这剧痛。透过车窗远远地看去，监狱在高耸的悬崖峭壁之上，岩壁一侧白色小溪从山顶流下来，在这座山青色的一面有些房屋的影子，那就是牢房所在地。戴金边眼镜的黄丹葵坐在莫元良的对面。他现在心神不定，尽管晓儿黄丹葵是老同志，但在这汽车上以及内鬼的出现使他不敢有丝毫的轻举妄动。汽车爬上山时经过一个水库，沿水库西侧走到水流的注入处，继续上山过了小桥便直接往监狱而去。一车人上了半山腰再经过一个崖壁方才抵达监狱。监狱长出来接收，他带着省城腔说欢迎二位来到青背度假胜地，希望你们过得愉快，唯一的要求就是听话，他用手指指天上，不听话的结果就会成为它们的美餐。说到美餐二字的时候还故意迟疑和卡顿了那么一会儿，显然他是在强调美餐的真正意义。莫元良抬头看去，天空中有只崖鹰就着一个巨大的弧度在磨圈，轨迹俨然一个没有光变的小天体笼罩着山体，而这座监狱仿佛被它所看守，它随时都有撞击地球的打算。监狱长揽过接收文件看也不看就将二人按照程序送入净浴室。看守令莫元良脱光衣服，给他一包石灰命他去洗澡。莫元良有伤在身，石灰无法往身上撒，也不能用冷水洗澡。看守抢过石灰往他身上倒，用水管浇他的身体和头发。莫元良被一阵撕心裂肺的疼痛扯晕过去，等他醒来发现自己躺在牢房里，换了青色囚衣，头发也剃光了。上午的阳光青幽幽地照射在地面上仿佛涂了一层沥青。黄丹葵关在隔壁，其他的犯人南北两排关押，通过碗口粗的木栅栏，整个监牢的情况一目了然。黄丹葵看到莫元良醒过来松了一口气，他坐起来背靠在栅栏上，靠近他躺着的地方说白龙同志，我是鸬鹚，你不要说话，不要动，听我讲。在昨天的审讯中从我的位置看到你和那位女士眨眼，用摩斯密码以明码在交流，这是十分犯忌的事，危险，当时牢里若有通晓摩斯密码的人，他们也可以看懂你们的情报。当然，能看到的情报也只能是一部分，我们不能同时看清你们两个人的脸，从我的角度我看见你提到了黑桃A，水蛭，白龙和他的妻子，而那位女士说什么我却看不到，但可以肯定，她是我们的同志。反之，你们就暴露了。你们谈到了内鬼黑桃A，而我怀疑的对象是鳄鱼，他才是叛徒。第一天他曾出现在地牢，但没有进来，而将他儿子提出去了，他儿子不是我党的地工，他所说的在学校举行游行反对内战的话全是假的，我就是他们的校长。我和他父亲是同年，科举取消之后我到北平去读书，他在神垕待着，我们常有书信往来，后来他到了省城，我也回来了，我们又联系上了，我发展他成为我们的同志。几天前，他要来保他的崽，而对自己的同志却置若罔闻，以及他崽的捏白，我判断他就是叛徒。老古套讲不怕油罐起霉，就怕盐罐生蛆。查出蛆在哪里才是眼下要紧的事情。莫元良听得血脉偾张，这个鳄鱼就是自己的傻傻莫孝廉，他的行动大部分也可能被他掌握了。那么表哥所谓的黑桃A又是谁？他问鸬鹚，你知道有黑桃A这样一个人吗？鸬鹚说不知道，没有听说过。黑桃A能够出卖这么多人，绝非一般的蛆，我们几条线同时沦陷。重庆方面，中共中央南方局，还有潜伏在敌方的人员，这是我们二十多年的心血建立起来的联络系统一夜间毁之殆尽。莫元良说昨天断锁骨的那位是卫臻同志，他是从井冈山随毛泽东同志，朱德同志的队伍过来的，湘江战役时受伤留下。鸬鹚听到这个不禁老泪纵横。

莫元良双腿不能着地，只能坐地移动。第二天放风的时候他双腿叠加在前身，两只手撑着蛇叠般出来。院子里又押送上来两个犯人，一个是莫锡良，还有一个莫元良不认识。鸬鹚跟莫元良说你看，敌人的把戏耍起来了，他们两个必然会放到我们的监舍。以后的谈话要慎之又慎了。通过放风这段时间，莫元良基本上了解了这座监狱的结构，南北是两排监舍，西北角是办公区，东北角是一个溶洞惩罚犯人关禁闭使用。里面的人也不见出来放风。果然，莫锡良分到了莫元良的监舍，而另一个年轻人分到了黄丹葵的监舍。他一进来就说校长你好，我是学生会主席谷謇，你应该是认识我的吧。黄丹葵打量了他一眼说我知道你。你哪门进来的？谷謇说私自印刷反动册子，传播红色恐怖，就被他们抓起来了。黄丹葵不作声。莫元良则问莫锡良，今晡才来？我昨天被送到神木监狱，那边人满为患今晡又将我转送到这里。地牢的其他人都留在了神木监狱？莫锡良称是，他们在那边继续接受审讯，我听到了惨痛的叫喊声。那你算是比较幸运的啦。我什么也不是，我就是一个学生，现在好了，你受那么重的伤我可以照看你。莫元良眈了他一眼，没说什么，但他感觉他这位族兄弟的确还是一个天真烂漫的孩子。令他感到痛心的甚至比皮肉之苦更加难过的是现在他不能信任任何人，他必须以两种或两种以上的眼光打量身边的一切，内鬼事件一出，事物的另一条通道豁然大开，任何事物均可以反过来，这是非常可怕的撕裂。一个月左右，莫元良才可以直立行走，步子放大了下体仍然剧痛，放风的时候鸬鹚跟他算白话说我们现阵对外面局势一点也不了解，内战或许已经开始了。国共双方力量对比我党处于劣势，国民党处于绝对优势。这场战争如何打下去才是我关心的。莫元良说这真是一个恼火的问题，不过，现在安心养伤，考虑如何出去才是主要的，在这里什么也不能做。放风结束他们回到牢房，终日静坐令他的精力十分旺盛，甚至夜里也不需要休息，他一度怀疑自己出了状况。就在这个月快要结束的这天夜里山下传来枪声，是冲着监狱来的。枪声越来越逼近密集，青背监狱的防御力量在往山下的火力点轰击，机枪守卫，打到天亮山下的枪声才撤去。当曛黑边，绥靖公署派来一个连队的兵力加强了防守，山下的进攻则再没有出现。这事之后莫元良被关进了溶洞从此与世隔绝。里面潮湿，昏暗，溶洞上往下滴着清脆的水滴，他被送进了洞窟的底部，那里用砖隔断了，犯人就在里面。整个溶洞就像这座山的一截盲肠。三天才有一次饭食送进来。看守将莫元良押进来说你和那个老怪物待在里面吧，千万别自杀。两人大笑而去，笑声在溶洞里面回荡，撞击，显得异常诡异。

"这里面连灯也没有吗？"莫元良自问。

"有。"

一个苍老的声音潮水样响起。

莫元良骇一跳，一盏昏暗的白炽灯泡从洞顶悬垂下来突然亮起挂在一个须发苍白蓬乱的树根样的老者面前。莫元良仔细看了很久，不禁喊了一声，约翰·托马斯神甫？老翁看着莫元良许久没有说话，你谁？莫元良说莫家围的莫元良。老翁说我就是托马斯神甫。他大笑几声，竟然在这样的地方遇到故人，莫元良心里也是感喟万千，他曾是父亲的座上宾，也是自己的英语拉丁语老师，最要命的是他还是莫安妮的父亲。因为这个，他逃离了莫家围，命运真是变幻莫测。于是两人倒十分快活起来将往事回忆了一遍。莫元良说莫安妮已经长大了，却发生了一件不幸的事情，日本人入侵莫家围将她玷污了，整整一个连的人。托马斯神甫脸上一阵痉挛犹如一串铃铛叮当作响，他气息平复下来后说我要出去杀了他们，把日本岛国从地球上抹掉。安妮现在怎么样？恢复得很好。神甫顿时开心起来，说我在这里变成穴居人了，具体过了多长时间了我自己都不清楚，刚开始还记得，后来就没有时间概念了，送饭的也换了好几拨。我只知道，每年洞里的老鼠和蛇多起来大概就是冬天到了。莫元良说大概二十年吧。神甫，你是怎么到的这里的呢？我从莫家围辞别在后山的山洞里住了一阵，还带了一个徒弟，徒弟下山要饭走夜路回来的途中被五步蛇咬伤不治身亡，我就离开了山洞，往岭西省城里去。没到城里就被抓起来了。他们认出我是参与洪杨之乱的神职人员，就把我作为要犯关押起来。整个岭西省都为洪杨之乱而神经紧张，很多革命者都跑到岭西省来搞事，上面不敢轻易镇压，甚至反对都不敢。你看你弟弟莫旦良能够去现代化的军校也是因为这个，军校里面的军官其实都是留洋回来的同盟会成员。他们抓到我之后就当作了要犯关押在这山里，享受着他们的特殊照顾。在这个暗无天日的洞里，我当时不想活了。我没有去你父亲为我安排的黄泥小屋，没脸去。你父亲是个难得的好人。我这辈子能够有他这样的朋友感到欣慰。到被关进这里后，我对人世间的所有欲望全部了断专心做一个苦修士，做真正需要我做的事情，没有这样一个信念支撑我活不到现在，那就是我在写的著作，从旧约到新约，我要写第三约。二十世纪的人类发生了巨大的改变，我要人类跟上帝重新缔结新的约定，这就是我毕生在推动的事情。

"第五福音书。"

你看，神甫拿出一沓上面写满密密麻麻字迹的蛇皮，这就是我的第五福音书，新新人类的诞生全部在这里面。这是你们基督教的事情，我们是不信神的。你慢慢地就会懂，人类为什么需要第三约，人类在新千年来临之际需要升级，要是你父亲在那该多好啊，他一定懂。家父已经驾鹤西归，在日本人入侵那年，家父说的变，我一直没有搞清楚，你的第三约大概也是变的一种。对头，就是要变。我们的对手信的也是你们的上帝，他也上教堂做礼拜咧，是不是可以看作拜上帝会的一种延续或发扬光大？如果他们的元首真是这样可以算。莫元良问在这么潮湿而黑暗的地方吃什么？神甫说这里面就大有窍门了。他双手一搓，手掌上卷起一瓢厚嫂。你看这蛇皮全是我吃过的蛇留下来的，刚开始，三天吃一顿饿得受不了。饥饿才是我最大的敌人，肚子里跟蜈蚣毒蛇噬咬一般，而这里完全没有食物，但上帝说鸟儿不耕不种，上天也没有饿死它们。有一次，我听到有动静，原来我吃过饭的碗有老鼠在舔。我的食物来了。我吃饭时有意剩下一些引来大量老鼠。我用这里的土抟成一个桶状的土堆，里面是空的，剩饭就放在里面。老鼠们一只只爬进来我再用泥砖盖上，想吃了就捉一只出来。生吞活剥，喝它们的血，吃它们的肉。刚开始吃下去就呕吐，但人在极度饥饿过后会适应任何一种难吃的食物，这是频道转换，转换成功这种新鲜的老鼠才是人间美味啊。接着，我又用老鼠引诱蛇，捕捉更高级的食物。蛇捉到后另一种美味就有了，比老鼠肉还好吃。你看我，身体健壮，在这么阴暗潮湿的地方没有病痛全靠蛇胆蛇肉。我捉到最大的蛇有六七斤，这张蛇皮可以写两万字。

莫元良开始打哈欠。这是他在太阳下生活形成的规律，一挨床便睡过去。老神甫在修修改改写他的东西。见莫元良醒来便说，你睡了三个小时。你怎么知道？我听水滴。在你睡去的时间里滴了一万零八百下。你听，就是声音最大的那颗水滴。莫元良仔细听才迷迷糊糊分辨出众多声音中神甫所说的那颗水滴。神甫说水滴的声音，随着季节的变化也会加大变小，从此我可以判断外面的世界是什么季节。对了，我还没问你是因为什么事情进来的？肯定不是小事情，否则这里是不会要你的。参加新民主主义革命。和三民主义有什么区别？简单讲就是三民主义是资产阶级进行的革命，新民主主义革命是无产阶级革命。这是中国人的第三约，第五福音，用你的话可以这么说。太好了，但你怎么出去呢？你不可能和我一样，待在这里革命吧？我现在不知道。神甫看了莫元良很久，仿佛要看出一点什么来，最后说，亲爱的，我帮你。在我的书写完之前我不打算出去，你来了，我改变了想法。

"跟我来。"

莫元良起身跟着神甫走到他的床前将床抬开将草拔掉，下面露出一个黑黢黢的洞，一股强大的腥臭冲出来。神甫告诉他这个洞直接通往后山的悬崖绝壁，是他多年来的心血和成就。你怎么挖的？这里面没有工具。怎么会没有工具？你看，这是我的挖掘器，他拿出一根锥状的钟乳石，这里面有很多这样的工具。他说刚开始他只知道这四周都是岩石不可能挖洞，后来他转念一想这地面是泥沙土，于是开始挖掘，果然弯弯曲曲可以挖下去。他利用每天的尿水酸化泥土以利于第二天的掘地工作，后来干脆将洞里的水滴形成的细水流引导到这里让它们肆意地渗透，雨季来临时，那是他挖掘工作最为轻松的时刻。这样一条通向后山的隧道神不知鬼不觉的就形成了，他为自己不仅是一只时代的穿山甲而感到自豪，而在困境中也能成为一只永不退却的穿山甲而自得。沙土被他抟成泥砖码在这堵墙后面利用水流冲击泥土全然消失。"我也不知道去哪了，总之没有一点泥沙留下来。"这里的泥土格外腥臊，神甫的老鼠皮，蛇骨头，内脏全部往这里处理。神甫跳下去，莫元良捏着鼻子跟着往下跳，再将床挪回原位。那一团一团的腥臭令莫元良的苦水上冒嘴蚌莫名流出涎水。他跟着神甫往前爬，大约半个时辰过后呼吸到了香甜的新鲜空气。瀑布聒噪的声响就在眼前，他们置身于青背悬崖峭壁之上。瀑布在洞窟前犹如一堆坍塌下落的盐和突然碎裂的玻璃。一个新世界展现在二人眼前。这里没有岗哨没有人干扰，然而要从这里下去也是不可能的，往上也不可能，左右也没有可以攀援的地方。神甫告诉他现在是雨季水流很大，当然下不去。冬天来临河流干枯瀑布就小多了，那个时候沿着岩石往下攀，到下面跳入水潭就可以出去了。我这把老骨头估计是经不住这样一跳，不过，神甫扭头看着莫元良说，你可以。我们岂能不一块走？大冬天的，我这老骨头跳进去也是死，不如不跳呢？说完他豪笑起来。两人勘查完地道之后返回溶洞。莫元良拒绝生吃鼠肉，甚至连闻都反胃，只能坐等那三天才来一次的饭食。胃部火烧火燎绞痛时喝些水稍微纾解一下，最后还是支撑不住昏迷了过去。当他醒来饭食已经送进来，一点米饭，里面羼杂了谷糠和几片青菜叶子。莫元良自认为要是长一副鸡窝儿就好了，沙石铁屑都能吃下去。待他吃完两名看守进来提莫元良。莫元良才感觉大事不妙，这还没待几天就要出去了。临走时，他想起一件应该告诉托马斯神甫的事情。

"安妮的母亲还活着。"

"秀孃还活着？"

"活着，"莫元良回头说，"还为安妮报了仇。"

卷 二 十

莫幼良出家，逢孺人着急，揪心，数日间茶饭不思。她要去空王寺要人。她意识到必须立即马上采取行动。她，莫安妮，阚氏，三人带上随从，当日下旰乘坐家船从风雨桥下的码头出发到新宁上岸再换了轿子，当晡黑里在新宁落脚歇一宿。一路上莫安妮都在低声啜泣，一股强大的悲伤在打击着她。因她是童养媳，等了丈夫这么多年最终却等成了出家当和尚，再加上身世的纷乱，她感觉上天对她不公进而万念俱灰。阚氏的同情反倒勾起了她的愁绪，她们两个本是天性乐观的人却被活生生地捉弄。阚氏与自己的丈夫至今为止只见过两次，与守活寡也没有什么区别。她与莫安妮虽然在肉体方面找到了交流方式，而在更大层面上却一无所有。第二晡，逢母带着两个新婶换上肩舆前往空王寺，山路曲折，半曦后才觑见掩隐在松针后面的寺庙檐角，恢弘的钟声在古树老林的山间鸟群样一波一波飞来。那些骑马上山的人比她们走得快性，但都在离寺庙两三里的地方停下然后步行到山门。逢母她们直接由肩舆送到寺庙门前，门口的两位沙弥拦住了她们，上前合十说阿弥陀佛，三位女施主请留步，请问你们找谁。阚氏说我们是香客。小沙弥说本寺不接纳女香客，只能在山门外烧香。逢母这时才开口说请小师傅去传唤一下莫幼良，就是那个净空法师，我是她娉馳。小沙弥又双手合十说阿弥陀佛，净空法师正在打禅七，不方便见人，还请诸位施主择日再来。另外一个沙弥扯了一下小沙弥的袈裟，上前跟他说这位女施主是本省军政长官莫旦良的阿馳，你赶紧去报方丈。只见小沙弥回过头来合十说阿弥陀佛，请三位女施主在旁稍候，小僧就去禀报。逢孺人架势将事先准备的银锞子叫随从拿给看门的沙弥，逢母说这是一百银锞子，请代为转交净空法师。沙弥行礼说罪过罪过，出家人不碰钱财，请施主收好。她捐献香火钱并不是为了自己烧香拜佛求莫子，而是想万一莫幼良不愿意还俗，给些银两让他在里面好过些，谁晓儿人家还不要。正在推辞间，一个老和尚和小沙弥一块走出来，老和尚走到逢母跟前，单手行礼额首说贫僧有失远迎，本寺沙弥不晓是逢孺人驾到，罪过，罪过。老和尚好，我只想见见我崽。贫僧释真空，乃本寺方丈，净空法师正在勇猛精进，请贫僧代为向逢孺人请安。意思是不来见他娘啰。阿弥陀佛，罪过，罪过。逢母把莫安妮拉到身前说这位是我的新姘，他的娘子，你跟他说，不见着莫幼良，我们不打算回去咧。出家人不打诳语，贫僧遵照净空法师的意思传达给了逢孺人，净空法师婚娶只有夫妻之名而没有夫妻之实，女施主可以改嫁。逢母勃然而怒说你们扣留了莫旦良的弟弟，他晓得了会铲平了你们这庙子。真空和尚说罪过，罪过。说完行礼转身离去。逢孺人本来是一个从不摆架子的人，情急之下说出这样的话来顿时觉得气血翻涌无趣到了极点，于是让随从在寺庙旁边的客栈觅了住处，每曦天亮，晌午，夜边三次来寺庙门前询问，七日过去终不见莫幼良的音讯，直到第八曦，下着细雨，逢母才带领众人在食康的钟声中下山。莫安妮心如死灰，眼泪早就哭干了，眼角一片沙红。她看着那扇不大的传出嗡嗡诵经声的寺门，在她眼里却是一座铁山，她羞愧得恨不得一头撞死在那里。经过这一番折腾，逢孺人只要眄到或听到和尚都觉得恶心不已，和尚两个字成为这个世界上她最憎恨的东西，对自己的儿子也由最初的抱有规劝之心变成彻底的绝望。她说一个个叫什么真空，净空，妙空，都是虚空，都是冇心肝的空心人。莫家的这些崽也一个个豪横地没心没肺，嬲下他们到底要做莫个啊，我死个中了给你们腾爽净。在回去的船上，逢母和莫安妮双双病倒。逢孺人不但失去了儿子，这个仙子般的由她一手盘大的莫安妮也将失去。她在莫家围待下去的理由已经不够充分，她要么选择再嫁，要么在莫家围做望门寡妇。对这个还在成长中的小仙子而言太残忍了，连想想都觉得可怕。她毋晓儿何里搞吔，也毋愿意再去想，然而事情总要有个解决办法，秀吉的事情还历历在目。在离开新宁往神垕回去的江面上，船行至随滩庙头时莫安妮一纵跳入江中。逢母和阚氏惊骇地抓住船篷大喊救命。正是上滩船夫不敢松手去救人，几名随从纷纷跃入水中随追了三四里才拖上岸。人已经吃饱了水，不省人事。船掉转头追过来靠岸，挨在一位身披蓑衣头戴斗笠的钓鱼人的小舟旁。一番施救过后莫安妮苏醒过来，脸色骹白，毫无生意。逢母在旁自责，一行重新上船进入江心。只听见钓者在后面吟诵了一首粗鄙的歌粒子：无情竿，薄情线，忘情漂，苦情坠，绝情钩，一入钓鱼门，从此了红尘。回到莫家围，每每围里的人诃起，逢母只讲回了一趟宝庆府娘家，在江上受了风寒，绝口不提去空王寺的事体。终究染疾过深，药房先生过来号了脉抓了药说，脉象沉中有滑，滑中带弦，状若漂木。

莫安妮回来后一直躺在屋内的床上。她还没有从那种从所未有的悲恸中苏醒过来，白曦黑曦犹如睁眼闭眼，她心灵的窗户已经被黑暗的布幔笼罩。那天当昼，一阵阵发势的摇晃将围子里的人都轰进了地道。人们如同慌忙的潮鸭，围墙突然软塌，牛马弹跳，下司犬和孔雀在围子里快速跑动，电光一闪一闪如红色绿色的爆炸声，一些人猫着腰冲进了她的房间。父亲从酸菜坛子里跳出来，坛子盖盖跌落在地摔得稀烂。他和进来的人打起来，进来的人向父亲开出一串串白色的火花，被他们打成一堆散乱的白骨。而进来的人被父亲打得满面是血，随之进来更多的人，剥光她的衣服，冲向她的身体，那群汹涌而来的狗群样。她在黑暗中更加困顿与麻木，形同死灰，慢慢地因困倦而失去了仅有的意识，那些悲恸也一起泯灭。一把雪亮的刀子在自己的大腿和私处游走，最后剥下一层皮。拿刀子的人将皮扔进玻璃器皿。血色化去，皮上的刺青在器皿中逐渐清晰起来，一只蹁跹的蝴蝶。嘿嘎，这是东方最美的艺术。许久许久过去，她还躺在床上，身边有很多人围着她转。阚氏越加消瘦，好比三春里旁逸斜出的一枝枯梅，不发芽，也没有长出花骨朵儿。逢母眼睛通红看着她醒来才抹掉眼泪，她巨大的身躯当中储藏着无尽的悲伤和慈祥，每一种不幸都从那里面掏空一点儿。莫安妮感到一身的骨头都不能相认和倒塌的房屋样，下身，胯骨，尾椎被掰开，带给她阵阵剧痛。她像一条放过血的蛇一时间全部不能动弹，只能躺在那里听天由命，眼前时不时垂下来一条一条巾布一样的陌生人影和猖鬼似的喧嚣。阚氏每曦三次，用白纱布包了煮熟的膈和毫子在她的额头和太阳穴热敷。热敷过后毫子变得乌黑发青，中毒极深的样子。药房先生在割去刺青的地方费了很大周折才让它长出新肉，但那里看起来终究是一个巨大的疤。直到围子里的芍药花几番开败，一串碧绿的吉他声进入渐底下那个时刻，她的心才被重新唤醒，有如一股冰爽的清泉进入她荒芜而寸草不生的内心，药房先生在恓惶与不安中又听到窗前芍药花散发出馥郁的腥臊气息，一切都平安无事。又有很多人将被抬出莫家围，作为医师的他感叹，抓药是多么容易的事情，而治疗人类情欲的药方还没有被发明出来，它深深地来自大地深处，乃至来自天体运行，这样的药方只在老天爷手里，所以根本不是他的错。这样的药方以人为药，婚娶是最常用的方式，配错了也不管用，而偷情、乱伦、私奔，逛寮口均是偏方，是对处方的矫正，故此最好的配方与人生大药不在本草典籍当中，而是在经书里头。

"然而，"药房先生说，"世上最好的处方仍然只有一味药儿，那就是时间和死亡。"

"铐上。"看守的命令在幽静的洞里来回动荡。

两名看守直接将他带到会见室。高耀青一身笔挺的军装，女士军帽，气质高雅，在那儿轻轻踱步沉思。莫元良走过去俯身对着她，透过铁栅高耀青问他伤怎么样。莫元良从她冰冷的语气里感受到一股暖流。死不了。高耀青凝视着他。兰近期要转移到这边来，你要救他出去。内鬼查到了么？冇。上次山下枪响——高耀青告诉他是水蛭带人攻打监狱未能得手。告诉水蛭，隔三岔五来一下，给他们加压。高耀青点头说美国轰炸东京了。来得真快啊。这次我是代表逄总参谋长来看你的，下次不晓儿什么时辰来。请放心，我会照顾好自己。会面结束他看着高耀青去了办公区，两名随身警卫跟着她。她冷艳的背影消失在房子后面莫元良才直腰站起来拖着脚镣转身回去，这次却把他送回了原来的监舍。莫锡良和那个学生娃子都调走了，黄丹葵还在。几日不见莫元良脸上的蜡黄又深下去不少，带着满身腥臭和淤泥，黄丹葵不觉捂了捂鼻孔。那里面难熬吧，这么臭。简直就是涸塘。下昼去洗个澡。那两个小崽走了？走了。他们提审你没？

黄丹葵给了他一个诚恳的答复："冇。"

此时的莫元良备加焦虑，没想到这么快就把他调出来了，他要再进去就变得十分困难，因此他才跟高耀青说让高芙蓉带领游击队袭击监狱的话。眼前这个黄丹葵老成持重，十分神秘。他之前没有深入接触过，只在迎接南方局首长时见过一面，而没有工作上的联系，很多话不能直接跟他说。而他却抓住了自己与高耀青在地牢的那次对话捅破了自己的身份同时也介绍了自己，这种主动交代自然是犯忌的，而他的确也犯了一个错误，不应该用明码交流。莫元良说鸬鹚同志，你属于重庆那边直接领导的吗？我属于延安领导，重庆办事处已经撤销。莫元良哦了一声。你属于南方局直接领导的吧？

莫元良做了肯定答复。

对于这个承认，他觉得应该是无关紧要的。属于谁领导关键要看情报来源，而不是属于谁。同时，他也想对黄丹葵有更加深入的了解，可这个时候他没有办法通过南方局跟延安方面取得联系以证明黄丹葵的身份是否属实。放风时，莫元良跟黄丹葵说美国轰炸东京了。黄丹葵说太平洋战争深入到本土，对战局的影响将很大。莫元良表示同意，黄丹葵的反应没有任何问题。他想起最终决战。不管是陆军军部，还是海军军部，路线上存在多大的差异，最终决战从一开始就存在，日本要么被消灭，要么打赢美国。樋口大迁宣称的代表东亚打这一仗显然是无耻之谈。当然，万一日本战败全部美国化对东亚即太平洋西岸也不是好事。随着太平洋战争的扩大,日本在中国的战线必然进一步萎缩,持久战的性质进一步暴露出来,而营救兰出狱的根本目的就是让他重获自由,返回印度支那组织游击队驱赶日军和消灭日军,对减轻中国南方战场的压力均有好处。国民党寻找兰的目的是因为兰是越共领导人,印度支那赤化不是美国所乐见的,更不是国民党所喜欢的。

　　三天后,胡光从押送车上下来,这时的他骨瘦如柴咳嗽不止。莫元良并没有马上去接触胡光,这里除了黄丹葵见过胡光之外其他人并没有见过,而且不知道他就是兰。利用一个洗澡的机会他才和胡光直接接触。胡光认为国民党的情报来自日本情报部门,就是在越南的日本人将情报转给了国民党,国民党又转给岭西省当局,才把我们抓住。莫元良说我们内部也出现了叛徒,这次逮捕了很多地下党。我接到命令要营救你出去。请你保重自己的身体。我知道了。莫元良在想如何营救兰,溶洞里的通道只能用一次。一个大活人消失在溶洞里,地道肯定就会暴露无疑。因此,在营救前他要做好完全的计划。如何营救,脱身,接应,是一个人走还是一起走。对于身边的黄丹葵他现在还不敢肯定他绝对没有问题。黄丹葵说万祥醴坊你的伙计也押过来了。莫元良说是的。显然,黄丹葵已经在试探他了。他不如将计就计将胡光就是兰的情报泄露给他,看他有什么反应。如果兰被重押起来说明黄丹葵就是有问题的。接下来就是这个情报的泄露时机问题了,这颗饵要在恰当时机精准下下去,现在泄露给他显然为时太早。他需要等一个合适的时间,万无一失的时机。转眼间夏天过去,他的胯部之痛已经得到缓解但仍然没有痊愈。另一颗睾丸也受到了损伤,夜半时分常常被剧痛惊醒。立秋后一日雨过天晴,知了大肆颂唱之时高耀青又来

到青背监狱。莫元良跟她说兰到了。可有营救的办法？有。需
要游击队配合，在口前发动进攻。这次要猛。同时遣一支小分
队，在青背山的后面化装成山民，在水潭一带秘密待援。

　　高耀青回去一周之后的这天夜晚监舍里突然断电随后传来
稀稀拉拉的枪声。莫元良等待的那种猛攻来临了。他不失时机
地跟黄丹葵说这是我们的人吧。黄丹葵说或许是营救我们的。
莫元良晓得，他不知道越城岭游击队的存在，不知道游击队归
他领导，他在学校负责学生运动，对武装斗争这一块还不清楚。
莫元良说他们要救胡光同志。胡光同志是不是岭南的？我看他
说话本地腔不周正，像是南边来的。莫元良侧脸看着他，似乎
同意了他的猜测说我想应该是的。他已经将饵下下去了，现阵
等着对方的反应，咬不咬饵。就在这天夜里山下的游击队一度
攻到青背山门，进进退退，直到天亮时分才撤离。莫元良早就
酣睡如泥。整天无话，到放风时候他独自出去了。他躲在人群
中接近胡光，跟他擦身而过时说，你可能会被重押但不要惊慌。
就在放风结束的当晚，莫元良，胡光，黄丹葵三人先后被铐起
来，戴着脚镣送进了溶洞。送进去之后手铐解开，脚镣继续戴
着。这时的莫元良确信黄丹葵已经将消息传递给了他的上层，
而他为什么要一起跟着进来呢？他完全可以不必进来打这一层
掩护。他一进来反倒使莫元良的判断显得犹疑不决。显然，头
回游击队轰击山门他并没有进来，这次进来是为了看住或坐实
这个胡光的，他已经从语言的腔调上对胡光做出了嫌疑人判断。

　　在溶洞中莫元良已有生存的经验，而胡光和黄丹葵没有。
他们进来时约翰·托马斯神甫正在吃蛇着实骇了一大跳。莫元
良说这是我的两个同志，被关禁闭了。托马斯神甫瞟了一眼莫
元良做了一个鬼脸，莫元良眿到他已将胡子编成长辫垂在胸前。

胡光进洞之后咳嗽得更加厉害。头一天晚上，他就心歉不已，有些迷糊了，第二天，黄丹葵也因强大的饥饿而强睡过去。他们两个倒在地上。此时莫元良才跟神甫悄声传话。这个人身份可疑，我现在要救这位同志出去，走你的地道。请，这是鄙人的荣幸。那意味着地道有可能被发现，你再也走不了。或许上帝让我挖好它就是留到今天给需要用它的人的吧，我老了，将来哪一天你重来在洞里可以找到我的蛇皮书的话带出去把它交给秀孃和安妮。莫元良上前拥抱神甫。他给胡光同志灌水，让他吃一绺蛇肉或者喝一点蛇血也好。胡光忍着战栗喝了几口蛇血。神甫和莫元良移开床铺准备跳进去，黄丹葵却起来了，撤转头揉眼看见二人要逃立马灵光地掏出手枪指着胡光。举起手来，兰同志，终于找到你了。又用枪指着莫元良，莫元良也只好举手。莫元良说黑桃 A，你是一个叛徒。你怎么知道我是黑桃 A？当我将营救胡光同志的消息告诉你时你应该就要意识到你已经暴露了。白龙同志，我的确就是你们要找的黑桃 A，同时也是你们要找的鳄鱼。黑桃 A 和鳄鱼什么关系？黄丹葵大笑说黑桃 A 是我在国民党的代号，鳄鱼是我在地下党的代号。原来你是吃两头的。走过来，手放在门上。他双手持枪，命莫元良和胡光站好，就在此时白炽灯泡突然熄灭，屋子里一团漆黑。只有水滴声是明亮的。接着一声剧烈惨叫，在一片火花当中，约翰·托马斯神甫手中拿着一根揉掉灯泡的电线直接和黄丹葵拧在一起，电线头插在黄丹葵的颈嗓上。

"Qui cum patre（天主佑我）."

神甫悠长而冷静地说，仿佛一道悠久的光响起。

莫元良和胡光两个赶紧跳开，捡起地上黄丹葵弹掉的手枪。两人跳进地道将床扶到原位，拉上草垫子，然后往里面钻进去。

当他们钻到洞口发现天是黑的，不知道是天没亮还是刚黑下来。瀑布挡着他们的视线，水声裹着一团漆黑在他们周边。我看不见自己的脚啦，神甫说。洞内看守要明天中午才送餐进来，他们还可以在这里等到天亮。如果天黑从这崖壁上下去，不是摔死只怕也难得留一个全活。这是非常漫长的等待，水汽弥漫浓稠，冰冷无比，再加上饥饿和剧烈运动，莫元良不敢想象，黎明来临前他是否还有力气从这岩壁上攀爬下去。回不去了，听天由命吧。这时他的胯部又疼痛起来，经过刚才一番剧烈的运动，某些好起来的部位又扯伤了，当静止下来时这种痛才愈加明显起来。他们往回退缩了一段距离，避开水口刺骨的阴潮和寒意，忍着剧痛挨过两个时辰，直到远处村庄里传来第一声公鸡打鸣的声音如盏灯在这漆黑里点亮，立秋后的晨曦清爽得古铜样在天边呈现。他们爬到洞口，已经可以相互看清对方的脸。莫元良用枪对着自己的脚镣一枪打断，接着对准胡光的脚镣中部也一枪崩断。这声音在地道和瀑布的喧嚣中异常沉闷。他们脱掉鞋子转身往瀑布下面摸索爬去，攀住崖壁上的细藤，通草，低矮植物一点点下移，过了中部再也无法下移，下面是内凹的一块崖壁，莫元良做了一个跳的动作，随后转过身来，照着那个绿铅一般的水潭纵身一跃跳了下去。胡光也跟着跳下。莫元良下落过程中被瀑布刷蹭了一下姿势变形，肚皮着水。他顿时感觉像摔在一块门板上，五脏六腑即时散架。他仅剩的一粒睾丸估计也摔碎了，一时间几乎休克过去。在水中他睁开眼睛，一片白茫茫，潭水冰濑坚硬，什么也看不见。他往一侧游去，避开水流的浇注，水才变得黝黑起来，随之浮出水面，他见胡光往下跳，头部朝下笔直插入水中。许久不见浮出，又游过去览他。水中没有看见人，他浮上来，却看见胡光在出水口向他摇手。莫元良上岸发现自己的肚皮被拍成黑紫色了，下体流着血水，他扯下衣服左缠右裹将胯部包扎结实。胡光说内伤严重。莫元良说我明明拍死了一条大鱼你看见没有？胡光说右。随即知道上当，两人哈哈大笑隐入树林，揉了几截葛藤将脚镣绑在脚踝上，抠下一块鹌鹑窝似的苔藓扣在头顶，随手又扯下草薢的蒴果沾了口水摁在鼻翼上，捋了一把把擦身而过的火棘果塞进嘴蚌，攘攘着密实的树枝穿钻而去。等他们越过山麓，蹚过了河，穿过公路，爬到对面的山上才回头看青背监狱那边。太阳已经爬上山头，堆垛在山谷和河流之上的白雾静如睡虎，鸟语也开始稀散下来，并没有发现那边有响静，他们希望碰到的游击队员也没有觅到，只好往铁围山方向潜进。两人避脱官道在山中穿梭，也不能去神昙洞街上，便径直往马肠响去了。知了的鸣叫稠得像暴雨，潮水样，人钻不动，一浪高过一浪。两人在蕨类植物缠绕的潮湿地面和天空被阔叶乔木遮盖的山中狂奔了一天最后穿过一片一望无垠的竹海才到达马肠响。莫元良和胡光衣衫褴褛已经完全虚脱扑倒在地。莫元良说的最后一句话是，派人去通知莫雷来见我。莫赞良派人去了。一边挈来肉汤米饭，一边叫钳工把脚镣剪了。下旰，莫雷率先赶到，老谭头和高芙蓉率领游击队随后赶到。莫元良和胡光还在躺着，高芙蓉裹着一块头巾趁进来，自己的丈夫完好无损，她揪得跟死结似的五脏六腑才放松下来，看到了面骨儿上还躺着一道斜斜的伤疤，她又察看了他脚上的伤疤和全身的鞭痕。

"游击队长，你好啊。"莫元良跟妻子说。

见鬼去吧你，高芙蓉大叛道，这眼帘下的一鞭儿倒打出几分邪性来了。游击队长夸我呢，我都觉得没白挨鞭儿。

逃离青背监狱后一路上他们并没有碰上接应队伍。抵达马肠响之后随即安排胡光同志离境路线，友谊关，老街，靖西三地均有接应，连香港线路也考虑在内。走香港的想法最终不得不放弃，因为那太远，太危险。最后莫元良精心挑选了十人，商人打扮，护送胡光同志选择从越北进入走靖西离去。告别时，高芙蓉问道，胡光同志，有个事情我一直想问你，你的代号为什么叫兰？胡光一笑略带几分羞涩地说在中国有一位叫兰的女子。

现阵正是田子开镰割禾前的时节，当地人叫作秋脖子，莫元良打算在马肠响养几天再下山。他先安排四人到漓江对面蟆蚼腿巷去租屋，盯紧莫氏试寓和师范大学这两个地方，觅到莫锡良寻机将他绑了。莫元良终于松了一口气，高芙蓉掐到自己的丈夫，抚摸着他身上的伤痕问他是哪门从青背崖逃出来的。莫元良就将遭遇约翰·托马斯神甫的事情讲给她听，然后说黄丹葵就是黑桃 A，鳄鱼。那么他口中的鸬鹚就另有其人，这个人可能就是你我都不愿意想到的莫偃偃莫大庸。这么讲，我们都是莫大庸出卖的？应该是，还包括死在溶洞里的黄丹葵，这件事情应该马上通知耀青。神木监狱还关押着我们的同志，韦如川是我的上级。我们想办法营救，过两天进城去除掉莫大庸这个败类。那我得找把马毛剪把你这胡巴割一割。这么久了，有没有想我啊？至少每曝想一次，少不得的。说着翻身骑上来。高芙蓉拘掉剪刀攒入肌肉里泌出泥浆气息的丈夫的怀抱，久别重逢的爱人准备通宵大战一千回合将重逢的喜悦和过往的恐惧洗涤殆尽然后赤条条淹没在如瓤瓤厚皮翻动的鼾声中，可高芙蓉触摸到了丈夫的下体那一刻那里瞬间断崖似的沉默了下去。那棵块茎植物消失了。她看着他的眼睛，窗外的晨光洇湿了地面搔动着的金针。

通过告密事件，莫元良隐隐感到内战的焦灼程度，连如此密不透风的岭西省都遭到了军统和中统的关照。就在这个下午，他在思考以后的路怎么走时接收到一个消息，莫大庸在军统的保护下想要逃往香港。他令立即逮捕莫孝廉的崽。岭西城里的桂花开得正值茂盛，处处充满迷醉的花香。他们到漓江边坐船过江到达蟆蚴腿巷，在一条弄子里觅到新租的住处。莫锡良被抓来了，连带还抓住了那个他们出入在一块的谷蹇。莫元良让高芙蓉去联系高耀青，晚上审查莫锡良。

莫元良将莫锡良和谷蹇隔离，高耀青在隔壁不露面。莫元良压住心中愤怒的火苗以柔和的方式向莫锡良展开审问。他的这位堂弟柔软，一脸惊恐。莫元良的每一个问题的结症几乎无一例外地导向了他的父亲莫孝廉，他出现和离开青背监狱，为莫子进去和为何能够离开，均为莫孝廉的安排。高芙蓉从隔壁过来，跟莫元良耳语了几句。莫元良说这是条嫩泥鳅，还不如自己的一只袜子。莫锡良似乎默到同伴交代了什么。莫元良告诉他同伴都招了，语气还是那般温和。"还隐瞒什么？"愈加恐慌的莫锡良此时才告诉他父亲安排的目的，因为特务抓了莫锡良，威胁莫孝廉交出地下党名单，他父亲为了救他才不得不这么做。莫元良从屋邸出来，与高芙蓉，高耀青走到主厅去。很显然，莫元良说如果莫大庸叛变的动机是儿子被抓，那么，他自己的问题出在哪里？他怎么会被发现出了问题，而特务对他下手？高芙蓉说你讲过黄丹葵是一条两头蛇，即是黑桃 A 又是鳄鱼，也就是说他既控制莫大庸的行踪，也控制了国民党对共产党的行踪。莫元良说这里面就是不晓儿莫大庸做了什么让黄丹葵觉得背叛了党国的事才暴露了莫大庸，抓了他的崽，并且让他充当诱饵去钓我们，或者纯粹因为莫大庸供出了地下党的名单，然后利用他的儿子来觅到兰这样一个目标。高耀青说目标很明确，军统要抓兰，所以才下了这么大一盘棋。利用黄丹葵双面间谍的身份打入地下党，然后又利用莫大庸供出你们，但他们还没有获得兰的真实身份，所以将你们全部抓起来。黄丹葵现在死了，军统现在也仍然不晓儿兰到底是死是活。莫大庸被军统保护着，我们要接近他非常困难。莫元良说你分析得有道理，那么我们不妨利用敌人的这个盲点，来反钓他们，说兰仍然在岭西城里，或神木监狱。让莫锡良传达给他阿爸，我们的目的是引莫大庸出巢。高耀青说莫大庸显然晓儿你和蓉蓉不是兰，逃走的胡光可能是兰，押在神木监狱的四个人当中的一个可能是，也可能不是，身受重伤的卫臻也可能是兰。要怎么让他相信兰还在他们手中。莫元良说通知莫大庸，让他用神木监狱的四个人来交换他的崽。不交换的话，就处死莫锡良。他会提出一个交换一个，那么，我们就说要孔茂禾，他们就会生疑，老孔就有可能是兰。高耀青说先试试吧，这是绥靖公署看押所的电话。

莫元良接过电话号码，当即给看押所打电话。莫元良说要你们处长接电话，我是鸬鹚的儿子莫锡良。对方说你稍等。过了一会儿，蔡处长说请讲。莫元良说用神木监狱我的人换鸬鹚的儿子莫锡良，包括那位书店老板，否则你们就等着收尸吧。蔡处长说你是谁？莫元良说不用管我是谁。明天中午十二点，在象鼻山码头的江面上，用一条小船将我的人送到江心，我们的船也会将莫锡良送到江心。

对方并没有提出一换一，高芙蓉说他们真的会用这五个人跟我们交换吗？莫元良说真假要试一试才晓儿，看莫大庸是否心切，是否想要救他的崽。敌人肯定不甘心放了我们的五个人。如果船上的确是我们的人，我们就接收，不是我们的人就开枪。

他们也会收到我们的肉票。我们的目标是铲除莫大庸，他们的目标是要兰。所以，莫锡良不会是重点，这也是莫大庸这个叛徒的悲哀之处。但是，我们需要莫大庸，需要他出现。我们的刺杀小组明天在河对岸，刺杀目标就是莫大庸。我们在河这唇头释放肉票。高耀青说他们会不会先派人到河这唇头来？莫元良说是有这个可能的，但莫大庸不会允许这么做，他救崽是必须的。真发现可疑之人，我们就撕票。我们的人埋伏在河唇头就可以了。

第二天中午时分，一条小船载着一个人蒙着头划到了江心，象鼻山这边一条小船载着四个人也向江心划过来。快要上岸的时候莫元良命令他们举起手来，莫雷和荀波划船过去，荀波拿枪对着四人，莫雷过去拿掉他们的头套，发现只有两个是自己人，另外两人是特务，他们想弯腰拿枪，当即被荀波击伤。对岸刺杀小组一直没有觑见莫大庸出现，小船划到岸一帮持枪的特务上前将他的头套拿掉，把人拖了下去。

莫元良他们释放的人是谷蹇，而莫锡良仍然关押在蟆蚼腿巷的房子里。莫元良拥抱了救出的两人，问另外几个在哪里？他们说一个在神木监狱审讯时被打死，书店老板消失不见，还有一位同志现在绥靖公署看押所。莫元良回去跟看押所打电话说蔡处长，我所要的人你没送过来，这次请你让莫大庸自己来换他崽的命吧。蔡处长说彼此彼此，兰在我手上，你难道不想要回去？莫元良说兰在神木监狱已经被你们打死了。如果你想要莫大庸个崽的话，连我剩下的那个一块带上。只听见电话那头骂声不迭，王登科这头蠢猪。高芙蓉说刺激大发哒。莫元良说大家赶紧撤离，他们很快就会到达这里。莫雷说为什么？我们才刚刚落脚唉。莫元良说谷蹇会带他们杀过来。本可唱一曲空城计，可惜现在我们人枪都不够，可惜了，可惜了。但也要弄点本回来，将那两个快死的家伙吊起来，蒙上头，绑上手雷，里屋和外屋各挂一个。

莫元良十余人从下游的一个码头过江，回到王城附近。莫元良跟高芙蓉说现在自己家回不去，万祥醴坊和莫氏试寓也都不能去，我们手上的这张王牌要跟着流亡了。住旅馆呗。现阵只好给他阿嫲打电话。那还不如直接去。莫元良说去？真去？高芙蓉说去。莫元良一干人吃了东西后直接去莫氏试寓，其余人等分作两队，一队在东西巷门口的街上掩护，一队进入莫氏试寓埋伏起来。莫元良和高芙蓉带着莫锡良进了屋邸。周氏在打毛衣，挈起又扔下扔下又挈起。莫锡良进来，她惊叫了一声扑向莫锡良。莫元良和高芙蓉一屁股坐在沙发上。婶娘，人给你送回来了。周孺人说赶紧给他阿爸打电话。莫锡良正要阻止，莫元良用眼色制止了他。莫婶拨通电话，跟那头说大庸，崽归来咾，对，在家里。他跟你说。莫锡良接过电话，喊了一声爸，然后就一直在嗯嗯之中。

莫元良说你爸说要回来吗？回来。莫元良等到下半夜二点的钟声敲响也没见莫孝廉出现，直到第二天早上，一个戴墨镜和假发的人回到家中，他推门进来，周孺人站起来说你是谁？他说崽呢？周孺人才晓儿这是自己的丈夫。莫元良押着莫锡良从侧门出来，说别动，鸬鹚同志终于露出本来面目了。父亲姗姗来迟让莫锡良显得有些愠怒。莫孝廉说，元良，把枪放下。莫僈僈，原来你就是那粒老鼠屎。莫孝廉勃然大怒，元良，你莫太僭了。你害死了我们多少同志。这岭西省都是莫家的，什么你的同志，我的同志，我从来就没有什么同志，我是莫家的人。黑桃A还说他是你的上级。哪个黑桃A？黄丹葵，就是你

368

那个同年。那不过是我的一枚小小的棋子。你还掌握了我们多少人的名单？不少于一百五十个。现阵他们人呢？莫孝廉哈哈大笑，在神木监狱的硝镪池里早已经化作青山绿水滋养大地啦。如果你不是莫旦良的哥哥莫家围的嫡长子这世界也早就没有你了。莫元良此时才看清这个隐藏在面具之下的傻傻居然如此险恶，原本他不过以为这是莫家一位只懂得贪图玩乐无所事事的寓公，现在才晓儿他是一个原教旨主义宗族分子。他一枪击碎了莫孝廉的左腿膝盖，莫孝廉扑通一下跌跪在地。莫家竟然出了你这样的败类，莫孝廉说，你们被包围了，全部要死在这里。说完想掏枪，莫元良又一枪往莫孝廉打去。莫锡良扑过来被莫元良一脚踢开滚倒在地，莫元良的枪打歪了打到他阿嫲身上。一声惨叫，瘫倒在松软的意大利羽绒真皮沙发上，她头腔上终年裹着的饰玉抹额松脱在旁。高芙蓉上前用枪顶着莫锡良。莫孝廉掏出一柄短枪射向莫元良。高芙蓉手快一枪打中莫孝廉的要害部位滚倒在地。莫锡良拨开高芙蓉的枪想要逃跑，莫元良一枪击中他的腿，跌倒在门前。莫孝廉口角流血，指着莫元良，双目怒张，冒着血泡吐出二字，又一个字，毙命。

"忤逆——子。"

莫元良打电话去绥靖公署看押所说明天将我的人放去江心，来换莫大庸的命。说完就挂了。转身跟莫锡良说要么革命，要么不要出卖革命。把你阿爸阿嫲的遗体送回神垕，不要再回来了。莫锡良向他啐了一口，败类。这两个字使莫元良感到胯部受过伤的部位突然一阵剧痛。院子外面八名护送莫孝廉回来的特务被游击队锄奸人员当街打死，丢下两辆停在门口的黑色小汽车被莫元良一伙人开走。他们撤出莫氏试寓，在桂花飘香的夜色中消失貌似在夜色中遁去的砍伐声。关押在青背和神木监狱的人直到岭西省解放前夕才被莫元良的越城岭游击队解救出来。莫锡良跪在父亲的尸首旁一动不动。许久之后，他拨通了那条通向本省最高意志办公室的电话。

"白龙已越狱，鳄鱼被刺杀。"

卷廿一

　　高耀青临行去台湾之前在漓江边与莫元良高芙蓉见最后一面。她不露声色地表述了自己的判断，岭西省灯枯油尽。渡江战役打完南京被攻占，中南战役箭在弦上。她跟逄总参谋长飞海南岛，整个北方如秋风扫落叶。高耀青和她的姐姐高芙蓉拥别。"再见，同志们。"莫元良记得异常清爽，就在三千界战役十五年后的那年冬天，同样是寒冬腊月时节，同样的两支部队，展开了一场决定莫逄系生死存亡的战役。唯一不同的是，十五年后的今天双方力量发生了奇迹般的颠覆，指挥战役的仍然是当年参与湘江战役的指战员。中共南方局从香港总部发来密电，华中军区岭西先遣队火速前往崀山一带支援南下作战部队。解放岭西省的时刻即将来临。莫元良将抗战胜利后兴全灌抗日自助组织同盟的六七千同志改编为游击队，一纵在他的率领下前往崀山迎接解放军进入岭西，二纵三纵部署在进驻岭西城必经之路的三千界一线。他们到达崀山山麓的那个傍晚遇上从宝庆府南下的红军。对方问莫元良是谁的部队，莫元良说华中军区岭西先遣队。红军长官说我们是解放军四野第十二兵团先遣部队，现命令游击队就地驻守，阻击敌人入境。是，莫元良说，请同志们放心。莫元良一个旅的兵力分成两条防线和一个预备团连夜布防进入战斗状态。就在黎明时分，莫元良他们在山岭上直挺挺地觑见大规模的敌军从对面迅速开来，几乎十倍于己，很快就把他们切割包围。莫元良命令开火，向来犯敌人发起进攻，敌军一阵大炮轰击过后向山岭包围而来。莫元良令用机枪和山炮还击。等待敌军杀到跟前莫元良发现对方打的是解放军的旗帜，顿时心生疑窦，暂时命令自己的部队停止进攻向后轮换撤退。阵地一松动，随即被撕碎，全部包围被俘。解放后，直到他死，这大概是莫元良毕生再也难以启齿的事情。因为这场战役游击队不但被自己人轰死过半，还打死了不少解放军。对方问莫元良是什么部队。华中军区岭西先遣队第一纵队。是自己同志，为何在此阻击，敌我不分？头天从这里过去的部队说是解放军四野第十二兵团先遣部队，命我在此驻防。对方说我们才是四野十二兵团四十一军的，在我们前面的那是莫逢系第一和第十兵团的残部以及他们的地炮师，从宝庆府战役中逃窜出来的。

"腌臢。"

"顶你个老肺。"

"他们穿着解放军的衣身。"

"被他们耍了，"首长说，"溜脱了。"遂即命令整理部队火速追击。莫元良说游击队在三千界仍然部署有两个纵队，可以带人抄小路去通知他们。首长说好，顺便从这边带一个团去。莫元良一边命令发电报通知他们敌人伪装成解放军而来，一边带领一支骑兵急速赶往三千界与副司令谭仲池会合。敌人想连夜摸过三千界退入岭西城内遭到了游击队的强劲阻击，以两个旅，一个团和一纵剩下的一个加强团的兵力对敌两万余人，激战一夜，打到天亮时四十一军从后面掩杀过来将残余敌人全歼。随后翻过越城岭与先到的四十五军会师岭西城。在三千界的这场阻击战中老谭头战死。他抵抗到了最后一刻，是的，十五年前，他也是在这条山脉中同敌人战斗，而在胜利的曙光来临时却因自己的误判而导致老谭头牺牲。"兵不厌诈。"他想起了自己的弟弟莫旦良和舅舅逢兴。岭西城再度成为一座弃城，处于各种锋芒动荡的边界。逢兴的守城部队撤往柳州方向，然后去了邕城，被解放军十三兵团所属三十九军追击，逃亡镇南关，又被从钦州上来的四兵团之四十三军夹击将其合歼于镇南关，只有少数残部遁入越南。逢兴的十七兵团逃亡百色，被解放军十三兵团之三十八军歼灭在靖西。从恭城荔浦逃往陆川和博白方向的第三和第十一兵团被解放军第四兵团和南下追击的四十一军与四十军围歼，岭西省解放。战后史料表明，这次战役歼灭敌人十七万，历史上的莫逢系不复存在。莫元良是这两场战役的经历者，他的敌人竟然始终是自己的弟弟莫旦良。莫旦良身为一国之代总统，这时不在南京，也不在重庆，而是在昆明。江山陷落，他坐飞机回岭西城停留了一晚随即飞往邕城，然后马不停蹄又去海南岛视察。他们想象的最后的堡垒海南岛只有几个散兵游勇。莫旦良冒出血颓丧地飞往香港随即飞赴纽约。失望之余的逢兴最终飞往那个他最不情愿但不得不去的岛屿台湾。党代表周召鹤和平起义，归顺人民政府。在莫旦良的心中一直徘徊一个问题，这一切为何失败得如此之快？现阵，他不但要忙于逃亡，还成了头等战犯。在繁忙而璀璨的记忆长河中永不褪色的是他大概想清爽了，是这片土地上的人民不要他了，而不是他军事艺术的失败。所有力量的生长来自于大地和生长在这片大地之上的人民，除此之外，还有力量的来源吗？还有英雄吗？没有。任何英雄都是从大地生长出来的，从人民的力量当中生长出来的。英雄不是一个人，而是一种力量团体的代表。古话说顺之则昌，逆之则亡，他一生的努力不过为这句话做了一个注脚。从根本上说，他不晓儿在为谁抛头颅洒热血，他是如此迷茫而又欣赏自己战无不胜的军事艺术，在他一生数百场起义和大战中他是那么骁勇，有如神助。他在纽约的寓所，孤寂难耐，一位青年史学家敲开他的家门，陪他聊天和谈论往事，一场雨引他望向窗外的一树槐花时令他热泪盈眶。我想家了，我想神宝洞江面上的雷暴雨。自然，他追忆起的只不过是自己最隐秘最赢弱的那部分，是将他化育出来的那个有关神宝的一切。

逢兴撤退时给全省的武装部下令，留下来，活下去，等待光复，打败了不等于打输了。处于绝境中的王珉在这个时候收到来自海南岛的密电，他被任命为越城岭游击队司令。逢兴将军在登机离岛时给他发来一道希望之光的密电：党国会光复大陆的。

"上山打游击去吧。"密电同时说，"我们会用飞机给你投来战略物质。"

这一刻的高孝荣，四脚八叉仰天坐在神宝公所，自从收音机里收听到解放军渡江之后他就派人四处去寻找共产党，到现阵览不到人，他秘密派人去览共产党，他要和平起义。他派去崀山的人没有碰上共产党，派到岭西城里的人也不晓儿谁是共产党。他已经是一只热锅上的蚂蚁。正在这个进退维谷的艰难时刻一个意想不到的人物出现在他面前，那就是神宝洞学校的夏塑。高县长，此时不起义，再晚蒂蒂儿你就是民族罪人，要砍脑壳的。高孝荣看着这位平常熟识的学督不解地问，你这话是什么意思？现在胜负未分哩，哪个晓得哪朵云会下雨？胜负已经分了，从有共产党那一刻就分了。高孝荣立即清退左右。你是共产党？我是。刚刚人多眼杂不好说话，现阵你跟我讲实话。这也是莫司令的意思。你说什么司令？莫元良司令，他是桂北游击队司令。高孝荣哀叹一声说共产党就在我窝里，我这个当岳老子的竟然还瞒在鼓里。不但莫元良是共产党，高芙蓉也是我党同志，你培养了一个好女啊。高孝荣脸色青红一阵迅速变幻着。他还不适应这样的转变，以为他的神垕一片青天白日，几个游击队闹事只不过是小蟊贼过家家咧。但眼下他必须做出选择了，他要赌一把，国民党输了他就成为神垕洞的罪人，共产党会要了他的命。万一国民党赢了呢？那他和平起义不就是自己踩雷嘎。他感到万般艰难而不能自决。他还想保命，继续做他的县长。可夏堃说，衡宝一役莫逢系打光了家底，解放军已经摸到崀山了，人家都跑了，你还在这里做千秋大梦。

"啊，"他说，"我还有九个女要养活。"

"那么，"夏堃说，"赶紧起草起义通告吧。"高孝荣立即安排人去做，并希望夏堃把这个消息带给莫元良和蓉蓉。

"冇问题。"夏堃应允他。

就在高孝荣在广播里宣布和平起义的时候王珉和莫温婉带人进来将他扣押了。高孝荣，你这是听哪个谳，搞莫子板路，演的哪一出？听令，国防部任命我为越城岭游击队司令，兴全灌全部都归我管了，老子要为党国为三民主义战斗到底。把他押起来。四个人上来将高孝荣拖走。王珉清编了自己的部队，有八百余人，由他和莫温婉，午久熬领导。随着邻县和省城的沦陷，神垕洞已然无立足之地，他决定将队伍拉到山里去。他终于觉得自己想干一件自己想干的事了。不过，问题也来了，他没有军饷，这个问题令他异常苦闷。

"马肠响。"莫温婉说。

他看了一眼莫温婉，她的胆量再一次令他感叹。

"它将不再是莫家围的。"莫温婉补充道。

他之所以没有动银矿厂的心思，因为那是莫家的财产，而莫温婉亲自提出来就不一样了。他立刻跟手下说现阵没有了给养和粮饷，第一个战略目标是把马肠响的银矿厂薅了。余众响应，热情高涨。王珉的游击队当曝即往马肠响去了。俟到夜黑边，莫赞良的保安队还没反应过来就被包了饺子。他带领五十人突围，仅剩三人，带伤逃回莫家围。王珉跟莫温婉说马肠响是个鸡窝窝地，易攻难守，我们还得览一个安全的挡方安营扎寨。莫温婉说不如我们一不做二不休去把神仙洞剿了，那地方山势险要，易守难攻。他的参谋长三粒尻子午久熬说王司令，鄙人以为，剿不如合，合不如合后再剿。王珉说顾参谋长高见。莫温婉说那有劳参谋长跑一趟。王珉当即修书一封，莫温婉不放心，跟着一起去。他们带人前去神仙洞盘话。参谋长三粒尻子说现在是共党的天下，共党最恨乱匪流寇，围剿势在必行。莫温婉上前说，秀孃，我是莫温婉。秀孃打量了一眼眼前颇有气概的二小姐，说原来是温婉，这可奇了怪了，你们莫家的路也是蟆蛙是蟆蛙，蛇是蛇。莫温婉说，现阵是火燔眉毛，我部现有百八人，人枪齐整，为长久计愿与贵部合为一股，结金兰之好，共同抗敌，以图远存，为表诚意，奉上银矿厂，外加一名神垕长官。

阮秀吉穿一件金丝敕边的厚睡袍正在给自己的长发打油，收到信后她立即换装让白嬭和各分舵洞主前来议事。白嬭说一山不容二虎，神仙洞只有一个主人，这个道理王司令难道不懂？再说，前次王司令攻打我神仙洞的事情，弟兄们还要揣着仇要报哩。三粒尻子说此一时彼一时，现阵变天了，不比过去，禁烟，剿匪，打土豪，分田地，样样不能少。白婳说莫起高腔，变天也是变的你们的天，跟我们神仙洞有关系。是变的我们的天，莫温婉说，你想我们二十万精锐部队割谷子样割了，神仙洞也要掂量掂量吧。白婳说打太平天国起，我们就没怕过大清皇帝，到民国也没谁动得了我们一丝一毫，你们是被赤匪吓破了胆。莫温婉说前清是强弩之末，民国是军阀混战，根基未稳，不可同日而语。白婳说你们最终的目的无非是想霸占神仙洞。三粒尻子说现阵是自救啊。莫温婉觉得白婳这个人梗顽不化，木柴棍子捅不通。各分舵洞主听白婳这么算白，便要拿下莫温婉和三粒尻子问罪。你回去跟你的王司令说吧，阮秀吉制止道，我们对他的那点银子冇兴趣。莫温婉和三粒尻子只得灰头灰脸地下了山，回到王珉处说嘴巴克出血，死癫婆不跟我们合作，奸莠之徒要自取灭亡。王珉说匪寇德行。他们有多少人？三粒尻子说不下于三百。王珉说硬打我们占不到便宜，但总得攻剿下这个窝窝才能熬下去是莫。莫温婉说我们打上去，至少也得损失个几百人，我们就这点家底，队伍打没了以后怎么办。王珉说只能智取，不能强攻。山上的青现在怎么样了？三粒尻子说全部长起来了。天无绝人之路啊。于是派人去猎户佃农田子家里收购松膏，火油，架势在当月十六黑黢月亮高挂时潜进铁围山点火烧山将神仙洞的人一网打尽。

三粒尻子走后阮秀吉一夜没合眼，次晡又召集舵主们议事。她说，王珉攻打神仙洞的可能性有好大？白婳说不能不防。这股流寇现在到处作案，寻找窝点，不如我们先去剿他一剿？阮秀吉说他们人多，我们人少，哪门剿？白婳说下旰我部遣人来报，王珉正在四处收集松膏，火油，莫不是要学莫元良烧山？阮秀吉说这个不知死活的蠢猪，各洞主听令，一洞，二洞，三洞，留守本部，修葺防火道；四，五，六洞随我去马肠响。神仙洞拉出一百五十人，直奔马肠响而去。他们躲在远处的山岭上，用望远镜观察马肠响的响静，只见王珉部收集的松膏和火油全堆放在院子里，外头有人把守。白婳说下半夜我们摸进马肠响，然后用迫击炮轰击院子中的燃料，不要攻进去，只点燃他们的燃料，将银矿厂烧了。阮秀吉说就这么办。现阵还是春上，初十黑曚到下半夜月光即将退去，就在退去之前的一个时辰，神仙洞的人在河这边向银矿厂发起了攻击。迫击炮一枚一枚落进了院子，引起轰隆隆的大火，不久银矿厂就陷入了火海。王珉的人在睡眠中惊醒四处逃窜高喊共党来了，共党来了。逃出火海的王珉军冲杀过来，阮秀吉等命部队随即撤离消失在山林中。王珉军追杀过来没有觅到一个人影儿，天麻麻黑不敢深追，怕落入陷阱。天亮清点人数，伤残一百来人。王珉说这不是共产党，应该是仇人。我们干脆将这垱重建，从河唇头开始到山麓这一段建成堡垒。随即命人去砍树，到河里搬石头，雇用木匠。

这晡半曚，王珉和莫温婉摘了新鲜橘子正在跟女儿剥皮，莫温婉掰下一块给苗苗，苗苗接过递给王珉说，“爸爸，你先吃。”莫温婉说，“我们的宝贝长大了。”这时征粮队回来，捉了鸡鸭，挈了鱼，扛了猪。王珉看见征粮队大获而归，连忙喊停。你们是买的，抢的，还是偷的？抢的，一个士兵说，哦，是买的。讲真话。是农户犒劳我们的。把东西放下，你们去把这东西是谁谁的主人都给喊过来。半个时辰后，伧夫猎户都喊来了，一个个跪伏在地上，王珉赶紧过去扶起，说他们给过你们钱没有？一个佃户说长官做主啊，他们把我们的口粮都抢了。王珉说我晓儿咧。你们过来站好，说你们呢？那十几个征粮队的人一字站开在敞地上。王珉下令，警卫队向十几人开枪，全部枪毙。王珉说国民革命军刚刚被打败，如此惨痛的教训你们视而不见，充耳不闻，我多次强调不拿群众一针一线，要自力更生，视民如父母，我们不能自己把自己搞残啰。从此以后，违者下场和他们一样。士兵高喊，长官英明。莫温婉说那些食物以双倍价钱收购，不愿意卖的也可以挈回去，以后凡是愿意卖给军部食物的都以双倍价钱收购。王珉当即表示赞赏。伧夫猎户拜谢而去。经过王珉的一番苦心经营他们在马肠响站稳了脚跟，与民众也秋毫无犯。待到长夏即将结束，王珉收到莫元良的部队开进神㞼洞奉命进山剿匪的消息，浩浩荡荡不下于一万人。神㞼学校学督夏堃当选为神㞼县书记，县长是卫臻，莫雷为武装部部长。王珉听到一万人，随即说吾命休矣。再着人去神仙洞。三粒尻子跑到铁围山，说有要事相商。神仙洞也得到消息，着急程度不下于王珉部。三粒尻子说神枪手阮总把总，现阵不联手以后只怕连哪门死的都不晓儿，除非你们默到要投共。白娜说你们心怀不轨，上次是不是想害我们来着？三粒尻子说此前不排除我们有鸠占鹊巢的想法，有从长远看问题，现在局势绝然不同于三个月前，共军一万人，已经开进神㞼洞，随时向你我发起进攻，那就像捏死只虱婆样容易。我们要么螳臂当车全部死在山里，要么投降，连逃都冇㞼方逃。白娜觑了一眼三粒尻子说你们可以上山，但不能进洞，中在洞外搭建帐篷，在关隘处修建工事，与我部共进退。阮秀吉说中个。三粒尻子唱迓而去，王珉部押着高孝荣，带着银子，全部进入铁围山驻扎。

　　莫元良进入神㞼前已经向阮秀吉写来一封信意在劝她投诚改过自新争取宽大处理，并且还有一样东西给她。神仙洞山下的兄弟也召回山上，合兵一处。

"捞克一千四百人。"

"伊多有一万人。"

"莫元良对我们可谓了然于胸。"

阮秀吉将这个意思表达之后，下面的人说我们杀人如麻，作恶多端，投降也是死罪。阮秀吉说现在是人民新政府，之前也有对抗过共产党，而国民党已经下台了。王珉说如果晓儿是要投降个话我就不来览你们了，我死也好歹死在马肠响自己的碉堡里。阮秀吉说死在神仙洞至少比你死在你那碉堡舒畅。再说了，死在马肠响你是白匪，死在神仙洞是白匪再加乱匪，好鲜得很了。王珉说我部乃国民革命军越城岭游击队，不是莫子白匪乱匪。白娜说别瞎白话了，你有莫子对敌策略？王珉说现阵是六月溽暑，白曦进攻只会被太阳烤化，中暑而死。我默到他们选在黑曦进攻的可能性最大，那么我们就回敬他莫元良一个火烧神仙洞。白娜说你这是月亮和太阳算白话，瞎扯淡。这一烧，我们不也烂脖儿了吗？再话，他玩过的你捡来再玩，他会钻进你这么幼稚的圈套吗？

"你们过来，"王珉说，"我们这么打。"

当然不是按照当年他进攻我部这么烧，而是我们今晡要烧第四道防火道以外的森林，只要发现莫元良的大部队进入林山以后就放火，不管白曦黑曦，不烧死大半也会把外围烧光，十天半月他们进不来，我们居高临下打，也要好很多，打残他，打垮他，他就不敢再来，他一万人吃什么？有几天就会灰溜溜地撤退，我们也进退自如了。阮秀吉说这办法可行。同时她想到攻打莫家围倭寇的那一战，莫元良使用的办法竟然和当初王珉进攻铁围山的招数一模一样。此中玄机她一直没有弄清爽。

王珉要求她跟莫元良修书一封，诱他上来。白娜说钓蛤蟆，还要个棉花坨坨，逗羊咩咩，你手里还得接把青草草吧。王珉说这把青草就是高孝荣，莫元良岳老子。说完他又看了一眼莫温婉，莫温婉也在看他。阮秀吉说他不会上来，我们有诚意的话自然是下山，而不是叫他们上山。如果他叫我们下山，反将一军，诈和就败露了。王珉见打冒诈不成又出一计，那就说三天后我们投降吧，逗他进笼子，我们好争取一点时间修筑工事。莫元良果然收到三天后投降的信。他晓儿这其中有诈，但他要让神仙洞加紧准备，进退与成败也在其间。三天过去了，神仙洞没有响静，他晓儿神仙洞已经做好了防守的架势。六月天里白曤根本进不了山，晚上进山太险火。他一直在看书，这三天就是书页与书页之间的空白页，它们何尝不是书的一部分，有没有空白页对于一本连续的著作而言则是完全不同的，它是书中的沙漏。他以他习惯的眼神分分秒秒注视着地上冒烟的石头和蓝得一望无际的天空。

秀吉终究是不会来了，他等的东西也没有来。

终于，到第四天半曤他眜到天上的老云结驾，瞬间从躺椅上弹起来跟参谋长说，现在下达作战指令，二纵，三纵，四纵，一纵并五纵，分别从东西南北开抵铁围山山麓，只要落雨，就进攻。参谋长说我马上通知作战各部。莫元良说请重复一遍。参谋长说，二纵，三纵，四纵，一纵并五纵，分别从东西南北开抵铁围山山麓，只要落雨，就进攻。

"雨，是我们的信号。"

下午二时，天空乌云滚滚。大约三时，云层后的天光透亮而晃眼，暴雨从天空倾泻下来，以七十五度斜角似陨星子儿射向大地。地面上骤然响起粘连而密集的声部。时松时紧，时快时慢，一时是块状的声响，一时是波面状的荡漾，一时是漏斗形的飓风螺旋。一个炸雷在头顶炸响好似地球上的一个半岛断裂跌落下来。莫元良冷不丁感到背脊一阵发麻。那片震颤而晃动的雨林如同数不清的章鱼腕在劲风中摇摆，田鹨和红耳鹎惊恐的急鸣从密枝细叶中弯弯曲曲地滴漏出来。夹在远处空中的雷声像艘大船桅杆的折断，倒塌，拖曳着波涛划过一整条山脉。河洞中的枫杨正以转身巨人的姿态摇摆，风抓住水车竹筒里的水吹出预定轨道一朵太阳花样在飞旋中播撒花瓣，山顶上的松林沿着山脊匍匐前进。被毒热头烤得发蔫的正在怀肚的禾苗，石榴，鸢尾花，屋顶骑缝上的瓦松在骤雨的浇灌下顿时充满活力。因空气过于毒辣沉闷而翻白的鲵鱼和塘虱立即翻身入水。

"新雨，这慷慨的馈赠充满墓土的燠热气息。"

莫元良耸耸鼻孔，一股刺鼻的洗涤旧物的沤气钻进他的体腔。一股苦味冒出来，那股味道变成蛋清一样黏稠的液体第一次往肚子里倒流下去。他晓儿这样的雨下不长久，甚至只有一会儿，大雨过后的热头比之前的还要毒辣。然而这毕竟是从天而降的雨，是上苍的恩赐。波涛般的雷声还在天空翻滚，屋檐上挂起了瀑布。他们用预防毒蚊的薄荷叶与万金油擦了风脉，耳后根和手臂，穿上雨布，直指铁围山，去结束这最后的战斗。各纵队直插进山中，整山整山地篦过去。没有人愿意在雨中行军打仗，但是有什么办法呢，这场雨自己都不晓儿它是如何进入历史和干预一场战斗的，它下得不是时候，也正是时候。至傍晚时分莫元良的部队突进到第四道防火线，一场透雨让地面和万物都有了黏稠度，他们像穿山甲群索索前进，将神仙洞的所有防守势力驱赶到第三道防火线以内，神仙洞已经铁桶样箍紧，包围圈越缩越小，尾部往山洞里退缩。

"这该死的雨。"

王珉说本以为螺蛳吃蚂蟥，一个怕一个，冇想到天要亡他。白娜说讲哪个条卵，豺公豹，馋僮心，别自作聪明啦，天只有一个，是伊个天，也是别人个天。阮秀吉哀叹说只有一把铳，还想打一山鸟。莫温婉说要在她大哥那里沾到相因，比杀血还难。大概到天黑前，七点钟的样子雨停了，天边出现大片浮光，射在最后的神仙洞山上。莫元良部在山下喊，出来投降，要不就要轰掉洞子了。四面八方的喊声将神仙洞震得摇摇欲坠。将近天黑神仙洞仍然没有响静，而且越来越静，莫元良派卫臻带人前去打探。一个小时后卫臻回报说神仙洞里一个人也没有，他们凭空消失了。

"他们会遁地术？"莫元良诧异地说，"这怎么可能。"

"洞内确实没人。"卫臻说。

莫元良等带队前往洞窟，卫臻提醒说好生些，洞里怕有埋伏。莫元良说用手雷先轰一下。果然，里面传出来连续爆炸的声音。爆炸过后，莫元良他们进洞，洞里的确没有人，他百思不得其解，按照他第一次，第二次在这里打住的时候所进行的了解和侦查这里没有任何退路，难道白娜真的用梅山猖法将人变没了？不能够啊，这有悖于他对世界的理解。他命令分队在洞内进行搜寻，岔道，暗道，查到底。整个洞上上下下，包括山顶，都没有觅到一个人影儿。莫元良叫部队暂时撤出洞外，在他走出洞口时，一道潺潺流水声在他耳边异常清澈地响起，他停住了脚步。卫臻和莫雷走过来，莫元良让人将这股泉水堵起来，让洞内蓄满水。他不相信世界上真有这样的遁地之术。卫臻他们搬运了半晌将洞口用沙土垒起一堵三米高的墙，水被堵在洞内，汪积一片。其余的人在山下吃完干粮，随时待命。

一夜过去，仍然没有响静，太阳爬上山顶，水位升到一米多高便不再上升，洞内传出来水响，有人在喊救命。只见王珉部用枪抵着阮秀吉，白娜，高孝荣，其余人也被王珉部押着出来。

"放一条生路，毋中就打死伊多。"

莫元良跟卫臻说请狙击手过来。你们埋伏好，专打下盘，不要打死。狙击手就位，莫元良向他们喊话，投降吧，天已经变了，出去也没有你们待的地方。王珉说我不管，放我们走。莫元良说让开中路，让他们下山。王珉押着一僦人缓缓下山来，从中路逃窜。整个神仙洞只剩下二三百人，一重叠，队伍就只有一百来人的样子。就在这时，丛林中的狙击手向他们发起进攻，一个个倒下。士兵从树林里重新合围将阮秀吉和王珉部全部俘虏。莫元良令一纵留下打扫战场，进驻神仙洞，其余押着乱匪和王珉等俘虏连夜撤回神垕。阮秀吉，白娜，高孝荣，王珉，三粒屎子被押在神垕公所，阮秀吉完好，王珉大腿中枪，其余受伤程度不高。莫元良给高孝荣松绑。高孝荣老泪纵横，搙到莫元良哭。莫元良安慰他，爸，冇事了。高孝荣跑过去奋力打了王珉一耳巴子说狗馅出个。不解恨，又脚踩了他受伤的大腿一脚。王珉搙到自己的腿，颈嗓扯得老长，露出一口白牙和黑咕隆咚的喉咙，许久才吐出一口老气来。莫元良阻止他，让高芙蓉带他回去。其余安排卫生队给他们进行救治，包扎。夏垦，卫臻，莫雷他们过来，问怎么处置，莫元良说按照人民政府政策加以审理。

莫元良问岳父高孝荣藏匿到哪里去了。神仙洞是一个双层溶洞，除了上面大厅这一瓢，底下还有一个更大的洞，是一个内洞，上面蓄水往下渗透就把他们逼出来了。九尾狐对我的保密工作做得不错咧，我们的人在那里住了那么久竟然冇发觉。

多亏你多了一个心眼，否则真要被他们跑掉了。当然谁也不会相信他们可以遁地，哪怕撒也要将洞炸了，就变成活埋，但是有你在，我们还是多动了一下脑筋。高孝荣这一行吓得不轻，被女婿的话又吓出一身冷飕，连忙挈手巾擦脑门。莫元良赞扬了他发表投诚公报的举动，高孝荣才安心地回去了。

夜深人静，莫元良坐到阮秀吉跟前将她的绳子换成了手铐请她用餐。为何不信我？你叫我何里信？死了那么多，心疼啊。这年头，亏你还晓儿心疼两字。去年，我在青背监狱的禁闭溶洞中碰到了约翰·托马斯神甫，还给你留下一件东西。阮秀吉的眼睛突然亮起遂即又熄灭下去，如一盏微弱的油灯受到了穿堂风的挤压。他在那个溶洞里关押了很久很久，吃蛇吃老鼠才活下人来。他给你和莫安妮留的这件东西不是什么金儿银儿，我默到这个东西比金儿银儿还重要，这是他这生世在思考的东西，应该说是一部书。他说他没什么留给你们，这是他唯一的礼物，是他生命的延续。他原本以为你死在河上，我告诉他你还活着，他兴奋，高兴，手舞足蹈，连日连夜不睡觉。后来，我为了逃出来用了他挖的地道，他让给了我，说他老了，让我走。最后，走的时候我和一个同志被敌人用枪指着，神甫扯掉电灯泡，抱住敌人，把那个人电死了，同时他自己也被电死。阮秀吉早已泣不成声，哭得双眼通红。莫元良从一个巨大的长方形盒子里拿出一张蛇皮说三个月前，我带兵去解放了青背监狱。在溶洞中觅到了这些蛇皮，压在他的床板底下。捞总十六张，神甫说这是蛇皮书或蛇之书，这上面密密麻麻写满蛇血字母。我看了一些，这是他的思想的结晶，在洞中的十多年里全靠这些照亮着他的前程。

夏堃，卫臻对被抓的神仙洞乱匪和白军进行了审理。总的意见是神仙洞乱匪头子及其主要同伙枪决，白军头目王珉枪决，其余关押大牢。逢孺人这一天眼皮老跳个不停像有一只蚂蚱在弹腿，莫是要出莫子大事。她一打听才晓儿神仙洞乱匪头子阮秀吉被抓了，立即带着莫安妮和阚氏往公所而来。她先是碰见卫臻和莫雷，二人不能决断，说去览莫司令才晓得让不让看望九尾狐。莫元良说当然能看。让莫雷带她们去。逢氏一眹见秀孃眼泪不打一处来，上去搂到这个她一手买回来的丫头，两个人哭作一团。逢氏看着她的脸替她擦去眼泪，她向后招手让莫安妮过来，说，秀孃，你认认，这是你的女，我已经帮你盘大了。莫安妮终于见到这位自己传说中的母亲，只见她威仪大度，完全不是她想象中的乱匪。而阮秀吉眹见自己婍姬的女儿，以及那双深蓝色的眼睛，所有的仇恨在心中化作一股悲伤的洪流，她伸手去摸安妮的脸颊，莫安妮突然大喊一声，几令秀吉融化倒地。

"妈妈。"

阮秀吉咬牙，有一大团东西在体内活塞样抽动。她扑上去抱住莫安妮，久久难以停止体内各种器官剧烈的抽动。逢孺人和阚氏在旁也泪水涟涟，止不住哭出声响来。莫雷跑到屋子口前免得被人觑到自己的眼粒子梭梭往下掉。莫元良没有让逢孺人晓儿大牢里还有他妹妹莫温婉和她的女儿苗苗，而逢母则在追问莫温婉的下落。夏堃在公所门口碰到押进来的莫温婉，看着旁边的女孩，说你女？莫温婉点头。夏堃摸了摸苗苗的头。莫元良来到关押的地方览到莫温婉和苗苗。他蹲下说叫舅舅，苗苗？苗苗缩到母亲身后。苗苗，莫温婉说，这是大舅舅。苗苗才怯怯地叫了一声。让莫雷舅舅带苗苗去外婆家玩一会儿，舅舅要跟妈妈说点事情。莫元良示意莫雷带她出去。莫温婉仰头抑制住自己的情绪，摸着苗苗的头发。你跟到莫雷舅舅走吧，去外婆那，现旳妈妈来接你。妈妈，你一定记到来接我啊。

苗苗他们出去后，莫元良看着莫温婉。孩子才十来岁，怎么办？莫温婉眼里顿时充满泪水。她不晓得接下来自己和王珉会受到什么样的处置，而孩子终究成了一个最大的牵挂。她心里有四个孩子就这样血淋淋地从她的身边被人夺走，仿佛推下悬崖。哥，苗苗就难谓你了，我冇来路了。她战栗着说，如果现旳要枪毙，就把我和王珉埋在一起。莫元良给她留下一包烟，一盒火柴，转身走出了关押的房间。他有很多话要说，此刻的他却一句话也说不出来。假如自己的妹妹要被枪毙，虽然不是他要枪毙她，那么到底是谁？如果此刻被关押的是自己一如在青背监狱，事情又会如何？敌人有时候是那么抽象，有时候又是如此具体。难道她是一个不是敌人的敌人？他回到办公室在屋子里徘徊至深夜。他对阮秀吉的处理也提不出什么更好的意见，总觉得又有难以割舍的情绪潜藏在其间。她是匪，但又打过日本倭寇。她和神甫又救过自己和革命同志。同时她又对莫家具有极大的仇恨感，杀过很多人。现在是新社会，她回到这个社会里面来，再不可能去当乱匪，她当乱匪是因为没有给她提供让她活下去的路。上天有好生之德，父亲这句话老在他的脑子里回响。新政府对悍匪头子的处理意见都是处死，他觉得没有办法躲过人民的审判。事实上，神垕洞的乡曲提陀并没有一个人说要处死她，当然除了莫家围的莫大康，叶隆回，阮秀吉当年杀了莫家围很多人。他徘徊而犹疑不决，被一种莫名的情绪搅得心绪不宁。他想起小时候两人青梅竹马的情形，那时候不懂事做了很多出格的事情，而自己的妹妹也一时不慎落下一个乱匪的下场。跟莫旦良不同，他对妹妹的情感要微妙很多。

他找到夏堃说，人民政府应该允许悔过自新这一条，把一些不是阶级敌人的同志争取过来。你把这个问题整理出来，我反映到地委去。夏堃领命而去。地委很快回复说乱匪不事生产，以抢劫为生，是经济基础的破坏者，应当给予严惩，以儆效尤，启机身后。

一周后，阮秀吉，王珉，莫温婉，白娜，三粒屁子蒙着头，押送神垕洞河唇头刑场。身后插着一块写着名字的木板。行刑队一脚踢向后腿弯背弓处，犯人纷纷双膝着地。逢孺人和莫安妮挤进人群，匍匐在沙地上恸哭。莫安妮号啕不已挡在自己的母亲面前不让执行枪决，莫雷只得着人将她拉出现场。行刑队举枪抵着犯人后脑，拉动枪栓，再次瞄准。逢孺人挣脱人群从枪械的间隙跑出去抱着自己的女儿。你好命苦啊，温满嬢，阿嬢跟到一起死。莫温婉没有声气。头套后面一鼓一息，随后轰然一下歪倒在地。太阳在她脑后边梭梭地划过。王珉嘶哑地叫唤了一声她的名字。行刑队再次举枪抵近对着受刑者的老虎凶。路的另一头，夏堃骑着自行车飞奔而来。到达桥头时车一歪跳下来，高声呼喊着狂奔过来传达地委指示，立即停止枪决。这个消息传到逢孺人耳朵里，闪电样将她击倒。莫元良并没有出现在刑场，他被逢母巨大的诅咒挡住了脚步。他母亲说，你真个要枪毙了你妹妹？你阿爸早先哪门不把你吊死！莫元良宛如一座苍老的乌云停在天空，河流倒映着他时不时折叠而蛇形弯曲的身影。

被执行死刑的犯人又被押回看守所。夏堃找到莫元良说地委来电，说乱匪和白军要加以改造，自新，改编为抗美援朝后备队送往前线去打美帝。莫元良拍案而起，立即执行。莫元良览到阮秀吉，美国倭寇打到家门口了，你愿意去打倭寇吗？阮秀吉不作声。秀孃，你的枪法不只是可以用来打猎，还可以惩罚侵略者。阮秀吉不作声，过了许久才说我一养下来，称骨师讲我的命只有二两四，这就是命。莫元良命人搉下秀吉的手铐。

"命运从来框不住一个想要改变命运的人。"

"再话，你还有安妮呢。"

神仙洞乱匪和神垕洞白军，以及兴全灌其他一些匪患团伙和白军遂即改编为一个混成旅。阮秀吉任一团团长，白娜和王珉任副团长，莫雷任政委，三粒尻子午久熬任参谋长。王珉副团长因为腿伤被送往青背监狱看押。莫温婉也随自新部位开赴前线。他们穿上中国人民志愿军的服装列队出现在神垕洞。已将长发剪掉的阮秀吉向在场的战士演示了她惊人的枪法。经过一百四十个小时的基本军事训练后他们坐上了开往北方的火车。火车从广袤的开满鲜花的中央大陆和河流上飞驰而过，从华北平原的麦地和白桦林呼啸而过。鸭绿江，一个陌生而滚烫的名字等在前方。秀吉第一次感觉到自己与崇高和伟大联系在一起，与某种心安理得的东西维系在一起。她惊叹岭西省之外的他们口中的边疆竟然如此遥远和辽阔，而现在她脚下的一切均被称为祖国。莫温婉从车窗玻璃上闪耀着的山影树木和一路蜕去的灯光里看到她姽婳的脸庞上挂着两行白亮的水线，她的眼睛也湿湿的并感到一股力量在体内升起。在繁忙而璀璨的记忆长河中永不褪色的是莫元良仍然会想起那个令人心抖肝颤的下午，没有一场战役令他那么犹疑，令他的道德感那么复杂交织和受挫，他脑子里同时徘徊的还有最终决战那几个字，它是那么深远地影响着每一个人的命运，而芸芸众生在这个所谓的最终决战面前浑然不觉，浑浑噩噩地活着。许多年过去之后，我们在他的日记《省斋日乘》中看到他此刻的心情。一年后的冬天秀吉他们从朝鲜战场上回来，午久熬在莫温婉的搀扶下出现在神堂洞。三粒尻子午久熬丢了一条左腿外加两粒尻子，荣立二等功。而秀吉丢掉了一根右手小指骨。

"白娜牺牲了。"秀吉跟夏堃和高孝荣说，"在上甘岭战役五九七·九高地十号阵地的表面阵地争夺战中被敌人的大炮击中，尸骨无存。"

"莫雷呢？"夏堃问。

"莫雷执行别的任务，"秀吉说，"跟我们不是一趟车。"

秀吉从朝鲜战场回来后夏堃要她住进她分得的莫家围的屋邸，二楼左围，四间屋。如果她愿意参加人民政府为她安排的工作就可以来公所上班，管理林业。如果她不愿意，那么再分一份山和田地。她去到莫家围才晓得她心里的那个莫家围已经不存在了。她分得的这个房子就是神父当年住过的房子。她现在要面对逢母和自己的女，以及莫元良一家。在灿烂的记忆长河中莫元良仍会想起他幽闭在水缸里凝视万物的时刻。这曝下半夜，一个人影向他走来。她站在二瓢栏杆前已经看了很久很久了，那道灼热的目光一直在盯着他。她越来越近，围子里的灯光已经熄灭，只有顶围一圈路灯还亮着，长长的锥光投到地面上。他能听到她的心跳，而不是脚步声。最终趴在水缸前看着他，两人之间犹似隔着一瓢水。莫元良听到了那个他熟悉的声音。元良啊，你听得见我说话吗？还听得到我说话吗？她说她小时候，也就是刚来莫家围的那阵是她一生怀念和最开心的时候。逢孺人牵着她从江面上下来，这个巨大的房子如果还可以称作房子的话刀子一般深深地扎进了她的心里，她不会再因为没有饭吃而饿得肚子痛。那一刻她认为自己以后就是莫家围的人了。可是谁想到发生了那么多的事情。她担心自己怀孕，因此除了神甫之外，和其他人也进行那样的游戏，那是为了掩盖她已经怀孕的事实，孩子的父亲是谁让她变得扑朔迷离起来，可偏偏是神甫的。她说她倒不是怕什么，而是他们逼她，她跳井也躲不过。她说她本不应该有恨，可一旦跳出莫家围仇恨立即就产生了。世界对她不公，可以随便被卖掉。好比当乱匪，可以随便要人家的命是一个道理。自她从簾上被神仙洞救下后她就觉得一切无所谓了，谁晓得最后却落到他的手里，还要枪毙她。从刑场上下来的那一刻，她仿佛又赚到了一条命，这根本不是怕不怕死的问题。你，不是说一个想改变命运的人是无法被命运框住的。在我看来那是你书呆子才这样想。坐上去鸭绿江的火车那一刻，在战场上，在敌人的烈焰血火中我完全无畏，恨不得有一颗巨大的炸弹将自己炸开而后变成一个巨大的自己，和个礼花样让所有人看见。我不知道自己为什么有这样荒唐的想法，可到头来还是什么都没有。元良，你真的听不见我说话了吗？莫元良在水缸里，睁着他那枯水季节时电灯泡般的眼睛看着她，一脸暖和的样子却看不出任何清晰的意图。秀吉已经回来很久了，她既没有去上班，也没有提出要她的那份山和田地。她想见安妮，而安妮不见她。她去觅逢孺人，两人寒暄。逢孺人说秀孃啊，你现在是围子里的人了，可这围子不再是莫家的了。秀吉默到。高芙蓉看着秀吉欲言又止，秀吉说，我倒是比芙蓉满娘还早到这围子里来咧。高芙蓉笑笑，仍是不作声。逢孺人说围子还是那个围子，人已经不再是那些个人啦。次晡秀吉便离开围子走了。背底，有人看到满头银色长发的她赤身裸体在神仙洞口前大石头上晒太阳，像一只山鬼。又过了若干年，一年六月里莫元良亲自造访，进洞找寻了一遍并未觅到秀孃，只见洞内垒起馒头似的一座座坟茔，每个祖祀上摆放着一枚鹅蛋大小的石头。

　　战争结束三年后的一天下旰，一位金发女子怀抱一个约摸两岁的黑发小男孩，从神戽洞马来亚波斯人的店子门前经过向渐底下走去，她用略微生涩的汉语说话。她叫安娜·谢尔巴耶娃，是从基辅来寻找她的丈夫莫雷的。夏堃让午久熬来，问莫雷的具体地址。午久熬说战争结束之后莫雷乘坐火车西去执行绝密任务，具体在哪迭我们也不晓儿，从他写回来的信看就说在戈壁滩，具体是在青海，甘肃，内蒙还是新疆，搞不清白。安娜说知道在戈壁滩就好了，我总能找到他。我的丈夫家里还有亲人吗？夏堃向安娜表示有，而且很多，但是他的父母早已过世，也没有兄弟姐妹。夏堃通知莫家围老通掌和莫元良高芙蓉，说莫雷的妻子要回来拜见。当这位异国女子带着孩子跨入莫家围的朝门时莫元良站在水缸上大呼小叫，而高芙蓉出来迎接，时而用汉语，时而用俄语跟她交谈。安娜感到一脸诧异，她不承想这么遥远的中国还有人会俄语，乃至她的母语乌克兰语。她在莫家围住了两天。高芙蓉从聊天中了解到她与莫雷曾在战场上意外相识。她是莫雷的喀秋莎，而实际上叫安娜·谢尔巴耶娃。她的米格–15战机被击中后跳伞，人落在联合国军控制线内被两个美国大兵追杀身受重伤。她逃到了中朝军队控制线以内的树林里躲到一座被炸去大半屋顶的破庙里，她以为自己就要死在那里。随后一天志愿军在反绞杀战斗中失利控制线后撤，破庙暴露在双方控制线正中，受伤的莫雷也躲进了破庙。三八线此起彼伏就如随意飘荡的潮汐线，此时的她摊在那像极了沙滩上退潮时的马蹄蟹。他看到身穿中国空军服但又满头金发的她以为是敌军伪装把她当战俘抓起来。安娜气息微弱使用简单的汉语跟他介绍了自己。莫雷满脸疑惑。安娜告诉他这一切都可以跟组织取得联系后证实。他们躲在破庙里面整整两天，没有食物，没有水。腿软得一条干瘪掉的旧裤子样。看着生命垂危的安娜，莫雷将她简单包扎后准备趁夜色带她离开。一夜行走也没有找到营地，莫雷背着她逃到一个村民逃空的村庄。他们在那里没有觅到任何可以充饥的食物。空气中充满脂肪烧焦和令人晕眩的怪味。安娜劝他走，莫雷不肯丢下她，表示要带她一起离开。接下来，他们在那个村子待了两天，"他煮了我的枪套。"安娜跟高芙蓉说，"我吃牛皮，他喝汤。"两天后他们又没有了任何食物，莫雷将包扎伤口的布条拆卸下洗干净烘煎成黑色粉末调水服下。"换句话说，我们喝了自己的血。"她抚摸着孩子的头。随后那天傍晚反绞杀战又开始了。中国军队将控制线往前推进了好几公里，他们被发现时已经奄奄一息。"刚刚进来的那一刻我有枪，"安娜微笑着说，"但他是一个中国少尉。"

战后，回到苏联的安娜发现自己有了身孕，等阿廖沙生下来长到一岁半她按照莫雷留下的地址来到中国。第三天，她告别莫家围的族人去戈壁滩寻找自己的丈夫。她说无论如何她会找到阿廖沙的爸爸。高芙蓉没有阻拦，只是给她三百块钱路上买些吃的，其他莫家族人给了礼物和钱堆得小山样，她委托高芙蓉帮她退回。逄孺人对阿廖沙爱不释手，她执意要将莫幼良他们小时候戴的如意银颈钏戴到阿廖沙的脖颈上。安娜仍要拒绝，逄母让新娣高芙蓉解释给她听这是保佑孩子平安的，安娜才勉为其难地接受下来，双眼闪烁着泪花。她深深地拥吻了逄孺人，高芙蓉，莫伺其，小月薰。夏堃给她开了一张军属证明的条子带在身上。高芙蓉说要是没找到就回来吧，他们会写信告诉他，你和阿廖沙在去找他的路上。安娜牵着阿廖沙挥手告别，踏上了去西部的火车。她要去览他的哥萨克丈夫哩。后来，莫元良从地下室出来的时候高芙蓉这样跟他说。搞不好咱们的莫雷还真有鞑靼人血统，莫元良沉思道，看他那一身蛮劲。

　　高孝荣在解放前夕因为发表和平起义宣言被地委任命为副县长，管理城市街道卫生。他将神垕一条街道命名为伯仁路，这是他女婿莫元良的字。此举遭到高芙蓉的反对，她认为这么做不妥，只有革命先烈才可以。高孝荣便将其改为仲池路。剩下的街道他还在想，谁的名字有资格占据一条街道，街道两旁就全部种上凤凰树，让它在神垕洞流传下去。王珉因受伤没有被派去朝鲜战场，这阵关押在青背监狱。报纸上说美国发动了朝鲜战争，他高兴得手舞足蹈，光复大陆有望啦。同押的白军伤兵问他为什么有望，王珉说美国一直是党国背后的财神爷，他们攻打朝鲜，这只不过是一个跳板，美国的舰队也就要进入台湾海峡，这是帮助党国光复大陆啊，我们的部队就要从台湾杀回来了。一个白军说我不做那等白日梦啰，我宁愿在这监狱里终老一生。王珉说卵尻，国民革命失败都是因为你们这等废物。一年过去，两年过去，朝鲜战争结束。他所谓的光复并没有来临，两年，三年，五年，十年，渐渐地，他在报纸的所有版面中寻找光复大陆的蛛丝马迹。凡是跟台湾，美国，民主自由有关的消息他都剪辑下来整理装订成册，一年一本，十五年过去之后他开始感到不耐烦，他决定自己行动。据他所知，一个再伟大的革命导师也不能经历如此漫长的潜伏而不闻不问。

　　神仙洞和王珉部被镇压，莫赞良跟莫大康表示想去马肠响恢复银矿厂的生产，这时他们收到了来自夏塑书记委托高孝荣送过来的公函。小汽车在朝门前停住，高孝荣手持公函下车，抬头眄了一眼"神垕世居"四个大字，径直览到莫家围嗣子莫大康将文书递给他说老亲家爷，银矿厂收归国有。这是我莫家的私产，哪门可以收归国有呢？不但银矿厂要没收，莫家的田产，山林，以及其他财产将全部收归国有，也就是说，他顿了一下，嗓门下去了仿佛历史长河大潮中的一个起伏不定的休止符，一个泡沫，然后才缓缓递出那句最具进攻性的话，包括你现在住的屋邸莫家围，都要进行重新分配。莫大康跌坐在凳子上小腿抽搐，一腔血浆从嘴蚌鼻腔里债张出来，他双手乱舞乱喊重复说，没有天理王法啦，烂寡脖儿啦。

卷廿二

　　尽管莫大康遭到没收全部家财的重击，而作为嗣子的他仍然矢志不移分分秒秒惦记着莫幼良遁入空门的事。这构成对莫家围家规的巨大挑战，也是蔑视他父亲莫大恒和现任嗣子的忤逆之举。他挼一大把丝茅根放在嘴蚌里嚼着犹如老牛嚼夜草直到嚼顺了才跟叶隆回说，是时候除掉那个净空法师了嘎，他是莫家的一只寡脬儿，他屋邸阿爸想要做而没有做到，现阵老子来做。先嗣子早有安排，倭寇来嘎，计划冇得机会实施。你讲讲原来的计划是莫子情况。先嗣子让我带人冒充香客去空王寺，伺机将其绑回来。叶隆回本来想说绑回来以甑蒸之，但这句话他从嗓子眼又咽回了肚里。这个计划要修正一下啰。请嗣子吩咐。你扮香客现阵是无法接近他的，你让厾崽叶骢给莫幼良写信，差人送去，就说骢儿想要出家，了解和尚出家方面的要求，三封两封之后约好曥儿去见他，把他的头腔带回来就可以了，你的人还是冒充香客在寺庙里转，计划要保密，只有你我骢儿三人晓得就行了。叶隆回领命之后回去跟叶骢打商量，叶骢按照嗣子的意思写了信札送去空王寺。果然，莫幼良收到信后立马回信，劝诫叶骢不要轻易出家，在家修行也可以，凡有不懂的地方可以问他。叶骢再写一封信说自己十分痛苦，常常觉得人生没有意义，想死，想死得不得了。莫幼良说我佛不杀生，也不允许自杀。想要了解人生的真谛就要诵习佛家经典，了解人从哪里来，要到哪里去，生老病死，苦集灭道，这样才有助于你走出目前的困境。叶骢再写一封说你晓儿莫家围一贯来禁读佛经释典，希望有机会可以当面聆听教诲。莫幼良说三月后他要云游西藏，之后再去国到不丹，锡金，尼泊尔，印度，孟加拉，斯里兰卡，以及暹罗，缅甸，一两年后才能归来，如若有空请速来。

三月十九日，叶骢同他的父亲叶隆回带了十八人扮装成香客进入空王寺。叶隆回与他的随从在禅房不远处游动。叶骢怀揣镍匕进了净空法师的禅房，净空法师坐在蒲团上，只见法师正在刺血抄经。旁边坐了一个观看和聆听他抄经解经的双目闪烁的白眉小沙弥。小沙弥瞥见他莽撞闯进来，一跃而起上前拦住，合十之后说，阿弥陀佛，施主勿扰。法师眼皮子都没有抬。他正在刺十指之血写地藏三经正文，刺舌尖之血书三经香赞，真言，偈语。叶骢趋步上前顶礼过后说法师，赶紧逃，莫家围来人了，要砍你的头。他轻轻将笔置于玉石笔架山上，舌头在嘴唇上缓缓舔舐一圈然后把舌头缩回去，又用一块白色布巾挹了挹嘴衃。

"可惜啦，这部经抄不完啦。"

"杀心已起，逃无可逃，罪孽随之而生。"

"头，你们要就挈去吧。"

叶骢退后一步跪地说老嗣子虽然是说要捉拿你回去，但并没有说要杀你，莫大康嗣子说要砍你的头，让我以写信为名诱你相见。阿弥陀佛，我早晓儿你们的阴谋，莫家围杀我之心不死，我说了时间，你们果然来了。奈何善言不听，而这等取人性命的事情却做得出来。叶骢羞赧无比问为莫子不跑？我佛慈悲！缘生缘灭，缘起缘落，我逃到天涯海角你们也要追杀我，干脆在这里等你们来，你们可以取我性命，取我性命的同时你们是在作孽啊。生命和肉体都会消失，而你们造的业会随到下一生世，谁也逃不掉，你听懂了我的话，是不是？叶骢已经无从下手，因内心慌乱而垮塌下来，更不能作答。净空法师说什么都不能留给这一生世，除了业力，无论你们做了什么都会得到报应。万法皆空，因果不空。叶隆回推门进来见崽与净空法师在算白话晓儿事情已经败露。他反手把门带上近前一步说见过六少爷，莫家围的家法不再解释，你坏规矩在前，莫怪我叶隆回不讲情义了。说着箭步上前一把三角锉刺向莫幼良，白眉小沙弥飞身扑到了净空法师前面。叶隆回的锓匕刺入了小沙弥的胸腔，血顿时流出来在经书上洇开来。他定神一看矢口而道，过满攘？小沙弥气息微弱地说，阿弥陀佛，过是不慧俗称。你们父子两个也算是团圆了。小沙弥一脸迷惑地看着他，叶隆回想要抽出来再刺，被小沙弥握住了锓匕，叶隆回一脚将他踢开，再进一步一下刺进莫幼良的腹腔。叶骢乱挥着双手抓住他阿爸的一只脚踝趴在地上无力阻止。叶隆回接着连刺数锓。莫幼良倒地，因剧痛而双目圆睁泌出血丝，嘴里含着一口血浆却没有吭出一声，一只手艰难地举起一挥说走，赶紧走，后面僧院来人就跑不脱了。叶隆回拖着叶骢一闪出了门。莫幼良挣扎着扑倒在白眉小沙弥身上，他想说什么但什么也没有说出来。

"爸？"过儿叫了一句。

终究是要结束了。莫元良在浴室里将自己大净一番，所有的身体器官窍门都认认真真地洗了一遍，再涂以蜂蜜彻底清洗过后独自一人开车向下洞而去。他来到莫氏家族的祖山下，二十四根石龙旗竖立在祖山前，他向莫家大字辈的守灵人说他要上去祭拜自己的父亲。守灵人凛然对他说，元良啊，你已经不是莫家的族人，这里和你有关系了嘎。慢慢，我的阿爸在里面，那先人也是我先人，哪门叫有关系？尽管我被革谱出族，我的血脉还是跟这里联系在一起的，我吐出的每一口口水都是先人们的一部分，每一次呼吸也是。守灵人啐了一口喉水说你都不认这个祖宗了还有关系？你是莫家的不肖子孙。这祖山上埋着的是莫家一千多年来所有先人，我不想让你进去打扰他们。要是我，都有面骨儿到这边来哩。莫元良脸上烧得一阵火辣，他只得在山门外的空地上对着父亲祖宿的位置跪下，唱揖，磕头。从回到神垕的那天起，我晓儿自己终究要面临那个最后的对手，自己的父亲和莫家围这个巨大的堡垒。现在，父亲过世了，这个最后的对手不存在了，但莫家围始终还在，这里埋的葬的一千多年以来的祖先还在。他跪在地上跟他父亲告祷说，世界变了，莫家围也要变了。爸，这世界变到自家身己上不晓儿你有没有料想到，从根子上要变咧。从你绞绺儿那天起，我想你许是默到了。你将我革谱出族，永远罢黜我继承嗣子之位，不再是莫家的人，你这是饶恕我还是因为那句谶语？如果你不施行选举，我就还是你的继承者，杀死你的将是我。只是你没想到吧，你一过世莫大康当选嗣子稍边又咸给攮了回来。但是，现在，中国新生了。我们创造了一个从未有过的新中国。从此之后，谁也不能欺负我们。

"爸，你晓毋晓！"

他哭了。

他在山门外独自一人跪了许久，将出生记事起以来所有的事情都满满当当地回想了一遍，无论对的错的，都记刻在心，到半曛斜旰才离去。

回到公所，他安排人去通知莫大康过来开会，但莫大康并没有来，于是他又叫人再去通知一次。到下，莫大康才带着叶隆回一俪人来到公所。莫大康进来，而叶隆回被挡在公所口前。大康慢慢，新政府的政策夏堑书记已经跟你传达了，你哪门看？大清朝那时候，我们还能土产玉地生金，国民党在台上的时候虽然兵荒马乱的我们还能熬显，现阵你们连我们的命根子都要砍了，你叫我莫家这一大围子怎么活人？是为了让他们更好地活人，从此之后，就没有你这号嗣子了，只有平等的公民，家家户户都有自己的田种。公民？你说的比画眉鸟唱得还好听，以前的皇帝也开垦出荒畬田地，让人人都有田种，后来不还都是归到了地主和有权人手头起，讲句难听的话，你们这是打抢啊。这里面有本质上的区别，那些田还是皇帝私人的，天下都是他一家的，现阵收归田地，全部归为公有，分给大侪家自己种。这里面差别大着哩。莫大康哈哈大笑，鬼才信你们那一套。莫元良只好说那请你在这打待几曛，好性想，慢慢想吧。他手一挥，两名士兵将他带走押到公安局去。叶隆回迅速奔回莫家围报信说嗣子被莫元良逮捕了。莫家围轰然一声炸响全部出动，大大小小老老少少来到神垕公所要人。夏堑出动军队，架枪伺候。不能胡来，这是乡曲提陀。他们这是冲击人民政府啊。他们是要他们的嗣子。莫元良走出来，跟莫家围的人解释以后不会再有嗣子，莫家围也不会再有那么多土地，那些土地全部分到你们手上，各家各户自己种自己收，连牛马也一样分给你们。莫家围家族佐治委员会和各房长在下面煽风点火根本不听莫元良说，闹到天黑起，又分组轮流替班抗议。莫元良意识到长期以来形成的观念一时间无法改变。夏垦说莫家围真是米箩里走谷箩里转，顽固，太顽固了。如果连莫家围都拿不下，田分不下去，那么，附近十八洞土官雄长和苗王，仡佬总，侗王也都动不了。

"元良侄，你是想替你幼弟报仇吧？"莫大康冷着脸说，"那你就来吧。"

莫元良心上闪过一道凄厉光，"幼弟死了？"

"只要我还是嗣子，莫家围毋要想有半只人踏入沙门一步。"莫大康凛然道，"这也是你阿爸个意思。"

莫元良陷入一种难以名状的沉寂。这一消息无法不传到逢孺人耳朵里，没人愿意当面把这消息禀告她以增加她的痛苦，可她从凝固在莫安妮周遭的时间猜到并证实了一切。她用询问的目光看着莫安妮，莫安妮什么也没说但她那仅有的心事被逢孺人霎时识懂了，她对那个和尚儿子的所有憎意顷刻间化为哀怜，继而是恸哭。这时，老通掌踏入门向她请安觑见逢孺人伤心欲绝，欲言又止。逢孺人掏出手帕抹了眼睛，一脸倦意地瞙到老通掌请他就座。老通掌表明来意，请求她，要她去向他的大崽莫元良求情释放嗣子。

"那毕竟是莫家围的嗣子。"

"幼良走了，你晓得不？"逢孺人又擦了一回眼泪水，"莫大康刚刚派人去崀山杀死了伊。"

老通掌瞬际用力握住已经晃动的拐棍。这屋邸的气氛立马将他凸显为多余人，只剩下他抖动的手。而公安局那边来人报告莫元良，叶隆回，莫赞良和假莫大恒带人强占公安局并将莫大康提走。

次晡清早，莫元良带两个团到莫家围。机枪，大炮已经架好，将渐底下围了，后山的地道出口也被堵死。他说只要莫大康，其他人出来免得误伤，不出来就要放炮破围。莫元良要报私仇，莫大康当众大喊道，就让他来抓我吧。愿意出去的，我不阻拦。愿意留下的，我替莫家围先人和累代嗣子唱迓啦。大多数人不明就里，围子里嘈杂着陆陆续续出来一部分人，还有很多不愿意出来要与围子共存亡的。逄氏和莫大恒也留在里面。叶隆回在碉楼上说愿意出去的我已经放了，大少爷，你开炮吧。说完将大门闸下来。莫元良手指朝门，大炮调整方向，向着大门开了一炮。大门应声而飞，整个围墙被炮弹轰塌。叶隆回始终不开枪，也不回话。莫元良命令两个小组进去拿人，莫大康坐在家庙神龛前，莫元良的人冲进来将他捆了。莫大恒在门口拦住说我才是真正的嗣子，你们抓他干吗？解放军说一块绑了。逄氏跑出来拦住去路，跟莫元良说你放了你阿爸。妈，你不要掺和这路。莫家围没有了对你有某个好？我不掺和，这路这年纪我还不糊涂。前阵是旦良他们闹，现阵又轮到你们在这瞎闹腾。到底哪个时候是个头啊。事情不是你想的那样。那还能是某个样？还不是为了那点田和地在搞来搞去吗？动不动还要杀人。都押走。逄母跌坐在地号啕大哭说报应啊，报应啊。

莫元良把人带走将两人关押在公所。莫大康对莫大恒说老子死也不想让你来做伴。我是嗣子，死还轮不到你。莫大康睁大眼睛，被他这句话噎了半晌说你就装豪横吧，莫家围的事情跟你一概有关系。死到临头了不要说这些有使施的，我将田产卖了山也削了，你个蠢得死，又将这三洞的田地都买了回来。你才是莫家的罪人，莫家不会有你这么当嗣子的，你不配。你看，承认我是嗣子了吧，我本来就是嗣子你们偏不认，还自己来览死，天龙咬了冇药治哦。

莫元良命令将莫大康押往码头，身后背了一块方尖木板上书神垕洞头号地主恶霸罪该万死。莫大恒大喊莫元良，我才是嗣子，你们押他去作嘛？你个现世报你犆吧，我让你犆。走上去给他一耳巴子，嘴角当即出血。莫大恒从嘴里吐出一颗牙，他用舌头舔舔血水说莫元良，我真是白白媵了你这条黄瞳鬼。莫元良没理他，径直往河唇头去了。河唇头一堆棺材一溜儿排开摆在那挤了一堆牛样。叶隆回一家大小分头站在棺椁头起，挡住莫大康和行刑队。莫元良说演哪出？这时逢母挤出人群挡在行刑队前。她走到叶植懋跟前说莫做傻台，把枪放下。叶隆回的父亲叶植懋站出来，夫人在上，我叶家世代为莫家守围，祖上订下血盟五百年，于我叶家恩重如山，人在围子在。今晡这围子没了，我叶家以后也不用再为莫家守围了。聪儿，开始吧。围子还在，哪门不在？叶植懋说围子在，莫氏家族不在。只听得嘭的一声枪响，叶聪当即暴毙。他将子弹从太阳穴灌进了自己的头腔。叶聪妻子随即也向自己开了一枪，接着一连七声枪响。只有叶松一个刚满六岁的崽叶片儿不敢开枪。"开枪。"叶隆回说。叶片儿瑟瑟颤抖，流着眼泪，枪掉落在地。片满孃，逢母说，听姇姇话，过来。叶隆回跑过去捡起枪帮他捉住说，片儿，爷爷僈僈阿嫲一起走，览爸爸去。叶隆回你莫瞎起，你要给叶家留下根苗啊。叶隆回用惕厉的眼神射住自己的孙子，面骨儿黑得刀砍不进，孙子含泪点头，哆嗦间扣动了扳机，瞬间倒地而亡。叶隆回站起来，对着逢母，莫元良和莫大康说，莫家冇亏待我叶家，我叶家也冇对不起莫家，两不相欠了。说完枪抵上颚，一声脆响打入头腔。血腥气顿时在空气中弥散开来，逢孺人被这一连串的枪声和瞬间失去的生命击溃而捶胸踊足。她上前去挡在莫大康面前，苦苦哀求莫元良不要开枪。

"嬷，我对不起莫家围了！"

莫元良挥手，示意卫士将自己的母亲带走。

"我个祖公爷爷，要遭报应个。"

逄母一把将一支步枪的枪口拽到手里，对准自己。此时，逄母身体变形爆发出一声怒叱。莫元良没听错，那竟然是父亲莫大恒的声音，一个亡者发出的命令。

"那就先枪毙我！"

行刑队士兵扑棱一下枪脱手，枪托砸到地上。一声枪响，逄母应声倒地。子弹擦着鼻尖朝天飞了出去。莫大康嘴蚌里的白茅沓沓掉落下来。此刻的他仍然强项硬挺着，血眼中喷射着怒火。莫元良着人将母亲抬走。夏堃书记立即下了处决令，行刑队一齐开枪。莫大康身中数枪，头朝前当面扑倒在地。他嘴里想要喊出莫元良你要千刀万剐，老子做鬼不饶你。这句话尚未完全甩出嘴蚌就摔断在地，只有些血液沿着嘴角流出来，其余的音节在空气中扑棱并未游出多远就被青色红色白色的各种噪音吸收完毕。莫元良感到胯下一阵莫名的剧痛，迈不开脚步。这时，人群中一阵慌乱，枪毙莫大康之后多余的一道枪声穿越人群朝某个目标七拐八拐而去，从他们的耳畔瞬间穿过，站在河唇头的莫元良一个颤子，下意识地去捂肚子，手掌立刻被蝎子草咬了一口般烧灼起来。这一刻他全身的力气奔涌着往肚子上的那一个伤洞聚集，随后流泻出去，肚子上火辣辣如撒了一把辣椒精。他又听到了皮肉烧焦的味道，鼻腔里冒出苦水，一阵从内而外的刺痛钻进心脏随后蔓延到周身并淹没了骨骼。他晃了一下抬头觑见莫赞良恶狼样看着他，又一枪射过来随即游动起伏着消失在人群中。莫元良一颤倒地，行刑队赶紧围上来持枪警戒。高孝荣大喊烂脖儿啦。莫元良感到眼前的人，河流，对面的山，天空，房屋都变成红色，天空垂直倒下来漩涡样转了一圈，房屋向后边倒去，树木纷纷让开，有一只手在拍打他的脸，声音模糊地在喊莫要睡过去，元良莫要睡过去，天空又翘起来，树木迅速升高，房子拉直，摆动，一个大秤砣将他向下拉，下沉，下沉，他双手想抓住离他而去的担架而担架使命推开他，周边的东西变得模糊，由红而暗天光熄灭，黑暗潮水般拍打过来将身己淹没，人的声音消失殆尽，汽车的声音也消失殆尽。

"终于结束了。"

他的最后一个念头在喧闹中阒然熄灭。

夏堃，高孝荣，高芙蓉随后赶到医院，莫元良已在急救室。夏堃让高孝荣高芙蓉留下，他安排人去追缉莫赞良，再安排一个特别工作小组进驻莫家围家庙办公，进行财产登记，户头清理和人口统计。莫家围现阵有一百余户人家，剩余房屋三百余间，在分田地的时候又住进来五六十户杂姓贫雇农。嗣子和家族会议制度取消，巡逻保安团全部归入原户籍，改为加入县民兵组织。莫家余粮，家畜分给农户，住户分田分地到户后进入生产环节。工作组走的时候将几只孔雀搋走，放到神垦公所大院，这一举动遭到夏堃的严厉训斥，孔雀又送了回来，原来由莫家围专人饲养，现阵只得谁高兴就向它们掬一点，那些曾经喜欢看它们开屏的人因忙碌也懒得再眧它们一眼。逢氏屋子里基本都是变人，他们原来没有进行过户外体力劳动，田地分到手自己不会耕种，承包给别人也不允许，再者家家户户有自己的田地要侍弄，眼看春耕时令快要过去，逢氏愁火。幸好围子里新进来的老田子过来打僲工，将田耕了，耙了，耘了，插秧种上，还捎带着薅田，看水。逢氏说这屋邸的人全部需要重新学习和适应新的生活技能。那些原本用来纺纱织布的手也要去田间和畲里与泥水打交道。她去看望还在深度昏迷的儿子，在涟涟眼泪水中哀叹，小时候个个喜欢，上好巴好，长起了一个个伢娘不认，成为起天劲败先人的冤家，太孁唔。华妈妈挚一匹青绸，要将分到的两丘稻田和一份青山退还给逄母，说自己用不着这些。逄孺人说，傐娈人，这是公家分给你的，不再是莫家围的哩。莫家围没啦。华妈妈说，我一个老门亲一来不会种，二来屋邸也没个男人和崽女，要着它们做莫个。逄孺人说，那就和别个枭工咯，三百六十五天总能攒下些工出来。在逄孺人的再三劝说下华妈妈才含泪勉强离去，而工作组的人听说了她要退还田产山林这事立刻览到华妈妈屋邸去了。

"我毋要咧。"

"姒姆，不能退，"工作组柔和地劝慰道，"你是我们贫雇农代表。"

"讲鬼话。"

事后她用自己的积蓄买了一头屡上带螺旋白花的小黑猪养在栏里。逄母称赞她终于开窍，寻到了活路。到了年底华妈妈既不卖也不宰杀，第二年小黑猪便长到了二百多斤。第三个春节神垕洞的杀猪客览来问她买猪，华妈妈依旧不卖。它已经由一头小黑猪长到了四五百斤。华妈妈在田间和菜地种出的东西都喂给了它吃。不够时，华妈妈又在围子里拣拾剩食回家一勺勺喂它。小黑一堆土石样匍匐在猪栏里。逄母劝她卖了买条小的。华妈妈说小黑好看着咧。到第十一个年头，这头猪养到三千来斤简直像头象，华妈妈还是不肯卖。冬天，她跑进猪栏躺在小黑暖烘烘的肚皮边上一边给它抓痒痒，一边算白话。小黑啊，你可是要给我送终啊。那一天，要让围子里所有的人都吃上肉，风风光光地把我抬出去。第二晡，太阳升得老高了，不见华妈妈出来给猪觅食。围子里的人看到华妈妈偎依在小黑身边没再醒来。小黑已经醒了，但是它没动身，眼角的泪水一直在流。偶尔用尾巴轻轻扫一下飞过来的粪苍。

夏堃书记安排重新审理莫大恒一案，莫大恒答复如第一次审理一样。夏堃心想，老是关在神垕公所也不是办法，他说他是原来的莫大恒这是不可能的。只是眼下逢孺人屋邸没有男人，也没有劳动力，更令他愁火。夏堃去找逢孺人说莫大恒哪门办？人民政府要重新审理他的案子。逢孺人说有什么好审的，他是我的丈公。夏堃书记发觉这事情已经绕进去了讲不清白，干脆说你们愿意结婚吗？逢孺人说我们本来就是夫妻。夏堃书记说我晓得你们是，但这是新政府时期，你要结婚，他才能带着户口进来成为你家的人。于是，逢孺人和莫大恒举行了一次结婚仪式。莫大恒以召郎的名义成为了逢孺人名正言顺的丈夫，也解除了他身上的各种名分。莫大恒个子矮小，只到逢孺人的肩膀，而逢孺人风韵犹存，硕大的胸脯和宽阔的肩膀上有一张明月般秀美的脸，平常没有参加户外劳动十指修长白皙松快。尽管她已经是八个孩子的母亲，那还是她十五六岁到二十五六岁之间的事情，现在她更像一只虎嬷，仿佛还可以继续娬媞，浑身散发出母性的温润。每天夜里，她和莫大恒温存到天亮，对莫大恒那一尺来长的硕大肉峭贪恋不舍。可就在婚后的一两年里，莫大恒越来越瘦越来越魂不守舍，开始摊尸不起，他喃喃自语，仿佛在和死去的人交流。突然有一天，围子里的芍药花鲜活地盛开那阵，他跟逢氏说莫佑良不见了，莫佐良也快不见了，世界越来越小越来越小。逢氏请药房先生来给他看。药房先生翻起他蚌壳似的眼皮，又撬开他的嘴蚌，看他的腮头，凡是能觑的地方都觑了，其他黑得炭样的地方觑不清。他拎开裤头取下逢氏为其亲手缝制的丝套，药房先生觑见了那条耷拉的肉弰，初打一眼以为是一只拔火罐。药房先生倒吸了一口气的同时惊叹与赞美也溢于言表。只有在马厩里才看到过那么夸张的东西，简直跟一根棒槌似的。此刻，它像一条牛蒡根，一条疲惫而弯曲的射线，线的一头缀着一个句号。他流露出的颓丧之情也是显而易见的，大侉最期待的那句口头禅并没有从他和颜悦色的嘴蚌里听到，而是哑嘴说"准备后事吧"。但他还是嘱咐逢氏用带锈铁钉炒了糙米，再用野芋头煮粥喂他吃些。逢氏追问他是莫子病这般丧心病狂。药房先生蘸口水在黑漆桌面上划出四个灰迹的字：伤寒夹色。三天后的这曘夜里，逢氏守在莫大恒身边，他紧握逢氏的手，开眼看着逢氏，眼神里的光渐渐蜕去消失黯淡下去变成一个暗黑的湖泊，没有了一点光泽。围子里一条下司犬突然狂叫起来，在院子里叫了一圈又朝外围跑去，跑了一圈向朝门外奔去一直追着叫过了风雨桥，往那边的山上去了。逢氏将一瓯儿甾和一碗冷饭放到窗台下，挈下他的鞋子，坐到天亮时分才将消息告诉家人，家人再告诉围子里的人。

"他走了。"

"那个屋邸的那个走了。"

终于走了，老通掌感喟道。年近期颐之年的老通掌过来组织治丧委员会将莫大恒葬在后山。头七夜里，逢氏在厅屋里摆好甾菜插上筷子，对面摆了一条方凳，坐到子时那条下司犬又在围子里转圈叫，最后到了北边逢孺人家门庭前才停下来。逢孺人觑到莫大恒晃晃悠悠地进来，一只手拎了双鞋。这时的莫大恒又变白了，变成一个毛发稀疏的白头翁，正是三宝出殡前后惨遭鬼剃头那个时刻的样子。他走进来坐在逢氏对面看着她说我正是沿着你思恋的指引来到这里，半路上迷了一会儿路。逢孺人说你们都走了，我何里搞哒？莫大恒说孩子们在那边豪鲜着哩。逢孺人说活在这边的几个，一个个不在身边，还有两个不听话的女。莫大恒说这生世就这样了。说着又变年轻了些。逢氏起身去搋他，莫大恒也起身向她，从她身体的空间里穿透而去。逢氏颓然跌坐在地。阚氏困倦过头，在椅子上睡着了。听到响静，一睁眼见逢母跌倒，过来扶起她。逢母说将将你阿爸归来咧。阚氏以为逢母又犯糊涂，毋作声。毋信你看，逢母指着方凳上的鞋印。凳子上一对清晰的鞋印，而鞋子却看不见。阚氏心里一阵发紧。

卷廿三

　　六个月后，围子里的芍药花还在继续开到，莫元良自己回了渐底下。子弹穿过他的肩胛骨下方，从前胸肋骨外穿出，肝脏受到一点损伤，另一颗子弹打伤手臂留下石榴大的一个伤痛点。地委书记下来要他回岭西省城去履职。莫元良同志歆歆不语，口吃似的将第一人称代词说了七次，第八次的时候还是没有新的内容。在围子里，他时而神采飞扬，时而沉默得一块石头样。枪击的震撼似乎还没有完全过去，他只能待在神垕洞莫家围养伤，高芙蓉辞去妇联主任职务在身边照顾他。他向围子里的人说事物是无限而静止的，因此父亲水漂石原理是一条错误的道路。幼崽莫高世骧跐在水洼边用手快速拍打泥水，然后把手放在嘴蚌上用胴头舔舐，莫元良向年幼的儿子说一根线段，先截断一半，再截下剩余一半的一半，再截下剩余一半的一半，最后线段是否截断完了？他的儿子没有反应，还在继续玩水。他就自言自语说没有，那说明事物是无限的，如果可以截断完毕，那说明事物是有限的，关键在截断这个动作进行的时间周期。线段是空间，而进行截断的持续推进这个动作是时间，实施截断的是人，人是有生命周期的，也就说有限的，五十年，顶多一百年，当事物到达无限小的时候，我们就由空间和时间的合一进入时间和空间的分离状态，时间也不再是时间，空间也不再是空间。我们总能够抵达线段不能切割的状态。他擎一根棍子，跟围得越来越多的众人说，"只要将这根棍子不断切割下去，我们就能抵达真理。"进一步地，而且对世上的任何事物都可以这样去想，水漂石的连续运动也可以这样切割，飞鸟在天空飞过的轨迹也可以这样切割，如果你认为事物是可以无限切割的，那么水漂石和飞鸟就是无限静止的，而你认为事物是不能无限切割的，也就是说，不存在无限小的事物，那么水漂石和飞鸟的轨迹就是有限而静止的，任何事物只能是由一个个具体的线段或轨迹的局部组成，因局部的不动而导致事物本身是静止的，也就是说水漂石不动，飞鸟也不动，太阳和月亮，星星们统统都不动，如此怪异的结论，完全影响到了他的生活，这些认识从此改变了他，他开始一口只吃一粒米，从一粒米到一粒米来寻找静止的事物，在围子里将一缸水里的水一勺一勺舀出来捅入另一个缸里，再从另一个缸里一勺一勺舀出来捅到原来的水缸里，如此重复。逄氏埋怨自己的儿子跟他父亲的青年时候变得多么相似，他们又被那头怪兽困住，那头怪兽就是所谓的形而上。如果有人说，这是违背我们眼睛所看见的事实的，他就会告诉你思想跟看见没有关系，他举出水漂石的运动。小石子只能从一个位置移动到下一个位置，它的轨迹就是由这些位置组成的，而每一个位置是不动的，你承认吗？必须承认，事实就是如此，因此，小石子是静止的，它不可能在运动。其中一位问，那它为什么改变了位置？我们说的是它被切割的一个特定时刻，而不是全部时间，那轨迹就像一条绳索，被截断的局部就是一节节的。如果我们离它足够远，当然远和近与最小事物之间没有必然关系，往小了说，分厘毫丝忽微纤沙尘埃渺漠模糊逡巡须臾瞬息弹指刹那六德虚空万万清曰空万万净曰清千万净百万净十万净万净千净百净十净一净，往大了说十百千万十万百万千万亿兆京陔秭壤沟涧正载极万万极曰恒河沙万万恒河沙曰阿僧祇万万阿僧祇曰那由他万万那由他曰不可思议万万不可思议曰无量数。其大无外，其小无内。莫伺其一听见这在围子里的蒙馆算学课本上的数便昏涨不已，她知道全宇宙都不可能有那么大。莫元良继续他的猜想，这和时间没有关系，只是空间的分割，我们要将棍子做这样的分割是做不到的，分割是人在做，人没有这样的本事做到，当我们进行到肉眼看不到的化学分子，原子以下的量子时我们就无能为力了，是以分割是有限的，分阶段进行的，量子以下的世界的分割是上帝的事情。这或许是一个答非所问的回答。他只不过想说清楚，我们所坚持的事物在运动在前进的观点是错误的。说毕，他蜷缩进那只水缸把头深深地埋在里面像一头被打败了的公牛。丈夫终于安静下来高芙蓉才放心离去，而这时周围的世界，一切都在加速运行。他们将一块稻田里的禾苗扯出来，集中堆放到一块田里让他们密不透风。他们将莫家围的大青砖拆下来，砌成高塔，将锅碗盆瓢和所有家里能够找到的铁器拘进炉子里。只有莫元良躲在水缸里，思考他的水漂石静止不动的问题，安静得像一只睡去的狮子，周围的空气泌出一圈一圈的醋甜。在年复一年的思索中，他不断迷路，不断修正，羞耻，癫狂，迷惘一直伴随着他，谁也无法分享，水漂石和那口井被他折磨，也反过来折磨他，他将太阳的运行和影子剥离，最终将生与死也剥离，因为静止的结论，导致他得出生和死也是静止的，是可以剥离的，我们所谓的死不是真正的死，生也不是真正的生，而能将此虚无击碎的人在人类的历史上并不多见，甚至寥若晨星。由此，逄母认定，他的儿子已经超越他的父亲，意志溢出了肉身，癫了，就由他待在水缸里吧，不再劝说高芙蓉将他带到屋邸来，而莫元良偶尔从缸里跳出来，在水缸壁围上写上我是牛鬼蛇神几个红漆大字，而围子里的人发现他一条腿正在变长，而另一条腿则在缩短。

"一条棍子和真理是多么接近啊，"他跟围子里的人说，"你们却忽视了它的重要性。"终于，莫元良向众人宣称，"我要回到我遥远的战场。"

他再一次向围子里的人宣称人世间最高的哲学就是战争，不是任何别的东西，唯有战争可以瞬间取人性命。别的哲学的毒害虽然危险，不致于如此有效地消灭人的肉体。他经常觑见黑夜里天空中有战火在燃烧，巨大的战舰因为天幕的背光只能隐隐约约看见它们鱼群或幽灵样从一个方向朝另一个方向支援，有鲸鱼，大白鲨，剑鱼，有乌龟样的小战机，它们战斗的弹壳和飞机残骸经常掉在他的水缸附近，他想挣脱出来却浑身无力，甚至连抬一下眼皮和手指头的力气都被骇掉了。他吐出因积水而让他的嘴蚌长满的青眼睛，好不容易站起来，炸弹却爆炸了。他赤身裸体，皮肤被太阳晒成古铜色，双目炯炯有神，时刻喷射着火焰，浓密的胡须爬满整张脸，高芙蓉不得不到厨房里觅一块花布围裙给他系在胯前免得羞煞先人。他还顾不上这些，他在围子里垒起沙盘向众人宣布了几道最为重要的防线。从喜马拉雅和天山，葱岭向西到伊朗高原构成三道屏障，五千年以来的重要战略和中央勃起都与这些战略防线密切相关。最终决战分为狭义最终决战和广义最终决战，狭义最终决战就是地球上两三个文明体之间的最后决战，而广义最终决战则包括与天空中来历不明的敌人，星球，灾难作斗争。那时的战争已经不是常规武器，而是以一个星球的能量以及他们能征服的星系的能量进行的决战。太阳系根本不值得一战，在柯伊伯带和奥尔特星云之外还有更加广袤的宇宙空间。当他说完，他的眼睛一闪一闪枯水季节断电前的灯泡样逐渐暗弱下去，人们愈加相信他真个瘼筋了。他伸出食指，指着天幕上的星星，将它们一颗一颗滑动到一起。随之又将它们搅成一堆流体。

"他还是不是把一座山赶到了江对面？"

"伊一定是在说僧话。"

"缸将军个内心是多么丰厚而高深莫测啊。"

"对，话龘天。"

"那是给幼家儿讲童话故事吧。"

这时，他站在水缸前脚下踩着一张报纸，一脚踏住"黄金"两字，一脚踏住"石油美元"几个大字。疯癫后的莫元良已经无药可救，逄氏先后两次失去自己的丈夫开始变得对家庭事务漠不关心，她现阵唯一在意的是长孙莫高世骧将来是否可以考上她道听途说来的最高学府清华北大而借此改变莫家前所未有的厄运。她让高芙蓉早点将孩子送到岭西城里去念书，不要待在神亘洞这个只有蝼蚁才爱待的地方。她有时候想念远在美国的儿子，有时候偷偷地写信去台湾给他的弟弟冷不丁送去一个问候，然而那些信被拆看后又原封不动地退回来了，另一头重粘的胶水和刀片划开的痕迹依然明显。有些信封上贴着日本鹞式战机，澳洲袋鼠，英国女皇，埃及金字塔和撒拉逊人国王和酋长肖像的邮票，它们绕地球一圈之后又回到了她手上。信封的右下角戳了一个个蓝色印油的圆印，查无此人。然而这并没有丝毫打击到她的信心，直到那些信件装满一麻袋砰的一声拘进家里。邮递员不无感慨地说逢姆姆，光靠这些信就可以解放台湾。而这些信件的邮寄地址大多是逢母根据报纸的新闻报道抄下的，那曾是他弟弟的出没之地。作为大新妌的高芙蓉则不得不挑起家庭重担，她照看尚年幼的儿子莫高世骧，还要时时盯住可能随时弄出新真理的丈夫，以及永远天真无邪的莫安妮，渐渐不安的阚氏。莫温婉则只想着她在监狱里的王珉。莫高世敏能给她分担的不是重负，而是隔三岔五带一帮朋友散室来家里观看父亲的演讲，而后在家里大吃大喝。收拾那些残羹冷炙和沾满油污的餐桌与碗筷的事情全部留给了他的母亲。高芙蓉的妹妹高晚青，因为自己的姐夫枪毙了她的老公公而公公又打伤了姐夫从此形同陌路，哪怕回娘家同日也不同路，同席也不同吃。从容自若的高芙蓉开始变得越来越像乡村变人，高尚的革命情操被家庭琐事撕得粉碎。丈夫对儿子的辨识一度下降到令她伤心和难以承受的程度，莫元良从河里捞一块圆圆滚滚的大石头回来放在被窝里，睡在石头旁，一边轻轻地拍着石头说斑马，你不要睡着了。然后唱着不晓儿从哪里冒出来的催眠曲，斑马，斑马，你不要睡着了，让我再看看你受伤的尾巴。高芙蓉好不容易将他的石头搬到院子里，他又搬回去，连续二十一天坐在上面，身披衾被欲将其孵化。他说天地混沌未开的年辰就是一只鸡胚儿，他要将天地从他的胯下孵化出来。他的失败是显而易见的，因此他改为撞击两枚鹅卵石。

"我要将水从石头里撞出。"

就是等待石头出水的这些日子里，装在六个四角包银的雕花樟木大箱子里的莫大恒神垕学派著作原稿被抬到围子里的空挡之地，莫锡良和莫恭翰带领他们的革命小将们将手稿当场焚毁。包角，合页和插销地方的银子卸下来，木头作了灶火，银子变成戒指和耳环等银器出现在他们身上的各种部位。莫锡良和几位戴臂章的红色小将把这位将军从水缸里猪肠子样拉出来放在围子里加以审判，游街。他嘿嘿地对着众人僭笑，他说他就是一只抱鸡婆，他要孵出一个宇宙，抓起鸡屎就往嘴里塞。出了老围，他又说他是牛鬼蛇神。

"癫子，滚回水缸里去吧。"

"我冇是癫子，"莫元良抹了一把鸡屎，"你们才是癫子，你们全家咸是癫子。"

而夏堃书记，高孝荣等被莫锡良，莫高世敏和莫恭翰他们用汽车拉着满城游街，随后又在神垦公所进行批斗，最终将他们投进青背监狱。高孝荣在青背监狱与王珉关押在同一个监舍。王珉说，高县长，你不是投诚了吗？现阵怎么也进来了？新政府待你不薄嘛。随之大笑不止。高孝荣不作声，他要写报告，申述自己的冤情，他的投诚是真诚的，不容置疑。看守接收了他的申述书，并作了登记。可监狱里仍然有人每晚提他出去，审讯他是不是和国民党还保持秘密联络，她的女儿高耀青在台湾是白色分子，是不是还在密谋反攻大陆。每次审讯断一根臁排骨，右手臂脱臼。高孝荣已经难以承受这种冤屈和痛苦，牢饭送进来他并没有吃，摆在面前，拖着腿，支拉着铁棍一样直镳的右臂，一阵喃喃自语，随即用左手将一根筷子插入耳洞往地上一顿，筷子没入他的脑际。屌样儿，王珉向他啐了一口喙水并将他那份饭端起来拨掉上面溅血的部分把余下的吃了，当初不听老子的话，猖狂不是？而今晓得啦投降就冇好下场，死有余辜啊。夏堃书记扑上去与王珉扭打起来。在繁忙而璀璨的记忆长河中永不褪色的是夏堃出狱后安排在神垦洞谭仲池街道办扫地，两位穿蓝色的确良制服的公职人员在街上觅到夏堃书记并告诉他，夏堃同志，你被平反了，回去吧，李书记还想见见你。夏堃书记说我地还没扫完哩。公职同志说你已经调进政协，以后不用扫地了。夏堃书记说我的地还没扫完哩。公职同志大声说以后不用扫地了啦，夏堃同志。另外，我们还要向你求证高孝荣同志在狱中受到严刑逼供致死一事是否属实，当时你们关押在同一个牢房，他说你是他的见证人，这事情只有你可以证明。夏堃书记说我的地还没扫完哩。他继续扫地，两名公职人员看着他扫完一段，推着垃圾车前行，接着扫另外一段。其中一位公职人员交给他一个沉甸甸的牛皮纸档案包，名字一栏写着"夏堃"，内容一栏写着"日晷"，括弧里标明"长篇小说第六稿"。手稿以时辰分卷，每一时辰分上下，起手卷为早子时，结束卷为夜子时，全书二十四卷。这是他在青背监狱时写下的那部书稿。公职人员掏出一张信纸念道，非常抱歉的是他们到今天才审读这部长达五十万字的作品，这是一部南部大陆的雄奇史诗。这部作品对地主和土地运动的阶级属性的斗争描述得到位，本土风物的把握独特而强劲。经省府研究决定希望作者可以稍作修订比如不要过度美化和缅怀古早时代的生活或者以欲望作为推动力的同时稍作收敛便可以交给南方文学主持出版。"我们领导说了，出作家比出省长和将军还难嘎。"夏堃木讷地手扶扫帚听着，当那个沉重的包裹递过来时他掂了掂后一甩手掷进了垃圾车，嘭的一下溅起了车斗里的树叶。两名公职人员正欲去捡，他拉起车走了。一阵风刮来，凤凰树的花瓣又纷纷落下来铺满地犹如涂上一层厚厚的火漆。他又重新开始挥动扫帚，一扫帚一扫帚地认真扫着。公职人员上车启动引擎正离去的当口，他手中的扫帚脱落，随后萎然倒地。肉质花瓣铺山雨样落下来覆盖在他早已佝偻僵硬的身上，依然想念着印经房度过的那段甜美的夏日时光，思念着那早已停止生长的莫家围公主且终身未娶。

"下雪了，元良。"

雪花抛撒下来，碎骨头，碎银子。眼前的世界被白包裹着，山河大地也被裹上一瓢厚厚的洁白。屋顶和围子里的地面顿时亮堂起来，跟红色唤起的情感极为相似，只不过这是另一种庆典。莫元良蹲在水缸中好比蹲在坑道里，在这厚厚的发出沙沙之声的白色当中只听到莫元良说，别挡着我吃光。高芙蓉再一次说，下雪了。高芙蓉让围子里的十二个族人将莫元良和他的水缸抬进地道并一再提醒今晡太阳没来。一间舒敞的地下室在地道下面展开来，高芙蓉攘脱门，一股刺鼻的撻尘冲出来，波丝拉着门板，高芙蓉用鸡毛掸子挥去门上和角落的波丝将炭盆放在地下室中间，水缸放在角落，高芙蓉整理了一下莫元良身上的夹袄说，口前下雪了，冷。她亲吻了丈夫胡子拉碴的面骨儿感受到他的体温之后才释然而去。从此，高芙蓉除了下来添炭送饭，其余时间在围子里做家务。自从嗣子去世这里便没有人来待过，莫元良也是第一次进来。地下室四周全是书架，他从水缸里站起来伸了伸腰身爬出了大缸，他那条缩短的腿又奇迹般恢复了正常。他走到书架前擩出一本书吹了吹又在身上轻轻拍拭了几下，刺鼻的霉味有如蚊蠓扑面而来，他像体型巨大的畜生打了一个响亮的喷嚏，一只脚提起重重地跺在地上方才停止摇晃。他眿见线装本书封题笺上写着"神垕堂集·春秋左氏传麈尘·册九"字样，他又翻看其他书籍，发现这是父亲的经学，文集和诗学手稿。誊写十分清晰。大题目以篆体写，小题目用汉隶，序跋以父亲自己的行楷书写，颇似唐人抄经字体，内文仿宋刻书体，环壁咸是。嗣子生前没有完成的家训赫然在列，题为《神垕莫氏家语付墨》。意外的是莫元良早年呈给父亲的诗集和航海游记也在里面，每一首诗均有父亲的朱订点校和笺释，仿佛一位父亲在检阅他的军队一般，并将儿子的心迹了然于胸。在游记的扉页上他的父亲赫然批道：游弋过海洋牧场而得以生还的人有福了。那些灿烂和忧愁的生命时光此刻涌上心头，他的泪水崩出了眼眶。就在这时，他清晰地觑见父亲撑着花椒树棍从通往岣嵝山那头的地道走过来，劈头盖脸就说元良啊，你竟然把父亲的水漂石原理给推翻了，你竟然敢说世界是静止的，神垕学派没有你这样的不孝之子。爸，世界上的事物总是存在阴阳两面，这是物质存在的普遍规律，这也是圣典启示给我们的真理，我没有推翻你的原理，只不过对你的学说稍稍做了补充，让它成为完整的学说。嗣子莫大恒头一抬，眼睛看着地洞的天花板，蛮久才说，你说得在理，我当时怎么没有想到这一瓢。可你直接说宇宙是静止的，这太机械了，你应该先跟他们说水漂石原理，然后再发挥大义，否则他们以为你是偌宝，是癫子。他们也说你是偌宝是癫子，你在乎吗？这只不过是名相而已，关心它做莫子。围子里的人不理解就不理解吧，癫子也就癫子吧。能够懂得名相的道理，说明你已经理解了本学派的精髓。可也不要排斥名相，世间法就是建立在这个名相之上的。而且，所有的科学实验之所以能够进行是在物质的基础上进行的，只有在思考更加深邃的问题上，我们才能在名相这个维度谈。是啊。你看，这盆炭火，它是真实的，当我们把手放在上面一搪，我们就有真实的痛感，你难道说这炭火是名相，这痛感是名相？当然是名相。只是我们称之为炭火和痛感，但炭火和痛感又不是名相。只有你与炭火和痛感相遇才有炭火和痛感，好比琴弦与手指相遇才有声音，而这声音真的是你的手指和琴弦产生的吗？不是，它本来就是你内心的声音，是本来就有的宇宙的声音。

"我晓儿哩。"

"你晓儿莫子？"

莫元良说水漂石原理就是给了他们一个名相，而明白其阃奥的人不会被水漂石三个字锁死。这就是神垕学派的法髓与胎息，尽管如此，你仍然是莫氏家族和莫家围的罪人，我们建造它，你却毁了它。不是我毁了它，而是它寿终正寝，父亲，这就是你幼阵个跟我们说的家国之变。这个变就是它新生的面貌。我也不晓儿它会变长什么样儿，但现阵这样就合理吗？父亲，一国之天下不再姓李，姓赵，姓刘，姓朱，而一家之围自然也不再姓莫，莫家围这个壳已经被抛弃了。国有了现代化的政党，家便有了公司制度，为公为私之变，大抵也在其中。这一变是千古未有之局，水没落下，石头还没有出来咧。已经水落石出，更大范围的最终决战也已经开始了。嗣子不作声，莫元良最终问起那个他不想问但又不得不问的事情，他说父亲，人真的可以转世吗？死生一如，你看那芍药花，若果你收藏了它的种子来年开春种下它还可以再长出同样的芍药来。那已经不是原来的芍药，就好比我不是你，你也不是我。你何尝不是我，我何尝不是你，你我互为彼此的根。莫元良沉思良久，接下来的那些岁月里，他们讨论了嗣子的著作所涉及的所有问题，他们的讨论是那么宽广，那么富有激情，乃至高芙蓉进来添火送饭，他们都没有觉察。莫元良说你可以收留约翰·托马斯神甫，却对幼良遁入空门深恶痛绝，这是为何？释教绝嗣，这与我儒势不两立，形同水火，他们的民族相信人类长着大象的鼻子，你相信吗？在他们讨论到人类文明问题的最后一个深水区时，一个穿白衣的黑脸人和一个穿黑衣的白脸人出现在嗣子身后，白衣人纠正他道，死亡是一条没有归途的路，不要听他扯卵淡。黑衣人说死亡如果可以被随意篡改，还要我们做什么？父亲被他们提走，花椒树枝拐杖掉落在地。嗣子的声音还在从地道的黑暗中传来，他说别老坐在缸里，对腿脚不好。莫元良说有找到答案前我就不离开这个缸窝窝啊。高芙蓉进来，眜到这根布满疣突的木棍遗落在地便捡起来放在书架的墙角靠着，直到冰雪融化时节那根拐杖也随之解冻。这是一条菜花蛇。它抬头朝着莫元良，发亮的小眼睛像两粒熟透发红的花椒，那粉红色的分岔的蛇信子在空气中闪动了两下，游进了地道的黑暗之中。

连翘盛开时节，微风拂面，三个地质学家在山与山和水与水之间指指点点。经过一年的测绘采样将神垕所辖越城岭地区进行了绘图。他们像军事地图一样严谨保密，但作为响导的莫元良疯疯癫癫地跟在他们屡儿后面为他们认路。他虽然癫了，对山谷河道的名称和地形以他军事家的眼光烂熟于胸。地质学家对这位将军并没有防备之心，绘制地图也不避讳。这种随时可能成就伟业的秘密在这位疯子面前一文不名。另一种东西，一种稀有金属，在这份地图上呈现出来，位置就在马肠响银矿厂那边马尾河上游的玄武岩山区，蕴藏丰富，大面积分布着。其中一位还用笔头点着图纸说，这种矿里面还含别的东西。

他一直看着别处，用手指戳着手掌心。

勘探工作即将结束，三名地质学家也将回城，他们坐在围子里，月亮一堆磷火样在夜幕上释放出自己的火焰，三人当中的小组领导兰成钧跟他说莫元良同志，我们就要走了，难谓你。莫元良说你们还会归来吗？兰成钧学着莫元良的口音说还会归来，这是我们负责的靶片，十年回来复勘一次。莫元良向他们敬礼。兰成钧问，他们说你癫了，是真癫还是假癫？你说呢？你跟我们说话的时候很正常啊，你一个人自言自语的时候就好像是癫了。

"你老戳自己的手掌心干吗？"

"点数。"莫元良将掌心的一块石子放进衣服兜里，凝视着勘探工作者说，"我身后总是站着一支死者的队伍，它们曾是我的亲人，战友，不是敌人的敌人。"

"人是永远无法原谅自己的。"

地质学家拍了拍他的肩膀，走下山去。

不光如此，这段时间围子里来了一位光速吉他手，叫陆阿丹，是从沪上陆家嘴来到莫家围的第一批知青当中的一个。他一踏入莫家围就将肩上的豆腐块被袱包扔在围子中央的空地上，坐在上面即兴演绎了一段长达六百秒的赞美诗。他用声音和旋律赞美眼前的一切，雕刻他一路上到达此地的风光与激动之情，他从未见过如此相似的群山。围观的人群中站着一个穿青色裙子的蓝眼睛女子宛如一树正在盛开的曼陀罗。他一边演奏一边站起来在空地上俯仰起伏弯腰旋走，屁儿翘得老高像只铩翅求偶的公鸡。这种滑稽的表演将长久留在莫安妮的印象当中，他那灵活的指法和他身上那股朝气与优雅的城市气质令她感到愉悦。她又开始在围子里游走，并且帮助高芙蓉和阚氏处理家务。终于，在井边的一刻，另一个倒影同时和她出现在井口里面，水面波动，一口白牙和五官移位变形一尊凶神恶煞样的脸。她抬头，一道炙热的灼伤空气的目光射过来，憛得她一时间无法躲避，根本没有躲避的余地，她提起水匆匆忙忙离去。陆阿丹拿起水桶扔下去打上来一桶水往自己头上倾倒下来，哗啦落地的水声仍然引起了并没有走远的莫安妮的注意，但她并没有回头，而是直接走进了屋邸。夜幕降临，他就坐在围子里弹起他心爱的吉他，如泣如诉，声音好似专门对准莫安妮屋邸这边的门庭精确无误地全部落进她的耳朵和心里。她能全部感受那声音里面夹杂的情绪的起伏波动，除了不能当面说话，这声音便成了爱的情愫在围子里肆意飘荡，尽管它不是肉体的声音，但却有引起肉体共振的频率。直到三个月后的一天黑边，那种缥缈与孤独无法排遣，他唱起一首随意吟唱的歌：夜幕降临，我们望穿银河，驶向一座只有我们的岛屿，然后听从命运的安排。突然嘣的一下，一根弦断了，莫安妮想要攘脱门冲出屋邸，而吉他仍然没有停下来，嘣的一下又断了一根。莫安妮攘开门，但她还在犹豫眼前的那段无人的空地塑造的艰难。吉他的弦又断了一根，莫安妮猛地攘开门朝月光下的有声无形之物走去。她全部的怕惮已经无暇顾及，再多的目光倾泻下来她也无所畏惧。她觉得再见不到这个声源的发生体自己就要爆炸，就要解体，就要死了。他看见莫安妮向他跑来，赶紧站起来。他的琴只剩下一根琴弦，兀自在弹唱，琴弦发出的是爱人的名字。莫安妮站到他面前的那一刻他却不知所措。她扶起下垂的琴弦，示意他装上去。他摇摇头。莫安妮的眼泪顷刻间迸发出来。他俯身上去亲吻了她咸咸的泪水，碰触到她濡湿的身体。她几乎被他灼热地碰触融化殆尽。莫安妮下意识地攘脱了他，自己擦拭了眼泪，又反身走回屋邸去。他并没有放弃，尾随她走到了屋邸门前，随后他们转身从地道的小门走了下去，走到了地洞的宽敞处。他扔下乐器从后面搒到莫安妮，搒到这具他日思夜想的躯体。他无数次想象过她身上的每一个部位，每一根汗毛，想要触及连太阳也不曾触及的地方，然后亲自用炙热的嘴唇一一去探寻一遍。这座晶莹剔透的躯体躺在一堆衣物之间，闪闪发光，而莫安妮第一次感受到从他腼头传过来的甜，这是她和阚氏之间不曾有过的滋味。她不晓儿从哪迳来的，但确确凿凿地在源源不断地汩汩泌出。她用手探到他那凸起之物，火烫而坚硬，贪婪地斜斜地刺向一个角度，是那么富有攻击性。她忍不住想吃它，含住它，不让它膨胀得那么嚣张。但它随后便侵入了那片糕状的沼泽，一览无余，两种意志如漆似胶化到了一起。他们在地洞的疏敞地上滚动，不愿分开，丢了一次又一次，好像远古以来所有的力量都集中在这次交汇之中不知疲倦。胃部的痉挛和饥饿干扰了他们的斗志，然而那里仍然坚硬如初，他们便又投入新的战斗。一旦它松软下来，莫安妮又凑上去，用她的腼头撩拨，用她的喉咙试探，它又立即成为勇敢的战士。她感到自己完全没有了肉身，而他们是空中的两道闪电，噼啦噼啦地搅缠，搏斗，从几百万光年之外彼此冲刺而来，相互缠斗在一起。直到这两道闪电山崩地裂慢慢熄火之后他们才发现角落的水缸上一双灼灼的目光在望着他们没有发出一点多余的响静，仿佛在助燃。当他们瞅见他并确认过眼神昏暗的地下室里才响起他啧啧之声的赞叹。

"花屡。天体纠缠也不过如此。"

两人摸上衣物愳愳退出地下室。第二晡陆阿丹从莫家围门前的大河上偷坐伐木人的排悄无声息地走了。莫安妮在朝门前日日张望，再也没见那个负心人回来。河流依旧低沉地往前流去，阿鹇儿的啼叫犹如在她痛苦的表面撒了一层花瓣而见不到她心里真正的惶惑，比看到任何一只小动物的死更难过，在接下来很长一段时间里她只会愈加苍白清瘦。人们即将将所有一切隐隐忘却的那个入夏季节，神壴洞渐底下派出所接到洞庭湖管理委员会打来的电话，询问神壴洞是否逃走一个叫作陆阿丹的知青。一场蛮荒大洪水将八百里洞庭湖芦苇荡中的一只船冲到岸边，湖边的人发现船上住着一人，皮肤黝黑，不穿衣服，仅以苇叶遮住下身，生吃鱼虾螃蟹水草。湖泊管委会当夜安排他在招待所吃住，第二晡，管委会的人想将他遣送回原籍再作处理时不见了踪影，只见吃下又全部呕吐出来的满地秽物。渔夫再次发现他的小船时仅剩下一具骸骨浸泡在芦苇丛中，肉身已经被鱼啮啃得一干二净。

阚氏早已躲在自己的屋邸不再露面。高芙蓉到她的房邑里来看她，这里和她当年与莫旦良完婚时还是同一个样子，保持着新房的模样。阚氏将屋里的每一样东西都摆置在原有的位置，不使其染上一粒灰尘，每曝擦拭一遍，床头柜上的那盆春兰每皮叶片都用手帕水洗，洗了正面再洗反面。床帐也还是当年洞房花烛时的陈设，拔步床浅廊天头上挂着"雪隐鹭鸶"四个金字小匾，双门外配有一副诫春惜时意味的精致对联，一个心形的喜字挂在黑暗中熠熠闪光的黑漆螺钿花蝶纹拔步床的最里层，床庭上镶嵌着喜鹊踏枝和梦婆送子的镂刻雕版画，粉色缎被上绣着一对鸳鸯。阚氏终究觉得时间越来越一团乱麻样沿着各自的轨迹疯狂蔓延，每个人和物都在这团混乱里面不知所踪。莫安妮的离去让她对生活唯一的眷念再次化为泡影，而她的丈夫却远在太平洋彼岸一块大陆上的一座繁华城市的豪宅里连个音信都没有。她在这团乱麻中渐渐凝固像漩涡中的一只小簰，头发变得斑白超过了逢母，身体的每一寸肌肤也变得同结茧之前的桑蚕般透明水亮，乳房的特征消失殆尽，有如未发育前的少女。

逢氏没有料到嗣子还会再一次重临，这无疑再次拓展了伊在人世间与死亡相处的边界。伊经历了自己丈夫的第一次死亡，又经历了转世丈夫的死亡之后不再将死亡看得那么重要，反正要死，不是明天，就是后天，或者是在眼下的一呼一吸之间。断气了，除了老天爷，就变成一具对谁而言再也没有意义的尸体。她躺在床上将这些问题的要点再回想一遍然后将它们暗暗收藏在自己记忆宫殿最深处的一个房间。屋外的云雀叫了一整天。高芙蓉见她气色蛮好，自己起来在屋邸大厅里走动，可是就在她想去给她端一碗青叶子瘦肉稀饭时觑见逢母双脚一蹬将屋邸里的桌子蹬开，大喊一声后直挺挺地往后仰倒。高芙蓉赶紧上去扶住她那一截树木样倒下来的硕大身躯。她把头从她的胳膊下拱过去，一只手撑紧她的手腕，一只手扶腰才勉强顶住放下没有摔到后脑勺。逢母喙中念念有词，十指搅动，扭来扭去，做着各种暗含了深奥密义样的花式动作。

"我回来了。"逢母突然说。

这是莫大恒的声音。高芙蓉骇了急忙去掐人中。逢母说，别掐我，我豪鲜得很。把我的烟斗挈来。还是莫大恒在说话。这声音把寮上的阚氏，以及围子里的人都吸引了来，莫高世骧躲在桌子下不敢出来。可是逢母倒在地上眼睛正好可以看到他。逢母说我常常跟你们讲学而第一，学什么？学为圣人。你们不听，乱读书。莫高世骧为躲避逢母的逼视从桌子下爬出来。老通掌莫正泽迅速判断出眼下的处境，说出一个他不愿承认的现实。

"好家伙，又一个莫大恒。"

"不，"逢母掷地有声地回答他，"是圣人。"

他走上去对着逢母啪啪两记耳巴子。没有反应，好比打在石狮子上。只见她打了一个长长的哈欠，脸上和身上的肌肉松弛下来，用寻觅而好奇的眼神看着围观的人说我何里躺在地高头，你们来做莫个子？在场的人面面相觑，不晓儿如何作答。她双手一撑从地上站起来，拍了拍屎儿说，渴。阚氏赶紧舀来一大碗水，她咕咚一口掼下去，在肚子里一个翻滚打了一个蛙鸣般的饱嗝。从此，逢母每天不定时发作变成莫大恒，用他的声音说话，指使家里事务，只有不发作的时候才是她自己。那根长烟杆回到了她手上，抽烟的姿势与嗣子一般无二。高芙蓉担心吓着莫高世骧将他送回了高家。她跑到地下室，在水缸旁告诉他阿爸又回来了，复活在阿嫲身上。

"现阵好了，她既是父亲又是母亲。"

"你什么都不缺了。"

莫元良只是双眼看着自己的妻子奇怪的叙述，而没有任何表情。高芙蓉继续说，你快醒醒吧。莫元良眨了一下眼睛，呼出一口带着地洞朽物的霉烂气息。高芙蓉告诉他，她的父亲高孝荣在监狱里自己杀死自己已经下葬了，而夏塱书记和卫臻被关进了青背监狱，薅他们进去的是莫赞良的儿子莫恭翰，以及莫孝廉的儿子莫锡良。他们认为当权派是走资派，理应全部打倒，消灭。逢孺人因为嗣子在她身上复活后行为变得诡异，她的行为举止就此脱离常人应有的轨道。渐底下围子里的各种非议流到了莫元良耳朵里并从中感受到了屈辱。

"毕竟，事情尚未来临或即将来临伊不应该知晓。"

"作为人这是不允许的。"

"你难道不晓儿女人俟到老了都要成精个。"

"你的意思白婆婆是猖婆咯。"

可她已经孤苦到了无人之境，她宁愿终日里与她死去的儿子们在一起。尽管他们已经死去很久很久了，在她心里他们却都还在成长，被吊死的莫佑良，在穿山岩洞窟里被毒气毒死的莫佐良，还有充当日本伪市长被打成匭子的莫镛良，她听到敛丧者的传闻说镛良体重增加了四百斤，那些多余出来的重量就是机枪子弹的重量。那些重量已经精确复制到一个母亲的身体里。老七莫羽良还是个砲岁的孩子，在江边爬澡被水鬼拖进去淹死了。

秋天的午后一切都十分正常，天气和围子里的族人也没有异常之处。天上的鸟叫也与平日里无异。围子里的小孩也没有因为误食曼陀罗妖艳的花蕊而中毒。黑脸芦花鸡蟆又一次当了妈妈。红脸芦花鸡蟆的鼻孔里则横掼一支白羽，系在右腿笋爪间的一只橡胶底破鞋阻碍了它奔向黑脸芦花的祝福，从此它将䐁下在秘密之地，高芙蓉再也没觅到红鸡蟆背地下的那些䐁。出笼之前，高芙蓉特意用食指伸进鸡屁眼里摸摸，里面硬了有䐁了就关在笼子里，没有硬就放出来。可关在笼子里，红鸡蟆也不下䐁，放出去䐁就丢了。这顶多加深了高芙蓉对母鸡怯生的怀疑，绝不会想到在这围子里会发生什么天大的事。

"咻，咻，咻，咻……"高芙蓉端着谷盆四处览。

"它们把金蛋下到哪里去了？"逢母问。

"大概是自己吃了。"高芙蓉回答她。

"你到那些水水边边再寻寻。"

逢母一人在厨房里煲汤，火苗唬啦一笑，她心里咯噔一下眓见老六莫幼良在眼门前。他身边还有两个更小的莫幼良，中间的莫幼良腹部插着一把锓匕跟跟跄跄走到面前，她走上去把利刃拔出来拘在地上。莫幼良跟她说阿爸，你为何如此绝情？你不但吊死了四哥，连我也不放过派人刺杀我。逢孺人说，阿爸是嗣子，不是为你一个人活，我要为莫家围这大侪着想，你原谅我啰。我也是为他们好，他们杀戮无数总要得报应的，你怎么就是不识懂哩。你踏入空门，这是莫家历来毋允许个，任何时候都毋允许个，这就是你的报应啊，鸡熟了，你要不要吃？我吃斋，不吃肉。吃吧，看你瘦成某个样子了还吃斋。逢孺人掀开黑砂钵的盖子，拣了鸡翼甲鸡巴胴在碗里让莫幼良吃。莫幼良呼啦跑了，她就自己吃起来说不是我杀了你，是莫大康派叶隆回杀了你哦。这个月的最后一曛，逢母觑见一个人头鱼身长着翼甲的大鸟出现在自己面前，带着焖肉的腥臭而突然大哭，她说羽满孃啊，你长大了？莫羽良说阿嫲，我回来看你了。

高芙蓉不解地问她阿嫲是在跟谁话体。逢母告诉她在她嫁过来之前还有一个落巴羽满孃，砲岁那年在江里爬澡沕死了。你看，他长这么大了，豪鲜。到这个坛子里来吧，我还要给你娶一房新姅，尻宝。她挈出坛子。莫羽良收起翼甲乖顺地进了母亲的黑砂坛子，庞大的身躯渐渐消失在坛子里面。她对着坛子自言自语，问她的尻宝是何里死个。事情说来有点复杂，莫羽良说。他在江里爬澡，一个放簰的梅山来了，他的簰排成一字从江中经过，十条簰一线下去，他站在第一条簰上，他好奇地爬到簰上去。十条簰在江心变成一个圈，原地打圈。梅山晓儿有人跟他作对，他将撑竿插到竹簰上，固定竹簰后向他的师父梅山水师求救。磕头唱迋之后簰才打开成一字，好比将一条弯曲的铁丝搬直，而后继续前行。莫羽良则已经掉落到水里。梅山回过去捞起他拉回家去。上岸后将他放在甑里，在神龛前请了梅山，让他妻子将他垫的那床竹席挈到堂屋，每曛烧香，一天抽一片竹子出来烧火，七天七夜后才能揭看。变人按照他吩咐下的去做。他继续将簰放去崀山的码头。变人照着丈夫的说法烧了四曛，她敲敲甑说孩子，你还活着吗？活着就说句话。我快死了，说不了话，莫羽良告诉逢母。她见甑子里面没有响静一把揾开甑。莫羽良已经蜷缩成一个肉疙瘩，一只蒸熟的嫩鹅，骨头全部不见。背上露出数枚竹签，一半还在肉里，血水流了出来。她又将盖子盖上继续烧火，到第七曦终于将竹席烧完。她揭开甑盖眿到莫羽良已经死了，竹签还是留在第四天她揭锅盖的样子。同在第七曦的同一时刻，梅山在江上展开对他放猎者的复仇之战。仇家的船在江心解体，人被淹死。等梅山回到家中查看甑子时，晓儿妻子没有遵照吩咐行事把他弄死了。

高芙蓉在地下室转述给莫元良听时，他破天荒说了一句话，父亲是不信鬼神的。在那璀璨而繁忙的永不褪色的记忆长河里，莫元良疯癫后的最后年辰，神垕洞陷入了一场漫长到仿佛历经数百年的前所未有的大饥荒。有的人就此死去，消逝在空气中，消失在人世间，不再回来。

"饥饿是一种和战争同样可怕的消灭人类的瘟疫。"

卷廿四

　　没人再眷顾这个星球上的神垕，就在逢母再次被嗣子附体的那年，饥馑漫过了三千界和岜山两条山脉。随之涌动的饥荒驱使灾氓流徙，通往岭西省城官道上被饿殍饥毙的人堵塞了道路。人冇得茹，连地都不肥，老通掌说，一春粮食歉收畜生都养毋出崽。围子里的人跟着他的话茬说，先是抢夺社仓，然后将来年的谷种也吃了，接下来就听天由命。开冬过后，莫家的米缸里最后一升米和着鼻涕木树皮熬成粥，再也没有了粮食。高芙蓉带着莫高世骧跟随围子里的男人上峋嵝山去挖蕨根，家里事务交由阚氏和小月薰，而她们更多的时间也在忙于览食物。莫伺其和莫温婉扯常由外围端过来三根五根在河唇头挖到的沙虫献于逢母。逢母随即又转身赠予孙儿们。她每天从墙上撕下一页日历，把标着宜与不宜的乃至黄道吉日的全部日子拘在锅里煮掉。然后舀出一碗水，对着它念念有词过后一口喝掉。

　　"所有的曢儿都一个样，"她说，"什么黄道吉日，咸烂脬儿咧。"

　　太阳每天都在升起落下，在循环，时光却坚硬如铁。她无法承受日子的这种陈旧和腐烂。日子被她煮了之后养的小鬼也没有了食物。她的念头接近枯竭状态乃至停止思维，她就在每个砂器中掬一坨黄土。吃吧，土里有你们的食物。

高芙蓉和崽这一去一来就是五天，在这五天里他们要守着那一钵粥熬到高芙蓉回来。莫元良开始吞噬书页。阚氏挖灶土用井水过滤后将那一碗碗的灰水喝下。蕨根入土深，高芙蓉学着男人那样在山地上挖下一人深的山土，不舍得放弃一蒂蒂儿根脚部分从而导致她失去了挖更多蕨粉的机会。莫高世骧帮着母亲拣拾挖出来的蕨根，一根根的柴火棍样码得偘偘齐齐。肚饥了就生嚼，苦涩的淀粉味道让嘴蚌里包了一层银粉般的幻觉食物。七天下来高芙蓉挖到了五十斤蕨粉，回来的路上连人带蕨粉摔倒在路边布袋滚下了田塆。莫高世骧跟随母亲在起伏飘荡的踩踏得十分滑溜坚硬的金黄色土路上走着走着甩出了队伍，其他人也没办法搭把手将五十斤蕨粉扛起来，他们自己的蕨粉砸住了肩膀。她和崽落在山路上。她往水田里一窝水撻水喝时发现一窝透明无色如珍珠颗粒的癞蛤蟆卵，每一粒都有葡萄大小，里面有一蒂儿黑色的籽，她跕身将蛙卵捧起给莫高世骧吞下。杂草下游动着一堆黑色蝌蚪，高芙蓉捧起蝌蚪送到他嘴蚌前时莫高世骧却拒绝了。她朝自己嘴蚌灌进去。在田塆的犄角处又挖到四条黄鳝与两条泥鳅，黄鳝血割给莫高世骧喝下。割血后的黄鳝并没有死，游动着的泥鳅和鳝鱼被高芙蓉生吞下肚，高芙蓉用手拭去留在嘴角的淤泥，然后闭着嘴蚌好久一阵不张开，她感觉只要松开嘴蚌那些家伙还会从肚拐里钻出来。忽然瞥见草丛中有一窝闪闪亮亮的东西，直觉告诉她那是可以吃的。她趋前拨开辣蓼子，挤脱鱼腥菜，在小泉眼前一堆长方形的蛋有如一枚枚山蚕茧忽闪闪躺在压扁的鹅肠草上面。高芙蓉伸手捉起一枚放到嘴蚌前捏破，一条鲜亮的小蛇沿着手掌滑了下来。

她惊呼一声眼前发黑瘫化在地，旁边的莫高世骧见状箭步上前拍打已经两眼翻白的阿嫲。他不晓儿发生了什么，坐在母亲身边一直等她苏醒。他捡起那条一尺余长冰凉的尚不能爬行的软糯而漆红的鲜嫩小蛇在手上玩了很久很久，然后捏着蛇的尾巴，仰头，缓缓送进嘴里。高芙蓉挖回来的蕨粉可供家里吃砲天，半个月后再上山去挖第二波时神屋洞所有辖地都被掘地三尺，再也找不着一块可以挖到蕨根的地方。他们碰到放山的队伍说，野猪，麂子，野兔，锦鸡，竹鼠，蜥蜴和蛇类，在畜生们的扫荡之下已经绝种。围子里的牲口无一躲过饥饿的清洗。一开始牛马的主人还让它熬着，当人没得吃的时候牛马就变成人类食物的首选对象，那些孔雀也被一一宰杀。药房先生不禁摇头惋惜。

"美丽在饥饿面前一文不值。"

"尽管平时它也治愈我们的眼睛，滋养我们荒芜的内心。"

"它们再不会欺负我屋邸条嫩牛犊了。"

"话真体，孔雀哉毋好吃。"

初冬十月中旬，高芙蓉从山上带回来一种白爽爽的跟蕨根粉极为相似叫作观音土的泥巴，每当她肚子里有一千条水蛭叮咬的时候就吃一把这种银色的土。随后肚子里沉了铅块样肿胀，腹痛，便秘，绞痛使她无法直立，无法再挖下去，时不时昏厥倒地。回围子里后药房先生说一切都平安无事，然后让她喝老坛酸水，吃泻药，可观音土不是寻常食物，它是土，矿粉，跟泻药根本不发生作用，泻不出来。他们只得用手指一点一点从屁眼里抠出来，吃进去是白爽爽的，抠出来还是白爽爽的，带着血丝。饥饿仍在继续侵袭，蔓延，观音土仍然是很多人的食物，一些无法忍受铅块重压和便秘痛苦的人抓破了肚皮把肠子拉出来，那肠子铁棍样粗硬，就在家人帮他剪破肠子理出香蕉般一节一节的观音土的同时人也永远死去了。早先从围子逃出去的一些人在盛冬时节又回到了围子里，他们没有能力逃出饥饿的包围圈，一路上都在死人。围子里也在这种疯狂的饥饿包围圈缩小之际有人死去。刚开始还有力气挖地埋人，弄副火板子将就埋了，后来连挖土的力气也没有了，最后连抬出围子的力气也没有了，在家里任意一个角落歪倒死去。这种恶臭在围子里扩散时药房先生跟莫正泽建议必须处理，如若不处理，死尸腐烂最终会加剧演变成另一场瘟疫。一支清尸队伍终于组建完毕，他们把死尸拘进江里，死一个拘一个，即将要死和昏迷的但还没有断气的也都拘进了江里。可是最后连抬到河唇头的力气也没有了，只得就近在水稻田里浅埋。当饥馑年辰过后他们从雪亮的水稻田里犁出了人类的骸骨和骷髅。清尸计划实施得并不长久，因组织成员的缺失而解散。接着，尽管遭到所有人反对，他们还是在围子的空地上不得不开始了让他们难以接受的遗体焚烧计划。各家储备的柴火木头不到一月烧完，可死尸还在继续堆积。夏季的尸臭弥漫在整个围子里浓稠得钻不进一只麻雀，老鸱和兀鹫站在围子的屋檐上落不进来。一切闻之令人作呕，他们不得不抬出金丝楠木床和衣柜以及床头柜，黄金樟茶台，檀木桌椅，红豆杉板凳马扎，花梨木碗柜，酸枝多宝阁，这些来自缅甸，老挝，印度和印度尼西亚，乃至非洲的木头家什被付之一炬，而后谷仓木板，风谷车，犁具上的木结构和门板，付之一炬。莫大康的孙子莫恭翰带领一俩年轻人走出莫家围，老通掌挡住他们的去路，"家眷和老人谁管？""反正是死，"莫恭翰硬着颈项俨然一副未来嗣子的口味说，"不如走出去吃餐饱个。"老通掌告诉他这是灶土里刨地虫婆，没可能。这个时候为一粒米都打死人你们到哪里去偷去抢？他们带着怒火推开老通掌决绝地离开了渐底下。就在他们抵达车站终于等来一班列车进站蜂拥上前想要搭火车时，车门打开的刹那令他们止步，令他们打心底里开始绝望。火车停留一分钟车门自动关上，汽笛长鸣一声缓缓驶离站台。"门里面没有一个活物。"这一切令他们失魂落魄地重新返回。腊月和来年开春还没有来，也就是说最严峻的时刻尚未到来，而能够吃的草，树皮，动物都吃完了。"最后一茬还有冬笋。"这是他们绝望中唯一的期盼。那漫山遍野的竹林将成为他们腊月来临时最后的救命之物。本该到了冬笋出土的季节却没有看到冬笋冒出地表，他们挖开土看时发觉鼠类提前打洞将冬笋吃掉。这些流动的老鼠从一个地区吃到另一个地区却逮不住它们。莫锡良苦于连作诱惑的食物都找不到。终于，他用套索和铗子逮住一只，他将老鼠作诱饵想套蛇，第二天去取的时候发觉老鼠已经被自己的同类吃掉，只剩些带血的皮毛。

莫元良口里衔了一块马口铁，从地洞里走出来。

就在这年腊月来临的这一曤下旰。

一群大雁从他的头顶飞过，一下排成一字，一下排成人字。它们的叫声花瓣样一片片落下来，有如一场盛大葬礼上的花雨堆积在他们身上。莫元良一个野人样站在众人中间，她上去挤到他，抚摸着他松针般扎人的须髯和板结的鬏发。

"元良啊，"高芙蓉泪水涟涟，"我快撑毋下去了。"

"对不起，蓉蓉。"

莫元良趋步上前挤到妻子，把马口铁嚼子放到枯黄拉瘦的高芙蓉嘴里，让她也尝一尝那冰凉的铁产生的味道，然后依次给家里人都吃一遍，高芙蓉将马嚼子给逄母。逄母说人要跟畜生一样才能在这世上活下去，来，骧骧，你先嚼。莫高世骧跑到逢母身边，把那块银儿样发亮的铁放进嘴里，他的眼睛立即亮堂起来。

"清甜。"

"我喝水，"逢母把铁嚼子递给莫安妮，"来，每个人都嚼一回。"

莫安妮把马口铁又塞进高芙蓉嘴里，高芙蓉让阚氏先尝。可是第二晡这块铁却不翼而飞，有人半夜从莫高世骧的嘴里偷走了它。他们听说莫元良有一块神奇的用以充饥的铁，这块铁后来在莫恭翰的肚子里发现，他将整块铁吞进肚子此刻正在床上打滚。药房先生只得开膛破肚将它取出拘进了尿桶。一切都平安无事，如果铁可以救你的命，都去吃铁算了。可是莫恭翰的娈人立即又捡出来擦了擦放进嘴里窸窸窣窣津津有味地嚼着。

莫元良通过老通掌莫正泽和药房先生召集围子里还活着的百余人男丁，他说最后一波粮食还没有完全过去，但也快过去了，我们要抓紧时间。大侪家听到粮食两个字后如痴如醉，莫元良说我们分成三组，在岣嵝山最近的山顶上准备好柴火堆，天一黑就点起来。每个人手里挈一样东西，扫帚，铁铲，勾耙，竹竿，绳索，箩筐，总之，随便莫子都可以。大侪按照他的吩咐去做，天黑下来之前他们爬到了山顶择一块光秃的地方堆上柴火，再在周围砍伐灌木待用。莫元良发现，尽管已经进入寒冬季节，山顶的桔梗却开得异常妖冶，那紫蓝色的花朵和蓝花楹极为相似。天完全黑下来三个相隔很远的山头火光冲天，同时点燃起来。在山顶的人仍然不晓儿莫元良要干什么，他们望着夜幕上镶嵌着的那些眨眼的顽皮而惨淡的星星说，天上可以掉下来呷个？另一个说，只有一窝一窝的白星子，你呷吗？又有人说，莫烂牙骹，认真听。在这寒冷侵衣的正冬十一月下旬漆黑的夜晚除了火苗的哧啦声大家完全听不见任何别的声音，可几下过后他们听到远处空旷的山谷里传来鸟的叫声，而且那声音越来越近。他们紧张得发抖。那真是鸟的叫声，那是肉在往这边趄来。不但山谷，河洞里也传来大雁，鹳鸟，蓑羽鸟的叫声，它们一齐往山顶的火堆趄来。当他们往头顶看时发现已经有大鸟趄到了火焰的上头。巨大的鸟翼和白色的腹部就在他们头顶闪动，不晓儿谁擎起竹竿早就照着那鸟的颈嗓上打去。大鸟扑棱一斜就从空中掉落下来落到火堆旁的灌木丛里，几人扔下手里的武器立刻扑过去。有人喊，捉到了，捉到了，捉到了。娘卖麻胝，莫元良说，莫搞出声响，觑头起。他们举头，火焰的上方夹带着兴奋密集地出现了鸟的踪迹。在这漆黑的夜晚，鸟变得那么笨，飞得那么慢，那些扫帚，铁铲，勾耙和竹竿在它们任意一条飞行的轨迹上划动就将它们扫落下来重重地摔倒在地。每一次扑棱一声都令他们精神倍增，血脊上涌，直到下半夜天空中再也没有一只鸟出现，他们才开始清理战场。他们仿佛站在了欲仙欲死的鸟肉堆上。当他们回到渐底下浓墨般的群山之后有了一抹雪亮而渐趋强烈的晨曦，幕间挂着一两颗胖星星。空气透亮如水，一个罕见的令人神清气爽的早晨。

"甜丝丝个。"

莫元良用鼻息吸纳着水墨氤氲出来的两段地平线。

围子里的空地上有几百只鸟，最大的是天鹅。清点过后天鹅八十只，大雁两百零一只，鸢鹰，鹳鸟和白鹭这些一斤以上的鸟不计其数，还有一些根本叫不出名字的鸟，也从来没见过，而一只天鹅足足有三十斤，翼展超过了人双手展开的宽度。家家户户开始烧水揎毛，围子里下了场大雹雪样各色羽毛堆积成山的形状。去毛过后——过秤得鸟肉三千斤。满身绒羽的莫元良令族人搬出腊肉坛子，装进去，由人持枪看护。当昼先称出二百斤在院子里架起一排大锅炖起来。肉的香味飘出了围子，飘过河洞到了河对岸，跟着香气而动的饥民过桥往围子这边拢来。他们闭上双眼用鼻子狗一样在空气中猛然吸气犹似每一次吸进去的都是食物。终于，围子口前的空地和田野里都填满了饥民。有的抬着担架过来躺在人堆里仿佛只要听到鸟肉的香气就能填饱肚子。那些爬上大枫杨，凤尾竹，梧桐，芭蕉树的人是因为他们偷偷发现了地势越高越能听到从围子里飘荡出来的香气。竹子上的人弯下来摔倒在地他们又重新爬上去。从枫杨上接连摔下来因伤势过重而当场死去也在所不惜。他们像蚁巢中遇袭蚁群层层叠叠堆垛成块状然后被大风一块一块撕裂而跌落下来，芭蕉树则不堪重负被压得稀烂如同压烂了一头畜生。莫元良站在碉楼上往下看去，围子口外人山人海在攒动，托钵僧人和带着一群崽女的黄孺人在外围，风雨桥上的饥民还在源源不断地过来。这三千斤鸟肉散出去，不够他们一餐，他是把肉散出去大家吃一顿，还是先保住围子里的人的命？这令他十分愁火。

围子里的鸟肉已然炖熟，揭开锅的刹那每个人都可以舀一碗汤，分一碗肉。药房先生喝掉汤，肉吃到一半时噗啦一下全部吐了出来。一部分又被他用菜碗截住，吐在地板上的汤汁和鸟肉，他又趴在地上全部舔舐爽净，再将碗里的吃下去，全部吃完又吐了出来，他再一次又全部吃下去。他嘿嘿一笑，太久没沾油水，反胃。其他人也出现这种情况，他们的胃已经不能适应这样饱含油脂和香甜完美的鸟肉。莫元良站在围子里的封肉坛子上同大家说他要开朝门把肉分出去。立即有人连滚带爬扑上去捞到封肉坛子，死死地箍住，号哭一片。莫元良说那口前有我们的亲人，我们不能看着他们饿死。药房先生说分出去我们就死了。余众跟着喊分出去我们就死了。莫元良说要活大伙一起活，要死一起死。逄母说我喝水。高芙蓉也不知所措，哭得很伤心。莫元良说我们还可以再上山去打鸟，我们还能打到更多的鸟，我们还要叫他们一起去打鸟。

"地道，就是这个味。"老通掌走出人群，他的眼睛有些湿亮，说，"要不，莫家围这碗肉汤也毋香啰。"

这时，大家才顺从了莫元良的话。其实他心里清白，能够打鸟的时间已经不多，能不能活下去都要老天爷说了算，他也是拽子打算盘，矮子爬高跷，走一步算一步。渐底下莫家围的三重朝门徐徐打开，持枪的走在前面，后面跟着数十口大锅。莫正泽颤巍巍地站在朝门前，看着下面耸动而慢慢安静下来的人群说，乡曲们，莫家围有幸得到这些从天而降的肉，是天不想饿死我们，今哺，我们架起大锅，大伙茹鸟崽戴，喝鸟崽汤，茹饱了，年轻有力的洞丁，一齐上山打鸟。人群中发出乌拉乌拉的震天喊声。高芙蓉和莫元良在这声浪当中去觅黄孺人，黄孺人远远地眽到自己个女和女婿跳动着向她走来激动得险些晕了过去。莫元良跳过地上的人堆扶住她，搀扶着往围子里去，迎进屋邸，与逄孺人他们合于一处，再去锅里舀了肉汤来。围子口前已经架起五十口大锅，每口锅里下水二百斤，拘一只天鹅。从那锅里慢慢散发出来的香气浸淫了整条河洞。他舀了一大钵天鹅肉汤走到坐在地上诵经拧珠子的真空和妙空法师面前，莫元良说你们这是在给饿死的人超度吗？他们异口同声说，阿弥陀佛。妙空法师欲要接过莫元良手中的肉汤，莫元良随手从路边的臭牡丹上抓下一把粉色针管状花萼掏进碗里，对这帮蒇视今世的人说你们是吃锅边菜呢，还是将这只天鹅也度了？真空法师说阿弥陀佛，罪过罪过。莫元良说别阿弥陀佛了，假如没有人，你们还阿什么呢？释迦牟尼的教义本来好好的，后来的这些教条都是你们谶编瞎造出来的。真空和妙空法师说阿弥陀佛，不慧受教，受教。他想起自己死在空王寺的弟弟莫幼良，若果不是亡国亡种受尽欺凌我们做莫个去流血拼命，幼良，你好幼稚啊。莫元良给真空和妙空的钵子里灌满了肉汤看着他们吃完才离去，他们长期吃素，竟然没有像药房先生那样呕吐出来。莫元良自言自语道饥饿是所有哲学的导师。

"这个饥饿就是肉身，此刻它是唯一的。"

"救赎做不到的饥饿做到了。"

他们要是能把这真理的食物喂到百姓身上多好啊，可他们还是靠着百姓来喂养。就在莫元良替六弟难过一番后准备离开时真空老和尚突然从喉咙里滤出一股血水随即倒地，当场气绝身亡。妙空看着莫元良，莫元良也看着他，两人眼神里均空洞无物。饥荒这年，空王寺的僧众大部分被饿死，而度过饥荒后从这座寺庙里传出饥荒是因着莫家围的白婆婆养小鬼所导致，那些小鬼招来更多的鬼亲戚干扰到了正常人的生活。于是，更多的人跑去空王寺烧香拜佛捐献钱财以求保佑自身和家人平安不被鬼魂侵扰。空王寺的香火再度旺盛起来，每年三月十九，六月十九，九月十九为得头香可谓人山人海，而这时的白婆婆被神壐洞的人视作人人敬而远之的鬼婆。

"伊身边有那么多觑毋见个小伙伴。"

"太可怕了，它们都吃莫子？"

"听到讲是黄泥巴。"

自从莫家围大锅炖鸟肉之后年轻的洞丁回到越城岭山脉上，

每到夜晚就在山顶上升起篝火，整个腊月上旬他们都打到很多鸟，中旬过后鸟类逐渐稀少，半个月过去后便不再有鸟迁徙过境，漆黑的天空连一片羽毛也不曾再有。这些鸟肉可以撑到年那边，然而饥饿还是在威胁他们。开春过后仍然没有粮食，没有谷种发秧。地委派粮站下发谷种，均种早稻，六月里即可收谷。农户将谷种吃了，而领到谷种的一些农户因没有劳动力无法下种，牛被吃掉了，也只能靠人工挖地，勉强下种的稻田也很不理想。在这漫长的几个月里只能种上南瓜，冬瓜，黄瓜，丝瓜，葫芦这些葫芦科蔬菜，非种子块茎植物如马铃薯，红薯和苞谷便无法栽培。好在开春后春笋冒出来，自家竹林的笋子每根都有好几斤，吃不完的可以腌制起来，山上的蘑菇也在疯狂生长，可以此充饥。莫家围撑过了桐夏梅溽，可饥荒还在深度恶化，老通掌莫正泽饿死。药房先生看了，是吃了鬼伞菌中毒而死。莫元良抹上了他的眼睛，为他在围子附近选了一块地草草埋下，打算等饥荒过后再迁葬莫氏祖山。药房先生每日里就吃些围子里的芍药花，芍药花吃完一遍，再到围子口前的山里去找金樱子藤梨的花儿吃。蕨类植物的嫩苗，茶藨，地榴榴，牛蒡根，地茯苓，任何一种植物可以吃的部分都被吃光，蝼蛄，葛藤和沙土中的幼虫都没有放过。一曛，逢母从茅厮中捞上来一大盆带着一股焦灼的屎臭蛆，她在河唇头用棕皮冲洗了七八遍，摘了绿蒿叶子放进盆里凉在屋邸过夜。第二晡再用清水浧三次锅炒屋子里立即散发出浓浓的香气。她率先尝了两条说香，然后端出来让大侪家茹。莫高世骧说他毋茹。逢母说毋呷就要饿死，呷吧。莫元良带头吃，大侪才吃起来。阚氏捉回来三条青白色的肥腆可爱的猪崽虫，它们比食指还粗壮，圆滚多肉。逢母说猪崽虫要用瓦磕皮煏燠，或者用南瓜叶包好放在火边煨熟才香哩。高芙蓉从围子里捡回来一块青瓦，清洗过后凹面朝上，下面烧起小火，待火势清纯之后将猪崽虫放在瓦碴皮上一条一条煬，油滋滋地散发出肉的天香。大侉闭上眼一棵聚头蓟样围着青瓦任由那股香气钻进鼻子然后猛力翕动鼻翼吸食空气中的肉吸进心底直到那条猪崽虫被烤焦气味变苦之前一刻再挑起来扔进火堆变成一朵铜色的火苗而释放出最后一阵焦香味。这个办法发明后，蜗牛，鼻涕虫，白土蚕，蛔虫，蝼蛄，鼠妇，蜈蚣，蜘蛛，千脚虫和蛾子全部进入了吃的范畴。

"它们为莫子要长得那么丑。"

"这和填饱肚子有关系吗？"

"田磡头的鱼腥草连芽芽都觅毋到啦。"

他们只能靠听气味满足对食物的需求。在整个春季他们吃得最爽的食物也仅仅是腐婢叶衣和灶土打出来的神仙豆腐。莫伺其和小月薰各自带着孩子用水壶装了石子摇晃吸引夜幕下投来的知了，白曦则用布满厚厚波丝的长柄竹篾圈黏捕。一只知了没有黏稳当，丢了一侧翼甲飞出几步远掉落在地，小月薰追过去用手去捉时被莫伺其一脚踩在脚下连带小月薰的手。她想抽手，莫伺其又加大了力气踩住。直到噗呲一下，那只蝉科昆虫在小月薰手下胸碎，它的铙钹和响板发出的囊鸣龟缩到鞋底下。莫伺其冷悠悠地说了一句"倭子婆儿"才松脚。尽管逢孺人已经教训过她，但她对自己的丧子之痛无法永远压抑，那日积月累的幽恸不是在夜间睡梦中爆发就是在数孩子时候突然降临。她晓儿那个未出肚的孩子的死跟嫂子小月薰没有丝毫关联，却压制不了自己的偏见。当她松开脚，小月薰起身弯腰向她行礼并"嗨"了一声，然后才再次俯身小心翼翼地捡起被压碎的知了细心拍了拍吹了吹沙土喂到孩子的嘴里时她感到噁心般疼痛。在缺油缺盐炙烤昆虫的那些日子里逢母仰卧在罗汉榻上肆意用想象给他们带来肉的冥想，她毫不负责任地重复一个或许曾流传在此地的故事。过去，在我们这里有一种动物，每曝可以在它身上割下来一块戴，第二晡又长出来，想吃戴了就在它身上割一块下来。大伃躺在地上，任由这个故事带到戴的世界去。

"啊，这种动物叫莫子？"

"一种可能的肉。"

逢母毫无保留地告诉了他们。然而越想越饿，胃中像有蝎子蚰蜒噬咬，出现一个个被节肢动物肆意攻击过后变成腐质的痛点和窟子。长久的饥饿使他们对饿的袭击显得脆弱不堪，而不是更加耐饥。蓉蓉几度昏厥过去，凭靠那长得跟心肺一般形状的蒲葵嫩粒子充饥才拖着一口气，芭蕉树苑每新长一寸就被割下。每时每刻都觉得眼冒金星，手脚发抖柔软得抽掉了骨头。每曝只有几枚竹叶心充饥。上天就要我走到这里了，再也无路可走。然而逢母绝不允许他们说这等丧气的话，她不得不又将可能的肉重复一遍。围子里剩下的人也不多了。莫元良到河唇头捡了几块鹅卵石回来用力摩擦，给这屋子里擦出一股奇异的香气。再在锅里煮了一锅石头，加青盐煮透，一人带一枚鹅卵石饿了就在上面舔一舔。胃部痉挛的时候靠从白色石头摩擦发出的浓郁的阳光香气以及舔舐石头那冰冷的咸味充饥。他那听到怪味冒苦水的毛病竟然一去不复返了，连鞋油的气味都那么清香，仿佛醒脑剂一般清凉。他用力擦撞着鸵蛋和羊肝大小的两只石头，当它们芬芳四溢时便猎狗样用鼻子在上面嗅。但那稀薄的食物终究不能果腹，只得躺下。所有人想说话的时候睁开眼睛说，如此则连张开嘴蚌的力气都省去了，而眼睛平时都闭着。他们很快发觉睁开眼睛饥饿感来得更快，乃至看到别人的饥饿也能精确传染和复制到自己身上。蓉蓉的气息十分微弱，嘴唇干燥，腹部水肿。她一再叮嘱莫元良不要伤心，语言中流露出无限的哀婉和温情。她感谢他陪她走了这么久，这生世她知足了，唯一放心不下的是他们的崽。好鲜照顾骧骧。莫元良握住她的手不敢作声，他怕一开口无法忍住自己的悲恸，只是用双手捂住她原本细糯柔软而现在变得干硬的手，眼看着妻子即将撒手人寰。是这个人呵护自己度过人生中最艰难的时刻。他俯身深深地吻了妻子枯槁而渐趋冰碴子似的手背后掣一只碗走到围子里，席地而坐，阳光如一条汲水的波斯地毯垫在屁股下。有那么一刹那，他又觉得这绚烂如花朵的阳光有如洁白的谷芽即将滴出糖来。他拿出瓷碗盛满一碗碗太阳的分泌物，自己喝一碗，再接一碗。你们也喝吧，他举碗道，太阳不会把我们饿死绝了。

"一碗抵二两白米饭嘎。"

你望着那有如合金的阳光梭子般斜杀下来叮叮咚咚插满周身，并将碗钉在地上。

"我喝水。"

逢母端了一碗水过来，坐到他身边。她并指捏诀对着水画符之后让他喝掉。莫元良恍惚间看着自己的母亲却无力启动嘴蚌。事实上，逢母一直在喝水，她不停地跟人说肚膪了喝碗水。她以那画过符的水充饥而别人却怎么也做不到。一碗清水进肚犹如刀绞一般剧痛，嫛滴滴，四肢发软，好比有一万条恶犬在扑向喝进肚子里的水。"因此，水是毒药。"尝试几次之后，他不再天真地认为水可以充当充饥的食物。唯有逢氏，他的母亲以水奇迹般度过了整个饥馑年辰。正是莫元良吃光的那天晌午，围子里的事物刹那间镀上一瓢奇异的油彩。莫元良抬头望去，太阳异常冷静而坚硬，四周镶嵌一道道彩环，反过来打量着他，一艘在天上循环的冥船，收走了那些饿死的人，也将收走还活着的我们。

"在光明的创造者流血的地方。"

"从空中射下最早的光。"

"它们琥珀样流下来。"

他又黐筋咧，药房先生毫不怀疑自己的判断。这时莫元良清晰地听到围子里传来一声绿色的轰鸣般的啼叫，穿过层层厚实的空气钻透了他的耳朵，一对燕子蹁跹飞入围子进入屋檐下的旧巢。他豁然开朗，鸟儿迁徙过后还会回来，那么，意味着天上还会有大量的肉经过，是的，它们度过冬天后还会回来。你如此自信，仿佛一下子有了重生的力气。

你站起来，那只碗从手上掉下来哐啷一声落地。

一只受伤的多肢体动物迅速觅到药房先生同他说肉。药房先生以为他又变成了神经癫子，莫元良不得不违背原本在饥馑年辰时保持的语言法则，同时用手一指说了五个字：鸟又回来了。这次是从南方往北方去的，药房先生霎时识懂。他老泪纵横上前一把搂住莫元良说我去觅人。是信心让他迅速变得重新坚强，行动迅速。黑曦，围子里还能走动的阿孀跟着男人家和莫元良药房先生一傰人上了岣嵝山。他们在山顶上生起篝火等待天上的肉飞过。天空中除了春季晶莹的夜幕上那些闪亮的小洞窟而外一只鸟都没有，空气中散发出死亡的气息。第一曦他们一无所获，接下来的几曦仍然如此。莫元良以为可能是时间不对，鸟儿迁徙过境的时候还没到，可接下来的半个月仍然如此。当他觑见河洞中的开阔水域突然出现大量鸟群时他似乎明白了，去年冬天他们将黑曦迁徙过境的鸟打完了，现阵只剩下当昼迁徙的鸟类，而这些鸟他们已经没有任何力气去捕捉它们，只能眼睁睁地看着它们在那里游弋，短暂驻留，然后振翅于飞。他们只恨自己没有长翼甲跟随它们一起趋走，他们所需要的救命的肉就这样沿着惯有的鸟道离他们而去。"我们杀掉的鸟太多了，"药房先生无法掩饰自己的绝望，但他又想安慰眼门前的莫元良，"它们已经选择了别的路。""你说得对，"莫元良无力撩开那两皮瓦碴般沉重的眼帘，"那些鸟得有多恨我们呐。"这一波骚动带来了反杀，围子里又死去一大伙人。反复上山消耗了他们所剩无几的体能，一些人因失落而跌入绝望，因绝望而加速自我意志的溃败。死亡巨鳄一只口袋样向他们所有人张开了吞噬之口。莫元良也不再到围子里吃光，他躺在卧榻之上强迫自己驯服那些起起伏伏蠕动的念头而释释然然等待死亡的降临。

已经记不清是哪曦上旰，围子里来了一位生人。手上拎了一袋子东西一边打听一边走进莫元良屋邸。见着莫元良后扑通一声跪在地上说他阿爸要他将这点腰腊送到莫家围的大少爷手里。随之又向莫元良磕起头来。那袋子沉甸甸的圆鼓鼓的如牛屁股。怎么能挚这么多。只有砣斤。你阿爸身体贱旺吗？前几天过世了，倒床前还念叨这袋袋米。也是饿死个？来者没有搭莫元良的话磕完头起来转身就走。莫元良送他到朝门口扶住门廊看着离去的在抹眼泪的背影，半路他又转过身来对着莫元良行礼说了一句感激的话才最终离去。

"难谓你。"

很多年前经过枫木坳，蒋家救下了卫臻，后来说去拜谢的也一直没有去成，可蒋家还惦记着那一块花边的事情。蒋家公子说三千界一带的竹子成片成片咸开花死了，结出了米。这是他阿爸一粒粒摘下的，攒起来的。他说要不是当年他给他留下一块花边他这新姅也娶不上，蒋家十代单传一根香火吊着差蒂蒂儿就断了。莫元良的眼睛有些酸楚，湿润。他意识到自己有悲便停住不多想，转身回去洗刷已经长满浅白色霉斑的鼎锅，劈了几片薄薄的松膏将灶火点燃。他往锅里加了半勺水然后在灶台上的鼎锅旁打开米袋，一缕洁白的清香钻进心窝。伸手进去，清清凉凉的将他的手紧紧裹住，这无疑是世上最美好的粮食发出来的清凉。抓了一把，松开，又抓起一把握住倾斜手掌，米粒便变成一条白线。直至手掌里的劲道松弛他翻开手掌朝上捏起一粒米在眼前细细看了个遍。有点像蚁蛋，他嘟囔了一声。米粒轻轻放到鼎里，直到触到水时才松手。如是反复，七颗米依次放进鼎锅当中。米粒在清水下面犹如天幕上的粒粒星辰。其余的再放回布袋扎好。莫元良投进去一只充当盐分的螺蛳。他盖上鼎盖，跕身吹火。一炉硬柴火过后用火蚀继续煤，直到火蚀灭去。一小碗稍有混浊的清水端到高芙蓉面前。两餐过后，高芙蓉竟然好转起来。高芙蓉承认世上最香最甜的还是米饭，比什么都好吃。她想送一斤过去给她的母亲。那边人多，挈两斤，剩下的留在围子里，大侪拌野菜瓜果还能坚持个砣天半月。莫元良舀了两筒倒进布袋系好，随之又打开抓了一把放进去重新扎好准备递给妻子。高芙蓉在镜子前梳理头发拣拾东西并换了一身衣裳。

"元良，你觑我一眼。"

"清瘦了嘎，瘦膏咾。"

莫元良打量起眼前的妻子，气韵底子还在，被饥饿夺去的那部分他也能用想象填补起来。那是自然的，高芙蓉嫣然一笑上前拥抱丈夫，又跟儿子莫高世骧亲了亲额头道别。莫高世骧带着几分羞涩去摸额头上被母亲干燥的嘴唇刺疼的地方。在他的记忆深处他甚至后悔下意识地去抹掉母亲留下的唌水，母亲滚焕刺人的嘴蚌永远印在了他心灵深处仿佛开春时节杜鹃的啼血。高芙蓉摸摸儿子的头皮扭身挈起竹米去了神垕洞街埧。剩下的米莫元良打算在围子煮粥，每次放一斤煮一大锅，车前，茵陈蒿，马齿苋，荠菜，千里光，虎杖，红牛膝，鼻涕木，以及藤蔓植物的果实根茎全部往里面放，犹如煮猪潲。围子里出来茹饭的老老少少只有四十来人，莫元良同药房先生说人都没了。药房先生说不是死了就是去别地讨生活去了。这一年来，连个怀孩子的妛人都冇儿，但愿一切都平安无事。他看了一眼莫元良又惝惶地赶紧起开。高芙蓉去黄孺人家好几瞩都没有回来。莫元良去黄孺人处览，岳母说当瞩黑里就回去了的。末了，她又说有封信给你。莫元良接过信封撕开一看里面半笺土纸写道：

　　　　元良，我走了。地洞里蔽到一坛肉，不到万不得已不要开坛。切记。保重。保重。

　　黄孺人问去哪迓了。莫元良说走了。黄孺人立即哭起来。我个妛啊，你怎么这么佸，再熬一熬就过去嘎。莫元良安慰了一番岳母后回到了莫家围。他走上风雨桥站在桥中间回廊的折子处，浩浩荡荡的江水依旧向前爬行。先人们初到这里还在河里脚踏乌龟活捉猪婆龙，尽管现在的河唇头再也看不见猪婆龙了，但河洞依然还是那条河洞。一千五百年来是这条河洞滋养了莫家，而这场饥荒却将莫家围打得稀巴烂。唯有两岸蜋蜋虫的鸣叫声盛大如潮水般汹涌年复一年没有变过。小时候听是这个味，现在听也还是这个味。人生忽晚，旋即已是百年身，转头便成彼岸花。这桥也堪比奈何桥，这滔滔江水也好比忘川，黄泉路，

448

望乡台。他自感再也熬不下去了。没有她他在水缸里的日子一天也熬不下去，现阵熬出来了癫狂而荒诞的运动也过去了，这场前所未有的饥饿却将他们一一夺走，那个莫家围再也不存在了。每每站在这高处就有一股要往下跳的冲动，那里有一股食欲极强的销魂摄魄的吸引力在将他往那里牵引。十多岁那年，自己趁夜从这条河上逃走，现阵想起来觉得好笑，他还是恐惧，害怕结果，坐在水缸里同样是这样一种想法，自己为了什么打了这么多仗死了这么多人？值不值？夏堃书记，高知洞，郝队长，苟波，秀孃，老谭头，包括莫孝廉，黄丹葵等等都在这场巨大的旋涡中灰飞烟灭，还有自己的两个弟弟，乃至父亲。莫家围的彻底垮掉令你痛。这是你的家，你就是从那里成长起来的。现阵蓉蓉的死更令你心如刀绞，那是你唯一可以摸得着看得见的爱，他们都被自己所谓的真理摧毁了。眼下你要如何将这个消息告诉逄母和莫高世骧？他决定什么也不说，就说在娘家待着了。"真难谓伊哩，这年色在哪达待着都讨人嫌啦。"逄母搂起她的黑色砂器，清点里面新养的小鬼，自言自语道，"小可怜，婆婆给你们觅对象。"

就在他离开风雨桥的当口，一个形色枯槁一袭黑衣的人尾随他而至，快要接近时攮在地上。手上要饭的酸菜钵儿也打碎在地。他上前扶住他。来者竟然是莫赞良。在此之前他从事着世界上罕见的只在太阳下山以后进行的职业，饥饿还是将他从夜色中逼出，进行他最后的复仇。"给口水喝。"当他说出这句话后没想到眼前的人是莫元良。当他们四目相对时莫元良才感觉昔日枪伤的轨迹在身体里重新燃起两道闪电，阵阵灼痛。对方眼睛里没有任何油水，但慢慢渗透出迟钝的绝望之情。

"我想死到围子里。"

他转念一想说道。莫元良扶起他，那具身架子轻飘飘的一如败絮，而他却打了一个趔趄险些攘倒。眼前的这个人，不管他对自己做过什么，他依然会想起马肠响之夜游击队成立之初寄宿银矿厂时帮他渡过的那一劫。莫赞良踏进屋邸的那一刻立即明白自家的屋邸空了，没人了，饿死绝了。近了内庭才觑见他不争气的儿子未来的嗣子继承人莫恭翰一人硬挺挺躺在宽板凳上正在啃食木头。他看到进来的人是自己的父亲便向他伸手说给蒂蒂吃的。他的父亲摇摇头。阿爸啊没有吃的，你归来做嘛，死到口外好得很。莫赞良自顾去缸里舀水，发现没水，又去井边。莫元良默然退出回屋舀了一瓯儿竹米回来放在厅屋的石凳上便悄然离去。莫赞良稍歇后才打量他离去之后的围子，太阳偏西正悬在半月形屋檐的一侧，围子充满了他不曾熟悉的那种森严和阴瀱。他转身进去看到了那一瓯儿竹米，莫恭翰正要生吃，被他喝住。记住，你是嗣子。都莫子时代了，莫恭翰以嘲弄的口气反问他阿爸，你是哪门活下来个？莫赞良脑海中闪过无数画面。枪击莫元良后他从人群中逃脱钻进他无比熟悉而热爱的群山之中，一脚往湘黔边界去了。他不得不在一僻远离人群昼伏夜行的特殊而古老的职业群体里艰难地存活了下来。

"赶尸。"他解下缠在头顶的黑巾盘说。

时间到了盛夏底，那几斤竹米也早已经吃完。天气突然变冷，下大雨，发洪水，本来快要成熟的早稻又开始返青，推迟了米下锅的时间。莫家围的人每曝靠着几枚青果子拖住性命。逢母一度饿晕了过去，莫元良不得不考虑地洞里的腊藏是否到了高芙蓉说的万不得已的时候。他走进地洞先去查看虚实。果然，有三个密封良好的坛子摆在地下书室里。坛子圈耳朵里的水还没有干枯，坛子盖上分别压着一块石头。那还是他从河唇头捞回来的。他打开前面的一坛伸手进去搣，出来一条细嫩的里脊肉，盐分渗透充分成蜡黄色。他盖上坛子掔上肉在厨房里烹制起来。先是洗尽，再切成薄片。没有油，索性开汤，煮过之后泌出几朵油花花。肉煮好后大侪家围拢，每人一块吃起来。

"釅香。"

莫高世骧叫嚷着说好吃。我喝水，逢母一如既往地说。末了又进一步解释说她老了，瘦藏茹毋动，是个帽牙匠。说完，还露出上颚只剩下一颗门牙的两扇光秃秃的粉红色牙床。这一坛子腌肉终于将他们送出六月残夏。莫高世骧想她阿嫲了吵着要去外婆家览，莫元良编造各种理由加以阻拦。莫高世骧哭闹不已，逢母说骧骧，来，婶婶给你讲个故事。逢母讲述了一个类似米诺斯迷宫的故事，尽管她从未知悉远在地中海的古希腊半岛上也有智者讲过这样一个类似的故事，两个故事的核心思想一致：困在迷宫中的是主人公的至亲。她说那个迷宫就是婶婶的黑砂器，逢母掔出一个黑色的砂罐，你搣搣，看里面有莫个？莫高世骧将手伸进去，可里面什么也没有，而他的手却全部进去了。这明明是一个浅显的坛子。逢母告诉他迷宫就是这般神奇，你看着它很浅可它却很深。

"深不可测，"逢母仿佛想起了这个家里每一次不明所以的消失，"失踪就是一个深不可测的坛子。"

夏秒六月底早稻勾头，架势有了新米。外地的米也陆续进入神垕。逢母等待新米揭锅的那天一个人吃下一升豆子外加八斤米，然后像头过年猪躺在罗汉床上纹丝不动，脑壳里却一直在嗡嗡作响，仿佛听到了血管里泉水的声响。她略带晕眩地搒到自己的肚子说，人的胃就是一皮棕想大就大想小就小。老药房先生却在这曤撑死了。他一个人吃八斤米，仍在被饥饿感吞

噬，他说我怎么还没撑死。又吃了八斤米。奇怪的是饥饿还在
他身体深处蔓延，他知道自己已经吃到极限，四肢僵直，心跳
鼓动着耳膜包围了眼前的事物。他又吃了两斤，盘在地上好比
吞了大象的蛇。他告诉家人饱的感觉真好。临走前叫孙崽喊来
莫元良。元良啊，一切都平安无事，有件事我要话去你，你娈
人走之前求我把她肢解了放到瓯儿里擂到。她的头，手脚掌和
肚里货全部在地下室另外的大瓯儿里，你去览到把她埋了。莫
元良一下瘫翻在地，头腔里轰的一下一个炸雷炸响。他用手去
抠自己的喉咙，抠得满嘴血污。莫安妮上前阻止。老药房先生
最后一口气说，元良伲啊，你莫要太难过毁了神元。

卷廿五

    莫旦良在华盛顿的寓所显得孤寂难耐。唯有每日里将带着各种气息的神屋在脑海里反复播放品味之后才能让自己变得清澈。可泉水不再清甜，再美味的黑松露酱和肉松也抵不过一小勺姜丝剁辣椒，他们用火将一切食物的鲜嫩香甜逼到极致方才下筷子，而这里什么都没有。他重复行动，周而复始。每天午睡结束后的同一时间坐在窗前空落落地凝视时光的物化，剥落。他原本同组织战场一样组织家庭事物的能力也丧失殆尽。平常日子，一帮逃到美利坚合众国的原国民党高官与他往来，偶尔也有拐弯抹角从香港，台湾等故土，或日本，巴西和东南亚以及阿拉伯世界过来的旧部。他们兴致昂扬地谈论过去那场以惨败告终的战争。这些散落在世界各地的残兵败将之所以出现是因为他们不认为他们已经失败。他们千里迢迢来到这里的目的只有一个，那就是秘密结社，集结力量，重新发动战争。他们要他向拿破仑学习，乃至以他们的致命对手毛和列宁为榜样。"我们还有机会，难道不是吗？"莫旦良看着他们闪烁着火焰的双眼，但他什么也不想说，无休止的争议充斥着客厅，语言激烈到令瓷器发出金戈铁马之声。他不得不捂着胸口站起来阻止这一切毫无目的地漫漶下去，他甚至从未预料到有一天他会如此厌倦他引以为豪的战争。既然已经抵达一切失败的终点，就没有什么可再失去的。

"难道你们要回去将土地重新从百姓手中夺回？"

"夺不回来了。"

"我们发动战争之初是为了什么？"

"三民主义吗？"

"不，就两样东西，你们自己和那片土地上生长出来的一切。"

"你们是在拯救吗？"

"不要忘了，你们统统都是在逃的战犯。"

他激怒了他们，或者相反，他们激怒了他。希望之火被全部浇灭，他们又各自撤回自己的安乐窝，变形金刚样在眼前瞬息消失。他们的迅速撤离恰可反证自己说的正是他们所需，根本不需要再发动一次铁血战争。而事实上根本不可能了，他拍了拍最后一位离开的原军区司令的肩膀说，太平洋西堤和喜马拉雅以东的那片大陆上至少有一千万兵力和十亿双眼睛在盯着我们，踩死我们一如踩死一只还未出生的蚂蚁。他突然感到自己像极了年迈的父亲，属于任意一种老人的那种父亲，一种生命年届暮晚的疲惫。苍冥四合，斯人独坐。时光悄无声息地在他身上掏东西，雪已经下满了半个内心。他在迷惘和痛苦中以坚韧无比的毅力连续发动了五百三十四次起义，指挥了一千八百零一场真正意义上的大规模作战，到头来成了一名头等战犯。到这一刻他才体会到那个连战犯都没有捞着的樋口大迁离开中国时的那种心情，无关成败，却是一场彻彻底底的徒劳。

"旦良，"逢兴在西太平洋宝岛东部最高山脉的半山腰上乘坐在狩猎专用铁轨的跑车上，一边瞄准着奔跑的猎物一边将电话打到了此后的十八年，"山里的野猪真多啊。"

"伟大的猎手，你要的猎物是什么呢，是野猪吗？"莫旦良一阵大笑之后干脆直截捅破电话那头的人，"松坡君，你我现在都是别人枪口下的猎物。"

砰的一声，他的枪脱靶了。

这番话的确败坏了逢兴狩猎的兴致。他再也没有了可供掩饰的余地，连舅亲这最后的一点余温也丧失殆尽。毫无疑问，他的无数个电话已经毁于一旦。莫旦良很清楚自己的下场，他回不去了，他就是那个他们不曾松懈一刻在追逐的猎物。他身上仍然背着代总统的使命，这是宪法赋予他的，而回去只能被囚禁或惨遭不测，不会再有比这更理想的结局，那么他又何必自投罗网。事实上，就是他想回去，照着他们需要的路径走下去，华盛顿方面也不会松手，在他们看来这是多么美妙的一手王牌。"回不去，走不脱，"他告诉朱氏，"我们是迷宫里的老鼠。"就在连续失眠十数年或许更多的一天下半夜恍惚中他耳朵里每到夜晚就搅动的蟑螂消失了。他看见中南半岛上北越向南越发动了最后的进攻。他的神垕在半岛的最北边但仍然听到了炮声。他华盛顿宅邸的卧榻在即将到来的反战抗议潮中四个床脚中的一个自动挪了位置。他从被窝里陡然坐起："对，回去，这是他唯一的道路。"他跳下床，打开灯，旋即又关掉，在书房里迅疾踱步，灵感外溢而喃喃自语。父亲说得对，如果力气足够大石子就会围绕地球旋转。接下来的数年间他将为此而密谋。不会有人理解他这样做的原因，而在他内心深处依然在回响的是最终决战四个字，不管大大小小，所有正在进行的战火都在他神光一瞥的棋局中进行着。最终，地球在被分割成红色和白色两种颜色与立场的紧要时刻他想回到那片生他养他的土地上去。是的，半截身子已经入土，如何总结这一生的时刻到了。他决定将这个天命带回大陆去，他要向全世界承认自己的失败。他重新回到床上香甜入梦，安安稳稳地睡够四十八个小时，蠲除一切杂念调整了自己的人生轨迹。从此之后，他隐姓埋名全身心沉浸到撰写自传的冥思当中而短暂忘却了天气暴变所带来的剧痛。每天清晨四点醒来，坐到书桌前拧亮台灯铺开稿纸。因为资料的匮乏他肆意用想象弥补那些捉摸不定兴许并不存在的细节的沟壑，战争除了最终的成败之外还有无数的细节乃至每一个人的行动路径和心理均有所不同，他要穷尽这些最真实的想法和他们走上战场的动机。他知道这一切是徒劳的，他只不过在打发时间沉浸在缅怀之中而已。然而一切都已经变得模糊不堪，原本栩栩如生的人物也变得像那片大陆上开败的花朵，事件的本质在各种繁杂的现象中被岁月的足音淹没，然而本质不就是本来就应该在那里的吗？在传记快要完成的时候他觉得自己不再是自己，也不是过往的历史上某位伟人的生平或一位英雄人物，更不像哪个作家笔下妙笔生花塑造的文学人物，最终他对自己撰写的传记散发出来的粗俗与潲水气难以容忍而付之一炬，他感到要认清自己是多么艰巨的事情。朱氏发现书房浓烟滚滚的时候手稿已经被火吞噬。

"那里面有我。"朱氏说。

"这样就不会痛苦，"他只淡淡地说，"我已经陪你一起葬身火海。"

他的痛苦之源概括起来无非是害怕遗忘，以及死亡。人的死亡方式有很多种，自我超度是其中一种。他长久以来建立起的自我形象尚未面世便这样消失了。因此而陷在自己建筑的错乱记忆迷宫中不能自拔。人生就是一个长句，我们在不同的切换景致的地方加了句读，在结束来临之前变得愈加迷乱，句子的意思和词语的推进是脱套的，按着两条轨道在奔跑。哪怕只是讲事实，过去了的事实也不再是此刻的事实，而此刻的事实更不是笔下的事实，笔下的事实与心中的事实又相距遥远扞格不入。直到那位青年史学家通过他的讲述辑录下的所谓口述史传记帮他带走了另一个自己。那个也绝不是真正的自己，他讲述的是记忆宫殿中的自己，讲述的是他曾经阅读他人的传记留下的依稀感动连接而成的自己。当然也包括他复制的很多身边的人。莫旦良彻底迷失在文字的歧义和记忆的岔路口，正在这时他接到高耀青打来的电话。

"槐花开了。"

他才把目光投向窗外，观看寓所前瀑布般倾泄的樱花树丛中唯一一棵挺拔的槐树。刚下过一场小雨，花朵凝结着露珠，满树晶莹，沉甸甸地耷拉在笔直有力而粗糙的阳光铠甲下。

"花总是要开的，"他本能地又一次包裹自己以及拒绝了她，"这有什么稀奇，让它们再回到种子里去。"

"中国的也开了吧，詹森先生。"

那头似问似答。也许这是最后一次看华盛顿的槐花了，它们开得那么恣意和鲜艳，他却没怎么留意。他马上就要启程，这个事情谁也不晓。他和一个叫作表哥的人单线联系，他在等他拯救他出去。高耀青这样说显然还是在试探他。他到华盛顿没过多久她便以"驻美大使馆"成员的名义从台湾来到美国。高耀青是他寓所来往异常密切的常客，可莫旦良对她的提防一刻也未曾松懈。她背后是逢兴在指使，想诱他回台湾去完成业已下野的总统的复位。他对逢兴的屈尊纡贵感到恼火，而更加恼火的是自己的舅舅逢兴还帮着退位的总统唆使自己回去，不仅如此，他还四处造谣说自己权欲熏心。如果是被要挟的他应该晓儿去台湾就是这样的下场，在战前这样的例子太多了，倒不如死在大陆或者跑到别的国家去。联邦调查局特工和台湾"大使馆"的人影如同午夜的公猫在他寓所附近浮现。华府换过多届总统，新任总统对他们在亚洲建立的第一个民主共和国再也无能为力。在朝鲜半岛和印度支那的战争中也节节失利，对他这位寄人篱下和过气的他国军政首领便不再那么关心，但他们也绝不会就此放他走。他每天都过着同样的生活，到晚近连报纸都不看，所有盯梢他的人对他这种铁一般的寡淡感到厌烦至极乃至多看他半眼都算青眼有加了。自从他接洽到要回大陆的信号之后他故意加强了这种寡淡，重复同一种节奏的生活和行为。每天下午三点钟出现在窗口右角，侧脸，令那帮家伙昏昏欲睡不能自拔，而他也借机回想一下自己在神垕洞和来美之前的人生。他每年申请去一趟欧洲，每年看三个国家又乖乖地回来，雷打不动。他深知唯有重复才能令他们丧失嗅觉和警惕，越简单的重复越有效，而雷霆的力量均来自于这丝毫不起眼的重复。水滴石穿，星火燎原，百寒成冰，这是他曾跟所有战士宣讲的人生格言，也是他在所有战争中学到的能够打败敌人的杀手锏。那些跟随和监视他的人由原来一架飞机座位全包到现在只剩下三五个，他们还要假装拖着沉重的行李箱又不让他脱离视线之外，而他，一只湿漉漉的风筝在大气流上奋力飞翔，飞得越高空气越稀薄，肉身也越发沉重不堪。他的唯一目的不过是要让那些监视他的尾巴们也劳累不堪，沉重不堪，从心理到肌肉记忆都纳入他所营造的一切。

重阳九月初，照例，他去欧洲旅行，前往阿尔卑斯山日内瓦湖畔的古德姆疗养院度假，看湖泊，爬雪山。飞机降落在苏黎世，他像往常一样打车去早早预订好的酒店。联邦调查局和台湾方面的尾巴一路尾随，一路上若即若离装着看风景，风景在他们眼里也变得跟盯梢一样若即若离真假难辨。第二天清早他将行李留在酒店前往疗养院，至中途又折回来拿行李，尾巴们跟着他回来，拿上行李后他又出城往阿尔卑斯山方向而去。他看清楚了联邦调查局的特工两名，台湾方面的特工四名。他们是两拨人。他住下之后现间洗完澡准备用餐，一位女士推着餐车进入房间，他转身一看，竟然是高耀青。

"你们终于要动手了？"

"我是表哥，"高耀青轻声说，"负责你离开的人。"

莫旦良不相信眼前的高耀青，她一直是逢兴的人。他略带愠色，那你讲什么槐花开了。高耀青说那是在测试你逃离的烈度。路上再和你解释，穿上衣服躲进餐车里来，里面有冰岛鳕鱼，西班牙火腿，随便吃一喙，我们现在的任务是立即赶赴机场。莫旦良惊讶于自己的这位同乡如此干练，严格说他还算她的姐夫，毕竟他和高芙蓉有过明媒正娶的夫妻关系。他看着眼前的表哥还在茫然四顾览衣服。高耀青说那些鬼影子在盯着你，你走不出这个房间。莫旦良怎么也没有想到跟他接头的人竟然是自己再熟悉不过的高耀青，而她在逢兴手下几十年一直没被发觉，那么过去军部的情报岂不全部通水到了共产党那边。

"除了阴间，"他感叹道，"只怕这个世界上都有你们的人。"

"阴间也有我们的人，"高耀青说。

"都有谁？"莫旦良凛然问道。

"叛徒。"高耀青抿嘴笑笑说。

半个小时过后餐车离开了房间。他们化装乘车直接往机场而去，消失在阿尔卑斯山的茫茫夜色中。暮秋九月中旬的一天，逢母匆匆忙忙从生圹回来，见人就说我崽回来哩，我崽回来哩。从不看电视的她一落屋就打开电视，眽到莫旦良蹦显在面前，周围拥围着很多人，鲜花，军乐。人群后面有一架许多窗格子像海豚脑袋的白色大飞机，翅膀被涂成深蓝色，过一会儿画面又切到天安门广场，莫旦良扶着一个大花圈在人民英雄纪念碑前进献。最后切到一个很多记者的场面，莫旦良在一个话筒前面讲话，说台湾问题必须解决，台湾问题已经成为世界问题中最重要的一个环节，也是中共与美国冲突的火药桶。最重要的是，台湾不统一，我们仍然看不到一个统一的中国。那么，要以什么方式解决呢？我认为——

"尽说些冇用个，赶紧回来。"

逢母搓着手在厅屋里转圈，双颊绯红，她兴奋得不晓儿要怎么办才好。莫元良手里捏着一本不具名的厚书从屋外进门。他喝住逢母正要关电视的手。画面迅速切到共和国最高领袖和其他国家领导人会见。接着国际新闻报道了古巴革命领袖卡斯特罗站在讲台上的演讲，尚年轻的穿着橄榄绿硬边军装的他以粗重的西班牙语十分犀利地指出古共是古巴共和国革命的灵魂。莫元良眽着电视中闪动的影像沉浸在往昔的峥嵘岁月中。他，莫旦良，自己的弟弟，不再是当年那个叱咤风云的军政首领，而是一位一身西装革履的驼背老头，骨骼越来越像晚年的父亲，尽管如此他仍然像一枚秤砣那样稳固。前额开阔，一双深邃而洞察秋毫的眼睛悬藏在很有金属感的额头之下仿佛一对夜枭。他意识到一股强大的冲击力和不可避免的冲撞会在他们之间展开，至于以何种方式展开他还没有形成具体的想法。他在水缸里偷偷窃生好像将世界遗忘，世界也将他遗忘，导致他看起来比莫旦良似要年轻二十岁。他晓儿世界上的万物均以自己的速度和阶段在运动，因此有各种各样的时间和场域，故此他对逢母养小鬼的事情也不再那么愁火和闹心了。莫高世骧也有自己的时间，他在围子里的墙缝里捉蜥蜴独自享受自己的时间，阚氏在自己的房邑有一个谁也进不去的时间场，围子里的每一个人都有自己的时间，他们像蜜蜂或者说原子在这里嗡嗡地运动，只要他们想干一件别人不晓的事情总会找到那个特殊的别人忽略的或者不关注的时间。莫旦良也是这种运动当中的一部分，他回来了，是对过去几十年运动的一次摊牌，他们兄弟因为道路和轨迹的不同产生了不同的运动，但也是整个大的运动的局部。他们要同两个天体那样轰然剥身，是擦身而过还是毁灭另一方他还不得而知。依着水漂石原理，他们近距离靠近必然要毁灭另一方。莫旦良一方彻彻底底毁灭了，他也逃不脱成为了莫家围毁灭的推动者，现阵归来就是最后的明证。然而他的归来只不过是为了觅到他的葬身之所。尽管如此，他对莫旦良能够从最终决战的另一方跳回母体一方仍然高看一眼，这不是随随便便就可以做到的。先前的运动只不过是对母体的辨识在范畴上做出了错误判断，而母体也会以新的面目出现，她也是变化而新生着的。事实上很多人做不到，比如逢兴，那个自负而狂妄的舅舅仍然坚信军事能够解决一切问题，大陆迟早要光复。他就是流星的命运，他的运动是从母天体分化出来的碎片运动，耀眼而短促，令仰望星空的人们徒生悲叹。最终决战是文明母体之间的决战，日本的战败和之后中南半岛越南的逆志也被莫元良归于碎片运动的一部分，而不是母体之间的对决，或者说母体之间对决的远方代理战场。因此日本的结局是看得到的，台海的命运也是看得到的。电视的声音和画面在屋邸闪动，它们投影和反射在漆器镜子等一切光滑物体的表面而显得光怪陆离。

两周后逢母终于接到儿子的信，飞机已经到达岭西省城，二十八日回家。这是逢母给儿子写了一麻袋信之后收到的唯一一封回信，信件从送出到现在路上经过了六天，在神屋邮政局又待了一天。天啊，逢母一拍头腔，我的崽在回来的路上了，搞不好已经过了三千界进入神屋地界。事实上，正是如此，莫旦良由地委书记和市长陪同，汽车越过越城岭最高的山坳进入神屋洞。神屋洞政府没有得到任何将被打扰的通知，他们从报纸和电视上晓儿莫旦良已经归国，以中华民国政府最高级别的身份突然天降北京，举国瞩目，轰动世界，但不晓儿什么时间回到神屋。他们向逢母求证事件的真实性，逢母把信给神屋书记李恭肇看过后他们才匆匆往地界去迎接。莫元良也跟随他们乘坐小汽车往三千界匆匆忙忙赶去。看闹热的群众挤满道路两边，在滨水河套地区的尽头莫元良远远地觑见一个黑点在路中间。近了才看清爽莫旦良三步一跪一叩首，如是重复。后面的人移步跟着他。距离莫旦良还很远，李恭肇喊下车，让司机掉头把车开回去。莫旦良三步一拜一叩首往神屋洞徐徐而来，那边想过来的车和这边想过去的车都停在路边，肃穆地看着这一切。莫旦良从莫元良站着的位置向前拜去并没有旁视，他一心一意。莫元良没有惊扰他，而是跟着队伍慢慢行走，但他看到了另外一个人——高耀青，脸上顿时感觉有点火烧火燎。他无法不想起在地牢他赤身裸体胯下之物被烤掉的那一刻。高耀青也看到了他。她戴着紫罗兰色反射光的太阳镜，一身旗袍外加羊绒大衣和银貂云肩安静地站在队伍中间，面骨儿清癯，还是那么高冷，那么婀娜。从莫元良身边经过的时候她把右手放在腰后向莫元良微微地招手示意。莫元良直感到心房怦然跳动。他对高耀青有一种说不清白的感觉，那种感觉是从青背监狱她来看望他然后走出接见室转过房屋一角那个棱角分明的背影开始的，他晓儿那不是爱情，而是生死与共的同志感情。高芙蓉是热切的，而高耀青是冷峻的，骨子里有一样任何外部力量无法侵蚀动摇的东西支撑着。高芙蓉是群山，高耀青则是一座孤峰，与高孝荣的性格似乎一点关系都没有。她们的父亲是一个容易动摇自己主张的人，平易，随和，不执着，什么都可以，意志里没有令人尴尬的绕不过去的硬核，除了与莫大康家联姻那一次，而生下的女儿则拥有一副完全不一样的奇特配方。莫元良这样胡思乱想着队伍已经到了风雨桥，此时莫旦良改为一步一拜一叩首。被盛装打扮的逢母走出莫家围移步到桥廊中间，站在那里点了烟锅静候，新婶小月薰和女儿莫伺其莫温婉莫安妮等在旁搀扶着，其他亲戚和小孩在后面一齐候着。莫旦良的臲湿透了衣裳，犹如被大雨浇注，膝盖渗出血粒子，手掌被血色臲水泥沙弄得模糊不堪，好比蛙人的脚蹼。他爬到逢母脚下，碰触到了母亲的脚背。

"娘，回啦。"

这一声很低，很苍老，逢母感到那是一口羊水破裂瞬间的钟。

她用那根可以作手杖的镶嵌着玉石烟嘴的黄铜烟枪沉闷地拍打着儿子的屁屎儿肩膀而陷入语言缺失的状态，连一句接应的话也没能说出来。逢母滴着萤火虫般密集的眼粒子滴到莫旦良搂抱着母亲的腿而不肯松开的手上。他站立不起，已经昏厥过去。莫元良上前，其他人才惺忪睡醒般涌上来帮忙把人抬回围子。莫旦良醒来之后已经是下旰。逢母一直在旁陪护，她第一句话就是，你一个人回来个？我的新婶和孙崽呢？莫旦良羞愧万分说朱氏得骨癌，在美国也冇治好，没有给你嬲下一男半女。逢母觉得什么都好，这点太令她失望，虽贵为元首，青龙房现阵连个嗣都继不上，可想这生世过得多么烂。荣誉和职衔在她看来都不如一个孙子实在，她提议驳代，让莫元良的庭崽莫恭昊过继到青龙房莫仲义旦良房下，等过了这阵她就同莫元良商量。莫旦良躺在床上感受到幼阵时候才有的那种温暖，围子里哄哄如溪流的声音仿佛寒夜里上身的炉火，一切都被什么暖暖和和地裹着，此刻他才鼓起勇气定神去面对自己的母亲。她头发已经披霜，褶皱的面骨儿上一颗蜘蛛般大小的麻油麂花瘢正在冉冉升起，一对鸽蛋大小的耳坠随嘴蚌的嗑阖荡漾着一种隆重的绿。她嘴唇浑厚，唯有一口牙粗大整齐得像牲口。两只金鱼眼却只在中间留下一条长长的细缝。岁月抛给他们的所有创伤都呈现在眼前，而他始终不敢正视母亲的眼睛，只从声音去感受话语中的命令，好比儿时一样按照那声音去执行所有的任务，只有那磁性甜糯的声音始终没有变过。逢母告诉他，你屋邸还有一个，在寮高落，去看看她吧。这生世也索性她了。莫旦良立即爬起来往楼上走去。当他攘开门走进房邑发现一切如昨还是洞房花烛夜时的情形，锦缎被子上的那对戏水鸳鸯，被反绣翼甲，好像折断了。阚氏满头银发身穿丝面绵凫羽绒睡衣坐在床边，她听到一个蹒跚而老迈的脚步声穿透她的迷宫，出于某种灵媒般的时空感应她疾问了一声。

"旦良？"

"梅孃，"莫旦良说，"是我。"

"真的是你吗，旦良？"

阚氏从床上跳下来，伸手去摸莫旦良的面骨儿。

"是我，梅孃，你掐掐。"

阚似梅哇的一声便放势哭起来。不知什么时候起阚氏的眼睛已经看不清东西，莫伺其说大饥荒过后她再也没跨出过房门。

在莫旦良回来这一个月的头一个星期天，她便去世了。莫旦良才刚刚体会到了什么是真正的爱但这爱却迅即消散了。莫旦良将阚氏童娘子般轻盈的身体抱在怀里长达数日之久，莫元良劝他放手。

"我想多陪陪梅嬢。"

莫元良说人只有一辈子，欠下的就欠下了。莫旦良更加伤心。阚氏的尸体在屋子里散发出米饭煮熟时的那种香味在空气里波动，一群罕见的盔甲绮丽的昆虫撞击着格尔花终日不去。阚氏的身体透明如一汪清水，七曜之后嘭的一声炸响化作了一具骷髅。阚氏那漫长的等待仿佛刹那间显出了其本来面目，以一具森森白骨结束了这场漫长的告别。"伊心里头鬻到一杆气咧。"逢母说。莫旦良握着阚氏已经变成白骨的手仍然不肯松开。事后，他亲自给死者入殓，用青盐擦洗了每一根骨头，涂上蜂蜜，穿上真丝寿衣。在枋子里放进菖蒲，迷迭香，麝香，欧芹，龙涎香。他从来没有畏惧过死亡，好比战场上的豪杀，而阚氏的死给他极大的触动。他在华盛顿那孤寂的寓所里体验了那种如同被时间的迷宫囚禁的五内俱逝的等待。等待本身比死亡的吞噬还要可怕，等待和希望捆绑在一起有如困境中的船只等待即将来临的救援。假如没有希望那就不叫等待。等待的教义在于重生和美好会重临，驱除所有的迷惘，歧义和幽幽如焚的惆怅。从而使等待变得有价值，希望之火熊熊燃烧。然而背弃希望的人则在这种燃烧之中被煮沸，摧毁。他一辈子几乎没来得及给予这种等待一蒂蒂儿的陪护，浇灌，甚至将它遗忘在这屋子的阴潮里，任其自生自灭。她这小小的身体里隐藏着一颗异常强大的比他强大百倍千倍的心。当他理解到这一点之后立即转为亏欠的一方。悔恨，内疚，惭愧和莫名难受。一时间使他失去了战场上指挥千军万马的气魄，败在一个柔弱女子坚强的内心面前。这个女子不是别人，而是自己不曾在意的妻子。他原本以为天下才是他的全部，征服才是他唯一的使命，而家里的这个变人不值一提。阒氏出殡之后，莫旦良便睡在这个房邑想起洞房之夜妻子褪去衣物的那个瞬间。那时，她还只是刚刚吃十四岁的饭，光鲜闪烁，堪称世间尤物。

莫元良将黄孺人一家子接过围子里来住几天，高耀青自然也过来，她拜见完自己的阿嬷又去高家堰高孝荣的坟上祭拜。回来后高耀青同莫元良说你带我出去转转呗。就在入冬前一个晴朗的中午，莫元良说我划船带你到河面上去好好看看自己的祖国。高耀青放下手中厚厚的俄文版《安娜·卡列尼娜》，抓起一顶柔软的宽边礼帽戴上，两人走到码头的枫杨下。高耀青说这水车的寿命真长。莫元良说幼阵时候看着它很喜欢呢。难道现阵不喜欢了？我幼阵时候可是天天的可劲儿地琢磨它，我阿嬷说它是一条吐水的龙，若果我们不听话不睡觉它就会从江里趔起来吃了我们。莫元良哈哈大笑，没有答她。他掭下一条小船牵着她的手扶了上去，然后将船一送自己也跳上去如同登上一匹轻快的小马驹。表哥，现阵请你坐稳，我们要出发了。我们的布尔什维克同志，你游泳怎么样？旱鸭子。高耀青哈哈大笑说烂脖儿了，万一船翻了我们就这样被你搞牺牲了。我闲间要学会游泳，我阿嬷就禁止了我们下水，靠近河唇头都不行。你看，命令和禁忌的意义多么深远。鬼才信你那魑天，命令何时禁到你头上，你从青背监狱后山瀑布跳下去不会游泳早就淹死在那个深潭里咧。那是逃命，不会游也变成会游了。船翻了难道不是逃命吗？看来一切都瞒不过表哥啊。再讲魑天就要取消你叫白龙这个名字。算白话间，船到了神皁洞江面上，两边的山和房屋倒影在水里，莫家围外墙上那原本郎朗爽爽的白已斑驳陆离变成栀子黄，外围上的一圈人字坡黛瓦让它看起来像一个巨大的不明飞行物。

　　风雨桥两头古宅一般的翘檐几似切断的残垣断壁。莫元良说我第一次见你就是在这座桥上，我站在桥上看龙船，你和你阿爸，蓉蓉她们在一起站在那个码头，就是几个白色的幼点点，而面骨儿却在眼门前一样。高耀青不经意地说，我们在时间这条隧道的两端又重逢了。你的意思是这条隧道是一个甜甜圈啰。高耀青并不看他，眼睛望着岸上戴斗笠牵着水牛的农夫，行走在渐渐被枫叶感染的青红两色玻璃田上，也有来往的船只和竹篾从他们身边轻快地经过。莫元良将船桨横翻拉直，一对鸟的翼甲样展开，船停在江面上。阳光夹带着硕大的珍珠颗粒铺陈在江面上闪耀着白色的箔片，微风来时整个河面像被风吹皱的沙堆，远处的岣嵝山和越城岭软峦轻坳笼罩着烟霞由清朗变成凝固但有流动的黛蓝，美啊，她说，骨头都酥了。那叫虫洞，她又补了一句，一只手的手指尖触及玻璃似的水面划出一条细长的水道。莫元良哈哈一笑说那你还穿越回去吗？
　　"在这共和的江面上你将只和你喜欢的山头在一起。"
　　"我的心里只有你的山头。"
　　"那么，从这涟漪的相似的山头上划过去。"
　　高耀青避开另一侧的意思说看报纸了没有？有很久不看了。

《参考消息》转登了一条美联社的资讯，莫旦良回国的消息铺天盖地的时候，逢兴第二晡就猝死在自己家里。多年来，逢母仍然坚持认为自己的弟弟是被一束从天空中下来经过窗户拐进来的霹雳剌啦剌啦在身上游走了好多遍后烧成黑炭的，她从未听到过弟弟确切的死亡消息，却已经永远失去了弟弟。就是说他让你看住莫旦良的任务彻底失败了？是啊，他的价值没有了，再说我一个小女子哪能看得住代总统啊。说完她自己也嫣笑起来。他倒是逃脱了战后军事法庭的审判，但没能免除战败的耻辱。莫元良停顿了一下说失败没有胜利可以出卖。显然你对自己的舅舅心怀不满。我对他的短视充满偏见，尽管他也曾是我心中的英雄。那代总统莫旦良呢？这个"代"字真妙，戴着它就是王业的象征，交出去他们复位就有了合法性，不交出去他们的复位与宪法不符，就是一场闹剧。可他们还是大张旗鼓地复位了，对媒体说莫先生支持复位，并伪造了一封莫旦良署名的恭贺总统复位的信。王业偏安，流亡之君。其实偏安都说不上，莫旦良不回来，在华盛顿也只能做个寓公，这一回来反而给那边更大的打击，这也是他最后的一条路了吧。我认为这点做得很好，还不脑糊屡，那怎么是你陪他回来的呢？我是离他最近的人。然后将自己如何由逢兴派去美国监视莫旦良以及从阿尔卑斯山疗养院摆脱特工的经过讲给莫元良听。花屡，我很好奇你的上级是谁，怎么看中了你这么豪鲜的地下党？捧卵脬了吧，老同志了还犯这样的错误？我们的战争已经结束，你不是归队了吗？在八办的时候，不是见过？啊，可不承想我们竟是同一个上级，那么说，这次在北京你们也见过啰？是的，现阵回去就是送死，我回美国或台湾的意义荡然无存，我就想老死在这片青色的水里，终日里看看落日的余晖，心里亮堂。莫元良觑着她被阳光打亮的一侧，我愿意陪你。高耀青看着莫元良，眼睛里闪闪烁烁，可你不会游泳。逃命就会。接着他同高耀青讲了神仙洞和秀吉，莫家围土改以及大饥荒时候高芙蓉的事情。他在讲述这些巨型事件的时候既不故意刺激眼前阔别多年的高耀青，但也没有遗漏任何要点，他不想让这次江面之行蒙上过度的悲凉色彩，但又要让她对这些年来的变故产生一个总体印象，讲述完了之后，果然，高耀青所能抓住的重点或者说她现在在意的仍然是她的姐姐高芙蓉，她说姊姊是真的爱你啊。莫元良说相依为命，借命而生。

"过海后在那边没结婚？"

"冇。"

"没谈过恋爱？"

"冇。"

"为什么呢？"

"没有为什么。"

莫元良默到，毋作声。高耀青望了莫元良许久，冒出一句哪天我们去看看姊姊。莫元良说好。随即又陷入了更大的沉默。过了一阵，莫元良终于说出压在心头很久很久的一个想法，他说在青背监狱，他看到她离去的背影突然感到很伤心很难过，他也不晓儿为什么。他原本以为高耀青不会有什么反应，一如她娓姬的面骨儿上从不流泻多余的情绪，可他听到的是，要是生命可以重来一次，她可以更勇敢一些，可她爱的人都在别人手里。"多么像一匹白马。"她看着远处的山喃喃道。莫元良心里咯噔了一下，他想在情绪即将崩溃的边缘结束这次江面之行。他们经历的一切让他感受到爱与不爱都那么艰难，选择和不选择都是谬误。天近黄昏，鸬鹚簰从水面上出现，簰的鼻头上翘吊一盏汽灯有如鲛鲢鱼悬垂的眼睛。黑鸬鹚站在簰后头的鱼篓上巡视着江面，那盏在渐渐黯淡下来的柔和暮色中犁过来的汽灯变得明快起来。

"就这样漂到海角天涯，"高耀青悲伤地说，"不要上岸。"

莫旦良回到神垕后接下来的时间里，闻讯陆续来家里拜访的人日渐拥挤，有些是他的老部下，有的怀着崇敬而来，有些是过来听他讲战争故事的。他都一一接见，有什么能做的一律满足对方。他将这一切视作故乡的馈赠，而他所窟窿下去的那部分均由故乡来填满，仿佛故乡才是他一切营养与勇气的来源。他在华盛顿的寓所里所梦到过的与此一般无二。虽然不再是当年带着伙飞军回洞的那种盛大气势与荣耀，现阵的解甲归田倒让他感到昔日的自己多么浮夸，多么虚荣，铅华洗尽过后一种稳稳当当的平实才从心底升起。接待仍在没日没夜地进行，这种祥和中始终有一种可怕的宁静在迫近，终于这晡半曛吃饭的正当口，有人从镬子席上站起来指着他猛然喊道：

"叛徒啊，你是叛徒。"

说者撕心裂肺，所有人的饭菜都噎在了喉咙里。这句话刀子样直接刺进莫旦良的胸膛。他站起来，余众没等他发话就冲上去将呼喊的人暴揍一顿，锅碗瓢盆全部打翻，随之被倒拖出了莫家围。莫旦良大喊停下，可是没有人听他的话，也没有人听到他的话。

"伊话来对。"当所有声音安静下来，怨愤发泄完毕之后，他说出自己想了很久想对他们说的话，"但，在我的心里永远只有一个国。"

"一个神圣的国度。"

"过去是为伊，现在也是为伊。"

那些心怀耿介和胸中燃烧着怒火但又不形于色的老部将突然相互抱头痛哭流涕。他终于将那难以启齿然而又是他最真实的想法说出来。他由心底觉得应该庆幸自己的失败，回来之后他从一百年来这条历史的大峡谷中看到了弥合的驱动力，再也没有能够阻挡这艘巨轮前行的力量。那些归化的部将总隔着一瓢无法挺胸做人的羞耻，这种扭曲的心态令他们终日惆怅。他们不晓儿命运之船将驶向何方，尽管早已解甲归田，隐居在山脉中最遥远最偏僻的村落里不关心时事，在窗前翻翻老书，在亭子里写写书法度日，表面上在享受天伦之乐，实则对一切洞若观火。莫旦良的归来只不过要告诉他们一个事实，那个神圣的国度不是今天才存在的，它存在于自有经典以来的所有文字当中。今天，它换了一副新面孔，新衣身而已。它由过去的航道驶入了新世界。过去相互打仗和侵略过的国家又重新买卖武器，互通有无做起生意来了。然而，就是在这围子里还有人不能宽宥他，自风雨桥之后小月薰屋邸的人自始至终没露面。莫奈良和他的妹妹们对他当年枪毙他们的父亲仍然怀恨在心，这一切尽管是逢兴在执行，而最终的命令颁布者却是他，他们的亲傫傫莫旦良。逢母也觉察到了小月薰屋邸的沉默，在莫旦良没有回围子之前这种隐含的怨恨并没有暴露出来，而莫旦良一回来这种怨恨则一览无余。她试着去调节，莫旦良制止了母亲，他说还有时间，就让他自己来化解这一切吧。五弟当年的行为犯下大忌，不但触犯了父亲的意志，也触犯了反对倭寇的民意，五弟莫镛良出任敌伪市长是莫氏家风的奇耻大辱。尽管这一切都过去了，也可能只是在他看来过去了，但在小月薰屋邸并没有过去。因此他便要格外谨慎，因为她是一位从异国他乡嫁过来到莫家的日本籍女子，孤身一人在此将莫家的骨肉盘大，他很敬佩她，他深知在异国他乡孤独无助的滋味。这一趟，他亲自到小月薰屋邸，说要将莫铺良的骨骸迁葬莫家祖山。小月薰默到不作声，这位出走的莫旦良不是嗣子，也不是家长，已经丧失了这样的权力。迁不迁只有她说了算。尽管他们是兄弟，但她是他的妻子。她说，生前铺良被老嗣子出族，如今老嗣子不在了，任其自然吧。莫旦良一时语塞。这又牵动了逢母的愁绪，铺满孃造孽啊。小月薰说在他那里根本就没有兄弟血脉情义，只有他的前途，官瘾。逢母愈加伤心。小月薰尽管早已学会了本地话和通用语，而她口音仍带着东瀛的底子，她说得一点儿也不激烈，甚至还有些谦卑，却将莫旦良钉在门口，脸肉挂不住，扶住门框退出，这给他的归根之旅多少蒙上了一层阴翳。他心里明白他对莫家围和兄弟之爱从未减少一蒂蒂儿，无论是在战场上还是异国他乡，他曾将自己与他们之间成长的快乐与不悦全部想了又想，兄弟之间的感情是纯洁的，而不纯的是各自的欲望，是附属部分。他曾多么地爱他们，想念他们。

白露那趟，他从神垕政府的接待席上撤离后沿着老街来到现阵更名为秀吉街的老城区。来自遥远北方的俄罗斯马戏团又回来了，他们播放着风格浓郁而热切的音乐，租下十字路口扎起黄绿相间条纹的尖顶帐篷。一位好似为外祖母还债而非自愿出场的如亚马孙水蟒的金发女子柔情似水地递给他一张门票。那早熟的温驯似乎使整个街道都愿意归属于她，而他却在人流中寻找那曾叫他魂牵梦绕的不起眼的小戏班子。终于，在神垕洞山脚慢坡处林下的羊藿姜的芳香噌呔四溢时，他在当昼被雨水洗得清清爽爽的两棵凤凰树之间览到已经变成一家出售本地特产的曾经的傩盒老宅。在一排排烟熏腊肉，麂子肉和果子狸肉后面他向店主打听原来的傩戏班子是否还在。房主告诉他解放前夕就搬走了，戏班里那位银禧姑娘留下一样东西，说是要单给莫家围二少爷的。你看，一直没机会，今晡来了正好给你。房主跑到阁楼上去，脚步声一步一步上楼梯到走廊右拐再右拐经过第一个房间第二个房间推门进去再出来走下楼梯经过厅屋手里挈一只长长的青布套子交给莫旦良。莫旦良打开一看是一把箫。莫旦良说难谓你。房主说莫话客气。她还有说什么？冇。莫旦良挈起箫回到莫家围在房邑自己试着吹起来。阿吉拉的故事在他脑海里徘徊不去，他仿佛又是当年那个坐在傩盒剧院看戏的为剧情哭得十分悲恸的少年。他在昏暗而飘忽的月光下觑见，从围子的外面踏着一片片白花花的箫声走进来手里牵了一个小孩的变人。她衣履整洁爽净走进逢母屋邸，与她撞个满怀。变人同孩子说喊太姑。小孩说太姑好。逢母骇了一跳，她并不认识这个变人。变人说我览莫旦良。逢母告诉她，她要找的人在寮上，她去喊他下来。逢母走到楼梯口并不上去喊了两声，在一阵疑惑中回身过来请变人就座。莫旦良从楼上下来看清爽屋邸的变人是阿吉拉。她还是当年舞台上的那个样子那个年纪。莫旦良上去抱住她把她看了又看，跟逢母说这是阿吉拉是他傩盒的老相好哩。逢母说怕憛不怕憛，一把年纪了尽说些鬼打锣的话迊她。阿吉拉走出来正式对着逢母磕起头来说，阿嫲好，我是银禧，这崽是你的曾孙子。逢母赶紧一把扶起她来一时间因心花怒放而掉下眼粒水来说哎呀，真个是，这莫旦良天杀个也不同屋邸说下，苦着了吧。银禧屈膝作揖说不苦。她说旦良走的时候给了她一千银镙子，挈了回老家买地，解放后差蒂蒂儿还评成地主土豪。逢母畅怀地说是个，铜多了有时候也碍人。那我的孙崽呢？银禧红着面骨儿似乎不好意思讲，莫旦良说这里冇外人。银禧说李恭肇。李是我的姓，用了莫家的辈分。逢母说晓儿了，前阵来我还给他看旦良给我写的信哩。他不晓儿这是他阿爸吧。银禧说不晓儿，她以为旦良不再回来了就揑白说他的阿爸在战场上被倭寇打死了。逢母转头对莫旦良说烂脬儿哩，你这个崽不会认你这个卵阿爸了个。然后又对银禧说你就搬过来住吧，这屋邸癵空哩。银禧说都这一把年纪了只怕不合适。逢母说冇莫子不合适，你要是觉得面子头起过不去你就同二宝再结一次婚成为合法夫妻，二宝你说呢？逢母心下打好了主意她不管莫旦良何里想，她是要要下这个孙子和曾孙。莫旦良说我同银禧打个商量。小王子，逢母说，过来太姑搭搭。你叫什么呀？我叫旦良。这位曾孙说。逢母手上攥着的一把糖果停在空气中惊讶之余说旦良来，吃梨膏，蜜枣，冬瓜霜糖。女人说这孩子性格倒有几分挓他祖公。逢母说那可要了命了。这崽坐在凳子上志仁得很，一动不动，长辈说什么丝毫不影响他那一双大眼睛发着浅蓝色光芒，惹得逢母又要上前去搂抱。冬天的时候，银禧和莫旦良举行婚礼，他的儿子李恭肇为自己的母亲和父亲举行了这场迟到了半个世纪的仪式。而那箫声白花花地溢满整座围子，明月沉沉西落，哗啦啦地徜徉在那片水泽之中。

同一血脉的两兄弟莫元良和莫旦良经过漫长的酝酿终于碰撞到一起。这么长时间以来，他们还没有安顿好情绪准备进行一场正式谈话。他们对这几十年来各自的行为尚未做出解释，而谈话早在准备，语流在积蓄，气场也变得越来越大，乃至所有的阻挠都在为他们的碰撞绕行。终于在岁尽下雪的这一天下旰，他们不约而同地走进了同一个地方——家庙。里面的神龛，昭穆，匾额，碑林均已毁坏。三角形，伞形，扇形，漏斗形的波丝窝布满梁柱与古壁交叉处的瓜瓜角角。莫旦良坐在条凳上哀叹道上好巴好的一个莫家围，破坏殆尽。莫元良席地而坐，随手扶起身边一块昭穆牌子。上面写了文机公的名字。他吹了一口气撇起一股灰土，用手擦拭着说，历来，该留下的自己会留下，不该留下的强留不住。莫元良干脆用这些牌位和木头点了一堆火，一边烤火一边同莫旦良算白话，你也来烤烤，以后先人就都安放在心里吧。你太激进了。他没有想到莫元良如此激进，冷峻，完全出乎他的意料。不是激进，历史就是这样，好东西都在，只有不好的东西才被人们抛弃了，没有所谓的毁坏一说。莫家围的颓败难道不是你们造成的？什么是颓败呢，颓败就是每个人都有了土地，而莫家围失去了自己的土地。我们是想让莫家围与土地同在，而你们则用分解土地的方式作为武器。因为土地才是人们唯一值得努力而奋不顾身的东西。这大概就是他们不要我们的原因，这么些年来我一直在思考，最后一年我们为什么会那么不堪一击，难道真的是我们的道路错误吗？不然呢？不是你们不会打仗，而是人民不要你们了。是的。区别就在于一个是自主去革命，一个是被动去推动革命。你们是雇佣兵在打仗，这跟自主革命完全是两码事，动力机制源头掉了个个。要知道土地才是力量的源泉。樋口大迁在绥靖公署的那天晚上我们谈到过这个问题，但我们不相信你说的，我个人仍然是中山先生的信徒，我相信民族，民主，民生仍然是解决中国问题的唯一途径，放在今天来说还是，现在全世界分成两大阵营，不是民主政治的资本主义就是民主集中的社会主义，这两种主义最后会走向大同，有了原子弹大的战争打不起来了，都要靠发展经济富强起来。我不反对你是中山先生的信徒，三民主义本身就是一味调和的药，这种调和主义是将世界上的好东西都拿来，适不适用能不能用都没有考虑实际，而大同是一个美好的想法，它不是哪一个民族或文明独有的，它是地球上各母体文明发展出来的对未来的寄望，中国有大同两个字，其他文明体也有，用在今天则是线性思维，事实上，根本就没有那么简单，或者说情况比这要复杂很多很多。那你是怎么想的？现阵看起来是民主政治的资本主义和民主集中的社会主义对垒将世界分成两大阵营，这里面实际上孕育的是三极，那就是真正拥核且可摧毁地球的三个国家，这三个国家无论它是什么意识形态，都将生成和成长为未来新文明母体。因此，在社会主义阵营这边苏联和中国都拥核，最终会分裂为两极，而美国会成为另外一极，它们在慢慢成为新文明母体，而其他传统强国则会慢慢被削弱，经济再强大也会被新母体吸收，成为新母体的附庸与寄生体。未来世界，只有局部战争，没有最终决战，或者说总体战争，局部战争是附属文明们之间的战争，或者代理战争，它们最终都会被新母体吸收，最终决战也是线性思维下的结果，在未来很长一段时间内都是一种假设，新母体也不会允许其他文明发展为新母体，传统的雅尔塔体系是同盟国之间对战败国的控制与驯服，而这种控制是表面的，不是本质的，本质仍然是新母体的形成，经济强大起来的国家想要拥核，新母体不会让它拥核，会以各种最极端的手段将它打掉，摧毁，新母体会管控好超级武器的外溢，简单来说，新母体就是未来世界的格局，有多少新母体就会多少极，而传统母体在新母体面前的瓦解需要一个过程，在这个过程当中会超越传统文明类型，阶级，地域，种族。莫旦良一时间陷入了沉思，他过多地沉溺于对战败的反思以及现有意识形态的分析而忽略了根本问题。万一更新的科技比核武器先进呢？更新的科技和武器也只能从新母体当中诞生才符合道理，我们已经跨入到全球化时代，不是大航海时代，更不是冷兵器时代，如果我们要开发太空，也只能是新母体才拥有这样的实力，所有这一切都不是民主政治和集权政治的问题，这些是组织形式，不是本质的，本质的是我们对新母体形态形成的判断。没有任何意外吗？有，一个是自我毁灭，一个是假设有比地球文明更强大的外星文明入侵，前者有可能，但核捆绑这个东西将人类的理性发挥到了制衡思维的完美高度，后者只是理论上的，我们既没有发现外星文明，外星文明也没有发现我们，换而言之，或许是我们还太弱小，仅仅是太阳系我们还没有征服。按照你的逻辑这么理解吧，社会主义阵营会解体，中国和苏联各自成为自己的一极，因此苏联会被削弱，美国被加强，但又因三个极的相互平衡而被削弱，老欧洲则会被瓜分，溶解，潜寄，其他卫星型传统文明母体则被慢慢融化成为新母体的延伸部分。是这样，卫星型传统文明母体依靠单一的科技成为下游文明，他们能够很好地生存，但不会成为新母体，国家会消亡，往新母体演进，拥核新母体的逻辑是假如没有了我，还要地球做莫子？

"你的意思是要是没有了中国，还要地球做莫子？"

"难道不是吗？"

你是怎么想到这些问题的？这不是一个政治家和军事艺术爱好者思考的问题。一个诗人的冥思。不能够啊。莫元良长啸数声说这就是父亲的水漂石。

莫旦良仰天一叹，他还以为那疯狂的想法只是他的梦魇。你要这么理解也可以，莫元良说，失败比成功要付出更大的努力。你是他修理过的唯一结下的果子，每个人都想改变世界，而没有一个人想到要好好改造自己，说明改造自己比改造世界更难。如果足够痛苦而又不至于折断，他才可能会成为一种新人。莫家围呢？莫家围正是因为没有及时和很好地成为那一部分，垮了，消解了。莫旦良默到，过了一阵才说莫家围这艘船破了，沉了。是破了，但未必沉了，唯有破了每一块板子才会自己浮到水面上来。莫旦良浩然长叹，的确如此，却不堪大用。你还是不相信人民。我只不过是说修修补补终究还是那艘古老的船，我只不过是说父亲想要建筑的那内在的圣殿。渺小的我们所能做的只有这个，新人一定是新的灵魂，而不是外在的物质结构，倾倒的这座祖庙和莫家围不过是出殡前那座纸糊的灵屋。

"每一枚松针的体内都藏着大海。"莫元良说。

"离别即是归来，"莫旦良默然，心中冒出一句自觉不甘心的话，"归来何曾不是离别。"

君子怀德，小人怀土，这一刻他是那么矛盾。故园终究陈旧下去了，自己活在的故园只是有父亲也还在的那个遥远星球的童年里，可他还是心有不甘，故园难道不是我们唯一的真实？良久，莫旦良说过完年就要回北京去，他们在那边给他安排了一套四合院，要不要一起去住一段时间。他们是谁，但他并不打算弄清楚具体是谁。我怕冷，你先去。他想着或许天气暖和了再去，顺便也看看骧骧。两人对着青石鼍背上的莫氏家庙碑唱迓作揖完毕走出大门，上面的字已经被砍伤刮坏神龛上也空空如也。口前下着鹅毛大雪，两排脚印穿过老围的空地，可以想见就在一刻钟前这里一前一后一深一浅走过两个人，同时还有一条狗跳跃着跟在主人身边。

"还有一个人，"莫旦良站在大雪之中跟莫元良说，"准确说是逢兴的人在你身边。"

"哪个？"

"卫臻，代号鸬鹚。"莫旦良说，"本来是安排他同红军走的，却被你当伤员稀里糊涂救下了，要不他可能到了延安。"

莫元良踩入雹雪的脆响旋即停住，随即复又往前响起，他隐隐想起什么以及自己在岽山的遭遇和老谭头的牺牲。敌人并没有长着敌人的面孔，他一直将其当作他军事生涯中的岔胡子。他们回到屋邸。用过夜饭，莫旦良回寮上去睡觉，上到第七个楼梯时前后脚踉了一下险些摔倒。他用力扶住把手。莫元良从他下弯时的肘下觑见了他魆白的脸。第二晡早上没见他下楼来，到半曦斜旰还不见他下楼。逢母上寮去查看。她摸了他的脸和手冰如铁块，莫旦良躺在被窝里已经暴亡多时。

围子被雪拥围，唯有雪花落在大地的寂静。

你起身，扶着自己的影子，看到了自己在人世间从漫长的过去的日子里最终褪去的情形。一伙人围着你。你一面躺下的镜子样在床铺上反射着白光。你只能看到他们静穆的背，黑乎乎的脑壳，以及其他此刻应有的动作。窗外仍然大雪纷飞，寒气从缝隙里钻进来掀动着窗帘。莫元良进屋入殓，莫安妮帮忙给你脱去衣物，擦洗嫂渍污垢。他们用了很大力气给你的肢体正形，犹如将一棵芭蕉树捆绑成笔直的一束。这个时候他们才看清白你身上如蝗的伤疤和那被子弹打残的龙物。母亲说你的体腔里还鬻着一口气。你的哥哥莫元良踩上床榻，双手摁着你的肚皮往胸腔和喉咙嘴蚌抒去，将留在身体里的最后一点废气排空。这事本该由孝子来做，可你倒好，干脆连个后都不留下。母亲对着你捂着你的手再次哽咽道，阿嬷还没同你好好说句话。两个消失已久然又从未曾失去的人出现在丛丛人影中。父亲身披龟背形蓑衣冒雪而来出现在雪花明暗不定纷纷扰扰的轨迹交错的房邑。他的身后还站着一位嗣子，这位嗣子的身后还站着长长的一队嗣子如蚁线和长云般从天际而来。嗣子摘掉斗笠，露出一头豒乌而坚硬如刺的短发。他同坐在床沿伤心中的母亲说，我们是为王的失败而来。随后小个子黝黑如铁的莫大恒也出现在屋邸，他红着眼睛从父亲身后走出来叫夫人节哀。他走到床榻前将一块类似知了的玉块从假牙的豁口塞入你的嘴蚌当中。床正在离你而去。屋顶离你而去。你还在继续脱离仿佛从母体仍在孪生裂变的记忆之巢挣脱。围子像一个湖泊斜立在眼前，枫杨有如一只摆动的陀螺，河流任意改变位置，一条细狗迅疾奔出围子朝你飞行的轨迹追赶过来。你用尽全身力气奋力扇动着双手如扇动地球的一对翅膀。"啊，这一切就像是在骑马过河。"

卷廿六

　　莫旦良回到神垕的那一刻起，一举一动就处在一个人的监视之下。他不想因为莫旦良的归来而暴露自己从此丧失现阵所拥有的一切。莫旦良果然没再提起过去的一切，尽管如此他还是感觉到了来自卫臻方向的挑衅，那是来自他舅舅逢兴对他实施缠绕的延续，他现在已经很讨厌这种无形的黑色逼迫。他必须刺破它。他说得那么轻巧，那么随意，仿佛只是随便一问。莫元良自然听出了莫旦良的用意，但那一刻他明白了自己为何在紧要关头屡屡失手。他识懂了，远在他涉世之初这深远的棋局和大戏早已上演。从入殓到出殡前的那一刻卫臻一直以亲人的角色守护着这具尸体，到了五日后出门的前夜，夜歌队的歌师们通宵唱诵，灵堂前济济一堂。黎明时分掩盖封棺，倒鼓，等待起棺的间隙，灵堂里只剩下他和莫旦良。莫元良名为守灵，实际上只是坐在棺材前呆若木鸡，以他的沉默与死者还在进行一场旷日持久的谈话。卫臻掔一罐甾，两只瓯儿，并搬来一方小凳放在他和莫元良之间。他打开甾瓶，对着棺材前的神纸灰盆酾了一圈。鞠躬唱揖过后把甾斟满递给莫元良一杯。莫元良端起甾瓯儿木然地和他碰了一下，正要送进嘴蚌时从旁斜出一人，一刻打掉莫元良手上的酒。"莫家的姑爷，"莫赞良抓起甾罐厉色道，"你喝下。"卫臻面如死灰。"你不喝？那我喝了，真个喝啦？"他却将甾罐倾倒，甾体成一条细线濯濯淋地。在沉寂的黎明到来前死者尚未入土为安的时刻，甾体的声音割破了这瓢死寂。卫臻突然掏枪射向莫元良。莫元良本能地从凳子上闪身弹开，莫赞良驱遣一步挡在面前。卫臻对着莫赞良又是一枪。莫元良抡起一条板凳砸向持枪者的头部。卫臻醒来后已经绷着纱布到了青背监狱。之后的事情他在审讯档案里签字画押时全部看到了。莫元良踢掉他的枪过去察看莫赞良的伤势。莫元良和莫赞良之间的对话令他开心，令他为莫元良感到哀挽，因为莫赞良口中冒着血泡沫说的话使莫元良深陷仇恨的深渊。元良，欠你的我还了。我不是救你，我不过是想亲自杀了你了两家的恩怨。要我怎么个还法？那是我的事。我要走了，莫赞良嘴角龟裂出一丝冷冽的笑，让我崽来，我屋邸还有崽。莫元良大恸。这话无疑一梭子弹样击中他有如一群乌鸦穿透他的胸膛从原有的伤口飞出变成一个个更大的血洞。莫伺其以她坚韧的意志度过饥馑年辰，并保护了自己的每一个孩子没被饿死，而在自己丈夫被捕的当天跳楼身亡。她不能接受一个对她撒了一辈子谎且对自己的哥哥行凶的男人竟然是自己深爱了一生世的丈夫。她冲出门，从围子的最高处面对那棵再也没有长高过的枫杨纵身一跃跳了下去两只阿鹛儿齐齐惊起飞出窝巢霞霞之声一片一片从她的耳朵里离去直到嘭的一下全部根除世界顿间一片清凉，她觑见自己坠落在围子外根脚的石板路上如一块融化的饴糖。

　　一张犹若花朵隐匿在众人之后潮湿而闪烁的面孔，同样因莫旦良的归来陷入惶恐，他就是莫锡良。那还是在莫元良将莫大庸铲除之时，莫锡良随即向莫旦良办公室汇报，将莫元良地下党的身份铁证一般坐实。莫旦良指示他暂且回神垕蛰伏，等待，他回到莫家围待命并等待唤醒。在他焦急，狂躁，恓惶，无奈，迷惘即将爆炸的当口，哐当一下莫逢系垮塌了，随即失去岭西省，但他并没有像王珉那样接到上山打游击和光复大陆的密令。他瞅到他可能要永远沉默下去咧，像一块铁。没过好久王珉部就被莫元良剿灭，王珉也被捕投进监狱。他胆颤的同时侥幸逃过一劫，否则不是牢狱之灾就是抛尸他乡啦。他蔽在莫家围直到"文革"来临就势淹入一股山洪和泥石流般的运动当中，带领学生和青年大义灭亲将莫元良抓起来游街批斗，又煽动学生抓了夏堃。这时候的莫元良已经黐筋了，他想借此暗地里整死莫元良以报杀父之仇的时机终于来临。上苍没有辜负他的一片良苦用心。莫高世敏阻挡在莫锡良一侪人面前，莫锡良将他称作银行家走资派的后代不是什么好东西一并抓起来游街批斗。逢母年事已高，作为莫元良的家属也在批斗之列，但逢孺人扯常不在围子里，她在生圹中幽闭。莫锡良一侪人抬一把太师椅放在围子里的空地上摆到，用一张画像代替她本人，左右则是莫元良和莫高世敏及其他成员。逢母晓儿后确认这张画比莫伺其征婚时收到的那张画像还要难看一百倍。她同莫元良说和他们说声对不起，这冇莫个大不了的。我冇莫子对不起个。崴，他们会要了你的命。尽管要好了。

"搞死伊。"莫锡良嘟嚷道。

"搞死伊不如让伊继续出洋相，"其他红卫兵干部并不同意他这种粗暴，"让伊做一只现世报。"

"豪鲜，把伊绑到水车上去。"

那一刻，莫锡良好像突然有了灵感。

莫元良被他喊一俪人捆绑在河唇头的水车上。他们用两根碗口粗的抬丧杠迫使水轮停下，开着小船进入江面将莫元良头朝外绑在水轮辐条的最外侧，以保证处于最大旋转幅度的顶点。水车缓缓地被江岸的分流推动着，当他的头在最低处时他的整个身躯随着水轮缓缓没入水中直到整个人消失，随着水轮的转动又缓缓露出水面。江面上撒着奶酪似的白色泡沫，被划开的水面好像夏日夜空中腐烂的银河。经过一个时辰的旋转莫元良五脏六腑错位气血膨胀，他感觉脑髓被抛出了头腔，口吐白沫丧失了意志。莫锡良又喊一俪人把他舀下来掼到水缸里，等他苏醒过来再绑上去。为了加剧惩罚的力度他命令将莫元良绑在水轮外侧，受刑者有如被车轮碾入水中，在最高处又仰面朝天，似铅锤往下坠落。这样换着花样重复了一个星期，莫元良只剩下轻微地抽搐在表明他还活着，其余已经像一个吓唬恶鸟的干瘪的巴枯宁。最后一次，莫元良虽然苏醒但软塌塌的意志全无跟一根面条一样被捆上了水车。

从莫家围往祖山的羊肠小道总是捋直了又缩回，往返于小道上的佝偻的母性身影一如幻影出现在他意识的正前方。他听到了，那就是自己的母亲。"侄儿子，"逢母用拐杖挡住莫锡良和众人，"做路要有下数，伊都快要死哩。"莫锡良说："回你的祖山去吧。"示意余众将她架走，随即他又改变想法，"不，让伊看下我们个作品。"逢母嘴蚌里吐出一连串谁也听不懂的呓语。她在咒诅，"你会遭报应个。"

莫锡良才不管那么多，他不解恨，执意将莫元良弄上水车。他为自己发明的惩罚方式堪比酷刑而自鸣得意多时。他拍了拍莫元良倒挂的脸颊说，感觉不好就哭哭。随之下令开动水车。莫元良被水轮抬到空中。在这一次旋转当中莫元良的肠头当场脱肛，肠子滑出肛门长长地垂了下来，引起一阵惊呼。肠头掉出来的那一刻逢孺人当即昏迷过去。真个是丧尽天良，围观的人发出哀鸣，他们的立场在这一刻因震撼而被模糊。这种痛苦曾加倍在我身上，这是他的报应，他咬牙切齿说。但人群明确地向他发出呼喊，坏人，你比蛇蝎还毒。莫元良被解救下来的时候几乎已经死亡。莫锡良俯身凝视对着莫元良滴血的耳洞压低声音说，我不喜欢血，希望看到你自行了结。莫元良没有反应，他认为这是对他的视而不见和冒犯，大声喊道，如果你感觉不好就哭啊。莫锡良站起身来抹眼泪，甚至当众恸哭起来。

莫元良仍在昏迷中。他在床上躺了八个月那被晃出脑海的意识才逐渐复位。每次站立好比扶着自己摇摇晃晃的影子。为了试探莫元良是否真的疯癫他曾持续一百天不分黑曜白昼观察他的行为举止。莫元良在水缸里大小便失禁，一身破烂的衣物衿衿吊吊散发着厚厚的油垢的污光，还有件沾满羽毛的白色长褂他在上面不断写字。他写了一万遍，墨迹堆积再也无法识别到底写了莫子披在身上如同一件法衣。嘴蚌上叼一截烟屁股，头发在耳朵上扎成两支小炮像个十四岁的小姑娘。嗣子的那副老花镜戴在脑门囟上，镜片已经被他拆卸下来当作与地上的蚂蚁以及昆虫作战的武器。一次他在河唇头捞一块石头回来当作自己的崽哄起，并给它唱一首叫作《斑马》的童谣。无论是石头还是狗屎，在他那里已经变成别的东西，而他的水缸被他称作永恒之子宫。他仍然怀疑莫元良在装疯卖傻，是装疯而不是真的疯。莫锡良走到水缸前给他端了一截电池般粗壮的热烘烘的屎坨坨和一碗尿。莫元良摇手拒绝，不吃别家的东西，不吃。莫锡良搅动舌头舔着嘴唇说，好吃。莫元良随即面露喜色一把抢过屎粑粑掬向嘴蚌，有如吞掉一个烂熟的红薯，再把那碗黄爽爽的尿水一口扯尽，嘴上詾譆乱语，大呼花屡，随即围着水缸弹跳着扇动双手仿佛扇动一对天使的翼甲奔跑起来发出若隐若现的龙吟。翅！翅啦！这只不过是他自己这样认为，莫锡良觉得他发出的是山后边一条独狼的嗥叫。

“不要叫了。”

“可以让我再叫一声吗？”莫元良央求道。

从始至终，莫锡良难以相信他癫了，这不是真的，他怎么能癫呢？像他这样的人打死他他也会和屈铁铁样硬犟。只要他活着，这一切就都是假的，是假的啊。然而，眼前的莫元良的确一座潦倒的青山样邋里邋遢的脸显得和颜悦色稚嫩而欢快的眼神对外界事物仿佛一无所知嘴蚌流着涎水粉白而肥厚的大脷头时不时吐出来在空气中摆动乘人不备当众脱去裤子将那条完全萎缩的一截旧肠子似的肉梢裸露在外嘴蚌里发出催促婴孩尿尿时的嘘嘘之声臊得围观的男女满脸通红怀着骤然碰撞的羞怯之情轰然散去而后得意洋洋的他不再是他认识的那个吞吐风云的游击队司令和自命不凡的泰通银行行长哩，兴许是莫赞良的那两枪的确将他打得神经错乱啦？不可能的啊。直到那年晚秋的一个深夜他搂了一捆焦干的稻草放在逢母屋邸并将其点燃，大火瞬间放大成一个变形的火球即将吞噬房屋的椽橑。围子里一片骚动，大半围子的人蹬裤起床抄家伙灭火。他在院子里手舞足蹈，随即跟随众人跑去救火。当火被浇灭，逢母屋邸的前寮烧塌。莫元良的双耳被火舌燂掉，全身烧伤，面容溃烂。他因纵火当着妻子和逢母的面被公安抬走。莫元良被提走之后最为失落的人不是别人，而是长期盯住水缸动静的莫锡良。他走了，他可能死了，归根结底，他脱离了他的视线范围。然而好消息很快传来，莫元良即将无罪释放，纵火的动机无法查明，法院鉴定他老忤子是一个神经癫子。三个月后莫元良终于回到围子，众人看到一个戴着面具的莫元良。完好的半张脸是割了大腿内侧的皮瓣补救的，另外半张则永远变形失去了表情如一面铜锣挂在脸上。说话的声音变得粗重而咬字不清像极了牲口的喘息。日日夜夜喃喃自语，通宵不眠，不是扳手指头就是假装在沉思，行为古怪而不可理喻。无论什么时候他都是这样子。大雨如注也未曾觑见他改变过坐姿，他，一棵雨中的树，被雨埋着，岿然不动。然而，他只知道一个事实，他还活着。只要活着就在吞噬一切反对他的念头和拒斥任何敌意。他给他的最后一击是那么恐怖。他在窗户后面静静地看着他，相信他没有觑见自己。一切都是那么隐秘和毫无预兆。他掏出一把刀子缓缓割开肚皮将肠子一点一点往外掏，摊在地上有如一堆衣物，有如在计算饥馑年辰的一筐土豆。他意识到这只猛兽即将通过这种方式结束自己的一生而感到难以忍受和异常懊恼。此刻，他才发现自己多么地热爱这个疯子。他已然变成一只牲口。一头垂死的疯牛。他跑过去踢开他的刀子把他塞在嘴蚌里即将咬断的肠子挤下来咆哮着怒斥他的荒唐。

"伊让我一刻也不得安宁。"

激怒之下说话的腔调变了。他捺起莫元良的肠子，用白齿啮咬住碾磨着不松口。

"不疼。"莫元良欢快地说，脸上绽开淤泥般的笑容。

"伊在锯我个心。"

莫锡良颓然坐倒在地。

事情终于到了那一天，莫家围的地下室走出一个瘦骨嶙峋的人影儿，嘴里衔了一块马口铁。"啊！"这一切发生在那场著名运动刚刚过去没多久，此时的莫锡良才明白那个真正的莫元良又活过来了。这时的莫锡良肠头悔青，只剩下一腔悔恨。他始终坚信疯并不能让他免死，而是怜悯，是怜悯让他有机可乘。

"不。"他说道，"因为死比活容易。"

灾荒使现实世界变得糜烂，他差点在饥馑年辰一命呜呼，但他活下来了。他就想看到莫元良承认和崩溃的那一刻，而且必须是他要的那种，否则将是多么遗憾。可就在这当口莫旦良突然宣布归国，他感到自己可能要彻底烂嘎脖儿。莫旦良是他唯一的上司和知道他身份的人，就是他让自己经历了残酷的秘密训练而成为一名莫旦良周围的特工。莫旦良并没有提及我，甚至连觑都不愿意觑我。他在夹道欢迎的队伍里直戳戳地觑着他，莫旦良不曾眄他一眼。回到莫家围的莫旦良每天都在接见人就是没有接见他，他怀着奇特想法和特殊使命尚在等待莫旦良的召唤他却突然撒手人寰，连逢兴也在那个时候翘了胡子。随着卫臻的被捕他识懂了，莫旦良不见他并不是他想的那样。"这个世界再也没有人知道我是谁。"莫锡良松下一口气，那种彻底脱去重轭重获自由的清爽随之而来。终于，在莫旦良的葬礼上他觅到机会。你杀死了你的慢慢心里一点都没有过意不去觉得亏心吗？莫元良看了他许久。怎么样？我晓儿你想杀我，可你倒是杀啊。这么多年过去了，体总要有个收边？现阵杀了你我是不是太亏了？你就是那个内鬼"♠"吧。莫锡良脸上一阵痉挛，何以见得？我原本以为是黄丹葵，可不是，黄丹葵是叛徒但不是黑桃A，而你阿爸他只不过是你旦哥哥的拥护者，没想到的是你旦哥哥将你也培养成了特工，当卫臻暴露的那一刻我隐约感觉到黑桃A还没有死，从那一刻起我就在等你来。那你为莫子当时毋杀我？闲间这一刻我才确定无疑是你，你阿爸的死蒙蔽了我，而你竟然利用了你阿爸的死。你这不是逼着我杀你吗？告诉你吧，我就是黄丹葵的上线。他也在为你打掩护？不然呢？不能够啊。为了在岭西省保住一个最好大学校长的位子贡献几个地下党算莫子。你现阵不怕我揭发你？莫锡良一番大笑过后得意地说黑桃 A 已经被你锄奸锄掉了，这世上再没有黑桃 A 这号人了嘎，你揭发谁揭发莫子呢？可我还没死啊。是啊，但你的存在不构成证据，难道不是这样吗？现阵我想要你死你就得死。那你倒是杀了我啊。你脑糊屎了，这样杀了你我岂不成了凶手？你旦哥哥已经死哩，只要我毋话，你自己毋话，嗯？莫锡良大笑说我感谢你的恩赐，你的存在已经不能再证明我的存在，因为没有人为你证明我就是那个人，识懂不？你的存在本身就是一个巨大的荒谬，你不觉得吗？是的，你是可以揭发我，那是以公报私，但我还怕坐牢吗？你心里没供着这两字。这个时候同我谈大道理？扯卵淡。我只关心你欠我的命要哪门还？你想哪门还？明打明来，莫家的家务事内部解决，今晡，你我之间做一个了断。他将两把左轮手枪六发子弹一人一半，每把里面装三颗。公平吧？你一把我一把对着来，我喊三下，我们的命就交给这里的祖公爷吧。莫元良从莫锡良右手接过刚刚填完子弹的枪，挫开左轮搓动转轮，手一拍打合上，枪口顶在莫锡良的脑门上。你想清爽了嘎。想清爽莫子？死。莫锡良转动左轮啪的一声合上，枪口顶在莫元良的脑门心上。从此之后，两不相欠。

"三"

"二"

"一"

莫元良感觉扳机在脑中轰然一声，一阵金属的巨响穿过铁轨般传导而过，他既没有感到热也没有感到疼痛，然后一截一截深吸气再慢慢睁开眼睛，莫锡良还在眼前睁着灼热而喷火的眼睛觑着莫元良，想要从莫元良的眼睛里看到他想要的东西，哪怕一丝丝儿也好，而他遭遇的是一双死神般的眼睛，除了寂静什么也没有。

"啊！老天啊，你还是偏心！"

"命运朝你微笑了，可你浪费了我生命中非常宝贵的三秒钟。"

"太硬了，你个心，到那边我也不会放过你。"

"怎么样？"莫元良没理会他，吹了吹手枪说，"现在，轮到我说话了。把枪换一下，我数三个数。"

莫锡良握枪的手突然捂住胸口，一股终究无法抑制的血水从嘴蚌喷出。他将枪一拘，从松林后面失魂落魄纸鸢般一闪而逝，身后白鸟样蹿起一阵惨烈的狂啸。他回到莫家围时不时跳进水缸做出种种怪异举动，从此变得疯疯癫癫一如中枪之初开头几年的莫元良。莫元良独自走到高芙蓉的坟前望着山下的河洞伫立了许久许久，身后一阵阵松涛使整座山大海样起伏不定。"天不收我嘎，"莫元良抢起枪用力甩远，他知道这一切令他心有不甘，但又完好无损。

"我等你。"

他对着那个疾速消隐的身影说道。每一个字小石子样射向莫锡良，射向天空，而就在他说出这句话的时候感觉有一万支箭矢穿心而过。他又回到那座新坟前，那个一抔土垒起的令人沮丧的乳房一样隆起的形象：苍天饶过谁？他感觉到那道永不关闭的门已在向他缓缓洞开。他听到一股透明而成胶质世界的气味。在山坡上放眼望去，这里有他的先人，父亲，还有三个弟弟。是什么令他们在一起，又将他们分开？是什么令他们以命相搏？最后都在这里变成一堆土，被太阳照射着。时刻有人变成土，时刻有在来到这人世间的途中，而我们只消绕着太阳转几圈。他起身走到那堆新土前给莫旦良敬上一支烟，自己也点了一根，独自坐在这座还没有立碑的坟前。他明白他的弟弟已经精准地躺了进去，自己也为时不远了。此刻，他坐在这颗星球上，坐在这颗星球上的一个山坡上，坐在这颗星球的一个山坡上以他最后的人世岁月想念过往的一切，直到星球从他臀下脚下消失。

"为莫子不杀我？"就在家庙回来的雪地上，莫元良还是忍不住问了，"在青背牢里的时候。"

"死了你一个有用吗？"莫旦良直视着他的哥哥，"又不是你打败了我，又不是你打败了我百万大军。"

莫元良停下。眼前的路又多出来一排脚印，在已有的道路上又辐射出一条。莫元良看着自己的弟弟想起当年他们去参加陆军小学的考试。旦良，哥哥启蒙比你早，考试的时候把名字换一下，身为莫家围的嫡长子是不可能上军校的，但是你可以。你可以到口前的世界去看看，和舅舅一样。如果被阿爸发现了怎么办？重要的是不要被考官发现。考官根本不会晓儿哪个是哪个，要是我们两个都考毋上呢？那就怪我们用功毋够嘎。那条辐射出来的道路成为各自命运的轨迹，在雪地上渐渐变得白茫茫一片。他莫旦良晓儿如果不是换名考试或许还要再念一年半载才能考得上，而那时陆军小学已经在新旧势力的对抗中昙花一现般被取消了。

"当然不是我，"莫元良看着自己不再年轻而稍显佝偻的弟弟猛吸了一口烟缓缓吐出，"是水漂石。"

不知何时，逢孺人的另一个孙子莫奈良回到神垕重开了啪嗒学院，总裁却是他同父异母留学归来的妹妹莫尼卡。她曾就读于剑桥大学达尔文学院生物学专业，在校期间还兼修了心理与行为科学。她深入研究和精通的除了何以成瘾，刺激与命运赌盘，还包括冲动与变态，嫉妒与羞耻，诺斯替与灵媒，以及负的信仰和牺牲，乃至黎曼函数等领域。她的哥哥莫奈良见证过父亲昔日的辉煌，啪嗒学院那块越发显出古意的匾额和那副手刻对联在经过复杂运动过后又辗转到了他手上。这就是天意，他认为。除了子承父业而外，他的本职工作却是一位梦境与意识整理师。他没有念过大学，更没有在正式实验室待过，凭借的仅仅是阅读了《周公解梦》，维也纳巫医的著作和一部关于梦的辞典小说，便通晓了人类的全部密意。自然，他创造性地继承了父亲的遗志，由为男性提供服务之外开拓了为女性提供服务的先河。然而学院的道路和经营方向却是他的妹妹莫尼卡设计的。这位总裁发起了"胸罩日""裸体日"和"妇女抗孕节"，乃至以女性具有无可替代的怀孕功能为基点发动一场更大的社会性运动以对抗日益严重的男权思想。为了知行合一她率先切除了自己的子宫，并摆放在学院的核心位置加以展示。人类神圣器官。贡献者：莫尼卡。功能：孕育，但从未使用。伦敦比东京和纽约毒性还大，逢母得知此事后淡淡地道，割了也好，那个地方就不应该养出这样的一群群魍山鬼。孙辈的这一举动更加速了她往生圹去的意愿，因为她觉得整个莫家围都溃烂了。而莫尼卡的母亲小月薰则直截跟她断绝了母女关系，觉得她不配再做一个女人。

"就当我白养。"

"哈，"她反唇相讥，"我妈早死了。"

当她这样说时她会无数次想起自己的亲生母亲留给她的最后的惨绝印象，那悬挂在客厅吊灯下的断弦的古筝。她一再认为女性的痛苦之源在于爱情和那承纳与敞开性兼具的器官，她的一生不留余地地在跟这两样东西作斗争。她的哥哥莫奈良毫不客气地认为她已经沦为观念的牺牲品而变得疯狂，作为人却摒弃了人类的道路，她爱一切，唯独不怎么爱人类，她想成为圣母的愿望只会离她越来越远。他试探着问他的妹妹，看她是否可以真正继承父亲的遗产。

"你做梦吗？"

"嗯。"

"做梦的时候会飞吗？"

"鬼扯，"她反驳道，"现在不能飞，做梦就能飞！"

新啪嗒学院还能够令人着迷正是他们在快感学领域的研究和输出，对外却一直秘而不宣。他们从三百年前由情痴反正道人和情死还魂社友编撰的著作中找到十分科学的计算肉弴之王的方式。学院按照肉弴斤两标价，向前来询价的鲍太太展示一根两斤半的肉弴标价。八万一个晚上，莫尼卡看着震惊中的鲍太太说，没有人生来就有大肉弴，而是从小培训和苦练的结果。两斤半，肉弴之王，值这个钱。传说中的象人，拥有可怕的性器但远在非洲，我敢肯定你不太喜欢那股烧炭的味道。然后带领她参观酒精玻璃灌中浸泡的牛鞭，马鞭，以及老虎，狮子和大象的性器。鲍太太和帮她牵着一头羊驼的化妆师公冶小姐在即将参观完毕时呕吐一地。而后来到一面标志性的墙壁面前，参观一件悬挂在金色画框中的艺术品。一扇猪脸大小的肉皮上纹着一只蕨叶一般展翅蝴蝶的图案。莫尼卡向来者介绍这件作品曾在巴黎世界刺青博览会上展出过，是东方刺青学的代表之作。由日本一位不愿意透露姓名的神秘藏家手上拍卖所得，十分珍贵。鲍太太的化妆师问，这是刺在哪里的？莫尼卡说，就是那里。鲍太太细看之下不觉脸面飞红起来，心却水母般融化下去，随后她表示想要购买这件艺术品。莫尼卡委婉拒绝了她。出了房间，莫尼卡跟她的顾客说，人类致力于发展为猛禽巨兽的理想大概就是这样，但人毕竟是人。人类注重的是交配中产生的智慧和快感，而不是纯粹为了繁殖而进行这项运动。如果还能从中领会到别的更深奥的意义那这就是它们的价值所在。从乡下收回来的母狗刑具被她展示在橱窗里当作现代春宫工具加以利用，当鲍太太想要进去观看现场表演时莫总裁让她付足了门票钱，而表演受刑的对象已经变成男性。

　　在啪嗒学院，莫奈良负责的工作是梦境生成和意识整理。在这方面他无师自通，乃至超越了他的妹妹。他认为梦境和记忆，意识三者一体，乃脑波生成的黄金，或者说它们的价值等同于黄金。脑波都是从人的大脑生成出来的，他说，具有唯一性。一段梦境，记忆和意识生成之后可以匹配到别的记忆体系当中去，可以剪辑和替换曾经使宿主痛苦的经历。反之，也可以让幸福的人变得不够幸福，让没有欠钱的人负债，这一切都是以记忆和意识为前提的。他在日历表格中圈定的同一个日期可以被移到之后的十年，也可以移到十年前。这其中最主要的手段便是身体的磁化反应，它们直接影响到梦境，记忆和意识的留存，生成和存储，每个人都在磁场之中，加强的磁场和弱化的磁场对以上三者将产生致命的干扰，而脑波和意识控制是通过磁场这个亘古场域进行的。一个进入睡眠，休眠，或者死去的身体对记忆和梦境的蜕去，完全磁化以及人体对磁化的最终接受度对梦境的影响程度是他要攀登的高峰。在这些研究当中他最后跟自己的祖父莫大恒的水漂石原理走到了一起。如果将一个更大的场域看作力场，这里面包含了电磁力，引力，以及其他两种力，呃，强核力和弱核力，通过脑波和意识将它们整合为一个整体便是意识整理师的绝学。目前还没有人能够做到这一点。如果做到了意味着我们可以完成对时间的拉长与缩短，对空间也可以做到收放自如的境界。那么，宇宙便成为一个可控制的宇宙，遥远的星辰也成为我们意识当中的一种点缀而不再是遥不可及的无法抵达的星球。这样的意识整理师便是宇宙级的大师。啪嗒中的人类无疑会加速身体磁化，酸碱平衡也会发生剧变，这个时间段里的意识和记忆跟平常不同，这就是他为什么会选择重蹈父亲覆辙的原因。有一次，他回到渐底下去看望自己的母亲，妹妹和奶奶，天上多年不聚的琉璃云彩又重新碰头，他无须抬头在江面上就能看出它们的诡计。他从喧哗的城区挣脱出来，向渐底下走去。不同于新街区以及南北向拉长的河套市政区，它们变戏法般上下搬迁，车站，剧院，体育馆，美术馆，前台永远挂着二十四块全球时区钟表的商业宾馆，高尔夫球场，疗养院，凌晨五点准时关门的夜店，乐满地主题乐园以及人造雪滑雪场如同母鸡孵小鸡般一窝窝孵化出来。老城区繁忙而琐碎如同那成捆成捆从有限的街道天空穿过的电网与通讯线路，拥挤的商业广告牌如同古代战场上帆樯林立的旌旗，瞬息变幻的流行乐之王们的音乐如同扇动的霓虹搅着行人心中的暗河。依山而建的莫家围被河流天然阻挡在喧闹之外。当他走进莫家围的第一步他便感觉到这座古老的围屋像书本排列出来的，每个房间就像一本书，书中的一些页。里面有人算白话，有人啪嗒，有人烧火做饭，还有人在瞌睡和沉睡。他的祖父老嗣子莫大恒从这些书页里走出来和他碰个正着。他以为这是记忆，而事实上不是。记忆是此刻之前诞生的意识，不会诞生此刻之后的记忆。那么，那一定是梦境。但现阵是白昼，他并非在做梦，他是在回家的路上，因此这是现实。老嗣子跟他讨论记忆，梦境和意识。他说它们的载体有两种。一种是沉默的，只在我们的身体里面，从诞生到死去也不为他者所知。一种便是从我们的喙和唾液中进进出出的语言。当然，文字和图画是另一种东西，它们都是它们的尸体。前者属于私人的，尽管它没有暴露出来，但我们确定它的确存在。后者便是语言载体，他说记忆，梦境和意识是相通的，而且陈旧。如果不是那样我们便不能用语言这种方式并为对方所听懂和理解，它好比气味从我们的鼻子进进出出，好比声音不断在我们的耳朵进进出出，也就是说它们是同一种东西。它们带着唾液和酶的气息进出于一个又一个人的口腔和肺腑。没有绝对唯一独立的存在，所有的记忆，梦境和意识都是大整体的一部分，好比你的死亡曾经也是我的死亡一样。他感到嗣子说到了自己的某些痛处，自己仍然处于对宇宙秩序的混乱当中。就是在那个下旰，莫家围以一个整全的记忆体成为了他记忆的一部分。记忆，梦境和意识虽然没有质量却有长短，因此它对我们仍然构成伤害，它要消耗我们短暂的寿命和磁化进程。当它们对现实世界加速的时候我们内在的世界在无限扩张。当它比光速还快的时候内在的世界达到前所未有的广度和深度，而我们消耗肌体的能量也会激增乃至殒毙。那些羼筋和疯癫的人们大多数时候无法忍受这种加速后的磁爆而烧坏了内在的磁场。他们的磁场和脑波不再与这个世界和谐相处，意识整理的工作便是从这堆混乱的秩序中着手的，得让每条磁力线回到自己的轨道上去并与意识和脑波吻合。如果有一个陌生人从背后在你的耳边大喊一声，你的磁场就会受到干扰和破坏。同样，一个不洁的意识体会感染周围的事物，而一个意志坚定的人苦守自己内在的圣殿最终将光芒投射到四周的事物。正因为外部的干扰和磁爆的威胁，事实上完全正常的人是不存在的。他终于看到了父亲的身影。他正在担心别人对他的巨大食量感到惊叹而在羞赧中进食，他八尺长矛一般的上翘的尾巴正在和一位姑娘交媾。一只狗在他面前抬头盯着父亲嘴里的排骨肋条，长长的舌头上滑下拉丝的涎水。这部大书上每页的时间不同于另一页的时间，同一页房间里的两个爱人的时间也不尽相同。一个因年龄的关系在他的时间里奔跑得更久远和他昔日的情人在一起而另一个则凫在当下的时间与他做爱。他们携带着三个人物的汁液在三种时间里彼此无碍。一盆独自绽放的春兰在他们旁边散发出清香。一只猫则匍匐在凳子上倦怠无比。更远处的孔雀则对马厩里发情的牡马表现出鄙视的眼神。它们的这种眼神却被正要盛开的芍药花击伤。而那些更加平常的事物鲤鱼，蝴蝶，壁虎，猫头鹰，蓝尾巴的蜥蜴和大麻叶同时成为这些书页上书眉或天头地尾或某一个角落的装饰性符号。老嗣子也就是他的祖父穿梭于这些书页之间，他偶尔留在书的这一页，偶尔留在相隔甚远的一页。他感染了各种时间，最终觅不到回来的路而迷失在这座庞大的拥有一千五百年记忆的宫殿巨著里。终于，到了他的父亲要拁下骨头的时候，他跟狗说，你晓儿骨头和肉为什么永远比蔬菜更香更甜？不晓儿？因为骨头和肉里面有亘古的记忆和梦想。

"一切发生过的都不曾消失。"

莫奈良自言自语道，记忆也能被磁化，并且储存在磁场中。要不我看不到这么多的东西。他的两个妹妹辻子和驹子已经嫁人将血脉彻底融入了这片土地。母亲月薰氏看着这个跟他父亲一点儿都不像的儿子的油质甲虫形背影从厨房里给他端出来一大盆热气腾腾的羊肉，两只烤甲鱼和一屉烤蜗牛。她对着儿子的背影嘟嘟哝哝说他的父亲走起路来地下的死人都要被他吵醒。一只狗坐在他旁边，莫奈良准备从这些肉里面好好品尝父亲说过的记忆与梦魇的汁液而他马上听见父亲在他耳边叫嚷，记忆与梦魇不重要，重要的是死亡，死亡才是唯一的导师。吃完饭他去见逄母。逄母在生圹静闭，不在。不过，他碰到了他的傈傈莫元良。他那受过伤的脸变成了一副骇人的面具。他们只用眼神交流了一下。他向他的傈傈行礼致敬然后匆忙返回神垩街上的啪嗒学院。他感到他的傈傈身上有一股奇异的气流干扰了他工作，但他却对他视而不见。他那张脸应该是两张，而不用拼凑在一起。当莫元良准备仔细打量眼前的侄子时莫奈良已经走到了围子的大门口。那是多么熟悉的一个没有语言的背影却比正面还要撼人，仿佛带着幼阵时候他们兄弟之间成块跌落的笑声。

　　"大姐家的老厐马上要回来了。"

　　莫安妮同刚刚拢屋的莫元良说。

　　可能还是那个夏天雨后的傍晚，莫伺其和卫臻的厐崫卫恭第一缕凤凰树的花香般飘进莫家围。他一路上学进入了所谓的文明的中心，但他无论怎么学习总是去不掉口音当中那一丝生硬枯冷的神垩世居老围子的方言而令他感到十分懊丧。那些方言犹如肌肉中的经络一般清晰而坚韧不拔地夹杂在他的口音当中，他的导师告诉他，就好比一个说伦敦腔英语的日本人或者在英语里添加了咖喱味。他的前任波罗的海女友则严肃纠正导师的话告诉他，那明明是匈牙利语。都不是，他告诉他们。在那场伟大运动的后期他返回神垩，此时的他已经换了一个视角理解这个世界，无论他操持什么语言，那才是他本身所具有的特色，那些正好是这个世界其他地方没有的，因此他成为了马林诺夫斯基信徒中的一个。他身上携带的那些特殊性足以令他研究一辈子，可他还是不能弄清楚自己从哪里来。他的美国同行薛爱华·谢弗坚称他是克里奥人，一切文献都在证明这点。他的导师劳费尔博士则说，毫无疑问，他的祖语中包含了波斯和马来亚波斯人的诸多可靠证据痕迹，它们是来自植物，香料，食物，还有矿物，宝石和贵金属的语言学证据。师徒之间的学术观点之争驱使他一再质疑他的先人迁徙自北方的传说到底是否可信。于是，他义无反顾地回到神垕，回到他不屑一顾的家乡。就在这个夏天他向围子里的人采集了三千个单字的读音，犹如从沙滩上盗走了三千粒金沙，离编撰一部氏族语言辞典仅一步之遥。根据他的研究神垕洞老围子的方言是一种遗落蛮荒的中古汉语，纯度很高，稍稍羼杂了宝庆府的话，还羼杂了岭西城里的官话，以及百越与中南半岛的部落方言，老围子的话仍然保留了一部分祖语发音。这就好比一个植物学家发现了一种新的植物，一个昆虫学者发现了新品种，一个航海家发现了从未有人涉足的岛屿般令他亢奋不已。他想看家谱。他向伯父莫元良请求道。莫氏家谱秘不示人。我就想看看我们的起源。里面有家训，莫氏祖山舆地。出于职业习惯，他表示自己只想看看家支和年代。莫元良十分坚决地拒绝了他。"你晓儿吧，"他用最大的杜撰力量来阻挡他，"所有的盗墓贼都想得到它。"很显然，他离成为摸金校尉还有很长一段距离要走，卫恭第只得去跟他的太姑求情。正正，他的外祖母告诉他，都是老古套了，有莫个好看个。逄母虽然不乐意但还是跟莫元良盘话后得到允许，理由是嗣子昨晚跟她托了一个梦，提醒她说家庙即将在一场无情的大火中化为灰烬。莫元良带卫恭第去家庙，临到门口便不再拔步，倚在门圊下恭恭敬敬站着。卫恭第所见只是一片空寂，难免有些失落。没留一点？有，你既然看到了，这就是它的意义。这位从莫家围走出的非著名人类学家只得在自己的著述中判断出莫家围的族人就是史书记载的苦荬狑人，从秦汉唐宋以还贬谪到岭南和岭西官员的诗文，《虞衡志》以及博物学书籍当中零零散散地记载中捕获一些确凿无疑的证据。他临走之前将莫家围祖语分布绘制了水纹一般的地图，每个祖语词的出现频率和仍然保留的区域位置被精确记录下来，随着那三千个金子般的单字汇入到一部著作当中，而后又编撰为辞典。他相信，哪怕莫家围遭到灭顶之灾，他们仍可以从这部辞典里复活，成为人类的一分子。在繁忙而璀璨的记忆长河中永不褪色的是神垕三十二个少数民族划分成功，既没有狑族，也没有克里奥族。这多少令他感到失望。从此他周游世界，消失在地球上的某个角落。有人说在孟买，雅加达见到过他，有人说在非洲之角和开普敦也见到过他，还有人说他住在里约热内卢，在一场球赛的入口碰到且聊了很久。总之再也没有踏进莫家围半步，显然，他已经把世界上的每一个地方都当作了自己的故乡。

骤然，一柄锋利的刀子"嘀"的一声惕厉刺过心房莫元良不由自主地捂住了胸口，他听到了空气中有人在呼喊："元良——"

高耀青正是死于一场豪雨降临之际的仲夏时节。河水漫延到了桥面，杏眼般硕大的雨滴打在屋顶上有如十万狂花和冰雹，秀吉街上的凤凰树连花骨朵儿也被全部打落在地积了一地稠稠的红毯在滚动。莫元良拎上一把油纸伞钻进雨中。她靠在床头，仍然保持一副低头看书的神态。口腔，眼窝和鼻孔长出了绿色的雏鸭一般细软的茸毛，干枯的身躯犹如一把铁丝。一身白绢绲边的青绸旗袍，螺蛳襻扣母纽系着一颗颗棱形的红色玛瑙，领口为一只金丝刺绣的展翅鸢尾。着装依然清雅白净，头发篦得偌齐平滑，鹿皮平底鞋摆放在床前脚踏上。床头柜上的隐青瓷瓶里插着一枝凌霄，靠近主枝的花苞儿隐隐透出刚刚绽放出来的闪烁的金光。她的阿嬷黄孺人七年前过世，归葬在高家塆高孝荣的坟山旁边。她一个人住在母亲的老房子里不与任何陌生人交往。莫元良挚退她手上的书本和夹在书页中带莲子形玉石吊坠的月牙牛角梳将嘴唇放到她的额头上，一个冰凉的音符，一颗下垂的水滴。他将她扛到风雨桥，将这捆消瘦的铁丝缓缓放入江中。大雨让讣告无法如数送达她其余尚活着的三位姊妹及其亲属，昔日友人也因洪水阻挡不能前来吊唁和送葬，而嫁在莫家围的高晚青在饥馑年辰已因吞金而亡。莫元良望着翻滚波荡的因水位上涨而显得异常宽阔的江面。

"啊，一切坚固的事物都在耸动。"

"它们，都是为你而来，"莫元良凭栏望去，"这里仍然不失为一片乐土。"

他想起她在船上说过的那些话，想起几十年来他们相识的一些在过去并不算显著乃至幽暗的片段此刻凸显出来，一切都在眼前。当初你为什么加入地下党？高耀青问。她使用通用语，神垕话对于这个刚刚归来的人已经变得陌生，那些曾经滋润过她的语言现在还没有发芽，只保留了种子。当时在广州我最想去黄埔军校，背地去了农民运动讲习所。为什么？阴差阳错。莫元良将船速控制在较为舒缓的速度，斜向的阳光如火炬般点燃了江面。

"你呢？"

"好奇，"莫元良并不看她，"还有直觉。"

高耀青说现阵看来农民运动讲习所才是一所真正的军校。为什么这样讲？在台湾的时候她听到他们在谈论，农民运动讲习所研究阶级与土地革命，讲授军事，历史，地理和政治课，虽然没有在校场上操练，可培养了一批阶级革命干部，天下终归只有民心两个字，没有了人民也就没有了民心，一切武力便也沦为虚无。莫元良默到毋作声。我入党是为了自由，准确说是为了自由王国，你用直觉就能判断出来你要做什么，而我却经过了这么久的斗争。那么，高耀青说，现阵你觉得自由了吗？我个人的自由微不足道。没有个人的自由，还谈什么自由？自由之路何其漫长，滋养自由的阶级和经济基础还没有成熟。跟阶级和经济基础有什么关系？你看莫家围分到土地的乡曲，他们自由了吗？他们只不过与土地发生关系的方式变了，还没有我们说的那种自由，自由是和具体的阶级，经济方式关系在一起的，也跟政治生态相关联，没有一种没有人和没有经济基础的绝对空洞的自由。我说的是那种心灵上的自由。也没有一种纯粹心灵上的自由，它和我们的肉体贯通在一起，而肉体和刚才我说的那一切都贯通在一起。所以，高耀青说，自由不曾是任何一种主义。莫元良不作声。他心里响彻着一个声音——连宇宙都不曾自由，又何来自由一说。我们只是在力量的博弈中获得了苟且偷生的余地。所以，我们的先人讨论人与人如何相处，人与自然如何相处。仁义礼智信，温良恭俭让，他说出了先人认为的人与人相处的十种美德然后划动木桨，船缓缓行驶起来。而这一切将凝固在一个称作家的东西之上。是的，高耀青说，万家灯火。

　　"我时常梦见自己是一名守望者，骑着一匹白马在一座巍峨的宫殿前等待广袖流仙的公主出现。"

"公主来了吗？"

"冇。"

"因为什么呢？"

"因为那位公主从来不说伊就是公主。"

"这个世界上是不是只有一个叫白龙的？"

"我不知道。"

"这个世界上是不是也只有一个女表哥？"

"我不知道。"高耀青笑了一下补充说，"那座宫殿也曾是我梦到过的最大的婚礼殿堂。"

高耀青的尸体在水中浮动几下便消失不见。莫元良伸着的手尚未收回。他几次想去抓回，她从滚动的水面沉溺下去消逝不见，再也没有浮起来过。麻绳粗的雨线仍在向天上攀爬。莫元良跑过风雨桥在码头捺下一条小船朝着宽阔而涌动的江心摇去，打在江面上一颗颗冰雨，一群群跳跃的青蛙样，一只只树上的果实蹦蹦跳跳的麻雀样，然而悲恸的他无法承受这些小动物和果实的肆意跳跃。他想去览那瞬间沉没下去的高耀青，她竟然没有丝毫反应，没有再浮上来，没有跟他说一句道别的话。此刻，他才觉得一个活物的沉没是如此空旷和寥落。

"等等我，耀青——"

他的小船一匹受伤的野马样在江面上奔腾。

此时，只见莫安妮如水草般纤细的素色身影在江岸上摇曳着双手向他呼喊，她从红汤似的辽阔江面上步行过来如履平地，一如药房先生从莫家围得了魂悄子仙症的后生嘴蚌里听到过的那般。她怀着无法说清却又明确无误的黲然情绪向他奔来。当快要接近小船时，却沉入大块大块起伏的波涛。莫元良一桨横拉向她划过来，匍身下水游过去揽住她即将沉没的腰身带上船。

莫安妮像条壁虎一把吸住那个山洪般的男子，用嘴蚌封住他所有的语言和眼神。杏眼般稀塌的雨滴打在江面上，两座雨中的山铁铸似的融为一体。雨过天晴，两条狂热过后无尽慵懒的白豚躺在船上，任由其起伏打旋往下游而去。

卷廿七

　　在青背监狱的王珉经历了朝鲜战争带来的极度兴奋，又经历了夏堃和高孝荣被捕后的震惊，从风中他闻到外头的局势依然动荡不安，乃至风雨飘摇。莫温婉每月初一来看他。一开始她告诉他，她求了很多人都说能帮到她，他们想要的都给了他们，可她不能救他出来。后来她告诉他，她把自己也给了他们，可她还是功亏一篑。婉儿，你好偌啊，他们骗你个。到第九个年头他出乎意料地劝她，婉儿，嫁了吧，我这辈子只怕出不去咧。莫温婉仍不死心，还在继续找人托关系。然而作为国民党死硬分子的王珉既没有投诚的意愿，甚至连自新的诚意都没有。他依然坚信自己是国民革命军越城岭游击队司令，他在等待光复的那一刻。一年后的七月中旬，莫温婉带着一个一条腿的男子走到接见室门口，他一眼认出那是三粒尻子。莫温婉从头上挈下围着脸的头巾看着王珉的眼睛，我们结婚了。我的好婉儿，做得对。同时又对三粒尻子说，伊是一个多么豪鲜的姑娘啊。三粒尻子举手加额，并不回避王珉射过来的目光。

　　"还有一条腿呢？"

　　"丢了。"

王珉本已习惯平静地看着任何事物从眼前离去。此刻他心里突然像失去了最后一样东西，最后的惦念，留下一个树瘤般巨大的伤疤。他问起女儿苗苗，莫温婉话到嘴蚌又吞了回去。他晓儿苗苗已经耻于有他这样一个国军父亲。他明白婉儿的改嫁不是为了别的。她经不起世人的鄙夷和口水，更拒绝承认自己是一个战犯的后代。

　　"这个世界我和它再也有卵关系。"

　　在一次次蹲厕所的时候，一股迥异于监狱内的酸性气息涌到他的屁屎儿下。他听到了高墙之外那种自由世界的空气。这不可能。他微微地耸动鼻翼攒了一把腮帮子告诫自己，这怎么可能！可经过四季不同的风的气息的验证，他确信厕所下面的粪坑排水口跟外面是通着的，这个秘密在他心里珍藏了很久很久，他甚至摁住一只鸭子冒出水面样宁愿冱死也不让它抬头。可是，终于那股莫名的力量驱使他在一次淋浴时挨到最后一个趁看守没注意一下趆进大粪坑。大粪直淹没到下巴接着冲进嘴蚌，辛辣和新旧不同的酸臭刺激着他，他在强大红黄的蒸腾气流攻击下寻觅新鲜气流的来源，东头就是出口，一个掏粪的口子，只要顶开盖子就可以出去。这时警报声骤然响起，看守杂乱的脚步又转回来。那头已经炸监了，骚乱起来。

　　"一七九八没有回号。"

　　"我确信在监舍清点人数时没看到人。"

　　"他不是在厕所就是在回监舍的途中蔽起来了。"

　　"跑不脱个。"

　　他们冲进浴室挨个查看坑道，又往蹲坑里拿手电筒照射并没有发现异常。王珉听到脚步声朝这边过来随即将头慢慢没入粪池。当他觉得他们离开后方才从大粪池里冒出头。他将鼻子先放出来吸气，耳朵还听到说话声，电筒光竹竿般在晃动着寻找目标。尿坑道每隔几分钟蓄水槽自动翻转一次，哗的一下冲刷下来，这股声音刚好淹没他沉浮的响静。一刻钟过后他们才彻底离去，粪便里的蛆虫爬满他的头皮，面骨儿，沿着鼻腔往里钻，没有消化掉的辣椒皮和籽粒塞满他的眼睛鼻子耳孔嘴角。他用手抹了一把脸悄然往泻粪口踩去。当他到达泻粪口时却发现够不着洞口，这时监狱的警报响彻整个青背山上空。他决定在里面挨到天黑，只要两个小时，他就可以想办法爬出去，就可以脱离这监牢，享受口前自由世界的空气。屎臭的辛辣快要将他熏晕过去，口腔里泛起极其苦涩的味道，满蚌止不住漏颏。他仰面浮着一张面骨儿朝上只要听到响静就悄悄地下沉不留一蒂蒂儿响动，屈膝蜷腿将自己整个淹没在大粪里面。粪池的表面热气腾腾，而腰身以下则冰冷如铁。他一浮出来将面骨儿朝上带着金属光芒的绿头苍蝇像挂弹的武装直升机狂轰乱炸朝他振翅飞来，最终爬满一面骨儿，不晓儿是它们感到领地被侵占的危险还是这个活物对它们而言更有进食欲望。因为王珉的失踪，所有监舍的犯人取消淋浴。在这漫长的两个钟头里前后五次狱警来上厕所，他听到他们先后夹杂在撒尿和屎坨掉到粪坑表面砸出的声音之间的对话。

"偣卵害我们饭都冇呷。"

"上次据说就有人从溶洞里跑出去过。"

"现阵试试？那还是解放前。"

"是个，本监狱史上唯一一次。"

"那个痘子鬼就算翻墙出去个，山下也咸是岗哨。"

他们抖了抖胯部离去。埋在粪水屎尿里的王珉终于熬到天黑实警报声停止的时刻又爬出来在浴室觅到一把笤帚，二回趄进粪凼。尚在继续发酵的巨大臭浪将他几次击晕险些失去意识，然而这些巨浪般的辛辣酸臭气息在他听来逐渐演变为一股奇异的清香，那是伟大的自由的气息。他挤开大粪踩到了泻粪口用笤帚顶开沉重的木头盖子，又将笤帚插入坑底斜靠着坑壁，踩着笤帚往上走了三尺有余而后奋力一跳攀住了粪口边缘，另一只手搭上去，靠着一双瘦弱单薄的手将身子吸了上去。这是一处自然泻粪口，粪坑和淋浴水都从这里流出，流向下面的悬崖。他站起身吸了一口新鲜空气，这是多么通畅豪鲜的气息啊带着植物的甘甜一秒间就让他充满力量。深秋九月中旬的夜空月光响亮，一轮明月像一块滴着油脂的肥肉，山下隐隐绰绰的树林和山峦的线条披霜般起伏变化，更远处是久违的旋涡般的人间灯火。他没有时间细想，随手将盖子送回去后迅即脱掉衣服裹在脚上，打好绑腿，起身炮脚往崖壁下蹾去，杉树枝条抽打在他的脸上，胸口，恶豺豺地刺着他的身体。他的身体却比它们更狠更勇猛，他无法顾及灌木树枝荆棘，他比它们更加锋利从树林里狂奔而下遇着一仗高的石头也直往下遛，就在他即将达到山脚时后面响起了狗叫声。警犬在朝他踌来，越来越近。他在河床的边上蹦蹦蹦蹦狂命奔跑，前面就是一个水坝，他想他只要跑进水坝后面的警犬就没办法再追踪他。他肆意发狠朝闪耀的白色水面奔去。狱警觑见了他的人影叫他停下，他没有丝毫放松脚步反而加快奔跑，终于跑到水坝边上一个飞身扑通跳进水里弄碎了从各条溪流中流淌下来的月亮朝对岸游去。直到这时他才喝着一口水，身上的粪污在水中散掉一部分，可那辛辣的臭味已经沁入他的肌肤肺腑，口里的涎水还一直往外冒。他一会儿叉水，一会儿仰泳，一会儿自由泳朝对岸游去。站在岸上的狱警并没有下水来追。他游到对岸准备出水，发现狱警和警犬早就在岸边等着叫他上岸。他又反身朝水坝的另一个方向游去，当他要上岸的时候前门又站着狱警和警犬。他反身又往左手侧拐去。这时的他体力透支，被枪声震得多次呛水。深秋九月的水冰瀱刺骨，他仰面朝上，天上的星星像一滴滴咸咸的眼泪闪闪烁烁要脱落下来，摇摇晃晃成了一锅沙子。他不动，岸上的狱警就朝他身己边开枪，他只得又游动起来。当力气用尽动作趋于简单身体下沉之时弹花又在他身己边跑起来直到最后一丝力气从身体里流尽，冰寒反侵进来他才感觉哆嗦不已身体僵硬手臂似乎已经断了，嘴角滤漏出苦涩的胆汁。他觉得自己快要死了，在稀泥地里兀自打起摆子来，赤裸的身体一条缺氧的白鲢样在泥滩上偶尔甩动一下。此刻的自己堪比一艘罹难之船的残骸沉重得像一副棺椁。月光下的堤坝上一排黑黢黢的狱警持枪对着他，只有一些稀落的仿佛人类的声音。

"跑啊，怎么不跑了？跑死你。"

当他醒来，已经置身一片浓墨似的黑暗之中。他被关进青背监狱最黑暗的溶洞里面，接受三天一餐的待遇。溶洞也不再是原来的溶洞，被水泥全部加固，洋灰比雪还要冰冷，墙壁溜滑得可以听见镣铐和脚步声，高度近视的壁灯以及沉默如铁的栅栏，"这就是传说中的那个溶洞。"他在里面安安静静地不晓儿待了多少时间，没有了老鼠，也没有蛇。他被重新关进监舍时已经松懈得像架老风车，迟缓，干呰，从此再不与人言语半句沉默如一匹老马。他用禾穰衔接成线系在一只鞋子上，拖着那只鞋子在监舍里面遛圈。新来的人以为他是神经癫子，便也不再去招惹他，连狱霸都被他这超现实般的思维所打动。遛鞋子遛了几年，后来又和一只小老鼠成为了好友。他将老鼠放在怀里，放在他的鞋子上遛着。老鼠成为他唯一的朋友。老鼠寿终正寝的那段时间，上面派人审查他的情况，他发现自己还是无期。他说他早忘记了自己的过去，过去发生的一切他不想再提，甚至都不记得了。狱方经过暗中观察发现他的确没有企图和意愿要干什么，他动作迟缓，步履蹒跚，欹歙痴呆不堪，于是分派他到收发室帮忙，他甚至连报纸都不正眼看一下，最后承揽了收发室的全部活计，接收报纸再摊发给各监舍。大家甚至都忘记了他姓啥名谁，只叫他遛老鼠的一七九八。即便那些最显著的标题什么罗布泊蘑菇云中国出兵印度直指尼赫鲁老巢新德里中日建交了基辛格飞跃喜马拉雅山尼克松从天而降了台湾被踢出联合国了西贡时刻之美军在越南遭遇滑铁卢了中国军队即将挺进河内了中国改革开放了，其间像美元和黄金脱钩这样的新闻他都没有一丝反应，好像它们都是与他无关的冰冷风暴。他在他刻意冷却下来的世界里空气样活着，意味着他已经圆融无碍。想想，谁会跟空气过不去呢。只有一次例外，并且深深地震撼着他，当铺天盖地的报纸头条写着莫旦良归来这样的标题文章时他犹如被电锯绞割。他一夜未眠，月光如一柄柄犀利的匕首从窗户上刺进他的身体，刺进他的五脏六腑，先是冰凉的，然后是剧烈的烧灼感，肢体伸进空气便全身哆嗦，仿佛得了疟疾。他在床上躺足了一个月才下床，依旧分发报纸。独坐时继续发呆。唯有晚上夜深人静的时候他通宵不眠将那报纸一张张打开，连夹缝文字，残缺的彩票数字信息和寻物启事的电话号码细读完才放下。他又架势在这报纸的文字中间寻觅不为人知的秘宝。一个即将出狱的同监舍的人将一只断腿的戴胜鸟送给他，他又养着小戴胜鸟，喂它吃，喂它喝。他打开窗户将戴胜鸟放到窗台上说趔吧，趔得远远个。戴胜鸟打开头顶小扇子岔开翼甲的羽毛趔出去，绕了一圈又趔了回来。

"鸟儿啊,你真傻。"

"你要到口前的世界去看看。"

"那里,多么自由,多么辽阔。"

戴胜鸟就是不趔走,他就把戴胜拢在袖子里,时时刻刻带着,以一只手攒着饭粒放到袖子里去喂它,他喜欢鸟儿轻轻地啄在他皮肤上的那种微微的实实在在的略带灼痛的愉悦仿佛在提醒他什么,在树下,在窗台上,捉到小青虫时这种轻啄就会变得异常欢快。这一曦清晨,戴胜鸟如往日一样停在他的指尖上看着自己的主人,忽然间侧头从右边扇形展开的翼甲上啄下一根羽毛置于王珉的手心,闪动着眼帘望着自己的主人。王珉用右手捏起掌心那根黑白分段和一柄法式餐刀样的飞羽举在眼前看了又看,他轻轻地出神地抚摸着戴胜的羽冠和背部。直到有一段时间,所有监狱之友的戴胜鸟不见了。

在青背监狱这段时间进来了一个人,熟悉得不能再熟悉的一个人。王珉在发报纸的时候和他照面,经过这么多年他依然能够辨识出眼前这位莫家围大小姐莫伺其的老公卫臻,他们差一蒂蒂儿就成为襟兄弟。而此刻的他一切都显得那么木然,没有丝毫表情,或者说他的表情已经深深地死去。他将报纸递给眼前这位身体发福的人。他不晓儿这个人之所以进来也是跟他一样的理由,且同时属于莫逢系的情报机构。卫臻看见他那双三角小眼睛的时候眼神亮了起来,他没能更进一步确认当年的那个王珉是否还活着,是否就是眼前的这个痴呆老头骨。如果他活在监狱里应该待在监舍里,而不是口前。他感叹自己这一生世甲由般活在暗处就连洗白的机会都不曾有过,一黑再黑下去,到最后仍然无法抹去过去的一切,那黑不能自己消失。当年不可一世权倾朝野的莫逢也成了逃命鬼。莫旦良归国的消息令他肝抖心颤，遮挡自己的最后一道屏障即将被拆除殆尽，脑子里的那根钨丝就要熔断，他晓儿自己要到阳光下来了，就此结束他阴暗潮湿的一生。莫旦良却意外暴亡，而晓儿这个秘密的人只剩下莫元良。因为，他偷听到了他们的家庙谈话。王珉将报纸递给他，推着小车慢慢走了，不过他还是喊出了那个名字。

"王当归。"

喊声在监狱的走廊上回荡。

那个背影没有打湿一蒂蒂儿，继续挨着监牢分发报纸直到最后一份报纸塞进铁栅，推着小车徐徐远去消失在监舍走廊的另一头，动作还是那般缓慢，那般不动声色。卫臻的喊声在走廊里沿着地面拖把一般扑过去仍然没有捕捉到那个离去的背影。

就在戴胜鸟消失半个月后，王珉向医务室打报告说他不舒服，胸闷难受，可能得了什么绝症。医务室要他去做了初步检查。他肝部感染。于是向上级报告，病人立即送大医院检查。他被护送到神辳县医院，照片后发现肝部的确有一大块黑斑，已经感染了。诊断结果是医院要求狱方尽快安排治疗。狱方拿到病历后开会决定犯人可以回家选择自主治疗。王珉出狱的那天似乎什么也没带，只带了那只戴胜鸟翼甲的羽毛。

"自由万岁。"他举着一片蛇纹一般的羽毛说。

回到全州老家，老屋坍塌，家里老人全部过世，甚至没有人认得他。一切物是人非，他决定到神辳洞莫家围来览莫温婉。莫温婉满头银发，还是一眼认出了门前瘦骨嶙峋的王珉。

"婉儿。"王珉呼了一声。

莫温婉上去拉住他的手，眼前的王珉枯瘦如柴，面目荒芜冷陌，一头乌发夹杂了几根刺眼的银丝，特意梳了一个大背头，茶枯的油气还在鲜鲜地从头发上散发出来。他似乎对一切失去了兴致，唯有那对眼睛尚犀利无比，唯有这两只眼睛还能证明他没有彻底崩溃，还是当年的王珉。他一扫便把一只饭苍的翼甲削掉。凭借这项本领，他长年累月在监狱昏暗沉重的灯光下屠字，报纸上地虱癣虫般阴湿繁密的文字被一一虐杀。莫温婉告诉他土改那阵她在渐底下分到了房子，与午久熬结婚后住进围子里，午久熬在饥荒年辰为了救下她和苗苗喝下半瓶敌敌畏，他说反正是个残废，留着只会浪费粮食。"他是一个狠角色，"王珉用手拭了一把眼角话，"骨头硬嘎。"莫温婉点头表示她在朝鲜战场见识了。零下四十度准备进攻的前夜他匍匐在冰窟般的战壕里，号角一响，他奋然跃起一条腿从膝盖关节处脆生生掉在地上，随后倾倒在地。打扫战场时战友把他像一个沉重的木头架子从战壕里抬出来准备掩埋，发现他的眼眸还在放射精光。那个十字架姿势在冻上之前实际上是一个匍匐握枪的姿势。他们把他抬到营地暖和过来化完冰，这个时候鲜血才从腿上流出来，身上被弹片穿透的地方血流如注。

"可还是饿死了啊。"

莫温婉看着自己昔日的恋人。我们的苗苗也是那年饿死的，抬出去掬到水田里后来连骨头都冇览到。太多了，毋晓儿哪个是我们的苗苗。有的死了横在那里没埋，只眽到喉结耸动老鼠子从嘴蚌里钻出来。王珉面骨儿上的肌肉一阵抽动，嘴蚌哆嗦，牙骰磕碰得碎银一般响。他哆嗦着从胸口的内衣口袋掏出一张苗苗幼阵时候的照片凝视着，女儿眼神明慧，脸上挂着甜甜的笑容，仿佛听到她银铃般的笑声在喊爸爸。莫温婉停了一会儿又话，苗苗走了我也冇赴话去你，怕你受毋下喀。王珉猛然哇一下哭将出来，那声音好像是从胃里倒出的一堆秽物。莫温婉坐在竹凳上半晌不语，昔日三千界，大瀑布和马公馆某些终身铭刻的过往遂即袭来。王珉又从口袋里摸出一封入狱不久女儿写给他的信，莫温婉接过信刚刚打开，上面漫漶的字迹大多已不能识别但能看清是苗苗的笔迹，她不能自已地痛哭起来。王珉上前拥抱着她，轻轻拍打她的肩背。莫温婉倚在王珉胸前哭过之后一手拭眼泪，一手起身去水缸里拎出了二斤腰排肉，再到围子的商店买回两瓶德国黑啤。莫整那些，牢饭我都茹惯了。山珍海味我也没有，将就一下嘎。茹饭时莫温婉问他以后打算哪门办？无依无靠，想做点小买卖。还有我，要不住到围子里来。我怕污了这屋邸的名声，先到口前转一圈再讲。莫温婉没有执意反对，说我有二百块。只要一百。就二百块咸挚到。恭敬不如从命，定将加倍奉还。还你个头啊，人出来了就好。她从里屋挈出一个铁皮盒子，里面装了她的全部积蓄，一块两块五块十块的红绿钞票点出两百整，余下只是一些毛票，也捏成一把一并塞进他的口袋。这天夜里，王珉在围子里过夜，他一夜无眠。第二曦王珉将那一沓钱颤抖地攥在手里，青筋暴突，向莫温婉行了一个动作变形的礼，转身离开了莫家围。

"转不动了就回来。"

清晨离开时莫温婉在最后辞别时刻说道。

清晨的霞光铺满江面。走了很远，他依然感觉到莫温婉盯着他的后项。他没有回头，心怀一种莫名的悸动和当初他们走在一起时的那种强烈的暖意一味地往晨光里走去。他好像从一座高山上走下来，而留在他身后的却是他生命中的全部。他拿了钱离开莫家围并没有去医院觑病，而是买了绿皮火车票去北京。他换上一身全新的中山装临近傍晚时分来到广场。葵藿倾日，一望无垠的向日葵地里的头颅。他架起势发狠卖冰棒，每一根可赚到五分钱。总共捞走了一万块。他给莫温婉寄走五千二百元，然后从机场买票去香港，再从香港飞台北。在飞机上，他掏出戴胜鸟那根四十八段毒蛇花纹和刀子形状的翅羽仔细揣着刃口，那么地出神，那么地伤感。坐在旁边座位的一位年轻姑娘好奇地问他，这是什么毛？救命的毛。他问她是不是也是从大陆去台湾的？姑娘一嘴台湾口音说她是陪爷爷回大陆探亲的，现在回台北，爷爷想念老家留在大陆她就一个人回来啰。原来如此。他木木地自言自语道。姑娘问他为什么叫救命之毛呢？他说我给你讲一个故事吧。过去，有一个人在监狱里，他杀死一只戴胜鸟，取下它一只漂亮的眼睛，然后用刀片在腹部劚开一个小小的口子将戴胜鸟的眼睛埋入体内，皮肤过几天就愈合好了，而戴胜鸟的眼睛在身体里腐烂，发毒，感染，扩散。他被送去医院检查，医师说他得了绝症。

"这是一只寻找光明的眼睛啊。"

当羽毛的故事讲完姑娘惊叹说。是啊，他回答她。眼睛湿了，望着窗外一动不动。湛蓝的天空深邃无边，飞机从层峦叠嶂的白云上飞过，仍可以看见下面一望无际被风吹皱的海域一如广袤无垠的沙漠。"别了。"他声音不高但斩钉截铁。

长夏六月下旬的一天，差不多就在王珉去台期间，在京读书的莫高世骧被学校遣送回洞里，遣送者委婉地表达了他患有先天性癔症的意思。逢母绝望地意识到她所期待的改变家族命运的孙子丧失了正常人的理智。她还是那句话，嗣子活到个时候叫你们读圣贤书，而你们却乱读书。

"现在好了，"此刻的她仿佛已经失去当祖母的艺术的所有耐心，"莫家围最后一根读书苗子烂脖儿啦。"

回到神垕洞莫家围，莫高世骧将父亲的水缸抬出来放到老围中间的空地上，并将其翻过来倒扣在地。他站在这口曾经属于他父亲的水缸上头戴起一副傩戏面具，身披拖曳着长长的雨布，颈嗓上系着红领巾，手拿一把小号。小号吹过之后他向围子里的人宣布，中华联邦国正式成立，他登基为总统，皇帝，国王。并且强调三种称呼一个也不能少。随后向大家颁布他焚膏继晷日以继夜耗尽全部心血与才华拟定的由一张一张本地米色土纸用米汤糨糊连接起来长达一百米的宪法，每页纸上著述着密密麻麻的手写字有如聚满了出征前耸动而好战的切叶蚁。唯一的听众是他的父亲，一如当年他的父亲坐在水缸里，他在水缸前玩泥巴。别的人害怕他疯癫，惧怕他打人，有如当年害怕他的父亲一样，只远远的在围子走廊芍药花和曼陀罗外旁观他那盛大而稍嫌谲陋的登基仪式。莫元良想起自己当时在水缸里的时候他还是一个无知的孩子，每曦玩到茹饭时候他阿嬷就在围子那头悠扬地喊他的名字。

"恭昊，茹饭啰。"

听得出来，他的母亲将乳名换成了学名，这时他已经长到七八岁有了坚固的自我意识。他看着他丢下地上的城堡迅即站起来炰脚回去干饭，完了又端一碗出来给他，继续投入自己的世界。他脚踩一棵石缝中的马鞭草宛如踩住一只刺猬。他告诉父亲，一到晚上他就会变小并飞回城堡躲避敌人的追杀。莫元良用手抓着碗里的食物大吃大嚼，一边吞食一边看儿子在沙堆，石子和木棍之间搭建起自己心中的城堡。太阳过于毒辣的夏天他和他的阿嬷到围子口前的池塘里采摘荷叶让他擒在手上，遮挡住那暴雨般粗暴的毒阳光。

"醒醒吧，崽。"

莫元良向他的儿子莫高世骧说道。他们错过了机会，唯一的机会，父王。什么机会。他们应该绑架我们的领袖，宣布他为总统，他们却放走了他。总统大人，他们宣布成立了中华联邦，新总统宣誓就职，你下来，我好好跟你说。莫高世骧一听这消息立即跳了下来，此话当真？当然是真的。你看第七舰队已经攻占广州，厦门，上海，控制了沿海几个省份，如果不承认新总统就要攻打上来，当局迫于压力只好退位宣布新总统就职。太好啦，他们终于明白我的意思了。可这对你有什么蒂蒂儿好处？这哪门说话呢？父王。这是启蒙，民主政治才是人类的未来，拥有它中国将正式步入人类文明灿烂而辉煌的进程。莫元良一耳巴子打过去，堪比一阵飓风当即将其打翻在地，傩戏面具掉落在地，滴溜溜打转。他叫过来十余人将莫高世骧以粗绳绑在水缸上，一桶水从他头上浇下来。你是真犟筋还是假犟筋？父王，莫高世骧说，你怎么可以这样对我？我哪里犟筋啦？我说的都是实话。莫元良相信他的儿子是真的犟筋了。在随后的一年多里他就将其绑在水缸上三曝与他沟通一次看他是否恢复了理智。直到不久后的一天，一个飓风般的消息穿过报纸和电视直扑神屋洞渐底下莫家围袭击了莫元良，他没想到来得这么快。莫元良走到水缸前。莫高世骧奄拉着脑壳。他看了他一会儿说我要告诉你一个豪鲜消息。

"莫个？"

"苏联烂脬儿嘎。"

"啊，"莫高世骧霎时动容起来，"事情正在按照预想的道路演进。"

你预想的莫子道路？民主政治的道路嘎。崽啊，揎嘎你个想法，醒过来吧，尽管苏联解体我也高兴但我的高兴和你的高兴不是同一种高兴，我所高兴的是我看到的三极新母体的形成露出了端倪，欧亚大陆社会主义阵营的瓦解最终两极化育成功，我所高兴的是中国已经成为这里面的一极，真正的一极，而不是你所谓的民主政治。民主政治仅仅是一种类似说辞的东西，它一文不值，共同体的组织形式是一种公器，这才是政体的本质，分崩离析之后的苏联全部走民主政治路线但也救不了他们，唯俄罗斯可以有成为新母体的潜质，可它不再是欧亚大陆唯一的母体，中国将以新母体的姿态出现，中国新生了，你晓儿嘎？你不晓，这就是你的无知，你的悲哀，你的可怜。父王，你的意思中国还要沿着这条道路走下去？是的，会一直走到成为真正的新母体。

"周虽旧邦，其命维新。"

"这是父亲一直为之奋斗的东西。"

"我希望你能够接受它。"

那美国怎么办？美国？它是新世界另一个母体，重生的新罗马。在很长一段时间之内，都会是，同时它也是一个联合立宪的联邦制国家，它的命门一如苏联。它太新，太短促，还没有经历血脉的重铸和民族大融合，它理想中想要的那种东西还没有孕育出来。莫高世骧面骨儿极为难看，他的父亲晓儿自己此刻在话莫个。他要进一步唤醒这种沉睡和锤击他身上稚嫩的那部分。他像一个持钳的铁匠跟抢大锤的副手说道，三个母体都会以自己的形式存在，但中国将会是超大型母体。为什么会这样？他的父亲凝视着他说数千年来一直是这样，我们在这颗蓝色星球上拥有巨量的人口和智慧，我们将居住在这片土地上的人们暂且称作国家，从它建国的那一天算起，而它实际上是一个价值共同体。也就是你说的新文明母体。

"对。"

莫元良将他的儿子从水缸上搂下来。莫高世骧跌坐在地。

他在父亲神谕般的话语面前许久站立不稳，他所能够想起来的和现实中能够批判父亲的话语都化作青烟和泡影，这是一种全新的同时让人无可辩驳的话语。解体不是美国在施压，某种程度上是中国所希望的，换而言之，是中国在施压，这多么可怕，而父亲的话本质上就是这个意思，可他全然不知。

"你，去美国吧。"

这是作为父亲的莫元良跟你父亲说的最后一句话。

他让莫高世骧去美利坚合众国留学，他的偬偬莫旦良在纽约或华盛顿还拥有一套私人豪宅。当莫高世骧即将启程之际刚刚结束生圹静闭回来的逢母最后一个得知消息的她表示坚决反对，她说莫铺良和莫幼良就是你阿爸有你这种思想造的孽，所有的事情还在她眼前晃动，从堕落的东京到更加堕落的纽约和华盛顿不会有莫子卵好果子吃。莫元良说你看我舅舅逢松坡先生连堕落都堕落得比别人好，是条好狗就要放出去泪山，这是唯一可以治他病的方子。逢孺人无可奈何，她反对，但不坚持，以一种对待子孙后代的无限慈祥与柔情随时改变立场。她卖掉了所有的金手镯，金耳环，金链子，金项圈，无用的金叶，以及头巾包下跟玉有关的所有首饰，抠下全部家具与镜子背面的银饰，珍珠，玛瑙，翡翠和可以算作漏网之鱼的十二把长命锁与从数顶婴儿帽沿上割下来的三十六尊金菩萨，意外之喜的是还从牛圈马厩里刨出一篮银锞子和床脚下翻览到明清时候就遗漏下来的十五枚铸着反叛领袖头像的银毫，老宅邸挖笋般捣腾一过，最后，逢母摘下耳垂上那两朵隆重的绿才勉强凑足了机票钱和学费。莫元良在帮着寻找黄白之货时踏进了父母的正寝，在铺着牛皮质感的地砖房邑里踩上去却像寂静无声的草原，观井图还悬挂在墙壁上，虽然在暗室却被某种看不见的光包围着。

幼阵父亲让他们观井时那种奇妙而通电的感觉仿佛还在。"这图到底是什么意思？"他将观井图卷轴取下来卷好夹在腋下，用眼神询问母亲。"还能有莫个意思。"逢母无意深究这个围子里一切具有深刻奥义的事物，只关心她内心世界的缺省与完满。就在第一缕阳气上冒脚在鞋子里感到丝滑松快之际莫高世骧赴美之行正式提上日程，弥漫在屋内的那种长远出门前的紧张气氛的重压才稍稍得到缓和。临行时，逢母所有的忙碌最后汇聚为最简洁的行动，她第一个起床生火为孙子煮了一镬子腾，要他带在路上吃。随行清单异常简洁，仿佛长远出门的仪式必然如此，只有他人和逢母为他煮的那二十八枚尚带余温的鸡蛋，其余在他偃偃的豪华私宅中应有尽有。尽管逢母一生经历过数不清的话别，她嗓音朗润柔和而每一次都清清泪襟心中涌动着连绵不绝群山般的连自己都无法抑制的磅礴惜别之情，喉咙发紧打结如同椊了一只萝范样，一阵铜豆似的哽咽倾泻过后便是发势恸哭，每次都是积蓄一百多年的悲伤所进行的发泄与释放。她看着自己寄予厚望的孙子登上火车留下一个离去的冰凉的长长的背影窟窿样从空气中穿过隧道，火车就这样从这片土地上巨兽苏醒般嘶鸣着穿过岣嵝山下的山洞从眼前消失了。她心中唯一的行李是语言，她相信是语言使他成为孙子，成为孙子的祖母，成为牵挂的脐带。

"记到写信啊。"

逢母无法割舍孙子的离去最后近乎哀求地叮嘱一句。

"姑妈，哥哥不要我们了吗？"

在送别的队伍里，莫温婉牵着一个孩子宛若牵了一只长着鳍状肢的脊椎动物。她是莫安妮和莫元良生下的孩子，小名莫卧儿。莫安妮生她的时候只有一斤八两，有些器官乃至还没有发育成人类幼崽的模样。莫安妮躺在病床上莫元良在她身边守护一个月零几天后心脏停止了跳动。莫温婉将孩子抱过来亲了亲母亲的额头，莫安妮又奇迹般苏醒过来。二十四小时之后院方还是请莫元良在死亡证明书上签字，一行冰凉的蓝色打印机字体显示着新生婴儿母亲的死因：子宫绒毛癌。临终前莫安妮看着莫元良，请他将自己和莫幼良葬在一起，"幼良命也苦"。莫温婉心头一颤，那个不曾跟任何人提起的秘密复燃了一般又将她炙烤一遍。莫元良看着她逐渐熄灭的蓝色眼神点了点头。那种生命意志的退去令他感到万般无力。他再次想起从南洋回到莫家围父母的屋邸被众人包围时第一次在人群中觑到那双闪烁的蓝眼睛时被震撼的自己，以及在地下室的水缸里他由衷赞美她生命力爆发的那一刻。莫卧儿体弱多病，需要通宵达旦看护。每周一三五去医院，一个扮相颇似二次元女优的护士给她体检，开药，做全身按摩。莫元良坐在摇篮床边，在散发着婴儿屎尿乳臭以及桐油和碘酒气息的房邑，在一大堆尿布片，药物，奶粉，奶嘴，蒸蛋器，保温瓶，衣袜鞋帽和婴儿衣物之间忙碌。准点喂食，推拿，时时调整床头灯的光感和亮度。它们触手可及，可他还是时时出错。一些无法纠正的细微错误令事情即将步入蹊跷之境，他使出浑身解数想像一个母亲那样来照顾新生婴儿，但他还是不能成为一个真正的母亲。一切表明他和器物之间有一道天然的屏障，疲态尽显，束手无策，要在一种更加精微的由雌性思维构成的世界里出没已经力不从心。他晓儿自己老了，于是在器物之间贴上标签，越细心越阻碍他完成精准的组装。莫温婉于心不忍终于将孩子抱走，养在自己屋邸，经过两年的细心照料才长到正常孩子出生时的形状和体重，到四岁时才能走路。

521

"他要去你慢慢家哦。"她姑姑告诉她。

火车快开时莫高世骧依旧神情恍惚。他没有祖母的那种伤心，也没有父亲的那般冷峻。至于那个尚年幼的妹妹根本无暇眄她一眼。就是到了这样的时刻，他依然还没有从过去的打击当中恢复勇气面对新的生活和那个传说中的梦一般的世界。莫元良站在巨大山脉下望着远去的火车几欲挪步随车奔走，然而他还是忍住了心中巨大的隐痛连手指都没有抬直到火车离去下一趟进站他才和大家一起离开。他望着前面的山峦，看到它们涌起并传出波涛。数年前怀着恐惧逃离神垕的自己仿佛还在奔腾。今天的儿子正在重复这种冲动，乃至在重复先人的冲动，他晓儿那个带着各种见解和诸多心有不甘的儿子走了。年届暮年的他越来越春寒料峭，一副嶙峋而瘦长的身板走过之后留下硌人的带棱角的风。他本想送给儿子最后一句话，"你的思想可以没有国界，而你是有祖国的。"但他强行将这句话落喉烂到肚子里。留在逄氏印象中的孙子只有一个白色的意识斑点，她想留住火车离去的那个瞬间，可就在孙子离去前后逄母的牙齿又重新长出两排婴孩似的乳牙，令她看起来神采奕奕焕然一新仿佛一座刚刚重新翻修过的老宅，离去的孙子再一次变成无法弥补的洞窟。

卷廿八

　　临对观井图，每一种似乎都有其奥义。莫元良尝试过八千一万种阐释，它们如同篝火熊熊燃烧在心里。井如同一个口字将人囚在里面。有时候他甚至想莫家围就是一口井，且不需要任何象征，人在里面既受保护也受约束。井抑或代表生命之源的水，无水之木不能长存。观井或许是要告诫子孙如履薄冰，家业永葆万般艰难。临近井就是临近危险须小心警惕。井如镜子可以照见自己或映照天穹。观井如慎独，如幽人，如暗室，井就是井卦，或天泽之履，经义显著，井也可以是虚空。乃至，可以用数学运算法则计算。观井图在他人生的不同阶段和时期都可以给出新的严丝合缝的启示和召唤，没有任何扞格之处。为何会如此微妙？但他仍然觉得没有览到真义，那种一击即中绝不拖泥带水的痛快和新生的永恒愉悦。井，人，树，这三者构成了一个自足的世界。圆成实，对，为什么还要长绳捆缚呢？砍掉那根绳子，掉下去，去井里——他猛然间豁然开朗。绳子不是必须的，是应该砍断的。之前自己太从经典里去解释这幅图的象征意义而没有想到实际。之前所有的想法可以概括为不要掉进去，要从事神垕学派所谓的内在圣殿的建筑。他再次附耳倾听，井中收集着围子的人畜之音，海螺一般的涛声，从四面八方涌来的大地的杂音，以及死亡一般的天籁。

"不，要放弃，要掉进去，要反身。"第一个莫元良说。

"要砍断那根脐带——新生。"另一个莫元良说。

"掉进去，也毋一定死。"第三个莫元良说。

更多的莫元良还在尝试新的路劲，在突奔，在发出声音，然而那个最庸俗的想法终于再也无法遏制有如泉水往外汩汩冒出。他开始寻觅去井底的道路。他在父亲的地下室书架后面览到了一条通往井口下方的密道。他那最庸俗而荒唐的想法得到了证实，井的四周是一个很大的密室，那就是金库所在地。尚未走到密室十分之一的路程，在夹道中他便被那奇异金属强烈的光芒所阻挡，一扇门样，一头牛样堵在通道中间。

"很多的水能变成大海。"

"很多的钱便有了神性。"

莫元良不由得发出感慨，这些光芒之下的剩余物使他利用马肠响山区和峡谷间的锑矿媾下了更多的钱崽崽，钱孙子，玄孙，云孙，去他妈屄所有跟钱有关的后代。啊，金钱，这滚烫的流淌的液体。在一个视金钱如粪土的莫家围的嗣子继承者眼里他看到人对财富的追求已经胜过了任何理想，他曾经为之奋斗和希望改变的家园被资本吞蚀。

"钱成为信仰。"

"他们有了一个新的上帝。"

睁眼一看，所有人都在拼命捞钱，一切都在为这个吞噬一切的上帝服务。他们率先出售灵魂，然后出售各种身体器官。道德和美被扼杀，唯有嗜血的新上帝闪着奶油般的光环。他最关心的土地再一次集结在房地产商手里打包出售，他们像改头换面的地主土豪。最大的受益者不是别人而是权力的拥有者和输出者，只有他们有权出售国家和人民的土地。他当年炮轰莫家围进行土改的那一刻改变的到底是什么？土地和资本重新集结的方式？神凰已经变成一座崭新的城市，而共和国光这样的城市就有二千八百座。他眼睁睁地看着很多人重新沦落为穷人在食物链的下端惜命如金。他们，还会成为革命的动力源吗？这一切难道又回到了以前？还有谁在乎最终决战的到来？他悲愤不已却无可奈何，他在强烈的怀疑中陷入衰老的迷途，因曾经梦想的世界突然降临而失认？然而这就是族群和社会细胞的新面孔。孤独个体就是一个公司，祖先就是永劫轮回中曾经辉煌过的先人，难道我们不是新组织和战争方式下的新人？

他决定好好善待这笔祖先的遗产。

他想着神凰洞以锑都名义响彻起来的时候他和他的大恒集团已经成为岭西一带最有实力的首席家族公司，莫高世敏顺利成为大恒集团的董事长。然而，随之而来的衰老也没有能够阻挡他思念远在太平洋彼岸的儿子。那个在纽约和华盛顿流浪多年躲在唐人街牌坊后第一家粤风饭店昏暗潮湿的被炒炉与抽油烟机狮子般的怒吼抽打和辣椒油污沾满肺叶体腔的后厨杀鱼切肉洗碗通下水道八年的儿子为交纳慢慢房产的一百万美元遗产税以便赎回私宅彻底绝望之后回到神凰洞的莫高世骧已经由一匹骏马瘦成了一副细长清癯的高跷可以踩着它渡过神凰洞的任何一片深水区。八年来，他没有写过一封信和拍过一个越洋电报，导致他的太姑差蒂蒂儿哭瞎了双眼。他坚信自己可以偿还那笔遗产税以独自享有豪宅而后在这个樱花盛开如灿烂天堂的地方呼吸着自由空气度过自己的下半生，尽管每个人都要呼吸，而他觉得唯有这里的空气才是自由的空气，伴随着潮汐曼哈顿史诗般的朝阳和华盛顿特区国会图书馆柔和而温馨的灯光下摩挲着书页的清香，滋养灵魂的是大都会的万国艺术气息，并且还能从空气中闻到一丝古罗马时代和人类文明巅峰时期重叠的荣耀，然而现实中的他有如一只早由被生活压迫在繁重而单一重复劳动的底层，他仍在顽强地活着，拼搏。凌晨三点下班后他闻到的只有他的幻觉和梦想破灭后越来越浓厚的腐败肉质的气息。他永远不可能还清这笔债务，他意识到这个问题后开始改变想法，他为什么要去偿还这笔债务，这债务从一开始就不属于他，如此简单的逻辑他却用去本该到学校学习编程或机械制造而不是去打工的八年才想明白。八年啊，多像一只猫从屋脊上一闪而过。他终于拆开从那透露着令人厌恶的旧大陆气息的无数信中的一封，哥哥邀请他回国主持矿业公司转型为生物科技与宇宙通讯公司的技术顾问时仍然觉得是在嘲讽他，每个字都露出揶揄的獠牙。他拆开更多的信，里面都是这样的内容，而更早期的信则是姊姊快要死了以及阿爸胃穿孔病危这样的诱惑之言。谁死，对他都无所谓，他没有因为死亡而要产生任何悲伤与痛苦的冲动，最后，也是最后一封信是在三年前发出的，太姑告诉了他实情。

"你爸觅到了金库，就在井底下。"

他一时间为之悔恨交加恸哭不已，可是现阵回去已经晏了，他料定所有的金子已经被他癫狂的父亲和有两个妻子的浪荡哥哥挥霍殆尽而这么大的事情决定他命运的事情他们为什么不早点告诉他。为此他又在唐人街赌气熬了三年，他用炼狱来形容自己的处境却没有时间去教堂望一次弥撒，更无法建立信心。他又用东方哲学中艰苦卓绝的隐忍精神将自己认作人类的苦修士，他一次又一次确信自己就是流落在人间的普罗米修斯。可是精神和坚强的意志仍然不能修复生活的轨道使其往好的方向发展，他每天的努力不能改变蒂蒂儿坚硬的现实，最终，金库的诱惑力将他击垮，他被遥远的钱的香味诱惑侵蚀彻彻底底被击溃。终于，他成为了众多在曼哈坦岛码头上瞭望从中国驶来船只的人当中一员。樱花再一次绽放时他忍痛中断了华尔街摩根士丹利银行的月供坐上一艘开往香港的货轮，唯一与他道别的只有曼哈顿天空中那一轮沦陷在高楼大厦之间惨绿的月亮。这里的繁华与他再也没有一蒂儿屌毛关系，这些年的努力全部付诸东流。终于他看清爽这一切的背后隐蔽着一头看不见的巨兽。他在太平洋上遨游了几个世纪才抵达夏威夷然后又花去数个世纪才听到海风中夹杂着的他在唐人街早已烂熟到憎恨的粤语菜单的气息，他像一部史诗中描绘的英雄从海上归来却跟老鼠似的在船上的集装箱里长期啃食墨西哥玉米和巴西大豆导致牙齿被损坏，牙龈厚实到有如石臼的边缘，乃至他抵达神垕车站出来那一刻说"我回来了"这句话时显得那么苍白无力。他哥哥的车队还是跟迎接总统一样将他带到了大恒集团王子大厦的父亲面前，一旁坐在轮椅上的奶奶逢孺人仍然还是那句跟所有人一样的问话。

"你给我带糖回来了没？"

你摇摇头，在空气中画出了一个扁平的圆圈。

趁着自己的母亲还没有认出这是她离去多年并在纽约一再受难和堕落的孙子莫高世骧之前莫元良让莫高世敏带祖母去楼顶看云。他们坐在停机坪不远处，等云来。飞鸟已经不再光顾这样的高处，除了那些忘记了天有多高的鸟类。可是，云的故乡在哪里？渐底下的老围那座曾经的圣殿只有一口碗那么大。神垕洞街上的凤凰树也变成一条细若游丝的铜线。莫元良用眼神经打开控制器，空气中立即释放出莫高世骧在唐人街熬夜打工的情形，他从另一个空间突然跳出来呈现在众人面前。上午十点到凌晨三点上下班，其余时间在附近一个家徒四壁的多人宿舍过夜。在他离开华盛顿前第三年六月十九日深夜下班回去的路上遭遇一伙莫名其妙的劫匪并被打断一根牒排骨，他甚至连打劫他的人是黑人，白人，拉丁裔，还是他的同胞都没有看清爽，他在床上躺了一周捂着身子像捂着自己的钱包一样又回到后厨的流水线上。当看到这个视频，他的身体和意志已经无法自持。他的行为至少最近几年的行动都在父亲的眼皮子底下。他从父亲的话语中听到这十二年来需要他领会的只有四个字，不是忠孝廉耻，也不是最终决战，而是另一句他从观井图中悟出的语言的舍利子。

"反身而诚。"

他的父亲告诉他，因为自由，他才迷失了自己。当你想改变世界的时候先改变自身吧，世界远大于自身，而自身也不小于世界。可他在异国他乡怎么也反不了身，他背后总是站着自己的父亲和他所谓的主义。要知道，每一个孩子从一出生就是流亡的父亲。他们要成为新父亲，其间所经过的曲折汇总起来就是一部史诗的全部内涵。那所谓的莫家宝藏或许从来就没有存在过，而是我们对先人的全部幻觉和缅怀的最高形式，先人总是和未来达成一种对当下有效的契约才成其为先人。他来到楼顶，将那张花费两月薪水从犹太人手里弄来的麻省理工大学毕业证书从王子大厦楼顶扔了下去。

在繁忙而璀璨的记忆长河中永不褪色的一个下晬，一阵小雨过后，最高的部分在云端以上的王子大厦在河洞中璀璨的钻石样闪闪发光，一架海参式的直升机流星般降落在方尖碑似的三百层楼高的顶层船坞。莫元良从飞机上下来，身边跟着美女机器人秘书萌萌。他走进直梯降落在自己顶层的房间，他的太极师，瑜伽师，按摩师，牙科，眼科，心脑保健医师，意识整理师，吃喝玩乐顾问，太空法律，保险和投资理财顾问，非天才子女管理与家庭教育负责人全部等候在外，他们仪式性地征询他的意见，而他有回答是或不是的时间。其余跟装载了整个家族业务管理系统机器人管家萌萌协商，她自动给出答案，会怎么做，应该怎么做，结果如何。他站在顶楼，看着河对面的峋嵝山说将山顶削平，机场就有了。半年后，神垕机场剪彩开业，莫元良坐着神州航空的第一班飞机降落在山顶上的机场以便为他的私人飞机开道。他的新一百零八个子女在机场欢迎，最小的还只有三岁，他们有一个共同点那就是均为代孕而生的试管婴儿，如雨后春笋出现在他面前，这一百零八个子女中包含了白种人，黑种人，红种人，黄种人，棕色人种，甚至还有青种人，绿种人，蓝种人和玫瑰色人种，每个孩子都来自不同的新母体之下经过仔细甄别的种族和部落单元。这些孩子在出生地养到三岁之后全部接回来住进王子大厦。他在波利尼西亚，密克罗尼西亚和美拉尼西亚群岛之间购买了一百〇九个岛屿，每个孩子都有自己的一个岛，其中一座是为长子莫高世敏准备的，他自称西太平洋岛主。然而，这些岛屿最终有没有人愿意去居住他已经漠不关心。莫元良的这一冲动使莫高世骧陡然多出了一百零八个弟弟妹妹，而且岁数都比他小。

"人是孤独个体。"

"就像岛屿，要么独自成长，要么沉沦。"

而他们的母亲如果还能找到她的孩子，他欢迎她们来这里度假。天空中有一组家庭通讯卫星专用于莫氏家族内务之用。

这样，他们的产品乃至公司内部谈话内容和行为举止在任何时候都会比别人更好地公之于众，并被纳入人类在这个星球上的信息存储系统。在他人生的最后岁月他开始将精力放在莫氏家族闪人的建设上，投入了大量的财力物力，收购了三十项具有贡献的生物学技术。在吃的方面他只吃带苦味的菜。逄母对他的所有行为均感到困惑不已，觉得他不再是人类，而恰恰继承了他父亲莫大恒所有缺点与恶习而感到痛心。他的母亲停止在一百岁，他每个月为她洗一次血，换掉局部坏死的组织，让她看起来永远一百岁，时间不再流动，日子可以任意重复。她像一潭死水，可口前世界总是变化无常，这带给她不应有的伤害。有一次她从一楼爬到了二百九十九楼，从此她再也没有一个同伴，也没有朋友。她说她宁愿住到火星上去，也比在这看云和他的脸色强。莫元良说可是火星你也待烦了，你说那里比这里还要孤寂难耐。他转头跟他的秘书说，老门亲要舍得死早就从这儿跳下去了。萌萌说随便死去是不对的。你不知道什么叫死亡。可我知道他人的死亡。他说把镜像感知系统打开看孩子们在干吗？巨大的视频混乱地布满他眼前的空间，一个孩子在睡觉一个孩子正要剥去家庭教师的胸衣一个孩子在玩漫游银河系一个孩子在跟女孩子求欢一个孩子在边哭边笑一个孩子正要把手伸进内裤一个孩子在吃零食独自玩耍一个孩子在寻找自己丢失的东西一个孩子在找爸爸一个孩子在抽烟一个孩子在吃奶一个孩子在摆弄他的翼装飞行器，他们都说他们母亲教给了他们母语却没有一个孩子要览他们的母亲。

"他们还是人类。"莫元良大笑不止，示意打针的护理人员退后，"教教他们唱歌。"

"游击队啊，快带我走吧，我实在不能再忍受。"

"如果我在战斗中牺牲，你一定把我来埋葬。"

他注入的正是这些孩子的干细胞。自从注入干细胞以来，每到入夜之时，他感到那早已枯萎的且在地牢里炸掉睾丸的地方又开始萌发勃勃生机。偶尔还会惦记起曾经的日渐遥远的那些敌人。萌萌在这时则依主人思想情绪的波动变身为武媚娘，埃及艳后，叶卡捷琳娜二世，戴安娜，有时候是缅甸模特，非洲姑娘，韩国淑女，日本女优，俄罗斯和乌克兰美女，北欧女神，阿拉伯面纱——噢，杜波夫，赫本，以及乏味艳俗的梦露，她们的胸和臀有时大有时小，腰可粗可细，脚可长可短，人类最后的妖艳与颓废在这里所剩无几，而莫元良则感叹自身聚集了太多的人性。他的妻子高芙蓉以一个鬼魅般的白色意识斑点出现在他右眼视距不远的一侧，而他转过头去看的时候那里什么也没有。

"蓉蓉。"

这是某种精确的预感。按照他设想的自己死亡前的最后一道人声，仿佛河床退潮时留下来的水禽。他又将闪·莫氏家族打开完整地看了一遍，萌萌接到触感信号报警时莫元良已经停止了心跳。这时，闪·莫氏家族的画面还在空气所构成的多维度空间里不断变幻闪动，正值逢母的记忆体在回溯高芙蓉裸身悬吊在地下室被药房先生一道道剐肉的情形。他认认真真将这一段看完，直到药房先生将这具肉体切割完毕装进坛子封闭好，他身体里涌动着巨大的气团在上下吞吐。萌萌提醒他不要因情绪波动过大而导致血管爆裂。他喝一杯清水，看到饥馑年辰过去的逢母，每个月都要消失一段时间。刚开始，她拄着拐棍提一篮食物，后来只提一壶水。她在父亲莫大恒的祖山前直线位置挖了硕大的可容身的洞穴，用青砖箍墙，糯米糨砌缝，然后再用黄泥和斩碎的禾穰茬搅拌在一起抹墓壁与穹顶。完成这项工作后，母亲用杜鹃花木干烧七日。当打扫得爽爽净净后她就从前面的留口钻进去，在里头坐卧自如，风风雨雨，年年如此。周围的树木长得繁茂不堪，乃至她要砍出一条路才能走到自己的寿圹前。逄氏身材高大，到了晚年，奶袋仍然一架牛肺样坍塌在胸前。颈嗓两边还挂着火鸡一般的赘肉和鹈鹕一样的喉囊，说话时那些皮肉晃荡来晃荡去。一副好牙口，一餐一菜碗虎皮膀腿肉，早晏各一瓯儿高度烧锅酋。抽烟喝酋一样不落下。夜子时还要起来吃一碗加了蜂蜜的鸡蛋羹。牙口掉光了牙床只剩下一圈红色的马唇嚼不动任何东西时改喝粥，一天吃五顿。她的第六代孙子出生的那年她的牙齿又全部长出来恰似玄孙们的乳牙，每天一碗红烧肉两斤酱酒。眼下的逄氏终究因找不到如何结束自己的一生而异常苦恼。她的记忆出现了多种时态的混淆。小女莫温婉老态龙钟，拄着拐杖来看望她，逄母用鹰爪一般精瘦有力的手抓着她。

"我的屘女讲慢几要来看我个，还毋来。"

于是她们坐下来算白话，两个现子才认识的陌生人样。

自从她一百多年的人生记忆赋予三种时态之后使她那沉甸甸的丰盈的记忆变得更加摇曳多姿，再加上阴阳两界没有隔阂，偶尔还插入老嗣子，转世嗣子和嗣子附体的三种话语，使她无法与单一记忆体轻易沟通。眼下的现实对她变得无足轻重，明天是一段没有到来的光阴，而昨天则在不断累积，昨天跟昨天的昨天连接在一起，形成比明天更为巨大的晶体，今天夹在这巨型晶体和明天那黯淡的光阴之间。它并非三个房屋中间的那一间，而是两间房屋之间的隔断，或者说墙壁。打开过去的晶体时光就要凿开这堵墙，对于一个拥有一百岁以上记忆晶体的老人而言就是如此。人类向往明天，那是肉体的欲望使然，并非人类的本意，而她向往昨天，唯有昨天是光明的。她一再把自己留在昨天的房间里，犹如去照看一堆火。她见到自己的女儿时，她还没有从昨天的房间里走出来，她要经过漫长而曲折的道路才能跟眼前的女儿相认。那些睁开眼睛就能相认的人们是没有这种记忆之苦的，而在路上随意就相互结识的肯定是轻浮的行径或是跑得太快去了下一个房间的人。在昨天的房间里她的女儿的成长比眼前的女儿成长要缓慢，或者说缓慢很多很多，记忆的速度比现实时间要快速得多，记忆中的一百年在现实中要步行一千年，甚至一万年。为此记忆总是将无边的现实压缩为一蒂蒂儿甚至随意忘却，是因为现实速度实在太慢的缘故。而在记忆猛烈燃烧的时候她又将现实忘得一干二净，乃至没有现实的存在。记忆不再燃烧的时候她又觉得现实比蜗牛还缓慢。她的世界就是这样随意膨胀或缩小，乃至她的身体也跟随变幻。她随意说出的话，她的子孙以为是神灵再一次附体。她说，把腾放在篮子的小里。又说，门太大了冇办法穿过去。她喃喃自语，话语越来越简洁，越来越趋同于她认可的物本身，她说得最多的一句话便是你给我带糖来了没？来者摇摇头，糖在她的暮年那个时代变得比冰毒海洛因还难以买到。她说，我们幼阵曬曬晡都有糖吃哩。糖便成为极为罕见的史料记忆，好比饥馑年辰人们对肉的记忆一样，渴望但没有。她的玄孙们则以为她在话齉天，他们从来没有见过那种称作糖的东西。他们越来越多的生理需求被电和电的转化物所取代，味觉之外的听觉，视觉，触觉和嗅觉同样如此。他们拥有巨量的知识结构和认识世界的方式，却都是人类的祖先从自然和劳动中得来的，而在他们则是直接输入的数据，是一种不曾被体验过的知识。

他们依靠这些知识支配这个非常繁复强大的机器化时代，甚至连他们自身也演化为金属意志世界的一部分，而那部分也正好是记忆和意识丧失的部分，它们连梦也不会做，在做着的也是别人的梦和意志。她明显地意识到，如果她将记忆晶体这只蛋凿开，她就能览到一个新的世界，那是与过去的祖先，祖先的祖先连接的世界，直到看见自己在漫长的进化史上复杂的演进过程。这里面没有一处是断裂的，它始终与最早的自己维系在一起。如果是大母神女娲用泥巴捏造了人类，那她就是那捏造的人类祖先的一部分，也是泥巴的一部分，如果是上帝创造了亚当和夏娃，那她就是亚当和夏娃的一部分。当然，上帝创造了亚当和夏娃与亚当和夏娃创造了他们的子孙则完全不同，从无到有和从有到有这里面存在能量级别的差异。对此发现，她发出惊叹，大地是没有母亲的，它本身就是一项造物主的事业。莫元良觉得这个寻找过程就好比将棍子无限二分下去一样，是没有止境的，但我们从中看到了自己的过去与未来，也看到了整个世界的面貌。事实上我们走不到无限二分的尽头，如果可以我们将找到上帝在哪里。那么，这一切是在哪里停止的呢？在生命周期停止之处，在我们无法看清下一个存在物是什么的地方。逢母用拍子啪的一声将一只嗡嗡怪叫的饭苍拷死。

“伊不晓儿何里结束自己个一生，到阎王那去讨吃的吧。”

在生命的最后几年光景，她在自己的房间里被这些记忆搞得混乱不堪，因为她连自己也不认识了。终于，在寝室与去卫浴房之间的墙镜前彻底迷失了自己。她拄着拐杖不晓儿是自己先走，还是镜子里的人先走。莫讲礼信，你先行嘛，我慢几来。她挥手示意让她先走，而她却不肯走跟她谦让。于是，她干脆和她算起白话，说自己有十三个孩子，他们的生肖各个不同，除了老扈。我衣裳好看？是我爷娘上周二从宝庆府捎来个。我还有好几十个孙子，数百个重孙子。你呢？你有几个？当她把儿子孙子的名字数完一遍，尿已经湿透裤子洇到了地板。

"我想伊多啊，你想毋想？"

大限临近之际，莫元良让莫高世骧从她太姑的记忆晶体中拷贝全部记忆。那个水晶般透明的世界和一个处于多种时态的空间里他自己竟然也在成长，他的父亲和所有的孩子以及她养的小鬼也同样在这个世界里成长着，他们依靠她一人施加意念喂养而形成一个庞大的家族。他看到父亲在八十岁那年娶了逢氏为妻。一个携带了八十岁的精子，一个携带了十六岁的卵子。由此上溯，他们的父母也是这般携带着精子卵子诞生了他们。他们的祖辈们也是如此，那棵在他经过枫杨下时曾触及的家族树此刻再次清晰地碰触到他的灵魂。一个风雨交加的夜晚他经过漫长的历史孕育降临到这个现实世界。他在母亲怀抱里嘤嘤大哭却从没有泪水，经过八个月后他长出了上下各两颗门牙并将母亲的乳头咬伤，之后的两个月他弓身起来可以直立行走两步到三步，嘴里清晰地喊出"巴－巴"和"嫲－嫲"，有时候他又将这两个音节搞混了将父亲喊成"嫲巴"，将母亲喊成"巴嫲"，或者忘记了其中一个。直到他可以真正行走他才将周围的世界以另一种视角和方式联系起来。在他十四个月大的时候逢母跟他说，趔，趔啦。他的两只小胳膊便像翼甲尚未发羽的小鸭扑向上空，双腿一蹬随后便一屁股跌坐下来。母亲又跟他说，宝宝，飞。于是他又重复执行母亲的指令。当他玩累了就在母亲波涛般的鼾声中睡去有如一条小船，一只脚时刻重抵在母亲的腰身上。那鼾声又如一窝小鸡四散开去，突然又被惊吓到似的聚拢到一起。母亲悄身起解，他如同断系般旋转漂流，随即便起来跟在母亲的身后。母亲转身发现他跟着自己走出来会大吃一惊。他的睡和母亲的醒如影相随。随后二弟吞吃了一枚银币，母亲用皂角水给他灌肠直到银币随着胃里的食物呈现在地，四弟被三弟的鱼钩刺穿腮颊满口血污，五弟口袋里偷偷地装了几块咸鸭蛋大小的石灰石在河唇头玩水时打湿裤子烧伤大腿内侧留下碗口大的一个有如树瘤般繁复的暗红色伤疤，六弟摘桑叶时坠落石磡在尖锐的乱石堆上摇摇晃晃站起来竟然平安无事，七弟正和一只猫在锡盆里争抢食物，莫安妮和莫伺其莫温婉在逢母身上抢怀，相互大打出手。而逢母的最后一个孩子是在莫大恒去世那年怀的，那时候的自己都快四十岁了，那个孩子生下来就死了像一只小狗那样死了，如果他活着会比她的很多孙子都小。他们的母亲感叹，只要平平安安活着，绝不寄希望于他们长大以后干任何惊天动地的事情，任何生命要经历那么多的不测而艰难地活下来是多么不容易，而他们的父亲则希望他们长大之后以大地为马干一番轰轰烈烈的事情。在逢氏的记忆中，莫元良还看到并不幸运而面带微笑的父亲莫大恒的死亡远比现实中要晚很多，大于他真实去世时间之后的三百年，如同一粒死去的谷种。

"伊母小心碰到了水。"

他本来还可以按照自己悬挂在家庙的肖像重临这个世界，而对母亲记忆中的父亲为何迟迟不肯死去他却不得而知。莫元良说将它存储起来，用超级计算全部模拟为真实人物，真实的声音，而且让它们继续成长下去。

"就叫它们闪人。"

血脉迷宫中的闪人构成数字世界的闪氏家族。

他闪·莫元良可以生活在一堆人中，时间轴与他们同步，同时他又可以不与之同步，停止成长或逆向生长，因此出现了时间上的混乱。它再也不是一个现实世界的莫氏家族，从而独立存在。莫元良也看到这个体系里成长的自己和现实世界成长的自己，分不清哪个才是真正的自己。这时，要分清哪个是真实的自己还有意义吗？

闪·莫元良和莫元良混在一起，合为一体。

逢氏的记忆被提取之后她的身体浓缩到一种肉质植物的躯体大小，临近死亡时再一次缩水临近一只干蝾螈大小，直到一朝完全碎裂，一堆七彩斑斓的矿石颗粒浮现。他看到母亲掘开旦弟的墓穴，开棺将骸骨收拢装进篮子里提到了她的生圹。那些头骨，脊柱和其他骨头码作一堆仿佛一只大章鱼。接下去的数年间她又依次掘开了佐弟，佑弟，羽弟以及三个早夭婴儿的葬地，挚回他们的骨殖。然而，最令他震颤的一幕出现了，他竟然看到母亲挖开了自己的墓穴将自己的骸骨拾掇起来一一叠好放进篮子挚回生圹再一一喂进大坛子，和他的弟弟们的骨殖混做一堆。他听见母亲说话。

“伊多咸是从我身上滴下来个。”

他不知道这句话出自母亲的哪个记忆之所。他为何看见了自己的死亡，而自己也看见了母亲的死亡。这令他十分悲伤。他一度怀疑母亲修剪了记忆之链并重新进行了编撰。否则自己怎么会死在母亲的记忆之中呢？母亲过世的那一刻，莫元良感觉自己的世界黯淡了下来，天光也黯淡了下来。他隐隐约约觑见了自己死亡的影子，而他一转身就踩住了影子的残骸。那是一个明亮的清晨，阳光打在矿石颗粒上，反射出锋利的星芒在金属板上淤积成一摊很厚的类似奶油的釉层。这时，一道彩虹出现在外，一头在围子的空地上，一头跨出围屋伸向远方，渐底下的河流，稻田，房屋，山脉和观看的人群在它之下。他曾建议自己的母亲冬眠，若干年后再苏醒过来。可她拒绝了这一建议，她不喜欢一个连糖都没有而且越发冰冷的世界。她自愿去死。这仅仅是因为她的医师禁止她吃糖而幻化出来的对世界的敌意。逢母过世时躯体剧烈缩小而碎裂成各种彩色宝石被装进她生前那只豢养小鬼的陶罐。出殡这曚却发现陶罐弄不动，只得将宝石排出，然而二者合到一起便抬不起来。莫高世敏和莫高世骧兄弟令从大恒集团矿业公司调度一辆吊车，两辆铲车和一架直升机，才将他们祖母的舍利子送到逢氏生前自己挖掘的生圹之地。莫元良说她的意识没有提取完全，还残余一部分在里面。

"那个或许才是真正的母亲。"

然而，他不得不违背逢母的遗嘱，在她断气但还没有完全冷却前让重生科技公司割走了她的头颅最终封冻在冒着马肠响黑森林瘴气般的液氮器皿之中。他感到自己必须这么做，不管死者愿不愿意。让活着的人安心才是她的真实遗愿。难道不是吗？就在手术刀切下头颅的那一瞬间他脑中一片氙闪骤然暗黑下去顿时丧失了记忆，失去了与那个他认为一直存在的世界之间的确认。那个世界好比一截香肠或者火腿被人端走了。逢母下葬一个月后的这日清晨，莫元良坐在轮椅上将莫高世敏喊到跟前。

"你觑下。"

莫元良将一份草拟的遗嘱递给莫高世敏。他沙沙看完，随后便感到惝恍无措。他不晓儿父亲为何要这样待他。莫元良说，当然，事情可能没有那么严重。莫高世敏回去后在自己的房间里饮弹自尽，电枪从他的太阳穴对穿，炸出了一个鸡蛋大小的窟窿，一只金属量子眼蹦出眼眶垂了下来。莫元良说他本来没必要这么快就做这样的决定，他误会了他，至少他在太平洋上还有一座自己的岛屿，或者去阿拉斯加或澳大利亚和西伯利亚的农场也无不可。莫元良弥留之际嗣子站在面前，以死亡的幻象胁迫他同意启动冰冻计划。他们说得对，嗣子说，在这之前的世界不曾有你，在这之后的世界也不会再有你，人的一生是多么短暂的旅程。因此，冬眠吧，踏上永恒之旅。他发觉这根本打动不了自己的儿子，又补充说，若干年后你还可以跟你的一百零九个子嗣团聚，重享天伦之乐。莫元良却问那枚射向宇宙深处的水漂石终究会变成什么？嗣子反问你说呢？莫元良说小时候你跟我们说是月亮。嗣子语重心长地说那何尝不是太阳。你哇的一声大哭起来像个懵懂的孩子。三曜后，莫元良以两个耄耋之年的年龄突然去世，如果算上闰年和虚岁的话还不止这个数。莫高世骧在集团内部宣称他的父亲跟他太婍逢孺人一样没有选择冬眠，还说新的父亲要从父亲的身上生长出来。他按照父亲的遗嘱将其葬在深空。莫家围的最后一代嗣子莫元良形同一粒水珠，恒星利刃般的光芒将其分解为无形，成为夜空中樱桃般闪耀的星星的尘埃。在你的伯父莫高世敏惝惶离开时他的父亲莫元良跟他说过一段莫名其妙的话，家族的代名词就是自私和狭隘，然而它的血脉必须跟钻石一样纯洁无瑕，爱的极限也同样如此。

"是啊，我是这么说的。"

"但他理解错了。"

一切即将结束。你躺在大缸里回到了一切营养之源的子宫样周围的世界隔着厚厚的透明的羊水，围子里的喧哗和骚动却寂静无声和你无关。那具历经一百多年的肉身，当千禧年零点的钟声敲响的那一刻梦幻般的烟火在神㞗洞上空绽放的那个夜晚，他蜷缩在莫家围中央空旷地上的水缸里已经死了。天空深处火树银花传来阵阵爆炸的声响。狂欢的人们一个星期后打扫欢庆的剩余物时才发现他的遗体如一只老死的干瘪的公狗覆盖着厚厚的燃烧过后的烟花硝粉和满满一缸的淡红色碎纸屑以及密密麻麻的苍蝇厚如繁殖过剩的浮萍，拨开杂物的当口水缸里立刻冲出一股稠如繁星的恶臭。围子里的人挹上两担石灰才稍稍覆盖住那股凄厉的尸味。他们从他昏暗而洁净的苦行者般的住处翻出唯有的两件遗物，一面沾满血迹而变得暗红的保存了半个世纪之久的有着三个窟窿的镰刀锤头旗和悬挂在墙上的观井图。观井图被拘进水缸，而旗帜则被揉开，一匹褶皱的时间布幔样覆盖在水缸上。围子里的杂姓新生代人们已经没有人认识他，也不晓儿他到底有多大年纪和活过了多少个世纪。他们已经不记得这位子世遗留被岁月疏漏的老人，而他的孩童时代远在清朝，"他走过的路实在太过遥远，我们只不过是站在了路的这头。"一位须发蓬乱疯疯癫癫的臞瘦老者站在众人之前大声喧嚷，"他占了我的缸。"围子里的人在空地上砌起一座三丈高的瓦塔将水缸笼罩在内，夜幕降临时点燃松脂饱满的松木，手拉手围着烧得烙铁般彤红的瓦塔唱歌跳舞将千禧年莫名的悲喜之情又悄悄往前延伸着。那冲天的像极了人形的火焰苞往夜空升腾着，此时变成一座晶体。围子里的狗相互奔走猁吠。到了下半夜这座火焰晶体突然变形，水缸破裂，流星漫漶，瓦塔俄然倾倒。欢呼的声浪冲出围子。一声巨响，火焰之下的空地塌陷下去，那口八角形的井也漫漶过来仿佛一只从内部破裂的陶罐。井水如光焰迅速充盈下陷的坑壑，内围跟着松动，受内围倒塌的牵引外围继续向内倾倒。废墟之下传来两次深度不一的巨大爆炸，人畜的痛呼惨叫细浪样淹没在巨大声浪的交响中如同点缀。坍塌和涌动持续到上洞和下洞相融之地曙色透明。早晨的清雾夹杂着雪意还没有完全散去。田野上的草垛安安静静地躺在露水之中。白鸟偶尔飞起牵引着群山。从埠头这边望过去，渐底下冷冷清清，干干净净，倾圮的屋檐上的晨雾在凝结成冰之前往下滴答着。风雨桥的最那头，莫家围那高高的土楼变成一堆垮塌的破折号，惊叹号，省略号，多重省略号，冒着一缕一缕杜鹃花柴样的青烟。烧焦的木椽上旋翅落下第一群玉颈鸦。峋嵝山渐底下啁喳的鸟语之声仍在雕刻着这枚银器内部过往一切的喧嚣与沉默一如天上飘漾着的雪花和鱼群。太阳，船一样从山峦那边犁波而来。

图书在版编目（CIP）数据

日冕／霍香结著．--北京：作家出版社，2022.10
ISBN 978-7-5212-2034-6

Ⅰ.①日…　Ⅱ.①霍…　Ⅲ.①长篇小说-中国-当代
Ⅳ.①I247.5

中国版本图书馆 CIP 数据核字（2022）第 184853 号

日　冕

作　　者：霍香结
画　　作：赵抑抑
责任编辑：李宏伟
装帧设计：碛砂斋
出版发行：作家出版社有限公司
社　　址：北京农展馆南里 10 号　　邮　　编：100125
电话传真：86-10-65067186（发行中心及邮购部）
　　　　　86-10-65004079（总编室）
E-mail: zuojia@zuojia.net.cn
http://www.zuojiachubanshe.com
印　　刷：河北鹏润印刷有限公司
成品尺寸：147×210
字　　数：395 千
印　　张：17.125
版　　次：2022 年 10 月第 1 版
印　　次：2022 年 10 月第 1 次印刷
ISBN 978-7-5212-2034-6
定　　价：88.00 元